短篇小说百年经典

(1917~2015)

李朝全 / 主编

图书在版编目（CIP）数据

短篇小说百年经典：1917～2015 / 李朝全主编．——
北京：中央编译出版社，2016.1（2024.7重印）
ISBN 978-7-5117-2823-4

Ⅰ．①短… Ⅱ．①李… Ⅲ．①短篇小说－小说集－中国－现代②短篇小说－小说集－中国－当代 Ⅳ．
①I246.7

中国版本图书馆CIP数据核字(2015)第262270号

短篇小说百年经典（1917～2015）

责任编辑：	曲建文
责任印制：	李　颖
出版发行：	中央编译出版社
地　　址：	北京市海淀区北四环西路69号(100080)
电　　话：	(010) 55627391 (总编室)　　(010) 55627392 (编辑室)
	(010) 55627320 (发行部)　　(010) 55627377 (新技术部)
经　　销：	全国新华书店
印　　刷：	佳兴达印刷(天津)有限公司
开　　本：	880毫米×1230毫米　1/32
字　　数：	540千字
印　　张：	16.75
版　　次：	2016年1月第1版
印　　次：	2024年7月第8次印刷
定　　价：	68.00元

新浪微博：@中央编译出版社　　　**微　信：**中央编译出版社（ID：cctphome）
淘宝店铺：中央编译出版社直销店（http://shop108367160.taobao.com）（010）55627331

本社常年法律顾问：北京市吴栾赵阎律师事务所律师　闫军　梁勤
凡有印装质量问题，本社负责调换，电话：（010）55627320

编者的话

选编一部经得起读者检验的经典

由长年从事文学研究和编辑的专业读者来选编一部文学选本,其本意在于甄别良莠优劣,评判经典,留取精华,提供给读者一个可信、可读、有益的作品精选,方便读者的阅读。

从1917年新文化运动以来诞生的中国新文学,迄今已有近百年历史。这一百年间,发表的作品犹如大海浩瀚。普通读者乃至从事文学研究的专业人士,穷其一生,也无法读尽如此众多的作品。特别是1976年以后,文学创作生产力得到了根本的解放,各种作品铺天盖地,以至年均出版长篇小说达数千部。因此,选编一部比较可靠的文学选本,分析评介作品的优异之处,帮助读者从茫茫书海中找寻一叶舟楫,是一件很有意义的事情。

基于这样的考虑——让读者用最少的时间,读到最值得阅读的作品,我乐意做这样的选编者。事实上,自1993年踏入中国现当代文学研究的大门开始，我就开始选编各种文学选本：《现代诗歌名篇导读》《青年必知名家散文精选》《孙犁作品精编》《年度中国最佳大学生作品选》《年度中国最佳报告文学》《21世纪最佳纪实文学》……二十余年间，选编的作品集已有数十种约两千万字。选编的书多了，我也时常提醒自己，要保持自己独立的判断，不人云亦云鹦鹉学舌，而坚持自己对作品的综合判断和评价。

在我看来，评价文学作品的标准尽管难免受主观因素的极大影响，但也存在着某些相对客观的标准。首先是感人。故事情节、人物命运能打动人，引起读者共鸣，或感慨万千扼腕叹息，或潸然泪下暗自神伤，或长吁短叹怅惘若失。其次是生动传神。人物的语言、性格活灵活现，情景如在眼前，情节细节丰富独特，心理描写真实可信。让读者觉得作者所写的仿佛就是自己或者身边人的生活、命运，让人容易有感同身受的体验。三是思想深刻、内涵丰厚。可以作深奥的哲思，可以尽情抒发泼洒，无论谈自然、宇宙、生物、人类，万事万物，都能带给人启发和启示，令人在掩卷之后有所思，有所感，有所得，有所获。四是文采飞扬，语言活泼有张力。文学是语言的艺术。经典作品需要有曼妙流转、妙不可言的语言作为装点和支撑。优美的语言，犹如一道铺满鲜花的小径，能够引领人曲径通幽，去见识别有洞天，或豁然开朗，领略到险峰之上的无限风光。语言可以或活泼、鲜活，或幽默、诙谐，可以低头浅吟，亦可引首高歌，可以寂寥独语，可以高谈阔论如入无人之境。语言是工具，是技巧，作品借助语言来牵引读者，令读者欲罢不能，爱难释手。五是时间和读者的检验。经典的作品一定可以穿越时空和历史，在数十年乃至数百上千年之后，依旧亲近读者，依旧被读者所拥抱和喜爱。《诗经》《文选》《古文观止》《唐诗三百首》……这些经典选本，就是这样的榜样。好作品是有生命力的，是长脚长翅膀的，它会长久地存活下去，会不断地走进读者的视野，飞进千万人的心里。

中国现代白话小说是以鲁迅先生发表的《狂人日记》为发端的。五四时期诞生的一批思想巨人和文化巨匠，几乎都是作家，或者就是小说家。以所谓的"鲁郭茅巴老曹"为代表的传统现代文学史序列，基本是以小说为文学正宗和纲领的，现代文学史也是以小说家来提纲挈领的。后来的文学史虽几经重写，但是百变不离其宗，基本上都以小说为主体进行编写，只是在选取的小说家方面有所增减更易，如增加了传统文学史比较忽略的小说大家如沈从文、钱锺书、张爱玲、废名、萧红、丁玲等人的比重。小说从"引车卖浆者流"之街谈巷议和茶余饭后的谈资一跃成为文学的主流及正宗，这是最近百年新文学的一个显著特征。

现代小说，从文学研究会成员等推重的"问题小说"、"左联"作家关切现实社会和无产者生存状态的创作，到新感觉派、海派小说、京派小说。抗战时期有沦陷区、国统区和解放区文学之分。延安文艺座谈会以后，解放区文学蓬勃发展。到 1949 年，来自原国统区和解放区等几支文学力量逐渐汇流。建国后小说领域有贴近农村生活实际、质地朴实的乡村小说的代表山药蛋派和风格清新、优美、婉约的荷花淀派。文革后的伤痕小说、反思小说、意识流、知青小说、寻根小说、京味小说、改革小说、荒诞派、先锋实验小说、新写实……各种流派、思潮和样式此起彼伏，风流涌动，蔚为壮观。到了新世纪前后，草根小说、打工文学、底层文学更加凸显，网络小说异军突起。但是网络文学中所谓的短篇小说已远非传统意义上的短篇，而早已突破了篇幅的限制，五十万字以下的小说皆为短篇。近年来，由微型小说发展演变而来的短信小说、微博微信等微小说，更多的关注心灵关怀世道人心而广受拥趸。短篇小说在历经百年烟云洗礼之后，也在寻找突破与嬗变。在新时期文学的繁盛时期，中国作家协会相继举行了全国优秀短篇小说奖、中篇小说奖、新诗奖、散文杂文奖、报告文学奖和茅盾文学奖、全国优秀儿童文学奖、全国少数民族文学创作"骏马奖"等的评选。1995 年后，开始将长篇小说以外文体的评选全部纳入鲁迅文学奖，包括中篇小说、短篇小说、散文杂文、诗歌、报告文学、理论评论和文学翻译七种体裁门类。这一系列的文学评奖，对于及时总结归纳一个时期文学创作的成就起到了镜鉴作用，也为读者的阅读提供了指南。

百年历史，倏忽而逝。在我们还未及怅惘感伤的时候，一百年的时间便从我们的指缝间溜走。好在还有文学，还有记录我们前辈及同辈心情、思想、生活和情感的文字。文学历史的长河浩浩荡荡，大浪淘沙，最终会把那些珍珠和金子遗留下来，积淀下来。中国新文学经历上百年的风雨沧桑，也已经到了沉淀和甄选经典之期。

作为选编者，我尽量本着客观冷静平和的心态，参考借鉴诸多选家和文学史家们对大量文学作品的判断与评价，尽量尊重专业读者群体淘选出来的各种经典或精品；然而，必须承认的一个事实是，无论是哪位专业读者或文学史家的选本，都不可避免地会打上选编者个人思想、阅历、艺术及审美观点、人文品格的烙印。从这个层面上说，无论是哪一种选本，都只能是"我"的选本，而所谓的经典，也终究只可能是一个人眼中的经典。

现在，我已经完成了这样一个经典选本，就像厨师完成了一道菜肴，奉于食客面前，是否可口、美味，就听由读者诸君的评判了。为了帮助读者更好地读解和欣赏，编者在每篇作品的后面都撰写了简短的评析文字，指明选取的理由和作品的高明之处，同时分析作品的思想、艺术特色及社会影响。相信这个选本，不会让读者失望。

2015 年春于北京

目 录

鲁 迅	狂人日记	001
冰 心	超人	009
郁达夫	春风沉醉的晚上	015
叶圣陶	潘先生在难中	026
张天翼	华威先生	040
沙 汀	在其香居茶馆里	046
丁 玲	莎菲女士的日记（节选）	058
沈从文	丈夫	079
老 舍	月牙儿	094
施蛰存	梅雨之夕	116
赵树理	小二黑结婚	125
孙 犁	荷花淀——白洋淀纪事之一	137
陆文夫	小巷深处	144
茹志鹃	百合花	157
马 烽	我的第一个上级	165
蒋子龙	乔厂长上任记	177
高晓声	陈奂生上城	212
汪曾祺	受戒	221
铁 凝	哦，香雪	237

冯骥才	高女人和她的矮丈夫	247
陈建功	辘轳把儿胡同九号	256
彭见明	那山 那人 那狗	278
林斤澜	溪鳗	
	——矮凳桥的鱼非鱼小酒家	291
史铁生	命若琴弦	300
扎西达娃	系在皮绳扣上的魂	318
谌　容	减去十岁	336
莫　言	白狗秋千架	352
池　莉	热也好冷也好活着就好	367
刘震云	一地鸡毛	380
刘庆邦	鞋	419
石舒清	清水里的刀子	429
毕飞宇	哺乳期的女人	437
迟子建	一坛猪油	444
次仁罗布	放生羊	461
李　浩	将军的部队	474
徐则臣	如果大雪封门	482
曹文轩	小尾巴	494
陈映真	将军族	511

附　录	中国短篇小说百年经典存目	523

鲁迅（1881—1936）

原名周樟寿，字豫才，后改名周树人。浙江绍兴人。中国现代文学的奠基人，中国翻译文学的开拓者。

狂人日记

某君昆仲，今隐其名，皆余昔日在中学校时良友；分隔多年，消息渐阙。日前偶闻其一大病；适归故乡，迂道往访，则仅晤一人，言病者其弟也。劳君远道来视，然已早愈，赴某地候补矣。因大笑，出示日记二册，谓可见当日病状，不妨献诸旧友。持归阅一过，知所患盖"迫害狂"之类。语颇错杂无伦次，又多荒唐之言；亦不著月日，惟墨色字体不一，知非一时所书。间亦有略具联络者，今撮录一篇，以供医家研究。记中语误，一字不易；惟人名虽皆村人，不为世间所知，无关大体，亦悉易去。至于书名，则本人愈后所题，不复改也。七年四月二日识。

一

今天晚上，很好的月光。

我不见他，已是三十多年；今天见了，精神分外爽快。才知道以前的三十多年，全是发昏；然而须十分小心。不然，那赵家的狗，何以看我两眼呢？

我怕得有理。

二

今天全没月光，我知道不妙。早上小心出门，赵贵翁的眼色便怪：似乎怕我,似乎想害我。还有七八个人,交头接耳的议论我,又怕我看见。一路上的人,都是如此。其中最凶的一个人,张着嘴,对我笑了一笑;我便从头直冷到脚跟,晓得他们布置,都已妥当了。

我可不怕,仍旧走我的路。前面一伙小孩子,也在那里议论我;相色也同赵贵翁一样,脸色也都铁青。我想我同小孩子有什么仇,他也这样。忍不住大声说,"你告诉我!"他们可就跑了。

我想:我同赵贵翁有什么仇,同路上的人又有什么仇;只有廿年以前,把古久先生的陈年流水簿子,踹了一脚,古久先生很不高兴。赵贵翁虽然不认识他,一定也听到风声,代抱不平;约定路上的人,同我作冤对。但是小孩子呢?那时候,他们还没有出世,何以今天也睁着怪眼睛,似乎怕我,似乎想害我。这真教我怕,教我纳罕而且伤心。

我明白了。这是他们娘老子教的!

三

晚上总是睡不着。凡事须得研究,才会明白。

他们——也有给知县打枷过的,也有给绅士掌过嘴的,也有衙役占了他妻子的,也有老子娘被债主逼死的;他们那时候的脸色,全没有昨天这么怕,也没这么凶。

最奇怪的是昨天街上的那个女人,打他儿子,嘴里说道,"老子呀!我要咬你几口才出气!"他眼睛却看着我。我出了一惊,遮掩不住;那青面獠牙的一伙人,便都哄笑起来。陈老五赶上前,硬把我拖回家中了。

拖我回家,家里的人都装作不认识我;他们的眼色,也全同别人一样。进了书房,便反扣上门,宛然是关了一只鸡鸭。这一件事,越教我猜不出底细。

前几天,狼子村的佃户来告荒,对我大哥说,他们村里的一个大恶人,给大家打死了;几个人便挖出他的心肝来,用油煎炒了吃,可以壮壮胆子。我插了一句嘴,佃户和大哥便都看我几眼。今天才晓得他们的眼光,全同外面的那伙人一模一样。

想起来,我从顶上直冷到脚跟。

他们会吃人,就未必不会吃我。

你看那女人"咬你几口"的话,和一伙青面獠牙人的笑,和前天佃户的话,明明是暗号。我看出他话中全是毒,笑中全是刀。他们的牙齿,全是白厉厉的排着,这就是吃人的家伙。

照我自己想,虽然不是恶人,自从踹了古家的簿子,可就难说了。他们似乎别有心思,我全猜不出。况且他们一翻脸,便说人是恶人。我还记得大哥教我做论,无论怎样好人,翻他几句,他便打上几个圈;原谅坏人几句,他便说"翻天妙手,与众不同。"我那里猜得到他们的心思,究竟怎样;况且是要吃的时候。

凡事总须研究,才会明白。古来时常吃人,我也还记得,可是不甚清楚。我翻开历史一查,这历史没有年代,歪歪斜斜的每叶上都写着"仁义道德"几个字。我横竖睡不着,仔细看了半夜,才从字缝里看出字来,满本都写着两个字是"吃人"!

书上写着这许多字,佃户说了这许多话,却都笑吟吟的睁着怪眼睛看我。

我也是人,他们想要吃我了!

四

早上,我静坐了一会。陈老五送进饭来,一碗菜,一碗蒸鱼;这鱼的眼睛,白而且硬,张着嘴,同那一伙想吃人的人一样。吃了几筷,滑溜溜的不知是鱼是人,便把他兜肚连肠的吐出。

我说:"老五,对大哥说,我闷得慌,想到园里走走。"老五不答应,走了;停一会,可就来开了门。

我也不动,研究他们如何摆布我;知道他们一定不肯放松。果然!我大哥引了一个老头子,慢慢走来;他满眼凶光,怕我看出,只是低头向着地,从眼镜横边暗暗看我。大哥说,"今天你仿佛很好。"我说"是的。"大哥说,"今天请何先生来,给你诊一诊。"我说"可以!"其实我岂不知道这老头子是刽子手扮的!无非借了看脉这名目,揣一揣肥瘠;因这功劳,也分一片肉吃。我也不怕;虽然不吃人,胆子却比他们还壮。伸出两个拳头,看他如何下手。老头子坐着,闭了眼睛,摸了好一会,呆了好一会;便张开他鬼眼睛说,"不要乱想,静静的养几天,就好了。"

不要乱想,静静的养!养肥了,他们是自然可以多吃;我有什么好处,怎么会"好了"?他们这群人,又想吃人,又是鬼鬼祟祟,想法子遮掩,不敢直捷下手,真要令我笑死,我忍不住,便放声大笑起来,十分快活。自己晓得这笑声里面,有的是义勇和正气;老头子和大哥,都失了色,被我这勇气正气镇压住了。

但是我有勇气,他们便越想吃我,沾光一点这勇气。老头子跨出门,走不多远,便低声对大哥说道,"赶紧吃罢!"大哥点点头。原来也有你!这一件大发见,虽似意外,也在意中:合伙吃我的人,便是我的哥哥!

吃人的是我哥哥!

我是吃人的人的兄弟!

我自己被人吃了,可仍然是吃人的人的兄弟!

五

这几天是退一步想:假使那老头子不是刽子手扮的,真是医生,也仍然是吃人的人。他们的祖师李时珍做的"本草什么"上,明明写着人肉可以煎吃;他还能说自己不吃人么?

至于我家大哥,也毫不冤枉他。他对我讲书的时候,亲口说过可以易子而食;又一回偶然议论起一个不好的人,他便说不但该杀,还当食肉寝皮。我那时年纪还小,心跳了好半天。前天狼子村佃户来说吃心肝的事,他也毫不奇怪,不住的点头。可见心思是同从前一样狠。既然可以易子而食,便什么都易得什么人都吃得。我从前单听他讲道理,也胡涂过去;现在晓得他讲道理的时候,不但唇边还抹着人油,而且心里满装着吃人的意思。

六

黑漆漆的,不知是日是夜。赵家的狗又叫起来了。

狮子似的凶心,兔子的怯弱,狐狸的狡猾,……

七

  我晓得他们的方法,直捷杀了,是不肯的,而且也不敢,怕有祸祟。所以他们大家联络,布满了罗网,逼我自戕。试看前几天街上男女的样子,和这几天我大哥的作为,便足可悟出八九分了。最好是解下腰带,挂在梁上,自己紧紧勒死;他们没有杀人的罪名,又偿了心愿,自然都欢天喜地的发出一种呜呜咽咽的笑声。否则惊吓忧愁死了,虽则略瘦,也还可以首肯几下。

  他们是只会吃死肉的!——什么书上说,有一种东西,叫"海乙那"的,眼光和样子都很难看;时常吃死肉,连极大的骨头,都细细嚼烂,咽下肚子去,想起来也教人害怕。"海乙那"是狼的亲眷,狼是狗的本家。前天赵家的狗,看我几眼,可见他也同谋,早已接洽。老头子眼看着地,岂能瞒得我过。

  最可怜的是我的大哥,他也是人,何以毫不害怕,而且合伙吃我呢?还是历来惯了,不以为非呢?还是丧了良心,明知故犯呢?

  我诅咒吃人的人,先从他起头;要劝转吃人的人,也先从他下手。

八

  其实这种道理,到了现在,他们也该早已懂得,……

  忽然来了一个人;年纪不过二十左右,相貌是不很看得清楚,满面笑容,对了我点头,他的笑也不像真笑。我便问他,"吃人的事,对么?"他仍然笑着说,"不是荒年,怎么会吃人。"我立刻就晓得,他也是一伙,喜欢吃人的;便自勇气百倍,偏要问他。

  "对么?"

  "这等事问他什么。你真会……说笑话。……今天天气很好。"

  天气是好,月色也很亮了。可是我要问你,"对么?"

  他不以为然了。含含胡胡的答道,"不……"

  "不对?他们何以竟吃!"

  "没有的事……"

  "没有的事?狼子村现吃;还有书上都写着,通红斩新!"

他便变了脸,铁一般青。睁着眼说,"有许有的,这是从来如此……"

"从来如此,便对么?"

"我不同你讲这些道理;总之你不该说,你说便是你错!"

我直跳起来,张开眼,这人便不见了。上身出了一大片汗。他的年纪,比我大哥小得远,居然也是一伙;这一定是他娘老子先教的。还怕已经教给他儿子了;所以连小孩子,也都恶狠狠的看我。

九

自己想吃人,又怕被别人吃了,都用着疑心极深的眼光,面面相觑。……

去了这心思,放心做事走路吃饭睡觉,何等舒服。这只是一条门槛,一个关头。他们可是父子兄弟夫妇朋友师生仇敌和各不相识的人,都结成一伙,互相劝勉,互相牵掣,死也不肯跨这一步。

十

大清早,去寻我大哥;他立在堂门外看天,我便走到他背后,拦住门,格外沉静,格外和气的对他说,

"大哥,我有话告诉你。"

"你说就是,"他赶紧回过脸来,点点头。

"我只有几句话,可是说不出来。大哥,大约当初野蛮的人,都吃过一点人。后来因为心思不同,有的不吃人了,一味要好,便变了人,变了真的人。有的却还吃,——也同虫子一样,有的变了鱼鸟猴子,一直变到人。有的不要好,至今还是虫子。这吃人的人比不吃人的人,何等惭愧。怕比虫子的惭愧猴子,还差得很远很远。

易牙蒸了他儿子,给桀纣吃,还是一直从前的事。谁晓得从盘古开辟天地以后,一直吃到易牙的儿子;从易牙的儿子,一直吃到徐锡林;从徐锡林,又一直吃到狼子村捉住的人。去年城里杀了犯人,还有一个生痨病的人,用馒头蘸着血舐。

他们要吃我,你一个人,原也无法可想;然而又何必入伙。吃人的人,什

么事做不出；他们会吃我，也会吃你，一伙里面，也会自吃。但只要转一步，只要立刻改了，也就人人太平。虽然从来如此，我们今天也可以格外要好，说是不能！大哥，我相信你能说，前天佃户要减租，你说过不能。"

当初，他还只是冷笑，随后眼光便凶狠起来，一到说破他们的隐情，那就满脸都变成青色了。大门外立着一伙人，赵贵翁和他的狗，也在里面，都探头探脑的挨进来。有的是看不出面貌，似乎用布蒙着；有的是仍旧青面獠牙，抿着嘴笑。我认识他们是一伙，都是吃人的人。可也晓得他们心思很不一样，一种是以为从来如此，应该吃的；一种是知道不该吃，可是仍然要吃，又怕别人说破他，所以听了我的话，越发气愤不过，可是抿着嘴冷笑。

这时候，大哥也忽然显出凶相，高声喝道，

"都出去！疯子有什么好看！"

这时候，我又懂得一件他们的巧妙了。他们岂但不肯改，而且早已布置；预备下一个疯子名目罩上我。将来吃了，不但太平无事，怕还会有人见情。佃户说的大家吃了一个恶人，正是这个方法。这是他们的老谱！

陈老五也气愤愤的直走进来。如何按得住我的口，我偏要对这伙人说，

"你们可以改了，从真心改起！要晓得将来容不得吃人的人，活在世上。

你们要不改，自己也会吃尽。即使生得多，也会给真的人除灭了，同猎人打完狼子一样！——同虫子一样！"

那一伙人，都被陈老五赶走了。大哥也不知那里去了。陈老五劝我回屋子里去。屋里面全是黑沉沉的。横梁和椽子都在头上发抖；抖了一会，便大起来，堆在我身上。

万分沉重，动弹不得；他的意思是要我死。我晓得他的沉重是假的，便挣扎出来，出了一身汗。可是偏要说，

"你们立刻改了，从真心改起！你们要晓得将来容不得吃人的人，……"

十一

太阳也不出，门也不开，日日是两顿饭。

我捏起筷子，便想起我大哥；晓得妹子死掉的缘故，也全在他。那时我妹子才五岁，可爱可怜的样子，还在眼前。母亲哭个不住，他却劝母亲不要哭；

大约因为自己吃了,哭起来不免有点过意不去。如果还能过意不去,……

妹子是被大哥吃了,母亲知道没有,我可不得而知。

母亲想也知道;不过哭的时候,却并没说明,大约也以为应当的了。记得我四五岁时,坐在堂前乘凉,大哥说爷娘生病,做儿子的须割下一片肉来,煮熟了请他吃,才算好人;母亲也没说不行。一片吃得,整个的自然也吃得。但是那天的哭法,现在想起来,实在还教人伤心,这真是奇极的事!

十二

不能想了。

四千年来时时吃人的地方,今天才明白,我也在其中混了多年;大哥正管着家务,妹子恰恰死了,他未必不和在饭菜里,暗暗给我们吃。

我未必无意之中,不吃了我妹子的几片肉,现在也轮到我自己,……

有了四千年吃人履历的我,当初虽然不知道,现在明白,难见真的人!

十三

没有吃过人的孩子,或者还有?

救救孩子……

(原载1918年5月15日《新青年》第4卷第5期)

点评

这是我国现代文学史上的第一篇白话小说。以一位狂人的视角和口吻,抨击了两千多年的封建帝制和戕害人性的礼教制度,振聋发聩地发出了"救救孩子"的呼喊。事实上开启了新文化运动的人性启蒙潮流,开启了对传统文化的深刻反思。在现代文学史和现代思想史上都具有标志性的意义。鲁迅其他短篇小说如《孔乙己》《祥林嫂》都刻画了形象鲜明的人物,亦是现代文学经典。

冰心（1900—1999）

原名谢婉莹，福建长乐人。现代女作家，在小说、诗歌、翻译、儿童文学等方面均有建树。

超 人

何彬是一个冷心肠的青年，从来没有人看见他和人有什么来往。他住的那一座大楼上，同居的人很多，他却都不理人家，也不和人家在一间食堂里吃饭，偶然出入遇见了，轻易也不招呼。邮差来的时候，许多青年欢喜跳跃着去接他们的信，何彬却永远得不着一封信。他除了每天在局里办事，和同事们说几句公事上的话；以及房东程姥姥替他端饭的时候，也说几句照例的应酬话，此外就不开口了。

他不但是和人没有交际，凡带一点生气的东西，他都不爱；屋里连一朵花，一根草，都没有，冷阴阴的如同山洞一般。书架上却堆满了书。他从局里低头独步的回来，关上门，摘下帽子，便坐在书桌旁边，随手拿起一本书来，无意识的看着，偶然觉得疲倦了，也站起来在屋里走了几转，或是拉开帘幕望了一望，但不多一会儿，便又闭上了。

程姥姥总算是他另眼看待的一个人；她端进饭去，有时便站在一边，絮絮叨叨的和他说话，也问他为何这样孤零。她问上几十句，何彬偶然答应几句说世界是虚空的，人生是无意识的。人和人，和宇宙，和万物的聚合，都不过如同演剧一般：上了台是父子母女，亲密的了不得；下了台，摘下假面具，便各自散了。哭一场也是这么一回事，笑一场也是这么一回事，与其互相牵连，不如互相遗弃；而且尼采说得好，爱和怜悯都是"恶……"程姥姥听着虽然不很明白，却也懂得一半，便笑道，"要这样，活在世上有什么意思？死了，灭了，岂不更好，何必穿衣吃饭？"他微笑道："这样，岂不又太把自己和世界都看重了。不如行云流水似的，随他去就完了。"程姥姥还要往下说话，看见何彬面色冷然，低着头只管吃饭，也便不敢言语。

这一夜他忽然醒了。听得对面楼下凄惨的呻吟着，这痛苦的声音，断断续续的，在这沉寂的黑夜里只管颤动。他虽然毫不动心，却也搅得他一夜睡不着。月光如水，从窗纱外泻将进来，他想起了许多幼年的事情，——慈爱的母亲，天上的繁星，院子里的花……他的脑子累极了，极力的想摈绝这些思想，无奈这些事只管奔凑了来，直到天明，才微微的合一合眼。

他听了三夜的呻吟，看了三夜的月，想了三夜的往事——

眠食都失了次序，眼圈儿也黑了，脸色也惨白了。偶然照了照镜子，自己也微微的吃了一惊，他每天还是机械似的做他的事——然而在他空洞洞的脑子里，凭空添了一个深夜的病人。

第七天早起，他忽然问程姥姥对面楼下的病人是谁？程姥姥一面惊讶着，一面说："那是厨房里跑街的孩子禄儿，那天上街去了，不知为什么把腿摔坏了，自己买块膏药贴上了，还是不好，每夜呻吟的就是他。这孩子真可怜，今年才十二岁呢，素日他勤勤恳恳极疼人的……"何彬自己只管穿衣戴帽，好像没有听见似的，自己走到门边。程姥姥也住了口，端起碗来，刚要出门，何彬慢慢的从袋里拿出一张钞票来，递给程姥姥说："给那禄儿罢，叫他请大夫治一治。"说完了，头也不回，径自走了。——程姥姥一看那巨大的数目，不禁愕然，何先生也会动起慈悲念头来，这是破天荒的事情呵！她端着碗，站在门口，只管出神。

呻吟的声音，渐渐的轻了，月儿也渐渐的缺了。何彬还是朦朦胧胧的——慈爱的母亲，天上的繁星，院子里的花……他的脑子累极了，竭力的想摈绝这些思想，无奈这些事只管奔凑了来。

过了几天，呻吟的声音住了，夜色依旧沉寂着，何彬依旧"至人无梦"的睡着。前几夜的思想，不过如同晓月的微光，照在冰山的峰尖上，一会儿就过去了。

程姥姥带着禄儿几次来叩他的门，要跟他道谢；他好像忘记了似的，冷冷的抬起头来看了一看，又摇了摇头，仍去看他的书。禄儿仰着黑胖的脸，在门外张着，几乎要哭了出来。

这一天晚饭的时候,何彬告诉程姥姥说他要调到别的局里去了,后天早晨便要起身,请她将房租饭钱,都清算一下。程姥姥觉得很失意,这样清净的住客,是少有的,然而究竟留他不得,便连忙和他道喜。他略略的点一点头,便回身去收拾他的书籍。

他觉得很疲倦,一会儿便睡下了。——忽然听得自己的门钮动了几下,接着又听见似乎有用手推的样子。他不言不动,只静静的卧着,一会儿也便渺无声息。

第二天他自己又关着门忙了一天,程姥姥要帮助他,他也不肯,只说有事的时候再烦她。程姥姥下楼之后,他忽然想起一件事来,绳子忘了买了。慢慢的开了门,只见人影儿一闪,再看时,禄儿在对面门后藏着呢。他踌躇着四围看了一看,一个仆人都没有,便唤:"禄儿,你替我买几根绳子来。"禄儿趑趄的走过来,欢天喜地的接了钱,如飞走下楼去。

不一会儿,禄儿跑得通红的脸,喘息着走上来,一只手拿着绳子,一只手背在身后,微微露着一两点金黄色的星儿。他递过了绳子,仰着头似乎要说话,那只手也渐渐的回过来。何彬却不理会,拿着绳子自己走进去了。

他忙着都收拾好了,握着手周围看了看,屋子空洞洞的——睡下的时候,他觉得热极了,便又起来,将窗户和门,都开了一缝,凉风来回的吹着。

"依旧热得很。脑筋似乎很杂乱,屋子似乎太空沉。——累了两天了,起居上自然有些反常。但是为何又想起深夜的病人。——慈爱的……,不想了,烦闷的很!"

微微的风,吹扬着他额前的短发,吹干了他头上的汗珠,也渐渐的将他扇进梦里去。

四面的白壁,一天的微光,屋角几堆的黑影。时间一分一分的过去了。

慈爱的母亲,满天的繁星,院子里的花。不想了,——烦闷……闷……

黑影漫上屋顶去,什么都看不见了,时间一分一分的过去了。

风大了,那壁厢放起光明。繁星历乱的飞舞进来。星光中间,缓缓的走进一个白衣的妇女,右手撩着裙子,左手按着额前。走近了,清香随将过来;渐渐的俯下身来看着,静穆不动的看着,——目光里充满了爱。

神经一时都麻木了!起来罢,不能,这是摇篮里,呀!母亲,——慈爱的母亲。

母亲呵！我要起来坐在你的怀里，你抱我起来坐在你的怀里。

母亲呵！我们只是互相牵连，永远不互相遗弃。

渐渐的向后退了，目光仍旧充满了爱。模糊了，星落如雨，横飞着都聚到屋角的黑影上。——

"母亲呵，别走，别走！……"

十几年来隐藏起来的爱的神情，又呈露在何彬的脸上；十几年来不见点滴的泪儿，也珍珠般散落了下来。

清香还在，白衣的人儿还在。微微的睁开眼，四面的白壁，一天的微光，屋角的几堆黑影上，送过清香来，——刚动了一动，忽然觉得有一个小人儿，蹑手蹑脚的走了出去，临到门口，还回过小脸儿来，望了一望。他是深夜的病人——是禄儿。

何彬竭力的坐起来。那边捆好了的书籍上面，放着一篮金黄色的花儿。他穿着单衣走了过去，花篮底下还压着一张纸，上面大字纵横，借着微光看时，上面是：

> 我也不知道怎样可以报先生的恩德。我在先生门口看了几次，桌了上都没有摆着花儿。——这里有的是卖花的，不知道先生看见过没有？——这篮子里的花，我也不知道是什么名字，是我自己种的，倒是香得很，我最爱它。我想先生也必是爱它。我早就要送给先生了，但是总没有机会。昨天听见先生要走了，所以赶紧送来。
>
> 我想先生一定是不要的。然而我有一个母亲，她因为爱我的缘故，也很感激先生。先生有母亲么？她一定是爱先生的。这样我的母亲和先生的母亲是好朋友了。所以先生必要收母亲的朋友的儿子的东西。
>
> 禄儿叩上

何彬看完了，捧着花儿，回到床前，什么定力都尽了，不禁呜呜咽咽的痛哭起来。

清香还在，母亲走了！窗内窗外，互相辉映的，只有月光，星光，泪光。

早晨程姥姥进来的时候，只见何彬都穿着好了，帽儿戴得很低，背着脸站在窗前。程姥姥陪笑着问他用不用点心，他摇了摇头。——车也来了，箱子也都搬下去了，何彬泪痕满面，静默无声的谢了谢程姥姥，提着一篮的花儿，遂从此上车走了。

禄儿站在程姥姥的旁边，两个人的脸上，都堆着惊讶的颜色。看着车尘远了，程姥姥才回头对禄儿说："你去把那间空屋子收拾收拾，再锁上门罢，钥匙在门上呢。"

屋里空洞洞的，床上却放着一张纸，写着：

小朋友禄儿：

我先要深深的向你谢罪，我的恩德，就是我的罪恶。你说你要报答我，我还不知道我应当怎样的报答你呢！

你深夜的呻吟，使我想起了许多的往事。头一件就是我的母亲，她的爱可以使我止水似的感情，重又荡漾起来。我这十几年来，错认了世界是虚空的，人生是无意识的，爱和怜悯都是恶德。我给你那医药费，里面不含着丝毫的爱和怜悯，不过是拒绝你的呻吟，拒绝我的母亲，拒绝了宇宙和人生，拒绝了爱和怜悯。上帝呵！这是什么念头呵！

我再深深的感谢你从天真里指示我的那几句话。小朋友呵！不错的，世界上的母亲和母亲都是好朋友，世界上的儿子和儿子也都是好朋友，都是互相牵连，不是互相遗弃的。

你送给我那一篮花之先，我母亲已经先来了。她带了你的爱来感动我。我必不忘记你的花和你的爱，也请你不要忘了，你的花和你的爱，是借着你朋友的母亲带了来的！

我是冒罪丛过的，我是空无所有的，更没有东西配送给你。——然而这时伴着我的，却有悔罪的泪光，半弦的月光，灿烂的星光。宇宙间只有它们是纯洁无疵的。我要用一缕柔丝，将泪珠儿穿起，系在弦月的两端，摘下满天的星儿来盛在弦月的圆凹里，不也是一篮金黄色的花儿么？它的香气，就是悔罪的人呼吁的言词，请你收了罢。只有这一蓝花配送给你！

天已明了，我要走了。没有别的话说了，我只感谢你，小朋友，再见！再见！世界上的儿子和儿子都是好朋友，我们永远是牵连着呵！

何彬草

我写了这一大段，你未必都认得都懂得；然而你也用不着都懂得，因为你懂得的，比我多得多了！又及。

"他送给我的那一篮花儿呢？"禄儿仰着黑胖的脸儿，呆呆的望着天上。

（原载1921年4月《小说月报》第12卷第4号）

点评

　　天下的母亲都是朋友，天下的人们都是朋友，都应该相互关爱、互相帮助。送人玫瑰，手留余香。小说借助一个走出狭隘的个人世界的"超人"，主动去帮助生病的孩子这样一个简单的故事，传达了冰心的博爱思想。正如她自己所言：有了爱，就有了一切。爱，这种发自人性深处的真挚情感，是与性本善紧紧联系在一起的。作家相信爱的力量是无穷的，是能够解决全部社会矛盾及问题的。这种思想在五四时代无疑具有很大的进步意义。

郁达夫（1896—1945）

原名郁文，字达夫，生于浙江富阳满洲弄（今达夫弄）。代表作有《沉沦》《故都的秋》《春风沉醉的晚上》《过去》《迟桂花》等。

春风沉醉的晚上

一

在沪上闲居了半年，因为失业的结果，我的寓所迁移了三处。最初我住在静安寺路南的一间同鸟笼似的永也没有太阳晒着的自由的监房里。这些自由的监房的住民，除了几个同强盗小窃一样的凶恶裁缝之外，都是些可怜的无名文士，我当时所以送了那地方一个YellowGrabStreet的称号。在这GrubStreet里住了一个月，房租忽涨了价，我就不得不拖了几本破书，搬上跑马厅附近一家相识的栈房里去。后来在这栈房里又受了种种逼迫，不得不搬了，我便在外白渡桥北岸的邓脱路中间，日新里对面的贫民窟里，寻了一间小小的房间，迁移了过去。

邓脱路的这几排房子，从地上量到屋顶，只有一丈几尺高。我住的楼上的那间房间，更是矮小得不堪。若站在楼板上升一升懒腰，两只手就要把灰黑的屋顶穿通的。从前面的衖里踱进了那房子的门，便是房主的住房。在破布洋铁罐玻璃瓶旧铁器堆满的中间，侧着身子走进两步，就有一张中间有几根横档跌落的梯子靠墙摆在那里。用了这张梯子往上面的黑魆魆的一个二尺宽的洞里一接，即能走上楼去。黑沉沉的这层楼上，本来只有猫额那样大，房主人却把它隔成了两间小房，外面一间是一个N烟公司的女工住在那里，我所租的是梯子口头的那间小房，因为外间的住者要从我的房里出入，所以我的每月的房租要比外间的便宜几角小洋。

我的房主,是一个五十来岁的弯腰老人。他的脸上的青黄色里,映射着一层暗黑的油光。两只眼睛是一只大一只小,颧骨很高,额上颊上的几条皱纹里满砌着煤灰,好像每天早晨洗也洗不掉的样子。他每日于八九点钟的时候起来,咳嗽一阵,便挑了一双竹篮出去,到午后的三四点钟总仍旧是挑了一双空篮回来的,有时挑了满担回来的时候,他的竹篮里便是那些破布破铁器玻璃瓶之类。像这样的晚上,他必要去买些酒来喝喝,一个人坐在床沿上瞎骂出许多不可捉摸的话来。

我与间壁的同寓者的第一次相遇,是在搬来的那天午后。春天的急景已经快晚了的五点钟的时候,我点了一枝蜡烛,在那里安放几本刚从栈房里搬过来的破书。先把它们叠成了两方堆,一堆小些,一堆大些,然后把两个二尺长的装画的画架覆在大一点的那堆书上。因为我的器具都卖完了,这一堆书和画架白天要当写字台,晚可当床睡的。摆好了画架的板,我就朝着这张由书叠成的桌子,坐在小一点的那堆书上吸烟,我的背系朝着梯子的接口的。我一边吸烟,一边在那里呆看放在桌上的蜡烛火,忽而听见梯子口上起了响动。回头一看,我只见了一个自家的扩大的投射影子,此外什么也辨不出来,但我的听觉分明告诉我说:"有人上来了。"我向暗中凝视了几秒钟,一个圆形灰白的面貌,半截纤细的女人的身体,方才映到我的眼帘上来。一见了她的容貌我就知道她是我的间壁的同居者了。因为我来找房子的时候,那房主的老人便告诉我说,这屋里除了他一个人外,楼上只住着一个女工。我一则喜欢房价的便宜,二则喜欢这屋里没有别的女人小孩,所以立刻就租定了的。等她走上了梯子,我才站起来对她点了点头说:

"对不起,我是今朝才搬来的,以后要请你照应。"

她听了我这话,也并不回答,放了一双漆黑的大眼,对我深深的看了一眼,就走上她的门口去开了锁,进房去了。我与她不过这样的见了一面,不晓是什么原因,我只觉得她是一个可怜的女子。她的高高的鼻梁,灰白长圆的面貌,清瘦不高的身体,好像都是表明她是可怜的特征,但是当时正为了生活问题在那里操心的我,也无暇去怜惜这还未曾失业的女工,过了几分钟我又动也不动的坐在那一小堆书上看蜡烛光了。

在这贫民窟里过了一个多礼拜,她每天早晨七点钟去上工和午后六点多钟下工回来,总只见我呆呆的对着了蜡烛或油灯坐在那堆书上。大约她的好奇心被我那痴不痴呆不呆的态度挑动了罢。有一天她下了工走上楼来的时候，我依旧和第一天一样的站起来让她过去。她走到了我的身边忽而停住了脚。看了我一眼，吞吞吐吐好像怕什么似的问我说：

"你天天在这里看的是什么书？"

（她操的是柔和的苏州音，听了这一种声音以后的感觉，是怎么也写不出来的，所以我只能把她的言语译成普通的白话。）

我听了她的话，反而脸上涨红了。因为我天天呆坐在那里，面前虽则有几本外国书摊着，其实我的脑筋昏乱得很，就是一行一句也看不进去。有时候我只用了想像在书的上一行与下一行中间的空白里，填些奇异的模型进去。有时候我只把书里边的插画翻开来看看，就了那些插画演绎些不近人情的幻想出来。我那时候的身体因为失眠与营养不良的结果，实际上已经成了病的状态了。况且又因为我的唯一的财产的一件棉袍子已经破得不堪，白天不能走出外面去散步和房里全没有光线进来，不论白天晚上，都要点着油灯或蜡烛的缘故，非但我的全部健康不如常人，就是我的眼睛和脚力，也局部的非常萎缩了。在这样状态下的我，听了她这一问，如何能够不红起脸来呢？所以我只是含含糊糊的回答说：

"我并不在看书，不过什么也不做呆坐在这里，样子一定不好看，所以把这几本书摊放着的。"

她听了这话，又深深的看了我一眼，作了一种不解的形容，依旧的走到她的房里去了。

那几天里，若说我完全什么事情也不去找什么事情也不曾干。却是假的。有时候，我的脑筋稍微清新一点，也曾译过几首英法的小诗，和几篇不满四千字的德国的短篇小说，于晚上大家睡熟的时候，不声不响的出去投邮，在寄投给各新开的书局。因为当时我的各方面就职的希望，早已经完全断绝了，只有这一方面，还能靠了我的枯燥的脑筋，想想法子看。万一中了他们编辑先生的意，把我译的东西登了出来，也不难得着几块钱的酬报。所以我自迁移到邓脱路以后，当她第一次同我讲话的时候，这样的译稿已经发出了三四次了。

二

  在乱昏昏的上海租界里住着,四季的变迁和日子的过去是不容易觉得的。我搬到了邓脱路的贫民窟之后,只觉得身上穿在那里的那件破棉袍子一天一天的重了起来,热了起来,所以我心里想:
  "大约春光也已经老透了罢!"
  但是囊中很羞涩的我,也不能上什么地方去旅行一次,日夜只是在那暗室的灯光下呆坐。在一天大约是午后了,我也是这样的坐在那里,间壁的同住者忽而手里拿了两包用纸包好的物件走了上来,我站起来让她走的时候,她把手里的纸包放了一包在我的书桌上说:
  "这一包是葡萄浆的面包,请你收藏着,明天好吃的。另外我还有一包香蕉买在这里,请你到我房里来一道吃罢!"
  我替她拿住了纸包,她就开了门邀我进她的房里去,共住了这十几天,她好像已经信用我是一个忠厚的人的样子。我见她初见我的时候脸上流露出来的那一种疑惧的形容完全没有了。我进了她的房里,才知道天还未暗,因为她的房里有一扇朝南的窗,太阳返射的光线从这窗里投射进来,照见了小小的一间房,由二条板铺成的一张床,一张黑漆的半桌,一只板箱,和一条圆凳。床上虽则没有帐子,但堆有二条洁净的青布被褥。半桌上有一只小洋铁箱摆在那里,大约是她的梳头器具,洋铁箱上已经有许多油污的点子。她一边把堆在圆凳上的几件半旧的洋布棉袄,粗布裤等收在床上,一边就让我坐下。我看了她那殷勤待我的样子,心里倒不好意思起来,所以就对她说:
  "我们本来住在一处,何必这样的客气。"
  "我并不客气,但是你每天当我回来的时候,总站起来让我,我却觉得对不起得很。"
  这样的说着,她就把一包香蕉打开来让我吃。她自家也拿了一只,在床上坐下,一边吃一边问我说:
  "你何以只住在家里,不出去找点事情做做?"
  "我原是这样的想,但是找来找去总找不着事情。"
  "你有朋友么?"

"朋友是有的,但是到了这样的时候,他们都不和我来往了。"

"你进过学堂么?"

"我在外国的学堂里曾经念过几年书。"

"你家在什么地方?何以不回家去?"

她问到了这里,我忽而感觉到我自己的现状了。因为自去年以来,我只是一日一日的萎靡下去,差不多把"我是什么人?""我现在所处的是怎么一种境遇?""我的心里还是悲还是喜?"这些观念都忘掉了。经她这一问,我重新把半年来困苦的情形一层一层的想了出来。所以听她的问话以后,我只是呆呆的看她,半晌说不出话来。她看了我这个样子,以为我也是一个无家可归的流浪人。脸上就立时起了一种孤寂的表情,微微的叹着说:

"唉!你也是同我一样的么?"

微微的叹了一声之后,她就不说话了。我看她的眼圈上有些潮红起来,所以就想了一个另外的问题问她说:

"你在工厂里做的是什么工作?"

"是包纸烟的。"

"一天作几个钟头工?"

"早晨七点钟起,晚上六点钟止,中午休息一个钟头,每天一共要作十个钟头的工。少作一点钟就要扣钱的。"

"扣多少钱?"

"每月九块钱,所以是三块钱十天,三分大洋一个钟头。"

"饭钱多少?"

"四块钱一月。"

"这样算起来,每月一个钟点也不休息,除了饭钱,可省下五块钱来。够你付房钱买衣服的么?"

"哪里够呢!并且那管理人要……啊啊!我……我所以非常恨工厂的。你吃烟的么?"

"吃的。"

"我劝你顶好还是不吃。就吃也不要去吃我们工厂的烟。我真恨死它在这里。"

我看看她那一种切齿怨恨的样子,就不愿意再说下去。把手里捏着的半个吃剩的香蕉咬了几口,向四边一看,觉得她的房里也有些灰黑了,我站起来道了谢,就走回到了我自己的房里。她大约作工倦了的缘故,每天回来大概是马上就入睡的,只有这一晚上,她在房里好像是直到半夜还没有就寝。从这一回之后,她每天回来,总和我说几句话。我从她自家的口里听得,知道她姓陈,名叫二妹,是苏州东乡人,从小系在上海乡下长大的,她父亲也是纸烟工厂的工人,但是去年秋天死了。她本来和她父亲同住在那间房里,每天同上工厂去的,现在却只剩了她一个人了。她父亲死后的一个多月,她早晨上工厂去也一路哭了去,晚上回来也一路哭了回来的。她今年十七岁,也无兄弟姊妹,也无近亲的亲戚。她父亲死后的葬殓等事,是他于未死之前把十五块钱交给楼下的老人,托这老人包办的。她说:

"楼下的老人倒是一个好人,对我从来没有起过坏心,所以我得同父亲在日一样的去作工,不过工厂的一个姓李的管理人却坏得很,知道我父亲死了,就天天的想戏弄我。"

她自家和她父亲的身世,我差不多全知道了,但她母亲是如何的一个人?死了呢还是活在哪里?假使还活着,住在什么地方? 等等,她却从来还没有说及过。

三

天气好像变了。几日来我那独有的世界,黑暗的小房里的腐浊的空气,同蒸笼里的蒸气一样,蒸得人头昏欲晕,我每年在春夏之交要发的神经衰弱的重症,遇了这样的气候,就要使我变成半狂。所以我这几天来到了晚上,等马路上人静之后,也常常想出去散步去。一个人在马路上从狭隘的深蓝天空里看看群星,慢慢的向前行走,一边作些漫无涯涘的空想,倒是于我的身体很有利益。当这样的无可奈何,春风沉醉的晚上,我每要在各处乱走,走到天将明的时候才回家里。我这样的走倦了回去就睡,一睡直可睡到第二天的日中,有几次竟要睡到二妹下工回来的前后方才起来,睡眠一足,我的健康状态也渐渐的回复起来了。平时只能消化半磅面包的我的胃部,自从我的深夜游行的练习开始之后,进步得几乎能容纳面包一磅了。这事在经济上虽则是一大打击,但我的脑筋,受了这些滋养,似乎比从前稍能统一。我于游行回来之后,就睡之前,却做成了几篇 AllanPoe 式的短篇小说,自家看看,也不很坏。我改了几次,抄了几次,一一投邮寄出之后,心里虽然起了些微细的希望,但是想想前几回的译稿的绝无消息,过了几天,也便把它们忘了。

邻住者的二妹,这几天来,当她早晨出去上工的时候,我总在那里酣睡,只有午后下工回来的时候,有几次有见面的机会,但是不晓是什么原因,我觉得她对我的态度,又回到从前初见面的时候的疑惧状态去了。有时候她深深的看我一眼,她的黑晶晶,水汪汪的眼睛里,似乎是满含着责备我规劝我的意思。

我搬到这贫民窟里住后,约莫已经有二十多天的样子,一天午后我正点上蜡烛,在那里看一本从旧书铺里买来的小说的时候,二妹却急急忙忙的走上楼来对我说:

"楼下有一个送信的在那里,要你拿了印子去拿信。"她对我讲这话的时候,她的疑惧我的态度更表示得明显,她好像在那里说:"呵呵!你的事件是发觉了啊!"我对她这种态度,心里非常痛恨,所以就气急了一点,回答她说:

"我有什么信?不是我的!"

她听了我这气愤愤的回答,更好像是得了胜利似的,脸上忽涌出了一种冷笑说:

"你自家去看罢!你的事情,只有你自家知道的!"

同时我听见楼低下门口果真有一个邮差似的人在催着说:

"挂号信!"

我把信取来一看,心里就突突的跳了几跳,原来我前回寄去的一篇德文短篇的译稿,已经在某杂志上发表了,信中寄来的是五圆钱的一张汇票。我囊里正是将空的时候,有了这五圆钱,非但月底要预付的来月的房金可以无忧,并且付过房金以后,还可以维持几天食料,当时这五圆钱对我的效用的扩大,是谁也能推想得出来的。

第二天午后,我上邮局去取了钱,在太阳晒着的大街上走了一会,忽而觉得身上就淋出了许多汗来。我向我前后左右的行人一看,复向我自家的身上一看,就不知不觉的把头低俯了下去。我颈上头上的汗珠,更同盛雨似的,一颗一颗的钻出来了。因为当我在深夜游行的时候,天上并没有太阳,并且料峭的春寒,于东方微白的残夜,老在静寂的街巷中留着,所以我穿的那件破棉袍子,还觉得不十分与节季违异。如今到了阳和的春日晒着的这日中,我还不能自觉,依旧穿了这件夜游的敞袍,在大街上阔步,与前后左右的和节季同时进行的我的同类一比,我哪得不自惭形秽呢?我一时竟忘了几日后不得不付的房金,忘了囊中本来将尽的些微的积聚,便慢慢的走上了闸路的估衣铺去。好久不在天日之下行走的我,看看街上来往的汽车人力车,车中坐着的华美的少年男女,和马路两边的绸缎铺金银铺窗里的丰丽的陈设,听听四面的同蜂衙似的嘈杂的人声,脚步声,车铃声,一时倒也觉得是身到了大罗天上的样子。我忘记了我自家的存在,也想和我的同胞一样的欢歌欣舞起来,我的嘴里便不知不觉的唱起几句久忘了的京调来了。这一时的涅槃幻境,当我想横越过马路,转入闸路去的时候,忽而被一阵铃声惊破了。我抬起头来一看,我的面前正冲来了一乘无轨电车,车头上站着的那肥胖的机器手,伏出了半身,怒目的大声骂我说:

"猪头三!侬(你)艾(眼)睛勿散(生)咯!跌杀时,叫旺(黄)够(狗)来抵侬(你)命噢!"

我呆呆的站住了脚,目送那无轨电车尾后卷起了一道灰尘,向北过去之后,不知是从何处发出来的感情,忽而竟禁不住哈哈哈哈的笑了几声。等得四面的人注视我的时候,我才红了脸慢慢的走向了闸路里去。

我在几家估衣铺里,问了些夹衫的价线,还了他们一个我所能出的数目,几个估衣铺的店员,好像是一个师父教出的样子,都摆下了脸面,嘲弄着说:

"侬(你)寻萨咯(什么)凯(开心)!马(买)勿起好勿要马(买)咯!"

一直问到五马路边上的一家小铺子里,我看看夹衫是怎么也买不成了,才买定了一件竹布单衫,马上就把它换上。手里拿了一包换下的棉袍子,默默的走回家来。一边我心里却在打算:

"横竖是不够用了,我索性来痛快的用它一下罢。"同时我又想起了那天二妹送我的面包香蕉等物。不等第二次的回想我就寻着了一家卖糖食的店,进去买了一块钱巧格力香蕉糖鸡蛋糕等杂食。站在那店里,等店员在那里替我包好来的时候,我忽而想起我有一月多不洗澡了,今天不如顺便也去洗一个澡罢。

洗好了澡,拿了一包棉袍子和一包糖食,回到邓脱路的时候,马路两旁的店家,已经上电灯了。街上来往的行人也很稀少,一阵从黄浦江上吹来的日暮的凉风,吹得我打了几个冷噤。我回到了我的房里,把蜡烛点上。向二妹的房门一照,知道她还没有回来。那时候我腹中虽则饥饿得很,但我刚买来的那包糖食怎么也不愿意打开来。因为我想等二妹回来同她一道吃。我一边拿出书来看，一边口里尽在咽唾液下去。等了许多时候，二妹终不回来，我的疲倦不知什么时候出来战胜了我，就靠在书堆上睡着了。

四

二妹回来的响动把我惊醒的时候，我见我面前的一枝十二盎司一包的洋蜡烛已经点去了二寸的样子，我问她是什么时候了？她说：

"十点的汽管刚刚放过。"

"你何以今天回来得这样迟？"

"厂里因为销路大了，要我们作夜工。工钱是增加的，不过人太累了。"

"那你可以不去做的。"

"但是工人不够，不做是不行的。"

她讲到这里，忽而滚了两粒眼泪出来，我以为她是作工作得倦了，故而动了伤感，一边心里虽在可怜她，但一边看她这同小孩似的脾气，却也感着了些儿快乐。把糖食包打开，请她吃了几颗之后，我就劝她说：

"初作夜工的时候不惯，所以觉得困倦，作惯了以后，也没有什么的。"

她默默的坐在我的半高的由书叠成的桌上，吃了几颗巧格力，对我看了几眼，好像是有话说不出来的样子。我就催她说：

"你有什么话说？"

她又沉默了一会，便断断续续的问我说：

"我……我……早想问你了，这几天晚上，你每晚在外边，可在与坏人作伙友么？"

我听了她这话，倒吃了一惊，她好像在疑我天天晚上在外面与小窃恶棍混在一块。她看我呆了不答，便以为我的行为真的被她看破了，所以就柔柔和和的连续着说：

"你何苦要吃这样好的东西，要穿这样好的衣服。你可知道这事情是靠不住的。万一被人家捉了去，你还有什么面目做人。过去的事情不必去说它，以后我请你改过了罢。……"

我尽是张大了眼睛张大了嘴呆呆的在看她，因为她的思想太奇怪了，使我无从辩解起。她沉默了数秒钟，又接着说：

"就以你吸的烟而论，每天若戒绝了不吸，岂不可省几个铜子。我早就劝你不要吸烟，尤其是不要吸那我所痛恨的Ｎ工厂的烟，你总是不听。"

她讲到了这里，又忽而落了几滴眼泪。我知道这是她为怨恨Ｎ工厂而滴的眼泪，但我的心里，怎么也不许我这样的想，我总要把它们当作因规劝我而洒的。我静静儿的想了一回，等她的神经镇静下去之后，就把昨天的那封挂号信的来由说给她听，又把今天的取钱买物的事情说了一遍。最后更将我的神经衰弱症和每晚何以必要出去散步的原因说了。她听了我这一番辩解，就信用了我，等我说完之后，她颊上忽而起了两点红晕，把眼睛低下去看看桌上，好像是怕羞似的说：

"噢，我错怪你了，我错怪你了。请你不要多心，我本来是没有歹意的。因为你的行为太奇怪了，所以我想到了邪路里去。你若能好好儿的用功，岂不是很好么？你刚才说的那——叫什么的——东西，能够卖五块钱，要是每天能做一个，多么好呢？"

我看了她这种单纯的态度，心里忽而起了一种不可思议的感情，我想把两只手伸出去拥抱她一回，但是我的理性却命令我说：

"你莫再作孽了！你可知道你现在处的是什么境遇，你想把这纯洁的处女毒杀了么？恶魔，恶魔，你现在是没有爱人的资格的呀！"

我当那种感情起来的时候，曾把眼睛闭上了几秒钟，等听了理性的命令以后，我的眼睛又开了开来，我觉得我的周围，忽而比前几秒钟更光明了。对她微微的笑了一笑，我就催她说：

"夜也深了，你该去睡了吧！明天你还要上工去的呢！我从今天起，就答应你把纸烟戒下来吧。"

她听了我这话，就站了起来，很喜欢的回到她的房里去睡了。

她去之后，我又换上一枝洋蜡烛，静静儿的想了许多事情：

"我的劳动的结果，第一次得来的这五块钱已经用去了三块。连我原有的一块多钱合起来，付房钱之后，只能省下二三角小洋来，如何是好呢！

"就把这破棉袍子去当吧！但是当铺里恐怕不要。

"这女孩子真是可怜，但我现在的境遇，可是还赶她不上，她是不想做工而工作要强迫她做，我是想找一点工作，终于找不到。就去作筋肉的劳动吧！啊啊，但是我这一双弱腕，怕吃不下一部黄包车的重力。

"自杀！我有勇气，早就干了。现在还能想到这两个字，足证我的志气还没有完全消磨尽哩！

"哈哈哈哈！今天的那天轨电车的机器手！他骂我什么来？

"黄狗，黄狗倒是一个好名词，

"……"

我想了许多零乱断续的思想，终究没有一个好法子，可以救我出目下的穷状来。听见工厂的汽笛，好像在报十二点钟了，我就站了起来，换上了白天那件破棉袍子，仍复吹熄了蜡烛，走出外面去散步去。

贫民窟里的人已经睡眠静了。对面日新里的一排临邓脱路的洋楼里，还有几家点着了红绿的电灯，在那里弹罢拉拉衣加。一声二声清脆的歌音，带着哀调，从静寂的深夜的冷空气里传到我的耳膜上来，这大约是俄国的飘泊的少女，在那里卖钱的歌唱。天上罩满了灰白的薄云，同腐烂的尸体似的沉沉的盖在那里。云层破处也能看得出一点两点星来，但星的近处，黝黝看得出来的天色，好像有无限的哀愁蕴藏着的样子。

1923 年 7 月 15 日

点评

　　这是两个人，两个生活在社会底层的人——一个落魄作家，一个烟厂女工，相互取暖、相互温暖的故事，体现了作家自觉的底层意识和人间情怀。同时，批判了黑暗现实对人的压迫。主人公的心理活动描写细腻，生动，真实，这是郁达夫小说的鲜明特征。

叶圣陶（1894—1988）

原名叶绍钧，字秉臣、圣陶，生于江苏苏州，现代作家、教育家、文学出版家和社会活动家，有"优秀的语言艺术家"之称。

潘先生在难中

一

车站里挤满了人，各有各的心事，都现出异样的神色。脚夫的两手插在号衣的口袋里，睡着一般地站着；他们知道可以得到特别收入的时间离得还远，也犯不着老早放出精神来。空气沉闷得很，人们略微感到呼吸受压迫，大概快要下雨了。电灯亮了一会了，仿佛比平时昏黄一点，望去好象一切的人物都在雾里梦里。

揭示处的黑漆板上标明西来的快车须迟到四点钟。这个报告在几点钟以前早就教人家看熟了，现在便同风化了的戏单一样，没有一个人再望它一眼。象这种报告，在这一个礼拜里，几乎每天每趟的行车都有；大家也习以为当然了。

不知几多人心系着的来车居然到了，闷闷的一个车站就一变而为扰扰的境界。来客的安心，候客者的快意，以及脚夫的小小发财，我们且都不提。单讲一位从让里来的潘先生。他当火车没有驶进月台之先，早已安排得十分周妥：他领头，右手提着个黑漆皮包，左手牵着个七岁的孩子；七岁的孩子牵着他哥哥（今年九岁），哥哥又牵着他母亲。潘先生说人多照顾不齐，这么牵着，首尾一气，犹如一条蛇，什么地方都好钻了。他又屡次叮嘱，教大家握得紧紧，切勿放手；尚恐大家万一忘了，又屡次摇荡他的左手，意思是教把这警告打电报一般一站一站递过去。

首尾一气诚然不错，可是也不能全然没有弊病。火车将停时，所有的客人和东西都要涌向车门,潘先生一家的那条蛇就有点尾大不掉了。他用黑漆皮包做前锋,胸腹部用力向前抵,居然进展到距车门只两个窗洞的地位。但是他的七岁的孩子还在距车门四个窗洞的地方,被挤在好些客人和座椅之间,一动不能动;两臂一前一后,伸得很长,前后的牵引力都很大,似乎快要把胳臂拉了去的样子。他急得直喊,"啊!我的胳臂!我的胳臂!"

一些客人听见了带哭的喊声,方才知道腰下挤着个孩子;留心一看,见他们四个人一串,手联手牵着。一个客人呵斥道,"赶快放手;要不然,把孩子拉做两半了!"

"怎么的,孩子不抱在手里!"又一个客人用鄙夷的声气自语,一方面他仍注意在攫得向前行进的机会。

"不,"潘先生心想他们的话不对,牵着自有牵着的妙用;再转一念,妙用岂是人人能够了解的,向他们辩白,也不过徒费唇舌,不如省些精神吧,就把以下的话咽了下去。而七岁的孩子还是"胳臂!胳臂!"喊着。潘先生前进后退都没有希望,只得自己失约,先放了手,随即惊惶地发命令道,"你们看着我!你们看着我!"

车轮一顿,在轨道上站定了;车门里弹出去似地跳下了许多人。潘先生觉得前头松动了些;但是后面的力量突然增加,他的脚作不得一点主,只得向前推移;要回转头来招呼自己的队伍,也不得自由,于是对着前面的人的后脑叫喊,"你们跟着我!你们跟着我!"

他居然从车门里被弹出来了。旋转身子一看,后面没有他的儿子同夫人。心知他们还挤在车中,守住车门老等总是稳当的办法。又下来了百多人,方才看见脚踏上人丛中现出七岁的孩子的上半身,承着电灯光,面目作哭泣的形相。他走前去,几次被跳下来的客人冲回,才用左臂把孩子抱了下来。再等了一会,潘师母同九岁的孩子也下来了;她吁吁地呼着气,连喊"哎唷,哎唷",凄然的眼光相着潘先生的脸,似乎要求抚慰的孩子。

潘先生到底镇定,看见自己的队伍全下来了,重又发命令道,"我们仍旧象刚才一样联起来。你们看月台上的人这么多,收票处又挤得厉害,要不是联着,就走散了!"

七岁的孩子觉得害怕,拦住他的膝头说,"爸爸,抱。"

"没用的东西!"潘先生颇有点愤怒,但随即耐住,蹲下身子把孩子抱了起来。同时关照大的孩子拉着他的长衫的后幅,一手要紧紧牵着母亲,因为他自己两只手都不空了。

潘师母从来不曾受过这样的困累,好容易下了车,却还有可怕的拥挤在前头,不禁发怨道,"早知道这样子,宁可死在家里,再也不要逃难了!"

"悔什么!"潘先生一半发气,一半又觉得怜惜。"到了这里,懊悔也是没用。并且,性命到底安全了。走吧,当心脚下。"于是四个一串向人丛中蹒跚地移过去。

一阵的拥挤,潘先生象在梦里似的,出了收票处的隘口。他仿佛急流里的一滴水滴,没有回旋转侧的余地,只有顺着大家的势,脚不点地地走。一会儿已经出了车站的铁栅栏,跨过了电车轨道,来到水门汀的人行道上。慌忙地回转身来,只见数不清的给电灯光耀得发白的面孔以及数不清的提箱与包裹,一齐向自己这边涌来,忽然觉得长衫后幅上的小手没有了,不知什么时候放了的;心头怅惘到不可言说,只是无意识地把身子乱转。转了几回,一丝踪影也没有。家破人亡之感立时袭进他的心,禁不住渗出两滴眼泪来,望出去电灯人形都有点模糊了。

幸而抱着的孩子眼光敏锐,他瞥见母亲的疏疏的额发,便认识了,举起手来指点着,"妈妈,那边。"

潘先生一喜;但是还有点不大相信,眼睛凑近孩子的衣衫擦了擦,然后望去。搜寻了一会,果然看见他的夫人呆鼠一般在人丛中瞎撞,前面护着那大的孩子,他们还没跨过电车轨道呢。他便向前迎上去,连喊"阿大",把他们引到刚才站定的人行道上。于是放下手中的孩子,舒畅地吐一口气,一手抹着脸上的汗说,"现在好了!"的确好了,只要跨出那一道铁栅栏,就有人保险,什么兵火焚掠都遭逢不到;而已经散失的一妻一子,又幸运得很,一寻即着:岂不是四条性命,一个皮包,都从毁灭和危难之中捡了回来么?岂不是"现在好了"?

"黄包车!"潘先生很入调地喊。

车夫们听见了,一齐拉着车围拢来,问他到什么地方。

他稍微昂起了头,似乎增加了好几分威严,伸出两个指头扬着说,"只消两辆!两辆!"他想了一想,继续说,"十个铜子,四马路,去的就去!"这分明表示他是个"老上海"。

辩论了好一会，终于讲定十二个铜子一辆。潘师母带着大的孩子坐一辆，潘先生带着小的孩子同黑漆皮包坐一辆。

车夫刚要拔脚前奔，一个背枪的印度巡捕一条胳臂在前面一横，只得缩住了。小的孩子看这个人的形相可怕，不由得回过脸来，贴着父亲的胸际。

潘先生领悟了，连忙解释道，"不要害怕，那就是印度巡捕，你看他的红包头。我们因为本地没有他，所以要逃到这里来；他背着枪保护我们。他的胡子很好玩的，你可以看一看，同罗汉的胡子一个样子。"

孩子总觉得怕，便是同罗汉一样的胡子也不想看。直到听见当当的声音，才从侧边斜睨过去，只见很亮很亮的一个房间一闪就过去了；那边一家家都是花花灿灿的，灯点得亮亮的，他于是不再贴着父亲的胸际。

到了四马路，一连问了八九家旅馆，都大大的写着"客满"的牌子；而且一望而知情商也没用，因为客堂里都搭起床铺，可知确实是住满了。最后到一家也标着"客满"，但是一个伙计懒懒地开口道，"找房间么？"

"是找房间，这里还有么？"一缕安慰的心直透潘先生的周身，仿佛到了家似的。

"有是有一间，客人刚刚搬走，他自己租了房子了。你先生若是迟来一刻，说不定就没有了。"

"那一间就归我们住好了。"他放了小的孩子，回身去扶下夫人同大的孩子来，说，"我们总算运气好，居然有房间住了！"随即付车钱，慷慨地照原价加上一个铜子；他相信运气好的时候多给人一些好处，以后好运气会连续而来的。但是车夫偏不知足，说跟着他们回来回去走了这多时，非加上五个铜子不可。结果旅馆里的伙计出来调停，潘先生又多破费了四个铜子。

这房间就在楼下，有一张床，一盏电灯，一张桌子，两把椅子，此外就只有烟雾一般的一房间的空气了。潘先生一家跟着茶房走进去时，立刻闻到刺鼻的油腥味，中间又混着阵阵的尿臭。潘先生不快地自语道，"讨厌的气味！"随即听见隔壁有食料投下油锅的声音，才知道那里是厨房。再一想时，气味虽讨厌，究比吃枪子睡露天好多了；也就觉得没有什么，舒舒泰泰地在一把椅子上坐下。

"用晚饭吧？"茶房放下皮包回头问。

"我要吃火腿汤淘饭，"小的孩子咬着指头说。

潘师母马上对他看个白眼,凛然说,"火腿汤淘饭!是逃难呢,有得吃就好了,还要这样那样点戏!"

大的孩子也不知道看看风色,央着潘先生说,"今天到上海了,你给我吃大菜。"

潘师母竟然发怒了,她回头呵斥道,"你们都是没有心肝的,只配什么也没得吃,活活地饿……"

潘先生有点儿窘,却作没事的样子说,"小孩子懂得什么。"便吩咐茶房道,"我们在路上吃了东西了,现在只消来两客蛋炒饭。"

茶房似答非答地一点头就走,刚出房门,潘先生又把他喊回来道,"带一斤绍兴,一毛钱熏鱼来。"

茶房的脚声听不见了,潘先生舒快地对潘师母道,"这一刻该得乐一乐,喝一杯了。你想,从兵祸凶险的地方,来到这绝无其事的境界,第一件可乐。刚才你们忽然离开了我,找了半天找不见,真把我急死了;倒是阿二乖觉(他说着,把阿二拖在身边,一手轻轻地拍着),他一眼便看见了你,于是我迎上来,这是第二件可乐。乐哉乐哉,陶陶酌一杯。"他作举杯就口的样子,迷迷地笑着。

潘师母不响,她正想着家里呢。细软的虽然已经带在皮包里,寄到教堂里去了,但是留下的东西究竟还不少。不知王妈到底可靠不可靠;又不知隔壁那家穷人家有没有知道他们一家都出来了,只剩个王妈在家里看守;又不知王妈睡觉时,会不会忘了关上一扇门或是一扇窗。她又想起院子里的三只母鸡,没有完工的阿二的裤子,厨房里的一碗白燠鸭……真同通了电一般,一刻之间,种种的事情都涌上心头,觉得异样地不舒服;便叹口气道,"不知弄到怎样呢!"

两个孩子都怀着失望的心情,茫昧地觉得这样的上海没有平时父母嘴里的上海来得好玩而有味。

疏疏的雨点从窗外洒进来,潘先生站起来说,"果真下雨了,幸亏在这时候下。"就把窗子关上。突然看见原先给窗子掩没的旅客须知单,他便想起一件顶紧要的事情,一眼不眨地直望那单子。

"不折不扣,两块!"他惊讶地喊。回转头时,眼珠瞪视着潘师母,一段舌头从嘴里伸了出来。

二

第二天早上,走廊中茶房们正蜷在几条长凳上熟睡,狭得只有一条的天井上面很少有晨光透下来,几许房间里的电灯还是昏黄地亮着。但是潘先生夫妇两个已经在那里谈话了;两个孩子希望今天的上海或许比昨晚的好一点,也醒了一会儿,只因父母教他们再睡一会,所以还躺在床上,彼此呵痒为戏。

"我说你一定不要回去,"潘师母焦心地说。"这报上的话,知道它靠得住靠不住的。既然千难万难地逃了出来,哪有立刻又回去的道理!"

"料是我早先也料到的。顾局长的脾气就是一点不肯马虎。'地方上又没有战事,学自然照常要开的,'这句话确然是他的声口。这个通信员我也认识,就是教育局里的职员,又哪里会靠不住?回去是一定要回去的。"

"你要晓得,回去危险呢!"潘师母凄然地说。"说不定三天两天他们就会打到我们那地方去,你就是回去开学,有什么学生来念书?就是不打到我们那地方,将来教育局长怪你为什么不开学时,你也有话回答。你只要问他,到底性命要紧还是学堂要紧?他也是一条性命,想来决不会对你过不去。"

"你懂得什么!"潘先生颇怀着鄙薄的意思。"这种话只配躲在家里,伏在床角里,由你这种女人去说;你道我们也说得出口么!你切不要拦阻我(这时候他已转为抚慰的声调),回去是一定要回去的;但是包你没有一点危险,我自有保全自己的法子。而且(他自喜心思灵敏,微微笑着),你不是很不放心家里的东西么?我回去了,就可以自己照看,你也能定心定意住在这里了。等到时局平定了,我马上来接你们回去。"

潘师母知道丈夫的回去是万无挽回的了。回去可以照看东西固然很好;但是风声这样紧,一去之后,犹如珠子抛在海里,谁保得定必能捞回来呢!生离死别的哀感涌上心头,她再不敢正眼看她的丈夫,眼泪早在眼角边偷偷地想跑出来了。她又立刻想起这个场面不大吉利,现在并没有什么不好的事情,怎么能凄惨地流起眼泪来。于是勉强忍住眼泪,聊作自慰的请求道,"那么你去看看情形,假使教育局长并没有照常开学这句话,要是还来得及,你就搭了今天下午的车来,不然,搭了明天的早车来。你要知道(她到底忍不住,一滴眼泪落在手背,立刻在衫子上擦去了),我不放心呢!"

潘先生心里也着实有点烦乱，局长的意思照常开学，自己万无主张暂缓开学之理，回去当然是天经地义，但是又怎么放得下这里！看他夫人这样的依依之情，断然一走，未免太没有恩义。又况一个女人两个孩子都是很懦弱的，一无依傍，寄住在外边，怎能断言决没有意外？他这样想时，不禁深深地发恨：恨这人那人调兵遣将，预备作战，恨教育局长主张照常开课，又恨自己没有个已经成年，可以帮助一臂的儿子。

但是他究竟不比女人，他更从利害远近种种方面着想，觉得回去终于是天经地义。便把恼恨搁在一旁，脸上也不露一毫形色，顺着夫人的口气点头道，"假若打听明白局长并没有这个意思，依你的话，就搭了下午的车来。"

两个孩子约略听得回去和再来的话，小的就伏在床沿作娇道，"我也要回去。"

"我同爸爸妈妈回去，剩下你独个儿住在这里，"大的孩子扮着鬼脸说。

小的听着，便迫紧喉咙叫唤，作啼哭的腔调，小手擦着眉眼的部分，但眼睛里实在没有眼泪。

"你们都跟着妈妈留在这里，"潘先生提高了声音说。"再不许胡闹了，好好儿起来等吃早饭吧。"说罢，又嘱咐了潘师母几句，径出雇车，赶往车站。

模糊地听得行人在那里说铁路已断火车不开的话，潘先生想，"火车如果不开，倒死了我的心，就是立刻免职也只得由他了。"同时又觉得这消息很使他失望；又想他要是运气好，未必会逢到这等失望的事，那么行人的话也未必可靠。欲决此疑，只希望车夫三步并作一步跑。

他的运气果然不坏，赶到车站一看，并没有火车不开的通告；揭示处只标明夜车要迟四点钟才到，这时候还没到呢。买票处绝不拥挤，时时有一两个人前去买票。聚集在站中的人却不少，一半是候客的，一半是来看看的，也有带着照相器具的，专等夜车到时摄取车站拥挤的情形，好作《风云变幻史》的一页。行李房满满地堆着箱子铺盖，各色各样，几乎碰到铅皮的屋顶。

他心中似乎很安慰，又似乎有点儿怅惘，顿了一顿，终于前去买了一张三等票，就走入车厢里坐着。晴明的阳光照得一车通亮，可是不嫌燠热；坐位很宽舒，勉强要躺躺也可以。他想，"这是难得逢到的。倘若心里没有事，真是一趟愉快的旅行呢。"

这趟车一路耽搁，听候军人的命令，等待兵车的通过。开到让里，已是下午三点过了。潘先生下了车,急忙赶到家,看见大门紧紧关着,心便一定,原来昨天再四叮嘱王妈的就是这一件。

扣了十几下,王妈方才把门开了。一见潘先生,出惊地说,"怎么,先生回来了!不用逃难了么?"

潘先生含糊回答了她;奔进里面四周一看,便开了房门的锁,直闯进去上下左右打量着。没有变更,一点没有变更,什么都同昨天一样。于是他吊起的半个心放下来了。还有半个心没放下,便又锁上房门,回身出门;吩咐王妈道,"你照旧好好把门关上了。"

王妈摸不清头绪,关了门进去只是思索。她想主人们一定就住在本地,恐怕她也要跟去,所以骗她说逃到上海去。"不然,怎么先生又回来了?奶奶同两个孩子不同来,又躲在什么地方呢?但是,他们为什么不让我跟去?这自然嫌得人多了不好。——他们一定就住在那洋人的红房子里,那些兵都讲通的,打起仗来不打那红房子。——其实就是老实告诉我,要我跟去,我也不高兴去呢。我在这里一点也不怕;如果打仗打到这里来,反正我的老衣早就做好了。"她随即想起甥女儿送她的一双绣花鞋真好看,穿了那双鞋上西方,阎王一定另眼相看;于是她感到一种微妙的舒快,不再想主人究竟在哪里的问题。

潘先生出门,就去访那当通信员的教育局职员,问他局长究竟有没有照常开学的意思。那人回答道,"怎么没有?他还说有些教员只顾逃难,不顾职务,这就是表示教育的事业不配他们干的;乘此淘汰一下也是好处。"潘先生听了,仿佛觉得一凛;但又赞赏自己有主意,决定从上海回来到底是不错的。一口气奔到自己的学校里,提起笔来就起草送给学生家属的通告。通告中说兵乱虽然可虑,子弟的教育犹如布帛菽粟,是一天一刻不可废弃的,现在暑假期满,学校照常开学。从前欧洲大战的时候,人家天空里布着御防炸弹的网,下面学校里却依然在那里上课;这种非常的精神,我们应当不让他们专美于前。希望家长们能够体谅这一层意思,若无其事地依旧把子弟送来;这不仅是家庭和学校的益处,也是地方和国家的荣誉。

他起好草稿,往复看了三遍,觉得再没有可以增损,局长看见了,至少也得说一声"先得我心"。便得意地誊上蜡纸,又自己动手印刷了百多张,派校役向一个个学生家里送去。公事算是完毕了,开始想到私事;既要开学,上海是去不成了,他们母子三个住在旅馆里怎么挨得下去!但也没有办法,惟有教他们一切留意,安心住着。于是蘸着刚才的残墨写寄与夫人的信。

下一天,他从茶馆里得到确实的信息,铁路真个不通了。他心头突然一沉,似乎觉得最亲热的一妻两儿忽地乘风飘去,飘得很远,几乎至于渺茫。没精没采地踱到学校里,校役回报昨天的使命道,"昨天出去送通告,有二十多家关上了大门,打也打不开,只好从门缝里塞进去。有三十多家只有佣人在家里,主人逃到上海去了,孩子当然跟了去,不一定几时才能回来念书。其余的都说知道了;有的又说性命还保不定安全,读书的事再说吧。"

哦,知道了;潘先生并不留心在这些上边,更深的忧虑正萦绕在他的心头。他抽完了一支烟卷以后,应走的路途决定了,便赶到红十字会分会的办事处。

他缴纳会费愿做会员;又宣称自己的学校房屋还宽敞,愿意作为妇女收容所,到万一的时候收容妇女。这是慈善的举措,当然受热诚的欢迎,更兼潘先生本来是体面的大家知道的人物。办事处就给他红十字的旗子,好在学校门前张起来;又给他红十字的徽章,标明他是红十字会的一员。

潘先生接旗子和徽章在手,像捧着救命的神符,心头起一种神秘的快慰。"现在什么都安全了!但是……"想到这里,便笑向办事处的职员道,"多给我一面旗,几个徽章罢。"他的理由是学校还有个侧门,也得张一面旗,而徽章这东西太小巧,恐怕偶尔遗失了,不如多备几个在那里。

办事员同他说笑话,这东西又不好吃的,拿着玩也没有什么意思,多拿几个也只作一个会员,不如不要多拿罢。但是终于依他的话给了他。

两面红十字旗立刻在新秋的轻风中招展,可是学校的侧门上并没有旗,原来移到潘先生家的大门上去了。一个红十字徽章早已缀上潘先生的衣襟,闪耀着慈善庄严的光,给与潘先生一种新的勇气。其余几个呢,重重包裹,藏在潘先生贴身小衫的一个口袋里。他想,"一个是她的,一个是阿大的,一个是阿二的。"虽然他们远处在那渺茫难接的上海,但是仿佛给他们加保了一重险,他们也就各各增加一种新的勇气。

三

碧庄地方两军开火了。

让里的人家很少有开门的,店铺自然更不用说,路上时时有兵士经过。他们快要开拔到前方去,觉得最高的权威附灵在自己身上,什么东西都不在眼里,只要高兴提起脚来踩,都可以踩做泥团踩做粉这就来了拉夫的事情:恐怕被拉的人乘隙脱逃,便用长绳一个联一个拴着胳膊,几个弟兄在前,几个弟兄在后,一串一串牵着走。因此,大家对于出门这件事都觉得危惧,万不得已时,也只从小巷僻路走,甚至佩着红十字徽章如潘先生之辈,也不免怀着戒心,不敢大模大样地踱来踱去。于是让里的街道见得又清静又宽阔了。

上海的报纸好几天没来。本地的军事机关却常常有前方的战报公布出来,无非是些"敌军大败,我军进展若干里"的话。街头巷尾贴出一张新鲜的战报时,也有些人慢慢聚集拢来,注目看着。但大家看罢以后依然不能定心,好似这布告背后还有许多话没说出来,于是怅怅地各自散了,眉头照旧皱着。

这几天潘先生无聊极了。最难堪的,自然是妻儿远离,而且消息不通,而且似乎有永远难通的朕兆。次之便是自身的问题,"碧庄冲过来只一百多里路,这徽章虽说有用处,可是没有人写过笔据,万一没有用,又向谁去说话?——枪子炮弹劫掠放火都是真家伙,不是耍的,到底要多打听多走门路才行。"他于是这里那里探听前方的消息,只要这消息与外间传说的不同,便觉得真实的成分越多,即根据着盘算对于自身的利害。街上如其有一个人神色仓皇急忙行走时,他便突地一惊,以为这个人一定探得确实而又可怕的消息了;只因与他不相识,"什么!"一声就在喉际咽住了。

红十字会派人在前方办理救护的事情,常有人搭着兵车回来,要打听消息自然最可靠了。潘先生虽然是个会员,却不常到办事处去探听,以为这样就是对公众表示胆怯,很不好意思。然而红十字会究竟是可以得到真消息的机关,舍此他求未免有点傻,于是每天傍晚到姓吴的办事员家里去打听。姓吴的告诉他没有什么,或者说前方抵住在那里,他才透了口气回家。

这一天傍晚,潘先生又到姓吴的家里;等了好久,姓吴的才从外面走进来。

"没有什么吧?"潘先生急切地问。"照布告上说,昨天正向对方总攻击呢。"

"不行,"姓吴的忧愁地说;但随即咽住了,捻着唇边仅有的几根二三分长的髭须。

"什么!"潘先生心头突地跳起来,周身有一种拘牵不自由的感觉。

姓吴的悄悄地回答,似乎防着人家偷听了去的样子,"确实的消息,正安

（距碧庄八里的一个镇）今天早上失守了！"

"啊！"潘先生发狂似地喊出来。顿了一顿，回身就走，一壁说道，"我回去了！"

路上的电灯似乎特别昏暗，背后又仿佛有人追赶着的样子，惴惴地，歪斜的急步赶到了家，叮嘱王妈道，"你关着门安睡好了，我今夜有事，不回来住了。"他看见衣橱里有一件绉纱的旧棉袍，当时没收拾在寄出去的箱子里，丢了也可惜；又有孩子的几件布夹衫，仔细看时还可以穿穿；又有潘师母的一条旧绸裙，她不一定舍得便不要它：便胡乱包在一起，提着出门。

"车！车！福星街红房子，一毛钱。"

"哪里有一毛钱的？"车夫懒懒地说。"你看这几天路上有几辆车？不是拼死寻饭吃的，早就躲起来了。随你要不要，三毛钱。"

"就是三毛钱，"潘先生迎上去，跨上脚踏坐稳了，"你也得依着我，跑得快一点！""潘先生，你到哪里去？"一个姓黄的同业在途中瞥见了他，站定了问。

"哦，先生，到那边……"潘先生失措地回答，也不辨问他的是谁；忽然想起回答那人简直是多事——车轮滚得绝快，那人决不会赶上来再问，——便缩住了。

红房子里早已住满了人，大都是十天以前就搬来的，儿啼人语，灯火这边那边亮着，颇有点热闹的气象。主人翁见面之后，说，"这里实在没有余屋了。但是先生的东西都寄在这里，也不好拒绝。刚才有几位匆匆地赶来，也因不好拒绝，权且把一间做厨房的厢房让他们安顿。现在去同他们商量，总可以多插你先生一个。"

"商量商量总可以，"潘先生到了家似地安慰。"何况在这样时候。我也不预备睡觉，随便坐坐就得了。"

他提着包裹跨进厢房的当儿，以为自己受惊太利害了，眼睛生了翳，因而引起错觉；但是闭一闭眼睛再睁开来时，所见依然如前，这靠窗坐着，在那里同对面的人谈话，上唇翘起两笔浓须的，不就是教育局长么？

他顿时踌躇起来，已跨进去的一只脚想要缩出来，又似乎不大好。那局长也望见了他，尴尬的脸上故作笑容说，"潘先生，你来了，进来坐坐。"主人翁听了，知道他们是相识的，转身自去。

"局长先在这里了。还方便吧,再容一个人?"

"我们只三个人,当然还可以容你。我们带着席子;好在天气不很凉,可以轮流躺着歇歇。"

潘先生觉得今晚上局长特别可亲,全不象平日那副庄严的神态,便忘形地直跨进去说,"那么不客气,就要陪三位先生过一夜了。"

这厢房不很宽阔。地上铺着一张席子,一个戴眼镜的中年人坐在上面,略微有疲倦的神色,但绝无欲睡的意思。锅灶等东西贴着一壁。靠窗一排摆着三只凳子,局长坐一只,头发梳得很光的二十多岁的人,局长的表弟,坐一只,一只空着。那边的墙角有一只柳条箱,三个衣包,大概就是三位先生带来的。仅仅这些,房间里已没有空地了。电灯的光本来很弱,又蒙上了一层灰尘,照得房间里的人物都昏暗模糊。

潘先生也把衣包放在那边的墙角,与三位的东西合伙。回过来谦逊地坐上那只空凳子。局长给他介绍了自己的同伴,随后说,"你也听到了正安的消息么?"

"是呀,正安。正安失守,碧庄未必靠得住呢。"

"大概这方面对于南路很疏忽,正安失守,便是明证。那方面从正安袭取碧庄是最便当的,说不定此刻已被他们得手了。要是这样,不堪设想!"

"要是这样,这里非糜烂不可!"

"但是,这方面的杜统帅不是庸碌无能的人,他是著名善于用兵的,大约见得到这一层,总有方法抵挡得住。也许就此反守为攻,势如破竹,直捣那方面的巢穴呢。"

"若能这样,战事便收场了,那就好了!——我们办学的就可以开起学来,照常进行。"

局长一听到办学,立刻感到自己的尊严,捻着浓须叹道,"别的不要讲,这一场战争,大大小小的学生吃亏不小呢!"他把坐在这间小厢房里的局促不舒的感觉忘了,仿佛堂皇地坐在教育局的办公室里。

坐在席子上的中年人仰起头来含恨似地说,"那方面的朱统帅实在可恶!这方面打过去,他抵抗些什么,——他没有不终于吃败仗的。他若肯漂亮点儿让了,战事早就没有了。"

"他是傻子,"局长的表弟顺着说,"不到尽头不肯死心的。只是连累了我们,这当儿坐在这又暗又窄的房间里。"他带着玩笑的神气。

潘先生却想念起远在上海的妻儿来了。他不知道他们可安好,不知道他们出了什么乱子没有,不知道他们此刻睡了不曾,抓既抓不到,想象也极模糊;因而想自己的被累要算最深重了,凄然望着窗外的小院子默不作声。

"不知道到底怎么样呢!"他又转而想到那个可怕的消息以及意料所及的危险,不自主地吐露了这一句。

"难说,"局长表示富有经验的样子说。"用兵全在趁一个机,机是刻刻变化的,也许竟不为我们所料,此刻已……所以我们……"他对着中年人一笑。

中年人,局长的表弟同潘先生三个已经领会局长这一笑的意味;大家想坐在这地方总不至于有什么,也各安慰地一笑。

小院子里长满了草,是蚊虫同各种小虫的安适的国土。厢房里灯光亮着,虫子齐飞了进来。四位怀着惊恐的先生就够受用了;扑头扑面的全是那些小东西,蚊虫突然一针,痛得直跳起来。又时时停语侧耳,惶惶地听外边有没有枪声或人众的喧哗。睡眠当然是无望了,只实做了局长所说的轮流躺着歇歇。

下一天清晨,潘先生的眼球上添了几缕红丝;风吹过来,觉得身上很凉。他急欲知道外面的情形,独个儿闪出红房子的大门。路上同平时的早晨一样,街犬竖起了尾巴高兴地这头那头望,偶尔走过一两个睡眼惺忪的人。他走过去,转入又一条街,也听不见什么特别的风声。回想昨夜的匆忙情形,不禁心里好笑。但是再一转念,又觉得实在并无可笑,小心一点总比冒险好。

四

二十余天之后,战事停止了。大众点头自慰道,"这就好了!只要不打仗,什么都平安了!"但是潘先生还不大满意,铁路还没通,不能就把避居上海的妻儿接回来。信是来过两封了,但简略得很,比不看更教他想念。他又恨自己到底没有先见之明;不然,这一笔冤枉的逃难费可以省下,又免得几十天的孤单。

他知道教育局里一定要提到开学的事情了,便前去打听。跨进招待室,看见局里的几个职员在那里裁纸磨墨,象是办喜事的样子。

一个职员喊道,"巧得很,潘先生来了!你写得一手好颜字,这个差使就请你当了吧。"

"这么大的字，非得潘先生写不可，"其余几个人附和着。

"写什么东西？我完全茫然。"

"我们这里正筹备欢迎杜统帅凯旋的事务。车站的两头要搭起四个彩牌坊，让杜统帅的花车在中间通过。现在要写的就是牌坊上的几个字。"

"我哪里配写这上边的字？"

"当仁不让，""一致推举，"几个人一哄地说；笔杆便送到潘先生手里。

潘先生觉得这当儿很有点意味，接了笔便在墨盆里蘸墨汁。凝想一下，提起笔来在蜡笺上一并排写"功高岳牧"四个大字。第二张写的是"威镇东南"。又写第三张，是"德隆恩溥"。——他写到"溥"字，仿佛看见许多影片，拉夫，开炮，焚烧房屋，奸淫妇人，菜色的男女，腐烂的死尸，在眼前一闪。

旁边看写字的一个人赞叹说，"这一句更见恳切。字也越来越好了。"

"看他对上一句什么，"又一个说。

1924 年 11 月 27 日写毕

（原载 1925 年 1 月《小说月报》第 16 卷第 1 号）

点评

　　战乱年代，逃难的潘先生一家老小，犹如一串鱼儿一样穿梭在人群中。那些画面犹如电影镜头，生动、立体、真实，令人过眼不忘。然而，最终战事停下来了，外逃的妻儿还留在上海，家人不能团聚，而这番逃难，是本可以不逃的。小说表现了在大灾难面前个人的弱小无助，表现了战争带给底层人们无尽的痛苦。小说结尾，潘先生被公推去写对联欢迎军人凯旋，更是一种无言的讽刺，是对颠倒黑白的现实的一种批判。

张天翼(1906—1985)

现代著名作家。原名张元定,号一之。祖籍湖南省湘乡县,生于南京。代表作有童话《大林与小林》《宝葫芦的秘密》《秃秃大王》,小说《华威先生》《鬼土日记》等。

华威先生

转弯抹角算起来——他算是我的一个亲戚。我叫他"华威先生"。他觉得这种称呼不大好。

"天翼兄你真是!"他说。"为什么一定要个'先生'呢。你应当叫我'威弟'。再不然叫我'阿威'。"

把这件事交涉过了之后,他立刻戴上了帽子:

"我们改日再谈好不好,天翼兄。我总想畅畅快快跟你谈一次——唉,可总是没有时间。今天刘主任起草了一个县长公余工作方案,硬要叫我参加意见,叫我替他修改。三点钟又还有一个集会。"

这里他摇摇头,没奈何地苦笑了一下。他声明他并不怕吃苦:在抗战时期大家都应当苦一点。不过——时间总要够支配呀。

"王委员又打了三个电报来,硬要请我到汉口去一趟,我怎么跑得开呢,我的天!"

于是匆匆忙忙跟我握了握手,跨上他的包车。

他永远挟着他的公文皮包。并且永远带着他那根老粗老粗的黑油油的手杖。左手无名指上带着他的结婚戒指。拿着雪茄的时候就叫这根无名指微微地弯着,而小指翘得高高的,构成一朵兰花的图样。

这个城市里的黄包车谁都不作兴跑,一脚一脚挺踏实地踱着,好像饭后千步似的。可是包车例外:Dingding,Dingding,Dingding!——一下子就抢到了前面。黄包车立刻就得往左边躲开，小推车马上打斜。担子很快地就让到路边。行人赶紧就避到两旁的店铺里去。

包车踏铃不断地响着。钢丝在闪着亮。还来不及看清楚——它就跑得老远老远的了，像闪电一样地快。

而——据这里有几位抗战工作者的上层分子的统计，跑得顶快的是那位华威先生的包车。

他的时间很要紧。他说过——

"我恨不得取消晚上睡觉的制度。我还希望一天不止二十四小时。救亡工作实在太多了。"

接着掏出表来看一看，他那一脸丰满的肌肉立刻紧张了起来。眉毛皱着，嘴唇使劲撮着，好像他在把全身的精力都要收敛到脸上似的。他立刻就走：他要到难民救济会去开会。

照例——会场里的人全到齐了坐在那里等着他。他在门口下车的时候总得顺便把踏铃踏它一下：Ding!

同志们彼此看看：唔，华威先生到会了。有几位透了一口气。有几位可就拉长了脸瞧着会场门口。有一位甚至于要准备决斗似的——抓着拳头瞪着眼。

华威先生的态度很庄严，用一种从容的步子走进去，他先前那副忙劲儿好像被他自己的庄严态度消解掉了。他在门口稍为停了一会儿，让大家好把他看个清楚，仿佛要唤起同志们的一种信任心，仿佛要给同志们一种担保——什么困难的大事也都可以放下心来。他并且还点点头。他眼睛并不对着谁，只看着天花板。他是在对整个集体打招呼。

会场里很静。会议就要开始。有谁在那里翻着什么纸张，窸窸窣窣的。

华威先生很客气地坐到一个冷角落里，离主席位子顶远的一角。他不大肯当主席。"我不能当主席，"他拿着一枝雪茄烟打手势。"工人救亡工作协会的指导部今天开常会。通俗文艺研究会的会议也是今天。伤兵工作团也要去的，等一下。你们知道我的时间不够支配：只容许我在这里讨论十分钟。我不能当主席。我想推举刘同志当主席。"

说了就在嘴角上闪起一丝微笑，轻轻地拍几下手板。

主席报告的时候，华威先生不断地在那里括洋火点他的烟。把表放在面前，时不时像计算什么似地看看它。

"我提议！"他大声说。"我们的时间是很宝贵的：我希望主席尽可能报告得简单一点。我希望主席能够在两分钟之内报告完。"

他括了两分钟洋火之后，猛地站了起来。对那正在哇啦哇啦的主席摆摆手。

"好了，好了。虽然主席没有报告完，我已经明白了。我现在还要赴别的会，让我先发表一点意见。"

停了一停，抽两口雪茄，扫了大家一眼。

"我的意见很简单，只有两点，"他舔舔嘴唇。"第一点，就是——每个工作人员不能够怠工。而是相反，要加紧工作。这一点不必多说，你们都是很努力的青年，你们都能热心工作。我很感谢你们。但是还有一点——你们要时时刻刻不能忘记，那就是我要说的第二点。"

他又抽了两口烟，嘴里吐出来的可只有热气。这就又括了一根洋火。

"这第二点呢就是：青年工作人员要认定一个领导中心。你们只有在这一个领导中心的领导之下，大家团结起来，统一起来。也只有在一个领导中心的领导之下，救亡工作才能够展开。青年是努力的，是热心的，但是因为理解不够，工作经验不够，常常容易犯错误。要是上面没有一个领导中心，往往要弄得不可收拾。"

瞧瞧所有的脸色，他脸上的肌肉耸动了一下——表示一种微笑。他往下说：

"你们都是青年同志，所以我说得很坦白，很不客气。大家都要做救亡工作，没有什么客气可讲。我想你们诸位青年同志一定会接受我的意见。我很感激你们。好了，抱歉得很，我要先走一步。"

把帽子一戴，把皮包一挟，瞧着天花板点点头，挺着肚子走了出去。

到门口可又想起了一件什么事。他把当主席的同志撅开，小声儿谈了几句：

"你们工作——有什么困难没有？"他问。

"我刚才的报告提到了这一点，我们……"

华威先生伸出个食指顶着主席的胸脯：

"唔，唔，唔。我知道我知道。我没有多余的时间来谈这件事。以后——你们凡是想到的工作计划，你们可以到我家里去找我商量。"

坐在主席旁边那个长头发青年注意地看着他们，现在可忍不住插嘴了：

"星期三我们到华先生家里去过三次，华先生不在家……"

那位华先生冷冷地瞅他一眼，带着鼻音哼了一句——"唔，我有别的事，"

又对主席低声说下去:

"要是我不在家,你们跟密司黄接头也可以。密司黄知道我的意见,她可以告诉你们。"

密司黄就是他的太太。他对第三者说起她来,总是这么称呼她的。

他交代过了这才真的走开。这就到了通俗文艺研究会的会场。他发现别人已经在那里开会,正有一个人在那里发表意见。他坐了下来,点着了雪茄,不高兴地拍了三下手板。

"主席!"他叫。"我因为今天另外还有一个集会,我不能等到终席。我现在有点意见,想要先提出来。"

于是他发表了两点意见:第一,他告诉大家——在座的人都是当地的文化人,文化人的工作是很重要的,应当加紧地做去。第二,文化人应当认清一个领导中心,文化人在当地的领导中心的领导之下团结起来,统一起来。

五点三刻他到了工人救亡协会指导部的会议室。

这回他脸上堆上了笑容,并且对每一个人点头。

"对不住得很,对不住得很:迟到了三刻钟。"

主席对他微笑一下,他还笑着伸了伸舌头,好像闯了祸怕挨骂似的。他四面瞧瞧形势,就拣在一个小胡子的旁边坐下来。

他带着很机密很严重的脸色——小声儿问那个小胡子:

"昨晚你喝醉了没有?"

"还好,不过头有点子晕。你呢?"

"我啊——我不该喝了那三杯猛酒,"他严肃地说。"尤其是汾酒,我不能猛喝。刘主任硬要我干掉——嗨,一回家就睡倒了。密司黄说要跟刘主任去算账呢:要质问他为什么要把我灌醉。你看!"

一谈到这些,他赶紧打开皮包,拿出一张纸条——写几个字递给了主席。

"请你稍为等一等,"主席打断了一个正在发言的人的话。"华威先生还有别的事情要走。现在他有点意见:要求先让他发表。"

华威先生点点头站了起来。

"主席!"腰板微微地一弯。"各位先生!"腰板微微地一弯。"兄弟首先要请求各位原谅:我到会迟了一点,而又要提前退席。……"

随后他说出了他的意见。他声明——这个指导部是个领导机关,这个指导部应该时时刻刻起领导中心作用。

"群众是复杂的。尤其是现在的群众,分子非常复杂。我们要是不能起领导作用,那就很危险,很危险。事实上,此地各方面的工作也非有个领导中心不可。我们的担子真是太重了,但是我们不怕怎样的艰苦,也要把这担子担起来。"

他反复地说明了领导中心作用的重要,这就戴起帽子去赴一个宴会。他每天都这么忙着。要到刘主任那里去办事。要到各团体去开会。而且每天——不是别人请他吃饭,就是他请人吃饭。

华威太太每次遇到我,总是代替华威先生诉苦。

"唉,他真苦死了!工作这么多,连吃饭的工夫都没有。"

"他不可以少管一点,专门去做某一种工作么?"我问。

"怎么行呢?许多工作都要他去领导呀。"

可是有一次,华威先生简直吃了一大惊。妇女界有些人组织了一个战时保婴会,竟没有去找他!

他开始打听、调查。他设法把一个负责人找来。

"我知道你们委员会已经选出来了。我想还可以多添加几个。"

他看见对方在那里踌躇,他把下巴挂了下来:

"问题是在这一点:你们委员是不是能够真正领导这工作。你能不能够对我担保——你们会内没有不良分子?你能不能担保——你们以后工作不至于错误,不至于怠工?你能不能担保,你能不能?你能够担保的话,那我要请你写个书面的东西给我,以后万一——如果你们的工作出了毛病,那你就要负责。"

接着他又声明:这并不是他自己的意思。他不过是一个执行者。这里他食指点点对方胸脯:

"如果我刚才说的那些你们办不到,那不是就成了非法团体了么?"

这么谈判了两次,华威先生当了战时保婴会的委员。于是在委员会开会的时候,华威先生挟着皮包去坐这么五分钟,发表了一两点意见就跨上了包车。

有一天他请我吃晚饭。他说因为家乡带来了一块腊肉。

我到他家里的时候,他正在那里对两个学生样的人发脾气。

"你昨天为什么不去,为什么不去?"他吼着。"我叫你拖几个人去的。但是我在台上一开始演讲,一看——连你都没有去听!我真不懂你们干了些什么？"

"昨天——我到了新组织的一个难民读书会去的。"

华威先生猛地跳起来了。

"什么！什么！——新组织的一个难民读书会？怎么我不知道，怎么不告诉我？"

"我们那天大家决议了的。我来找过华先生，华先生又是不在家——"

"好啊，你们秘密行动！"他瞪着眼。"你老实告诉我——这个读书会到底是什么背景，你老实告诉我！"

对方似乎也动了火：

"什么背景呢，都是中华民族！部务会议议决的，什么秘密行动也没有。……华先生又不到会，开会也不终席，来找又找不到……我们总不能把工作停顿起来。"

华威先生把雪茄一摔，狠命在桌上捶了一拳：Dung！

"浑蛋！"他咬着牙，嘴唇在颤抖着。"你们小心！你们，哼，你们！你们！……"他倒到了沙发上，嘴巴痛苦地抽得歪着。"妈的！这个这个——你们青年！……"

五分钟之后他抬起头来，害怕似地四面看一看。那两个客人已经走了。他叹一口长气：

"唉，你看你看！天翼兄你看！现在的青年怎么办，现在的青年！"

这晚他没命地喝了许多酒，嘴里嘶嘶地骂着那些小伙子。他打碎了一只茶杯。密司黄扶着他上了床，他忽然打个寒噤说：

"明天十点钟有个集会……"

（原载 1938 年 4 月 16 日《文艺阵地》第 1 卷第 1 期）

点评

　　这是一篇杰出的社会讽刺小说。作品成功地塑造了一个空谈家、口头社会活动家华威先生的形象。作者将人物置于抗战这一特定历史背景，客观上批判了那些空谈误国的人和事。对人物的刻画，主要借助其言语和行动来完成，贴近生活，形象活灵活现，跃然纸上。

沙汀（1904—1992）

原名杨朝熙，四川安县人。著有长篇小说《困兽记》《还乡记》，短篇小说《在其香居茶馆里》。有《沙汀选集》（四卷）。

在其香居茶馆里

坐在其香居茶馆里的联保主任方治国，当他看见从东头走来，嘴里照例扰嚷不休的邢么吵吵，他简直立刻冷了半截，觉得身子快要坐不稳了。

使他发生这种异状的有下面几个原因：为了种种糊涂的措施，他目前正处在全镇市民的围攻当中，这是一；其次，么吵吵第二个儿子，因为缓役了四次好多人在讲闲话了；加之，新县长又是宣言了要整顿兵役的，于是他糊糊涂涂地上了一封密告，而在三天前被兵役科捉进城了。

但最重要的是：如全市所批评，么吵吵是不忌生冷的人，什么话都说得出来的。而他本人虽不可怕，但他的大哥是全县极有威望的耆宿，他的舅子是财务委员，县政上的活动分子，并且，就是主任的令尊在世的时候，也是对么吵吵那张嘴表示头痛的。

但么吵吵终于吵过来了。这是那种精力充足，对这世界上任何物事都抱了一种毫不在意的态度的典型男性。在这类人身上是找不出悲观和扫兴的。他常打着哈哈在茶馆里自白道：

"老子这张嘴么，就这样，说是要说的，吃也是要吃的；说够了回去两杯甜酒一喝，倒下去就睡……"

现在，他一面跨上其香居的阶沿，拖了把圈椅坐了下去，一面直着嗓子，干笑着嚷道：

"嗨，对！看阳沟里还把船翻了么！"

他所参加的桌子已经有着三个茶客，全是熟人：十年前当过视学的俞视学；

前征收局的管账，现在靠着利金生活的黄光锐；会文纸店的老板汪世模汪二。

他们大家，以及旁的茶客，都向他打着招呼：

"拿碗来，茶钱我给了。"

"坐上来好吧，"视学客气道，"这里要舒服些。"

"我要那么舒服的做什么哇，"出乎意外，么吵吵红着脸叫嚷道："你知道么。我坐了上席会头昏的，……没有那个资格！"

本份人的视学禁不住红起脸来。但他立刻觉得么吵吵是针对着联保主任说的，因为在说的时候，他看见他满含恶意地瞥了坐在后面首席上的方治国一眼。

除却主任，那桌还坐着的有张三监爷。他们都说他是方治国的军师，但实际上，他只能跟主任坐坐酒馆。在紧要头头，尽点忠告。但这又并不特别，他原是对什么事也关心的，而往往忽略了自己。他的老婆在家里是经常饿着饭的。

同监爷对坐着的是黄毛牛肉，正在吞服着一种秘制的戒烟丸药。他是主任的重要助手；虽然并无过人之才，唯一的特点是毫无顾忌；"现在的事你管那么多做什么哇，"他常常说，"拿得到的你就拿！"

他应付这世界上一切足以使人大惊小怪的事变，只有一种态度，装做不懂。因此，他小声向主任说道：

"你不要管他的，"他眨眼而且努嘴，"发神经！"

"这回子把蜂窝戳破了。"主任发出苦笑说。

"我看要赶紧'缝'啊，"监爷拿着暗淡无光的黄铜水烟袋，沉吟道："另外找一个人'抵'怎样？"

"已经来不及了呀。"

"不要管他的，"牛肉道，"他是个火炮性子。"

这时，么吵吵已经拍着桌子，放开嗓子叫了。但他的战术还停留在第一阶段上，即并不指出被攻击的人的姓名，只是隐射着，似乎像一通没头没脑的谩骂。

"搞到我名下来了。"他佯装着打了一串哈哈，"好得很！老子今天就要看他是什么鸡巴入出来的：人鸡巴，狗鸡巴，你们见过狗鸡巴么，嗨，那才有兴趣！"

于是他又比又说地形容起来了。虽然已经蓄了十年上下的胡子，但他是以粗鲁话出名的。许多闲着无事的人，有时甚至故意挑弄他说下流话。他所谓的

"狗"是指他的仇人说的，因为主任的外祖当过衙役，而这又是方府上下人等最大的忌讳。

因为他形容得太难堪了，那视学插嘴道：

"少造点口孽，有道理讲得清的。"

"我有什么道理哇！"吵吵忽然正色道，"有道理我也当什么鸡巴主任了。两眼墨黑，见钱就拿！"

"吓，邢表叔！"

气得脸青面黑的瘦小的主任，一下子忍不住站起来了。

"吓，邢表叔，"他说，"你说话要负责啊！"

"什么叫做负责哇！我就不懂，——什么人是你的表叔，你认错人了，是你表叔你也不吃我了！"

"对，对，对，我吃你。"主任解嘲地说，一面坐了下去。

"不是吗？"吵吵拍了一掌桌子，"兵役科的人亲自对我老大说的！你的报告真做得好呢。我倒要看你今天是长的几个卵子！……"

他愈说，就愈觉得这并非玩笑的事。如一向以来的瞎吵瞎闹一样，他感到愤激了。他相信，要是一年或者半年以前，他是用不着怎样着急的，事情好办得很，只需给他大哥一个通知，他的老二就会自自由由走回来的。而且以往他就避掉过四次。但现在是不同了，一切都要照规矩办了。而且更重要的，他的老二已经抓进城了。

照经验，事情一露了头，弄得县长面前去了，就难办的。他已经派了老大进城，但带回来的口信是：因为新县长的脾气还不清楚，而且一接印就宣布他是要整顿兵役的，所以他的伯父和舅父都表示情形的险恶。额外那捎信人又说，壮丁就要送进省了。

凡是邢大老爷们都感觉棘手的事，人还能有什么办法呢？这也是说，他的老二只有作炮灰了。

"你怕我是聋子吧，"么吵吵简直在咆哮了，"去年蒋家寡母子的儿子五百，你放了；陈二靴子两百，你也放了！你比土匪头儿肖大个子还厉害，钱也拿了，脑壳也保住了，——老子也有钱！你要张一张嘴呀？……"

"说话要负责啊！邢么老爷！"

主任咕噜着，而且现出假装的笑容。

这是一个糊涂而胆怯的人。胆怯是因为富有，而且在这个边野地方，从来没有摸过枪炮的原故。这里是每一个人都能来两手的。他一直规规矩矩地吃着祖宗的田产，在好几年以前，因为预征太多，许多人怕当公事，于是在一种策动下，他当团总了。

他明白这是阴谋。但一向忍气吞声的日子引诱他接受了这个挑战。他起初老是垫钱，但后来他发觉甜头了：回扣，黑粮等等，并且走进茶馆的时候，招呼茶钱的声音也来得更响亮，更众多了。

而在五年以前，他的大门上已经有了一道县长颁赠的匾额：

"尽瘁桑梓"

但不管怎样，如他自己所感觉的一般，在回龙镇，还是有人压住他的。他看得清楚，所以他现在很失悔做了糊涂事情。他老是强笑着，满不在意似的说道：

"你发气做什么啊，都不是外人。……"

"你也知道不是外人么？"对方反问道："你知道不是外人，就不该搞我了，告我的密了！"

"我只问你一句！"

主任又站起来了。他笑问道：

"你说一句就是了：兵役科什么人告诉你的？"

"总有那个人呀！"

吵吵说，十分气派地摊在圈椅里面；一面冷笑着加添道：

"像还是我造谣呢。"

"不是，你要告诉我呀。"

看见吵吵松了劲，主任知道可以说理的机会到了，他就势坐向视学侧面去，赌咒发誓地分辩起来，说他是一辈子都不会做出这样胆大糊涂的事情来的。

但却并不向着吵吵，而是视学们。他说：

"你们想吧，"他平摊开手，侧仰他那瘦瘦的铁青的脸蛋，"你们想，我是吃饭长大的呀！并且，我一定要他去做什么呢？难道委员长会给我一个状元当么？没讲的话，这街上的事，一向糊得圆我总是糊的！"

"你才会糊！"吵吵叹着气抵了一句。

"那总是我吹牛啊！"主任无可奈何地说，"别的不讲，就拿公债来说吧，别人写的多少，你写的多少？"

他又挨近视学的耳朵呻唤道：

"连丁八字都是五百元呀！"

他之所以说得如此秘密的有两个原因，其一，是想充分表示出事情的重要性；又其一，是因为街上看热闹的人已经多了。公开宣布出来究竟太不光彩，而且容易引起纠纷。

大约视学相信了他的话，或者被他的诚意感动了。兼之又是出名的好好先生；因此他劝解道：

"么哥！我看这样啊，"他斯斯文文地扫了扫喉咙，"人不抓，已经抓去了，横竖是为了国家。……"

"这你才会说呢！"吵吵一下撑起来了："这样会说，你怎么不把你自己的送去呢？"

"好！我不同你讲。"

视学红着脸说，故意勾脑袋吃茶去了。

"你讲呀！"吵吵重又坐了下去，继续道；"真是没有生过娃娃不晓得X痛！怎么把你个好好先生遇到了啊：冬瓜做不做得甑子？做得。蒸垮了呢？那是要垮的，——你个老哥子真是！"

他的形容引来了一片笑声。但他自己并不笑，他把他那结实的身子移动了一下，抹抹胡子，宣言道：

"闲话少讲！方大主任，说不清楚你走不掉的！"

"好呀，"对方漫应着，一面懒懒退还原地方去，"回龙镇只有这样大一个地方哩。往那里跑？要跑也跑不脱的。"

他的声口和表情照例带着一种嘲笑的意味，至于是嘲笑自己或者对方，那就要凭你猜了。他是经常凭藉了这点武器掩护他自己的。而且经常弄得顽强的敌手哭笑不是。他们叫他做软硬人。

当回到原位的时候，他的助手一面吞服着戒烟丸，生气道：

"我白还懒得答呢，你就让他吵去！"

"不行不行，"监爷意味深长地说，"事情不同了。"

他一直这样坚持自己的意见是有理由的。他确信镇上已在进行一种大规模的控告；而且邢大老爷是可以左右它的；他可以使这成为事实，也可以打消它，所以连络邢家乃是一个必要的步骤。

何况谁知道新县长是怎样一副脾气的人呢！

这时候，茶堂里的来客已增多了。连平时懒于出门的陈新老爷也走来了。新老爷是科举时代最末一次的秀才，当了十年团总，十年哥老会的头目，八年前才退休的。但他的说话还是同团总一样有效。

这可见么吵吵已经布置好一台讲茶了。茶堂里响着一片呼唤声，有单向堂倌叫拿茶来的，有站起来让座位的，有的甚至于怒气冲冲地吼道：

"不许乱收钱啦！嗨！这个龟儿子听到没有？……"

于是立刻跑去塞一张钞票在堂倌手里。

在这种种热情的骚动中间，争执的双方，已经变平静了。主任知道自己会亏理的，他在殷勤地争取着客人，希望能于自己有利。而么吵吵则一直闷气着，这是因为当着这许多漂亮人面前，他忽然直觉到，既然他的老二被抓，这就等于说他已经没面子了。

这镇上是流行着这样一种风气的，凡是按规矩行事的，就是平常人，重要人物都是站在一切规矩之外的。比如陈新老爷，他并不是惜疼金钱的脚色，但就连打醮这种小事他也是没有份的；不然便是惹起人们大惊小怪，以为新老爷失了面子，快倒霉了。

面子在这里就如此的厉害，所以吵吵闷着脸，只是懒懒地打着招呼。直到新老爷问起他是否欠安的时候，他才稍稍振作地答道：

"人倒是好的，"他苦笑着，"就是眉毛快给人剪光了！"他一连打了一串干燥无味的哈哈。

"你瞎说！"新老爷严肃地晃着脑袋，切断他。"你瞎说！"

"当真哩，不然也不敢劳驾你老哥子动步了。"

为了表示关切，新老爷叹了口气；并且问道：

"大哥有信来没有呢？"

"他也没办法呀！"

吵吵呻唤了。但为了免除人们的误会，以为他的大哥已经成了没面子的脚色，遂又立刻加上一番解释：

"你想吧，新县长的脾气又没有摸到，他怎么办呢？常言说，新官上任三把火，他又是闹起要搞兵役的；谁晓得他会发什么猫儿毛病呢！前天我又托蒋门神打听去了。"

"这个人怕难说话，"一个新近从城里回来的小商人插入道，"看样子就晓得了：戴他妈副黑眼镜子……"

但严肃沉默的空气没有使小商人说下去。

大家都不知道应该如何表示自己的感情才好。表示高兴是会得罪人的，因为情形确乎有些严重；但说是严重吧，也不对，这又将显得邢府上太无能了。所以彼此只好暧昧不明地摇头叹气，喝起茶来。

看出主任有点焦灼和担心的神情，似乎正在考虑一种行动，牛肉包着丸药，小声道："不要管，这么快县长就叫他们喂家了么！"

"去找新老爷是对的！"监爷说。

这个脸面浮肿，常以足智多谋自负的没落者的建议正投了主任的机，他是已经在考虑着这个必要的办法的了。

使他迟疑的是他和新老爷的关系，与新老爷同邢家的关系的比较，他觉得差得多，并且虽然在派款和收粮上面，并没有对不住团总的地方，但在几件小事情上，他是开罪过他的。

比如，有一回曾布客想压制他，抬出老团总的招牌来，说道：

"好的，我们在新老爷那里去说！"

"你把时候记错了！"他发火道，"前几年的皇历用不上了！——你想吓倒我不行！"

后来，事情虽然依然在团总的意志下和平解决，但他的话语也一定散播开去。团总给记下一笔账了。可是他终于站起身来，向了新老爷走去。

这行动立刻使人们振作起来了，他们都期待着一个新的开端和发展。有几人在大叫拿开水来，以图缓和一下他们紧张的心情。吵吵自然也是注意到主任的攻势的，但他不当作攻势看，以为他是要求新老爷转圜的。但他却猜不准转圜的方式。

而且，他又觉得，在他目前的处境上，任何调解他都是难于接受的。这不能道歉了事，也不能用金钱的赔偿弥补，那么剩下的只有上法庭了。然则在一个整饬兵役的县长面前这件事他会操胜算么！

他觉得苦恼，而且一切都不对劲。这个坚实乐观的人第一次被烦扰所袭击了。

他在桌面上拍了一掌,苦笑着自言自语道:

"哼,乱整把,老子大家乱整!"

"你又来了,"那视学说,"他总会拿话出来说呀。"

"这还有什么说的呢?你个老哥怎么不想想啊:难道什么天王老子还有面子把人给我取脱手么?!"

"不是那么讲。取不出来也有取不出来的办法的。"

"那我就请教你,"吵吵依旧忍耐着说,"什么办法呢?!说一句对不住了事?打死了让他赔命?……"

"也不是那样讲。……"

"那又是怎样讲?"他简直大发起火了;"老实说吧!他就没有办法!我们只有到场外前大河里去喝水。"

他愤怒地吼叫着,真像要拼掉他的命了。

这宣言引起一阵新的骚动。许多人都像预感到节目的精彩部分了。一个看客,他是立在阶沿下人堆里的,他大声回绝着朋友的催促:

"你走你的嘛!我还要玩一会!"

茶堂倌也在兴高采烈叫道:

"让开点,你个龟儿子,看把脑壳烫肿!"

在当街的最末一张桌子上,那里离么吵吵隔着四张桌子,一种平心静气的谈判已近结束。但效果显然很少,因为长条子的团总,忽然板着脸站起来了。

他仰着脸把颈子一扭,大叫道:

"你倒说条鸟啊!"

但他随又坐了下去,手指很响地击着桌面。

"老弟!"他一直望着主任,"我不会害你的!一个人眼光要远大点,目前的事是谁也料不到的。"

"我知道呀!你都会害我么?"

"那你就该听大家劝呀?"

"查出来要这样呀,我的老先人?"

他苦滞地叫着,用手在后颈一比:他怕杀头。

这确也可虑,因为严惩兵役舞弊的明令,已经来过三四次了。这就算不上数,我们这里隔上峰还远,但县长于我们的情形却全然不相同了:他简直就在你的鼻子下面。并且既已捉去,要额外买人替换是更难了。

加之前一任县长正为壮丁问题撤职的,而新县长一上任便宣称他要扫除兵役上的种种积弊。谁知道也如一般新县长一样,说过了事,或者他更认真干一下?他的脾气又是怎么样的呢?

此外,他还有不能冒这危险的理由。他已经四十岁了,但他还没有取得父亲的资格。他的两个太太都不中用,虽然一般人把这责任归在他的先天不足上面,好像就是再活下去,他也将永远无济于事。

但不管如何,便从他那畏惧的性格着想,他也是决不冒险的了。所以停停,他又解嘲地继续道:

"我的老先人!这个险我是不敢冒的。你说认真是我密告他的我都想得过……"

他佯笑着,而且装得很安静的神情。同么吵吵一样,他也看出了事情的诸般困难的;而他应该否认那密告的责任。但他没料到,他是把新老爷激恼了。

那个人并不让他说完便很生气地,截住他道:

"你才会装呢!可惜是大老爷亲自听兵役科说的!"

"方大主任,"吵吵也直接插入了,"是人鸡巴搞出来的你就撑住吧!我告诉你:赖是赖不脱的!"

"嘴巴不要伤人啊!"

主任认真起来了;但对方的嗓子也更提高了:

"是的,老子说了,是人搞出来的你撑住!"

"好嘛,你多凶啊。"

"老子就是这样!"

"对对对,你是老子!哈哈!……"

联保主任干笑着,一壁退回自己原先的座位上去。他觉得他在全市镇的人家面前受了辱,他决心要同他的敌人斗了。

他的同伴依旧担心着他。那牛肉说:

"你愈让他就愈来了,是吧!"

"不行不行,事情不同了,"监生叹着气。

许多人都感到事情已经闹僵了局,接着而来的一定是谩骂,是散场了。因为情形很明显,争吵的双方都是不会动拳头的,有的人是在准备回家吃午饭了。

但茶客们却谁也不能动身,这会很失体统,得罪人的。并且新老爷已经请了么吵吵过去,在互相商量着,希望能有一个顾全体面的办法,虽然一个二十岁的青年人的生命不会恰恰就和体面相等。

然而由于一种不得已的苦衷,么吵吵终至让步了;他带着决然忍受一切的神情,说道:

"好好,就照你哥子说的做吧!"

"那么方主任,"于是团总站起来宣布了,"这一下就看你怎样:一切用费么老爷出,人由你找。事情由你进城办;办不通还有他们大老爷,——"

"就请林大老爷不更方便些么!"主任插入说。

"是呀!也请他们大老爷,不过你负责就是了。"

"我负不了这个责。"

"什么呀?"

"你想,我怎么能负责呢?"

"好!"

新老爷简紧地说,闷着脸坐下去了。他显然是被对方弄得不快意了;但沉默一会,他随耐着性子问道:

"你是怕用的钱会推在你身上么?"

"笑话!我怕什么,又不是我的事。"

"那是什么人的事呢?"

"我晓得的呀!"

主任说这些话的时候一直带着一种做作的安闲态度,而且嘲弄似的笑着;好像他什么都不懂,因此什么也不觉可怕,但他没有料到吵吵冲过来了。而且那个气的胡子发抖的汉子一把扭牢了他。

他扭住他的领口朝街面上拖,嚷叫道:

"我晓得你是个软硬人,我晓得你是个软硬人!"

"有话好好说啊!"人们劝解着;"都是熟人熟事的!"

但一面劝解。一面偷溜开的人也就不少。堂倌已经在忙着收茶碗了。监爷在四处向人求援。

"这太不成了,"他摇着头说,"大家把他们分开吧!"

"我管不了!"视学微笑着说,"看血喷在我身上。"

牛肉在包裹着戒烟丸药,一面咕咕道:

"这样就好!那个没有生得有手么!好得很!"

但当他收拾停当的时候,他的朋友已经吃了亏了。他淌着鼻血,左眼睛已经青肿。他已经被团总解救出来;他一只手摸着眼睛,嚷叫道:

"你姓邢的是对的,你打得好!……"

"你嘴硬吧!"吵吵则在唾着牙血,喘气着,"你嘴硬吧!"

黄牛肉建议主任应该即到医生那里去,但他被拒绝了,反而要他赶快去租滑竿。他觉得还是保持原样的好,因为他就要进城向县署控告去了。

他的眷属,尤其是他的母亲,那个以悭吝出名的小老太婆,一看过主任的成绩便连连叫道:

"咦,兴这样打么!这样的眼睛不认人么!"

那么太太也在丈夫耳朵边咕咕哝哝着:

"眼睛都肿来像毛桃子了!"

"不要管,"吵吵吐着牙血,一面说,"打死了还有我报命!"

别的来看热闹的妇女也不少,整个市镇几乎全给翻了转来。吵架和打架本身就值得看,一对有面子的人的动手动脚,自然也就更可观了!

但正当人心沸腾的时候,一个左腿微跛,满脸胡须的矮汉子忽然挤将进来。这正是蒋米贩子,因为人呆滞尴尬,他又叫蒋门神。前天进城吵吵就托过他捎信的。所以他立刻为大家所注意了。首先拖住他的是么太太。

这是个顶着假发的胖妇人,爱做作,爱谈话,诨名九娘子。她担心地,颤声颤气地问道:

"怎么样了?……你坐下来说吧!"

"怎么样,"跛子冷淡地说。"人已经出来了。"

"当真的呀!"许多人吃惊了。

"那还是假话么!我走的时候还在十字口牌桌子上呢。昨天夜里点名,报数报错了,队长说他不够资格打国仗就开革了;打了一百军棍。"

"一百军棍?"又是许多声音。

"不是面子大,你就是挨一百也出来不了呢。起初都讲新县长厉害,其实很好说话。前天大老爷请客,一个人早就到了:戴他妈副黑眼镜子……"

正说着,他忽然注意到了么吵吵和联保主任。纵然是一个那么迟钝的人,他们的形状,也不免略略叫他吃惊起来了。

"你们是怎么搞的?"他问着,"你牙齿痛吗?你的眼睛怎么肿了?……"

(原载 1940 年 12 月 1 日《抗战文艺》第 6 卷第 4 期)

点评

故事集中在一家茶馆里,显得紧凑而富于张力。么吵吵的二儿子被抽了壮丁,他运用了县城里各种有头脸的势力,希望说服新县长将自己的儿子放出来,乃至于不惜大吵大闹、大打出手。然而,故事最终的结局却出人意料,新县长很好说话,找了个借口就将么吵吵的孩子给放了。小说尖锐批判了当时黑暗的社会现状,凡是有权有势的都可以生活在规则及规矩之外。作品具有鲜明的讽刺色彩。对话的口语化和地域化特色鲜明,每个人物性格亦鲜明可感。

丁玲（1904—1986）

现代女作家、散文家。原名蒋伟，字冰之，湖南临澧人。代表作有《太阳照在桑干河上》《莎菲女士的日记》等。

莎菲女士的日记（节选）

十二月二十四

今天又刮风！天还没亮，就被风刮醒了。伙计又跑进来生火炉。我知道，这是怎样都不能再睡得着了的，我也知道，不起来，便会头昏，睡在被窝里是太爱想到一些奇奇怪怪的事上去。医生说顶好能多睡，多吃，莫看书，莫想事，偏这就不能，夜晚总得到两三点才能睡着，天不亮又醒了。象这样刮风天，真不能不令人想到许多使人焦躁的事。并且一刮风，就不能出去玩，关在屋子里没有书看，还能做些什么？一个人能呆呆的坐着，等时间的过去？我是每天都在等着，挨着，只想这冬天快点过去；天气一暖和，我咳嗽总可好些，那时候，要回南便回南，要进学校便进学校，但这冬天可太长了。

太阳照到纸窗上时，我在煨第三次的牛奶。昨天煨了四次。次数虽煨得多，却不定是要吃，这只不过是一个人在刮风天为免除烦恼的养气法子。这固然可以混去一小点时间，但有时却又不能不令人更加生气，所以上星期整整的有七天没玩它；不过在没想出别的法子时，又不能不借重它来象一个老年人耐心着消磨时间。

报来了，便看报，顺着次序看那大号字标题的国内新闻，然后又看国外要闻，本埠琐闻……把教育界，党化教育，经济界，九六公债盘价……全看完，还要再去温习一次昨天前天已看熟了的那些招男女编级新生的广告，那些为分家产起诉的启事，连那些什么六○六，百零机，美容药水，开明戏，真光电影……都熟习了过后才懒懒的丢开报纸。自然,有时会发现点新的广告,但也除不了是些绸缎铺五年六年纪念的减价,恕讣不周的讣闻之类。

报看完,想不出能找点什么事做,只好一人坐在火炉旁生气。气的事,也是天天气惯了的。天天一听到从窗外走廊上传来的那些住客们喊伙计的声音,便头痛,那声音真是又粗,又大,又嗄,又单调:"伙计,开壶!"或是"脸水,伙计!"这是谁也可以想象出来的一种难听的声音。还有,那楼下电话也不断的有人在电机旁大声的说话。没有一些声息时,又会感到寂沉沉的可怕,尤其是那四堵粉垩的墙。它们呆呆的把你眼睛挡住,无论你坐在哪方;逃到床上躺着吧,那同样的白垩的天花板,便沉沉地把你压住。真找不出一件事是能令人不生嫌厌的心的;如那麻脸伙计,那有抹布味的饭菜,那扫不干净的窗格上的沙土,那洗脸台上的镜子——这是一面可以把你的脸拖到一尺多长的镜子,不过只要你肯稍微一偏你的头,那你的脸又会扁的使你自己也害怕……这都可以令人生气了又生气。也许只我一人如是。但我宁肯能找到些新的不快活,不满足;只是新的,无论好坏,似乎都隔我太远了。

吃过午饭,苇弟便来了,我一听到那特有的急遽的皮鞋声从走廊的那端传来时,我的心似乎便从一种窒息中透出一口气来感到舒适。但我却不会表示,所以当苇弟进来时,我只默默的望着他;他以为我又在烦恼,握紧我一双手,"姊姊,姊姊,"那样不断的叫着。我,我自然笑了!我笑的什么呢,我知道!在那两颗只望到我眼睛下面的跳动的眸子中,我准懂得那收藏在眼睑下面,不愿给人知道的是些什么东西!这有多么久了,你,苇弟,你在爱我!但他捉住过我吗?自然,我是不能负一点责,一个女人应当这样。其实,我算够忠厚了;我不相信会有第二个女人这样不捉弄他的,并且我还确确实实地可怜他,竟有时忍不住想指点他:"苇弟,你不可以换个方法吗?这样只能反使我不高兴的……"对的,假使苇弟能够再聪明一点,我是可以比较喜欢他些,但他却只能如此忠实地去表现他的真挚!

苇弟看见我笑了,便很满足。跳过床头去脱大氅,还脱下他那顶大皮帽。假使他这时再掉过头来望我一下,我想他一定可以从我的眼睛里得些不快活去。为什么他不可以再多的懂得我些呢?

我总愿意有那末一个人能了解得我清清楚楚的,如若不懂得我,我要那些爱,那些体贴做什么?偏偏我的父亲,我的姊姊,我的朋友都如此盲目的爱惜我,我真不知他们爱惜我的什么;爱我的骄纵,爱我的脾气,爱我的肺病吗?有时我为这些生气,伤心,但他们却更容让我,更爱我,说一些错到更使我想打他们的一些安慰话。我真愿意在这种时候会有人懂得我,便骂我,我也可以快乐而骄傲了。

没有人来理我,看我,我会想念人家,或恼恨人家,但有人来后,我不觉得又会给人一些难堪,这也是无法的事。近来为要磨练自己,常常话到口边便咽住,怕又在无意中竟刺着了别人的隐处,虽说是开玩笑。因为如此,所以可以想象出来,我是拿一种什么样的心情在陪苇弟坐。但苇弟若站起身来喊走时,我又会因怕寂寞而感到怅惘,而恨起他来。这个,苇弟是早就知道的,所以他一直到晚上十点钟才回去。不过我却不骗人,并不骗自己,我清白,苇弟不走,不特于他没有益处,反只能让我更觉得他太容易支使,或竟更可怜他的太不会爱的技巧了。

十二月二十八

今天我请毓芳同云霖看电影。毓芳却邀了剑如来。我气得只想哭,但我却纵声的笑了。剑如,她是多么可以损害我自尊之心的;因为她的容貌,举止,无一不象我幼时所最投洽的一个朋友,所以我不觉的时常在追随她,她又特意给了我许多敢于亲近她的勇气。但后来,我却遭受了一种不可忍耐的待遇,无论什么时候想起,我都会痛恨我那过去的,不可追悔的无赖行为:在一个星期中我曾足足的给了她八封长信,而未被人理睬过。毓芳真不知想的哪一股劲,明知我不愿再提起从前的事,却故意邀着她来,象有心要挑逗我的愤恨一样,我真气了。

我的笑,毓芳和云霖不会留意这有什么变异,但剑如,她能感觉到;可是她会装,装糊涂,同我毫无芥蒂的说话。我预备骂她几句,不过话到口边便想到我为自己定下的戒条。并且做得太认真,反令人越得意。所以我又忍下心去同她们玩。

到真光时,还很早,在门口遇着一群同乡的小姐们,我真厌恶那些惯做的笑靥,我不去理她们,并且我无缘无故地生气到那许多去看电影的人。我乘毓芳同她们说到热闹中,丢下我所请的客,悄悄回来了。

除了我自己，没有人会原谅我的。谁也在批评我，谁也不知道我在人前所忍受的一些人们给我的感触。别人说我怪僻，他们哪里知道我却时常在讨人好，讨人欢喜。不过人们太不肯鼓励我说那太违心的话，常常给我机会，让我反省我自己的行为，让我离人们却更远了。

夜深时，全公寓都静静的，我躺在床上好久了。我清清白白的想透了一些事，我还能伤心什么呢？

十二月二十九

一早毓芳就来电话。毓芳是好人，她不会扯谎，大约剑如是真病。毓芳说，起病是为我，要我去，剑如将向我解释。毓芳错了，剑如也错了，莎菲不是欢喜听人解释的人。根本我就否认宇宙间要解释。朋友们好，便好；合不来时，给别人点苦头吃，也是正大光明的事。我还以为我够大量，太没报复人了。剑如既为我病，我倒快活，我不会拒绝听别人为我而病的消息。并且剑如病，还可以减少点我从前自怨自艾的烦恼。

我真不知应怎样才能分析我自己。有时为一朵被风吹散了的白云，会感到一种渺茫的，不可捉摸的难过；但看到一个二十多岁的男子（苇弟其实还大我四岁）把眼泪一颗一颗掉到我手背时，却象野人一样在得意的笑了。苇弟从东城买了许多信纸信封来我这里玩，为了他很快乐，在笑，我便故意去捉弄，看到他哭了，我却快意起来。并且说"请珍重点你的眼泪吧，不要以为姊姊象别的女人一样脆弱得受不起一颗眼泪……""还要哭，请你转家去哭，我看见眼泪就讨厌……"自然，他不走，不分辩，不负气，只蜷在椅角边老老实实无声的去流那不知从哪里得来的那么多的眼泪。我，自然，得意够了，又会惭愧起来，于是用着姊姊的态度去喊他洗脸，抚摩他的头发。他镶着泪珠又笑了。

在一个老实人面前，我已尽自己的残酷天性去磨折他，但当他走后，我真想能抓回他来，只请求他："我知道自己的罪过，请不要再爱这样一个不配承受那真挚的爱的女人了吧！"

一月一号

　　我不知道那些热闹的人们是怎样的过年，我只在牛奶中加了一个鸡子，鸡子是昨天苇弟拿来的，一共二十个，昨天煨了七个茶卤蛋，剩下十三个，大约够我两星期吃。若吃午饭时，苇弟会来，则一定有两个罐头的希望。我真希望他来。因为想到苇弟来，我便上单牌楼去买了四合糖，两包点心，一篓橘子和苹果，预备他来时给他吃。我断定今天只有他才能来。

　　但午饭吃过了，苇弟却没来。

　　我一共写了五封信，都是用前几天苇弟买来的好纸好笔。我想能接得几个美丽的画片，却不能。连几个最爱弄这个玩艺儿的姊姊们都把我应得的一份儿忘了。不得画片，不希罕，单单只忘了我，却是可气的事。不过自己从不曾给人拜过一次年，算了，这也是应该的。

　　晚饭还是我一人独吃，我烦恼透了。

　　夜晚毓芳云霖来了，还引来一个高个儿少年，我想他们才真算幸福；毓芳有云霖爱她，她满意，他也满意。幸福不是在有爱人，是在两人都无更大的欲望，商商量量平平和和地过日子。自然，有人将不屑于这平庸。但那只是另外人的，与我的毓芳无关。

　　毓芳是好人，因为她有云霖，所以她"愿天下有情人皆成眷属"。她去年曾替玛丽作过一次恋爱婚姻的介绍。她又希望我能同苇弟好，她一来便问苇弟。但她却和云霖及那高个儿把我给苇弟买的东西吃完了。

　　那高个儿可真漂亮，这是我第一次感觉到男人的美，从来我还没有留心到。只以为一个男人的本行是会说话，会看眼色，会小心就够了。今天我看了这高个儿，才懂得男人是另铸有一种高贵的模型，我看出在他面前的云霖显得多么委琐，多么呆拙……我真要可怜云霖，假使他知道他在这个人前所衬出的不幸时，他将怎样伤心他那些所有的粗丑的眼神，举止。我更不知，当毓芳拿这一高一矮的男人相比时，会起一种什么情感！

　　他，这生人，我将怎样去形容他的美呢？固然，他的颀长的身躯，白嫩的面庞，薄薄的小嘴唇，柔软的头发，都足以闪耀人的眼睛，但他还另外有一种说不出，捉不到的丰仪来煽动你的心。比如，当我请问他的名字时，他会用那种我想不到的不急遽的态度递过那只擎有名片的手来。我抬起头去，呀，我看见那两个鲜红的，嫩腻的，深深凹进的嘴角了。我能告诉人吗，我是用一种小儿要糖果的心情在望着那惹人的两个小东西。但我知道在这个社会里面是不准许任我去取得我所要的来满足我的冲动，我的欲望，无论这于人并没有损害的事，我只得忍耐着，低下头去，默默地念那名片上的字：

"凌吉士，新加坡……"

凌吉士，他能那样毫无拘束的在我这儿谈话，象是在一个很熟的朋友处，难道我能说他这是有意来捉弄一个胆小的人？我为要强迫地拒绝引诱，不敢把眼光抬平去一望那可爱慕的火炉的一角。两只不知羞惭的破烂拖鞋，也逼着我不准走到桌前的灯光处。我气我自己：怎么会那样拘束，不会调皮的应对？平日看不起别人的交际，今天才知道自己是显得又呆，又傻气。唉，他一定以为我是一个乡下才出来的姑娘了！

云霖同毓芳两人看见我木木的，以为我不欢喜这生人，常常去打断他的话，不久带着他走了。这个我也感激他们的好意吗？我望着那一高两矮的影子在楼下院子中消失时，我真不愿再回到这留得有那人的靴印，那人的声音，和那人吃剩的饼屑的屋子。

一月三号

这两夜通宵通宵地咳嗽。对于药，简直就不会有信仰，药与病不是已毫无关系吗？我明明厌烦那苦水，但却又按时去吃它，假使连药也不吃，我能拿什么来希望我的病呢？神要人忍耐着生活，安排许多痛苦在死的前面，使人不敢走近死亡。我呢，我是更为了我这短促的不久的生，我越求生得厉害；不是我怕死，是我总觉我还没享有我生的一切。我要，我要使我快乐。无论在白天，在夜晚，我都在梦想可以使我没有什么遗憾在我死的时候的一些事情。我想能睡在一间极精致的卧房的睡榻上，有我的姊姊们跪在榻前的熊皮毡子上为我祈祷，父亲悄悄的朝着窗外叹息，我读着许多封从那些爱我的人儿们寄来的长信，朋友们都纪念我流着忠实的眼泪……我迫切的需要这人间的感情，想占有许多不可能的东西。但人们给我的是什么呢？整整两天，又一人幽囚在公寓里，没有一个人来，也没有一封信来，我躺在床上咳嗽，坐在火炉旁咳嗽，走到桌子前也咳嗽，还想念这些可恨的人们……其实还是收到一封信的，不过这除了更加我一些不快外，也只不过是加我不快。这是一年前曾骚扰过我的一个安徽粗壮男人寄来的，我没有看完就扯了。我真肉麻那满纸的"爱呀爱的"！我厌恨我不喜欢的人们的殷勤……

我，我能说得出我真实的需要是些什么呢？

一月四号

事情不知错到什么地方去了。我为什么会想到搬家，并且在糊里糊涂中欺骗了云霖，好象扯谎也是本能一样，所以在今天能毫不费力的便使用了。假使云霖知道莎菲也会骗他，他不知应如何伤心，莎菲是他们那样爱惜的一个小妹妹。自然我不是安心的，并且我现在在后悔。但我能决定吗，搬呢，还是不搬？

我不能不向我自己说："你是在想念那高个儿的影子呢！"是的，这几天几夜我无时不神往到那些足以诱惑我的。为什么他不在这几天中单独来会我呢？他应当知道他不该让我如此的去思慕他。他应当来看我，说他也想念我才对。假使他来，我不会拒绝去听他所说的一些爱慕我的话，我还将令他知道我所要的是些什么。但他却不来。我估定这象传奇中的事是难实现了。难道我去找他吗？一个女人这样放肆，是不会得好结果的。何况还要别人能尊敬我呢。我想不出好法子，只好先到云霖处试一试，所以吃过午饭，我便冒风向东城去。

云霖是京都大学的学生，他租的住房在京都大学一院和二院之间的青年胡同里。我到他那里时，幸好他没有出去，毓芳也没有来。云霖当然很诧异我在大风天出来，我说是到德国医院看病，顺便来这里。他就毫不疑惑，问我的病状，我却把话头故意引到那天晚上。不费一点气力，我便打探得那人儿住在第四寄宿舍，在京都大学二院隔壁。不久，我又叹起气来，我用许多言辞把在西城公寓里的生活，描摹得寂寞，暗淡。我又扯谎，说我唯一只想能贴近毓芳（我知道毓芳已预备搬来云霖处）。我要求云霖同我在近处找房。云霖当然高兴这差事，不会迟疑的。

在找房的时候，凑巧竟碰着了凌吉士。他也陪着我们。我真高兴，高兴使我胆大了，我狠狠的望了他几次，他没有觉得。他问我的病，我说全好了，他不信似的在笑。

我看上一间又低,又小,又霉的东房,在云霖的隔壁一家大元公寓里。他和云霖都说太湿,我却执意要在第二天便搬来,理由是那边太使我厌倦,而我急切的要依着毓芳。云霖无法,就答应了,还说好第二天一早他和毓芳过来替我帮忙。

我能告诉人,我单单选上这房子的用意吗?它位置在第四寄宿舍和云霖住所之间。他不曾向我告别,我又转到云霖处,尽我所有的大胆在谈笑。我把他什么细小处都审视遍了,我觉得都有我嘴唇放上去的需要。他不会也想到我在打量他,盘算他吗?后来我特意说我想请他替我补英文,云霖笑,他却受窘了,不好意思的含含糊糊的回答,于是我向心里说,这还不是一个坏蛋呢,那样高大的一个男人还会红脸?因此我的狂热更炎炽了。但我不愿让人懂得我,看得我太容易,所以我驱遣我自己,很早就回来了。

现在仔细一想,我唯恐我的任性,将把我送到更坏的地方去,暂时且住在这有洋炉的房里吧,难道我能说得上是爱上了那南洋人吗?我还一丝一毫都不知道他呢。什么那嘴唇,那眉梢,那眼角,那指尖……多无意识,这并不是一个人所应需的,我着魔了,会想到那上面。我决计不搬,一心一意来养病。

我决定了,我懊悔,懊悔我白天所做的一些不是,一个正经女人所做不出来的。

一月六号

都奇怪我,听说我搬了家,南城的金英,西城的江周,都来到我这低湿的小屋里。我笑着,有时在床上打滚,她们都说我越小孩气了,我更大笑起来。我只想告诉她们我想的是什么。下午苇弟也来了。苇弟最不快活我搬家,因为我未曾同他商量,并且离他更远了。他见着云霖时,竟不理他。云霖摸不着他为什么生气。望着他。他更板起脸孔。我好笑,我向自己说:"可怜,冤枉他了,一个好人!"

毓芳不再向我说剑如。她决定两三天便搬来云霖处,因为她觉得我既这样想傍着她住,她不能让我一人寂寂寞寞的住在这里。她和云霖待我比以前更亲热。

一月十号

这几天我都见着凌吉士,但我从没同他多说几句话,我决不先提补英文事。我看见他一天两次往云霖处跑,我发笑,我断定他以前一定不会同云霖如此亲密的。我没有一次邀请他来我那儿玩,虽说他问了几次搬了家如何,我都装出不懂的样儿笑一下便算回答。我把所有的心计都放在这上面,好象同什么东西搏斗一样。我要那样东西,我还不愿去取得,我务必想方设计让他自己送来。是的,我了解我自己,不过是一个女性十足的女人,女人只把心思放到她要征服的男人们身上。我要占有他,我要他无条件的献上他的心,跪着求我赐给他的吻呢。我简直癫了,反反复复的只想着我所要施行的手段的步骤,我简直癫了!

毓芳云霖看不出我的兴奋,只说我病快好了。我也正不愿他们知道,说我病好,我就装着高兴。

一月十二

毓芳已搬来,云霖却搬走了。宇宙间竟会生出这样一对人来,为怕生小孩,便不肯住在一起,我猜想他们连自己也不敢断定:当两人抱在一床时是不会另外干出些别的事来,所以只好预先防范,不给那肉体接触的机会。至于那单独在一房时的拥抱和亲嘴,是不会发生危险,所以悄悄表演几次,便不在禁止之列。我忍不住嘲笑他们了,这禁欲主义者!为什么会不需要拥抱那爱人的裸露的身体?为什么要压制住这爱的表现?为什么在两人还没睡在一个被窝里以前,会想到那些不相干足以担心的事?我不相信恋爱是如此的理智,如此的科学!

他俩不生气我的嘲笑,他俩还骄傲着他们的纯洁,而笑我小孩气呢。我体会得出他们的心情,但我不能解释宇宙间所发生的许许多多奇怪的事。

这夜我在云霖处(现在要说毓芳处了)坐到夜晚十点钟才回来,说了许多关于鬼怪的故事。

鬼怪这东西,我在一点点大的时候就听惯了,坐在姨妈怀里听姨爹讲《聊斋》是常事,并且一到夜里就爱听。至于怕,又是另外一件不愿告人的。因为一说怕,准就听不成,姨爹便会踱过对面书房去,小孩就不准下床了。到进了学校,又从先生口里得知点科学常识,为了信服那位周麻子二先生,所以连书本也信服,从此鬼怪便不屑于害怕了。近来人更在长高长大,说起来,总是否认有鬼怪的,但鸡粟却不肯因为不信便不出来,毛毛一根根也会竖起的。不过每次同人说到鬼怪时,别人不知道我想拗开说到别的闲话上去,为的怕夜里一个人睡在被窝里时想到死去了的姨爹姨妈就伤心。

　　回来时,看到那黑魆魆的小胡同,真有点胆悸。我想,假使在哪个角落里露出一个大黄脸,或伸来一只毛手,在这样象冻住了的冷巷里,我不会以为是意外。但看到身边的这高大汉子(凌吉士)做镖手,大约总可靠,所以当毓芳问我时,我只答应"不怕,不怕"。

　　云霖也同我们出来,他回他的新房子去,他向南,我们向北,所以只走了三四步,便听不清那橡皮鞋底在泥板上发出的声音。

　　他伸来一只手,拢住了我的腰:

　　"莎菲,你一定怕哟!"

　　我想挣,但挣不掉。

　　我的头停在他的胁前,我想,如若在亮处,看起来,我会象个什么东西,被挟在比我高一个头还多的人的腕中。

　　我把身一蹲,便窜出来了,他也松了手陪我站在大门边打门。

　　小胡同里黑极了,但他的眼睛望到何处,我却能很清楚的看见。心微微有点跳,等着开门。

　　"莎菲,你怕哟!"

　　门闩已在响,是伙计在问谁。我朝他说:

　　"再——"

　　他猛的握住我的手,我无力再说下去。

　　伙计看到我身后的大人,露着诧异。

　　到单独只剩两人在一房时,我的大胆,已经变得毫无用处了,想故意说几句客套话,也不会,只说:"请坐吧!"自己便去洗脸。

　　鬼怪的事,已不知忘到什么地方去了。

　　"莎菲!你还高兴读英文吗?"他忽然问。

　　这是他来找我,提到英文,自然他未必欢喜白白牺牲时间去替人补课,这

意思,在一个二十岁的女人面前,怎能瞒过,我笑了(这是只在心里笑)。我说:

"蠢得很,怕读不好,丢人。"

他不说话,把我桌上摆的照片拿来玩弄着,这照片是我姊姊的一个刚满一岁的女儿。

我洗完脸,坐在桌子那头。

他望望我,又去望那小女孩,然后又望我。是的,这小女孩长的真象我。于是我问他:

"好玩吗?你说象我不象?"

"她,谁呀!"显然,这声音表示着非常认真。

"你说可爱不可爱?"

他只追问着是谁。

忽的,我明白了他意思,我又想扯谎了。

"我的,"于是我把像片抢过来吻着。

他信了。我竟愚弄了他,我得意我的不诚实。

这得意,似乎便能减少他的妩媚,他的英爽。要不,为什么当他显出那天真的诧愕时,我会忽略了他那眼睛,我会忘掉了他那嘴唇?否则,这得意一定将冷淡下我的热情。

然而当他走后,我却懊悔了。那不是明明安放着许多机会吗?我只要在他按住我手的当儿,另做出一种眼色,让他懂得他是不会遭拒绝,那他一定可以做出一些比较大胆的事。这种两性间的大胆,我想只要不厌烦那人,会象把肉体融化了的感到快乐无疑。但我为什么要给人一些严厉,一些端庄呢?唉,我搬到这破房子里来,到底为的是什么呢?

一月十五

近来我是不算寂寞了,白天在隔壁玩,晚上又有一个新鲜的朋友陪我谈话。但我的病却越深了。这真不能不令我灰心,我要什么呢,什么也于我无益。难道我有所眷恋吗?一切又是多么的可笑,但死却不期然的会让我一想到便伤心。每次看见那克利大夫的脸色,我便想:是的,我懂得,你尽管说吧,是不是我已没希望了？但我却拿笑代替了我的哭。谁能知道我在夜深流出的眼泪的分量！

几夜，凌吉士都接着接着来，他告人说是在替我补英文，云霖问我，我只好不答应。晚上我拿一本"PoorPeople"放在他面前，他真个便教起我来。我只好又把书丢开，我说："以后你不要再向人说在替我补英文吧，我病，谁也不会相信这事的。"他赶忙便说："莎菲，我不可以等你病好些教你吗？莎菲，只要你喜欢。"

这新朋友似乎是来得如此够人爱，但我却不知怎的，反而懒于注意到这些事。我每夜看到他丝毫得不着高兴的出去，心里总觉得有点歉仄，我只好在他穿大氅的当儿向他说："原谅我吧，我有病！"他会错了我的意思，以为我同他客气。"病有什么要紧呢，我是不怕传染的。"后来我仔细一想，也许这话含得有别的意思，我真不敢断定人的所作所为象可以想象出来的那样单纯。

一月十六

今天接到蕴姊从上海来的信，更把我引到百无可望的境地。我哪里还能找得几句话去安慰她呢？她信里说："我的生命，我的爱，都于我无益了……"那她是更不需要我的安慰，我为她而流的眼泪了。唉！从她信中，我可以揣想得出她婚后的生活，虽说她未肯明明的表白出来。神为什么要去捉弄这些在爱中的人儿？蕴姊是最神经质，最热情的人，自然她更受不住那渐渐的冷淡，那遮饰不住的虚情……我想要蕴姊来北京，不过这是做得到的吗？这还是疑问。

苇弟来的时候，我把蕴姊的信给他看：他真难过，因为那使我蕴姊感到生之无趣的人，不幸便是苇弟的哥哥。于是我向他说了我许多新得的"人生哲学"的意义；他又尽他唯一的本能在哭。我只是很冷静的去看他怎样使眼睛变红，怎样拿手去擦干，并且我在他那些举动中，加上许多残酷的解释。我未曾想到在人世中，他是一个例外的老实人，不久，我一个人悄悄的跑出去了。

为要躲避一切的熟人，深夜我才独自从冷寂寂的公园里转来，我不知怎样度过那些时间，我只想："多无意义啊！倒不如早死了干净……"

一月十七

我想：也许我是发狂了！假使是真发狂，我倒愿意。我想，能够得到那地步，我总可以不会再感到这人生的麻烦了吧……

足足有半年为病而禁了的酒，今天又开始痛饮了。明明看到那吐出来的是比酒还红的血。但我心却象被什么别的东西主宰一样，似乎这酒便可在今晚致死我一样，我不愿再去细想那些纠纠葛葛的事……

一月十八

现在我还睡在这床上，但不久就将与这屋分别了，也许是永别，我断得定我还能再亲我这枕头，这棉被……的幸福吗？毓芳，云霖，苇弟，金夏都守着一种沉默围绕着我坐着，焦急的等着天明了好送我进医院去。我是在他们忧愁的低语中醒来的，我不愿说话，我细想昨天上午的事，我闻到屋子中遗留下来的酒气和腥气，才觉得心正在剧烈的痛，于是眼泪便汹涌了。因了他们的沉默，因了他们脸上所显现出来的凄惨和暗淡，我似乎感到这便是我死的预兆。假设我便如此长睡不醒了呢，是不是他们也将如此沉默的围绕着我僵硬的尸体？他们看见我醒了，便都走拢来问我。这时我真感到了那可怕的死别！我握着他们，仔细望着他们每个的脸，似乎要将这记忆永远保存着。他们都把眼泪滴到我手上，好象我就要长远离开他们走向死之国一样。尤其是苇弟，哭得现出丑脸。唉，我想：朋友呵，请给我一点快乐吧……于是我反而笑了。我请他们替我清理一下东西，他们便在床铺底下拖出那口大藤箱来，箱子里有几捆花手绢的小包，我说："这我要的，随着我进协和吧。"他们便递给我，我给他们看，原来都满满是信札，我又向他们笑："这，你们的也在内！"他们才似乎也快乐些了。苇弟又忙着从抽屉里递给我一本照片，是要我也带去的样子，我更笑了。这里面有七八张是苇弟的单像，我又容许苇弟吻我的手，并握着我的手在他脸上摩擦，于是这屋子才不象真有个僵尸停着的一样，天这时也慢慢显出了鱼肚白。他们忙乱了，慌着在各处找洋车。于是我病院的生活便开始了。

三月四号

　　接蕴姊死电是二十天以前的事，我的病却一天好一天。一号又由送我进院的几人把我送转公寓来，房子已打扫得干干净净。因为怕我冷，特生了一个小小的洋炉，我真不知怎样才能表示我的感谢，尤其是苇弟和毓芳。金和周在我这儿住了两夜才走，都充当我的看护，我每日都躺着，舒服得不象住公寓，同在家里也差不了什么了！毓芳决定再陪我住几天，等天气暖和点便替我上西山找房子，我好专去养病，我也真想能离开北京，可恨阳历三月了，还如是之冷！毓芳硬要住在这儿，我也不好十分拒绝，所以前两天为金和周搭的一个小铺又不能撤了。

　　近来在病院把我自己的心又医转了，实实在在是这些朋友们的温情把它重暖了起来，觉得这宇宙还充满着爱呢。尤其是凌吉士，当他到医院看我时，我觉得很骄傲，他那种丰仪才够去看一个在病院的女友的病，并且我也懂得，那些看护妇都在羡慕着我呢。有一天，那个很漂亮的密司杨问我：

　　"那高个儿，是你的什么人呢？"

　　"朋友！"我忽略了她问的无礼。

　　"同乡吗？"

　　"不，他是南洋的华侨。"

　　"那末是同学？"

　　"也不是。"

　　于是她狡猾的笑了，"就仅是朋友吗？"

　　自然，我可以不必脸红，并且还可以警诫她几句，但我却惭愧了。她看到我闭着眼装要睡的狼狈样儿，便得意的笑着走去。后来我一直都恼着她。并且为了躲避麻烦，有人问起苇弟时，我便扯谎说是我的哥哥。有一个同周很好的小伙子，我便说是同乡，或是亲戚的乱扯。

　　当毓芳上课去，我一个人留在房里时，我就去翻在一月多中所收到的信，我又很快活，很满足，还有许多人在纪念我呢。我是需要别人纪念的，总觉得能多得点好意就好。父亲是更不必说，又寄了一张像来，只有白头发似乎又多了几根。姊姊们都好，可惜就为小孩们忙得很，不能多替我写信。

信还没有看完,凌吉士又来了。我想站起来,但他却把我按住。他握着我的手时,我快活得真想哭了。我说:

"你想没想到我又会回转这屋子呢?"

他只瞅着那侧面的小铺,表示不高兴的样子,于是我告诉他从前的那两位客已走了,这是特为毓芳预备的。

他听了便向我说他今晚不愿再来,怕毓芳厌烦他。于是我心里更充满乐意了,便说:

"难道你就不怕我厌烦吗?"

他坐在床头更长篇的述说他这一个多月中的生活,怎样和云霖冲突,闹意见,因为他赞成我早些出院,而云霖执着说不能出来。毓芳也附着云霖,他懂得他认识我的时间太短,说话自然不会起影响,所以以后他不管这事了,并且在院中一和云霖碰见,自己便先回来。

我懂得他的意思,但我却装着说:

"你还说云霖,不是云霖我还不会出院呢,住在里面舒服多了。"

于是我又看见他默默地把头掉到一边去,不答我的话。

他算着毓芳快来时,便走了,悄悄告诉我说等明天再来。果然,不久毓芳便回来了。毓芳不曾问,我也不告她,并且她为我的病,不愿同我多说话,怕我费神,我更乐得藉此可以多去想些另外的小闲事。

三月六号

当毓芳上课去后,把我一人撂在房里时,我便会想起这所谓男女间的怪事;其实,在这上面,不是我爱自夸,我所受的训练,至少也有我几个朋友们的相加或相乘,但近来我却非常不能了解了。当独自同着那高个儿时,我的心便会跳起来,又是羞惭,又是害怕,而他呢,他只是那样随便的坐着,近乎天真的讲他过去的历史,有时握着我的手,不过非常自然,然而我的手便不会很安静的被握在那大手中,慢慢的会发烧。一当他站起身预备走时,不由的我心便慌张了,好象我将跌入那可怕的不安中,于是我盯着他看,真说不清那眼光是求怜,还是怨恨;但他却忽略了我这眼光,偶尔懂得了,也只说:"毓芳要来了哟!"我应当怎样说呢?他是在怕毓芳!自然,我也不愿有人知道我暗地所想的一些不近情理的事，不过我又感到有别人了解我感情的必要；几次我向毓芳含糊的说起我的心境，她还是那样忠实的替我盖被子，留心我的药，我真不能不有点烦闷了。

三月八号

毓芳已搬回去，苇弟又想代替那看护的差事。我知道，如若苇弟来，一定比毓芳还好，夜晚若想茶吃时，总不至于因听到那浓睡中的鼾声而不愿搅扰人便把头缩进被窝算了；但我自然拒绝他这好意，他固执着，我只好说："你在这里，我有许多不方便，并且病呢，也好了。"他还要证明间壁的屋子空着，他可以住间壁，我正在无法时，凌吉士来了。我以为他们还不认识，而凌吉士已握着苇弟的手，说是在医院见过两次。苇弟冷冷的不理他，我笑着向凌吉士说："这是我的弟弟，小孩子，不懂交际，你常来同他玩吧。"苇弟真的变成了小孩子，丧着脸站起身就走了。我因为有人在面前，便感得不快，也只掩藏住，并且觉得有点对凌吉士不住，但他却毫没介意，反问我："不是他姓白吗，怎会变成你的弟弟？"于是我笑了："那末你是只准姓凌的人叫你做哥哥弟弟的！"于是他也笑了。

近来青年人在一处时，老喜欢研究到这一个"爱"字，虽说有时我似乎懂得点，不过终究还是不很说得清。至于男女间的一些小动作，似乎我又太看得明白了。也许是因为我懂得了这些小动作，于"爱"才反迷糊，才没有勇气鼓吹恋爱，才不敢相信自己是一个纯粹的够人爱的小女子，并且才会怀疑到世人所谓的"爱"，以及我所接受的"爱"……

在我稍微有点懂事的时候，便给爱我的人把我苦够了，给许多无事的人以诬蔑我，凌辱我的机会，以致我顶亲密的小伴侣们也疏远了。后来又为了爱的胁迫，使我害怕得离开了我的学校。以后，人虽说一天天大了，但总常常感到那些无味的纠缠，因此有时不特怀疑到所谓"爱"，竟会不屑于这种亲密。苇弟说他爱我，为什么他只常常给我一些难过呢？譬如今晚，他又来了，来了便哭，并且似乎带了很浓的兴味来哭一样，无论我说："你怎么了，说呀！""我求你，说话呀，苇弟！……"他都不理会。这是从未有的事，我尽我的脑力也猜想不出他所骤遭的这灾祸。我应当把不幸朝哪一方去揣测呢？后来，大约他哭够了，才大声说:"我不喜欢他!""这又是谁欺侮了你呢,这样大嚷大闹的?""我不喜欢那高个子!那同你好的!"哦,我这才知道原来是怄我的气。我不觉得笑了。这种无味的嫉妒,这种自私的占有,便是所谓爱吗?我发笑,而这笑,自然不会安慰那有野心的男人的。并且因我不屑的态度,更激起他那不可抑制的怒气。我看着他那放亮的眼光,我以为他要噬人了,我想:"来吧!"但他却又低下头哭了,还揩着眼泪,踉跄地走出去。

这种表示,也许是称为狂热的,真率的爱的表现吧,但苇弟却不假思索地用在我面前,自然是只会失败;并不是我愿意别人虚伪,做作,我只觉得想靠这种小孩般举动来打动我的心,全是无用。或者因为我的心生来便如此硬;那我之种种不惬于人意而得来烦恼和伤心,也是应该的。

苇弟一走,自自然然我把我自己的心意去揣摩,去仔细回忆那一种温柔的,大方的,坦白而又多情的态度上去,光这态度已够人欣赏象吃醉一般的感到那融融的蜜意,于是我拿了一张画片,写了几个字,命伙计即刻送到第四寄宿舍去。

三月九号

我看见安安闲闲坐在我房里的凌吉士,不禁又可怜苇弟,我祝祷世人不要像我一样,忽略了蔑视了那可贵的真诚而把自己陷到那不可拔的渺茫的悲境里;我更愿有那末一个真诚纯洁的女郎去饱领苇弟的爱,并填实苇弟所感得的空虚啊!

三月十三

好几天又不提笔,不知是因为我心情不好,或是找不出所谓的情绪。我只知道,从昨天来我是只想哭了。别人看到我哭,以为我在想家,想到病,看见我笑呢,又以为我快乐了,还欣庆着这健康的光芒……但所谓朋友皆如是,我能告谁以我的不屑流泪,而又无力笑出的痴呆心境?因我看清了自己在人间的种种不愿舍弃的热望以及每次追求而得来的懊丧,所以连自己也不愿再同情这未能悟彻所引起的伤心。更哪能捉住一管笔去详细写出自怨和自恨呢!

是的，我好象又在发牢骚了。但这只是隐忍在心头反复向自己说，似乎还无碍。因为我未曾有过那种胆量，给人看我的蹙紧眉头，和听我的叹气，虽说人们早已无条件的赠送过我以"狷傲"、"怪僻"等等好字眼。其实，我并不是要发牢骚，我只想哭，想有那末一个人来让我倒在他怀里哭，并告诉他："我又糟踏我自己了！"不过谁能了解我，抱我，抚慰我呢？是以我只能在笑声中咽住"我又糟踏我自己了"的哭声。

我到底又为了什么呢，这真难说！自然我未曾有过一刻私自承认我是爱恋上那高个儿了的，但他在我的心心念念中又蕴蓄着一种分析不清的意义。虽说他那颀长的身躯，嫩玫瑰般的脸庞，柔软的嘴唇，惹人的眼角，可以诱惑许多爱美的女子，并以他那娇贵的态度倾倒那些还有情爱的。但我岂肯为了这些无意识的引诱而迷恋一个十足的南洋人！真的，在他最近的谈话中，我懂得了他的可怜的思想；他需要的是什么？是金钱，是在客厅中能应酬买卖朋友们的年轻太太，是几个穿得很标致的白胖儿子。他的爱情是什么？是拿金钱在妓院中，去挥霍而得来的一时肉感的享受，和坐在软软的沙发上，拥着香喷喷的肉体，抽着烟卷，同朋友们任意谈笑，还把左腿叠压在右膝上；不高兴时，便拉倒，回到家里老婆那里去。热心于演讲辩论会，网球比赛，留学哈佛，做外交官，公使大臣，或继承父亲的职业，做橡树生意，成资本家……这便是他的志趣！他除了不满于他父亲未曾给他过多的钱以外，便什么都可使他在一夜不会做梦的睡觉；如有，便只是嫌北京好看的女人太少，有时也会厌腻起游戏园，戏场，电影院，公园来……唉，我能说什么呢？当我明白了那使我爱慕的一个高贵的美型里，是安置着如此一个卑劣灵魂，并且无缘无故还接受过他的许多亲密。这亲密，还值不了他从妓院中挥霍里剩余下的一半！想起那落在我发际的吻来，真使我悔恨到想哭了。我岂不是把我献给他任他来玩弄来比拟到卖笑的姊妹中去！这只能责备我自己使我更难受，假设只要我自己肯，肯把严厉的拒绝放到我眸子中去，我敢相信，他不会那样大胆，并且我也敢相信，他所以不会那样大胆，是由于他还未曾有过那恋爱的火焰燃炽……唉！我应该怎样来诅咒我自己了！

三月十四

这是爱吗,也许爱才具有如此的魔力,要不,为什么一个人的思想会变幻得如此不可测!当我睡去的时候,我看不起美人,但刚从梦里醒来,一揉开睡眼,便又思念那市侩了。我想:他今天会来吗?什么时候呢,早晨,过午,晚上?于是我跳下床来,急忙忙的洗脸,铺床,还把昨夜丢在地下的一本大书捡起,不住的在边缘处摩挚着,这是凌吉士昨夜遗忘在这儿的一本《威尔逊演讲录》。

三月十四晚上

我有如此一个美的梦想,这梦想是凌吉士给我的。然而同时又为他而破灭。我因了他才能满饮着青春的醇酒,在爱情的微笑中度过了清晨;但因了他,我认识了"人生"这玩艺,而灰心而又想到死;至于痛恨到自己甘于堕落,所招来的,简直只是最轻的刑罚!真的,有时我为愿保存我所爱的,我竟想到"我有没有力去杀死一个人呢?"

我想遍了,我觉得为了保存我的美梦,为了免除使我生活的力一天天减少,顶好是即刻上西山,但毓芳告诉我,说她托我房子的那位住在西山的朋友还没有回信来,我怎好再去询问或催促呢?不过我决心了,我决心让那高小子来尝一尝我的不柔顺,不近情理的倨傲和侮弄。

三月十七

那天晚上苇弟赌气回去,今天又小小心心地自己来和解,我不觉笑了,并感到他的可爱。如若一个女人只要能找得一个忠实的男伴,做一身的归宿,我想谁也没有我苇弟可靠。我笑问:"苇弟,还恨姊姊不呢?"他羞惭地说:"不敢。姊姊,你了解我吧!我除了希冀你不摈弃我以外不敢有别的念头。一切只要你好,你快乐就够了!"这还不真挚吗?这还不动人吗?比起那白脸庞红嘴唇的如何?但后来我说:"苇弟,你好,你将来一定是一切都会很满意的。"他却露出凄然的一笑："永世也不会——但愿如你所说……"这又是什么呢？又是给我难受一下！我恨不得跪在他面前求他只赐我以弟弟或朋友的爱吧！单单为了我的自私，我愿我少些纠葛，多点快乐。苇弟爱我，并会说那样好听的话，但他忽略了：第一他应当真的减少他的热望，第二他也应该藏起他的爱。我为了这一个老实的男人，感到无能的抱歉，也够受了。

三月十八

我又托夏在替我往西山找房了。

三月二十

今天我往云霖处跑了三次，都未曾遇见我想见的人，似乎云霖也有点疑惑，所以他问我这几天见着凌吉士没有。我只好怅怅的跑回来。我实在焦烦得很，我敢自己欺自己说我这几日没有思念他吗？

晚上七点钟的时候，毓芳和云霖来邀我到京都大学第三院去听英语辩论会，乙组的组长便是凌吉士。我一听到这消息，心就立刻砰砰的跳起来。我只得拿病来推辞了这善意的邀请。我这无用的弱者，我没有胆量去承受那激动，我还是希望我能不见着他。不过他俩走时，我却请他俩致意凌吉士，说我问候他。唉，这又是多无意识啊！

三月二十一

我刚吃过鸡子牛奶，一种熟习的叩门声响着，纸格上映印上一个颀长的黑影。我只想跳过去开门，但不知为一种什么情感所支使，我咽着气，低下头去了。

"莎菲，起来没有？"这声音如此柔嫩，令我一听到会想哭。

为了知道我已坐在椅子上吗？为了知道我无能发气和拒绝吗？他轻轻的托开门走进来了。我不敢仰起我滋润的眼皮。

"病好些没有，刚起来吗？"

我答不出一句话。

"你真在生我的气啊。莎菲,你厌烦我,我只好走了。莎菲!"

他走,于我自然很合适,但我又猛然抬起头拿眼光止住了他开门的手。

谁说他不是一个坏蛋呢,他懂得了。他敢于把我的双手握得紧紧的。他说:"莎菲,你捉弄我了。每天我走你门前过,都不敢进来,不是云霖告诉我说你不会生我气,那我今天还不敢来。你,莎菲,你厌烦我不呢?"

谁都可以体会得出来,假使他这时敢于拥抱我,狂乱的吻我,我一定会倒在他手腕上哭出来:"我爱你呵!我爱你呵!"但他却如此的冷淡,冷淡得使我又恨他了。然而我心里在想:"来呀,抱我,我要吻你咧!"自然,他依旧握着我的手,把眼光紧盯在我脸上,然而我搜遍了,在他的各种表示中,我得不着我所等待于他的赐予。为什么他仅仅只懂得我的无用,我的不可轻侮,而不够了解他在我心中所占的是一种怎样的地位!我恨不得用脚尖踢他出去,不过我又为另一种情绪所支配,我向他摇头,表示不厌烦他的来到。

于是我又很柔顺地接受了他许多浅薄的情意,听他说着那些使他津津回味的卑劣享乐,以及"赚钱和花钱"的人生意义,并承他暗示我许多做女人的本分。这些又使我看不起他,暗骂他,嘲笑他,我拿我的拳头,隐隐痛击我的心,但当他扬扬地走出我房时,我受逼得又想哭了。因为我压制住我那狂热的欲念,未曾请求他多留一会儿。

唉,他走了!

(原载1928年2月10日《小说月报》第19卷第2号)

点评

小说采用了日记的形式,别出心裁。这是一个单身女性的心灵独语和自白,讲述了自己内心深处最隐秘的情感纠葛与矛盾冲突。心理描写十分细腻、真实。莎菲是一个自我矛盾的复合体,她在凌吉士和苇弟两名男性之间徘徊,犹豫不决……复杂的内心,细腻的心思,都被表露得一览无遗。作者采用的完全是一种准意识流或情绪流的叙事手法,对于大胆追求情爱、追求自由的时代新女性的成功刻画,都是这篇小说蜚声一时的重要原因。

沈从文（1902—1988）

著名作家、历史文物研究家，原名沈岳焕，笔名休芸芸等。湖南凤凰县人。代表作有小说《长河》《边城》等。

丈　夫

落了春雨，一共有七天，河水涨大了。

河中涨了水，平常时节泊在河滩的烟船妓船，离岸极近，船皆系在吊脚楼下的支柱上。

在四海春茶馆楼上喝茶的闲汉子，伏身在临河一面窗口，可以望到对河的宝塔"烟雨红桃"好景致，也可以知道船上妇人陪客烧烟的情形。因为那么近，上下都方便，有喊熟人的声音，从上面或从下面喊叫，到后是互相见到了，谈话了，取了亲昵样子，骂着野话粗话，于是楼上人会了茶钱，从湿而发臭的甬道走去，从那些肮脏地方走到船上了。

上了船，花钱半元到五块，随心所欲吃烟睡觉，同妇人毫无拘束的放肆取乐，这些在船上生活的大臀肥身年青女人，就用一个妇人的好处，服侍男子过夜。

船上人，她们把这件事也像其余地方一样称呼，这叫做"生意"。她们都是做生意而来的。在名分上，那名称与别的工作同样，既不与道德相冲突，也并不违反健康。她们从乡下来，从那些种田挖园的人家，离了乡村，离了石磨同小牛，离了那年青而强健的丈夫，跟随到一个熟人，就来到这船上做生意了。做了生意，慢慢的变成为城市里人，慢慢的与乡村离远，慢慢的学会了一些只有城市里才需要的恶德，于是这妇人就毁了。但那毁，是慢慢的，因为需要一些日子，所以谁也不去注意了。而且也仍然不缺少在任何情形下还依然会好好的保留着那乡村纯朴气质的妇人，所以在市的小河妓船上，决不会缺少年青女子的来路。

事情非常简单,一个不亟亟于生养孩子的妇人,到了城市,能够每月把从城市里两个晚上所得的钱,送给那留在乡下诚实耐劳种田为生的丈夫处去,在那方面就可以过了好日子,名分不失,利益存在,所以许多年青的丈夫,在娶妻以后,把妻送出来,自己留在家中耕田种地安分过日子,也竟是极其平常的事。

这种丈夫,到什么时候,想及那在船上做生意的年青的媳妇,或逢年过节,照规矩要见见媳妇的面了,自己便换了一身浆洗干净的衣服,腰带上挂了那个工作时常不离口的短烟袋,背了整箩整篓的红薯糍粑之类,赶到市上来,象访远亲一样,从码头第一号船上问起,一直到认出自己女人所在的船上为止。问明白了,到了船上,小心小心的把一双布鞋放到舱外护板上,把带来的东西交给了女人,一面便用着吃惊的眼睛,搜索女人的全身。这时节,女人在丈夫眼下自然已完全不同了。

大而油光的发髻,用小镊子扯成的细细眉毛,脸上的白粉同绯红胭脂,以及那城市里人神气派头,城市里人的衣裳,都一定使从乡下来的丈夫感到极大的惊讶,有点手足无措。那呆像是女人很容易清楚的。女人到后开了口,或者问:"那次五块钱得了么?"或者问:"我们那对猪养儿子了没有?"女人说话时口音自然也完全不同了,变成象城市里做太太的大方自由,完全不是在乡下做媳妇的神气了。

听女人问到钱,问到家乡豢养的猪,这作丈夫的看出自己做主人的身分,并不在这船上失去,看出这城里奶奶还不完全忘记乡下,胆子大了一点,慢慢的摸出烟管同火镰。第二次惊讶,是烟管忽然被女人夺去,即刻在那粗而厚大的掌握里,塞了一枝哈德门香烟的缘故。吃惊也仍然是暂时的事,于是这做丈夫的,一面吸烟一面谈话,……

到了晚上,吃过晚饭,仍然在吸那有新鲜趣味的香烟。来了客,一个船主或一个商人,穿生牛皮长统靴子,抱兜一角露出粗而发亮的银链,喝过一肚子烧酒,摇摇荡荡的上了船。一上船就大声的嚷要亲嘴要睡,那洪大而含胡的声音,那势派,都使这作丈夫的想起了村长同乡绅那些大人物的威风,于是这丈夫不必指点,也就知道怯生生的往后舱钻去,躲到那后梢舱上去低低的喘气,一面把含在口上那枝卷烟摘下来,毫无目的的眺望河中暮景。夜把河上改变了,岸上河上已经全是灯火，这丈夫到这时节一定要想起家里的鸡同小猪，仿佛那些小小东西才是自己的朋友，仿佛那些才是亲人，如今与妻接近，与家庭却离得很远，淡淡的寂寞袭上了身，他愿意转去了。

当真转去没有？不。三十里路路上有豺狗，有野猫，有查夜的放哨的团丁，全是不好惹的东西，转去自然做不到。船上的大娘自然还得留他上三元宫看夜戏，到四海春去喝清茶，并且既然到了市上，大街上的灯同城市中的人更不可不去看看。于是留下了，坐到后舱看河中景致，等候大娘的空暇。到后要上岸了，就由小阳桥上扳篷架到船头；玩过后，仍然由那旧地方转到船上，小心小心使声音放轻，省得留在舱里躺到床上烧烟的人发怒。

到要睡觉的时候，城里起了更，西梁山上的更鼓冬冬响了一会，悄悄的从板缝里看看客人还不走，丈夫没有什么话可说，就在梢舱上新棉絮里一个人睡了。半夜里，或者已睡着，或者还在胡思乱想，那媳妇抽空爬过了后舱，问是不是想吃一点糖。本来非常欢喜口含冰糖的脾气，是做媳妇的记得清楚明白，所以即或说已经睡觉，已经吃过，也仍然还是塞了一小片冰糖在口里。媳妇用着略略抱怨自己那神气走去了，丈夫把冰糖含在口里，正象仅仅为了这一点理由，就得原谅媳妇的行为，尽她在前舱陪客，自己也仍然很和平的睡觉了。

这样的丈夫在黄庄多着，那里出强健女子同忠厚男人。地方实在太穷了，一点点收成照例要被上面的人拿去一大半，手足贴地的乡下人，任你如何勤省耐劳的干做，一年中四分之一时间，即或用红薯叶子拌和糠灰充饥，总还不容易对付下去。地方虽在山中，离大河码头只三十里，由于习惯，女子出乡讨生活，男人通明白这做生意的一切利益。他懂事，女子名分上仍然归他，养得儿子归他，有了钱，也总有一部分归他。

那些船排列在河下，一个陌生人，数来数去是永远无法数清的。明白这数目，而且明白那秩序，记忆得出每一个船与摇船人样子，是五区一个老水保。

水保是个独眼睛的人。这独眼就据说在年青时节因殴斗杀过一个水上恶人，因为杀人，同时也就被人把眼睛抠瞎了。但两只眼睛不能分明的，他一只眼睛却办到了。一个河里都由他管事。他的权力在这些小船上，比一个中国的皇帝、总统在地面上的权力还统一集中。

涨了河水，水保比平时似乎忙多了。由于责任，他得各处去看看。是不是有些船上做父母的上了岸，小孩子在哭奶了。是不是有些船上在吵架，需要排难解纷。是不是有些船因照料无人，有溜去的危险。在今天，这位大爷，并且要到各处去调查一些从岸上发生影响到了水面的事情。岸上这几天来发生三次小抢案，据公安局那方面人说，是凡地上小缝小罅都找寻到了，还是毫无痕迹。地上小缝小罅都亏那些体面的在职人员找过，于是水保的责任便到了。他得了通知，就是那些说谎话的公安局办事处通知，要他到半夜会同水面武装警察上船去搜索"歹人"。

水保得到这个消息时是上半天。一个整白天他要做许多事。他要先尽一些从平日受人款待好酒好肉而来的义务了，于是沿了河岸，从第一号船起始，每个船上去谈谈话。他得先调查一下，问问这船上是不是留容得有不端正的外乡人。

做水保的人照例是水上一霸，凡是属于水面上的事他无有不知。这人本来就是一个吃水上饭的人，是立于法律同官府对面，按照习惯被官吏来利用，处治这水上一切的。但人一上了年纪，世界成天变，变去变来这人有了钱，成过家，喝点酒，生儿育女，生活安舒，这人慢慢的转成一个和平正直的人了。在职务上帮助了官府，在感情上却亲近了船家。在这些情形上面他建设了一个道德的模范。他受人尊敬不下于官，却不让人害怕讨厌。他做了河船上许多妓女的干爹。由于这些社会习惯的联系，他的行为处事是靠在水上人一边的。

他这时正从一个木跳板上跃到一只新油漆过的"花船"头，那船位置在较清静的一家莲子铺吊脚楼下。他认得这只船归谁管，一上船就喊"七丫头"。

没有声音。年青的女人不见出来，年老的掌班也不见出来。老年人很懂事情，以为或者是大白天有年青男子上船做呆事，就站在船头眺望，等了一会。

过一阵他又喊了两声，又喊伯妈，喊五多；五多是船上的小毛头，年纪十二岁，人很瘦，声音尖锐，平时大人上了岸就守船，买东西煮饭，常常挨打，爱哭，过一会儿又唱起小调来。但是喊过五多后，也仍然得不到结果。因为听到舱里又似乎实在有声音，象人出气，不象全上了岸，也不象全在做梦。水保就钩身窥觑舱口，向暗处询问是谁在里面。

里面还是不作答。

水保有点生气了，大声的问，"你是哪一个？"

里面一个很生疏的男子声音，又虚又怯回答说，"是我。"接着又说，"都上岸去了。"

"都上岸了么？"

"上岸了。她们……"

好象单单是这样答应，还深恐开罪了来人，这时觉得有一点义务要尽了，这男子于是从暗处爬出来，在舱口，小心小心扳到篷架，非常拘束的望到来人。

先是望到那一对峨然巍然似乎是为柿油涂过的猪皮靴子，上去一点是一个赭色柔软麂皮抱兜，再上去是一双回环抱着的毛手，满是青筋黄毛，手上有颗其大无比的黄金戒指，再上去才是一块正四方形象是无数橘子皮拼合而成的脸膛。这男子，明白这是有身分的主顾了，就学到城市里人说话，说，"大爷，您请里面坐坐，她们就回来。"

从那说话的声音，以及干浆衣服的风味上，这水保一望就明白这个人是才从乡下来的种田人。本来女人不在就想走，但年青人忽然使他发生了兴味，他留着了。

"你从什么地方来的？"他问他，为了不使人拘束，水保取得是做父亲的和平样子，望到这年青人。"我认不得你。"

他想了一下，好象也并不认得客人，就回答，"我昨天来的。"

"乡下麦子抽穗了没有？"

"麦子吗？水碾子前我们那麦子，哈，我们那猪，哈，我们那……"

这个人，象是忽然明白了答非所问，记起了自己是同一个有身分的城里人说话，不应当说"我们"，不应当说我们"水碾子"同"猪"，把字眼用错，所以再也接不下去了。

因为不说话，他就怯怯的望到水保笑，他要人了解他，原谅他——他是个正派人，并不敢有意张三拿四。

水保是懂这个意思的。且在这对话中，明白这是船上人的亲戚了，他问年青人，"老七到什么地方去了，什么时候可以回来？"

这时节，这年青人答语小心了。他仍然说，"是昨天来的。"他又告水保，他"昨天晚上来的。"末了才说，老七同掌班、五多上岸烧香去了，要他守船。因为守船必得把守船身分说出，他还告给了水保，他是老七的"汉子"。

因为老七平常喊水保都喊干爹，这干爹第一次认识了女婿，不必挽留，再说了几句，不到一会儿，两人皆爬进舱中了。

舱中有个小小床铺，床上有锦绸同红色印花洋布铺盖，摺叠得整整齐齐。来客照规矩应当坐在床沿。光线从舱口来，所以在外面以为舱中极黑，在里面却一切分明。

年青人为客找烟卷，找自来火，毛脚毛手打翻了身边一个贮栗子的小坛子，圆而发乌金光泽的板栗在薄明的船舱里各处滚去，年青人各处用手去捕捉，仍然放到小坛中去，也不知道应当请客人吃点东西。但客人却毫不客气，从舱板上把栗拾起咬破了吃，且说这风干的栗子真好。

"这个很好，你不欢喜么？"因为水保见到主人并不剥栗子吃。

"我欢喜。这是我屋后栗树上长的。去年结了好多，乖乖的从刺球里爆出来，我欢喜。"他笑了，近于提到自己儿子模样，很高兴说这个话。

"这样大栗子不容易得到。"

"我一个一个选出来的。"

"你选？"

"是的，因为老七欢喜吃这个，我才留下来。"

"你们那里可有猴栗？"

"什么猴栗？"

水保就把故事所说的"猴子在大山上住，被人辱骂时，抛下拳大栗子打人。人想这栗子，就故意去山下骂丑话，预备捡栗子。"——说给乡下人听。

因为栗子，正苦无话可说的年青人，得到同情他的人了。他就告水保另外属于栗子的种种事情。他知道的乡下问题可多咧。于是他说到地名"栗坳"的新闻。又说到一种栗木作成的犁具如何结实合用。这人是太需要说到这些了。昨天来一晚上都有客人吃酒烧酒，把自己关闭在小船后梢，同五多说话，五多睡得成死猪。今天一早上，本来应当有机会同媳妇谈到乡下事情了，女人又说要上岸过七里桥烧香，派他一个人守船。坐到船上等了半天，还不见人回，到后梢去看河上景致，一切新奇不同，全只给自己发闷。先一时，正睡在舱里，就想这满江大水若到乡下涨，鱼梁上不知道应当有多少鲤鱼上梁！把鱼捉来时，用柳条穿鳃到太阳下去晒，正计算到那数目，总算不清楚。忽然客人来到船上，似乎一切鱼都争着跳进水中去了。

来了客人，且在神气上看出来人是并不拒绝这些谈话的，所以这年青人，凡是预备到同自己媳妇在枕边诉说的各样事情，这时得到了一个好机会，都拿来同水保谈了。

他告给水保许多乡下情形，说到小猪捣乱的脾气，叫小猪名字是"乖乖"，又说到新由石匠整治过的那副石磨，顺便告给了一个石匠的笑话。又说到一把失去了多久的镰刀，一把水保梦想不到的小镰刀，他说：

"你瞧，奇怪不奇怪？我赌咒我各处都找到了。我们的床下，门枋上，仓角里，什么不找到？它躲了。躲猫猫一样，不见了。我为这件事骂过老七。老七哭过。可还是不见。鬼打岩，蒙蒙眼，原来它躲在屋梁上饭箩里！半年躲在饭箩里！它吃饭！一身锈得象生疮。这东西多狡猾！我说这个你明白我没有？怎么会到饭箩里半年？那是一只做样子的东西，挂到斗窗上。我记起那事了，是我削楔子，手上刮了皮，流了血，生了大气，赌气把刀一丢。……到水上磨了半天，还不错，仍然能吃肉，你一不小心，就得流血。我还不曾同老七说到这个，她不会忘记那哭得伤心的一回事。找到了，哈哈，真找到了。"

"找到它就好了。"

"是的，得到了它那是好的。因为我总疑心这东西是老七掉到溪里，不好意思说明。我知道她不骗我了。我明白了。我知道她受了冤屈，因为我说过：'找不出么？那我就要打人！'我并不曾动过手。可是生气时也真吓人。她哭了半夜！"

"你不是用得着它割草么？"

"嗨，哪里，用处多咧。是小镰刀，那么精巧，你怎么说是割草？那是削一点薯皮，刮刮箫：这些这些用的。小得很，值三百钱，钢火妙极了。我们都应当有这样一把刀放到身边，不明白么？"

水保说，"明白明白：都应当有一把，我懂你这个话。"

他以为水保当真是懂的，什么也说到了，甚至于希望明年来一个小宝宝，这样只合宜于同自己的媳妇睡到一个枕头上商量的话也说到了。年青人毫无拘束的还加上许多粗话蠢话。说了半天，水保起身要走了，他才记起问客人贵姓。

"大爷，您贵姓？留一个片子到这里，我好回话。"

"不用不用。你只告她有这么一个大个儿到过船上，穿这样大靴子。告她晚上不要接客，我要来。"

"不要接客，您要来？"

"就是这样说，我一定要来的。我还要请你喝酒。我们是朋友。"

"我们是朋友,是朋友。"

水保用他那大而肥厚的手掌,拍了一下年青人的肩膊,从船头上岸,走到别一个船上去了。

在水保走后,年青人就一面等候一面猜想这个大汉子是谁。他还是第一次同这样尊贵的人物谈话。他不会忘记这很好的印象的。人家今天不仅是同他谈话,还喊他做朋友,答应请他喝酒!他猜想这人一定是老七的"熟客"。他猜想老七一定得了这人许多钱。他忽然觉得愉快,感到要唱一个歌了,就轻轻的唱了一首山歌。用四溪人体裁,他唱得是"水涨了,鲤鱼上梁,大的有大草鞋那么大,小的有小草鞋那么小。"

但是等了一会还不见老七回来,一个鬼也不回来,他又想起那大汉子的丰采言谈了。他记起那一双靴子,闪闪发光,以为不是极好的山柿油涂到上面,是不会如此体面好看的。他记起那黄而发沉的戒子,说不分明那将值多少钱,一点不明白那宝贝为什么如此可爱。他记起那伟人点头同发言,一个督抚的派头,一个军长的身分——这是老七的财神!他于是又唱了一首歌。用杨村人不庄重口吻,唱得是"山坳的团总烧炭,山脚的地保爬灰;爬灰红薯才肥,烧炭脸庞发黑。"

到午时,各处船上都已有人烧饭了。湿柴烧不燃,烟子各处窜,使人流泪打嚏,柴烟平铺到水面时如薄绸。听到河街馆子里大师傅用铲子敲打锅边的声音,听到邻船上白菜落锅的声音,老七还不见回来。可是船上烧湿柴的本领年青人还没有学到,小钢灶总是冷冷的不发吼。做了半天还是无结果,只有把它放下一个办法了。

应当吃饭时候不得饭吃,人饿了,坐到小凳上敲打舱板,他仍然得想一点事情。一个不安分的估计在心上滋长了。正似乎为装满了钱钞便极其骄傲模样的抱兜,在他眼下再现时,把原有的和平已失去了。一个用酒糟同红血所捏成的橘皮红色四方脸,也是极其讨厌的神气,保留到印象上。并且,要记忆有什么用?他记忆得到那嘱咐,是当到一个丈夫面前说的!"今晚上不要接客,我要来。"该死的话,是那么不客气的从那吃红薯的大口里说出!为什么要说这个?有什么理由要说这个?……

胡想使他心上增加了愤怒,饥饿重复揪着了这愤怒的心,便有一些原始人就不缺少的情绪，在这个年青简单的人情绪中长大不已。

他不能再唱一首歌了。喉咙为妒嫉所扼，唱不出什么歌。他不能再有什么快乐。按照一个种田人的脾气，他想到明天就要回家。

有了脾气再来烧火，自然更不行了，于是把所有的柴全丢到河里去了。

"雷打你这柴！要你到洋里海里去！"

但那柴是在两三丈以外，便被别个船上的人捞起了的。那船上人似乎一切都准备好了，正等待一点从河面漂流而来的湿柴，把柴捞上，即刻就见到用废缆一段引火，且即刻满船发烟，火就带着小小爆裂声音燃好了。看到这一切，新的愤怒使年青人感到羞辱，他想不必等待人回船就要走路。

在街尾遇到女人同小毛头五多两个人，正牵了手说着笑着走来。五多手上拿得有一把胡琴，崭新的样子，这是做梦也不曾遇到的一件家伙！

"你走哪里去？"

"我——要回去。"

"要你看船船也不看，要回去。什么人得罪了你，这样小气？"

"我要回去，你让我回去。"

"回到船上去！"

看看媳妇，样子比说话还硬劲。并且看到那一张胡琴，明知道这是特别买来给他的，所以再不能坚持，摸了摸自己发烧的额角，幽幽的说，"回去也好，回去也好，"就跟了媳妇的身后跑转船上。

掌班大娘也赶来了，原来提了一副猪肺，好象东西只是乘便偷来的，深恐被人追上带到衙门里去。所以跑得颧骨发了红，喘气不止。大娘一上船，女人在舱中就喊：

"大娘，你瞧，我家汉子想走！"

"谁说的，戏都不看就走！"

"我们到街口碰到他，他生气样子，一定是怪我们不早回来。"

"那是我的错；是菩萨的错；是屠户的错。我不该同屠户为一个钱吵闹半天，屠户不该肺里灌这样多水。"

"是我的错。"陪男子在舱里的女人，这样说了一句话，坐下了。对面是男子汉。她于是有意的在把衣服解换时，露出极风情的红绫胸裆。胸裆上绣了

"鸳鸯戏荷"。

男子觑着，不说话。有说不出的什么东西，在血里窜着涌着。

在后梢，听到大娘同五多谈着柴米。

"怎么我们的柴都被谁偷去了！"

"米是谁淘好的？"

"一定是火烧不燃。……姐夫是乡下人，只会烧松香。"

"我们不是昨天才解散一捆柴么？"

"都完了。"

"去前面搬一捆，不要说了。"

"姐夫只知道淘米！"

听到这些话的年青汉子，一句话不说，静静的坐在舱里，望到那一把新买来的胡琴。女人说，"弦都配好了，试拉拉看。"

先是不作声，到后把琴搁在膝上，查看松香。调琴时，生疏的音从指间流出，拉琴人便快乐的微笑了。

不到一会，满舱是烟，男子被女人喊出去，仍然把琴拿到外面去，站在船头调弦。

到后吃中饭时，五多说：

"姐夫，你回头拉'孟姜女哭长城'，我唱。"

"我不会拉。"

"我听说你拉得很好，你骗我谎我。"

"我不骗你。"

大娘说，"我听老七说你拉得好，所以到庙里，一见这琴，我就想起你才说就为姐夫买回去吧。是运气，烂贱就买来了。这到乡里一块钱还恐怕买不到，不是么？"

"是的。值多少钱？"

"一吊六。他们都说值得！"

五多说，"谁说值得？"

大娘很生气的说，"毛丫头，谁说不值得？你知道什么！撕你的嘴！"

因为这琴是从一个卖琴熟人手上拿来，一个钱不花，听到大娘的谎话，五多分辩，大娘就骂五多，老七却笑了。男子以为这是笑大娘不懂事，所以也在一旁干笑。

男子先把饭吃完,就动手拉琴,新琴声音又清又亮,五多高兴到得意忘形,放下碗筷唱将起来,被大娘结结实实打了一筷子头,才忙着吃饭、收碗、洗锅子。

到了晚上,前舱盖了篷,男子拉琴,五多唱歌,老七也唱歌,美孚灯罩子有红纸剪成的遮光帽,全舱灯光红红的如办大喜事,年青人在热闹中像过年,心上开了花。可是过不久,有兵士从河街过身,喝得烂醉,听到这声音了。

两个醉鬼跟跟跄跄到了船边,两手全是污泥,用手扳船,口含胡桃那么混混胡胡的嚷叫:

"什么人唱,报上名来!唱得好,赏一个五百。不听到么?老子赏你五百!"

里面琴声戛然而止,沉静了。

醉鬼用脚不住踢船,蓬蓬蓬发出钝而沉闷的声音,且想推篷,搜索不到篷盖接榫处,于是又叫嚷,"不要赏么,婊子狗造的?装聋,装哑?什么人敢在这里作乐?我怕谁?皇帝我也不怕。大爷,我怕皇帝我不是人!我们军长师长,都是混账王八蛋!是皮蛋鸡蛋,寡了的臭蛋!我才不怕。"

另一个喉咙发沙的说道:

"骚婊子?出来拖老子上船!"

且即刻听到用石头打船篷,大声的辱骂祖宗。一船人都吓慌了。大娘忙把灯扭小一点,走出去推篷,男子听到那汹汹声气,夹了胡琴就往后舱钻去。不一会,醉人已经进到前舱了。两个人一面说着野话一面要争到同老七亲嘴,同大娘五多亲嘴。且听到问:"是什么人在此唱歌作乐,把拉琴的抓来再给老子唱一个歌。"

大娘不敢作声,老七也无主意了,两个酒疯子就大声的骂人。

"臭货,喊龟子出来,跟老子拉琴,赏一千!英雄盖世的曹孟德也不会这样大方!我赏一千,一千个红薯,快来,不出来我烧掉你们这只船!听着没有,老东西!?赶快,莫让老子们生了气,灯笼子认不得人?"

"大爷,这是我们自己家几个人玩玩,不是外人……"

"不!不!不!老婊子,你不中吃。你老了,皱皮柑!快叫拉琴的来!杂种！我要拉琴，我要自己唱！"一面说一面便站起身来，想向后舱去搜寻。大娘弄慌了，把口张大合不拢去。老七急中生智，拖着那醉鬼的手，安置到自己的大奶上。醉人懂到这意思，又坐下了。"好的，妙的，老子出得起钱，老子今天晚上要到这里睡觉！孤王酒醉在桃花宫，韩素梅生来好貌容……"

这一个在老七左边躺下去后，另一个不说什么，也在右边躺了下去。

年青人听到前舱仿佛安静了一会，在隔壁轻轻的喊大娘。正感到一种侮辱的大娘，悄悄爬过去，男子还不大分明是什么事情，问大娘：

"什么事情？"

"营上的副爷，醉了，象猫，等一会儿就得走。"

"要走才行。我忘记告你们了，今天有一个大方脸人来，好象大官，吩咐过我，他晚上要来，不许留客。"

"是脚上穿大皮靴子，说话象打锣么？"

"是的，是的。他手上还有一个大金戒子。"

"那是老七干爹。他今早上来过了么？"

"来过的。他说了半天话才走，吃过些干栗子。"

"他说些什么？"

"他说一定要来，一定莫留客，……还说一定要请我喝酒。"

大娘想想，来做什么？难道是水保自己要来歇夜？难道是老对老，水保注意到……想不通，一个老鸨虽一切丑事做成习惯，什么也不至于红脸，但被人说到"不中吃"时，是多少感到一种羞辱的。她悄悄的回到前舱，看前舱的事情不成样子，扁了扁瘪嘴，骂了一声猪狗，终归又转到后舱来了。

"怎么？"

"不怎么。"

"怎么，他们走了？"

"不怎么，他们睡了。"

"睡了？"

大娘虽不看清楚这时男子的脸色，但她很懂这语气，就说："姐夫，你难得上城来，我们可以上岸玩去。今夜三元宫夜戏，我请你坐高台子，是'秋胡三戏结发妻'。"

男子摇头不语。

兵士胡闹一阵走后，五多大娘老七都在前舱灯光下说笑，说那兵士的醉态。男子留在后舱不出来。大娘到门边喊过了二次，不答应，不明白这脾气从什么地方发生。大娘回头就来检查那四张票子的花纹，因为她已经认得出票子的真假了。票子倒是真的，她在灯光下指点给老七看那些记号，那些花，且放到鼻子上嗅嗅，说这个一定是清真馆子里找出来的，因为有牛油味道。

五多第二次又走过去，"姐夫，姐夫，他们走了，我们来把那个唱完，我们还得……"

女人老七象是想到了什么心事，拉着了五多，不许她说话。

一切沉默了。男子在后舱先还是正用手指扣琴弦，作小小声音，这时手也离开那弦索了。

三个女人都听到从河街上飘来的锣鼓唢呐声音，河街上一个做生意人办喜事，客来贺喜，大唱堂戏，一定有一整夜热闹。

过了一会，老七一个人轻脚轻手爬到后舱去，但即刻又回来了。

大娘问："怎么了？"

老七摇摇头，叹了一口气。

先以为水保恐怕不会来的，所以大家仍然睡了觉，大娘老七五多三个人在前舱，只把男子放到后面。

查船的在半夜时，由水保领来了，水面鸦雀无声，四个全副武装警察守在船头，水保同巡官晃着手电筒进到前舱。这时大娘已把灯捻明了，她经验多，懂得这不是大事情。老七披了衣坐在床上，喊干爹，喊巡官老爷，要五多倒茶。五多还睡意迷蒙，只想到梦里在乡下摘三月莓。

男子被大娘摇醒揪出来，看到水保，看到一个穿黑制服的大人物，吓得不能说话，不晓得有什么严重事情发生。

那巡官装成很有威风的神气开了口："这是什么人？"

水保代为答应，"老七的汉子，才从乡下来走亲戚。"

老七说道，"老爷，他昨天才来的。"

巡官看了一会儿男子，又看了一会儿女人，仿佛看出水保的话不是谎话，就不再说话了，随意在前舱各处翻翻。待注意到那个贮风干栗子的小坛子时，水保便抓了一大把栗子塞到巡官那件体面制服的大口袋里去，巡官只是笑，也不说什么。

一伙人一会儿就走到另一船上去了。大娘刚要盖篷，一个警察回来传话：

"大娘，大娘，你告老七，巡官要回来过细考察她一下，你懂不懂？"

大娘说，"就来么？"

"查完夜就来。"

"当真吗？"

"我什么时候同你这老婊子说过谎？"

大娘很欢喜的样子，使男子很奇怪，因为他不明白为什么巡官还要回来考察老七。但这时节望到老七睡起的样子，上半晚的气已经没有了，他愿意讲和，愿意同她在床上说点家常私话，商量件事情，就傍床沿坐定不动。

大娘象是明白男子的心事，明白男子的欲望，也明白他不懂事，故只同老七打知会，"巡官就要来的！"

老七咬着嘴唇不作声，半天发痴。

男子一早起来就要走路，沉默的一句话不说，端整了自己的草鞋，找到了自己的烟袋。一切归一了，就坐到那矮床边沿，象是有话说又说不出口。

老七问他，"你不是昨晚上答应过干爹，今天到他家中吃中饭吗？"

"……"摇摇头，不作答。

"人家特意为你办了酒席，好意思不领情？"

"……"

"戏也不看看么？"

"……"

"满天红的晕油包子，到半日才上笼，那是你欢喜的包子。"

"……"

一定要走了，老七很为难，走出船头呆了一会，回身从荷包里掏出昨晚上那兵士给的票子来，点了一下数，一共四张，捏成一把塞到男子左手心里去。男子无话说，老七似乎懂到那意思了，"大娘，你拿那三张也把我。"大娘将钱取出，老七又把这钱塞到男子右手心里去。

男子摇摇头，把票子撒到地下去，两只大而粗的手掌捣着脸孔，象小孩子那样莫名其妙的哭了起来。

五多同大娘看情形不好,一齐逃到后舱去了。五多心想这真是怪事,那么大的人会哭,好笑。可是她并不笑。她站在船后梢舱,看见挂在梢舱顶梁上的胡琴,很愿意唱一个歌,可是不知为什么也总唱不出声音来。

水保来船上请远客吃酒,只有大娘同五多在船上。问到时,才明白两夫妇一早都回转乡下去了。

1930 年 4 月作于吴淞

(原载 1930 年《小说月报》第 21 卷第 4 号)

点评

  一个穷苦的家庭,为了生计,妻子去水船上卖身赚钱。得悉真相的丈夫无论如何也要把妻子带回家去。这是人的尊严的苏醒,这也是人自身的觉醒。人可以贫困,但不能丧失尊严的底线、道德的底线。这是一个生活在社会底层的小人物,但是小人物身上的硬气和微弱的抗争同样令人肃然起敬。

老舍(1899—1966)

原名舒庆春,字舍予。北京满族正红旗人。现代著名作家、语言大师。代表作有《骆驼祥子》《四世同堂》《茶馆》等。

月牙儿

一

是的,我又看见月牙儿了,带着点寒气的一钩儿浅金。多少次了,我看见跟现在这个月牙儿一样的月牙儿;多少次了。它带着种种不同的感情,种种不同的景物,当我坐定了看它,它一次一次的在我记忆中的碧云上斜挂着。

它唤醒了我的记忆,像一阵晚风吹破一朵欲睡的花。

二

那第一次,带着寒气的月牙儿确是带着寒气。它第一次在我的云中是酸苦,它那一点点微弱的浅金光儿照着我的泪。那时候我也不过是七岁吧,一个穿着短红棉袄的小姑娘。戴着妈妈给我缝的一顶小帽儿,蓝布的,上面印着小小的花,我记得。我倚着那间小屋的门垛,看着月牙儿。屋里是药味,烟味,妈妈的眼泪,爸爸的病;我独自在台阶上看着月牙,没人招呼我,没人顾得给我作晚饭。我晓得屋里的惨凄,因为大家说爸爸的病……可是我更感觉自己的悲惨,我冷,饿,没人理我。一直的我立到月牙儿落下去。什么也没有了,我不能不哭。可是我的哭声被妈妈的压下去;爸,不出声了,面上蒙了块白布。我要掀开白布,再看看爸,可是我不敢。屋里只有那么点点地方,都被爸占了去。妈妈穿上白衣,我的红袄上也罩了个没缝襟边的白袍,我记得,因为不断地撕扯襟边上的白丝儿。大家都很忙，嚷嚷的声儿很高，哭得很恸，可是事情并不多，也似乎值不得嚷：爸爸就装入那么一个四块薄板的棺材里，到处都是缝子。然后，五六个人把他抬了走。妈和我在后边哭。

我记得爸，记得爸的木匣。那个木匣结束了爸的一切：每逢我想起爸来，我就想到非打开那个木匣不能见着他。但是，那木匣是深深地埋在地里，我明知在城外哪个地方埋着它，可又像落在地上的一个雨点，似乎永难找到。

三

妈和我还穿着白袍，我又看见了月牙儿。那是个冷天，妈妈带我出城去看爸的坟。妈拿着很薄很薄的一罗儿纸。妈那天对我特别的好，我走不动便背我一程，到城门上还给我买了一些炒栗子。什么都是凉的，只有这些栗子是热的；我舍不得吃，用它们热我的手。走了多远，我记不清了，总该是很远很远吧。在爸出殡的那天，我似乎没觉得这么远，或者是因为那天人多；这次只是我们娘儿俩，妈不说话，我也懒得出声，什么都是静寂的；那些黄土路静寂得没有头儿。天是短的，我记得那个坟：小小的一堆儿土，远处有一些高土岗儿，太阳在黄土岗儿上头斜着。妈妈似乎顾不得我了、把我放在一旁，抱着坟头儿去哭。我坐在坟头的旁边，弄着手里那几个栗子。妈哭了一阵，把那点纸焚化了，一些纸灰在我眼前卷成一两个旋儿，而后懒懒地落在地上；风很小，可是很够冷的。妈妈又哭起来。我也想爸，可是我不想哭他；我倒是为妈妈哭得可怜而也落了泪。过去拉住妈妈的手："妈不哭！不哭！"妈妈哭得更恸了。她把我搂在怀里。眼看太阳就落下去，四外没有一个人，只有我们娘儿俩。妈似乎也有点怕了，含着泪，扯起我就走，走出老远，她回头看了看，我也转过身去：爸的坟已经辨不清了；土岗的这边都是坟头，一小堆一小堆，一直摆到土岗底下。妈妈叹了口气。我们紧走慢走，还没有走到城门，我看见了月牙儿。四外漆黑，没有声音，只有月牙儿放出一道儿冷光。我乏了，妈妈抱起我来。怎样进的城，我就不知道了，只记得迷迷糊糊的天上有个月牙儿。

四

刚八岁,我已经学会了去当东西。我知道,若是当不来钱,我们娘儿俩就不要吃晚饭;因为妈妈但分有点主意,也不肯叫我去。我准知道她每逢交给我个小包,锅里必是连一点粥底儿也看不见了。我们的锅有时干净得像个体面的寡妇。这一天,我拿的是一面镜子。只有这件东西似乎是不必要的,虽然妈妈天天得用它。这是个春天,我们的棉衣都刚脱下来就入了当铺。我拿着这面镜子,我知道怎样小心,小心而且要走得快,当铺是老早就上门的。

我怕当铺的那个大红门,那个大高长柜台。一看见那个门,我就心跳。可是我必须进去,似乎是爬进去,那个高门坎儿是那么高。我得用尽了力量,递上我的东西,还得喊:"当当!"得了钱和当票,我知道怎样小心的拿着,快快回家,晓得妈妈不放心。可是这一次,当铺不要这面镜子,告诉我再添一号来。我懂得什么叫"一号"。把镜子搂在胸前,我拼命的往家跑。妈妈哭了;她找不到第二件东西。我在那间小屋住惯了,总以为东西不少;及至帮着妈妈一找可当的衣物,我的小心里才明白过来,我们的东西很少,很少。

妈妈不叫我去了。可是,"妈妈咱们吃什么呢?"妈妈哭着递给我她头上的银簪——只有这一件东西是银的。我知道,她拔下过来几回,都没肯交给我去当。这是妈妈出门子时,姥姥家给的一件首饰。现在,她把这末一件银器给了我,叫我把镜子放下。我尽了我的力量赶回当铺,那可怕的大门已经严严地关好了。我坐在那门墩上,握着那根银簪。不敢高声地哭,我看着天,啊,又是月牙儿照着我的眼泪!哭了好久,妈妈在黑影中来了,她拉住了我的手,呕,多么热的手,我忘了一切的苦处,连饿也忘了,只要有妈妈这只热手拉着我就好。我抽抽搭搭他说:"妈!咱们回家睡觉吧。明儿早上再来!"

妈一声没出。又走了一会儿:"妈!你看这个月牙;爸死的那天,它就是这么歪歪着。为什么她老这么斜着呢?"妈还是一声没出,她的手有点颤。

五

妈妈整天地给人家洗衣裳。我老想帮助妈妈,可是插不上手。我只好等着妈妈,非到她完了事,我不去睡。有时月牙儿已经上来,她还哼哧哼哧地洗。那些臭袜子,硬牛皮似的,都是铺子里的伙计们送来的。妈妈洗完这些"牛皮"就吃不下饭去。我坐在她旁边,看着月牙,蝙蝠专会在那条光儿底下穿过来穿过去,像银线上穿着个大菱角,极快的又掉到暗处去。我越可怜妈妈,便越爱这个月牙,因为看着它,使我心中痛快一点。它在夏天更可爱,它老有那么点凉气,像一条冰似的。我爱它给地上的那点小影子,一会儿就没了;迷迷糊糊的不甚清楚,及至影子没了,地上就特别的黑,星也特别的亮,花也特别的香——我们的邻居有许多花木,那棵高高的洋槐总把花儿落到我们这边来,像一层雪似的。

六

妈妈的手起了层鳞,叫她给搓搓背顶解痒痒了。可是我不敢常劳动她,她的手是洗粗了的。她瘦,被臭袜子熏的常不吃饭。我知道妈妈要想主意了,我知道。她常把衣裳推到一边,愣着。她和自己说话。她想什么主意呢?我可是猜不着。

七

妈妈嘱咐我不叫我别扭,要乖乖地叫"爸":她又给我找到一个爸。这是另一个爸,我知道,因为坟里已经埋好一个爸了。妈嘱咐我的时候,眼睛看着别处。她含着泪说:"不能叫你饿死!"呕,是因为不饿死我,妈才另给我找了个爸!我不明白多少事,我有点怕,又有点希望——果然不再挨饿的话。多么凑巧呢,离开我们那间小屋的时候,天上又挂着月牙。这次的月牙比哪一回都清楚,都可怕;我是要离开这住惯了的小屋了。妈坐了一乘红轿,前面还有几个鼓手,吹打得一点也不好听。轿在前边走,我和一个男人在后边跟着,他拉着我的手。那可怕的月牙放着一点光,仿佛在凉风里颤动。

街上没有什么人,只有些野狗追着鼓手们咬;轿子走得很快。上哪去呢?是不是把妈抬到城外去,抬到坟地去?那个男人扯着我走,我喘不过气来,要哭都哭不出来。那男人的手心出了汗,凉得像个鱼似的,我要喊"妈",可是不敢。一会儿，月牙像个要闭上的一道大眼缝，轿子进了个小巷。

八

我在三四年里似乎没再看见月牙。新爸对我们很好，他有两间屋子，他和妈住在里间，我在外间睡铺板。我起初还想跟妈妈睡，可是几天之后，我反倒爱"我的"小屋了。屋里有白白的墙，还有条长桌，一把椅子。这似乎都是我的。我的被子也比从前的厚实暖和了。妈妈也渐渐胖了点，脸上有了红色，手上的那层鳞也慢慢掉净。我好久没去当当了。新爸叫我去上学。有时候他还跟我玩一会儿。我不知道为什么不爱叫他"爸"，虽然我知道他很可爱。他似乎也知道这个，他常常对我那么一笑；笑的时候他有很好看的眼睛。可是妈妈偷告诉我叫爸，我也不愿十分的别扭。我心中明白，妈和我现在是有吃有喝的，都因为有这个爸，我明白。是的，在这三四年里我想不起曾经看见过月牙儿；也许是看见过而不大记得了。爸死时那个月牙，妈轿子前面那个月牙，我永远忘不了。那一点点光，那一点寒气，老在我心中，比什么都亮，都清凉，像块玉似的，有时候想起来仿佛能用手摸到似的。

九

我很爱上学。我老觉得学校里有不少的花，其实并没有；只是一想起学校就想到花罢了，正像一想起爸的坟就想起城外的月牙儿——在野外的小风里歪歪着。妈妈是很爱花的，虽然买不起，可是有人送给她一朵，她就顶喜欢地戴在头上。我有机会便给她折一两朵来；戴上朵鲜花，妈的后影还很年轻似的。妈喜欢，我也喜欢。在学校里我也很喜欢。也许因为这个，我想起学校便想起花来？

十

当我要在小学毕业那年，妈又叫我去当当了。我不知道为什么新爸忽然走了。他上了哪儿，妈似乎也不晓得。妈妈还叫我上学，她想爸不久就会回来的。

他许多日子没回来，连封信也没有。我想妈又该洗臭袜子了，这使我极难受。可是妈妈并没这么打算。她还打扮着，还爱戴花；奇怪！她不落泪，反倒好笑；为什么呢？我不明白！好几次，我下学来，看她在门口儿立着。

又隔了不久，我在路上走，有人"嗨"我了："嗨！给你妈捎个信儿去！""嗨！你卖不卖呀？小嫩的！"我的脸红得冒出火来，把头低得无可再低。

我明白，只是没办法。我不能问妈妈，不能。她对我很好，而且有时候极郑重地说我："念书！念书！"妈是不识字的，为什么这样催我念书呢？我疑心；又常由疑心而想到妈是为我才作那样的事。妈是没有更好的办法。疑心的时候，我恨不能骂妈妈一顿。再一想，我要抱住她，央告她不要再作那个事。我恨自己不能帮助妈妈。所以我也想到：我在小学毕业后又有什么用呢？

我和同学们打听过了，有的告诉我，去年毕业的有好几个作姨太太的。有的告诉我，谁当了暗门子。我不大懂这些事，可是由她们的说法，我猜到这不是好事。她们似乎什么都知道，也爱偷偷地谈论她们明知是不正当的事——这些事叫她们的脸红红的而显出得意。我更疑心妈妈了，是不是等我毕业好去作……这么一想，有时候我不敢回家，我怕见妈妈。妈妈有时候给我点心钱，我不肯花，饿着肚子去上体操，常常要晕过去。看着别人吃点心，多么香甜呢！可是我得省着钱，万一妈妈叫我去……我可以跑，假如我手中有钱。

我最阔的时候，手中有一毛多钱！在这些时候，即使在白天，我也有时望一望天上，找我的月牙儿呢。我心中的苦处假若可以用个形状比喻起来，必是个月牙儿形的。它无倚无靠的在灰蓝的天上挂着，光儿微弱，不大会儿便被黑暗包住。

十一

叫我最难过的是我慢慢地学会了恨妈妈。可是每当我恨她的时候，我不知不觉地便想起她背着我上坟的光景。想到了这个，我不能恨她了。我又非恨她不可。我的心像——还是像那个月牙儿，只能亮那么一会儿，而黑暗是无限的。妈妈的屋里常有男人来了，她不再躲避着我。他们的眼像狗似地看着我，舌头吐着，垂着涎。我在他们的眼中是更解馋的，我看出来。在很短的期间，我忽然明白了许多事。我知道我得保护自己，我觉出我身上好像有什么可贵的地方,我闻得出我已有一种什么味道,使我自己害羞,多感。

我身上有了些力量,可以保护自己,也可以毁了自己。我有时很硬气,有时候很软。我不知怎样好。我愿爱妈妈,这时候我有好些必要问妈妈的事,需要妈妈的安慰;可是正在这个时候,我得躲着她,我得恨她;要不然我自己便不存在了。当我睡不着的时节,我很冷静地思索,妈妈是可原谅的。她得顾我们俩的嘴。可是这个又使我要拒绝再吃她给我的饭菜。我的心就这么忽冷忽热,像冬天的风,休息一会儿,刮得更要猛;我静候着我的怒气冲来,没法儿止住。

十二

事情不容我想好方法就变得更坏了。妈妈问我,"怎样?"假若我真爱她呢,妈妈说,我应该帮助她。不然呢,她不能再管我了。这不像妈妈能说得出的话,但是她确是这么说了。她说得很清楚:"我已经快老了,再过二年,想白叫人要也没人要了!"这是对的,妈妈近来擦许多的粉,脸上还露出折子来。她要再走一步,去专伺候一个男人。她的精神来不及伺候许多男人了。为她自己想,这时候能有人要她——是个馒头铺掌柜的愿要她——她该马上就走。可是我已经是个大姑娘了,不像小时候那样容易跟在妈妈轿后走过去了。我得打主意安置自己。假若我愿意"帮助"妈妈呢,她可以不再走这一步,而由我代替她挣钱。代她挣钱,我真愿;可是那个挣钱方法叫我哆嗦。我知道什么呢,叫我像个半老的妇人那样去挣钱?!妈妈的心是狠的,可是钱更狠。妈妈不逼着我走哪条路,她叫我自己挑选——帮助她,或是我们娘儿俩各走各的。妈妈的眼没有泪,早就干了。我怎么办呢?

十三

我对校长说了。校长是个四十多岁的妇人,胖胖的,不很精明,可是心热。我是真没了主意,要不然我怎会开口述说妈妈的……我并没和校长亲近过。当我对她说的时候,每个字都像烧红了的煤球烫着我的喉,我哑了,半天才能吐出一个字。校长愿意帮助我。她不能给我钱,只能供给我两顿饭和住处——就住在学校和个老女仆作伴儿。她叫我帮助文书写写字,可是不必马上就这么办,因为我的字还需要练习。两顿饭,一个住处,解决了大大的问题。我可以不连累妈妈了。妈妈这回连轿也没坐,只坐了辆洋车,摸着黑走了。我的铺盖,她给了我。临走的时候,妈妈挣扎着不哭,可是心底下的泪到底翻上来了。她知道我不能再找她去,她的亲女儿。我呢,我连哭都忘了怎么哭了,我只咧着嘴抽达,泪蒙住了我的脸。我是她的女儿、朋友、安慰。但是我帮助不了她,除非我得作那种我决不肯作的事。在事后一想,我们娘儿俩就像两个没人管的狗,为我们的嘴,我们得受着一切的苦处,好像我们身上没有别的,只有一张嘴。为这张嘴,我们得把其余一切的东西都卖了。我不恨妈妈了,我明白了。不是妈妈的毛病,也不是不该长那张嘴,是粮食的毛病,凭什么没有我们的吃食呢?这个别离,把过去一切的苦楚都压过去了。那最明白我的眼泪怎流的月牙这回会没出来,这回只有黑暗,连点萤火的光也没有。妈妈就在暗中像个活鬼似的走了,连个影子也没有。即使她马上死了,恐怕也不会和爸埋在一处了,我连她将来的坟在哪里都不会知道。我只有这么个妈妈,朋友。我的世界里剩下我自己。

十四

妈妈永不能相见了,爱死在我心里,像被霜打了的春花。我用心地练字,为是能帮助校长抄抄写写些不要紧的东西。我必须有用,我是吃着别人的饭。

我不像那些女同学,她们一天到晚注意别人,别人吃了什么,穿了什么,说了什么;我老注意我自己,我的影子是我的朋友。"我"老在我的心上,因为没人爱我。我爱我自己,可怜我自己,鼓励我自己,责备我自己;我知道我自己,仿佛我是另一个人似的。我身上有一点变化都使我害怕,使我欢喜,使我莫名其妙。我在我自己手中拿着,像捧着一朵娇嫩的花。我只能顾目前,没有将来,也不敢深想。嚼着人家的饭,我知道那是晌午或晚上了,要不然我简直想不起时间来;没有希望,就没有时间。我好像钉在个没有日月的地方。想起妈妈,我晓得我曾经活了十几年。对将来,我不像同学们那样盼望放假,过节,过年;假期,节,年,跟我有什么关系呢?可是我的身体是往大了长呢,我觉得出。觉出我又长大了一些,我更渺茫,我不放心我自己。

我越往大了长,我越觉得自己好看,这是一点安慰;美使我抬高了自己的身分。可是我根本没身分,安慰是先甜后苦的,苦到末了又使我自傲。穷,可是好看呢!这又使我怕:妈妈也是不难看的。

十五

我又老没看月牙了,不敢去看,虽然想看。我已毕了业,还在学校里住着。晚上,学校里只有两个老仆人,一男一女。他们不知怎样对待我好,我既不是学生,也不是先生,又不是仆人,可有点像仆人。晚上,我一个人在院中走,常被月牙给赶进屋来,我没有胆子去看它,可是在屋里,我会想象它是什么样,特别是在有点小风的时候。微风仿佛会给那点微光吹到我的心上来,使我想起过去,更加重了眼前的悲哀。我的心就好像在月光下的蝙蝠,虽然是在光的下面,可是自己是黑的;黑的东西,即使会飞,也还是黑的,我没有希望。我可是不哭,我只常皱着眉。

十六

我有了点进款:给学生织些东西,她们给我点工钱。校长允许我这么办。

可是进不了许多,因为她们也会织。不过她们自己急于要用,而赶不来,或是给家中人打双手套或袜子,才来照顾我。虽然是这样,我的心似乎活了一点,我甚至想到:假若妈妈不走那一步,我是可以养活她的。一数我那点钱,我就知道这是梦想,可是这么想使我舒服一点。我很想看看妈妈。假若她看见我,她必能跟我来,我们能有方法活着,我想——可是不十分相信。我想妈妈,她常到我的梦中来。有一天,我跟着学生们去到城外旅行,回来的时候已经是下午四点多了。为是快点回来,我们抄了个小道。我看见了妈妈!

在个小胡同里有一家卖馒头的,门口放着个元宝筐,筐上插着个顶大的白木头馒头。顺着墙坐着妈妈,身儿一仰一弯地拉风箱呢。从老远我就看见了那个大木馒头与妈妈,我认识她的后影。我要过去抱住她。可是我不敢,我怕学生们笑话我,她们不许我有这样的妈妈。越走越近了,我的头低下去,从泪中看了她一眼,她没看见我。我们一群人擦着她的身子走过去,她好像是什么也没看见,专心地拉她的风箱。走出老远,我回头看了看,她还在那儿拉呢。我看不清她的脸,只看到她的头发在额上披散着点。我记住这个小胡同的名儿。

十七

像有个小虫在心中咬我似的,我想去看妈妈,非看见她我心中不能安静。

正在这个时候,学校换了校长。胖校长告诉我得打主意,她在这儿一天便有我一天的饭食与住处,可是她不能保险新校长也这么办。我数了数我的钱,一共是两块七毛零几个铜子。这几个钱不会叫我在最近的几天中挨饿,可是我上哪儿呢?我不敢坐在那儿呆呆地发愁,我得想主意。找妈妈去是第一个念头。可是她能收留我吗?假若她不能收留我,而我找了她去,即使不能引起她与那个卖馒头的吵闹,她也必定很难过。我得为她想,她是我的妈妈,又不是我的妈妈,我们母女之间隔着一层用穷作成的障碍。想来想去,我不肯找她去了。我应当自己担着自己的苦处。可是怎么担着自己的苦处呢?我想不起。我觉得世界很小,没有安置我与我的小铺盖卷的地方。我还不如一条狗,狗有个地方便可以躺下睡;街上不准我躺着。是的,我是人,人可以不如狗。假若我扯着脸不走,焉知新校长不往外撵我呢?我不能等着人家往外推。这是个春天。我只看见花儿开了,叶儿绿了,而觉不到一点暖气。红的花只是红的花,绿的叶只是绿的叶,我看见些不同的颜色,只是一点颜色;这些颜色没有任何意义,春在我的心中是个凉的死的东西。我不肯哭,可是泪自己往下流。

十八

我出去找事了。不找妈妈,不依赖任何人,我要自己挣饭吃。走了整整两天,抱着希望出去,带着尘土与眼泪回来。没有事情给我作。我这才真明白了妈妈,真原谅了妈妈。妈妈还洗过臭袜子,我连这个都作不上。妈妈所走的路是唯一的。学校里教给我的本事与道德都是笑话,都是吃饱了没事时的玩艺。同学们不准我有那样的妈妈,她们笑话暗门子;是的,她们得这样看,她们有饭吃。我差不多要决定了:只要有人给我饭吃,什么我也肯干;妈妈是可佩服的。我才不去死,虽然想到过;不,我要活着。我年轻,我好看,我要活着。羞耻不是我造出来的。

十九

这么一想,我好像已经找到了事似的。我敢在院中走了,一个春天的月牙在天上挂着。我看出它的美来。天是暗蓝的,没有一点云。那个月牙清亮而温柔,把一些软光儿轻轻送到柳枝上。院中有点小风,带着南边的花香,把柳条的影子吹到墙角有光的地方来,又吹到无光的地方去;光不强,影儿不重,风微微地吹,都是温柔,什么都有点睡意,可又要轻软地活动着。月牙下边,柳梢上面,有一对星儿好像微笑的仙女的眼,逗着那歪歪的月牙和那轻摆的柳枝。墙那边有棵什么树,开满了白花,月的微光把这团雪照成一半儿白亮,一半儿略带点灰影,显出难以想到的纯净。这个月牙是希望的开始,我心里说。

二十

我又找了胖校长去,她没在家。一个青年把我让进去。他很体面,也很和气。我平素很怕男人,但是这个青年不叫我怕他。他叫我说什么,我便不好意思不说;他那么一笑,我心里就软了。我把找校长的意思对他说了,他很热心,答应帮助我。当天晚上,他给我送了两块钱来,我不肯收,他说这是他婶母——胖校长——给我的。他并且说他的婶母已经给我找好了地方住,第二天就可以搬过去,我要怀疑,可是不敢。他的笑脸好像笑到我的心里去。我觉得我要疑心便对不起人,他是那么温和可爱。

二十一

他的笑唇在我的脸上,从他的头发上我看着那也在微笑的月牙。春风像醉了,吹破了春云,露出月牙与一两对儿春星。河岸上的柳枝轻摆,春蛙唱着恋歌,嫩蒲的香味散在春晚的暖气里。我听着水流,像给嫩蒲一些生力,我想象着蒲梗轻快地往高里长。小蒲公英在潮暖的地上生长。什么都在溶化着春的力量,然后放出一些香味来。我忘了自己,我没了自己,像化在了那点春风与月的微光中。月牙忽然被云掩住,我想起来自己。我失去那个月牙儿,也失去了自己,我和妈妈一样了!

二十二

我后悔,我自慰,我要哭,我喜欢,我不知道怎样好。我要跑开,永不再见他;我又想他,我寂寞。两间小屋,只有我一个人,他每天晚上来。他永远俊美,老那么温和。他供给我吃喝,还给我作了几件新衣。穿上新衣,我自己看出我的美。可是我也恨这些衣服,又舍不得脱去。我不敢思想,也懒得思想,我迷迷糊糊的,腮上老有那么两块红。我懒得打扮,又不能不打扮,太闲在了,总得找点事作。打扮的时候,我怜爱自己;打扮完了,我恨自己。我的泪很容易下来,可是我设法不哭,眼终日老那么湿润润的,可爱。

我有时候疯了似的吻他,然后把他推开,甚至于破口骂他;他老笑。

二十三

我早知道,我没希望;一点云便能把月牙遮住,我的将来是黑暗。果然,没有多久,春便变成了夏,我的春梦作到了头儿。有一天,也就是刚晌午吧,来了一个少妇。她很美,可是美得不玲珑,像个磁人儿似的。她进到屋中就哭了。不用问,我已明白了。看她那个样儿,她不想跟我吵闹,我更没预备着跟她冲突。她是个老实人。她哭,可是拉住我的手:"他骗了咱们俩!"

她说。我以为她也只是个"爱人"。不,她是他的妻。她不跟我闹,只口口声声的说:"你放了他吧!"我不知怎么才好,我可怜这个少妇。我答应了她。她笑了。看她这个样儿,我以为她是缺个心眼,她似乎什么也不懂,只知道要她的丈夫。

二十四

我在街上走了半天。很容易答应那个少妇呀,可是我怎么办呢?他给我的那些东西,我不愿意要;既然要离开他,便一刀两断。可是,放下那点东西,我还有什么呢?我上哪儿呢?我怎么能当天就有反吃呢?好吧,我得要那些东西,无法。我偷偷的搬了走。我不后悔,只觉得空虚,像一片云那样的无倚无靠。搬到一间小屋里,我睡了一天。

二十五

我知道怎样俭省,自幼就晓得钱是好的。凑合着手里还有那点钱,我想马上去找个事。这样,我虽然不希望什么,或者也不会有危险了。事情可是并不因我长了一两岁而容易找到。我很坚决,这并无济于事,只觉得应当如此罢了。妇女挣钱怎这么不容易呢!妈妈是对的,妇人只有一条路走,就是妈妈所走的路。我不肯马上就往那么走,可是知道它在不很远的地方等着我呢。我越挣扎,心中越害怕。我的希望是初月的光,一会儿就要消失。一两个星期过去了,希望越来越小。最后,我去和一排年轻的姑娘们在小饭馆受选阅。很小的一个饭馆,很大的一个老板;我们这群都不难看,都是高小毕业的少女们,等皇赏似的,等着那个破塔似的老板挑选。他选了我。我不感谢他,可是当时确有点痛快。那群女孩子们似乎很羡慕我,有的竟自含着泪走去,有的骂声"妈的!"女人够多么不值钱呢!

二十六

我成了小饭馆的第二号女招待。摆菜、端菜、算账、报菜名,我都不在行。我有点害怕。可是"第一号"告诉我不用着急,她也都不会。她说,小顺管一切的事;我们当招待的只要给客人倒茶,递手中把,和拿账条;别的不用管。奇怪!"第一号"的袖口卷起来很高,袖口的自里子上连一个污点也没有。腕上放着一块白丝手绢,绣着"妹妹我爱你"。她一天到晚脸上拍粉,嘴唇抹得血瓢似的。给客人点烟的时候,她的膝往人家腿上倚;还给客人斟酒,有时候她自己也喝了一口。对于客人,有的她伺候得非常的周到;有的她连理也不理,她会把眼皮一搭拉,假装没看见。她不招待的,我只好去。我怕男人。我那点经验叫我明白了些,什么爱不爱的,反正男人可怕。

特别是在饭馆吃饭的男人们,他们假装义气,打架似的让座让账;他们拼命的猜拳,喝酒;他们野兽似的吞吃,他们不必要而故意的挑剔毛病,骂人。

我低头递茶递手中,我的脸发烧。客人们故意的和我说东说西,招我笑;我没心思说笑。晚上九点多钟完了事,我非常的疲乏了。到了我的小屋,连衣裳没脱,我一直地睡到天亮。醒来,我心中高兴了一些,我现在是自食其力,用我的劳力自己挣饭吃。我很早的就去上工。

二十七

"第一号"九点多才来,我已经去了两点多钟。她看不起我,可也并非完全恶意地教训我:"不用那么早来,谁八点来吃饭?告诉你,丧气鬼,把脸别搭拉得那么长;你是女跑堂的,没让你在这儿送殡玩。低着头,没人多给酒钱;你干什么来了?不为挣子儿吗?你的领子太矮,咱这行全得弄高领子,绸子手绢,人家认这个!"我知道她是好意,我也知道设若我不肯笑,她也得吃亏,少分酒钱;小账是大家平分的。我也并非看不起她,从一方面看,我实在佩服她,她是为挣钱。妇女挣钱就得这么着,没第二条路。但是,我不肯学她。我仿佛看得很清楚:有朝一日,我得比她还开通,才能挣上饭吃。可是那得到了山穷水尽的时候:"万不得已"老在那儿等我们女人,我只能叫它多等几天。这叫我咬牙切齿,叫我心中冒火,可是妇女的命运不在自己手里。又干了三天,那个大掌柜的下了警告:再试我两天,我要是愿意往长了干呢,得照"第一号"那么办。"第一号"一半嘲弄,一半劝告的说:"已经有人打听你,干吗藏着乖的卖傻的呢?咱们谁不知道谁是怎着?女招待嫁银行经理的,有的是;你当是咱们低贱呢?闯开脸儿干呀,咱们也他妈的坐几天汽车!"这个,逼上我的气来,我问她:"你什么时候坐汽车?"

她把红嘴唇撇得要掉下去:"不用你耍嘴皮子,干什么说什么;天生下来的香屁股,还不会干这个呢!"我干不了,拿了一块另五分钱,我回了家。

二十八

最后的黑影又向我迈了一步。为躲它,就更走近了它。我不后悔丢了那个事,可我也真怕那个黑影。把自己卖给一个人,我会。自从那回事儿,我很明白了些男女之间的关系。女人把自己放松一些,男人闻着味儿就来了。

他所要的是肉，他发散了兽力，你便暂时有吃有穿；然后他也许打你骂你，或者停止了你的供给。女人就这么卖了自己，有时候还很得意，我曾经觉到得意。在得意的时候说的净是一些天上的话；过了会儿，你觉得身上的疼痛与丧气。不过，卖给一个男人，还可以说些天上的话；卖给大家，连这些也没法说了，妈妈就没说过这样的话。怕的程度不同，我没法接受"第一号"的劝告："一个"男人到底使我少怕一点。

可是，我并不想卖我自己。我并不需要男人，我还不到二十岁。我当初以为跟男人在一块儿必定有趣，谁知道到了一块他就要求那个我所害怕的事。是的，那时候我像把自己交给了春风，任凭人家摆布；过后一想，他是利用我的无知，畅快他自己。他的甜言蜜语使我走入梦里；醒过来，不过是一个梦，一些空虚；我得到的是两顿饭，几件衣服。我不想再这样挣饭吃，饭是实在的，实在地去挣好了。可是，若真挣不上饭吃，女人得承认自己是女人，得卖肉！一个多月，我找不到事作。

二十九

我遇见几个同学，有的升入了中学，有的在家里作姑娘。我不愿理她们，可是一说起话儿来，我觉得我比她们精明。原先，在学校的时候，我比她们傻；现在，"她们"显着呆傻了。她们似乎还都作梦呢。她们都打扮得很好，像铺子里的货物。她们的眼溜着年轻的男人，心里好像作着爱情的诗。我笑她们。是的，我必定得原谅她们，她们有饭吃，吃饱了当然只好想爱情，男女彼此织成了网，互相捕捉；有钱的，网大一些，捉住几个，然后从容地选择一个。我没有钱，我连个结网的屋角都找不到。我得直接地捉人，或是被捉，我比她们明白一些，实际一些。

三十

有一天，我碰见那个小媳妇，像磁人似的那个。她拉住了我，倒好像我是她的亲人似的。她有点颠三倒四的样儿。"你是好人！你是好人！我后悔了，"她很诚恳地说，"我后悔了！我叫你放了他，哼，还不如在你手里呢！他又弄了别人，更好了，一去不回头了！"由探问中，我知道她和他也是由恋爱而结的婚，她似乎还很爱他。他又跑了。我可怜这个小妇人，她也是还作着梦，还相信恋爱神圣。我问她现在的情形，她说她得找到他，她得从一而终。要是找不到他呢？我问。她咬上了嘴唇，她有公婆，娘家还有父母，她没有自由，她甚至于羡慕我，我没有人管着。还有人羡慕我，我真要笑了！

我有自由，笑话！她有饭吃，我有自由；她没自由，我没饭吃，我俩都是女人。

三十一

自从遇上那个小磁人，我不想把自己专卖给一个男人了，我决定玩玩了；换句话说，我要"浪漫"地挣饭吃了。我不再为谁负着什么道德责任，我饿。

浪漫足以治饿，正如同吃饱了才浪漫，这是个圆圈，从哪儿走都可以。那些女同学与小磁人都跟我差不多，她们比我多着一点梦想，我比她们更直爽，肚子饿是最大的真理。是的，我开始卖了。把我所有的一点东西都折卖了，作了一身新行头，我的确不难看，我上了市。

三十二

我想我要玩玩，浪漫。啊，我错了。我还是不大明白世故。男人并不像我想的那么容易勾引。我要勾引文明一些的人，要至多只赔上一两个吻。哈哈，人家不上那个当，人家要初次见面便得到便宜。还有呢，人家只请我看电影，或逛逛大街，吃杯冰激凌；我还是饿着肚子回家。所谓文明人，懂得问我在哪儿毕业，家里作什么事。那个态度使我看明白，他若是要你，你得给他相当的好处；你若是没有好处可贡献呢，人家只用一角钱的冰激凌换你一个吻。要卖，得痛痛快快地。我明白了这个。小磁人们不明白这个。我和妈妈明白，我很想妈了。

三十三

据说有些女人是可以浪漫地挣饭吃,我缺乏资本;也就不必再这样想了。

我有了买卖。可是我的房东不许我再住下去,他是讲体面的人。我连瞧他也没瞧,就搬了家,又搬回我妈妈和新爸爸曾经住过的那两间房。这里的人不讲体面,可也更真诚可爱。搬了家以后,我的买卖很不错。连文明人也来了。

文明人知道了我是卖,他们是买,就肯来了;这样,他们不吃亏,也不丢身分。初干的时候,我很害怕,因为我还不到二十岁。及至作过了几天,我也就不怕了。多咱他们像了一摊泥,他们才觉得上了算,他们满意,还替我作义务的宣传。干过了几个月,我明白的事情更多了,差不多每一见面,我就能断定他是怎样的人。有的很有钱,这样的人一开口总是问我的身价,表示他买得起我。他也很嫉妒,总想包了我;逛暗娼他也想独占,因为他有钱。

对这样的人,我不大招待。他闹脾气,我不怕,我告诉他,我可以找上他的门去,报告给他的太太。在小学里念了几年书,到底是没白念,他唬不住我。

"教育"是有用的,我相信了。有的人呢,来的时候,手里就攥着一块钱,唯恐上了当。对这种人,我跟他细讲条件,他就乖乖地回家去拿钱,很有意思。最可恨的是那些油子,不但不肯花钱,反倒要占点便宜走,什么半盒烟卷呀,什么一小瓶雪花膏呀,他们随手拿去。这种人还是得罪不的,他们在地面上很熟,得罪了他们,他们会叫巡警跟我捣乱。我不得罪他们,我喂着他们;及至我认识了警官,才一个个的收拾他们。世界就是狼吞虎咽的世界,谁坏谁就占便宜。顶可怜的是那像学生样儿的,袋里装着一块钱,和几十铜子,叮当地直响,鼻子上出着汗。我可怜他们,可是也照常卖给他们。我有什么办法呢!还有老头子呢,都是些规矩人,或者家中已然儿孙成群。对他们,我不知道怎样好;但是我知道他们有钱,想在死前买些快乐,我只好供给他们所需要的。这些经验叫我认识了"钱"与"人"。钱比人更利害一些,人若是兽,钱就是兽的胆子。

三十四

我发现了我身上有了病。这叫我非常的苦痛,我觉得已经不必活下去了。

我休息了,我到街上去走;无目的,乱走。我想去看看妈,她必能给我一些安慰,我想象着自己已是快死的人了。我绕到那个小巷,希望见着妈妈;我想起她在门外拉风箱的样子。馒头铺已经关了门。打听,没人知道搬到哪里去。这使我更坚决了,我非找到妈妈不可。在街上丧胆游魂地走了几天,没有一点用。我疑心她是死了,或是和馒头铺的掌柜的搬到别处去,也许在千里以外。这么一想,我哭起来。我穿好了衣裳,擦上了脂粉,在床上躺着,等死。我相信我会不久就死去的。可是我没死。门外又敲门了,找我的。好吧,我伺候他,我把病尽力地传给他。我不觉得这对不起人,这根本不是我的过错。我又痛快了些,我吸烟,我喝酒,我好像已是三四十岁的人了。我的眼圈发青,手心发热,我不再管;有钱才能活着,先吃饱再说别的吧。我吃得并不错,谁肯吃坏的呢!我必须给自己一点好吃食,一些好衣裳,这样才稍微对得起自己一点。

三十五

一天早晨,大概有十点来钟吧,我正披着件长袍在屋中坐着,我听见院中有点脚步声。我十点来钟起来,有时候到十二点才想穿好衣裳,我近来非常的懒,能披着件衣服呆坐一两个钟头。我想不起什么,也不愿想什么,就那么独自呆坐。那点脚步声,向我的门外来了,很轻很慢。不久,我看见一对眼睛,从门上那块小玻璃向里面看呢。看了一会儿,躲开了;我懒得动,还在那儿坐着。待了一会儿,那对眼睛又来了。我再也坐不住,我轻轻的开了门。"妈!"

三十六

我们母女怎么进了屋,我说不上来。哭了多久,也不大记得。妈妈已老得不像样儿了。她的掌柜的回了老家,没告诉她,偷偷地走了,没给她留下一个钱。她把那点东西变卖了,辞退了房,搬到一个大杂院里去。她已找了我半个多月。最后,她想到上这儿来,并没希望找到我,只是碰碰看,可是竟自找到了我。她不敢认我了,要不是我叫她,她也许就又走了。哭完了,我发狂似的笑起来:她找到了女儿,女儿已是个暗娼!她养着我的时候,她得那样;现在轮到我养着她了,我得那样!女人的职业是世袭的,是专门的!

三十七

我希望妈妈给我点安慰。我知道安慰不过是点空话,可是我还希望来自妈妈的口中。妈妈都往往会骗人,我们把妈妈的诓骗叫作安慰。我的妈妈连这个都忘了。她是饿怕了,我不怪她。她开始检点我的东西,问我的进项与花费,似乎一点也不以这种生意为奇怪。我告诉她,我有了病,希望她劝我休息几天。没有;她只说出去给我买药。"我们老干这个吗?"我问她。她没言语。可是从另一方面看,她确是想保护我,心疼我。她给我作饭,问我身上怎样,还常常偷看我,像妈妈看睡着了的小孩那样。只是有一层她不肯说,就是叫我不用再干这行了。我心中很明白——虽然有一点不满意她——除了干这个,还想不到第二个事情作。我们母女得吃得穿——这个决定了一切。什么母女不母女,什么体面不体面,钱是无情的。

三十八

妈妈想照应我,可是她得听着看着人家蹂躏我。我想好好对待她,可是我觉得她有时候讨厌。她什么都要管管,特别是对于钱。她的眼已失去年轻时的光泽,不过看见了钱还能发点光。对于客人,她就自居为仆人,可是当客人给少了钱的时候,她张嘴就骂。这有时候使我很为难。不错,既干这个还不是为钱吗?可是干这个的也似乎不必骂人。我有时候也会慢待人,可是我有我的办法,使客人急不得恼不得。妈妈的方法太笨了,很容易得罪人。

看在钱的面上,我们不应当得罪人。我的方法或者出于我还年轻,还幼稚;妈妈便不顾一切的单单站在钱上了,她应当如此,她比我大着好些岁。恐怕再过几年我也就这样了,人老心也跟着老,渐渐老得和钱一样的硬。是的,妈妈不客气,她有时候劈手就抢客人的皮夹,有时候留下人家的帽子或值钱一点的手套与手杖。我很怕闹出事来，可是妈妈说的好："能多弄一个是一个，咱们是拿十年当作一年活着的，等七老八十还有人要咱们吗？"有时候，客人喝醉了，她便把他架出去，找个僻静地方叫他坐下，连他的鞋都拿回来。

说也奇怪，这种人倒没有来找账的，想是已人事不知，说不定也许病一大场。

或者事过之后，想过滋味，也就不便再来闹了，我们不怕丢人，他们怕。

三十九

妈妈是说对了：我们是拿十年当一年活着。干了二三年，我觉出自己是变了。我的皮肤粗糙了，我的嘴唇老是焦的，我的眼睛里老灰渌渌的带着血丝。我起来的很晚，还觉得精神不够。我觉出这个来，客人们更不是瞎子，熟客渐渐少起来。对于生客，我更努力的伺候，可是也更厌恶他们，有时候我管不住自己的脾气。我暴躁，我胡说，我已经不是我自己了。我的嘴不由的老胡说，似乎是惯了。这样，那些文明人已不多照顾我，因为我丢了那点"小鸟依人"——他们唯一的诗句——的身段与气味。我得和野鸡学了。我打扮得简直不像个人，这才招得动那不文明的人。我的嘴擦得像个红血瓢，我用力咬他们，他们觉得痛快。有时候我似乎已看见我的死，接进一块钱，我仿佛死了一点。钱是延长生命的，我的挣法适得其反。我看着自己死，等着自己死。这么一想，便把别的思想全止住了，不必想了，一天一天地活下去就是了，我的妈妈是我的影子，我至好不过将来变成她那样，卖了一辈子肉，剩下的只是一些白头发与抽皱的黑皮。这就是生命。

四十

我勉强地笑，勉强地疯狂，我的痛苦不是落几个泪所能减除的。我这样的生命是没什么可惜的，可是它到底是个生命，我不愿撒手。况且我所作的并不是我自己的过错。死假如可怕，那只因为活着是可爱的。我决不是怕死的痛苦，我的痛苦久已胜过了死。我爱活着，而不应当这样活着。我想象着一种理想的生活，像作着梦似的；这个梦一会儿就过去了，实际的生活使我更觉得难过。

这个世界不是个梦,是真的地狱。妈妈看出我的难过来,她劝我嫁人。嫁人,我有了饭吃,她可以弄一笔养老金。我是她的希望。我嫁谁呢?

四十一

因为接触的男子很多了,我根本已忘了什么是爱。我爱的是我自己,及至我已爱不了自己,我爱别人干什么呢?但是打算出嫁,我得假装说我爱,说我愿意跟他一辈子。我对好几个人都这样说了,还起了誓;没人接受。在钱的管领下,人都很精明。嫖不如偷,对,偷省钱。我要是不要钱,管保人人说爱我。

四十二

正在这个期间,巡警把我抓了去。我们城里的新官儿非常地讲道德,要扫清了暗门子。正式的妓女倒还照旧作生意,因为她们纳捐;纳捐的便是名正言顺的,道德的。抓了去,他们把我放在了感化院,有人教给我作工。洗、做、烹调、编织,我都会;要是这些本事能挣饭吃,我早就不干那个苦事了。

我跟他们这样讲,他们不信,他们说我没出息,没道德。他们教给我工作,还告诉我必须爱我的工作。假如我爱工作,将来必定能自食其力,或是嫁个人。他们很乐观。我可没这个信心。他们最好的成绩,是已经有十几多个女的,经过他们感化而嫁了人。到这儿来领女人的,只须花两块钱的手续费和找一个妥实的铺保就够了。这是个便宜,从男人方面看;据我想,这是个笑话。我干脆就不受这个感化。当一个大官儿来检阅我们的时候,我唾了他一脸吐沫。他们还不肯放了我,我是带危险性的东西。可是他们也不肯再感化我。我换了地方,到了狱中。

四十三

狱里是个好地方,它使人坚信人类的没有起色;在我作梦的时候都见不到这样丑恶的玩艺。自从我一进来,我就不再想出去,在我的经验中,世界比这儿并强不了许多。我不愿死,假若从这儿出去而能有个较好的地方;事实上既不这样，死在哪儿不一样呢。在这里，在这里，我又看见了我的好朋友，月牙儿！多久没见着它了！妈妈干什么呢？我想起来一切。

点评

  为了生存，母女两代人都卖身为生，都走上了充当妓女的路途。女儿通过自身无法反抗和摆脱的遭遇，最终理解了母亲当年的选择，二者终于和解了。命运是如此的不公，命运又是如此的相似。不同的只是时间变了，对象变了。而那天上残缺的月牙儿，正是她们苦难命运的见证。作品通过两个小人物，批判了社会的不公和黑暗现实。

施蛰存(1905—2003)

名德普,浙江杭州人,现代作家、文学翻译家、学者。"新感觉派"的主要作家之一。代表作有《上元灯》《将军的头》《梅雨之夕》等。曾获上海市文学艺术杰出贡献奖。

梅雨之夕

梅雨又淙淙地降下了。

对于雨,我倒并不觉得嫌厌,所嫌厌的是在雨中疾驰的摩托车的轮,它会得溅起泥水猛力地洒上我的衣裤,甚至会连嘴里也拜受了美味。我常常在办公室里,当公事空闲的时候,凝望着窗外淡白的空中的雨丝,对同事们谈起我对于这些自私的车轮的怨苦。下雨天是不必省钱的,你可以坐车,舒服些。他们会这样善意地劝告我。但我并不曾屈就了他们的好心,我不是为了省钱,我喜欢在滴沥的雨声中撑着伞回去。我的寓所离公司是很近的,所以我散工出来,便是电车也不必坐,此外还有一个我所以不喜欢在雨天坐车的理由,那是因为我还不曾有一件雨衣,而普通在雨天的电车里,几乎全是裹着雨衣的先生们,夫人们或小姐们,在这样一间狭窄的车厢里,滚来滚去的人身上全是水,我一定会虽然带着一把上等的伞,也不免满身淋漓地回到家里。况且尤其是在傍晚时分,街灯初上,沿着人行路用一些暂时安逸的心境去看看都市的雨景,虽然拖泥带水,也不失为一种自己的娱乐。在蒙雾中来来往往的车辆人物,全都消失了清晰的轮廓,广阔的路上倒映着许多黄色的灯光,间或有几条警灯的红色和绿色在闪烁着行人的眼睛。雨大的时候,很近的人语声,即使声音很高,也好像在半空中了。

人家时常举出这一端来说我太刻苦了,但他们不知道我会得从这里找出很大的乐趣来,即使偶尔有摩托车的轮溅满泥泞在我身上,我也并不曾因此而改了我的习惯。说是习惯，有什么不妥呢，这样的已经有三四年了。有时也偶尔想着总得买一件雨衣来，于是可以在雨天坐车，或者即使步行，也可以免得被泥水溅着了上衣，但到如今这仍然留在心里做一种生活上的希望。

在近来的连日的大雨里，我依然早上撑着伞上公司去，下午撑着伞回家，每天都是如此。

昨日下午，公事堆积得很多。到了四点钟，看看外面雨还是很大，便独自留下在公事房里，想索性再办了几桩，一来省得明天要更多地积起来，二来也借此避雨，等它小一些再走。这样地竟逗留到六点钟，雨早已止了。

走出外面，虽然已是满街灯火，但天色却转晴朗了。曳着伞，避着檐滴，缓步过去，从江西路走到四川路桥，竟走了差不多有半点钟光景。邮政局的大钟已是六点二十五分了。未走上桥，天色早已重又冥晦下来，但我并没有介意，因为晓得是傍晚的时分了，刚走到桥头，急雨骤然从乌云中漏下来，潇潇的起着繁音。看下面北四川路上和苏州河两岸行人的纷纷乱窜乱避，只觉得连自己心里也有些着急。他们在着急些什么呢？他们也一定知道这降下来的是雨，对于他们没有生命上的危险，但何以要这样急迫地躲避呢？说是为了恐怕衣裳给淋湿了，但我分明看见手中持着伞的和身上披了雨衣的人也有些脚步踉跄了。我觉得至少这是一种无意识的纷乱。但要是我不会感觉到雨中闲行的滋味，我也是会得和这些人一样地急突地奔下桥去的。

何必这样的奔逃呢，前路也是在下着雨，张开我的伞来的时候，我这样漫想着。不觉已走过了天潼路口。大街上浩浩荡荡地降着雨，真是一个伟观，除间或有几辆摩托车，连续地冲破了雨仍旧钻进了雨中地疾驰过去之外，电车和人力车全不看见。我奇怪他们都躲到什么地方去了。至于人，行走着的几乎是没有，但在店铺的檐下或蔽荫下是可以一团一团地看得见，有伞的和无伞的，有雨衣的和无雨衣的，全都聚集着，用嫌厌的眼望着这奈何不得的雨。我不懂他们这些雨具是为了怎样的天气而买的。

至于我，已经走近文监师路了。我并没什么不舒服，我有一把好的伞，脸上绝不会给雨淋湿，脚上虽然觉得有些潮忸忸，但这至多是回家后换一双袜子的事。我且行且看着雨中的北四川路，觉得朦胧的颇有些诗意。但这里所说的"觉得"，其实也并不是什么具体的思绪，除了"我该得在这里转弯了"之外，心中一些也不意识着什么。

从人行路上走出去，探头看看街上有没有往来的车辆，刚想穿过街去转入文监师路，但一辆先前并没有看见的电车已停在眼前。我止步了，依然退进到人行路上，在一支电杆边等候着这辆车的开出。在车停的时候，其实我是可以安心地对穿过去的，但我并不会这样做。我在上海住得很久，我懂得走路的规则，我为什么不在这个可以穿过去的时候走到对街去呢，我没知道。

我数着从头等车里下来的乘客。为什么不数三等车里下来的呢？这里并没有故意的挑选，头等坐在车底前部，下来的乘客刚在我面前，所以我可以很看得清楚。第一个，穿着红皮雨衣的俄罗斯人，第二个是中年的日本妇人，她急急地下了车，撑开了手里提着的东洋粗柄雨伞，缩着头鼠窜似地绕过车前，转进文监师路去了。我认识她，她是一家果子店的女店主。第二，第四，是像宁波人似的我国商人，他们都穿着绿色的橡皮华式雨衣。第五个下来的乘客，也即是末一个了，是一位姑娘。她手里没有伞，身上也没有穿雨衣，好像是在雨停止了之后上电车的，而不幸在到目的地的时候却下着这样的大雨。我猜想她一定是从很远的地方上车的，至少应当在卡德路以上的几站吧。

她走下车来，缩着瘦削的，但并不露骨的双肩，窘迫地走上人行路的时候，我开始注意着她的美丽了。美丽有许多方面，容颜的姣好固然一重要素，但风仪的温雅，肢体的停匀，甚至谈吐的不俗，至少是不惹厌，这些也有着份儿，而这个雨中的少女，我事后觉得她是全适合这几端的。

她向路的两边看了一看，又走到转角上看着文监师路。我晓得她是急于要招呼一辆人力车。但我看，跟着她的眼光，大路上清寂地没有一辆车子徘徊着，而雨还尽量地落下来。她旋即回了转来，躲避在一家木器店的屋檐下，露着烦恼的眼色，并且蹙着细淡的修眉。

我也便退进在屋檐下，虽则电车已开出，路上空空地，我照理可以穿过去了。但我何以不穿过去，走上了归家的路呢！为了对于这个少女有什么依恋么？并不，绝没有这种依恋的意识。但这也决不是为了我家里有着等候我回去在灯下一同吃晚饭的妻，当我已有妻的思想都不会有，面前有着一个美的对象，而又是在一重困难之中，孤寂地单身呆立着望这永远地，永远地垂下来的梅雨，只为了这些缘故，我不自觉地移动了脚步站在她旁边了。

虽然在屋檐下，虽然没有粗重的檐溜滴下来，但每一阵风会得把凉凉的雨丝吹向我们。我有着伞，我可以如中古时期骁勇的武士似地把伞当作盾牌，挡着扑面袭来的雨丝的箭,但这个少女却身上间歇地被淋得很湿了。薄薄的绸衣,黑色也没有效用了,两只手臂已被画出了它们的圆润。她屡次旋转身去,侧立着,避免轻薄的雨之侵袭她的前胸。肩臂上受些雨水,让衣裳贴着了肉倒不打紧吗?我曾偶尔这样想。

天晴的时候,马路上多的是兜搭生意的人力车。但现在需要它们的时候,却反而没有了。我想着人力车夫的不善于做生意,或许是因为需要的人太多了,供不应求,所以即是在这样繁盛的街上,也不见一辆车子的踪迹。或许车夫也都在避雨呢,这样大的雨,车夫不该避一避吗?对于人力车之有无,本来用不到关心的我,也忽然寻思起来,我并且还甚至觉得那些人力车夫是可恨的,为什么你们不拖着车子走过来接应这生意呢,这里有一位美丽的姑娘,正窘立在雨中等候着你们的任何一个。

如是想着,人力车终于没有踪迹。天色真的晚了。远处对街的店铺门前有几个短衣的男子已经等得不耐而冒着雨,他们是拼着淋湿一身衣裤的,跨着大步跑去了。我看这位少女的长眉已颦蹙得更紧,眸子莹然,像是心中很着急了。她的忧闷的眼光正与我的互相交换,在她眼里,我懂得我是正受着诧异,为什么你老是站在这里不走呢。你有着伞,并且穿着皮鞋,等什么人么?雨天在街路上等谁呢?眼睛这样锐利地看着我,不是没怀着好意么?从她将钉住着在我身上打量我的眼光移向着阴黑的天空的这个动作上,我肯定地猜测她是在这样想着。

我有着伞呢,而且大得足够容两个人的蔽荫的,我不懂何以这个意识不早就觉醒了我。但现在它觉醒了我将使我做什么呢?我可以用我的伞给她障住这样的淫雨,我可以陪伴她走一段路去找人力车,如果路不多,我可以送她到她的家。如果路很多,又有什么不成呢?我应当跨过这一箭路,去表白我的好意吗?好意,她不会有什么别方面的疑虑吗?或许她会得像刚才我所猜想着的那样误解了我,她便会得拒绝了我。难道她宁愿在这样不止的雨和风中,在冷静的夕暮的街头,独自个立到很迟吗?不啊!雨是不久就会停的,已经这样连续不断地降下了……多久了,我也完全忘记了时间的在雨水中间流过。我取出时计来,七点三十四分。一小时多了。不至于老是这样地降下来吧,看,排水沟已经来不及宣泄,多量的水已经积聚在它上面,打着旋涡,挣扎不得流下去的路,不久怕会溢上了人行道么?不会的,决不会有这样持久的雨,再停一会，她一定可以走了。即使雨不就停止，人力车大约总能够来一辆的。她一定会不管多大的代价坐了去的。然则我是应当走了么？应当走了？为什么不？……

这样地又十分钟过去了。我还没有走。雨没有住，车儿也没有影踪。她也依然焦灼地立着。我有一个残忍的好奇心，如她这样的在一重困难中，我要看她终于如何处理她自己。看着她这样窘急，怜悯和旁观的心里在我身中各占了一半。

她又在惊异地看着我。

忽然，我觉得，何以刚才会不觉得呢，我奇怪，她好像在等待我拿我的伞贡献给她，并且送她回去，不，不一定是回去，只是到她所需要到的地方去。你有伞，但你不走，你愿意分一半伞荫蔽我，但还在等待什么更适当的时候呢？她的眼光在对我这样说。

我脸红了，但并没有低下头去。

用羞赧来对付一个少女的注目，在结婚以后，我是不常有的。这是自己也随即觉得可怪了。我将用何种理由来譬解我的脸红呢？没有！但随即有一种男子的勇气升上来，我要求报复，这样说或许较严重了，但至少是要求着克服她的心在我身里急突地催促着。

终归是我移近了这少女，将我的伞分一半荫蔽她。

——小姐，车子恐怕一时不会得有，假如不妨碍，让我来送一送吧。我有着伞。

我想说送她回府，但随即想到她未必是在回家的路上，所以结果是这样两用地说了。当说着这些话的时候，我竭力做得神色泰然而她一定已看出了这勉强的安静的态度后面藏匿着的我的血脉之急流。

她凝视着我半微笑着。这样好久。她是在估量我这种举止的动机，上海是个坏地方，人与人都用一种不信任的思想交际着！她也许正在自己委决不下，雨真的在短时期内不会止么？人力车真的不会来一辆么？要不要借着他的伞姑且走起来呢？也许转一个弯就可以有人力车，也许就让他送到了。那不妨事么？……不妨事。遇见了认识人不会猜疑吗？……但天太晚了，雨并不觉得小一些。

于是她对我点了点头，极轻微地。

谢谢你。朱唇一启,她迸出柔软的苏州音。

转进靠西边的文监师路,响着雨声的伞下,在一个少女的旁边,我开始诧异我的奇遇。事情会得展开到这个现状吗?她是谁,在我身旁同走,并且让我用伞荫蔽着她,除了和我的妻之外,近几年来我并不曾有过这样的经历。我回转头去,向后面斜看,店铺里有许多人歇下了工作对我,或是我们,看着。隔着雨的帡幪,我看得见他们的可疑的脸色。我心里吃惊了,这里有着我认识的人吗?或是可有着认识她的人吗?……再回看她,她正低下着头。拣着踏脚地走。我的鼻刚接近她的鬓发,一阵香。无论认识我们之中任何一个人,看见了这样的我们的同行,会怎样想?……我将伞沉下了些,让它遮蔽到我们的眉额。人家除非低下身子来,不能看见我们的脸面。这样的举动,她似乎很中意。

我起先是走在她的右边,右手执着伞柄,为了要让她多得些荫蔽,手臂便凌空了。我开始觉得手臂酸痛,但并不以为是一种苦楚。我侧眼看她,我恨那个伞柄,它遮隔了我的视线。从侧面看,她并没有从正面看那样的美丽。但我却从此得到了一个新的发现:她很像一个人。谁?我搜寻着,我搜寻着,好像记得,岂但……几乎每日都在意中的,一个我认识的女子,像现在身旁并行着的这个一样的身材,差不多的面容,但何以现在百思不得了呢?……啊,是了,我奇怪为什么我竟会得想不起来,这是不可能的!我的初恋的那个少女,同学,邻居,她不是很像她吗?这样的从侧面看,我与她离别了好几年了,在我们相聚的最后一日,她还只有十四岁,……一年……二年……七年了呢。我结婚了,我没有再看见她,想来长得更美丽了……但我并不是没有看见她长大起来,当我脑中浮起她的印象来的时候,她并不还保留着十四岁的少女姿态。我不时在梦里,睡梦或白日梦,看见她在长大起来,我会自己构成她是个美丽的二十岁年纪的少女。她有好的声音和姿态,当偶然悲哀的时候,她在我的幻觉里会得是一个妇人,或甚至是一个年轻的母亲。

但她何以这样的像她呢?这个容态,还保留十四岁时候的余影,难道就是她自己么?她为什么不会到上海来呢?是她!天下有这样容貌完全相同的人么?不知她认出了我没有……我应该问问她了。

小姐是苏州人么?

是的。

确然是她,罕有的机会啊!她几时到上海来的呢?她的家搬到上海来了吗?还是,哎,我怕,她嫁到上海来了呢?她一定已经忘记了我,否则她不会允许我送她走。……也许我的容貌有了改变,她不能再认识我,年数确是很久了。……但她知道我已经结婚吗?要是没有知道,而现在她认识了我,怎么办呢?我应当告诉她吗?如果这样是需要的,我将怎么措辞呢?……

我偶然向道旁一望,有一个女子倚在一家店里的柜上。用着忧郁的眼光看着我,或者也许是在看着她。我忽然好像发现这是我的妻,她为什么在这里?我奇怪。

我们走在什么地方了。我留心看。小菜场。她恐怕快要到了。我应当不失了这个机会。我要晓得她更多一些,但要不要使我们继续已断的友谊呢,是的,至少也得是友谊?还是仍旧这样地让我在她的意识里只不过是一个不相识的帮助女子的善意的人呢?我开始踌躇了。我应当怎样做才是最适当的。

我似乎还应该知道她正要到那里去。她未必是归家去吧。家——要是父母的家倒也不妨事的,我可以进去,如像幼小的时候一样。但如果是她自己的家呢?我为什么不问她结婚了不曾呢……或许,连自己的家也不是,而是她的爱人的家呢,我看见一个文雅的青年绅士。我开始后悔了,为什么今天这样高兴,剩下妻在家里焦灼地等候着我,而来管人家的闲事呢?北四川路上,终于会有人力车往来的。即使我不这样地用我的伞伴送她,她也一定早已能雇到车子了。要不是自己觉得不便说出口,我是已经会得剩了她在雨中反身走了。

还是再考验一次吧。

小姐贵姓?

刘。

刘吗?一定是假的。她已经认出了我,她一定都知道了关于我的事,她哄我了。她不愿意再认识我了,便是友谊也不想继续了。女人!……她为什么改了姓呢?……也许这是她丈夫的姓?刘……刘什么?

这些思想的独白,并不占有了我多少时候。它们是很迅速地翻舞过我的心里,就在与这个好像有魅力的少女同行过一条马路的几分钟之内。我的眼不常离开她,雨到这时已在小下来也没有觉得。眼前好像来来往往的人在多起来了,人力车也恍惚看见了几辆。她为什么不雇车呢?或许快要到达她的目的地了。她会不会因为心里已认识了我,不敢相认,所以故意延滞着和我同走么?

一阵微风,将她的衣缘吹起,飘荡在身后。她扭过脸去避对面吹来的风,闭着眼睛,有些娇媚。这是很有诗兴的姿态,我记起日本画伯铃木春信的一帖题名叫"夜雨宫诣美人图"的画。提着灯笼,遮着被斜风细雨所撕破的伞,在夜的神社之前走着,衣裳和灯笼都给风吹卷着,侧转脸儿来避着风雨的威势,这是颇有些洒脱的感觉的。现在我留心到这方面了,她也有些这样的风度。至于我自己,在旁人眼光里,或许成为她的丈夫或情人了,我很有些得意着这种自譬的假饰。是的,当我觉得她确是幼小时候初恋着的女伴的时候,我是如像真有这回事似的享受着这样的假饰。而从她鬓边颊上被潮润的风吹过来的粉香,我也闻嗅得出是和我妻所有的香味一样的。……我旋即想到古人有"担簦亲送绮罗人"那么一句诗,是很适合于今日的我的奇遇的。铃木画伯的名画又一度浮现上来了。但铃木的所画的美人并不和她有一些相象,倒是我妻的嘴唇却与画里的少女的嘴唇有些仿佛的。我再试一试对于她的凝视,奇怪啊,现在我觉得她并不是我适才所误会着的初恋的女伴了。她是另外一个不相干的少女。眉额、鼻子、颚骨,即使说是有年岁的改换,也绝对的找不出一些踪迹来。而我尤其嫌厌着她的嘴唇,侧看过去,似乎太厚一些了。我忽然觉得很舒适,呼吸也更通畅了。我若有意无意地替她撑着伞,徐徐觉得手臂太酸痛之外,没什么感觉。在身旁由我伴送着的这个不相识的少女的形态,好似已经从我的心的樊笼中被释放了出去。我才觉得天已完全夜了,而伞上已听不到些微的雨声。

——谢谢你,不必送了,雨已经停了。

她在我耳朵边这样地嘤响。

我蓦然惊觉,收拢了手中的伞。一缕街灯的光射上了她的脸,显着橙子的颜色。她快要到了吗?可是她不愿意我伴她到目的地,所以趁此雨已停住的时候要辞别我吗?我能不能设法看一看她究竟到什么地方去呢?……

——不要紧,假使没有妨碍,让我送到了吧。

——不敢当呀,我一个人可以走了,不必送吧。时光已是很晚了,真对不起得很呢。

看来是不愿我送的了。但假如还是下着大雨便怎么了呢?……我怨怼着不情的天气,何以不再下半小时雨呢,是的,只要再半小时就够了。一瞬间,我从她的对于我的凝视——那是为了要等候我的答话——中看出一种特殊的端庄,我觉得凌然,像雨中的风吹上我的肩膀。我想回答,但她已不再等候我。

——谢谢你,请回转吧,再会。……

她微微地侧面向我说着，跨前一步走了，没有再回转头来。我站在中路，看她的后影，旋即消失在黄昏里。我呆立着，直到一个人力车夫来向我兜揽生意。

　　在车上的我，好像飞行在一个醒觉之后就要忘记了的梦里。我似乎有一桩事情没有做完，我心里有着一种牵挂。但这并不会很清晰地意识着。我几次想把手中的伞张起来，可是随即会自己失笑这是无意识的。并没有雨降下来，完全地晴了，而天空中也稀疏地有了几颗星。

　　下车了，我叩门。

　　——谁？

　　这是我在伞底下伴送着走的少女的声音！奇怪，她何以又会在我家里？……门开了。堂中灯火通明，背着灯光立在开着一半的大门边的，倒并不是那个少女。朦胧里，我认出她是那个倚在柜台上用嫉妒的眼光看着我和那个同行的少女的女子。我悄悦地走进门。在灯下，我很奇怪，为什么从我妻的脸色上再也找不出那个女子的幻影来。

　　妻问我何故归家这样的迟，我说遇到了朋友，在沙利文吃了些小点，因为等雨停止，所以坐得久了。为了要证实我这谎话，夜饭吃得很少。

（选自《梅雨之夕》，新中国书局 1933 年版）

点评

　　小说讲述的是一名男子在一个梅雨天的傍晚，偶遇一位美丽的少女并打伞送她的经过。全文皆以主人公的心理活动为线索，书写的是男主人公敏感而又无边际的遐想与联想。这些思绪流、意识流泛滥而无节制，信马由缰。而所有的思绪都是由男子对于美少女特有的那样一种朦朦胧胧的情愫所激发的。美女一会儿幻化成了男主角的旧日恋人，一会儿又与他自己的妻子重叠。这样一篇主观性极强的小说，被认为是以施蛰存、穆时英、刘呐鸥等为代表的"新感觉派"的代表作之一。

赵树理（1906—1970）

原名赵树礼，山西沁水县尉迟村人，现代小说家、人民艺术家，"山药蛋派"创始人。代表作有《小二黑结婚》《灵泉洞》《三里湾》《李有才板话》等。

小二黑结婚

一　神仙的忌讳

刘家峧有两个神仙，邻近各村无人不晓：一个是前庄上的二诸葛，一个是后庄上的三仙姑。二诸葛原来叫刘修德，当年做过生意，抬脚动手都要论一论阴阳八卦，看一看黄道黑道。三仙姑是后庄于福的老婆，每月初一十五都要顶着红布摇摇摆摆装扮天神。

二诸葛忌讳"不宜栽种"，三仙姑忌讳"米烂了"。这里边有两个小故事：有一年春天大旱，直到阴历五月初三才下了四指雨。初四那天大家都抢着种地，二诸葛看了看历书，又掐指算了一下说："今日不宜栽种。"初五日是端午，他历年就不在端午这天做什么，又不曾种；初六倒是个黄道吉日，可惜地干了，虽然勉强把他的四亩谷子种上了，却没有出够一半。后来直到十五才又下雨，别人家都在地里锄苗，二诸葛却领着两个孩子在地里补空子。邻家有个后生，吃饭时候在街上碰上二诸葛便问道："老汉！今天宜栽种不宜？"二诸葛翻了他一眼，扭转头返回去了，大家就嘻嘻哈哈传为笑谈。

三仙姑有个女孩叫小芹。一天，金旺他爹到三仙姑那里问病，三仙姑坐在香案后唱，金旺他爹跪在香案前听。小芹那年才九岁，响午做捞饭，把米下进锅里了，听见她娘哼哼得很中听，站在桌前听了一会，把做饭也忘了。一会，金旺他爹出去小便，三仙姑趁空子向小芹说："快去捞饭！米烂了！"却不料就叫金旺他爹听见，回去就传开了。后来有些好玩笑的人，见了三仙姑就故意问别人"米烂了没有？"

二　三仙姑的来历

三仙姑下神，足足有三十年了。那时三仙姑才十五岁，刚刚嫁给于福，是前后庄上第一个俊俏媳妇。于福是个老实后生，不多说一句话，只会在地里死受。于福的娘早死了，只有个爹，父子两个一上了地，家里只留下新媳妇一个人。村里的年青人们感觉着新媳妇太孤单，就慢慢自动的来跟新媳妇作伴，不几天就集合了一大群，每天嘻嘻哈哈，十分哄伙。于福他爹看见不像个样子，有一天发了脾气，大骂一顿，虽然把外人挡住了，新媳妇却跟他闹起来。新媳妇哭了一天一夜，头也不梳，脸也不洗，饭也不吃，躺在炕上，谁也叫不起来，父子两个没了办法。邻家有个老婆替她请了一个神婆子，在她家下了一回神，说是三仙姑跟上她了，她也哼哼唧唧自称吾神长吾神短，从此以后每月初一十五就下起神来，别人也给她烧起香来求财问病，三仙姑的香案便从此设起来了。

青年们到三仙姑那里去，要说是去问神，还不如说是去看圣像。三仙姑也暗暗猜透大家的心事，衣服穿得更新鲜，头发梳得更光滑，首饰擦得更明，宫粉搽得更匀，不由青年们不跟着她转来转去。

这是三十来年前的事。当时的青年，如今都已留下了胡子，家里都是子媳成群，所以除了几个老光棍，差不多都没有那些闲情到三仙姑那里去了。三仙姑却和大家不同，虽然已经四十五岁，却偏爱当个老来俏，小鞋上仍要绣花，裤腿上仍要镶边，顶门上的头发脱光了，用黑手帕盖起来，只可惜宫粉涂不平脸上的皱纹，看起来好象驴粪蛋上下上了霜。

老相好都不来了，几个老光棍不能叫三仙姑满意，三仙姑又团结了一伙孩子们，比当年的老相好更多，更俏皮。

三仙姑有什么本领能团结这伙青年呢？这秘密在她女儿小芹身上。

三　小芹

三仙姑前后共生过六个孩子，就有五个没有成人，只落了一个女儿，名叫小芹。小芹当两三岁时候，就非常伶俐乖巧，三仙姑的老相好们，这个抱过来说是"我的"，那个抱起来说是"我的"，后来小芹长到五六岁，知道这不是好话，三仙姑教她说："谁再这么说，你就说'是你的姑姑'。"说了几回，果然没有人再提了。

小芹今年十八了，村里的轻薄人说，比她娘年轻时候好得多。青年小伙子们，有事没事，总想跟小芹说句话。小芹去洗衣服，马上青年们也都去洗；小芹上树采野菜，马上青年们也都去采。

吃饭时候，邻居们端上碗爱到三仙姑那里坐一会，前庄上的人来回一里路，也并不觉得远。这已经是三十年来的老规矩，不过小青年们也这样热心，却是近二三年来才有的事。三仙姑起先还以为自己仍有勾引青年的本领，日子长了，青年们并不真正跟她接近，她才慢慢看出门道来，才知道人家来了为的是小芹。

不过小芹却不跟三仙姑一样，表面上虽然也跟大家说说笑笑，实际上却不跟人乱来，近二三年，只是跟小二黑好一点。前年夏天，有一天前响，于福去地，三仙姑去溜门，家里只留下小芹一个人，金旺来了，嘻皮笑脸向小芹说："这会可算是个空子吧？"小芹板起脸来说："金旺哥！咱们以后说话规矩些！你也是娶媳妇大汉了！"金旺撇撇嘴说："咦！装什么假正经？小二黑一来管保你就软了！有便宜大家讨开点，没事；要正经除非自己锅底没有黑。"说着就拉住小芹的胳膊悄悄说："不用装模作样了！"不料小芹大声喊道："金旺！"金旺赶紧跑出来。一边还咄念道："等得住你！"说着就悄悄溜走了。

四　金旺弟兄

提起金旺来，刘家峧没有人不恨他，只有他一个本家兄弟名叫兴旺跟他对劲。

金旺他爹虽是个庄稼人，却是刘家峧一只虎，当过几十年老社首，捆人打人是他的拿手好戏。金旺长到十七八岁，就成了他爹的好帮手，兴旺也学会了帮虎吃食,从此金旺他爹想要捆谁,就不用亲自动手,只要下个命令,自有金旺兴旺代办。

抗战初年,汉奸敌探溃兵土匪到处横行,那时金旺他爹已经死了,金旺兴旺弟兄两个,给一支溃兵作了内线工作,引路绑票,讲价赎人,又做巫婆又做鬼,两头出面装好人。后来八路军来,打垮溃兵土匪,他两人才又回到刘家峧。

山里人本来就胆子小,经过几个月大混乱,死了许多人,弄得大家更不敢出头了。别的大村子都成立了村公所、各救会、武委会,刘家峧却除了县府派来一个村长以外,谁也不愿意当干部。不久,县里派人来刘家峧工作,要选举村干部,金旺跟兴旺两个,看出这又是掌权的机会,大家也巴不得有人愿干,就把兴旺选为武委会主任,把金旺选为村政委员,连金旺老婆也被选为妇救会主席。其他各干部,硬捏了几个老头子出来充数。只有青抗先队长,老头子充不得。兴旺看见小二黑这个小孩子漂亮好玩,随便提了一下名就通过了,他爹二诸葛虽然不愿,可是惹不起金旺,也没有敢说什么。

村长是外来的,对村里情形不十分了解,从此金旺兴旺比前更厉害了,只要瞒住村长一个人,村里人不论那个都得由他两个调遣。这几年来,村里别的干部虽然调换了几个,而他两个却好像铁桶江山。大家对他两个虽是恨之入骨,可是谁也不敢说半句话,都恐怕扳不倒他们,自己吃亏。

五　小二黑

小二黑,是二诸葛的二小子,有一次反扫荡打死过两个敌人,曾得到特等射手的奖励。说到他的漂亮,那不只在刘家峧有名,每年正月扮故事,不论去到那一村,妇女们的眼睛都跟着他转。

小二黑没有上过学,只是跟着他爹识了几个字。当他六岁时候,他爹就教他识字。识字课本既不是《五经》《四书》,也不是常识国语,而是从天干、地支、五行、八卦、六十四卦名等学起,进一步便学些《百中经》《玉匣记》《增删卜易》《麻衣神相》《奇门遁甲》《阴阳宅》等书。小二黑从小就聪明,象那些算属相、卜六壬课、念大小流年或"甲子乙丑海中金"等口诀,不几天就都弄熟了,二诸葛也常把他引在人前卖弄。因为他长得伶俐可爱,大人们也都爱跟他玩;这个说:"二黑,算一算十岁属什么?"那个说:"二黑,给我卜一课！"后来二诸葛因为说"不宜栽种"误了种地,老婆也埋怨,大黑也埋怨,庄上人也都传为笑谈,小二黑也跟着这事受了许多奚落。那时候小二黑十三岁,已经懂得好歹了,可是大人们仍把他当成小孩来玩弄,好跟二诸葛开玩笑的,一到了家,常好对着二诸葛问小二黑道:"二黑!算算今天宜不宜栽种?"和小二黑年纪相仿的孩子们,一跟小二黑生了气,就连声喊道:"不宜栽种不宜栽种……"小二黑因为这事,好几个月见了人躲着走,从此就和他娘商量成一气,再不信他爹的鬼八卦。

小二黑跟小芹相好已经二三年了。那时候他才十六七,原不过在冬天夜长时候,跟着些闲人到三仙姑那里凑热闹,后来跟小芹混熟了,好象是一天不见面也不能行。后庄上也有人愿意给小二黑跟小芹做媒人,二诸葛不愿意,不愿意的理由有三:第一小二黑是金命,小芹是火命,恐怕火克金;第二小芹生在十月,是个犯月;第三是三仙姑的名声不好。恰巧在这时候彰德府来了一伙难民,其中有个老李带来个八九岁的小姑娘,因为没有吃的,愿意把姑娘送给人家逃个活命。二诸葛说是个便宜,先问了一下生辰八字,掐算了半天说:"千里姻缘一线牵。"就替小二黑收作童养媳。

虽然二诸葛说是千合适万合适,小二黑却不认账。父子俩吵了几天,二诸葛非养不行,小二黑说:"你愿意养你就养着,反正我不要!"结果虽然把小姑娘留下了,却到底没有说清楚算什么关系。

六 斗争会

金旺自从碰了小芹的钉子以后,每日怀恨,总想设法报一报仇。有一次武委会训练村干部,恰巧小二黑发疟疾没有去。训练完毕之后,金旺就向兴旺说:"小二黑是装病,其实是被小芹勾引住了,可以斗争他一顿。"兴旺就是武委会主任,从前也碰过小芹一回钉子,自然十分赞成金旺的意见,并且又叫金旺回去和自己的老婆说一下,发动妇救会也斗争小芹一番。金旺老婆现任妇救会主席,因为金旺好到小芹那里去,早就恨得小芹了不得。现在金旺回去跟她说要斗争小芹,这才是巴不得的机会,丢下活计,马上就去布置。第二天,村里开了两个斗争会,一个是武委会斗争小二黑,一个是妇救会斗争小芹。

小二黑自己没有错,当然不承认,嘴硬到底,兴旺就下命令把他捆起来送交政权机关处理。幸而村长脑筋清楚,劝兴旺说:"小二黑发疟是真的,不是装病,至于跟别人恋爱,不是犯法的事,不能捆人家。"兴旺说:"他已是有了女人的。"村长说:"村里谁不知道小二黑不承认他的童养媳。人家不承认是对的,男不过十六,女不过十五,不到订婚年龄。十来岁小姑娘,长大也不会来认这笔账。小二黑满有资格跟别人恋爱,谁也不能干涉。"兴旺没话说了,小二黑反要问他:"无故捆人犯法不犯?"经村长双方劝解,才算放了完事。

兴旺还没有离村公所,小芹拉着妇救会主席也来找村长。她一进门就说:"村长!捉贼要赃,捉奸要双,当了妇救会主席就不说理了?"兴旺见拉着金旺的老婆,生怕说出这事与自己有关,赶紧溜走。后来村长问了问情由,费了好大一会唇舌,才给他们调解开。

七 三仙姑许亲

两个斗争会开过以后,事情包也包不住了,小二黑也知道这事是合理合法的了,索性就跟小芹公开商量起来。

三仙姑却着了急。她跟小芹虽是母女,近几年来却不对劲。三仙姑爱的是青年们,青年们爱的是小芹。小二黑这个孩子,在三仙姑看来好象鲜果,可惜多一个小芹,就没了自己的份儿。她本想早给小芹找个婆家推出门去,可是因为自己名声不正,差不多都不愿意跟她结亲。开罢斗争会以后,风言风语都说小二黑要跟小芹自由结婚,她想要真是那样的话,以后想跟小二黑说几句笑话都不能了,那是多么可惜的事,因此托东家求西家要给小芹找婆家。

"插起招军旗,就有吃粮人。"有个吴先生是在阎锡山部下当过旅长的退职军官,家里很富,才死了老婆。他在奶奶庙大会上见过小芹一面,愿意续她,媒人向三仙姑一说,三仙姑当然愿意。不几天过了礼帖,就算定了,三仙姑以为了却一宗心事。

小芹已经和小二黑商量得差不多了,如何肯听她娘的话。过礼那一天,小芹跟她娘闹起来,把吴先生送来的首饰绸缎扔下一地。媒人走后,小芹跟她娘说:"我不管!谁收了人家的东西谁跟人家去!"

三仙姑愁住了,睡了半天,晚饭以后,说是神上了身,打了两个呵欠就唱起来。她起先责备于福管不了家,后来说小芹跟吴先生是前世姻缘,还唱些什么"前世姻缘由天定,不顺天意活不成,……"于福跪在地下哀求,神非教他马上打小芹一顿不可。小芹听了这话,知道跟这个装神弄鬼的娘说不出什么道理来,干脆躲了出去,让她娘一个人胡说。

小芹一个人悄悄跑到前庄上去找小二黑,恰在路上碰上小二黑去找她,两个就悄悄拉着手到一个大窑里去商量对付三仙姑的法子。

八 拿双

小芹把她娘怎样主婚怎样装神,唱些什么,从头至尾细细向小二黑说了一遍,小二黑说:"不用理她!我打听过区上的同志,人家说只要男女本人愿意,就能到区上登记,别人谁也作不了主。……"说到这里,听见外边有脚步声,小二黑伸出头来一看,黑影里站着四五个人,有一个说:"拿双拿双!"他两人都听出是金旺的声音,小二黑起了火,大叫道:"拿?没有犯了法!"兴旺也来了,下命令道:"捉住捉住!我就看你犯法不犯法?给你操了好几天心了!"小二黑说:"你说去那里咱就去那里,到边区政府你也不能把谁怎么样!走!"兴旺说:"走?便宜了你!把他捆起来!"小二黑挣扎了一会,无奈没有他们人多,终于被他们七手八脚打了一顿捆起来了。兴旺说:"里边还有个女的,也捆起来!捉奸要双,这是她自己说的!"说着就把小芹也捆起来了。

前庄上的人都还没有睡,听见有人吵架,有些人就跑出来看,麻秆火把下看见捆着的两个人,大家不问就都知道了八九分。二诸葛也出来了,见小二黑被人家捆起来,就跪在兴旺面前哀求道:"兴旺!咱两家没有什么仇!看在我老汉面上,请你们诸位高高手……"兴旺说:"这事情,我们管不了,送给上级再说吧!"小二黑说:"爹!你不用管!送到那里也不犯法!我不怕他!"兴旺说:"好小子!要硬你就硬到底!"又逼住三个民兵说:"带他们走!"一个民兵问:"带到村公所?"兴旺说:"还到村公所干什么?上一回不是村长放了的?送给区武委会主任按军法处理!"说着就把他两个人拥上走了。

九 二诸葛的神课

邻居们见是兴旺弟兄们捆人,也没有人敢给小二黑讲情,直等到他们走后,才把二诸葛招呼回家。

二诸葛连连摇头说:"唉!我知道这几天要出事啦:前天早上我上地去,才上到岭上,碰上个骑驴媳妇,穿了一身孝,我就知道坏了。我今年是罗睺星照运,要谨防带孝的冲了运气,因此那里也不敢去,谁知躲也躲不过?昨天晚上二黑她娘梦见庙里唱戏。今天早上一个老鸦落在东房上叫了十几声,……唉!反正是时运,躲也躲不过。"他罗里罗嗦念了一大堆,邻居们听了有些厌烦,又给他说了一会宽心话,就都散了。

有事人那里睡得着?人散了之后,二诸葛家里除了童养媳之外,三个人谁也没有睡。二诸葛摸了摸脸,取出三个制钱占了一卦,占出之后吓得他面色如土。他说:"了不得呀了不得!丑土的父母动出午火的官鬼,火旺于夏,恐怕有些危险了。唉!人家把他选成青年队长,我就说过不叫他当,小杂种硬要充人物头!人家说要按军法处理,要不当队长那里犯得了军法?"老婆也拍手跺脚道:"小爹呀!谁知道你要闯这么大的事啦?"大黑劝道:"不怕!事已经出下了,由他去吧!我想这又不是人命事,也犯不了什么大罪!既然他们送到区上了,我先到区上打听打听!你们都睡吧!"说着点了个灯笼就走。

二诸葛打发大黑去后,仍然低头细细研究方才占的那一卦。停了一会,远远听着有个女人哭,越哭越近,不大一会就来到窗下,一推门就进来了。二诸葛还没有看清是谁,这女人就一把把他拉住,带哭带闹说:"刘修德!还我闺女!你的孩子把我的闺女勾引到那里了?还我……"二诸葛老婆正气得死去活来,一看见来的是三仙姑,正赶上出气,从炕上跳下来拉住她道:"你来了好!省得我去找你!你母女两个好生生把我孩子勾引坏,你倒有脸来找我!咱两人就也到区上说说理!"这两个女人滚成一团,二诸葛一个人拉也拉不开,也再顾不上研究他的卦。三仙姑见二诸葛老婆已经不顾了命,自己先胆怯了几分,不敢恋战,少闹了一会挣脱出来就走了。二诸葛老婆追出门来,被二诸葛拦回去,还骂个不休。

十　恩典恩典

二诸葛一夜没有睡,一遍一遍念:"大黑怎么还不回来,大黑怎么还不回来。"第二天天不明就起程往区上走,走到半路,远远看见大黑、三个民兵已都回来了，还来了区上一个助理员，一个交通员。他远远就喊叫道："大黑！怎么样？要紧不要紧？"大黑说："没有事！不怕！"说着就走到跟前，助理员跟三个民兵先走了。大黑告交通员说："这就是我爹！"又向二诸葛说："区上添传你跟于福老婆。你去吧，没有事！二黑跟小芹两个人，一到区上就放开了。区上早就听说兴旺和金旺两个人不是东西，已经把他两个人押起来了，还派助理员到咱村开大会调查他们横行霸道的证据。我赶到那里人家就问罢了，听说区上还许咱二黑跟小芹结婚。"二诸葛说："不犯罪就好，结婚可不行，命相不对！你没有听说添传我做什么？"大黑说："不知道，大约也没有什么大事。你去吧，我先回去告我娘说。"交通员说："老汉！这就算见了你了！你去吧，我再传那一个去！"说了就跟大黑相跟着走了。

　　二诸葛到了区上，看见小二黑跟小芹坐在一条板凳上，他就指着小二黑骂道："闯祸东西！放了你你还不快回去？你把老子吓死了！不要脸！"区长道："干什么？区公所是骂人的地方？"二诸葛不说话了。区长问："你就是刘修德？"二诸葛答："是！"问："你给刘二黑收了个童养媳？"答："是！"问："今年几岁了？"答："属猴的，十二岁了。"区长说："女不过十五不能订婚，把人家退回娘家去，刘二黑已经跟于小芹订婚了！"二诸葛说："她只有个爹，也不知逃难逃到那里去了，退也没处退。女不过十五不能订婚，那不过是官家规定，其实乡间七八岁订婚的多着哩。请区长恩典恩典就过了。……"区长说："凡是不合法的订婚，只要有一方面不愿意都得退！"二诸葛说："我这是两家情愿！"区长问小二黑道："刘二黑！你愿意不愿意？"小二黑说："不愿意！"二诸葛的脾气又上来了，瞪了小二黑一眼道："由你啦？"区长道："给他订婚不由他，难道由你啦？老汉！如今是婚姻自主，由不得你了！你家养的那个小姑娘，要真是没有娘家，就算成你的闺女好了。"二诸葛道："那也可以，不过还得请区长恩典恩典，不能叫他跟于福这闺女订婚！"区长说："这你就管不着了！"二诸葛发急道："千万请区长恩典恩典，命相不对，这是一辈子的事！"又向小黑道："二黑！你不要糊涂了！这是你一辈子的事！"区长道："老汉！你不要糊涂了；强逼着你十九岁的孩子娶上个十二岁的小姑娘，恐怕要生一辈子气！我不过是劝一劝你，其实只要人家两个人愿意，你愿意不愿意都不相干。回去吧！童养媳没处退就算成你的闺女！"二诸葛还要请区长"恩典恩典"，一个交通员把他推出来了。

十一　看看仙姑

三仙姑去寻二诸葛，一来为的是逗逗斗气的本领，二来为的是遮遮外人的耳目。其实让小芹吃一吃亏她很高兴，所以跟二诸葛老婆闹了一阵之后，回去就睡了。第二天早上，她起得很迟，于福虽比她着急，可是自己既没有主意，又不敢叫醒她，只好自己先去做饭，饭快成的时候，三仙姑慢慢起来梳妆，于福问她道："不去打听打听小芹？"她说："打听她做甚啦？她的本领多大啦？"于福也再没有敢说什么，把饭菜做成了放在炉边等，直等到她梳妆罢了才开饭。

饭还没有吃罢，区上的交通员来传她。她好像很得意，嗓子拉得长长的说："闺女大了咱管不了，就去请区长替咱管教管教！"她吃完了饭，换上新衣服、新手帕、绣花鞋、镶边裤，又擦了一次粉，加了几件首饰，然后叫于福给她备上驴，她骑上，于福给她赶上，往区上去。

到了区上。交通员把她引到区长房子里，她爬下就磕头，连声叫道："区长老爷，你可要给我作主！"区长正伏在桌上写字，见她低着头跪在地下，头上戴了满头银首饰，还以为是前两天跟婆婆生了气的那个年青媳妇，便说道："你婆婆不是有保人吗？为什么不找保人？"三仙姑莫明其妙，抬头看了看区长的脸。区长见是个擦着粉的老太婆，才知道是认错了人。交通员道："认错人了！这就是于小芹的娘！"区长打量了她一眼道："你就是小芹的娘呀？起来！不要装神做鬼！我什么都清楚！起来！"三仙姑站起来了。区长问："你今年多大岁数？"三仙姑说："四十五。"区长说："你自己看看你打扮得像个人不像？"门边站着老乡一个十来岁的小闺女嘻嘻嘻笑了。交通员说："到外边耍！"小闺女跑了。区长问："你会下神是不是？"三仙姑不敢答话。区长问："你给你闺女找了个婆家？"三仙姑答："找下了！"问："使了多少钱？"答："三千五！"问："还有些什么？"答："有些首饰布匹！"问："跟你闺女商量过没有？"答："没有！"问："你闺女愿意不愿意？"答："不知道！"区长道："我给你叫来你亲自问问她！"又向交通员道："去叫于小芹！"

刚才跑出去那个小闺女，跑到外边一宣传，说有个打官司的老婆，四十五了，擦着粉，穿着花鞋。邻近的女人们都跑来看，挤了半院，唧唧哝哝说："看看！四十五了！""看那裤腿！""看那花鞋！"三仙姑半辈没有脸红过，偏这会撑不住气了,一道道热汗在脸上流。交通员领着小芹来了,故意说:"看什么?人家也是个人吧,没有见过?闪开路!"一伙女人们哈哈大笑。

把小芹叫来,区长说:"你问问你闺女愿意不愿意!"三仙姑只听见院里人说"四十五"、"穿花鞋",羞得只顾擦汗,再也开不得口。院里的人们忽然又转了话头,都说"那是人家的闺女","闺女不如娘会打扮",也有人说"听说还会下神",偏又有个知道底细的断断续续讲"米烂了"的故事,这时三仙姑恨不得一头碰死。

区长说:"你不问我替你问!于小芹,你娘给你找的婆家你愿意跟人家结婚不愿意?"小芹说:"不愿意!我知道人家是谁?"区长向三仙姑道:"你听见了吧?"又给她讲了一会婚姻自主的法令,说小芹跟小二黑订婚完全合法,还吩咐她把吴家送来的钱和东西原封退了,让小芹跟小二黑结婚。她羞愧之下,一一答应了下来。

十二　怎么到底

三个民兵回到刘家峧,一说区上把兴旺金旺两人押起来,又派助理员来调查他们的罪恶,真是人人拍手称快。午饭后,庙里开一个群众大会,村长报告了开会宗旨就请大家举他两个人的作恶事实。起先大家还怕扳不倒人家,人家再返回来报仇,老大一会没人说话,有几个胆子太小的人,还悄悄劝大家说:"忍事者安然。"有个被他两人作践垮了的年青人说:"我从前没有忍过?越忍越不得安然!你们不说我说!"他先从金旺领着土匪到他家绑票说起,一连说了四五款,才说道:"我歇歇再说,先让别人也说几款!"他一说开了头,许多受过害的人也都抢着说起来:有给他们花过钱的,有被他们逼着上过吊的,也有产业被他们霸了的,老婆被他们奸淫过的。他两人还派上民兵给他们自己割柴,拨上民夫给他们自己锄地;浮收粮,私派款,强迫民兵捆人,……你一宗他一宗,从晌午说到太阳落,一共说了五六十款。

区上根据这些罪状把他两人送到县里,县里把罪状一一证实之后,除叫他们赔偿大家损失外,又判了十五年徒刑。

经过这次大会之后,村里人也都敢出头了。不久,村干部又都经过大改选,村里人再也不敢乱投坏人的票了。这其间,金旺老婆自然也落了选。偏她还变了口吻,说:"以后我也要进步了。"

两个神仙也有了变化:

三仙姑那天在区上被一伙妇女围住看了半天,实在觉着不好意思,回去对着镜子研究了一下,真有点打扮得不像话;又想到自己的女儿快要跟人结婚,自己还卖什么老俏?这才下了个决心,把自己的打扮从顶到底换了一遍,弄得像个当长辈人的样子,把三十年来装神弄鬼的那张香案也悄悄拆去。

二诸葛那天从区上回去,又向老婆提起二黑跟小芹的命相不对,他老婆道:"把你的鬼八卦收起吧!你不是说二黑这回了不得吗?你一辈子放个屁也要卜一课,究竟抵了些什么事?我看小芹满不错,能跟咱二黑过就很好!什么命相对不对?你就不记得'不宜栽种'?"二诸葛见老婆都不信自己的阴阳,也就不好意思再到别人跟前卖弄他那一套了。

小芹和小二黑各回各家,见老人们的脾气都有些改变,托邻居们趁势和说和说,两位神仙也就顺水推舟同意他们结婚。后来两家都准备了一下,就过门。过门之后,小两口都十分得意,邻居们都说是村里第一对好夫妻。

夫妻们在自己卧房里有时候免不了说玩话:小二黑好学三仙姑下神时候唱"前世姻缘由天定",小芹好学二诸葛说"区长恩典,命相不对"。淘气的孩子们去听窗,学会了这两句话,就给两位神仙加了新外号:三仙姑叫"前世姻缘",二诸葛叫"命相不对"。

一九四三,五,写于太行

(原载1945年10月20日、11月1日《新文化》第1卷第1—2期)

点评

小二黑和小芹是新时代诞生的两位新人,他们在先进思想的影响下,勇敢地自由恋爱,自由结合,并对父辈们的包办婚姻进行了抗争,在新社会新政府的主持下,最终赢得了自由的爱情、真正的爱情。这是一个时代变革的生动影像,反映了历史的进步终将影响到每个人的人生,改变每个人的命运。而那些老派的人物——二诸葛、何仙姑的形象,也都鲜明、鲜活,仿佛都是当时生活中的身边的人。

孙犁（1913—2002）

原名孙树勋，河北省衡水市安平人，现当代著名小说家、散文家，"荷花淀派"的创始人。代表作有《白洋淀纪事》《风云初记》《铁木前传》等。

荷花淀
——白洋淀纪事之一

月亮升起来，院子里凉爽得很，干净得很，白天破好的苇眉子潮润润的，正好编席。女人坐在小院当中，手指上缠绞着柔滑修长的苇眉子，苇眉子又薄又细，在她怀里跳跃着。

要问白洋淀有多少苇地？不知道。每年出多少苇子？不知道。只晓得，每年芦花飘飞苇叶黄的时候，全淀的芦苇收割，垛起垛来，在白洋淀周围的广场上，就成了一条苇子的长城。女人们，在场里院里编着席。编成了多少席？六月里，淀水涨满，有无数的船只，运输银白雪亮的席子出口，不久，各地的城市村庄，就全有了花纹又密、又精致的席子用了。大家争着买：

"好席子，白洋淀席！"

这女人编着席。不久在她的身子下面，就编成了一片。她像坐在一片洁白的雪地上，也像坐在一片洁白的云彩上。她有时望望淀里，淀里也是一片银白世界。水面笼起一层薄薄透明的雾，风吹过来，带着新鲜的荷叶荷花香。

但是大门还没关，丈夫还没回来。

很晚丈夫才回来了。这年轻人不过二十岁，头戴一顶大草帽，上身穿一件洁白的小褂，黑单裤卷过了膝盖，光着脚。他叫水生，小华庄的游击组长，党的负责人。今天领着游击组到区上开会回来。女人抬头笑着问：

"今天怎么回来的这么晚？"站起来要去端饭。水生坐在台阶上说：

"吃过饭了,你不要去拿。"

女人就又坐在席子上。她望着丈夫的脸,她看着他的脸有些红肿,说话也有些气喘。她问:

"他们几个哩?"

水生说:

"还在区上,爹哩?"

女人说:

"睡了。"

"小华哩?"

"和他爷爷去收了半天虾篓,早就睡了。他们几个为什么还不回来?"

水生笑了一下。女人看出他笑的不像平常。

"怎么了,你?"

水生小声说:

"明天我就到大部队上去了。"

女人的手指震动了一下,想是叫苇眉子划破了手,她把一个手指放在嘴里吮了一下。水生说:

"今天县委召集我们开会。假若敌人再在同口安上据点,那和端村就成了一条线,淀里的斗争形势就变了。会上决定成立一个地区队。我第一个举手报了名的。"

女人低着头说:

"你总是很积极的。"

水生说:

"我是村里的游击组长,是干部,自然要站在头里,他们几个也报了名。他们不敢回来,怕家里人拖尾巴。公推我代表,回来和家里人说一说。他们全觉得你还开明一些。"

女人没有说话。过了一会,她才说:

"你走,我不拦你,家里怎么办?"

水生指着父亲的小房叫她小声一些。说:

"家里,自然有别人照顾。可是咱的庄子小,这一次参加的就有七个。庄上青年人少了,也不能全靠别人,家里的事,你就多做些,爹老了,小华还不顶事。"

女人鼻子里有些酸，但她并没有哭。只说：

"你明白家里的难处就好了。"

水生想安慰她。因为要考虑准备的事情还太多，他只说了两句：

"千斤的担子你先担吧，打走了鬼子，我回来谢你。"

说罢，他就到别人家里去了，他说回来再和父亲谈。

鸡叫的时候，水生才回来。女人还是呆呆的坐在院子里等他，她说：

"你有什么话嘱咐嘱咐我吧。"

"没有什么话了，我走了，你要不断进步，识字，生产。"

"嗯。"

"什么事也不要落在别人后面！"

"嗯，还有什么？"

"不要叫敌人汉奸捉活的。捉住了要和他拼命。"这才是那重要的一句，女人流着眼泪答应了他。

第二天，女人给他打点好一个小小的包裹，里面包了一身新单衣，一条新毛巾，一双新鞋子。那几家也是这些东西，交水生带去。一家人送他出了门。父亲一手拉着小华，对他说：

"水生，你干的是光荣事情，我不拦你，你放心走吧。大人孩子我给你照顾，什么也不要惦记。"

全庄的男女老少也送他出来，水生对大家笑一笑，上船走了。

女人们到底有些藕断丝连。过了两天，四个青年妇女集在水生家里来，大家商量：

"听说他们还在这里没走。我不拖尾巴，可是忘下了一件衣裳。"

"我有一句要紧的话得和他说说。"

水生的女人说：

"听他说鬼子要在同口安据点。……"

"哪里就碰得那么巧，我们快去快回来。"

"我本来不想去，可是俺婆婆非叫我再去看看他，有什么看头啊。"

于是这几个女人偷偷坐在一只小船上，划到对面马庄去了。

到了马庄，他们不敢到街上去找，来到村头一个亲戚家里。亲戚说：你们来的不巧,昨天晚上他们还在这里,半夜里走了,谁也不知道他们开到哪里去。你们不用惦念他们,听说水生一来就当了个副排长,大家都是欢天喜地的……"

几个女人羞红着脸告辞出来,摇开靠在岸边上的小船。现在已经快到晌午了,万里无云,可是因为在水上,还有些凉风。这风从南面吹过来,从稻秧上苇尖吹过来。水面没有一只船,水像无边的跳荡的水银。

几个女人有点失望,也有些伤心,各人在心里骂着自己的狠心贼。可是青年人,永远朝着愉快的事情想,女人们尤其容易忘记那些不痛快。不久,她们就又说笑起来了。

"你看说走就走了。"

"可慌(高兴的意思)哩,比什么也慌,比过新年,娶新——也没见他这么慌过!"

"拴马桩也不顶事了。"

"不行了,脱了缰了!"

"一到军队里,他一准得忘了家里的人。"

"那是真的,我们家里住过一些年轻的队伍,一天到晚仰着脖子出来唱,进去唱,我们一辈子也没么乐过。等他们闲了下来没有事了,我就傻想:该低下头了吧。你猜人家干什么?用白粉子在我家映壁上画上许多圆圈圈,一个一个蹲在院子里,托着枪瞄那个,又唱起来了!"

她们轻轻划着船,船两边的水哗,哗,哗。顺手从水里捞上一个菱角来,菱角还很嫩很小,乳白色。顺手又丢到水里去。那个菱角就又安安稳稳浮在水面上生长了。

"现在你知道他们到了哪里?"

"管他哩,也许跑到天边上去了!"

她们都抬起头往远处看了看。

"唉呀!那边过来一只船。"

"唉呀!日本,你看那衣裳!"

"快摇!"

小船拼命往前摇。她们心里也许有些后悔,不该这么冒冒失失走来,也许有些怨恨那些走远了的人。但是立刻就想,什么别想了,快摇,大船紧紧追过来。

大船追得很紧。

幸亏是这些青年妇女,白洋淀长大的,她们摇的小船快。小船活像离开了水皮,一条打跳的梭鱼。她们从小跟这小小船打交道,驶起来,就像织布穿梭,缝衣透针一般快。

假如敌人追上了,就跳到水里去死吧!

后面大船来得飞快。那明明白白是鬼子!这几个青年妇女咬紧牙制止住心跳,摇橹的手并没有慌,水在两旁大声的哗哗,哗哗,哗哗哗!

"往荷花淀里摇!那里水浅,大船过不去。"

她们奔着那里不知道有几亩大小的荷花淀去,那一望无边际的密密层层的大荷叶,迎着阳光舒展开,就像铜墙铁壁一样,粉色荷花箭高高的挺出来,是监视白洋淀的哨兵吧!

她们向荷花淀里摇,最后,努力的一摇,小船窜进了荷花淀。几只野鸭扑棱棱飞起,尖声惊叫,掠着水面飞走了。就在她们的耳边响起一排枪!

整个荷花淀全震荡起来,她们想,陷在敌人的埋伏里了,一准要死了,一齐翻身跳到水里去。渐渐听清楚枪声只是向着外面,她们才又扒着船梆露出头来。她们看见不远的地方,那宽厚肥大的荷叶下面,有一个人的脸,下半截身子长在水里。荷花变成人了?那不是我们的水生吗?又往左右看去,不久各人就找到了各人丈夫的脸,啊,原来是他们!

但是那些隐蔽在大荷叶下面的战士们,正在聚精会神瞄着敌人射击,半眼也没有看到她们。枪声清脆,三五排枪过后,他们投出了手榴弹,冲出了荷花淀。

手榴弹把敌人那只大船击沉,一切都沉下去了。水面上只剩下一团烟硝火药气味。战士们就在那里大声欢笑着,打捞战利品。他们又开始了沉到水底捞出大鱼来的拿手戏。他们争着捞出敌人的枪支、子弹带,然后是一袋子一袋子叫水浸透了的面粉和大米。水生拍打着水去追赶一个在水波上滚动的东西,是一包用精致纸盒装着的饼干。

妇女们带着浑身水,又坐到她们的小船上去了。

水生追回那个纸盒子,一只手高高举起,一只手用力拍打着水,好使自己不沉下去。对着荷花淀吆喝:

"出来吧，你们！"

好像带着很大的气。

她们只好摇着船出来。忽然从她们的小船底下冒出一个人来，只有水生的女人认得那是区小队的队长。这个人抹一把脸上的水问她们：

"你们干什么去来呀？"

水生的女人说：

"又给他们送一些衣裳来！"

小队长回头对水生说：

"都是你村的？"

"不是她们是谁，一群落后分子！"说完把纸盒顺手丢在女人们船上，一洇，又沉到水底下去了，到很远的地方才钻出来。

小队长开了个玩笑，他说：

"你们也没有白来，不是你们，我们的伏击不会这么彻底。可是，任务已经完成，该回去晒晒衣裳了。情况还紧得很！"

战士们已经把打捞出来的战利品，全装在他们的小船上，准备转移。一人摘了一片大荷叶顶在头上，抵挡正午的太阳，几个青年妇女把掉在水里又捞出来的小包裹，丢了给他们，战士们的三只小船就奔着东南方向，箭一样飞去了。不久就消失在中午水面上的烟波里。

几个青年妇女划着她们的小船赶紧回家，一个个像落水鸡似的。一路走着，因过于刺激和兴奋，她们又说笑起来，坐在船头脸朝后的一个撇着嘴说：

"你看他们那个横样，见了我们爱搭理不搭理的！"

"啊，好像我们给他们丢什么人似的。"

她们自己也笑了，今天的事情不算光彩，可是：

"我们没枪，有枪就不往荷花淀里跑，在大淀里就和鬼子干起来！"

"我今天也算看见了打仗了。打仗有什么出奇，只要你不着慌，谁还不会趴在那里放枪呀！"

"打沉了，我也会浮水捞东西，我管保比他们水式好，再深点我也不怕！"

"水生嫂，回去我们也成立队伍，不然以后还能出门吗！"

"刚当上兵就小看我们，过二年，更把我们看得一钱不值了，谁比谁落后多少呢！"

这一年秋季,她们学会了射击。冬天,打冰夹鱼的时候,她们一个个登在流星一样的冰船上,来回警戒。敌人围剿那百顷大苇塘的时候,她们配合子弟兵作战,出入在那芦苇的海里。

1945年5月于延安
(原载1945年5月15日(延安)《解放日报》;
选自《孙犁文集》,百花文艺出版社1981版)

点评

作者营造了一个美好的诗意的环境氛围。夫妻之间看似漫不经心的对话,仿若世外桃源式的生活场景,然而,这却是发生在抗战时期,是战争闲暇片刻的好时光,夫妻团聚也只有这短暂的时间,第二天一早丈夫就又要投入新的战斗。而妻子的深明大义、全力支持,在战争的锤炼下,她和其他小媳妇们也开始觉醒,不甘落后,主动投入了战斗。小说表现了抗战后方军民一心、同仇敌忾的生动情景。文字细腻,温婉,体现了"荷花淀派"的共同风格。

陆文夫(1928—2005)

江苏泰兴人,在小说、散文、文艺评论等方面都取得了卓越的成就。代表作有《献身》《小贩世家》《围墙》《清高》《美食家》等。

小巷深处

一

苏州,这古老的城市,现在是熟睡了。她安静地躺在运河的怀抱里,像银色河床中的一朵睡莲。那不太明亮的街灯,照着秋风中的白杨,婆娑的树影在石子马路上舞动,使街道也布满了朦胧的睡意。

城市的东北角,在深邃而铺着石板的小巷里,有间屋子里的灯还亮着。灯光下有个姑娘坐在书桌旁,手托着下巴在凝思。她的鼻梁高高的,眼睛乌黑发光,长睫毛;两条发辫,从太阳穴上面垂下来,拢到后颈处又并为一条,直拖到腰际,在两条辫子合并的地方,随便结着一条花手帕。

在这条巷子里,很少有人知道这姑娘是做什么的,邻居们只知道她每天读书到深夜。只有邮递员知道她叫徐文霞,是某纱厂的工人,因为邮递员常送些写得漂亮的信件给她,而她每接到这种信件时便要皱起眉头,甚至当着邮递员的面便撕得粉碎。

徐文霞看着桌上的小代数,怎样也看不下去,感到一阵阵的烦恼。这些日子,心中常常涌起少女特有的烦恼,每当这种烦恼泛起时,便带来了恐惧和怨恨,那一段使她羞耻、屈辱和流泪的回忆就在眼前升起。

是秋雨连绵的黄昏,是寒风凛冽的冬夜吧,阊门外那些旅馆旁的马路上、屋角边、阴暗的弄堂口,闲荡着一些打扮得十分妖艳的姑娘。她们有的蜷缩着坐在石头上;有的倚在墙壁上,两手交叉在胸前,故意把那假乳房压得高高的,

嘴角上随便叼着烟卷,眯着眼睛看着旅馆的大门和路上的行人。每当一个人走过时,她们便娇声娇气地喊起来:

"去吧,屋里去吧!"

"不要脸,婊子,臭货!"传来了行人的谩骂。

这骂声立即引起她们一阵哄笑,于是回敬对方一连串下流的咒骂:"寿头,猪猡,赤佬……"

在这一群姑娘中,也混杂着徐文霞,那时她被老鸨叫做阿四妹。她还是十六岁的孩子,瘦削而敷满白粉的脸,映着灯光更显得惨白。这些都是七八年前的事了,徐文霞一想起心就颤抖。

1952年,政府把所有的妓女都收进了妇女生产教养院。徐文霞度过了终身难忘的一年,治病、诉苦、学习生产技能。她记不清母亲是什么样子,也不知道母爱的滋味,人间的幸福就莫过如此吧,最大的幸福就是在阳光下抬着头做个正直的人!

那一年以后,徐文霞便进了勤大纱厂。厂长见她年轻,又生着一副伶俐相,说:"别织布吧,学电气去,那里需要灵巧的手。"

生活在徐文霞面前放出绮丽的光彩。尊敬、荣誉、爱抚的眼光,一齐向她投过来。她什么时候体验过做人的尊严呢!她深藏着自己的经历,好在几次调动工作之后,已无人知道这点了,党总支书记虽然知道的,也不愿提起这些,使她感到屈辱。没人提,那就让它过去吧,像噩梦般地消逝吧。

爱情呢,家庭的幸福呢?徐文霞不敢想。她也怕人夸耀自己的爱人,怕人提起从前的苦难,更怕小姊妹翻准备出嫁的衣箱。她渐渐地孤独起来,在寂静无声的夜晚,常蒙着被头流泪,无事时不愿有人在身边。于是,她便在这条古老的巷子里住下来,这里没人打扰她,只是偶尔门外有鞋敲打着石板,发出空洞的回响。她拼命地读书,伴着书度过长夜,忘掉一切。只是那些曾玩弄过她的臭男人不肯放松她,常写信来求婚。徐文霞接到这些信时便引起一阵怅惘,后来索性不看便撕掉:"谁能和做过妓女的人有真正的爱情?别尝这杯苦酒吧!"

徐文霞站起来,在房间里走动,把所有的杂念都赶掉,翻开小代数,叹了口气,自语道:"把工作让给我,把爱情让给别人吧!"

徐文霞重新埋进书本,努力探索难解的方程式。一会儿,字母便在眼前舞动,扭曲着,糊成一片黑。她拉拉眼皮,想唤回注意力。可能是天气燥热吧,她伸手推开玻璃窗。窗外起着小风,树叶儿沙沙地响着,夜气和秋声那样催人入眠,徐文霞更加烦躁了。

徐文霞为啥烦躁,只有她自己知道,那个大学毕业的技术员张俊的影子,如今还在眼前晃动。他年轻,方方的脸放着红光,老是带着笑容和她谈话,跑到她身边来找点什么,却又涨红着脸无声地走开了。徐文霞知道为着这件事烦恼,却故意不肯承认,用这种办法,她击退过好几次爱情的干扰。今天怎么搞的呢,说不想又偏去想:"他今天为什么到我这里来呢?光是轻轻地敲了一下门,隔半天又敲了一次,想进来,又不想进来的样子。他的脸那么红干吗?别这样红吧,同志!难道我这个人还能讥讽人吗?咳,他为什么不讲话,他挺会说话的,今天倒结结巴巴的,尽翻我的书看,还看得很有趣呢!这些书他不是都读过吗?他要帮我补习代数,还要教我物理。昏啦,我竟答应了他,要是他怀着什么心思,我可怎得了啊!"徐文霞平静的心被搅乱了,全部"防线"都崩溃了,她不理睬那许多对她含着深情的眼光,撕掉好些向她吐露爱情的信件,却无法逃避张俊那纯真的孩子般的眼睛。她收不住奔驰起来的思想,一会儿充满了幸福,幸福得心向外膨胀,一会儿充满了恐惧,感到这事是那么可怕。各种矛盾的心情,痛苦地绞缢着她,悲惨的往事又明显起来,她伏在桌上抽泣着,肩膀在柔和的灯光下抖动。

窗外下起雨来,檐漏水滴在石板上,像倾叙着说不完的闲话。

二

时间从秋天到了冬天,徐文霞心里却像开满了春花。

一下班,张俊便到徐文霞的房间里来了。他坐在徐文霞的对面,目不转睛地看着她。看得徐文霞脸红心跳起来,忙说:

"来吧,抓紧时间。"

张俊笑着,打开课本。他不仅讲,还表演,不知又从哪里找来许多生动的譬喻。这一点,张俊自己也不明白,在徐文霞面前,他的智慧像流不完的河水。

徐文霞开始做习题时,张俊便坐到另一张桌上做自己的功课。这时候,房间里静极了,只有笔在纸上刷刷地响,张俊一伏到书桌上,就两三小时不动身。徐文霞深怕他过度疲劳,便走过去拉拉他的耳朵,搔搔他的后脑。张俊嚷起来:

"好，你又破坏学习。"

徐文霞格格地笑着，便坐下来。不一会儿，她又向张俊手里塞进一只苹果。张俊把苹果放在桌子上，先不去动，过了一会儿，拿起来看看，然后便到徐文霞的口袋里摸小刀。

"好，这次是你破坏学习。"

"苹果是你送给我的！"

这一骚动，两个人都学不下去了，便收起书本，海阔天空地谈起来。张俊老是爱谈将来，一开口便是"五年以后"的理想："到那时候我是工程师，你是技术员……"

"我也能做技术员吗？"

"只要你学习时不调皮。"张俊调皮的眼光望着她，"那时我们还在一起工作，机器出了毛病，我和你一起修，我满脸都是机器油，嘿，你会不认识我哩！"

"你掉在染缸里我也认识。"

"要是世界上有这么一对，他们一起工作，一道回家，星期天一起上街买东西，该多好啊！"

徐文霞被说得心直跳，脸上飞红，却故意装作不明白地说："那是人家的事情，你谈它做啥！"

徐文霞好像浸在一缸温水里，她第一次感到爱情给人幸福和激动。

实在没话谈了，他们便挽着手到街头散步。苏州街上的夜晚，空气是很清新的，行人又那么稀少。他们尽拣没人的地方走，踩着法国梧桐的落叶，沙沙的怪舒服。徐文霞老爱把那些枯叶踢得四处飞扬。到底走多少路，他们并不计较，总是看到北寺塔，看到那高大巍峨的黑影时便回头。

张俊每天到徐文霞这里来，实在忙了，睡觉之前也一定来说一声："睡吧！文霞，明天见。"

徐文霞也习惯了，等到十点半张俊还不来，她便睡下等他。果然听着门上的钥匙响，张俊走进来，用手在她的被头上拍两下："睡吧！文霞……"然后她才能真的安详地熟睡了。

在爱情的海洋里，徐文霞本来已经绝望了，却忽然碰着救命圈，她拼命地抓着，深怕滑掉。夜里，她常常梦见张俊铁青着脸，指着她的鼻子骂："我把你当块白璧,原来你做过妓女,不要脸的东西,从此一刀两断!"徐文霞哭着,拉着张俊:"不能怪我呀,旧社会逼的……"张俊理也不理,手一甩,走出门去。徐文霞猛地扑过去,扑了个空。醒来却睡在床上,浑身出着冷汗,索性痛哭起来,泪水湿了枕头,人还在抽泣。

徐文霞再也睡不着了,多少苦痛都来折磨她,她寻思着:"怎么办哩,老是这样下去吗?万一我的过去给张俊知道呢!告诉他吧。不,他不会原谅我,像他这样的人,多少纯洁的姑娘会爱上他,怎能要做过妓女的人呢?不能讲,千万不能讲啊!"徐文霞用力绞着胸前的衬衣,打开床头的电灯,她恐惧,她怕。她不能失去张俊,不能没有张俊的爱情。

三

初冬晴朗的早晨,天暖和得出奇。苏州人都遛进了那些古老的花园去度过他们的假日。

徐文霞穿着鹅黄色闪着白花的绸棉袄,这棉袄似乎有点短窄,可是却把她束得更苗条而伶俐。辫子好像更长了,齐到棉袄的下摆,给人一种修长而又秀丽的感觉。她左手拎一只黄草提包,和张俊慢慢地走进了留园,在幽静曲折的小道上,徐文霞的硬底皮鞋,咯咯地叩打着鹅卵石。小道的两旁,是堆得奇巧的假山石,瘦削的太湖石到处耸立着,安排得均匀适中。晚开的菊花还是那么挺秀,不时从太湖石的洞眼中冒出一枝来。徐文霞的眼睛像清水里的一点黑油,滴溜溜地转动着,心旷神怡。

他们在清澈的小石潭中看了金鱼,又转过耸峙的石峰,前面出现了一座小楼。

"上楼去吧。"徐文霞眼睛柔和发亮地望着他。

张俊拉着她的手却向假山上爬。

"咦,上楼多好!"徐文霞跌跌跄跄地,爬到山顶直喘气,"我叫你上楼,你偏要上山!"

"已经上搂啦,还怪人。"

徐文霞向前一看,真的上了搂,原来假山又当楼梯,使人在欣赏山景中不知不觉地登了楼,免去爬楼梯那枯燥的步行。徐文霞忍不住笑起来,停会儿又叹气说：

"俊，你看造花园的人多灵巧啊，人总是费尽心机，想把生活弄得美好一些。"

"走吧，说这些空话做啥。"

他们穿着曲折的回廊，徐文霞心中有些忧伤，说："唉，空话，要是明白了造园人的苦心，你就会同情他，同情他那美好的愿望。"

张俊心一悸动，看着徐文霞忧伤的眼色，忙说："你怎么啦，文霞？想起什么了吧？"

"不，没有什么。"

"那你为什么不高兴呢？"

"高兴哩，能和你在一起，总是高兴的。"徐文霞强笑了一下，"走吧，你看前面又是什么地方？"

他们走进了一个满月形的洞门，眼前出现了一片乡村景色。豆棚瓜架竖立着，翻开的黑土散发着芬芳。他们在牵满了葫芦藤的花架下散步，看那繁星一样坠在枯藤上的小葫芦。

张俊沉默着，忽然一副庄重的神色说："文霞，你说心里话，你觉得我这人怎样。"

"怎么说呢，我这一世，要找第二个人，恐怕……再也……"

张俊兴奋极了，满脸放着光彩，快活地说："这么说，文霞，我们结婚……"

徐文霞陡然一震，喜悦夹杂着恐怖向她奔袭过来。她脸色有些苍白，嘴唇边微微抖动，半晌才说："走吧，我们向前。"

张俊兴奋的话说个不完："文霞，人生的道路是漫长的，在这条路上，两个人携着手，齐奔自己的理想；一个疲乏，另一个扶着她；一个胜利了，另一个祝贺他。你说，还有爬不过的高山，渡不过的大河吗？"

徐文霞感动得几乎掉下眼泪来，有这样的一个人，伴着一生，不正是自己的梦想吗！可是，她却怀疑地望着张俊，想到，"要是你知道我的过去，你还能说这些话吗？"她痛苦地低下头，忙说："走吧。"

在那边，出现了一座土山，山上长满了枫树，早霜把枫叶染红了，红得像清晨的朝霞。在半山腰的石凳上，坐着个人。这人背朝着徐文霞，拉起大衣领子晒太阳。徐文霞咯咯的皮鞋声，引起了他的注意，便回过头来，露出一张扁平的脸,像一张绷紧了的鼓皮,在鼓皮的两条裂缝中间,滴溜溜的眼睛盯着徐文霞。等徐文霞发现这人时,已到了跟前,这人也跟着站起来,恭恭敬敬地说:

"你好呀四妹,你还在苏州吗?"

"你!你……也在这里玩吗?再见!俊,到山顶上去看看吧。"徐文霞拉着张俊的手,一溜烟奔上了山峰。她神色慌乱,喘着气,腿肚在抖,眼皮跳动,浑身直打寒噤。

张俊望着那个人,见他已懒洋洋地下山了,就说:

"那人是谁,怎么叫你四妹?"

徐文霞哆嗦着:"没有什么,一个熟人,四妹是我的小名。"她呆了一下,"回去吧,这里很冷,没啥玩头。"

张俊看着徐文霞奇怪的神色,心里疑惑着,忐忑不安地走出了园门。

四

门上,轻轻地敲了一下。半响,又轻轻地敲了一下。

徐文霞的脸色从惊疑变成喜悦,她敏捷地从床上跳起来:"冒失鬼,又忘了带钥匙呢!"

徐文霞慢慢地拉开门,想猛地冲出去吓张俊一下。忽然,有个扁平的脸在眼前出现了。徐文霞一惊,一阵凉气从脚下传遍全身,暗自吃惊道:"朱国魂!就是那天在留园碰到的朱国魂。"徐文霞愣住了,不知道把门关上呢还是放他进来。

朱国魂微笑着,向巷子的两端看了一眼,不等什么邀请,很快地折进门来,跟着把门关上,恭恭敬敬地叫了声"徐小姐"。

听到喊徐小姐,徐文霞更加惊惶地想:"都知道啦,这个鬼。"她强力使自己镇静,不露出一点张惶的神色,冷冷地问:

"这几年在哪里得意呀,朱经理?"

"嘿嘿,没有什么。前几年政府说我破坏了市场,把我劳动改造了两年。徐小姐,听说你这两年很抖呀!"朱国魂努力想说点儿新腔,不小心又露出了这句老话。

"现在谈不到抖不抖。"徐文霞感到一阵恶心。

朱国魂向房间里打量着，一时不讲话。徐文霞也戒备着，不知道他下一步会耍出什么花腔。她看着这张扁平脸，眼睛里藏着屈辱和愤怒。就是这个投机商，解放前她还是一个十六岁纯洁的少女的时候，他是第一次曾那样残酷地侮辱过她，把她的身子尽力地摧残。现在他想干什么呢？他不讲话，伸长着脖子挨过来，咧着那个圆圈圈似的嘴直喘气。徐文霞向后让着，真想伸手给这张扁平脸一记耳光，可是她忍耐着。从碰到他的那天起，她就怕这个人，总觉得有把柄落在这人手里。

朱国魂突然用解放前的那副流氓腔调说：

"嘻嘻，阿四妹，你真有两手，竟给你搭上张俊那小子。一表人才呀！咳，有苗头。不过当心噢，过去的那段事得瞒得紧点，露了风可就炸啦！"朱国魂眯着他那小眼睛，又意味深长地说，"你放心，我不会公开我们解放前那段交情，你们的好事我总得要成全，对不对？"

徐文霞手足发凉，极力保持着的镇静消失干净，脱口说出心里话："你怎么晓得这样清楚！"

"唉，买卖人嘛，打探消息的本事还有点哩！"

徐文霞满脸煞白，一瞬转了很多念头：痛骂他一顿，轰他出去，拉他到派出所。这些都容易办到，可是要给张俊知道呢，要是这恶棍加油添醋地告诉张俊呢……她不敢想，头昏眩起来。她狠狠地望着对方，那张扁平脸在眼前无限制地伸长、扩大，成了极其可怕的怪相。

"你要怎么样呢，朱经理，大家都是明白人，有什么里子翻出来看看。"

"咳，谈不上怎么样，这又不是解放前。不过，我现在摆着个小摊，短点本。想问你借一点，大家心里有数嘛，互相帮忙。"

徐文霞下意识地伸出微抖的手，摸出一叠钞票放在桌子上。

朱国魂站起来，一叠声地说谢谢。他把大拇指放在唇边上擦了点唾沫，熟练地一数，又笑嘻嘻地放在桌子上，说：

"徐小姐，这二十块钱不能派什么用场。要是你身边不便，我改日再来拜访。"

徐文霞紧咬着牙，脸涨得发紫。她把半个月的工资狠命地摔在地板上，转身扑到枕头上，哽咽不成声地哭着。

五

冬天渐渐摆出冷酷的面貌,连日刮着西北风,雪花飞飞扬扬地飘落下来。

徐文霞呆坐着,面容消瘦了,眼睛也无光了。她看雪花扑打到玻璃窗上,化成水珠,像眼泪似的流下来。透过这挂满眼泪的玻璃窗,看到外面大团的雪花飞舞着,使天空变成白蒙蒙的一片。

床头闹钟嘀嗒嘀嗒地响,永远那样平稳。徐文霞又向钟看了一眼:"咦,他怎么还不来!"

"朱国魂大概把我的一切告诉他啦!"徐文霞的心像悬在蛛丝上,快掉下来,却又悬荡着:他爱的人原来做过妓女啊!他还有脸见人吗?他哪里还能来呢?

"丁零零零!"闹钟突然响起来。徐文霞一惊,以为是门铃响,她手捺着那跳得突突的胸脯。她怕朱国魂又来纠缠,又怕张俊来撞上朱国魂。她想:"朱国魂不会轻易地放我,这条毒蛇,不把血吸干了是不会吃肉的。"

张俊进来了,跺着脚,抖掉雨衣上的雪,脸冻得通红,嘴里喷出白气。他满脸是笑地说:"文霞,多大的雪,你出去看看哩,好几年不下这样大的雪啦!"

徐文霞飞奔过去吻着他:"怎么现在才来,最近怎么常来得这样迟呀?"

"是你心理作用,我还不是和过去一样,下班就来看你!文霞,别乱猜,无论怎样,我总不会离开你。"

徐文霞紧紧地搂着他:"别离开我,俊,别丢掉我呀!不,就是丢掉我,我也不会怨你。"

张俊扬起了眉毛,不明白地望着徐文霞,心想:"她近来消瘦了,眼眶里含着泪水,心中埋藏着什么痛苦呢,不肯说,又不准问。唉,亲爱的姑娘!"他的唇边动了两下,想问什么又忍住了,只说:"结婚吧!文霞,结了婚我们会天天在一起的。"

徐文霞低头沉默着。突然,她又无声地哭了起来,伏在张俊的怀里揩眼泪。

张俊抚摸着她的头发,又怜惜又着急:"别难过,文霞,我是用真诚的心待你的,为什么你对我忽然又不信任了呢?"张俊拍拍徐文霞,安慰她一会儿,才说,"还有个会等我去,你先看看复习题,晚上我再来讲新课。"

徐文霞恍恍惚惚地想:"走啦,又走啦!最近他总是这样匆匆忙忙的,好吧,结局快到了,到了,总有一天会到的,不如早些吧!"她哪有心思复习小代数呀,不知不觉又去打开箱子,把新大衣穿起来,新皮鞋穿上,围好那红色的围巾,对着镜子旋转了几下,然后叹了口气,又一件件脱下来。她自己也不相信,这些东西竟是他买来的,准备结婚的。她幻想着这一天,却又不相信会有这一天。近几天张俊不在时,她便独自翻弄这些衣服,玩赏着,作出各种美妙的想象,交织成光彩夺目的生活图画。越是痛苦失望的时候,她越是爱想这些。

蓦地,朱国魂撞了进来,皮笑肉不笑地说:"你好呀,徐小姐,准备结婚啦,我讨杯喜酒吃。"

徐文霞一看见他,所有的幻想都破灭了,她发怒地把衣裳都塞进箱子里。全是这个人,一切幸福与欢笑都被这个人砸得粉碎,她怒睁着眼睛问:"你又来做什么?"

"上次承你借了点小本钱,可是……又光啦。"

"怎么,我是你的债户?"徐文霞立起来,眼睛都气红了,恨不得燃起一场大火,把这个人烧成灰烬。

"何必这样动火呢,徐小姐?有美酒大家尝尝,一个人吃光了是要醉的。"

徐文霞所有的怒火都升起了:"跟这个畜生拼了吧。"可是回头看看那乱七八糟的衣箱,心又软下来,手颤抖地摸出二十块钱。

朱国魂没料到第二次勒索竟这么容易,不禁向她看了一眼,发现她近几年竟长得如此苗条而又多姿,高高的胸脯,滚圆的肩膀,浑身发散着青春诱人的气息。他的心动起来了,升起一种邪恶的念头,扁平的脸上充满了血,打个哈哈说:

"今晚我睡在这里。"

"叭叭!"两下清脆的耳光声。

朱国魂猛地向后一跳,手捂着面颊。他仍微笑着说:"咳,装什么正经呀,你和我又不是第一次!"

徐文霞猛扑过去,像一头发怒了的狮子,所有的痛苦、屈辱和愤怒一齐迸发出来了,她用力捶打着朱国魂。朱国魂还是嘻嘻地笑着说:"看哪,欺侮人呀,但是我原谅你,打是亲来骂是爱!"徐文霞更气得脸都白了,什么也不顾,一

口咬住朱国魂的膀子。朱国魂真的痛得跳起来了,随手拎起一张方凳子,想了一下,又轻轻地放下来,放下脸来说:

"别这么神气,我只要写封信给张俊,告诉他你是干什么的,过去和我曾有过那么……"

徐文霞夺过方凳猛力掷过去。朱国魂知道再闹下去不好,转身溜出门去。方凳子"轰隆"一声撞在板壁上,把四邻都惊动了。

六

徐文霞站在张俊的宿舍门口,头发蓬乱着,脸色发青,眼睛里充满绝望的光芒:"去,告诉他,出丑让我一个人,痛苦由我承当。"心里虽这么想,脚下却不肯移动,仿佛门槛里面有条深渊,跨进一步就无法挽救。

张俊洗完脸,端了满满的一盆肥皂水,正要用力向门外一泼,忽见门外有人,连忙收住,水在地板上泼了一大摊。

"是你!文霞。"张俊惊叫起来,看见徐文霞这副样子,更是惊慌。他忙拉着她的手坐到床上:"发生什么事啦文霞,快告诉我,快!"

徐文霞痴呆着,眼睛直愣愣地看着张俊,眼泪一滴追一滴地落在地上。

"什么事,文霞?"张俊摇着她的肩膀,"快说吧!看你气成这个样子,唉,急死人啦!"

徐文霞还是僵坐着,突然一转身,扑到张俊床上,只是泣不成声地哭着。张俊心乱极了:"别哭,有话说呀,别哭啦,给人家听见了笑话。"

徐文霞不停地哭着,让眼泪来诉说她的身世、痛苦和屈辱。一直哭了十多分钟,才觉得塞在心头的东西疏通了,慢慢地平静下来,深深地吸了口气,坦率地诉说着自身的道遇。曾经有多少个夜晚啊,她把这些话在胸中深深地埋藏着,让自己独自忍受着这痛苦。

张俊开始被徐文霞的叙述弄得不知所措,只吃惊地睁着眼睛,但是后来他像听到一个不平的故事一样,怒不可遏地从床上跳起来:"那个坏蛋在哪里,岂有此理,现在竟敢做这种事,我去找他!"

"别去吧,俊,派出所会找他的,不要为我的事情再闹得你也没脸见人。我对不起你，你一片真心待我，我却把我的身世对你瞒了这么长时间。别骂我，俊，我是怕你……"

"别哭啦，文霞。"

"我知道你不会再爱一个曾经做过妓女的女孩子，我为什么要拖住你呢，拖住你来分担我的羞耻和痛苦！我要离开苏州，请求组织调我到上海去工作。今后希望你和我仍做个知己的朋友吧……"徐文霞说不下去了，又伏倒在床上哭起来。

张俊沉默着，混乱得说不出一句话来。心里打翻了五味瓶，说不出是什么滋味。

徐文霞揩干了眼泪，渐渐平静下来，想站起来走了，却没有一点力气。又过了一会儿，她像一个出征的战士，一切想好之后，带着一副毅然的神色离开了张俊的屋子，走上了她的征途。

张俊仍一人在屋子里呆立着，不知怎样处理这件事才好，脑子什么也不能思索。

夜深了，冷得要命，大半个月亮架在屋檐上，像冰做的，露水在寂静中凝成了浓霜。

在那条深邃而铺着石板的小巷里，张俊在徘徊。他远远望着徐文霞那个亮着灯的窗户，每次要到窗户跟前却都又退回来，"怎样说呢，向她说些什么呢？"他想得出，那盏灯下坐着个少女，这少女是善良的化身，她无论怎样也不能和妓女这名词联系起来。他知道她在痛苦中，由于她屈辱的过去而无法生活下去，他的心又软下来："不能怪她呀，在那个黑暗的时代里，一个软弱的孤儿，能做得了什么主呢！"

要是作为一个普通女孩的不幸，毫无疑问，张俊是会同情的，而且马上就能谅解。可是，这是徐文霞，是个要伴着自己一生的姑娘。他踌躇着，在巷子里一趟又一趟地走着，似乎下决心要数出地上的石头。许多事情在眼前起伏，他想起和徐文霞相处的那些充满了幸福和幻想的日子，在这些日子里，人就变得聪明，而且对一切事情充满了信心。这些都是一个姑娘带来的，这姑娘挣扎出了苦海，向自己献出了一颗纯洁的心。她忍受着那许多痛苦来爱自己，又那么向往着美好的未来而不断地努力。张俊突然一转，奔跑着到徐文霞的门前，一摸口袋，又忘了带钥匙，便捏起拳头拼命地敲门。

那性急的擂门声,在空寂的小巷子里,引起了不平凡的回响。

(原载《萌芽》1956年第10期)

点评

  一个在旧时代为生活所迫做过妓女的女孩,能否赢得真爱?过去历史的阴影、坏人的敲诈在压迫着她,年轻的男子、美好的未来在召唤着她。时代变换了,人心也开始觉醒,爱情也开始苏醒。男友最终慢慢地理解并且接受了女孩过去的历史。这是一个令人喜极而泣的爱情正剧。它所映射出的却是时代的风云、美好的人性。小说题材和人物都很独特,发表后引起了轰动。

茹志鹃(1925—1998)

曾用笔名阿如、初旭。祖籍浙江杭州。当代著名女作家,创作以短篇小说见长。代表作有《百合花》《剪辑错了的故事》等。

百合花

一九四六年的中秋。

这天打海岸的部队决定晚上总攻。我们文工团创作室的几个同志,就由主攻团的团长分派到各个战斗连去帮助工作。大概因为我是个女同志吧!团长对我抓了半天后脑勺,最后才叫一个通讯员送我到前沿包扎所去。

包扎所就包扎所吧!反正不叫我进保险箱就行。我背上背包,跟通讯员走了。

早上下过一阵小雨,现在虽放了晴,路上还是滑得很,两边地里的秋庄稼,却给雨水冲洗得青翠水绿,珠烁晶莹。空气里也带有一股清鲜湿润的香味。要不是敌人的冷炮,在间歇地盲目地轰响着,我真以为我们是去赶集呢!

通讯员撒开大步,一直走在我前面。一开始他就把我撂下几丈远。我的脚烂了,路又滑,怎么努力也赶不上他。我想喊他等等我,却又怕他笑我胆小害怕;不叫他,我又真怕一个人摸不到那个包扎所。我开始对这个通讯员生起气来。

嗳!说也怪,他背后好像长了眼睛似的,倒自动在路边站下了。但脸还是朝着前面,没看我一眼。等我紧走慢赶地快要走近他时,他又蹬蹬蹬地自个向前走了,一下又把我甩下几丈远。我实在没力气赶了,索性一个人在后面慢慢晃。不过这一次还好,他没让我撂得太远,但也不让我走近,总和我保持着丈把远的距离。我走快,他在前面大踏步向前;我走慢,他在前面就摇摇摆摆。奇怪的是,我从没见他回头看我一次,我不禁对这通讯员发生了兴趣。

刚才在团部我没注意看他,现在从背后看去,只看到他是高挑挑的个子,块头不大,但从他那副厚实实的肩膀看来,是个挺棒的小伙。他穿了一身洗淡了的黄军装,绑腿直打到膝盖上。肩上的步枪筒里,稀疏地插了几根树枝,这要说是伪装,倒不如算作装饰点缀。

没有赶上他,但双脚胀痛得像火烧似的。我向他提出了休息一会后,自己便在做田界的石头上坐了下来。他也在远远的一块石头上坐下,把枪横搁在腿上,背向着我,好像没我这个人似的。凭经验,我晓得这一定又因为我是个女同志的缘故。女同志下连队,就有这些困难。我着恼地带着一种反抗情绪走过去,面对着他坐下来。这时,我看见他那张十分年轻稚气的圆脸,顶多有十八岁。他见我挨他坐下,立即张惶起来,好像他身边下了一颗定时炸弹,局促不安,掉过脸去不好,不掉过去又不行,想站起来又不好意思。我拼命忍住笑,随便地问他是哪里人。他没回答,脸涨得像个关公,讷讷半晌,才说清自己是天目山人。原来他还是我的同乡呢!

"在家时你干什么?"

"帮人拖毛竹。"

我朝他宽宽的两肩望了一下,立即在我眼前出现了一片绿雾似的竹海,海中间,一条窄窄的石级山道,盘旋而上。一个肩膀宽宽的小伙,肩上垫了一块老蓝布,扛了几枝青竹,竹梢长长的拖在他后面,刮打得石级哗哗作响……这是我多么熟悉的故乡生活啊!我立刻对这位同乡,越加亲热起来。我又问:

"你多大了?"

"十九。"

"参加革命几年了?"

"一年。"

"你怎么参加革命的?"我问到这里自己觉得这不像是谈话,倒有些像审讯。不过我还是禁不住地要问。

"大军北撤时(一九四五年鬼子投降后,共产党为了全国人民实现和平的愿望,和国民党进行和平谈判,并忍痛撤出江南。但时隔不久,国民党竟背信撕毁"双十"协定,又向我中原、苏中等解放区大举进攻。)我自己跟来的。"

"家里还有什么人呢?"

"娘,爹,弟弟妹妹,还有一个姑姑也住在我家里。"

"你还没娶媳妇吧?"

"……"他飞红了脸,更加忸怩起来,两只手不停地数摸着腰皮带上的扣眼;半晌他才低下了头,憨憨地笑了一下,摇了摇头。我还想问他有没有对象,但看到他这样子,只得把嘴里的话,又咽了下去。

两人闷坐了一会儿,他开始抬头看看天,又掉过来扫了我一眼,意思是在催我动身。

当我站起来要走的时候,我看见他摘了帽子,偷偷地在用毛巾拭汗。这是我的不是,人家走路都没出一滴汗,为了我跟他说话,却害他出了这一头大汗,这都怪我了。

我们到包扎所,已是下午两点钟了。这里离前沿有三里路,包扎所设在一个小学里,大小六个房子组成品字形,中间一块空地长了许多野草,显然,小学已有多时不开课了。我们到时屋里已有几个卫生员在弄着纱布棉花,满地上都是用砖头垫起来的门板,算作病床。

我们刚到不久,来了一个乡干部,他眼睛熬得通红,用一片硬拍纸插在额前的破毡帽下,低低地遮在眼睛前面挡光。他一肩背枪,一肩挂了一杆秤;左手挎了一篮鸡蛋,右手提了一口大锅,呼哧呼哧地走来。他一边放东西,一边对我们又抱歉又诉苦,一边还喘息地喝着水,同时还从怀里掏出一包饭团来嚼着。我只见他迅速地做着这一切,他说的什么我就没大听清。好像是说什么被子的事,要我们自己去借。我问清了卫生员,原来因为部队上的被子还没发下来,但伤员流了血,非常怕冷,所以就得向老百姓去借。哪怕有一二十条棉絮也好。我这时正愁工作插不上手,便自告奋勇讨了这件差事,怕来不及就顺便也请了我那位同乡,请他帮我动员几家再走。他踌躇了一下,便和我一起去了。

我们先到附近一个村子,进村后他向东,我往西,分头去动员。不一会儿,我已写了三张借条出去,借到两条棉絮,一条被子,手里抱得满满的,心里十分高兴,正准备送回去再来借时,看见通讯员从对面走来,两手还是空空的。

"怎么,没借到?"我觉得这里老百姓觉悟高,又很开通,怎么会没有借到呢,我有点惊奇地问。

"女同志,你去借吧!……老百姓死封建……"

"哪一家?你带我去。"我估计一定是他说话不对,说崩了。借不到被子事小,得罪了老百姓影响可不好。我叫他带我去看看。但他执拗地低着头,像钉在地上似的，不肯挪步。我走近他，低声地把群众影响的话对他说了。他听了，果然就松松爽爽地带我走了。

我们走进老乡的院子里，只见堂屋里静静的，里面一间房门上，垂着一块蓝布红额的门帘，门框两边还贴着鲜红的对联。我们只得站在外面向里"大姐大嫂"地喊，喊了几声，不见有人应，但响动是有了。一会，门帘一挑，露出一个年轻媳妇来。这媳妇长得很好看，高高的鼻梁，弯弯的眉，额前一绺蓬松松的刘海。穿的虽是粗布，倒都是新的。我看她头上已硬翘翘地挽了髻，便大嫂长大嫂短地对她道歉，说刚才这个同志来，说话不好别见怪等等。她听着，脸扭向里面，尽咬着嘴唇笑。我说完了，她也不作声，还是低头咬着嘴唇，好像忍了一肚子的笑料没笑完。这一来，我倒有些尴尬了，下面的话怎么说呢！我看通讯员站在一边，眼睛一眨不眨地看着我，好像在看连长做示范动作似的。我只好硬了头皮，讪讪地向她开口借被子了，接着还对她说了一遍共产党的部队，打仗是为了老百姓的道理。这一次，她不笑了，一边听着，一边不断向房里瞅着。我说完了，她看看我，看看通讯员，好像在掂量我刚才那些话的斤两。半响，她转身进去抱被子了。

通讯员乘这机会，颇不服气地对我说道：

"我刚才也是说的这几句话，她就是不借，你看怪吧！……"

我赶忙白了他一眼，不叫他再说。可是来不及了，那个媳妇抱了被子，已经在房门口了。被子一拿出来，我方才明白她刚才为什么不肯借的道理了。这原来是一条里外全新的新花被子，被面是假洋缎的，枣红底，上面撒满白色百合花。她好像是在故意气通讯员，把被子朝我面前一送，说："抱去吧。"

我手里已捧满了被子，就一努嘴，叫通讯员来拿。没想到他竟扬起脸，装作没看见。我只好开口叫他，他这才绷了脸，垂着眼皮，上去接过被子，慌慌张张地转身就走。不想他一步还没走出去，就听见"嘶"的一声，衣服挂住了门钩，在肩膀处，挂下一片布来，口子撕得不小。那媳妇一面笑着，一面赶忙找针拿线，要给他缝上。通讯员却高低不肯，夹了被子就走。

刚走出门不远，就有人告诉我们，刚才那位年轻媳妇，是刚过门三天的新娘子，这条被子就是她惟一的嫁妆。我听了，心里便有些过意不去，通讯员也皱起了眉，默默地看着手里的被子。我想他听了这样的话一定会有同感吧。果然，他一边走，一边跟我嘟哝起来了。

"我们不了解情况,把人家结婚被子也借来了,多不合适呀!……"我忍不住想给他开个玩笑,便故作严肃地说:

"是呀!也许她为了这条被子,在做姑娘时,不知起早熬夜,多干了多少零活积起来的钱,或许她曾为了这条花被,睡不着觉呢。可是还有人骂她死封建……"

他听到这里,突然站住脚,呆了一会,说:

"那!……那我们送回去吧!"

"已经借来了,再送回去,倒叫她多心。"我看他那副认真、为难的样子,又好笑,又觉得可爱。不知怎么的,我已从心底爱上了这个傻乎乎的小同乡。

他听我这么说,也似乎有理,考虑了一下,便下决心似的说:

"好,算了。用了给她好好洗洗。"他决定以后,就把我抱着的被子,通统抓过去,左一条、右一条地披挂在自己肩上,大踏步地走了。

回到包扎所以后,我就让他回团部去。他精神顿时活泼起来了,向我敬了礼就跑了。走不几步,他又想起了什么,在自己挂包里掏了一阵,摸出两个馒头,朝我扬了扬,顺手放在路边石头上,说:

"给你开饭啦!"说完就脚不点地地走了。我走过去拿起那两个干硬的馒头,看见他背的枪筒里不知在什么时候又多了一枝野菊花,跟那些树枝一起,在他耳边抖抖地颤动着。

他已走远了,但还见他肩上挂下来的布片,在风里一飘一飘,我真后悔没给他缝上再走。现在,至少他要裸露一晚上的肩膀了。

包扎所的工作人员很少。乡干部动员了几个妇女,帮我们打水、烧锅、做些零碎活。那位新媳妇也来了,她还是那样,笑眯眯地抿着嘴,偶然从眼角上看我一眼,但她时不时地东张西望,好像在找什么。后来她到底问我说:

"那位同志弟到哪里去了?"我告诉她同志弟不是这里的,他现在到前沿去了。她不好意思地笑了一下说:"刚才借被子,他可受我的气了!"说完又抿了嘴笑着,动手把借来的几十条被子、棉絮,整整齐齐地分铺在门板上、桌子上(两张课桌拼起来,就是一张床)。我看见她把自己那条白百合花的新被,铺在外面屋檐下的一块门板上。

天黑了,天边涌起一轮满月。我们的总攻还没发起。敌人照例是忌怕夜晚的,在地上烧起一堆堆的野火,又盲目地轰炸,照明弹也一个接一个地升起,好像在月亮下面点了无数盏的汽油灯,把地面的一切都赤裸裸地暴露出来了。在这样一个"白夜"里来攻击,有多困难,要付出多大的代价啊!我连那一轮皎洁的月亮,也憎恶起来了。

乡干部又来了,慰劳了我们几个家做的干菜月饼。原来今天是中秋节了。

啊!中秋节,在我的故乡,现在一定又是家家门前放一张竹茶几上面供一副香烛、几碟瓜果月饼。孩子们急切地盼那炷香快些焚尽,好早些分摊给月亮娘娘享用过的东西。他们在茶几旁边跳着唱着:"月亮堂堂,敲锣买糖……"或是唱着:"月亮嬷嬷,照你照我……"我想到这里,又想起我那个小同乡,那个拖毛竹的小伙,也许,几年以前,他还唱过这些歌吧!……我咬了一口美味的家做月饼,想起那个小同乡大概现在正趴在工事里,也许在团指挥所,或者是在那些弯弯曲曲的交通沟里走着哩!……

一会儿,我们的炮响了,天空划过几颗红色的信号弹,攻击开始了。不久,断断续续的有几个伤员下来,包扎所的空气立即紧张起来。

我拿着小本子,去登记他们的姓名、单位,轻伤的问问,重伤的就得拉开他们的符号,或是翻看他们的衣襟。我拉开一个重彩号的符号时,"通讯员"三个字使我突然打了个寒战,心跳起来。我定了下神才看到符号上写着 X 营的字样。啊!不是,我的同乡他是团部的通讯员。但我又莫名其妙地问问谁,战地上会不会漏掉伤员。通讯员在战斗时,除了送信,还干什么——我不知道自己为什么要问这些没意思的问题。

战斗开始后的几十分钟里,一切顺利,伤员一次次带下来的消息,都是我们突击第一道鹿砦,第二道铁丝网,占领敌人前沿工事打进街了。但到这里,消息忽然停顿了,下来的伤员,只是简单地回答说"在打",或是"在街上巷战"。但从他们满身泥泞,极度疲乏的神色上,甚至从那些似乎刚从泥里掘出来的担架上,大家明白,前面在进行着一场什么样的战斗。

包扎所的担架不够了,好几个重彩号不能及时送后方医院,耽搁下来。我不能解除他们任何痛苦,只得带着那些妇女,给他们拭脸洗手,能吃得的喂他们吃一点,带着背包的,就给他们换一件干净衣裳,有些还得解开他们的衣服,给他们拭洗身上的污泥血迹。

做这种工作,我当然没什么,可那些妇女又羞又怕,就是放不开手来,大家都要抢着去烧锅,特别是那新媳妇。我跟她说了半天,她才红了脸,同意了。

不过只答应做我的下手。

　　前面的枪声,已响得稀落了。感觉上似乎天快亮了,其实还只是半夜。外边月亮很明,也比平日悬得高。前面又下来一个重伤员。屋里铺位都满了,我就把这位重伤员安排在屋檐下的那块门板上。担架员把伤员抬上门板,但还围在床边不肯走。一个上了年纪的担架员,大概把我当做医生了,一把抓住我的膀子说:"大夫,你可无论如何要想办法治好这位同志呀!你治好他,我……我们全体担架队员给你挂匾!……"他说话的时候,我发现其他的几个担架队员也都睁大了眼盯着我,似乎我点一点头,这伤员就立即会好了似的。我心想给他们解释一下,只见新媳妇端着水站在床前,短促地"啊"了一声。我急拨开他们上前一看,我看见了一张十分年轻稚气的圆脸,原来棕红的脸色,现已变得灰黄。他安详地闭着眼,军装的肩头上,露着那个大洞,一片布还挂在那里。

　　"这都是为了我们……"那个担架员负罪地说道,"我们十多副担架挤在一个小巷子里,准备往前运动,这位同志走在我们后面,可谁知道狗日的反动派不知从哪个屋顶上扔下颗手榴弹来,手榴弹就在我们人缝里冒着烟乱转,这时这位同志叫我们快趴下,他自己就一下扑在那个东西上了……"

　　新媳妇又短促地"啊"了一声。我强忍着眼泪,给那些担架员说了些话,打发他们走了。我回转身看见新媳妇已轻轻移过一盏油灯,解开他的衣服;她刚才那种忸怩羞涩已经完全消失,只是庄严而虔诚地给他拭着身子。这位高大而又年轻的小通讯员无声地躺在那里……我猛然醒悟地跳起身,磕磕绊绊地跑去找医生。等我和医生拿了针药赶来,新媳妇正侧着身子坐在他旁边。

　　她低着头,正一针一针地在缝他衣肩上那个破洞。医生听了听通讯员的心脏,默默地站起身说:"不用打针了。"我过去一摸,果然手都冰冷了。新媳妇却像什么也没看见,什么也没听到,依然拿着针,细细地、密密地缝着那个破洞。我实在看不下去了,低声地说:"不要缝了。"她却对我异样地瞟了一眼,低下头,还是一针针地缝。我想拉开她,我想推开这沉重的氛围,我想看见他坐起来,看见他羞涩的笑。但我无意中碰到了身边一个什么东西,伸手一摸,是他给我开的饭,两个干硬的馒头……

　　卫生员让人抬了一口棺材来,动手揭掉他身上的被子,要把他放进棺材去。新媳妇这时脸发白,劈手夺过被子,狠狠地瞪了他们一眼。自己动手把半条被子平展展地铺在棺材底,半条盖在他身上。卫生员为难地说:"被子……是借老百姓的。"

"是我的——"她气汹汹地嚷了半句,就扭过脸去。在月光下,我看见她眼里晶莹发亮,我也看见那条枣红底色上洒满白色百合花的被子,这象征纯洁与感情的花,盖上了这位平常的、拖毛竹的青年人的脸。

1958 年 3 月

(原载《延河》1958 年第 4 期)

点评

最美好的是人的真挚情感。为了送一个牺牲的通讯员小战士远行,一位新婚不久的小媳妇献出了自己珍爱的被子。而在当初通讯员来借被子时她又是多么的不情愿。这看似微小的事情,这前后鲜明的对比,却正好体现出小媳妇的大爱和大痛。这是一种发自内心的情感,是一种面对年轻的死亡人们由衷的崇敬和悲悯的直接表达,使作品呈现出耀眼的人性之光。小说文笔细腻,动人以情。

马烽（1922— ）

原名马书铭，"山药蛋派"代表作家之一。曾任中国作协党组书记。主要作品有《三年早知道》《我的第一个上级》，电影剧本《我们村里的年轻人》，长篇小说《刘胡兰传》《吕梁英雄传》（与西戎合作）等。

我的第一个上级

去年夏天，我在省水利学校毕业以后，很快就被分配到这个县来工作。当时，心里觉得很不平静，说不来是兴奋，还是紧张。大约初次走上工作岗位的青年学生，都有过这种心情。

那次，我是骑着自行车，带着行李赶来"上任"的。我所以不搭汽车，目的是要做一次长途锻炼。今后要在农村工作了，没有这种本领还行？那天，我天不明就动身走，到达县城的时候，已经快晌午了。一进城就碰上件不顺气的事：我骑着自行车正往前走，迎面来了个老头。这真是个怪人。天气这么热，正是三伏时候，街上所有的人都穿着单衣服，有的只穿着个汗背心；而他却披着件夹衣，下身穿着条黑棉裤，裤脚还是扎住的，头上又戴了顶大草帽。这不知道是嫌热，还是怕冷？他低着头，驼着背，倒背着手，迈着八字步朝我走过来。我早就响起了车铃，他连头都没有抬一下，仍然慢吞吞地在街心迈八字步。直到相离只有几尺远的时候，他才抬起头来看了一眼，向右边挪了两步。可是，已经晚了。因为我见他不让路，本打算从右边绕过他去，谁知他也往右边躲，正好碰上。"说时迟，那时快"，猛然一下就把他撞倒，我也从车上跌下来了。我走得又累又饿，刚才他不让路就窝着一肚火，这一下更火了。我爬起来边扶自行车，边大声吼道："你就不长着耳朵？听不见铃响？"我说了这么一句没礼貌的话，当时就有点后悔：他并不是不让路，只是迟了点。再说他被自行车撞倒，心里还能痛快？我想他决不会和我善罢甘休，看来是非吵一架不可了。谁知完全出乎我意料,他捡起草帽,一边慢慢往起爬,一边和和平平地说道:"你也别发火,我也不要生气。反正都跌倒了,各人爬起来走吧!"这时我才看清了他的面孔,原来不是什么老头,看样子顶多不过四十岁,四方脸,光头,面色苍白,脸上没有一点生气的意思。他站起来看了我一眼,拍了拍身上的土,照旧背起手,低着头,迈着八字步走了,好像根本没和我发生任何纠葛一样。我被他这种冷淡的态度弄得不知该怎么好了。一直望到他拐进另一条街,我才推上自行车继续往前走,心里不由得说:这可真是个怪人。

那天,我一到县委组织部,马上就把工作确定了。组织部要我暂时先到防汛指挥部去协助工作,我二话没说就去了。

防汛指挥部就在组织部这个院子里,占着一间大南房。接待我的是一个岁数和我差不多的小伙子。他自我介绍道:"我叫秦永昌。以后你就叫我老秦吧。叫小秦也可以,随你的便。"接着又指指这间房子说,"这就是咱们办公的地方,也是宿舍,也是会客室……这叫综合利用。"看起来小秦是个性格很开朗的人,也是个热情的人。他边说边就帮我铺床、整理东西,一转身又打来了一壶洗脸水,还端来半个大西瓜。没过了一个钟头,我们就像朋友一样熟悉了。

午睡起来以后,小秦给我简单介绍了一下工作情况:防汛指挥部是个临时组织,总指挥是县委第一书记,副总指挥是农建局田副局长,其他各股的负责人,也都是各单位负责干部兼任的。说来说去,实际上专职搞这个工作的只有他一个人,而他也是临时从水利科调来的。我问小秦:"具体业务谁领导?"小秦说:"田副局长。走,我先引你去见见他。"说着站起身来就往外走。我也只好跟着他出来。

农建局就在县委会斜对门,是一座普通的四合院。田副局长住在东房里。我们进去的时候,只见田副局长蹲在椅子上,低着头,好像在写读书笔记。旁边放着一本翻开的《毛泽东选集》,字里行间画了许多圈圈道道。小秦说:"老田,组织部给咱们调来个同志。"他连头都没抬,只说了句:"好嘛!"小秦忙又向他介绍道:"这是彭杰同志。水利学校刚毕业的洋学生。"这时他才放下笔,抬起头来望了我一眼,我一看到他的面孔,不由得吃了一惊。这可真是"无巧不成书",原来我的这位"顶头上司",就是上午被我在街上撞倒的那个人。我想起那句没礼貌的话,心里觉得很不好意思。

小秦在这里好像是主人一样,他搬了个椅子让我坐,又从暖水瓶里给我倒了一杯水，随手又去整理桌子上乱七八糟的书报。老田蹲在椅子上没动，向我简单地说了说应该做的工作：他要我先熟悉一下全县的河流渠道，然后再到几个重点村去跑跑。他讲话的声音很低，很慢，好像没有吃饱饭一样。谈完工作，他忽然向我说道："刚才我就看你有点面熟，好像见过。唔，对，是见过。"小秦抢着问道："在哪里见过？"我觉得我的脸刷一下红了。不知该怎么说好了。幸好这时进来一个干部，给老田送来一份公文，要他签字，这才算救了我的驾。

我们回到办公室以后，小秦又追问我什么时候和老田认识的，我只好把上午撞车的事给他说了一遍。小秦说："没啥，老田根本就不会计较这些事，你别多心。"我说："当时我确实是有点生气。我摇了半天车铃，他连头都没抬一下。"小秦笑着说："你摇铃管啥用，就是打炮他也不一定理你，他就是那么个疲性子人！"接着他给我讲了一件老田的故事。他说：有一次老田下乡去了，独个住在一间房子里。半夜里起了大风，忽然房顶上"咔嚓"一声巨响，把他惊醒了。他躺在被窝里动都没动，拿手电向屋顶照了照，只见房梁快要折断了，好像马上就要倒塌的样子。他看了看，自言自语地说："我就不信等不到天明！"翻了个身，又睡着了。

我听完，差点笑出眼泪来。我说这是小秦编造的，他没敢肯定确有其事，只是笑着说："信不信由你，仅供参考。"

我来了还不到一个星期，和老田的接触还不多，他只来过我们办公室两次，我和小秦去给他汇报过一次各地防汛工作的准备情况。但就从这些接触当中，我觉得他确实是个疲疲沓沓的人。走起路来总是低着头，背着手，慢慢地迈着八字步；讲起话来总是少气无力；处理问题总是没紧没慢拖拖拉拉，好像什么事都不能使他激动。我遇到这么个倒霉上级，心里真有点恼火。不过，他交代给我的工作，我还是尽力去做了。

这期间，我的主要任务是熟悉情况，同时也要帮助小秦督促各乡进行防汛的准备工作。我把全县的河流渠道图看了好多遍，读了好多有关洪水的资料。全县境内，总共有三条河流，都是由西向东，由山区流向平川。说是河流，实际上都是干的。根据资料看，解放以来，只有1954年8月间发过一次特大洪水，以后，几年都是平安无事。我想今年大约也不会发生什么问题，因为眼看汛期就快过去了，还没有一点音讯。谁知就在我来到这里的第九天夜里，山洪爆发了。

那天白天，晴空万里，气象预报也没讲有暴雨。只是傍晚时候，西边有一片浓云。晚上十点多钟的时候，小秦已经躺下了，我坐在灯下正给他读一篇小说。忽然电话铃响了，我忙扔下书本抓起了耳机。电话是张家沟水委会打来的，说永安河发山洪了，估计有一百多个流量。我听完吃了一惊，因为从资料上还没发现这条河有过这么大的洪水，1954年也只不过是七十个流量。我放下耳机，忙把这个消息告给小秦。我们正在分头给沿河各村打电话的时候，另一个电话铃响了。是安乐庄打来的。这可真是个使人吃惊的消息，简直把我吓慌了。我扔下耳机说了句："安乐庄决口了！"匆匆忙忙就往外跑，我得赶快把这消息告给老田。总指挥到地委开会去了，只有去找他商量办法了。我一口气跑到农建局，推开他的房门，就撞了进去。他已经睡下了，灯还没熄。我一进门就大声喊道："老田，快起，永安河发洪水！安乐庄决口了！"他一只手撑着床，支起半个身子来问道："安乐庄什么地方决口了？"我告他说在汽车路东，决口有四丈多宽。我想他一定会马上起来穿衣服，跟我到指挥部去。谁知他听完，反而躺下了，平平淡淡地说："没甚要紧，这只是下游几个村少浇点地。"当时我又急又气地说道："你知道有多么大流量？一百多个！"他不紧不慢地说："那更没办法！反正堵也堵不住。任由它流吧。"我听他这么说，真想扑上去把他拉来，狠狠地揍他一顿。这算什么防汛副总指挥？简直疲夯得太不像话了。

正在这时，小秦慌慌急急跑来了，一进门就大声说："三岔河也发洪了！"他的话音刚落，老田就像触了电似的，"呼"一下坐了起来，睁大眼睛急问道："多大流量？"小秦说电话是三岔乡秘书打的，他弄不清流量，只说水已经漫到龙王庙背后了。老田说："那至少有九十个。"他一面急忙穿衣服，一面向我们说："赶快通知海门村、田家庄，全体上堤。快！"我和小秦扭身就往回跑。

我跑回办公室的时候，只见房里有好些人：新调来的郝书记、县委办公室王主任、兵役局牛局长，另外还有农村工作部的几个干事。很显然这是小秦通知他们的。他们有的在打电话，有的正围着河流渠道图争论什么。人们的脸色都很严肃，屋子里的空气非常紧张。他们一见我两个进来，都急着问道："老田来了没有？"小秦说："就来！"我忙去给海门村打电话，刚把电话打完，老田已经来了，一手提着根棍子，一手拿着件雨衣，虽然还是那身穿戴，但神气全变了。精神抖擞，满面红光，脸上的表情又严肃又冷静。他大踏步跑进来，把手里的东西扔在床上，冲着兵役局牛局长说："马上把城关基干民兵集合起来，带到东会南堤上去,你亲自去!"牛局长像是接到了将军的命令,什么话也没有讲,应了声"是",转身就走了。老田又向办公室王主任说:"赶快把汽车开到门口。"然后他就抓起耳机来给各村打电话。

　　大家都悄悄地望着他,屋子里只有他一个人说话的声音。他大声地对着耳机喊道:"电话局,马上接杜村、上舍、古城……杜村,你是谁?……我是老田。听着,把三支渠的闸拔开一孔……什么?已经全拔开了?我就怕你们来这么一手,马上闸住两孔……渠道是去年冬天新修的,怎么能一下放那么大的水?出了乱子怎么办?…不要担心浇不了多少地,后半夜有大水。你把闸口把守好吧!"他放下这个耳机,马上又抓起另一个,详细地指示上舍和古城:要防守哪段河堤,开哪个支渠闸,闭哪个支渠闸,先往哪个水库蓄,后往哪个水库蓄……我听他这么讲,忙把外流渠道图铺在他面前的桌子上。他根本没看一眼,继续讲他的。他连哪条斗渠应当如何,哪条浓渠应当怎样都讲了出来。他对这些渠道的熟悉程度,简直使人吃惊,好像在数自己的手指头一样。

　　老田打完电话,擦了擦头上的汗水,对王主任说:"老王,你和小秦在这里守电话。郝书记,你们去睡觉去吧。"回头对我说:"咱俩到海门去,恐怕那里南堤要出问题。"我说:"南堤很结实,只是北堤单薄一些。"前天我才去了海门一趟,这点我知道得很清楚。他说:"你不看外边刮着东北风?"他这么一讲,我才想起刚才出去的时候,外边确实是起风了。不过我根本没注意风的方向。这时王主任对老田说:"你身体不好,我去吧,你在家指挥。"老田说:"你去不抵事!"说着拿上棍子和雨衣就往外走。我拿了件棉袄也跟了出来。吉普车早已停在大门口了。我们上了车,老田说:"到海门去,开快点。"车子马上就开动了。

　　这天晚上,老田这种变化给我留下了很强烈的印象。洪水一来,他完全变成另一个人了。我真没有想到他这么果断,自信心这么强!但也有些事使我迷惑不解:两条河都发了洪水,安乐庄还决了口,他一点都不着急,也没采取任何措施;而三岔河只有九十多个流量,为什么就急成那个样子?我知道三岔河以往是条害河,可是近几年筑了不少分洪工程,去年冬天还修了好几个平地水库。下游河道也很宽,可以通过二百个流量。难道九十个流量就值得这么大惊小怪吗?他说后半夜有大水,根据是什么呢?

　　在车上,我向他提出了这些问题。他反问道:"永安河坡度比例多少?"我说:"千分之五十。"他又问道:"上游来水面积有多大?"我说:"九平方里左右。"这些数字我早背熟了。他听完我的回答说:"对,这就是永安河的特点。坡度大,洪水来源少。别看来势猛,顶多四个钟头河里就干了,四个钟头能把口子堵住?再说,不堵危害也不大,安乐庄汽车路东种的都是高秆作物,过一下水也淹不死。水从那里漫下去就入了丰收渠,正好浇他们村北的老旱地。"我忙又问道:"三岔河后半夜真的会有大水?"他说:"没错,这九十个水量是正沟的水,南沟北沟山上覆盖多,水下来要慢一些,至少要差三个钟头。可不就在后半夜。"停了一下又说:"这条河愈往下游坡度愈小,到海门夹沙畛一带,只留下千分之一了!你想想,水量大,泄洪慢,这不要命?真要命!"他说完沉默了,显然是在为海门担心事。我也没有再说什么,心里忽然想起了一件事来:我初来那天,小秦给我介绍情况的时候,曾经说过老田是县里的"土"水利专家,当时我没有在意,后来看到他是那么个样子,我只当小秦开玩笑。现在我才明白,小秦讲的是正经话,就凭这几手,老田确实也够得上个专家。

县城距海门有二十多里路,汽车开到离海门还有三里多的时候,老田要司机把车停下来。他说:"前边二支渠已经有水了,你返回去吧!"司机只好把车刹住,我也只好随他下了车。

天上月黑星稀。我们迎着东北风往前走。老田拄着棍子在前边引路,我紧紧跟在他后面。他走得飞快,我几乎是小跑才能追得上。走到二支渠上,渠里果然有水了。我们涉水过去,没进海门村,顺小路直奔南堤。通过一片高粱地,远远就看到堤堰上有许多灯笼晃来晃去,隐隐约约还可以听到嘈杂的人声和水的吼声。老田步子更快了,我气喘吁吁地跟着他奔跑。爬上南堤的时候,只见河里的水已经漫到平台上来了。堤堰上到处堆着一捆一捆的芦席、椽子、沙袋……人们有的在搬运器材,有的在抬土培堤,人来人往,乱哄哄。我们穿过人群,顺堤往东走了一段,就到了防汛指挥所。这是一间泥土小房,房周围也堆着好多防汛器材。我们进去的时候,只见屋里挤满了人,乡党委翟书记,海门村和田家庄的支书、社主任都在里边。一个个都是愁眉不展。有些人在拼命抽烟,满屋子乌烟瘴气。我们在门口站了半天,谁也没有理睬。这时从门外进来个年轻姑娘,身上背着个带红十字的背包,看样子是医生。她忽然发现了我们,惊喜地喊道:"啊,老田!"她这么一叫喊,把全屋人都惊动了。人们都站起来,乱纷纷地喊道:

"老田来了？"

"知道你要来的！"

"你可来了……"

人们脸上的愁云消散了，语音中充满深厚的情感。看得出来，大家对老田十分信赖。好像只要老田一来，洪水再大也没啥了不起。

老田问了问防汛器材准备的情况、抢险队组织了多少人，又问河水上涨的速度。翟书记说："一个钟头以前还是半河槽水，刚才一下子就漫到阳台上。"老田沉思了一下说："这是北沟的水下来了。待一会儿还要猛涨，赶快把席子敷到堤上，看样子风不会停。"他刚说完，就有几个人跑出去了。

老田满屋子扫了一眼说："怎么老姜头没来？"海门支书老靳说："刚才觉得不要紧，就没叫他。"老田生气地说："不怕一万，只怕万一。"说完随手拿起了电话耳机。老靳说电话线断了，正在派人修理。老田扔下耳机说："你马上回村去把他请来。"回头又对我说，"你也跟他去，给牛局长打个电话，要他马上把席子敷到堤帮上，要特别注意王家坟那一段。"我听他吩咐完，连忙就跟老靳走出来。

我们从堤堰上走过去的时候，只见人们正在匆匆忙忙往堤上敷席子，有两个人在互相低声谈论：

"老田一来，这就不怕啦！"

"不怕啦？没危险老田来干甚？"

"你别提心吊胆，老姜头没来！"

我低声问老靳，老姜头究竟是个什么人，他说："堵决口的行家。反正找他来就没好事！"他叹了口气又说，"要真的决了口，南边这七个村，都得灌了老鼠窝！"我听了，心里也觉得很沉重。我告他说，明年就没关系了，秋后要在三岔河上游修水库，我在县上看到过这个计划。

我们下了渠道，一口气就跑到海门村。老靳去找老姜头，我忙到社里打电话。过了不多一会儿，老靳扶着个白胡子老汉进来了。他给我介绍说这就是老姜头。看样子老姜头有七十多岁，走起路来一摇一晃，好像随时都可能摔倒。老靳要备牲口送他，他说："你有事前头先走吧，我后边慢慢来。万一要出险，也在后半夜哩！"我也说："老靳，你先走吧，我照护老大伯。"老靳匆匆忙忙走了。我便扶着老姜头，慢慢往堤上走。

路上老姜头问我道:"老田病怎么样？好了吗？"我反问道:"什么病？"因为我根本不知道老田有病。老姜头说:"你不知道啊！他腿疼得要命，去年冬天连炕都下不来了。叫什么？……对了，关节炎！"

怪不得老田平常走路慢慢吞吞，怪不得这么热的天还穿着棉裤，我忽然想起他下了汽车以后走得那么快，心里说:"这不知道忍受了多大的痛苦啊！"

老姜头是个很爱讲话的人。他告我说：老田的关节炎是1954年得的。那年秋天，雨多洪大，这一带都淹了。老田淋着雨渡着水指挥各村防汛排涝，一连在水里泡了七天七夜。等洪水过去之后，他的两条腿都被水浸得浮肿了。老姜头赞叹地说:"真是个干家！比他爹还强！"接着他就给我讲起了老田的历史。

原来老田的家，就住在离海门村二里的田家庄。他爹活着的时候，和老姜头是最好的朋友，是这一带有名的水手头。从前，每逢决了堤，总是他们几个人负责堵。那时候，虽然县上在这里设有"河务委员会"，可是那些老爷们除了搂钱，什么都不管。每年老百姓不知道要出多少河务捐款，但河堤经常是破破烂烂，多少发点洪水就决口，一年至少要决一两次。有时候，一次就开两三个口子。每逢洪水下来，那些老爷们不要说上堤，早夹着尾巴跑了。结果，老百姓花上钱，还是要自己去堵。

老田十来岁的时候，就跟着他爹和老姜头在堤上干事，这人胆大、心细，有股钻劲，二十来岁的时候，就成了这一带的红人。解放后，县上提拔他当了水利技术员，后来又入了党，工作劲头更大了，整天起来东跑西颠，领导各村挖河，开渠……1953年在专署训练班学习了几个月，本事更高了。现在全县一些大的水利工程，都是他亲手设计的。

我们谈谈说说，不知不觉已经走到南堤。老姜头不让从堤上走，要从庄稼地里绕到指挥所去，我问他为什么？他笑着说:"人们要看到我来，一定觉得不吉利。"我只好扶着他绕到指挥所那间小屋里。

屋里冷冷清清，只有老田和那个年轻女医生在。只听老田对她说:"桂兰，你就在这里守电话，不要乱跑，天塌了也不准离开！"看样子电话已经修通了。老田说完，一扭身看到了我们，忙亲热地和老姜头打招呼，老姜头说:"怎么？今晚上熬不过去？"老田皱着眉头说:"风太大，危险啊！大叔，你先上炕躺躺吧，需要的时候再叫你。我要到东边看看去。"说完就往外走。我也跟着他走出了屋门。

河里的水比我离开时候又涨了好多,虽然离堤顶还差一公尺左右,可是风浪很大,风拥着浪花不断向堤上猛扑,"刷——"扑上来,"哗——"退回去。接着又扑上来,又退回去。要不是堤帮上敷着席子,无论如何也招架不住这么冲刷。我和老田走了不长一段路,鞋袜全被溅上来的水花泼湿了。正走着,忽然前面传来"哇——"一声巨吼,接着就响起了紧急的锣声。

很明显,前边决口了。

我没等老田吩咐,灵机一动转身就去指挥所叫老姜头。路上只见抢险队的人们扛着器材,提着汽灯,叫喊着都朝响锣的地方奔跑。我跑到指挥所门口,老姜头正从屋里出来,他大声问我道:"哪里?哪里?"我向东指了指,他急忙就走,我忙过去扶他,他甩开我的胳膊,大踏步向前飞跑。我真弄不明白,为什么他的腿脚忽然变得那么灵敏了?

出了险的地方,灯火通明,人声嘈杂,人们奔跑着,喊叫着,来来往往运送沙袋。大家见老姜头来了,忙往两边让路。我们走到前边,只见河堤决开有两丈多宽,洪水翻滚着浪花向外奔流,发出一种可怕的吼声。我从来还没有见过这样的阵势,简直吓得不知如何是好了。

老田站在那里正指挥人们往决口处填沙袋。他背对着我们,看不见他脸上的表情,但从他的动作和说话的声音中,可以感觉到他没有一点惊慌的成分,反而显得更加沉着,更加冷静。

决口处流水太急,沙袋扔下去马上就给冲跑了。而且堤堰在继续倾塌,决口愈来愈大。对面翟书记和老靳也在领着人们填沙袋,但也不起作用。

老姜头来了什么话也没说,悄悄地站在那里观察水势,他看了好大一阵,这才大声叫道:"停下来!"老田忙转过身来,望着老姜头说:"怎么,要下桩?"老姜头说:"是,不过先要护好断头。"老田说:"你吩咐吧!"回头对我说,"快去给县上报警……告诉他们,我们一定能堵住!一定要堵住!"他的语气是那样的坚决,那样自信。我二话没说,穿过杂乱的人群,就又跑到了小屋里。

当我打完电话返回来的时候,这里已经变得很有秩序了。人们排成两行站在堤上,陆续不断地往前传递木桩、芦席、沙袋等各种器材。我从堤边上绕到前边,只见已打下去五根木桩,贴着木桩,沙袋也已填出水面。老姜头站在那里纹丝不动,吆着号子,正指点人们打第六根桩。老田领着一些人,继续填沙袋。对面,翟书记也在指挥人们打桩。打桩声、号子声、水声、风声搅混在一起,给人一种又紧张、又严肃的感觉。

堵口工程进行得很顺利。决口慢慢在缩小,到夜里三点多钟的时候,只留下丈数多宽了,眼看很快就可合龙闭气。可是,这时候水也更猛更急。木桩刚打下去一半,就被冲走了,一连冲走四五根。最后一次,连几个打桩的小伙子带老姜头,一下子都冲到水里了。幸亏他们腰里都拴着保险绳,没冲走多远,就被众人七手八脚地拉上岸来。

老姜头全身是水,脸色灰白,冷得直打哆嗦。他一爬上堤堰,就气喘吁吁地对老田说:"堵不住啦!我是没有这个本事了!"站在跟前的一些人听老姜头这么说,都慌了。老姜头接着又向老田央求道:"趁早让人们回去吧!早点守住护村堰。要不,村子也得完蛋!"这一下,大家更慌了,议论纷纷,有些人转身就想跑。

这时只听老田大声喝道:"别动!谁敢挪动一步,马上把谁填到水里!"他的脸色铁青,眉眼恼得怕人,语气十分坚决。大家都吓呆了,立时鸦雀无声。老田像只猛虎一样转脸对老姜头吼道:"非堵住不可!你再胡说八道惑乱人心,我先把你填到水里!你要敢离开这里一步,我马上把你推下去!"老姜头也给吓住了,蹲在那里一句话也没敢说。老田又向决口那头喊道:"老翟,马上组织人,下水堵!"接着就听到翟书记用广播筒喊道:"会水的共产党员、共青团员们,站出来准备下水。"

这里,老田一面叫喊让后面的人赶快往前运沙袋、木桩,一面把身上的笔记本、水笔都掏出来。看样子,他要亲自下水了。我忙说:"老田,你有关节炎,你不能下水!"老田瞪了我一眼,随即把手里的东西递给我,转身向众人喊道:"会水的,跟着我来!"只听人群中乱纷纷地说:"老田下水了!""咱们还愣着干吗?"马上就有五六个壮小伙子跑到他身边,接着又跑出来几个,又是几个……人们一个个手挽手连成一串。老田领着头下水了,浑浊的河水立时没到他们的腰里,很快就没到胸口。老田拉着长长的队伍往前走,湍急的河水冲得人们东倒西歪,但人们仍然不顾一切地往前走。对面翟书记挽着一串人下到河里了,挣扎着往这边移动。老田和翟书记一次又一次想靠拢拉起手来,但一次又一次被巨浪打开了。老田一连被水冲倒三次,他爬起来跌倒,跌倒爬起,继续挣扎着前进。堤上的人都急得要命,都替他们提心吊胆,可是谁也没有办法。

蹲在地上的老姜头,猛一下站了起来,向堤上的人喊道:"快!抬一根长电线杆来!"电线杆很快就抬来了,他指挥人们把电线杆横卡到决口上,又向水里喊道:"快,扶住杆子走!"老田和翟书记靠着电线杆,终于挽到一起了。水里的人也都一个个紧挨着,靠在了电线杆上。这时,堤上又有很多人呼喊着手挽手下到水里。转眼间,决口上就排满了一层又一层的人,结成了一条冲不断的堤。

大股的洪水终于被拦住了。可是风浪也更加凶猛起来。一个巨浪接着一个巨浪,照他们劈头盖顶反扑。当巨浪扑上来的时候,所有的人都被吞没了;当巨浪退下去的时候,无数的头才又露出水面。他们吐掉嘴里的泥浆,大口地喘口气,准备着迎接再一次的冲击……

我们在堤上的人也紧张极了。老姜头大声地吆喝号子,指挥人们继续打桩;我和另一些人把传递上来的沙袋匆忙往决口处填。风浪继续不断地反扑,站在水中的人们继续坚持着。时间一点一点过去了。一根根木桩打下去,一袋袋沙土传过来。决口逐渐在缩小,沙袋堤逐渐在增高……

天色愈来愈黑暗,气候愈来愈冷。我站在岸上穿着棉衣还冷得打战,站在水里的人就可想而知了。我看见他们一个个都是紧咬着牙关,忍受着风浪和寒冷的袭击。老田站在那里纹丝不动,嘴里不住地喊着:"下定决心,不怕牺牲,排除万难,去争取胜利!"像是在鼓动别人,又像是在鼓动自己。

黎明时候,决口终于合龙闭气了。洪水只好顺着河槽奔流。当老姜头喊出"合龙了!"的时候,人们都兴高采烈地欢呼起来。水里的人也叫喊着爬上堤堰。一个个满身泥水,冷得直哆嗦,他们身上脸上都是泥浆,像是泥塑的一样,但都在咧开嘴傻笑。堤上立刻烧起几堆大火,让他们烘烤。这时我发现水里还站着一个人,我忙过去端详了半天,才认出原来是老田。只见他闭着两眼,咬着牙关,两手紧抓着电线杆,身子趴在沙袋上一动也不动。我一看这样子,吓得大声乱叫:"救人啊!救老田啊!"翟书记、老姜头和其他一些人,急忙都跑过来,大家七手八脚才把老田拉上堤堰。他已经人事不省了。两条腿弯曲得像两张弓,鼻子里只有一点微微的气息。我们慌忙把他抬到指挥所小屋里,翟书记忙让人去绑担架,接着又给县上打电话,要汽车马上来。我们给老田把湿衣服剥下来,老姜头含着两眶热泪,脱下自己的夹袄,轻轻地盖在老田身上。我也连忙脱下棉袄,盖在他腿上。接着从门外递进来一件又一件的干衣服,这些衣服都是人们刚从自己身上脱下来的。我向门外看了看,门口站满了人,都在关心地打问老田的消息。

桂兰匆忙给老田打了两针,又用松节油擦他的两腿,这时我才发现他的两个膝盖完全红肿了,小腿上布满了一棱一块的青筋疙瘩。

过了半个多小时,老田渐渐缓过气来了,他断断续续地说"下定……决心,……不怕……牺牲……"老姜头趴在他耳边大声呼唤。老田慢慢睁开眼看了看,说道:"大叔,我骂你了,我……"老姜头哭着说:"孩子,别说这话,你骂得对……"

担架已经绑好了,不知谁还跑回村里去拿来两床被子,我们把老田安置在担架上,人们就抢着来抬。当我们出了小房走到堤上的时候,太阳已经出山了,风早已停止,河水缓缓地流着。堤上的人们都用一种感激的眼光望着担架。我们过了二支渠,汽车早已等在那里,我们把老田抬上汽车,就一直开到县立医院……

两个月之后,老田出院了,我第一次又是在街上碰到他的。他还是那个样子:驼着背,低着头,背着手,迈着八字步,只是步子迈得更慢了,背更驼了。我远远地望着他走过来,心里有一种说不出的情感。我知道走过来的并不是什么怪人,而是我的第一个上级。他是一个普普通通的领导干部,同时也是一个值得人尊敬的人。

1959 年 4 月

(原载《人民文学》1959 年第 6 期)

点评

小说刻画了一位勇于负责、敢于担当的领导干部形象。采用了先抑后扬的手法,从"我"与他的接触和对他的一步步的了解作为线索,层层推进故事发展。以在大洪水面前的英勇表现,凸显主人公高尚的精神风貌。人物的性格鲜明,画面犹如雕塑般立体,能给读者留下深刻印象。

蒋子龙（1941— ）

河北沧县人，作家，中国作协名誉副主席。代表作有《乔厂长上任记》《农民帝国》等。

乔厂长上任记

"时间和数字是冷酷无情的，像两条鞭子，悬在我们的背上。

"先讲时间。如果说国家实现现代化的时间是二十三年，那么咱们这个给国家提供机电设备的厂子，自身的现代化必须在八到十年内完成。否则，炊事员和职工一同进食堂，是不能按时开饭的。

"再看数字。日本日立公司电机厂，五千五百人，年产一千二百万千瓦；咱们厂，八千九百人，年产一百二十万千瓦。这说明什么？要求我们干什么？

"前天有个叫高岛的日本人，听我讲咱们厂的年产量，他晃脑袋，说我保密！当时我的脸臊成了猴腚，两只拳头攥出了水。不是要揍人家，而是想揍自己。你们还有脸笑！当时要看见你们笑，我就揍你们。

"其实，时间和数字是有生命、有感情的，只要你掏出心来追求它，它就属于你。"

——摘自厂长乔光朴的发言记录

出　山

党委扩大会一上来就卡了壳，这在机电工业局的会议室里不多见，特别是在局长霍大道主持的会上更不多见。但今天的沉闷似乎不是那种干燥的、令人沮丧的寂静，而是一种大雨前的闷热、雷电前的沉寂。算算吧，"四人帮"倒台两年了，七八年又过去了六个月，电机厂已经两年零六个月没完成任务了。再一再二不能再三,全局都快要被它拖垮了。必须彻底解决,派硬手去。派谁?机电局闲着的干部不少,但顶戗的不多。愿意上来的人不少,愿意下去,特别是愿意到大难杂乱的大户头厂去的人不多。

会议要讨论的内容两天前已经通知到各委员了,霍大道知道委员们都有准备好的话,只等头一炮打响,后边就会万炮齐鸣。他却丝毫不动声色,他从来不亲自动手去点第一炮,而是让炮手准备好了自己燃响,更不在冷场时陪着笑脸絮絮叨叨地启发诱导。他透彻人肺腑的目光,时而收拢合目沉思,时而又放纵开来,轻轻扫过每一个人的脸。

有一张脸渐渐吸引住霍大道的目光。这是一张有着矿石般颜色和猎人般粗犷特征的脸:石岸般突出的眉弓,饿虎般深藏的双睛;颧骨略高的双颊,肌厚肉重的润脸;这一切简直就是力量的化身。他是机电局电器公司经理乔光朴,正从副局长徐进亭的烟盒里抽出一支香烟在手里摆弄着。自从十多年前在"牛棚"里一咬牙戒了烟,从未开过戒,只是留下一个毛病,每逢开会苦苦思索或心情激动的时候,喜欢找别人要一支烟在手里玩弄,间或放到鼻子上去嗅一嗅。仿佛没有这支烟他的思想就不能集中。他一双火力十足的眼睛不看别人,只盯住手里的香烟,饱满的嘴唇铁闸一般紧闭着,里面坚硬的牙齿却在不断地咬着牙帮骨,左颊上的肌肉鼓起一道道棱子。霍大道极不易觉察地笑了,他不仅估计到第一炮很快就要炸响,而且对今天会议的结果似乎也有了七分把握。

果然,乔光朴手里那支珍贵的"郁金香"牌香烟不知什么时候变成一堆碎烟丝。他伸手又去抓徐进亭的烟盒,徐进亭挡住了他的手:"得啦,光朴,你又不吸,这不是白白糟踏吗。要不一开会抽烟的人都躲你远远的。"

有几个人嘲弄地笑了。

乔光朴没抬眼皮,用平稳的显然是经过深思熟虑的口吻说:"别人不说我先说,请局党委考虑,让我到重型电机厂去。"

这低沉的声调在有些委员的心里不啻是爆炸了一颗手榴弹。徐副局长更是惊诧地掏出一支香烟主动地丢给乔光朴:"光朴,你是真的,还是开玩笑?"

是啊,他的请求太出人意外了,因为他现在占的位子太好了。"公司经理"——上有局长,下有厂长,能进能退,可攻可守。形势稳定可进到局一级,出了问题可上推下卸,躲在二道门内转发一下原则号令。愿干者可以多劳,不愿干者也可少干,全无凭据;权力不小,责任不大,待遇不低,费心血不多。

这是许多老干部梦寐以求而又得不到手的"美缺"。乔光朴放着轻车熟路不走，明知现在基层的经最不好念，为什么偏要下去呢？

乔光朴抬起眼睛，闪电似地扫过全场，最后和霍大道那穿透一切的目光相遇了，倏地这两对目光碰出了心里的火花，一刹那等于交换了千言万语。乔光朴仍是用缓慢平稳的语气说："我愿立军令状。乔光朴，现年五十六岁，身体基本健康，血压有一点高，但无妨大局。我去后如果电机厂仍不能完成国家计划，我请求撤销我党内外一切职务。到干校和石敢去养鸡喂鸭。"

这家伙，话说得太满、太绝。这无疑是一些眼下最忌讳的语言。当语言中充满了虚妄和垃圾，稍负一点责的干部就喜欢说一些漂亮的多义词，让人从哪个方面都可以解释。什么事情还没有干，就先从四面八方留下退却的路。因此，乔光朴的"军令状"比它本身所包含的内容更叫霍大道高兴。他激赏地抬起眼睛，心里想，这位大爷就是给他一座山也能背走，正像俗话说的，他像脚后跟一样可靠，你尽管相信他好了。就问："你还有什么要求？"

乔光朴："我要带石敢一块去，他的党委书记，我当厂长。"

会议室里又炸了。徐副局长小声地冲他嘟囔："我的老天，你刚才扔了个手榴弹，现在又撂原子弹，后边是不是还有中子弹？你成心想炸毁我们的神经？"

乔光朴不回答，腮帮子上的肌肉又鼓起一道道肉棱子，他又在咬牙帮骨。

有人说："你这是一厢情愿，石敢同意去吗？"

乔光朴："我已经派车到干校去接他，就是拖也要把他拖来。至于他干不干的问题，我的意见他干也得干，他不干也得干。而且——"他把目光转向霍大道，"只要党委正式做决议，我想他是会服从的。我对别人的安排也有这个意见，可以听取本人的意见和要求，但也不能完全由个人说了算。党对任何一个党员，不管他是哪一个级别的干部，都有指挥调动权。"

他说完看看手表，像事先约好的一样，石敢就在这时候进来了。猛一看，这简直就是一位老农民。但从他走进机电局大楼、走进肃穆的会议室仍然态度安详，就可知这是一位经过阵势，以前常到这个地方来的人。他身材短小，动作迟钝。仿佛他一切锋芒全被这极平常的外貌给遮掩住了。斗争的风浪明显地在他身上留下了涤荡的痕迹。虽然刚交六十岁，但他的脸已被深深的皱纹切破了，像个胡桃核。看上去要比实际年龄大得多。他对一切热烈的问候和眼光只用点头回答，他脸上的神色既不热情，也不冷淡，倒有些像路人般的木然无情。

他像个哑巴,似乎比哑巴更哑。哑巴见了熟人还要呀呀咿咿地叫喊几声,以示亲热;他的双唇闭得铁紧,好像生怕从里边发出声音来。他没有在霍大道指给他的位子上坐下,好像不明白局党委开会为什么把他找来,随时准备离开这儿。

乔光朴站起来:"霍局长,我先和老石谈一谈。"

霍大道点点头。乔光朴抓住石敢的胳膊,半拥半推地向外走。石敢瘦小的身材叫乔光朴魁伟的体架一衬,就像大人拉着一个孩子。他俩来到霍大道的办公室,双双坐在沙发上,乔光朴望着自己的老搭档,心里突然翻起一股难言的痛楚。

一九五八年,乔光朴从苏联学习回国,被派到重型电机厂当厂长,石敢是党委书记。两个人把电机厂搞成了一朵花。石敢是个诙谐多智的鼓动家,他的好多话在文化大革命中被人揪住了辫子,在"牛棚"里常对乔光朴说:"舌头是惹祸的根苗,是思想无法藏住的一条尾巴,我早晚要把这块多余的肉咬掉。"他站在批判台上对造反派叫他回答问题更是恼火,不回答吧态度不好,回答吧更加倍激起批判者的愤怒,他曾想要是没有舌头就不会有这样的麻烦了。而和他常常一起挨斗的乔光朴,却想出了对付批斗的"精神转移法"。刚一上台挨斗时,乔光朴也和石敢一样,非常注意听批判者的发言,越听越气,常常汗流浃背,毛发倒竖,一场批判会下来筋骨酥软,累得像摊泥。挨斗的次数一多,时间一长就油了。乔光朴酷爱京剧,往台上一站,别人的批判发言一开始,他心里的锣鼓也开场了,默唱自己喜爱的京剧唱段,以转移自己的注意力。此法果然有效,不管是几个小时的批斗会,不管是"冰棍式",还是"喷气式",他全能应付裕如。甚至有时候还能触景生情,一见批判台搭在露天,就来一段"我正在城楼观山景,耳听得城外乱纷纷……"他得意洋洋地把自己的经验传授给石敢,劝他的伙伴不要老是那么认真,暗憋暗气地老是诅咒本来无罪的舌头。无奈石敢不喜好京剧,乔光朴行之有效的办法对他却无效。六七年秋天一次批判会,台子高高搭在两辆重型翻斗汽车上,散会时石敢一脚踩空,笔直地摔下台,腿脚没伤,舌头果真咬掉了一半。他忍住疼没吭声,血灌满了嘴就咽下去。等到被人发现时已无法再找回那半个舌头。从那天起,两个老伙伴就分开了。石敢成了半哑巴,公共场合从来不说话。治好伤就到机电局干校劳动,局里几次要给他安排工作,他借口是残废人不上来。"四人帮"倒台的消息公布以后,他到市里喝了一通酒,晚上又回干校了,说舍不得那大小"三军"。他在干校管着上百只鸡，几十只鸭，还有一群羊，人称"三军司令"。他表示后半辈子不再离开农村。今天一早，乔光朴派亲近的人借口有重要会议把他叫来了。

乔光朴把自己的打算，立"军令状"的前后过程全部告诉了石敢，充满希望地等着老伙伴给他一个全力支持的回答。

石敢却是长时间的不吭声，探究的、陌生的目光冷冷地盯着乔光朴，使乔光朴很不自在。老朋友对他的疏远和不信任叫他心打寒战。石敢到底说话了，语言低沉而又含混不清。乔光朴费劲地听着：

"你何苦要拉一个垫背的？我不去。"

乔光朴急了："老石，难道你躲在干校不出山，真的是像别人传说的那样，是由于怕了，是'怕死的杨五郎上山当了和尚'？"

石敢脸上的肌肉颤抖了一下，但毫不想辩解地点点头，认账了。这使乔光朴急切地从沙发上跳起来替他的朋友否认："不，不，你不是那种人！你唬别人行，唬不了我。"

"我只有半个舌……舌头，而且剩下的这半个如果牙齿够得着也想把它咬下去。"

"不，你是有两个舌头的人，一个能指挥我，在关键的时候常常能给我别的人所不能给的帮助；另一个舌头又能说服群众服从我。你是我碰到过的最好的党委书记，我要回厂你不跟我去不行！"

"咳！"石敢眼里闪过一丝痛苦的暗流，"我是个残废人，不会帮你的忙，只会拖你的手脚。"

"石敢，你少来点感伤情调好不好，你对我来说，重要的不是舌头，你有头脑，有经验，有魄力，还有最重要的——你我多年合作的感情。我只要你坐在办公室里动动手指，或到关键时候给我个眼神，提醒我一下，你只管坐阵就行。"

石敢还是摇头："我思想残废了，我已经消耗完了。"

"胡说！"乔光朴见好说不行，真要恼了，"你明明是个大活人，呼出碳气，吸进氧气，还在进行血液循环，怎说是消耗完了？在活人身上难道能发生精力消耗完的事吗？掉个舌头尖思想就算残废啦？"

"我指热情的细胞消耗完了。"

"嗯？"乔光朴一把将石敢从沙发上拉起来，枪口似的双睛瞄准石敢的瞳孔,"你敢再重复一遍你的话吗?当初你咬下舌头吐掉的时候,难道把党性、生命连同对事业的信心和责任感也一块吐掉了?"

石敢躲开了乔光朴的目光,他碰上了一面无情的能照见灵魂的镜子,他看见自己的灵魂变得这样卑微,感到吃惊,甚至不愿意承认。

乔光朴用嘲讽的口吻,像是自言自语地说:"这真是一种讽刺,'四化'的目标中央已经确立,道路也打开了,现在就需要有人带着队伍冲上去。瞧瞧我们这些区局级、县团级干部都是什么精神状态吧,有的装聋作哑,甚至被点将点到头上,还推三阻四。我真纳闷,在我们这些级别不算小的干部身上,究竟还有没有普通党员的责任感?我不过像个战士一样,听到首长说有任务就要抢着去完成,这本来是极平常的事,现在却成了出风头的英雄。谁知道呢,也许人家还把我当成了傻瓜哩!"

石敢又一次被刺疼了,他的肩头抖动了一下。乔光朴看见了,诚恳地说:"老石,你非跟我去不行,我就是用绳子拖也得把你拖去。"

"咳,大个子……"石敢叹了口气,用了他对乔光朴最亲热的称呼。这声"大个子"叫得乔光朴发冷的心突地又热起来了。石敢立刻又恢复了那种冷漠的神情:"我可以答应你,只要你以后不后悔。不过丑话说在前边。咱们订个君子协定,什么时候你讨厌我了,就放我回干校。"

当他们两个回到会议室的时候,委员们也就这个问题形成了决议。霍大道对石敢说:"老乔明天到任,你可以晚几天,休息一下,身体哪儿不适到医院检查一下。"

石敢点点头走了。

霍大道对乔光朴说:"刚才议论到干部安排问题,你还没有走,就有人盯上了你的位子。"他把目光又转向委员们,"你们是不是还有别人写的条子,或是受了人家的托咐?我看今天彻底公开一下,把别人托你们的事都摆到桌面上来,大家一块议一议。"

大家面面相觑,他们都知道霍大道的脾气,他叫你拿到桌面上来,你若不拿,往后在私下是决不能再向他提这些事了。徐进亭先说:"电机厂的冀申提出身体不好,希望能到公司里去。"接着别的委员也都说出了曾托咐过自己的人。

霍大道目光像锥子一样,气色森严,语气里带着不想掩饰的愤怒:"什么时候我们党的人事安排改为由个人私下活动了呢?什么时候党员的工作岗位分成了'肥缺'、'美缺'和'废缺'、'苦缺'了呢？毛遂自荐自古就有，乔光朴也是毛遂自荐，但和这些人的自荐是完全不同的两种性质。冀申同志在电机厂没搞好，却毫不愧疚的想到公司当经理，我不相信搞不好一个厂的人能搞好一个公司。如果把托你们的人的要求都满足，我们机电局只好安排十五个副局长，下属六个公司，每个公司也只好安排十到十五个正副经理，恐怕还不一定都满意。身体不好在基层干不了到机关就能干好，机关是疗养院？还是说在机关干好干坏没关系？有病不能工作的可以离职养病，名号要挂在组织处，不能占着茅坑不屙屎。宁可虚位待人，不可滥任命误党误国。我欣赏光朴同志立的'军令状'，这个办法要推行，往后像我们这样的领导干部也不能干不干一个样。有功的要升、要赏，有过的要罚、要降！有人在一个单位玩不转了就托人找关系，一走了之。这就助长干部身在曹营心在汉，骑着马找马。难怪工人反映，厂长都不想在一个厂里干一辈子，多则订个三年计划，少则是一年规划，打一枪换一个地方，这怎么能把工厂搞好！"

徐进亭问："冀申原是电机厂一把手，老乔和石敢一去不把他调出来怎么安排？"

霍大道说："当副厂长嘛。干好了可以升，干不好还降，直降到他能够胜任的职位止。当然，这是我个人的意见，大家还可以讨论。"

徐进亭悄悄对乔光朴说："这下你去了以后就更难弄了。"

乔光朴耸耸肩膀没吭声，那眼光分明在说："我根本就没想到电机厂去会有轻松的事。"

上 任

一

机电局党委扩大会散后，乔光朴向电器公司副经理做了交接，回到家已是晚上了。屋里有一股呛鼻的潮味，他把门窗全部打开。想沏杯茶，暖瓶是空的，就吞了几口冷开水。坐在书桌前，从一摞书的最底下拿出一本《金属学》，在书页里抽出一张照片。照片是在莫斯科的红场上照的，背景是列宁墓。前面并肩站着两个人，乔光朴穿浅色西装，伟美潇洒，显得很年轻，脸上的神色却有些不安。他旁边那个妩媚秀丽的姑娘则神情快乐，正侧脸用迷人的目光望着乔光朴，甜甜地笑着。仿佛她胸中的幸福盛不下，从嘴边漫了出来。乔光朴凝视着照片，突然闭住眼，低下头，两手用力掐住太阳穴，照片从他手指间滑落到桌面上——

一九五七年，乔光朴在苏联学习的最后一年，到列宁格勒电力工厂担任助理厂长。女留学生童贞正在这个厂搞毕业设计，她很快被乔光朴吸引住了。乔光朴英目锐气，智深勇沉，精通业务，抓起生产来仿佛每个汗毛孔里都是心眼，浑身是胆。他的性格本身就和恐惧、怀疑、阿谀奉承、互相戒备这些东西时常发生冲突，童贞最讨厌的也正是这些玩艺，她简直迷上这个比自己大十多岁的男人了。在异国它乡同胞相遇分外亲热，乔光朴像对待小妹妹，甚至是像对待小孩一样关心她，保护她。她需要的却是他的另一种关怀，她嫉妒他渴念妻子时的那种神情。

乔光朴先回国，五八年底童贞才毕业归来。重型电机厂刚建成正需要工程技术人员，她又来到乔光朴的身边。一直在她家长大的外甥郗望北，是电机厂的学徒工，一次很偶然的机会，他发现了小老姨对厂长的特殊感情。这个小伙子性格倔强，有蔫主意，恨上了厂长，认为厂长骗了他老姨。他虽比老姨还小十多岁，却俨然以老姨的保护人的身份处处留心，尽量阻挡童贞和乔光朴单独会面。当时有不少人追求童贞，她一概拒之门外，矢志不嫁。这使郗望北更憎恨乔光朴，他认定乔光朴搞女人也像搞生产一样有办法，害了自己老姨的一生。

七年过去了，文化大革命一开始，郗望北成为一派造反组织的头头，专打乔光朴。他只给乔光朴的"走资派"帽子上面又扣上"老流氓"、"道德败坏分子"的帽子，但不细究，不深批，免得伤害自己的老姨。可是他的队员们对这种花花绿绿的事很感兴趣，捕风捉影，编出很多情节，反倒深深地伤害了童贞。在童贞眼里，乔光朴是搞现代化大生产难得的人材，过去一直威信很高，现在却名誉扫地。犯路线错误的人群众批而不恨，犯品质错误的人群众最厌恶。可在那种时候又怎能把真相向群众说清呢？童贞觉得这都是由于自己的缘故，使乔光朴比别的走资派吃了更多的苦头，她给乔光朴写了一封信，想一死了事。细心的郗望北早就留了这个心眼，没让童贞死成。这使乔光朴觉得一下子同时欠下了两个女人的债。

乔光朴的妻子在大学当宣传部长，虽然听到了关于他和童贞的议论，但丝毫也不怀疑自己的丈夫，直到六八年初不清不白地死在"牛棚"里，她从未怀疑过乔光朴的忠诚。乔光朴为此悔恨不已，曾对着妻子的遗像坦白承认，他在童贞大胆的表白面前确实动摇过，心里有时也很喜欢她。他表示从此不再搭理童贞。当最小的一个孩子考上大学离开他以后，他一个人守着几间空房子，过着苦行僧式的生活，似乎是有意折磨自己，向死去的妻子表明他对她和儿女感情的纯洁无瑕和忠贞不渝……

可是，下午在公司里交接完工作，乔光朴神差鬼使给童贞打了个电话，约她今晚到家里来。过后他很为自己的行动吃惊，责问自己：这是什么意思呢？如果自己不再回厂，事情也许永远就这样过去了。现在叫他俩该怎样相处？十年前厂子里的人给他俩的头上泼了那么多脏水啊！他这才突然发现，他认为早被他从心里挖走的童贞，却原来还在他心里占着一个位置。他没有在痛苦的思索里理出头绪，他不想再触摸这些复杂而又微妙的感情的琴弦了。得振作一下，明天回厂还有许多问题要考虑。忽然，觉得有什么东西落到头上，他抬起头，心里猛地一缩——童贞正依着他的膀子站着，泪眼模糊地望着那张照片。滴落到他头上的，无疑就是她的眼泪。他站起身抓住她的手：“童贞，童贞……"

童贞身子一颤，从乔光朴发烫的大手里抽出自己的手，转过身去，擦干眼角，极力控制住自己。童贞的变化使乔光朴惊呆了。她才四十多岁，头上已有了白发，过去她的一双亮眼燃烧着大胆而热情的光芒，敢于火辣辣地长久地盯着他，现在她的眼神是温润的、绵软的，里面透出来的愁苦多于快乐。乔光朴的心里隐隐发痛。这个在业务上很有才气的女工程师，她本来可以成为国家很缺少的机电设备专家，现在从她身上再也看不见那个充满理想、朝气蓬勃的小姑娘的影子了。使她衰老这么快的原因，难道只是岁月吗？

两人都有点不大自然，乔光朴很想说一句既得体又亲热的话来打破僵局："童贞，你为什么不结婚？"这根本不是他想要说的意思，连声音也不像他自己的。

童贞不满地反问："你说呢？"

乔光朴懊丧地一挥手，他从来不说这样没味道的话。突然把头一摆，走近童贞："我干嘛要装假。童贞，我们结婚吧，明天，或者后天，怎么样？"

童贞等这句话等了快二十年了，可今天听到了这句话，却又感到慌乱和突然。她轻轻地说："你事先一点信也不透，为什么这么急？"

乔光朴一经捅破了这层纸，就又恢复了他那热烈而坚定的性格："我们头发都白了,你还说急?我们又不需要什么准备,请几个朋友一吃一喝一宣布就行了。"

童贞脸上泛起一阵幸福的光亮,显得年轻了,喃喃地说:"我的心你是知道的,随你决定吧。"

乔光朴又抓起童贞的手,高兴地说:"就这样定,明天我先回厂上任,通知亲友,后天结婚。"

童贞一惊:"回厂?"

"对,今天上午局党委会决议,石敢和我一块回去,还是老搭档。"

"不,不!"童贞说不清是反对还是害怕。她早盼着乔光朴答应和她结婚,然后调到一个群众不知道他俩情况的新单位去,和所爱的人安度晚年。乔光朴突然提到要回厂,电机厂的人听到他俩结婚的消息会怎样议论?童贞一想到能强奸人的灵魂、把刀尖捅到人心里将人致死的群众舆论,简直浑身打颤。况且郗望北现在是电机厂副厂长,他和乔光朴这一对冤家怎么在一块共事?她忧心忡忡地问:"你在公司不是挺好吗,为什么偏要回厂?"

乔光朴兴致勃勃地说:"搞好电器公司我并不要怎么费劲,也许正因为我的劲使不出来我才感到不过瘾。我对在公司里领导大集体、小集体企业,组织中小型厂的生产兴趣不大,我不喜欢搞针头线脑。"

"怎么,你还是带着大干一番的计划,回厂收拾烂摊子吗?"

"不错,我对电机厂是有感情的。像电机厂这样的企业如果老是一副烂摊子,国家的现代化将成为画饼。我们搞的这一行是现代化的发动机,而大型骨干企业又是国家的台柱子。搞好了有功,不比打江山的功小;搞不好有罪,也不比叛党卖国的罪小。过去打仗也好,现在搞工业也好,我都不喜欢站在旁边打边鼓,而喜欢当主角,不管我将演的是喜剧还是悲剧。趁现在精力还达得到,赶紧抓挠几年。我想叫自己的一辈子有始有终,虎头豹尾更好,至少要虎头虎尾。我们这一拨的人虎头蛇尾的太多了。"

是惊?是喜?是不安?童贞感慨万端。以前她爱上乔光朴,正是爱他对事业的热爱,以及在工作上表现出来的才能和男子汉特有的雄伟顽强的性格。现在的乔光朴还是以前她爱的那个人,但她却希望他离开他眷恋的事业。难道她爱不上战场的英雄,离开骏马的骑手?她像是自言自语地说:"没见过五十多岁的人还这么雄心勃勃。"

"雄心是不取决于年岁的，正像青春不一定就属于黑发人，也不见得会随着白发而消失。"乔光朴从童贞的眼睛里看出她衰老的不光是外表，还有她那棵正在壮年的心苗，她也害上了正在流行的政治衰老症。看来精神上的胆怯给人造成的不幸，比估计到的还要多。这使他突然意识到自己的责任。他几乎用小伙子般的热情抱住童贞的双肩，热烈地说："喂，工程师同志，你以前在我耳边说个没完的那些计划，什么先搞六十万千瓦的，再搞一百万的、百五十万的，制造国家第一台百万千瓦原子能发电站的设备，我们一定要揽过来，你都忘了？"

童贞心房里那颗工程师的心热起来。

乔光朴继续说："我们必须摸准世界上最先进国家机电工业发展的脉搏。在五十年代、六十年代，我们是面对世界工业的整个棋盘来走我们电机厂这颗棋子的，那时各种资料全能看得到，心里有底，知道怎样才能挤进世界先进行列。现在我心里没有数，你要帮助我。结婚后每天晚上教我一个小时的外语，怎么样？"

她勇敢地、深情地迎着他的目光点点头。在他身边她觉得可靠，安全，连自己似乎也变得坚强而充满了信心。她笑着说："真奇怪，那么多磨难，还没有把你的锐气磨掉。"

他哈哈一笑："本性难移。对于精神萎缩症或者叫政治衰老症也和生其它的病一个道理，体壮人欺病，体弱病欺人。这几年在公司里我可养胖了，精力贮存得太多了。"他狡黠地望望童贞，正利用自己特殊的地位，不放过能够给这个娇小的女人打气的机会。他说："至于说到磨难，这是我们的福气，我们恰好生活在两个时代交替的时候。历史有它的阶段，人活一辈子也有他的阶段，在人生一些重大关头，要敢于充分大胆地正视自己的心愿。俗话说，石头是刀的朋友，障碍是意志的朋友。"

他要她陪他一块到厂里去转转，童贞不大愿意。他用开玩笑的口吻说："你以前骂过我什么话？噢，对，你说我在感情上是粗线条的。现在就让我这个粗线条的人来谈谈爱情。爱情，是一种勇敢而强烈的感情。你以前既是那么大胆地追求过它，当它来了的时候就用不着怕它，更用不着隐瞒它以欺骗自己、苦恼自己。我真怕你像在政治上一样也来个爱情衰老病。趁着我还没有上任，我们还有时间谈谈情说说爱。"

她脸红了："胡说，爱情的绿苗在一个女人的心里是永远不会衰老的。"做姑娘时的勇气又回到她的身上，她热烈地吻了他一下。

在去厂的路上，她却说服他先不能结婚。她借口说这件事对于她是终生第一次也是最后一次，而且她为这一天比别的女人付出了更多的代价，她要好好准备一下。乔光朴同意了。当然，童贞推延婚期的真正原因根本不是这些。

二

两个人走进电机厂，先拐进了离厂门口最近的八车间。乔光朴只想在上任前冷眼看看工厂的情况。走进了熟悉的车间，他浑身的每一个筋骨眼仿佛都往外涨劲，甚至有一股想亲手摸摸摇把的冲动。他首先想起了"十二把尖刀"。十年前他当厂长时，每一道工序都培养出一两个尖子，全厂共有十二个人，一开表彰先进的大会，这"十二把尖刀"都坐在头一排的金交椅上。童贞告诉他说："你的尖刀们都离开了生产第一线，什么轻省干什么去了。有的看仓库、守大门，有的当检验员，还有一个当了车间头头。有四把刀在批判大会上不是当面控诉你用物质刺激腐蚀他们，你真的一点不记仇？"

乔光朴一挥手咳："咳，记仇是弱者的表现。当时批判我的时候，全厂人都举过拳头，呼过口号，要记仇我还回厂干什么？如果那十二个人不行了，我必须另磨尖刀。技术上不出尖子不行，产品不搞出名牌货不行！"

乔光朴一边听童贞介绍情况，一边安然自在地在机床的森林里穿行。他在车间里这样蹓跶，用行家的眼光打量着这些心爱的机器设备，如果再看到生产状况良好，那对他就是最好的享受了。比任何一对情人在河边公园散步所感到的滋味还要甘美。

外行看热闹，内行看门道，乔光朴在一个青年工人的机床前停住了，那小伙子干活不管不顾，把加工好的叶片随便往地上一丢，嘴里还哼着一支流行的外国歌曲。乔光朴拾起他加工好的零件检查着，大部分都有磕碰。他盯住小伙子，压住火气说："别唱了。"

工人不认识他，流气地朝童贞挤挤眼，声音更大了："哎呀妈妈，请你不要对我生气，年轻人就是这样没出息。"

"别唱了！"乔光朴带命令的口吻，还有那威严的目光使小伙子一惊，猛然停住了歌声。

"你是车工还是捡破烂的？你学过操作规程吗？懂得什么叫磕碰吗？"

小伙子显然也不是省油的灯，可是被乔光朴行家的口吻，凛然的气派给镇住了。乔光朴找童贞要了一条白手绢，在机床上一抹，手绢立刻成黑的了。乔光朴枪口似的目光直瞄着小伙子的脑门子："你就是这样保养设备的？把这个手绢挂在你的床子上，直到下一次我来检查用白毛巾从你床子上擦不下尘土来，再把这条手绢换成白毛巾。"这时已经有一大群车工不知出了什么事围过来看热闹，乔光朴对大伙说："明天我叫设备科给每台机床上挂一条白毛巾，以后检查你们的床子保养情况如何就用白毛巾说话。"

人群里有老工人，认出了乔光朴，悄悄吐吐舌头。那个小伙子脸涨得通红，窘得一句话也没有了，慌乱地把那个黑乎乎的手绢挂在一个不常用的闸把上。这又引起了乔光朴的注意，他看到那个闸把上盖满油灰，似乎从来没有被碰过。他问那个小伙子："这个闸把是干什么用的？"

"不知道。"

"这上边不是有说明。"

"这是外文，看不懂。"

"你在这个床子上干了几年啦？"

"六年。"

"这么说，六年你没动过这个闸把？"

小伙子点点头。乔光朴左颊上的肌肉又鼓起一道道棱子，他问别的车工："你们谁能把这个闸把的用处告诉他？"

车工们不知是真的不知道，还是怕说出来使自己的同伴更难堪，因此都没吱声。

乔光朴对童贞说："工程师，请你告诉他吧。"

童贞也想缓和一下气氛，走过来给那个小伙子讲解英文说明，告诉他那个闸把是给机床打油的，每天操作前都要捺几下。

乔光朴又问："你叫什么名字？"

"杜兵。"

"杜兵，干活哼小调，六年不给机床膏油，还是鬼怪式操作法的发明者。嗯，我不会忘记你的大名。"乔光朴的口气由挖苦突然改为严厉的命令，"告诉你们车间主任，这台床子停止使用，立即进行检修保养。我是新来的厂长。"

他俩一转身，听到背后有人小声议论："小杜，你今个算碰上辣的了，他就是咱厂过去的老厂长。"

"真是行家一伸手便知有没有!"

乔光朴直到走出八车间,还愤愤地对童贞说:"有这些大爷,就是把世界上最尖端的设备买进来也不行!"

童贞说:"你以为杜兵是厂里最坏的工人吗?"

"嗯?"乔光朴看看她,"可气的是他这样干了六年竟没有人发现。可见咱们的管理到了什么水平,一粗二松三马虎。你这位主任工程师也算脸上有光啦。"

"什么?"童贞不满地说:"你们当厂长的不抓管理,倒埋怨下边。我是不在其位不谋其政。"

"在其位就谋其政吗?不见得。"

他俩一边说着话,走进七车间,一台从德国进口的二百六镗床正试车,拨挡试车的是个很年轻的德国人。外国人到中国来还加夜班,这引起了乔光朴的注意。童贞告诉他,镗床的电器部分在安装中出了问题,西德的西门子电子公司派他来解决。这个小伙子叫台尔,只有二十三岁,第一次到东方来,就先飞到日本玩了几天。结果来到我们厂时晚了七天,怕我们向公司里告发他,就特别卖劲。他临来时向公司讲七到十天解决我们的问题,现在还不到三天就处理完了,只等试车了。他的特点就是专、精。下班会玩,玩起来胆子大得很;上班会干,真能干;工作态度也很好。

"二十三岁就派到国外独挡一面。"乔光朴看了一会台尔工作,叫童贞把七车间值班主任找了来,不容对方寒暄,就直截了当布置任务:"把你们车间三十岁以下的青年工人都招呼到这儿来,看看这个台尔是怎么工作的。也叫台尔讲讲他的身世,听听他二十三岁怎么就把技术学得这么精。在他临走之前,我还准备让他给全厂青年工人讲一次。"

值班主任笑笑,没有询问乔光朴以什么身份下这样的指示,就转身去执行。

乔光朴觉得身后有人窃窃私语,他转过身去,原来是八车间的工人听说刚才批评杜兵的就是老厂长,都追出来想瞧瞧他。乔光朴走过去对他们说:"我有什么好值得看的,你们去看看那个二十三岁的西德电子专家,看看他是怎么干活的。"他叫一个面孔比较熟的人回八车间把青年都叫来,特别不要忘了那个鬼怪式——杜兵。

乔光朴布置完，见一个老工人拉他的衣袖，把他拉到一个清静的地方，呜噜呜噜地对他说："你想拿外国人做你的尖刀？"

天呐，这是石敢。他不知从哪儿搞来一身工作服，还戴顶旧蓝布工作帽，简直就是个极普通的老工人。乔光朴又惊又喜，石敢还是过去的石敢，别看他一开始不答应，一旦答应下来就会全力以赴。这不也是不等上任就憋不住先跑到厂里来了。

石敢的脸色是阴沉的，他心里正后悔。他的确是在厂子里转了一圈，而且凭他的半条舌头，用最节省的语言，和几个不认识他的人谈了话。人家还以为他正害着严重的牙疼病，他却摸到了乔光朴所不能摸到的情况。电机厂工人思想混乱，很大一部分人失去了过去崇拜的偶像，一下子连信仰也失去了，连民族自尊心、社会主义的自豪感都没有了，还有什么比群众在思想上一片散沙更可怕的呢？这些年，工人受了欺骗、愚弄和呵斥，从肉体到灵魂都退化了。而且电机厂的干部几乎是三套班子，十年前的一批，文化大革命起来的一批，冀申到厂后又搞了一套自己的班子。老人心里有气，新人肚里也不平静，石敢担心这种冲突会成为党内新的斗争的震心。等着他和乔光朴的岂止是个烂摊子，还是一个政治斗争的漩涡。往后又得在一夕数惊的局面中过日子了。

石敢对自己很恼火，眼花缭乱的政治战教会了他许多东西，他很少在人前显得激动和失去控制，他对哗众取宠和慷慨激昂之类甚为反感。他曾给自己的感情涂上了一层油漆，自信能抗住一切刺激。为什么上午乔光朴一番真挚的表白就打动了自己的感情呢？岂不知陪他回厂既害自己又害他，乔光朴永远不是个政治家。这不，还没上任就先干上了！他本不想和乔光朴再说什么话，可是看见童贞站在乔光朴身边，心里一震，禁不住想提醒他的朋友。他小声说："你们两个至少半年内不许结婚。"

"为什么？"乔光朴不明白石敢为什么先提出这个问题。

石敢简单地告诉他，关于他们回厂的消息已经在电机厂传遍了，而且有人说乔光朴回厂的目的就是为了和童贞结婚。乔光朴暴躁地说："那好，他们越这样说，我越这样干。明天晚上在大礼堂举行婚礼，你当我们的证婚人。"

石敢扭头就走，乔光朴拉住他。他说："你叫我提醒你，我提醒你又不听。"

乔光朴咬着牙帮骨半天才说："好吧，这毕竟是私事，我可以让步。你说，上午局党委刚开完会，为什么下午厂里就知道了？"

"这有什么奇怪,小道快于大道,文件证实谣传。现在厂里正开着紧急党委会,我的这根可恶的政治神经提醒我,这个会会不会和我们回厂无关。"石敢说完又有点后悔,他不该把猜测告诉乔光朴。感情真是坑害人的东西,石敢发觉他跟着乔大个子越陷越深了。

乔光朴心里一激灵,拉着石敢,又招呼了一声童贞,三个人走出七车间,来到办公楼前。一楼的会议室里灯光通明,门窗大开,一团团烟雾从窗口飘出来。有人大声发言,好像是在讨论明天电机厂就要开展一场大会战。这可叫乔光朴着急了,他叫石敢和童贞等一会,自己跑到门口传达室给霍大道打了个电话。回来后拉着石敢和童贞走进了会议室。

三

电机厂的头头们很感意外,冀申尖锐的目光盯住童贞,童贞赶紧扭开头,真想退出去。冀申佯装什么也不知道似地说:"什么风把你们二位吹来了?"

乔光朴大声说:"到厂子来看看,听说你们正开会研究生产就进来想听听。"

"好,太好了。"冀申瘦骨嶙峋的面孔富于感情,却又像一张复杂的地形图那样变化万端,令人很难琢磨透。他向两个不速之客解释:"今天的党委会讨论两项内容,一项是根据群众一再要求,副厂长郗望北同志从明天起停职清理。第二项是研究明天的大会战。这一段时间我抓运动多了点,生产有点顾不过来,但是我们党委的同志有信心,会战一打响被动局面就会扭转。大家还可以再谈具体一点。老乔、老石是电机厂的老领导,一定会帮着我们出些好主意。"

冀申风度老练,从容不迫,他就是要叫乔光朴、石敢看看他主持党委会的水平。下午,当他在电话里听到局党委会决议的时候,猛然醒悟当初他主动要到机电局来是失算了。

这个人确实像他常跟群众表白的那样,受"四人帮"迫害十年之久,但十年间他并没有在市委干校劳动,而是当副校长。早在干校作为新生事物刚筹建的时候,冀申作为市文革接待站的联络员就看出了台风的中心是平静的。别看干校里集中了各种不吃香的老干部,反而是最安全的,也是最有发展的,在干校是可以卧薪尝胆。他利用自己副校长的地位,和许多身份重要的人拉上了关系。这些市委的重要干部以前也许是很难接近的,现在却变成了他的学员,他只要在吃住上、劳动上、请销假上稍微多给点方便,老头子们就很感激他了。

加上他很善于处理人事关系，博得了很多人的好感。现在这些人大都已官复原职，因而他也就四面八方都有关系，在全市是个有特殊神通的人了。

两年前，冀申又看准了机电局在国家现代化中所占的重要地位。他一直是搞组织的，缺乏搞工业的经验，就要求先到电机厂干两年。一方面摸点经验，另外"大厂厂长"这块牌子在国家工作重点转移到经济建设上来以后一定是非常用得着的。而后再到公司、到局，到局里就有出国的机会，一出国那天地就宽了。这两年在电机厂，他也不是不卖力气。但他在政治上太精通、太敏感了，反而妨害了行动。他每天翻着报刊、文件提口号，搞中心，开展运动，领导生产，并且有一种特殊的猜谜的酷好，能从报刊文件的字里行间念出另外的意思。他对中央文件又信又不全信，再根据谣言、猜测、小道消息和自己的丰富想象，审时度势，决定自己的工作态度。这必然在行动上迟缓，遇到棘手的问题就采取虚伪的态度。诡谲多诈，处理一切事情都把个人的安全、自己的利益放在第一位。工厂是很实际的，矛盾都很具体，他怎么能抓出成效？在别的单位也许还能对付一气，在机电局，在霍大道眼皮底下却混不过去了。

但是，他相信生活不是凭命运，也不是赶机会，而是需要智慧和斗争的无情逻辑！因此他要采取大会战孤注一掷。大会战一搞起来热热闹闹，总会见点效果，生产一回升，他借台阶就可以离开电机厂。同时在他交印之前把郗望北拿下去，在郗望北和乔光朴这一对老冤家、新仇人之间埋下一根引信，将来他不愁没有戏看。如果乔光朴也没把电机厂搞好，就证明冀申并不是没有本事。然而，他摆的阵势，石敢从政治上嗅出来了，乔光朴用企业家的眼光从管理的角度也看出了问题。

电机厂的头头们心里都在猜测乔光朴和石敢深夜进厂的来意，没有人再关心本来就不太感兴趣的大会战了。冀申见势不妙，想赶紧结束会议，造成既定事实。他清清嗓子，想拍板定案。局长霍大道又一步走了进来。会场上又是一阵惊奇的唏嘘声。

霍大道没有客套话，简单地问了几句党委会所讨论的内容，就单刀直入地宣布了局党委的决议。最后还补充了一项任命："鉴于你们厂林总工程师长期病休不能上班，任命童贞同志为电机厂副总工程师。同时提请局党委批准，童贞同志为电机厂党委常委。"

童贞完全没有想到对她的这项任命，心里很不安。她不明白乔光朴为什么一点信也没透。

冀申不管多么善于应付,这个打击也来得太快了。霍大道简直是霹雳闪电,连对手考虑退却的时间都不给。他极力克制着,并且在脸上堆着笑说:"服从局党委的决定,乔、石二位同志是工业战线上的大将,这回真是百闻不如一见。好了,明天我向二位交接工作,对今天大家讨论的两项决定,你二位有什么意见?"

石敢不仅不说话,连眼也眯了起来,因为眼睛也是泄露思想上机密的窗口。

乔光朴却不客气地说:"关于郗望北同志停职清理,我不了解情况。"他不禁扫了一眼坐在屋角上的郗望北,意外地碰上了对方挑战的目光。他不容自己分心,赶紧说完他认为必须表态的问题:"至于要搞大会战,老冀,听说你有冠心病,你能不能用短跑的速度从办公大楼的一楼跑到七楼,上下跑五个来回?"

冀申不知他是什么意思,漠然一笑没有作答。

乔光朴接着说:"我们厂就像一个患高血压冠心病的病人,搞那种跳楼梯式的大会战是会送命的。我不是反对真正必要的大会战。而我们厂现在根本不具备搞大会战的条件,在技术上、管理上、物质上、思想上都没有做好准备,盲目搞会战,只好拼设备,拼材料,拼人力,最后拼出一堆不合格的产品。完不成任务,靠月月搞会战突击,从来就不是搞工业的办法。"

他的话引起了委员们的共鸣,他们也正在猜谜,不明白冀申明知要来新厂长,为什么反而突然热心地要搞大会战。可是冀申嘴边挂着冷笑,正冲着他点火抽烟,似乎有话要说。

本来只想表个态就算的乔光朴,见冀申的神色,把话锋一转,尖锐地说:"这几年,我没有看过真正的好戏,不知道我们国家在文艺界是不是出了伟大的导演,但在工业界,我知道是出现了一批政治导演。哪一个单位都有这样的导演,一有运动,工作一碰到难题,就召集群众大会,做报告,来一阵动员,然后游行,呼口号,搞声讨,搞突击,一会这,一会那,把工厂当舞台,把工人当演员,任意调度。这些同志充其量不过是个吃党饭的平庸的政工干部,而不是真正热心搞社会主义现代化的企业家。用这种导演的办法抓生产最容易,最省力,但遗害无穷。这样的导演,我们一个星期,甚至一个早上就可以培养出几十个,要培养一个真正的厂长、车间主任、工段长却要好几年时间。靠大轰大嗡搞一通政治动员,靠热热闹闹搞几场大会战,是搞不好现代化的。我们搞政治运动有很多专家，口号具体，计划详尽，措施有力。但搞经济建设、管理工厂却只会笼统布置，拿不出具体有效的办法……"

乔光朴正说在兴头上，突然感到旁边似有一道弧光在他脸上一烁一闪，他稍一偏头，猛然醒悟了，这是石敢提醒他住嘴的目光。他赶紧止住话头，改口说："话扯远了，就此打住。最后顺便告诉大伙一声，我和童贞已经结婚了，两个多小时以前刚举行完婚礼，老石是我们的证婚人。因为都是老头子、老婆子了，也没有惊动大伙，喜酒后补。"

今天电机厂这个党委会可真是又"惊"又"喜"，惊和喜全在意料之外，还没宣布散会，委员们就不住地向乔光朴和童贞开玩笑。

童贞、石敢和郗望北这三个不同身份的人，却都被乔光朴这最后几句话气炸了。童贞气呼呼第一个走出会议室，对乔光朴连看都不看一眼，照直奔厂大门口。

唯有霍大道，似乎早料到了乔光朴会有这一手，并且看出了童贞脸色的变化，趁着刚散会的乱劲，捅捅乔光朴，示意他去追童贞。乔光朴一出门，霍大道笑着向大家摆摆手，拦住了要出门去逗新娘的人，大声说："老乔耍滑头，喜酒没有后补的道理，我们今天晚上就去喝两杯怎么样？……"

乔光朴追上来拉住童贞。童贞气得浑身打颤，声音都变了："你都胡说些什么？你知道明天厂里的人会说我们什么闲话？"

乔光朴说："我要的正是这个效果。就是要造成既定事实，一下子把脸皮撕破，你可以免除后顾之忧，泼下身子抓工作。不然，你老是嘀嘀咕咕，怕人说这，怕人说那。跟我在一块走，人家看你一眼，你也会多心，你越疑神疑鬼，鬼越缠你，闲话就永远没个完，我们俩老是谣言家们的新闻人物。一个是厂长，一个是总工程师，弄成这种关系还怎么相互合作？现在光明正大地告诉大伙，我们就是夫妻。如果有谁愿意说闲话，叫他们说上三个月，往后连他们自己也觉得没味了。这是我在会上临时决定的，没法跟你商量。"

灯光映照着童贞晶亮的眼睛，在她眼睛的深处似乎正有一道火光在缓缓燃烧。她已经没有多大气了。不管是作为副总工程师的童贞，还是作为女人的童贞，今天都是她生命沸腾的时刻，是她产生力量的时刻。

刚才还是怒气冲冲的石敢也跟着霍大道追上来了，他抢先一步握住童贞的手，冲着她点点头。似乎是以证婚人的身份祝愿她幸福。

童贞被感动了。

霍大道身后跟着两个电机厂党委的女委员,他对她们说:"你们二位坐我的车陪新娘到她娘家,收拾一下东西,换换衣服,然后送她到自己的新家。我们在新郎家里等你们。"

女委员问:"你们还要闹洞房?"

霍大道说:"也可能要闹一闹,反正喜糖少不了要吃几块的。"

大家笑了。

乔光朴和童贞感激地望着霍局长,也情不自禁地笑了。

主　角

一

你设想吧,当舞台的大幕拉开,紧锣密鼓,音乐骤起,主角威风凛凛地走出台来,却一声不吭,既不说,也不唱,剧场里会是一种什么局面呢?

现在重型电机厂就是这种状况。乔光朴上任半个月了,什么令也没下,什么事也没干,既没召开各种应该召开的会议,也没有认真在办公室坐一坐。这是怎么回事?他以前当厂长可不是这种作风,乔光朴也不是这种脾气。

他整天在下边转,你要找他找不到;你不找他,他也许突然在你眼前冒了出来。按照生产流程一道工序一道工序地摸,正着摸完,倒着摸。谁也猜不透他的心气。更奇怪的是他对厂长的领导权完全放弃了,几十个职能科室完全放任自流,对各车间的领导也不管不问。谁爱怎么干就怎么干,电机厂简直成了没头的苍蝇,生产直线跌下来。

机电局调度处的人忒不住劲了,几次三番催促霍大道赶紧到电机厂去坐阵。

谁知霍大道无动于衷,催急了,他反而批评说:"你们咋呼什么,老虎往后坐屁股,是为了向前猛扑。连这个道理都不懂?"

本来被乔光朴留在上边坐阵的石敢,终于也坐不住了。他把乔光朴找来,问:"怎么样?有眉目没有?"

"有了!"乔光朴胸有成竹地说,"咱们厂像个得了多种疾病的病人,你下这味药,对这一种病有利,对那一种病就有害。不抓准了病情,真不敢动大手术。"

石敢警惕地看看乔光朴，从他的神色上看出来这家伙的确是下了决心啦。石敢对电机厂的现状很担心，可是对乔光朴下狠心给电机厂做大手术，也不放心。

乔光朴却颇有点得意地说："我这半个月撂挑子下去，还有一个很重要的收获：咱们厂的干部队伍和工人队伍并不像你估计的那样。忧国忧民之士不少，有人找到我提建议，有人还跟我吵架，说我辜负了他们的希望。乱世出英雄，不这么乱一下，真摸不出头绪，也分不出好坏人。我已经选好了几个人。"说着，眯起了双眼，他仿佛已经看见电机厂明天就要大翻个儿。

石敢突然问起了一个和工厂完全不相干的问题："今天是你的生日？"

"生日？什么生日？"乔光朴脑子一时没转过来，他翻翻办公桌上的台历，忽然记起来了，"对，今天是我的生日。你怎么记得？"

"有人向我打听。你是不是要请客收礼。"

"扯淡。你要去当然会管你酒喝。"

石敢摇摇头。

乔光朴回到家，童贞已经把饭做好，酒瓶、酒杯也在桌子上都摆好了。女人毕竟是女人，虽然刚结婚不久，童贞却记住了乔光朴的生日。乔光朴很高兴，坐下就要吃，童贞笑着拦住了他的筷子："我通知了望北，等他来了咱们就吃。"

"你没通知别人吧？"

"没有。"童贞是想借这个机会使乔光朴和郗望北坐在一块，和缓两人之间的关系。

乔光朴理解童贞的苦心，但对这做法大不以为然，他认为在酒席筵上建立不了真正的信任和友谊。他心里也根本没有把对方整过自己的事看得太重，倒是觉得，郗望北对过去那些事的记忆比他反倒更深刻。

郗望北还没有来，却来了几个厂里的老中层干部。乔光朴和童贞一面往屋里让客、一面感到很意外。这几个人都是十几年前在科室、车间当头头的，现在有的还是，有的已经不是了。

他们一进门就嘻笑着说："老厂长，给你拜寿来了。"

乔光朴说："别搞这一套，你们想喝酒我有，什么拜寿不拜寿。这是谁告诉你们的？"

其中一个秃头顶的人，过去是行政科长，弦外有音地说："老厂长，别看你把我们忘了,我们可没忘了你。"

"谁说我把你们忘了?"

"还说没忘,从你回厂那一天起我们就盼着,盼了半个月啦,什么也没盼到。你看锅炉厂的刘厂长,回厂的当天晚上,就把老中层干部们全请到楼上,又吃又喝,不在喝多少酒、吃多少饭,而是出出心里的这口闷气。第二天全部恢复原职。这厂长才叫真够意思,也算对得起老部下。"

乔光朴心里烦了,但这是在自己家里,他尽力克制着。反问:"'四人帮'打倒快两年多了,你们的气还没出来?"

他们说:"'四人帮'倒了,还有帮四人呢。说停职,还没停一个月又要复职……"

不早不晚就在这时候郗望北进来了,那几个人的话头立刻打住了。郗望北听到了他们说的话,但满不在乎地和乔光朴点点头,就在那帮人的对面坐下了。这哪是来拜寿,一场辩论的架式算拉开了。童贞急忙找了一个话题,把郗望北拉到另一间屋里去。

那几个人互相使使眼色也站了起来,还是那个秃顶行政科长说:"看来这满桌酒菜并不是为我们预备的,要不'火箭干部'解脱那么快,原来已经和老厂长和解了。还是多少沾点亲戚好啊!"

他们说完就要告辞。童贞怕把关系搞僵,一定留他们吃饭。乔光朴一肚子火气,并不挽留,反而冷冷地说:"你们跑这一趟的目的还没有达到,就这么两手空空的回去了?"

"表示了我们的心意,目的已经达到了。"那几个人心里感到不安,秃顶人好像是他们的打头人,赶紧替那几个人解释。

"老王,你们不是想官复原职,或者最好再升一两级吗?"乔光朴盯着秃顶人,尖锐地说,"别着急,咱们厂干部不是太多,而是太少,我是指真正精明能干的干部,真正能把一个工段、一个车间搞好,能把咱们厂搞好的干部。从明天起全厂开始考核,你们既然来了,我就把一些题目向你们透一透。你们都是老同志了,也应该懂得这些,比如:什么是均衡生产?什么是有节奏的生产?为什么要搞标准化、系列化、通用化?现代化的工厂应该怎么布置?你那个车间应该怎么布置?有什么新工艺、新技术?……"

那几个人真有点懵了,有些东西他们甚至连听都没有听见过。更叫他们惊奇的是乔光朴不仅要考核工人，对干部还要进行考核。有人小声嘟囔说这办法可够新鲜的。

"这有什么新鲜的，不管工人还是干部，往后光靠混饭吃不行！"乔光朴说，"告诉你们，我也一肚子气，甚至比你们的气还大，厂子弄成这副样子能不气！但气要用在这上面。"

他说完摆摆手，送走那几个人，回到桌前坐下来，陪郗望北喝酒。喝的是闷酒，吃的是哑菜，谁的心里都不痛快。童贞干着急，也只能说几句不咸不淡的家常话。一直到酒喝完，童贞给他们盛饭的时候，乔光朴才问郗望北："让你停职并不是现在这一届党委决定的，为什么老石找你谈，宣布解脱，赶快工作，你还不干？"

郗望北说："我要求党委向全厂职工说清楚，根据什么让我停职清理？现在不是都调查完了吗，我一没搞过打砸抢，二和'四人帮'没有任何个人联系，凭什么整我？就根据我曾经当过造反派的头头？就根据我曾批判过走资派？就因为我是个所谓的新干部？就凭一些人编笆造模的议论？"

乔光朴看到郗望北挥动着筷子如此激动，嘴角闪过一丝冷笑。心想："你现在也知道这种滋味了，当初你不也是根据编笆造模的议论来整别人。"

郗望北看出了乔光朴的心思，转口说："乔厂长，我要求下车间劳动。"

"嗯？"乔光朴感到意外，他认为新干部这时候都不愿意下去，怕被别人说成是由于和"四人帮"有牵连而倒台了。郗望北倒有勇气自己要求下去，不管是真是假，先试试他。就说："你有这种气魄就好，我同意。本来做为领导和这领导的名义、权力，都不是一张任命通知书所能给予的，而是要靠自己的智慧、经验、才能和胆识到工作中去赢得。世界上有许多飞得高的东西，有的是凭自己的翅膀飞上去的，有的是被一阵风带上去的。你往后不要再指望这种风了。"

郗望北冷冷一笑："我不知道带我上来的是什么风，我只知道我若会投机的话，就不会有今天的被停职。我参加工作二十年，从学徒工当到生产组长，管过一个车间的生产，三十九岁当副厂长，一下子就成了'火箭干部'。其实火箭这个东西并不坏，要把卫星和飞船送上宇宙空间就得靠火箭一截顶替一截地燃烧。搞现代化也似乎是少不了火箭的。岂不知连外国的总统有不少也是一步登天的'火箭干部'我现在宁愿坐火箭再下去，我不像有些人，占了个位子就想一直占到死，别人一旦顶替了他就认为别人爬得太快了，大逆不道了。官瘾大小不取决于年龄。事实是当过官的比没当过官的权力欲和官瘾也许更大些。"

这样谈话太尖锐了,简直就是吃饭前那场谈话的继续。老的埋怨乔光朴袒护新的,新的又把乔光朴当老的来攻。童贞生怕乔光朴的脾气炸了,一个劲地劝菜,想冲淡他们间的紧张气氛。但是乔光朴只是仔细玩味郗望北的话,并没有发火。

郗望北言犹未尽。他知道乔光朴的脾气是吃软不吃硬,但你要真是个松软货,永远也不会得到他的尊敬,他顶多是可怜你。只有硬汉子才能赢得乔光朴的信任,他想以硬碰硬碰到底,接着说:"中国到什么时候才不搞形而上学?文化大革命把老干部一律打倒,现在一边大谈这种怀疑一切的教训,一边又想把新干部全部一勺烩了。当然,新干部中有'四人帮'分子,那能占多大比例?大多数还不是紧跟党的中心工作,这个运动跟得紧,下个运动就成了牺牲品。照这样看来还是滑头好,什么事不干最安全。运动一来,班组长以上干部都受审批,工厂、车间、班组都搞一朝天子一朝臣,把精力都用在整人上,搞起工作来相互掣肘。常此以往,现代化的口号喊得再响,中央再着急,也是白搭。"

"得了,理论家,我们国家倒霉就倒在批判家多、空谈家多,而实干家和无名英雄又太少。随便什么场合也少不了夸夸其谈的评论家。"乔光朴嘴上这么说,但郗望北表现出来的这股情绪却引起了他的注意。他原以为老干部心里有些气是理所当然的,原来新干部肚里也有气。这两股气要是对干起来那就不得了。这引起了乔光朴的警惕。

二

第二天,乔光朴开始动手了。

他首先把九千多名职工一下子推上了大考核、大评议的比赛场。通过考核评议,不管是干部还是工人,在业务上稀松二五眼的,出工不出力、出力不出汗的,占着茅坑不屙屎的,溜奸滑蹭的,全成了编余人员。留下的都一个萝卜顶一个坑,兵是精兵,将是强将。这样,整顿一个车间就上来一个车间,电机厂劳动生产率立刻提高了一大截。群众中那种懒洋洋、好坏不分的松松垮垮劲儿,一下子变成了有对比、有竞争的热烈紧张气氛。

工人们觉得乔光朴那双很有神采的眼睛里装满了经验,现在已经习惯于服从他,甚至他一开口就服从。因为大伙相信他,他的确一次也没有辜负大伙的信任。他说一不二,敢拍板也敢负责,许了愿必还。他说扩建幼儿园,一座别致的幼儿园小楼已经竣工。他说全面完成任务就实行物质奖励,八月份电机厂工人第一次接到了奖金。黄玉辉小组提前十天完成任务,他写去一封表扬信,里面附了一百五十元钱。凡是那些技术上有一套,生产上肯卖劲,总之是正儿八经的工人,都说乔光朴是再好没有的厂长了。可是被编余的人呢,却恨死了他。因为谁也没想到,乔光朴竟想起了那么一个"绝主意"——把编余的组成了一个服务大队。

谁找道路,谁就会发现道路。乔光朴泼辣大胆,勇于实验和另辟蹊径。他把厂里从农村召用来搞基建和运输的一千多长期"临时工"全部辞掉,代之以服务大队。他派得力的财务科长李干去当大队长,从辞掉临时工省下的钱里拿出一部分作为给服务大队的奖励。编余的人在经济收入上并没有减少,可是有一些小青年却认为栽了跟头,没脸见人。特别是八车间的鬼怪式车工杜兵,被编余后女朋友跟他散了伙,他对乔光朴真有动刀子的心了。

在这条道路上乔光朴为自己树立的"仇敌"何止几个"杜兵"。一批被群众评下来成了"编余"的中层干部恼了。他们找到厂部,要求对厂长也进行考核。由于考核评判小组组长是童贞,怕他们两口子通气,还提出立刻就考。谁知乔光朴高兴得很,当即带着几个副厂长来到了大礼堂。一听说考厂长,下班的工人都来看新鲜,把大礼堂挤满了。任何人都可以提问题,从厂长的职责到现代化工厂的管理,乔光朴滔滔不绝,始终没有被问住。倒是冀申完全被考垮了,甚至对工厂的一些基本常识都搞不清,当场就被工人们称为"编余厂长"。这下可把冀申气炸了,他虽然控制着在考场上没有发作出来,可是心里认为这一切全是乔光朴安排好了来捉弄他的。

当生产副厂长,冀申本来就不胜任,而他对这种助手的地位却又很不习惯,简直不能忍受乔光朴对他的发号施令,尤其是在车间里当着工人的面。现在,经过考核,嫉妒和怨恨使他真地站到了反对乔光朴的那些被编余的人一边,由助手变为敌手了。他那青筋暴露的前额,阴气扑人的眼睛,仿佛是厂里一切祸水的根源。生产上一出事准和他有关,但又抓不住他大的把柄。乔光朴得从四面八方防备他,还得在四面八方给他堵漏洞。这怎么受得了?

乔光朴决定不叫冀申负责生产了,调他去搞基建。搞基建的服务大队像个火药桶,冀申一去非爆炸不可。乔光朴没有从政治角度考虑,石敢替他想到了。

可是,乔光朴不仅没有听从石敢的劝告,反而又出人意料地调上来郗望北顶替冀申。郗望北是憋着一股劲下到二车间的,正是这股劲头赢得了乔光朴的好感。谁干得好让谁干,乔光朴毫无犹疑地跨过个人恩怨的障碍,使自己过去的冤家成了今天的助手。但是,正像石敢所预料的,冀申抓基建没有几天,服务大队里对乔光朴不满的那些人,开始活跃起来,甚至放出风,要把乔光朴再次打倒。

千奇百怪的矛盾,五花八门的问题,把乔光朴团团困在中间。他处理问题时拳打脚踢,这些矛盾回敬他时,也免不了会拳打脚踢。但眼下使他最焦心的并不是服务大队要把他打倒,而是明年的生产准备。明年他想把电机厂的产量数字搞到二百万千瓦,而电力部门并不欢迎他这个计划,倒满心希望能从国外多进口一些。还有燃料、材料、锻件的协作等等都不落实,因此乔光朴决定亲自出马去打一场外交战。

如果说乔光朴在自己的厂内还从来没有打过大败仗,这回出去搞外交,却是大败而归。他没有料到他的新里程上还有这么多的"雪山草地",他不知道他的宏伟计划和现实之间还隔着一条组织混乱和作风腐败的鸿沟。厂内的"仇敌"他他不在乎,可是厂外的"战友"不跟他合作却使他束手无策。他要求协作厂及早提供大的转子锻件,而且越多越好,但人家不受他指挥,不买他的账。要燃料也好,要材料也好,他不懂得这都是求人的事,协作的背后必须有心照不宣的互通有无,在计划的后面还得有暗地的交易。他这次出去总算长了一条见识:现在当一个厂长重要的不是懂不懂金属学、材料力学,而是看他是不是精通"关系学"。乔光朴恰恰这门学问成绩最差。他一向认为会处关系的人,大都成就不大。他这次出差的成果,恰好为自己的理论得了反证。

而他还不知道,当他十天后扫兴回来的时候,在他的工厂里,又有什么窝火的事在等着他呢!

三

乔光朴回厂先去找石敢。石敢一见是他进了门,慌忙把桌上的一堆材料塞到抽屉里。乔光朴心思全挂在厂里的生产上,没有在意。但和石敢还没有说上几句话,服务大队队长李干急匆匆推门进来,一见乔光朴,又惊又喜:"哎呀,厂长,你可回来了!"

"出了什么事?"乔光朴急问。

"咱们不是要增建宿舍大楼吗，生产队不让动工。郗望北被社员围住了，很可能还要挨两下打。"

"市规划局已经批准，我们已经交完钱啦。"

"生产队提出额外再要五台拖拉机。"

"又是这一套！"乔光朴恼怒地喊起来，"我们是搞电机的，往哪儿去弄拖拉机！"

"冀副厂长以前答应的。"

"扯淡！老冀呢，找他去。"

"他调走了。把服务大队搅了个乱七八糟，拔脚就走了。"李干不满地说。

"嗯？"乔光朴看看石敢。

石敢点点："头三天前，上午和我打了个招呼，下午就到外贸局上任去了，走的上层路线，并没有征求我们党委的意见。他的人事关系、工资关系还留在我们厂里。"

"叫他把关系转走，我们厂不能白养这种不干活的人。"乔光朴朝李干一挥手，"走，咱俩去看看。"

乔光朴和李干坐车去生产队，在半路就碰上了郗望北骑着自行车正往厂里赶。李干喊住了他："望北，怎么样？"

"解决完了。"郗望北答了一声，骑上车又跑，好像有什么急事在等着他。

李干冲郗望北赞赏地点点头："真行，有一套办法。"他叫司机开车追上郗望北，脑袋探出车外喊："你跑这么急，有什么事？乔厂长回来了。"

郗望北停下自行车，向坐在吉普车里的乔光朴打了招呼，说："一车间下线出了问题。"

郗望北把自行车交给李干，跳上吉普车奔一车间。李干在后边大声喊："乔厂长，我找你还有事没说完哩。"

是啊，事儿总是不断的，快到年底了，最紧张也最容易出事。可这会儿乔光朴最担心是一车间出问题影响全厂的任务。

他和郗望北走进一车间下线工段，只见车间主任正跟副总工程师童贞一个劲讲好话。童贞以她特有的镇静和执拗摇着头。车间主任渐渐耐不住性子了。这种女人，真是从来没见过。她不喊不叫，脸上甚至还挂着甜蜜蜜的笑容，说话温柔好听，可就是在技术问题上一点也不让步。不管你跟她发多大火，她总是那副温柔可亲的样子,但最后你还得按她的意见办。

车间主任正在气头上,一眼看见乔光朴,以为能治住这个女人的人来了,忙迎上去,抢个原告:"乔厂长,我们计划提前八天完成全年任务,明年一开始就来个开门红。可是这个十万千瓦发电机的下部线圈击穿率只超过百分之一,童总就非叫我们返工不可。您当然知道,百分之一根本不算什么,上半年我们的线圈超过百分之二十、三十,也都走了。"

乔光朴问:"击穿率超过的原因找到了吗?"

车间主任:"还没有。"

童贞接过来说:"不,找到了,我已经向你说过两次了,是下线时掉进灰尘,再加鞋子踩脏。叫你们搭个塑料棚,把发电机罩起来。工人下线时要换上干净衣服,在线圈上铺橡皮,脚不直接踩线圈。可你们嫌麻烦!"

"噢。嫌麻烦。搞废品省事,可是国家就麻烦了。"乔光朴看看车间主任,嘲讽地说,"为什么要文明生产,什么是质量管理制度,你在考试的时候答得不错呀。原来说是说,做是做呀!好吧,彻底返工。扣除你和给这个电机下线的工人的奖金。"

车间主任愣了。

童贞赶紧求情:"老乔,他们就是返工也能完成任务,不应该扣他们的奖金。""这不是你的职责!"乔光朴看也不看童贞,冷冷地说,"因返工而造成的时间和材料的损失呢?"说完他头也不回地拉着郗望北走出了车间。

车间主任苦笑着对童贞说:"服务大队的人反他,我们拼命保他,你看他对我们也是这么狠。"

童贞一句话没说。对技术问题,她一丝不苟,对这种事情,她插不上手。她所能做的,只是设法宽慰车间主任的心。

四

童贞知道乔光朴心情不好,就买了四张《秦香莲》的京剧票,晚上拉着郗望北夫妇一块去看戏。郗望北还没有回家,他们只好把票子留下,先拉上外甥媳妇去了戏院。

三个人要进戏院门口的时候,李干不知从什么地方钻出来。乔光朴一见他那样子,知道有事,便叫童贞她们先进场,自己跟着李干来到戏院后面一个清静的地方。站定以后，乔光朴问："什么事？"

他态度沉着，眼睛里似有一种因挫折而激出来的威光。李干见厂长这副样子，像吞了定心丸，紧张的情绪也缓和下来了。说："服务大队有人要闹事。"

"谁？"

"杜兵挑头，行政科刷下来的王秃子在后边使劲，他们叫嚷冀申也支持他们。杜兵三天没上班，和市里那批静坐示威的人可能挂上钩了。今天下午，他回厂和几个人嘀咕了一阵子，写了几张大字报，说是要贴到市委去，还要到市委门口去绝食。"

乔光朴看看精明能干的李干，问："你有点害怕了？"

李干说："我不怕他们。他们的矛头主要是朝你来的。"

乔光朴笑了："那些你别管，你就严格按制度办事。无故不上班的按旷工论处？不愿干的、想退职的悉听尊便。"

一个领导，要比被他领导的人坚强。乔光朴的态度鼓舞了李干，他也笑了："你散戏回家的道上要留神。我走了。"

乔光朴回到剧场刚坐下，催促观众安静的铃声就响了。像踩着铃声一样，又进来几个很有身份的人，坐在他们前一排的正中间座位上，冀申竟也在其中。他那灵活锐利的目光，显然在刚进场的时候就已经看见这几个人了。他回过头来，先冲童贞点点头，然后亲热地向乔光朴伸出手说："你回来啦？收获怎么样？你这常胜将军亲自出马，必定会马到成功。"

乔光朴讨厌在公共场合故意旁若无人的高声谈笑，只是摇摇头没吭声。

冀申带着一副俯就的样子，望着乔光朴说："以后有事到外贸局，一定去找我，千万不要客气。"

乔光朴觉得嗓子眼里像吞了只苍蝇。在人类感情方面，最叫人受不了的就是得意之色。而乔光朴现在从冀申脸上看到的正是这种神色。他怎么也想不通冀申这种得意之情是从哪儿来的。是无缘无故的高升？还是讥笑他乔光朴的吃力不讨好？

冀申的确感到了自己现在比乔光朴地位优越，正像几个月前他感到乔光朴比自己地位优越一样。他曾对乔光朴是那样的妒嫉过，但是如果今天让他和乔光朴掉换一下，让他付出乔光朴那样的代价去换取电机厂生产面貌的改观，他是不干的。他认为一个人把身家性命押在一场运动上，在政治上是犯忌的，一旦中央政策有变，自己就会成为牺牲品。搞现代化也是一场运动，乔光朴把命都放在这上面了，等于把自己推到了危险的悬崖上，随时都有再被摔下去的可能。电机厂反他的火药似乎已经点着了，冀申选这个时候离电机厂，很为自己在政治上的远见卓识得意。今晚在这个场合看见了乔光朴，使他十分得意的心情上又加了十分。他悠然自得地看着戏，间或向身边的人发上几句议论。

可是坐在他后边的乔光朴，却无论怎样强制自己集中精神，也看不明白台上在演什么。他正琢磨找个什么借口离开这儿，又不至于伤那两个女人的心。郗望北在服务员手电光的引导下坐在了乔光朴的身边。童贞小声问他为什么来晚了，他的妻子问他吃晚饭没有，他哼哼叽叽只点点头。他坐了一会，斜眼瞄瞄乔光朴，轻声说："厂长，您还坐得下去吗？咱们别在这儿受罪了！"

乔光朴一摆脑袋，两个人离开了座位。他们来到剧场前厅，童贞追了出来。郗望北赶忙解释："我来找乔厂长谈出差的事。乔厂长到机械部获得了我们厂可能得到的最大的支持，又到电力部揽了不少大机组。下面就是材料、燃料和各关系户的协作问题。这些问题光靠写在纸面上的合同、部里的文件和乔厂长的果断都是不能解决的。解决这些是副厂长的本分。"

乔光朴没有料到郗望北会自愿请行，自己出去都没办来，不好叫副手再出去。而且，他能办来吗？郗望北显然是看出了乔光朴的难处和疑虑。这一点使他心里很不舒服。

童贞问："这么仓促？明天就走吗？"

"刚才征得党委书记同意，已经叫人去买车票了，也许连夜出发呢。"郗望北望着童贞，实际是说给乔光朴听。他知道乔光朴对他出去并不抱信心，又说："乔厂长作为领导大型企业的厂长，眼下有一个致命的弱点，不了解人的关系的变化。现在人与人之间的关系不同于战争年代，不同于五八年，也不同于文化大革命刚开始的那两年。历史在变，人也在变。连外国资本家都懂得人事关系的复杂难处，工业发展到一定程度，就大量搞自动化，使用机器人。机器人有个最大的优点，就是没有血肉，没有感情，但有铁的纪律，铁的原则。人的优点和缺点全在于有思想感情。有好的思想感情，也有坏的，比如偷懒耍滑、投机取巧、走后门等等。掌握人的思想感情是世界上最复杂的一门科学。"他突然把目光转向乔光朴，"您精通现代化企业的管理，把您的铁腕、精力要用在厂内。有重大问题要到局里、部里去，您可以亲自出马，您的牌子硬，说话比我们顶用。和兄弟厂、区社队、街道这些关系户打交道,应交给副厂长和科长们。这也可以留有余地,即便下边人捅了漏子,您还可以出来收场。什么事都亲自出头,厂长在外边顶了牛叫下边人怎么办?霍局长不是三令五申,提倡重大任务要敢立军令状吗,我这次出去也可以立军令状。但有一条,我反正要达到咱们的目的,不违犯国家法律,至于用什么办法,您最好别干涉。"

乔光朴左颊上的肉棱子跳动起来,用讥讽的目光瞧着郗望北,没有说话。

这下把郗望北激恼了:"如果有一天社会风气改变了,您可以为我现在办的事狠狠处罚我,我非常乐于接受。但是社会风气一天不改,您就没有权利嘲笑我的理论和实践。因为这一套现在能解决问题。"

"你可以去试一试。"乔光朴说,"但不许你再鼓吹那一套,而且每干一件事总要先发表一通理论。我生平最讨厌编造真理的人。"他要童贞继续陪外甥媳妇看戏,自己去找石敢了。

童贞同情地望着丈夫的背影,乔光朴不失常态,脚步坚定有力。她知道他时常把自己的痛苦和弱点掩藏起来,一个人悄悄地治疗,甚至在她面前也不表示沮丧和无能。有人坚强是因为被自尊心所强制,乔光朴却是被肩上的担子所强制的。电机厂好不容易搞成这个样子,如果他一退坡,立刻就会垮下来,他没有权利在这种时候表示软弱和胆怯。

郗望北却望着乔光朴的背影笑了。

童贞忧虑地说:"我一听到你们俩谈话就担心,生怕你们会吵起来。"

"不会的。"郗望北亲热地扶住童贞的胳膊说,"老姨,我说点使您高兴的话吧,乔厂长是目前咱们国家里不可多得的好厂长。您不见咱们厂好多干部都在学他的样子,学他的铁腕,甚至学他说话的腔调。在这样的厂长手下是会干出成绩来的。我不能说喜欢他,可是他整顿厂子的魄力使我折服。他这套作风,在五八年以前的厂长们身上并不稀少,现在却非常珍贵了。他对我也有一股强大的吸引力,不过我在拼命抵抗,不想完全向他投降。他瞧不起窝囊废。"

他看看手表:"哎呀,我得赶紧走了。说实话,给他这样的厂长当副手,也是真辛苦。"说完匆匆走了。

五

石敢在灯下仔细地研究着一封封控告信，这些信有的是直接写给厂党委的，有的是从市委和中央转来的。他的心情是复杂的，有恼怒，有惊怕，也有愧疚。控告信告的全是乔光朴，不仅没有一句控告他这个党委书记的话，甚至把他当做了乔光朴大搞夫妻店，破坏民主，独断专行的一个牺牲品。说乔光朴把他当成了聋子耳朵——摆设，在政治上把他搞成了活哑巴，这本来是他平时惯于装聋作哑的成绩，他应该庆幸自己在政治上的老谋深算。但现在他却异常憎恨自己，他开脱了自己却加重了老乔的罪过，这是他没有料到的。他算一个什么人呢？况且这几个月他的心叫乔光朴燎得已经活泛了。他的感情和理智一直在进行争斗，而且是感情占上风的时候多，在几个重要问题上他不仅是默许，甚至是暗地支持了乔光朴。他想如果干部都像老乔，而不像他石敢，如果工厂都像现在电机厂这么搞，国家也许能很快搞成个样子；党也许能返老还童，机体很快康复起来。可是这些控告信又像一顿冰雹似地撸头盖脸砸下来，可能将要被砸死的是乔光朴，但是却首先狠狠地砸伤了石敢那颗已经创伤累累的心。他真不知道怎样对付这些控告信，他生怕杜兵这些人和社会上那些正在闹事的人串联起来，酿成乱子。

石敢注意力全集中在控告信上，听见外面有人喊他，开开门见是霍大道，赶紧让进屋。

霍大道看看屋子："老乔没在你这儿？"

"他没来。"

"嗯？"霍大道端起石敢给他沏的茶喝了一口，"我听说他回来了，吃过饭就去看他，碰了锁，我估计他会到你这儿来。"

"他们两口子看戏去了。"石敢说。

"噢，那我就在这儿等吧，今天晚上不管有多好的戏，他也不会看下去。可惜童贞的一片苦心。"霍大道轻轻笑了。

石敢表示怀疑地说："他可是戏迷。"

"你要不信，咱俩打赌。"霍大道今晚上的情绪非常好，好像根本没注意石敢那愁眉苦脸的样子。又自言自语地说："他真正迷的是他的专业、他的工厂。"

霍大道扫了一眼石敢桌上的那一堆控告信，好像不经意似地随便问道："他都知道了吗？"

石敢摇摇头。

"出差的收获怎么样，心情还可以吗？"

石敢又摇摇头。刚想说什么，门忽然开了，乔光朴走进来。

霍大道突然哈哈大笑，使劲拍了一下石敢的肩膀。

这下把乔光朴笑傻了。石敢赶紧收藏控告信。这一回他的神情引起了乔光朴的注意。乔光朴走过去抓起一张纸看起来。

霍大道向石敢示意："都给他看看吧。"

心里并不畅快的乔光朴，看完一封封控告信，暴怒地把桌子一拍："混蛋，流氓！"

他急促地在屋里走着，左颊上的肌肉不住地颤抖。突然，嘴里咯嘣一声，一个下糟牙碎成了两半。他没有吱声，把掉下来的半块牙齿吐掉。他走到霍大道跟前，霍大道悠闲而专心地看报，没有看他。他问石敢："你打算怎么办？"

石敢扫一眼乔光朴说："现在你可以离开这个厂了，今年的任务肯定能完成，你完全可以回局交令。我一个人留下来，风波不平我不走。"

乔光朴吼起来："你说什么？叫我溜？电机厂还要不要？"

"你这个人还要不要？你要再完蛋了，要伤一大批人的心，往后谁还干！"石敢实际也是说给霍大道听。

霍大道静静看着他们俩，就是不吭声。

乔光朴怒不可遏，在屋里来回蹓跶，嘴里嚷着："我不怕这一套，我当一天厂长，就得这么干！"石敢终于忍不住走到霍大道跟前说："霍局长，你说怎么办？"

霍大道淡淡地说："几封控告信就把你吓成这个样子。不过你还够朋友，挺讲义气，让老乔先撤，你为他两肋插刀顶上一阵子，然后两人一块上山。嗯，真不错。石敢同志大有进步了。"

石敢的脸腾一下红了。

霍大道含笑对乔光朴说："老乔，你回电机厂这半年，有一条很大的功绩，就是把一个哑巴饲养员培养成了国家的十二级干部。石敢现在变化很大了，说话多了，以前需要别人绑上拖着去上任，现在自己又想当书记又想兼厂长。老石同志,你别脸红,我说的是实话。你现在开始有点像个党委书记了。不过有件事我还得批评你,冀申调动,不符合组织手续,没有通过局党委,你为什么放他走?"

石敢脸一红一白,这么大老头子了,他还没吃过这样的批评。

霍大道站起来走到乔光朴身边,透澈肺腑的目光,久久地盯住对方:"怎么把牙都咬碎了,不值得。在我们民族的老俗话中,我喜爱这一句:宁叫人打死,不叫人吓死!请问:你的精力怎么分配?"

"百分之四十用在厂内正事上,百分之五十用去应付扯皮,百分之十应付挨骂、挨批。"乔光朴不加思索地说。

"太浪费了。百分之八十要用在厂里的正事上,百分之二十用来研究世界机电工业发展状态。"霍大道突然态度异常严肃起来,"老乔,搞现代化并不单纯是个技术问题,还要得罪人。不干事才最保险,但那是真正的犯罪。什么误解呀,委屈呀,诬告呀,咒骂呀,讥笑呀,悉听尊便。我在台上,就当主角,都得听我这么干。我们要的是实现现代化的'时间和数字',这才是人民根本的和长远的利益所在。眼下不过是开场,好戏还在后头呢!"

霍大道见两个人的脸色越来越开朗,继续说:"昨天我接到部长的电话,他对你在电机厂的搞法很感兴趣,还叫我告诉你,不妨把手脚再放开一点,各种办法都可试一试,积累点经验,存点问题,明年春天我们到国外去转一圈。中国现代化这个题目还得我们中国人自己做,但考察一下先进国家的做法还是有好处……

三个人坐下,一边喝着茶,一边谈起来,越谈兴致越高。霍大道突然对乔光朴说:"听说你学黑头学的不错,来两口叫咱们听听。"

"行。"乔光朴毫不客气,喝了一口水,把脸稍微一侧,用很有点裘派的味道唱起来:

包龙图,打坐在开封府!

……

(选自《人民文学》1979年第7期。)

点评

  乔厂长是改革派的一个代表，他在电机厂推行雷厉风行、大刀阔斧的改革，引发了各种反对及抵抗。但是，他的改革却顺应时世，大得人心，扎实推进，在短短半年时间内就取得了骄人成绩。时间和数字、效率就是最好的证明。当然，改革过程绝不会一帆风顺，作家也设置了乔厂长的对立面、中间明哲保身派等各种力量。但是，作为一种先进的思想和力量，改革大潮无人能挡，无人能敌。这篇小说因为反映了这样一种时代大趋势，为改革鼓呼，发出时代的先声，因此成为了改革文学的一篇重要代表作。

高晓声(1928—1999)

江苏武进人。50年代开始创作,代表作有《李顺大造屋》《陈奂生上城》等。

陈奂生上城

一

漏斗户主("漏斗户主":系作者写的另一篇小说《漏斗户主》(发表于《钟山》1979年第2期)主人公陈奂生的外号。漏斗户,意指常年负债的穷苦人家。)陈奂生,今日悠悠上城来。

一次寒潮刚过,天气已经好转,轻风微微吹,太阳暖烘烘,陈奂生肚里吃得饱,身上穿得新,手里提着一个装满东西的干干净净的旅行包,也许是气力大,也许是包儿轻,简直像拎了束灯草,晃荡晃荡,全不放在心上。他个儿又高、腿儿又长,上城三十里,经不起他几晃荡;往常挑了重担都不乘车,今天等于是空身,自更不用说,何况太阳还高,到城嫌早,他尽量放慢脚步,一路如游春看风光。

他到城里去干啥?他到城里去做买卖。稻子收好了,麦垄种完了,公粮余粮卖掉了,口粮柴草分到了,乘这个空当,出门活动活动,赚几个活钱买零碎。自由市场开放了,他又不投机倒把,卖一点农副产品,冠冕堂皇。

他去卖什么?卖油绳(油绳:一种油煎的面食。)。自家的面粉,自家的油,自己动手做成的。今天做好今天卖,格啦嘣脆,又香又酥,比店里的新鲜,比店里的好吃,这旅行包里装的尽是它;还用小塑料袋包装好,有五根一袋的,有十根一袋的,又好看,又干净。一共六斤,卖完了,稳赚三元钱。

赚了钱打算干什么?打算买一顶簇新的、刮刮叫的帽子。说真话,从三岁以后，四十五年来，没买过帽子。解放前是穷，买不起；解放后是正当青年，用不着；"文化大革命"以来，肚子吃不饱，顾不上穿戴，虽说年纪到把，也怕脑后风了。正在无可奈何，幸亏有人送了他一顶"漏斗户主"帽，也就只得戴上，横竖不要钱。七八年决分以后，帽子不翼而飞，当时只觉得头上轻松，竟不曾想到冷。今年好像变娇了，上两趟寒流来，就缩头缩颈，伤风打喷嚏，日子不好过，非买一顶帽子不行。好在这也不是大事情，现在活路大，这几个钱，上一趟城就赚到了。

陈奂生真是无忧无虑，他的精神面貌和去年大不相同了。他是过惯苦日子的，现在开始好起来，又相信会越来越好，他还不满意吗？他满意透了。他身上有了肉，脸上有了笑；有时候半夜里醒过来，想到囤里有米、橱里有衣，总算像家人家了，就兴致勃勃睡不着，禁不住要把老婆推醒了陪他聊天讲闲话。

提到讲话，就触到了陈奂生的短处，对着老婆，他还常能说说，对着别人，往往默默无言。他并非不想说，实在是无可说。别人能说东道西，扯三拉四，他非常羡慕。他不知道别人怎么会碰到那么多新鲜事儿，怎么会想得出那么多特别的主意，怎么会具备那么多离奇的经历，怎么会记牢那么多怪异的故事，又怎么会讲得那么动听。他毫无办法，简直犯了死症毛病，他从来不会打听什么，上一趟街，回来只会说"今天街上人多"或"人少"、"猪行里有猪"、"青菜贱得卖不掉"……之类的话。他的经历又和村上大多数人一样，既不特别，又是别人一目了然的，讲起来无非是"小时候娘常打我的屁股，爹倒不凶"、"也算上了四年学，早忘光了"、"三九年大旱，断了河底，大家捉鱼吃"、"四九年改朝换代，共产党打败了国民党"、"成亲以后，养了一个儿子、一个小女"……索然无味，等于不说。他又看不懂书；看戏听故事，又记不牢。看了《三打白骨精》，老婆要他讲，他也只会说："孙行者最凶，都是他打死的。"老婆不满足，又问白骨精是谁，他就说："是妖怪变的。"还是儿子巧，声明"白骨精不是妖怪变的，是白骨精变成的妖怪。"才算没有错到底。他又想不出新鲜花样来，比如种田，只会讲"种麦要用锄头抨碎泥块"、"莳秧一蔸莳六棵"……谁也不要听。再如这卖油绳的行当，也根本不是他发明的，好些人已经做过一阵了，怎样用料？怎样加工？怎样包装？什么价钱？多少利润？什么地方、什么时间买客多、销路好？都是向大家学来的经验。如果他再向大家夸耀，岂不成了笑话！甚至刻薄些的人还会吊他的背筋："嗳！连'漏斗户主'也有油、粮卖油绳了，还当新闻哩!"还是不开口也罢。

如今,为了这点,他总觉得比别人矮一头。黄昏空闲时,人们聚拢来聊天,他总只听不说,别人讲话也总不朝他看,因为知道他不会答话,所以就像等于没有他这个人。他只好自卑,他只有羡慕。他不知道世界上有"精神生活"这一个名词,但是生活好转以后,他渴望到精神生活。哪里有听的,他爱去听,哪里有演的,他爱去看,没听没看,他就觉得没趣。有一次大家闲谈,一个问题专家出了个题目:"在本大队你最佩服哪一个?"他忍不住也答了腔,说:"陆龙飞最狠。"人家问:"一个说书的,狠什么?"他说:"就为他能说书,我佩服他一张嘴。"引得众人哈哈大笑。

于是,他又惭愧了,觉得自己总是不会说,又被人家笑,还是不说为好。他总想,要是能碰到一件大家都不曾经过的事情,讲给大家听听就好了,就神气了。

二

当然,陈奂生的这个念头,无关大局,往往蹲在离脑门三四寸的地方,不大跳出来,只是在尴尬时冒一冒尖,让自己存个希望罢了。比如现在上城卖油绳,想着的就只是新帽子。

尽管放慢脚步,走到县城的时候,还只下午六点不到。他不忙做生意,先就着茶摊,出一分钱买了杯热茶,啃了随身带着当晚餐的几块僵饼,填饱了肚子,然后向火车站走去。一路游街看店,遇上百货公司,就弯进去侦察有没有他想买的帽子,要多少价钱?三爿店查下来,他找到了满意的一种。这时候突然一拍屁股,想到没有带钱。原先只想卖了油绳赚了利润再买帽子,没想到油绳未卖之前商店就要打烊;那么,等到赚了钱,这帽子就得明天才能买了。可自己根本不会在城里住夜,一无亲,二无眷,从来是连夜回去的,这一趟分明就买不成,还得光着头冻几天。

受了这点挫折,心情不挺愉快,一路走来,便觉得头上凉飕飕,更加懊恼起来。到火车站时,已过八点了。时间还早,但既然来了,也就选了一块地方,敞开包裹,亮出商品,摆出摊子来。这时车站上人数不少,但陈奂生知道难得会有顾客,因为这些都是吃饱了晚饭来候车的,不会买他的油绳,除非小孩嘴馋吵不过，大人才会买。只有火车上下车的旅客到了，生意才会忙起来。他知道九点四十分、十点半，各有一班车到站，这油绳到那时候才能卖掉，因为时近半夜，店摊收歇，能买到吃的地方不多，旅客又饿了，自然争着买。如果十点半卖不掉，十一点二十分还有一班车，不过太晏了，陈奂生宁可剩点回去也不想等，免得一夜不得睡，须知跑回去也是三十里啊。

果然不错，这些经验很灵，十点半以后，陈奂生的油绳就已经卖光了。下车的旅客一拥而上，七手八脚，伸手来拿，把陈奂生搞得昏头昏脑，卖完一算账，竟少了三角钱，因为头昏，怕算错了，再认真算了一遍，还是缺三角，看来是哪个贪小利拿了油绳未付款。他叹了一口气，自认晦气。本来他也晓得，人家买他的油绳，是不能向公家报销的，那要吃而不肯私人掏腰包的，就会耍一点魔术，所以他总是特别当心，可还是丢失了，真是双拳不敌四手，两眼难顾八方。只好认了吧，横竖三块钱赚头，还是有的。

他又叹了口气，想动身凯旋回府。谁知一站起来，双腿发软，两膝打颤，竟是浑身无力。他不觉大吃一惊，莫非生病了吗？刚才做生意，精神紧张，不曾觉得，现在心定下来，才感到浑身不适，原先喉咙嘶哑，以为是讨价还价喊哑的，现在连口腔上牙都像冒烟，鼻气火热；一摸额头，果然滚烫，一阵阵冷风吹得头皮好不难受。他毫无办法，只想先找杯热茶解渴。那时茶摊已无，想起车站上有个茶水供应地方，便强撑着移步过去。到了那里，打开龙头，热水倒有，只是找不到茶杯。原来现在讲究卫生，旅客大都自带茶缸，车站上落得省劲，就把杯子节约掉了。陈奂生也顾不得卫生不卫生，双手捧起龙头里流下的水就喝。那水倒也有点烫，但陈奂生此时手上的热度也高，还忍得住，喝了几口，算是好过一点。但想到回家，竟是千难万难；平常时候，那三十里路，好像经不起脚板一颠，现在看来，真如隔了十万八千里，实难登程。他只得找个位置坐下，耐性受痛，觉得此番遭遇，完全错在忘记了带钱先买帽子，才受凉发病。一着走错，满盘皆输；弄得上不上、下不下，进不得、退不得，卡在这儿，真叫尴尬。万一严重起来，此地举目无亲，耽误就医吃药，岂不要送掉老命！可又一想，他陈奂生是个堂堂男子汉，一生干净，问心无愧，死了也口眼不闭；活在世上多种几年田，有益无害，完全应该提供宽裕的时间，没有任何匆忙的必要。想到这里，陈奂生高兴起来，他嘴巴干燥，笑不出声，只是两个嘴角，向左右同时咧开，露出一个微笑。那扶在椅上的右手，轻轻提了起来，像听到了美妙的乐曲似的，在右腿上赏心地拍了一拍，松松地吐出口气，便一头横躺在椅子上卧倒了。

三

一觉醒来，天光已经大亮，陈奂生肢体瘫软，头脑不清，眼皮发沉，喉咙痒痒地咳了几声；他懒得睁眼，翻了一个身便又想睡。谁知此身一翻，竟浑身颤了几颤，一颗心像被线穿着吊了几吊，牵肚挂肠。他用手一摸，身下贼软；连忙一个翻身，低头望去，证实自己猜得一点不错，是睡在一张棕绷大床上。陈奂生吃了一惊，连忙平躺端正，闭起眼睛，要弄清楚怎么会到这里来的。他好像有点印象，一时又糊涂难记，只得细细琢磨，好不容易才想出了县委吴书记和他的汽车，一下子理出头绪，把一串细关节都拉了出来。

原来陈奂生这一年真交了好运，逢到急难，总有救星。他发高烧昏睡不久，候车室门口就开来一部吉普车，载来了县委书记吴楚。他是要乘十二点一刻那班车到省里去参加明天的会议。到火车站时，刚只十一点四十分，吴楚也就不忙，在候车室踱起步来，那司机一向要等吴楚进了站台才走，免得他临时有事找不到人，这次也照例陪着。因为是半夜，候车室旅客不多，吴楚转过半圈，就发现了睡着的陈奂生。吴楚不禁笑了起来，他今秋在陈奂生的生产队里蹲了两个月，一眼就认出他来，心想这老实肯干的忠厚人，怎么在这儿睡着了？若要乘车，岂不误事。便走去推醒他；推了一推，又发现那屁股底下，垫着个瘪包，心想坏了，莫非东西被偷了？就着紧推他，竟也不醒。这吴楚原和农民玩惯了的，一时调皮起来，就去捏他的鼻子；一摸到皮肤热辣辣，才晓得他病倒了，连忙把他扶起，总算把他弄醒了。

这些事情，陈奂生当然不晓得。现在能想起来的，是自己看到吴书记之后，就一把抓牢，听到吴书记问他："你生病了吗？"他点点头。吴书记问他："你怎么到这里来的？"他就去摸了摸旅行包。吴书记问他："包里的东西呢？"他就笑了一笑。当时他说了什么？究竟有没有说？他都不记得；只记得吴书记好像已经完全明白了他的意思，便和驾驶员一同扶他上了车，车子开了一段路，叫开了一家门（机关门诊室），扶他下车进去，见到了一个穿白衣服的人，晓得是医生了。那医生替他诊断片刻，向吴书记笑着说了几句话（重感冒，不要紧），倒过半杯水，让他吃了几片药，又包了一点放在他口袋里，也不曾索钱，便代替吴书记把他扶上了车，还关照说："我这儿没有床，住招待所吧，安排清静一点的地方睡一夜就好了。"车子又开动，又听吴书记说："还有十三分钟了，先送我上车站，再送他上招待所，给他一个单独房间，就说是我的朋友……"

陈奂生想到这里，听见自己的心扑扑跳得比打钟还响，合上眼皮，流出晶莹的泪珠，在眼角膛里停留片刻，便一条线挂下来了。这个吴书记真是大好人，竟看得起他陈奂生，把他当朋友，一旦有难，能挺身而出，拔刀相助，救了他一条性命，实在难得。

陈奂生想，他和吴楚之间，其实也谈不上交情，不过认识罢了。要说有什么私人交往，平生只有一次。记得秋天吴楚在大队蹲点，有一天突然闯到他家来吃了一顿便饭，听那话音，像是特地来体验体验"漏斗户"的生活改善到什么程度的；还带来了一斤块块糖，给孩子们吃。细算起来，等于两顿半饭钱。那还算什么交情呢！说来说去，是吴书记做了官不曾忘记老百姓。

陈奂生想罢，心头暖烘烘，眼泪热辣辣，在被口上拭了拭，便睁开来细细打量这住的地方，却又吃了一惊。原来这房里的一切，都新堂堂、亮澄澄，平顶（天花板）白得耀眼，四周的墙，用青漆漆了一人高，再往上就刷刷白，地板暗红闪光，照出人影子来；紫檀色五斗橱，嫩黄色写字台，更有两张出奇的矮凳，比太师椅还大，里外包着皮，也叫不出它的名字来。再看床上，垫的是花床单，盖的是新被子，雪白的被底，崭新的绸面，刮刮叫三层新。陈奂生不由自主地立刻在被窝里缩成一团，他知道自己身上（特别是脚）不大干净，生怕弄脏了被子……随即悄悄起身，悄悄穿好了衣服，不敢弄出一点声音来，好像做了偷儿，被人发现就会抓住似的。他下了床，把鞋子拎在手里，光着脚跑出去；又眷顾着那两张大皮椅，走近去摸一摸，轻轻捺了捺，知道里边有弹簧，却不敢坐，怕压瘪了弹不饱；然后才真的悄悄开门，走出去了。

到了走廊里，脚底已冻得冰冷，一瞧别人是穿了鞋走路的，知道不碍，也套上了鞋。心想吴书记照顾得太好了，这哪儿是我该住的地方！一向听说招待所的住宿费贵，我又没处报销，这样好的房间，不知要多少钱，闹不好，一夜天把顶帽子钱住掉了，才算不来呢。

他心里不安，赶忙要弄清楚。横竖他要走了，去付了钱吧。

他走到门口柜台处，朝里面正在看报的大姑娘说："同志，算账。"

"几号房间?"那大姑娘恋着报纸说,并未看他。

"几号不知道。我住在最东那一间。"

那姑娘连忙丢了报纸,朝他看看,甜甜地笑着说:"是吴书记汽车送来的?你身体好了吗?"

"不要紧,我要回去了。"

"何必急,你和吴书记是老战友吗?你现在在哪里工作?……"大姑娘一面软款款地寻话说,一面就把开好的发票交给他,笑得甜极了。陈奂生看看她,真是绝色!

但是,接到发票,低头一看,陈奂生便像给火钳烫着了手。他认识那几个字,却不肯相信。"多少?"他忍不住问,浑身燥热起来。

"五元。"

"一夜天?"他冒汗了。

"是一夜五元。"

陈奂生的心,忐忐忑忑大跳。"我的天!"他想,"我还怕困掉一顶帽子,谁知竟要两顶!"

"你的病还没有好,还正在出汗呢!"大姑娘惊怪地说。

千不该,万不该,陈奂生竟说了一句这样的外行话:"我是半夜里来的呀!"

大姑娘立刻看出他不是一个人物,她不笑了,话也不甜了,像菜刀剁着砧板似的笃笃响着说:"不管你什么时候来,横竖到今午十二点为止,都收一天钱。"这还是客气的,没有嘲笑他,是看了吴书记的面子。

陈奂生看着那冷若冰霜的脸,知道自己说错了话,得罪了人,哪里还敢再开口,只得抖着手伸进袋里去摸钞票,然后细细数了三遍,数定了五元;交给大姑娘时,那外面一张人民币,已经半湿了,尽是汗。

这时大姑娘已在看报,见递来的钞票太零碎,更皱了眉头。但她还有点涵养,并不曾说什么,收进去了。

陈奂生出了大价钱,不曾讨得大姑娘欢喜,心里也有点忿忿然。本想一走了之,想到旅行包还丢在房间里,就又回过来。

推开房间,看看照出人影的地板,又站住犹豫:"脱不脱鞋?"一转念,忿忿想到,"出了五元钱呢!"再也不怕弄脏,大摇大摆走了进去,往弹簧太师椅上一坐,"管它,坐瘪了不关我事,出了五元钱呢。"

他饿了，摸摸袋里还剩一块僵饼，拿出来啃了一口，看见了热水瓶，便去倒一杯开水和着饼吃。回头看刚才坐的皮凳，竟没有瘪，便故意立直身子，扑通坐下去……试了三次，也没有坏，才相信果然是好家伙。便安心坐着啃饼，觉得很舒服。头脑清爽，热度退尽了，分明是刚才出了一身大汗的功劳。他是个看得穿的人，这时就有了兴头，想道："这等于出晦气钱——譬如买药吃掉！"

啃完饼，想想又肉痛起来，究竟是五元钱哪！他昨晚上在百货店看中的帽子，实实在在是二元五一顶，为什么睡一夜要出两顶帽钱呢？连沈万山（沈万山：民间传说里明初的大富翁。）都要住穷的；他一个农业社员，去年工分单价七角，困一夜做七天还要倒贴一角，这不是开了大玩笑！从昨半夜到现在，总共不过七八个钟头，几乎一个钟头要做一天工，贵死人！真是阴错阳差，他这副骨头能在那种床上躺尸吗！现在别的便宜拾不着，大姑娘说可以住到十二点，那就再困吧，困到足十二点走，这也是捞着多少算多少。对，就是这个主意。

这陈奂生确是个向前看的人，认准了自然就干，但刚才出了汗，吃了东西，脸上嘴上，都不惬意，想找块毛巾洗脸，却没有。心一横，便把提花枕巾捞起来干擦了一阵，然后衣服也不脱，就盖上被头困了，这一次再也不怕弄脏了什么，他出了五元钱呢。——即使房间弄成了猪圈，也不值！

可是他睡不着，他想起了吴书记。这个好人，大概只想到关心他，不曾想到他这个人经不起这样高级的关心。不过人家忙着赶火车，哪能想得周全！千怪万怪，只怪自己不曾先买帽子，才伤了风，才走不动，才碰着吴书记，才住招待所，才把油绳的利润搞光，连本钱也蚀掉一块多……那么，帽子还买不买呢？他一狠心：买，不买还要倒霉的！

想到油绳，又觉得肚皮饿了。那一块僵饼，本来就填不饱，可惜昨夜生意太好，油绳全卖光了，能剩几袋倒好；现在懊悔已晚，再在这床上困下去，会越来越饿，身上没有粮票，中饭到哪里去吃！到时候饿得走不动，难道再在这儿住一夜吗？他慌了，两脚一踹，把被头踢开，拎了旅行包，开门就走。此地虽好，不是久恋之所，虽然还剩得有二三个钟点，又带不走，忍痛放弃算了。

他出得门来，再无别的念头，直奔百货公司，把剩下来的油绳本钱，买了一顶帽子，立即戴在头上，飘然而去。

一路上看看野景，倒也容易走过；眼看离家不远，忽然想到这次出门，连本搭利，几乎全部搞光，马上要见老婆，交不出账，少不得又要受气，得想个主意对付她。怎么说呢？就说输掉了；不对，自己从不赌。就说吃掉了；不对，自己从不死吃。就说被扒掉了；不对，自己不当心，照样挨骂。就说做好事救济了别人；不对，自己都要别人救济。就说送给一个大姑娘了，不对，老婆要犯疑……那怎么办？

陈奂生自问自答，左思右想，总是不妥。忽然心里一亮，拍着大腿，高兴地叫道："有了。"他想到此趟上城，有此一番动人的经历，这五块钱花得值透。他总算有点自豪的东西可以讲讲了。试问，全大队的干部、社员，有谁坐过吴书记的汽车？有谁住过五元钱一夜的高级房间？他可要讲给大家听听，看谁还能说他没有什么讲的！看谁还能说他没见过世面？看谁还能瞧不起他，唔！……他精神陡增，顿时好像高大了许多。老婆已不在他眼里了；他有办法对付，只要一提到吴书记，说这五块钱还是吴书记看得起他，才让他用掉的，老婆保证服帖。哈，人总有得意的时候，他仅仅花了五块钱就买到了精神的满足，真是拾到了非常的便宜货，他愉快地划着快步，像一阵清风荡到了家门……

果然，从此以后，陈奂生的身份显著提高了，不但村上的人要听他讲，连大队干部对他的态度也友好得多，而且，上街的时候，背后也常有人指点着他告诉别人说："他坐过吴书记的汽车"，或者"他住过五块钱一夜的高级房间"……公社农机厂的采购员有一次碰着他，也拍拍他的肩胛说："我就没有那个运气，三天两头住招待所，也住不进那样的房间。"

从此，陈奂生一直很神气，做起事来，更比以前有劲得多了。

（原载《人民文学》1980年第2期）

点评

一个农民进城，第一次住进宾馆"高级房间"，第一次享受各种服务。他惊奇意外，同时又有一种虚荣心的满足。然而得知住宿要花不少钱，心疼不已的他就开始想法"糟蹋"宾馆的物品，希望能把这些钱通过享受和破坏赢回来。而坐过县委书记的汽车和住过高级房间也变成了他在村子里重要的谈资，让他神气不已。这是一个典型的小农形象，一个有着阿Q精神孑遗的当代人物。作家的文笔充满了温和的讽刺与批判，对自己笔下的人物既爱其本色、淳朴，又批评其狭隘、虚荣和自私的弱点或劣根性。

汪曾祺(1920—1997)

生于江苏高邮市,当代作家、散文家、戏剧家、京派作家,代表作有《受戒》《大淖记事》《异秉》《沙家浜》等。

受 戒

明海出家已经四年了。

他是十三岁来的。

这个地方的地名有点怪,叫庵赵庄。赵,是因为庄上大都姓赵。叫做庄,可是人家住得很分散,这里两三家,那里两三家。一出门,远远可以看到,走起来得走一会,因为没有大路,都是弯弯曲曲的田埂。庵,是因为有一个庵。庵叫菩提庵,可是大家叫讹了,叫成荸荠庵,连庵里的和尚也这样叫。"宝刹何处?"——"荸荠庵。"庵本来是住尼姑的。"和尚庙"、"尼姑庵"嘛。可是荸荠庵住的是和尚。也许因为荸荠庵不大,大者为庙,小者为庵。

明海在家叫小明子。他是从小就确定要出家的。他的家乡不叫"出家",叫"当和尚"。他的家乡出和尚。就像有的地方出劁猪的,有的地方出织席子的,有的地方出箍桶的,有的地方出弹棉花的,有的地方出画匠,有的地方出婊子,他的家乡出和尚。人家弟兄多,就派一个出去当和尚。当和尚也要通过关系,也有帮。这地方的和尚有的走得很远。有到杭州灵隐寺的、上海静安寺的、镇江金山寺的、扬州天宁寺的。一般的就在本县的寺庙。明海家田少,老大、老二、老三,就足够种的了。他是老四。他七岁那年,他当和尚的舅舅回家,他爹、他娘就和舅舅商议,决定叫他当和尚。他当时在旁边,觉得这实在是在情在理,没有理由反对。当和尚有很多好处。一是可以吃现成饭,哪个庙里都是管饭的。二是可以攒钱。只要学会了放瑜伽焰口,拜梁皇忏,可以按例分到辛苦钱。积攒起来,将来还俗娶亲也可以;不想还俗,买几亩田也可以。当和尚也不容易，一要面如朗月，二要声如钟磬，三要聪明记性好。他舅舅给他相了相面，叫他前走几步，后走几步，又叫他喊了一声赶牛打场的号子："格当嘚——"说是"明子准能当个好和尚，我包了！"要当和尚，得下点本，——念几年书。哪有不认字的和尚呢！于是明子就开蒙入学，读了《三字经》、《百家姓》、《四言杂字》、《幼学琼林》、《上论、下论》、《上孟、下孟》，每天还写一张仿。村里都夸他字写得好，很黑。

舅舅按照约定的日期又回了家，带了一件他自己穿的和尚领的短衫，叫明子娘改小一点，给明子穿上。明子穿了这件和尚短衫，下身还是在家穿的紫花裤子，赤脚穿了一双新布鞋，跟他爹、他娘磕了一个头，就随舅舅走了。

他上学时起了个学名，叫明海。舅舅说，不用改了。于是"明海"就从学名变成了法名。

过了一个湖。好大一个湖！穿过一个县城。县城真热闹：官盐店，税务局，肉铺里挂着成扇的猪，一个驴子在磨芝麻，满街都是小磨香油的香味，布店，卖茉莉粉、梳头油的什么斋，卖绒花的，卖丝线的，打把式卖膏药的，吹糖人的，耍蛇的，……他什么都想看看。舅舅一劲地推他："快走！快走！"

到了一个河边，有一只船在等着他们。船上有一个五十来岁的瘦长瘦长的大伯，船头蹲着一个跟明子差不多大的女孩子，在剥一个莲蓬吃。明子和舅舅坐到舱里。船就开了。

明子听见有人跟他说话，是那个女孩子。

"是你要到荸荠庵当和尚吗？"

明子点点头。

"当和尚要烧戒疤呕！你不怕？"

明子不知道怎么回答，就含含糊胡地摇了摇头。

"你叫什么？"

"明海。"

"在家的时候？"

"叫明子。"

"明子！我叫小英子！我们是邻居。我家挨着荸荠庵。——给你！"

小英子把吃剩的半个莲蓬扔给明海，小明子就剥开莲蓬壳，一颗一颗吃起来。

大伯一桨一桨地划着,只听见船桨泼水的声音:
"哗——许(许,音hu,象声词。)!哗——许!"
……………

荸荠庵的地势很好,在一片高地上。这一带就数这片地高,当初建庵的人很会选地方。门前是一条河。门外是一片很大的打谷场。三面都是高大的柳树。山门里是一个穿堂。迎门供着弥勒佛。不知是哪一位名士撰写了一副对联:

大肚能容容天下难容之事

开颜一笑笑世间可笑之人

弥勒佛背后,是韦驮。过穿堂,是一个不小的天井,种着两棵白果树。天井两边各有三间厢房。走过天井,便是大殿,供着三世佛。佛像连龛才四尺来高。大殿东边是方丈,西边是库房。大殿东侧,有一个小小的六角门,白门绿字,刻着一副对联:

一花一世界

三藐三菩提

进门有一个狭长的天井,几块假山石,几盆花,有二间小房。

小和尚的日子清闲得很。一早起来,开山门,扫地。庵里的地铺的都是箩底方砖,好扫得很,给弥勒佛、韦驮烧一炷香,正殿的三世佛面前也烧一炷香、磕三个头,念三声"南无阿弥陀佛",敲三声磬。这庵里的和尚不兴做什么早课、晚课,明子这三声磬就全都代替了。然后,挑水,喂猪。然后,等当家和尚,即明子的舅舅起来,教他念经。

教念经也跟教书一样,师父面前一本经,徒弟面前一本经,师父唱一句,徒弟跟着唱一句。是唱哎。舅舅一边唱,一边还用手在桌上拍板。一板一眼,拍得很响,就跟教唱戏一样。是跟教唱戏一样,完全一样哎。连用的名词都一样。舅舅说,念经:一要板眼准,二要合工尺。说:当一个好和尚,得有条好嗓子。说:民国十年闹大水,运河倒了堤,最后在清水潭合龙,因为大水淹死的人很多,放了一台大焰口,十三大师——十三个正座和尚,各大庙的方丈都来了,下面的和尚上百。谁当这个首座?推来推去,还是石桥——善因寺的方丈!他往上一坐,就跟地藏王菩萨一样,这就不用说了;那一声"开香赞",围看的上千人立时鸦雀无声。说:嗓子要练,夏练三伏,冬练三九,要练丹田气!说:要吃得苦中苦,方为人上人!说:和尚里也有状元、榜眼、探花!要用心,不要贪玩!舅舅这一番大法说得明海和尚实在是五体投地,于是就一板一眼地跟着舅舅唱起来。

"炉香乍爇——"

"炉香乍爇——"

"法界蒙薰——"

"法界．蒙薰——"

"诸佛现金身……"

"诸佛现金身……"

……

等明海学完了早经,——他晚上临睡前还要学一段,叫做晚经,——荸荠庵的师父们就都陆续起床了。

这庵里人口简单,一共六个人。连明海在内,五个和尚。

有一个老和尚,六十几了,是舅舅的师叔,法名普照,但是知道的人很少,因为很少人叫他法名,都称之为老和尚或老师父,明海叫他师爷爷。这是个很枯寂的人,一天关在房里,就是那"一花一世界"里。也看不见他念佛,只是那么一声不响地坐着。他是吃斋的,过年时除外。

下面就是师兄弟三个,仁字排行:仁山、仁海、仁渡。庵里庵外,有的称他们为大师父、二师父;有的称之为山师父、海师父。只有仁渡,没有叫他"渡师父"的,因为听起来不像话,大都直呼之为仁渡。他也只配如此,因为他还年轻,才二十多岁。

仁山,即明子的舅舅,是当家的。不叫"方丈",也不叫"住持",却叫"当家的",是很有道理的,因为他确确实实干的是当家的职务。他屋里摆的是一张账桌,桌子上放的是账簿和算盘。账簿共有三本。一本是经账,一本是租账,一本是债账。和尚要做法事,做法事要收钱,——要不,当和尚干什么?常做的法事是放焰口。正规的焰口是十个人。一个正座,一个敲鼓的,两边一边四个。人少了,八个,一边三个,也凑合了。荸荠庵只有四个和尚,要放整焰口就得和别的庙里合伙。这样的时候也有过。通常只是放半台焰口。一个正座,一个敲鼓,另外一边一个。一来找别的庙里合伙费事;二来这一带放得起整焰口的人家也不多。有的时候,谁家死了人,就只请两个,甚至一个和尚咕噜咕噜念一通经,敲打几声法器就算完事。很多人家的经钱不是当时就给,往往要等秋后才还。这就得记账。另外，和尚放焰口的辛苦钱不是一样的。就像唱戏一样，有份子。正座第一份。因为他要领唱，而且还要独唱。当中有一大段"叹骷髅"，别的和尚都放下法器休息，只有首座一个人有板有眼地慢声吟唱。第二份是敲鼓的。你以为这容易呀？哼，单是一开头的"发擂"，手上没功夫就敲不出迟疾顿挫！其余的，就一样了。这也得记上：某月某日、谁家焰口半台，谁正座，谁敲鼓……省得到年底结账时赌咒骂娘。……这庵里有几十亩庙产，租给人种，到时候要收租。庵里还放债。租债一向倒很少亏欠，因为租佃借钱的人怕菩萨不高兴。这三本账就够仁山忙的了。另外香烛灯火、油盐"福食"，这也得随时记记账呀。除了账簿之外，山师父的方丈的墙上还挂着一块水牌，上漆四个红字："勤笔免思"。

仁山所说当一个好和尚的三个条件，他自己其实一条也不具备。他的相貌只要用两个字就说清楚了：黄，胖。声音也不像钟磬，倒像母猪。聪明么？难说，打牌老输。他在庵里从不穿袈裟，连海青直裰也免了。经常是披着件短僧衣，袒露着一个黄色的肚子。下面是光脚趿拉着一双僧鞋，——新鞋他也是踏拉着。他一天就是这样不衫不履地这里走走，那里走走，发出母猪一样的声音："呣——呣——"

二师父仁海。他是有老婆的。他老婆每年夏秋之间来住几个月，因为庵里凉快。庵里有六个人，其中之一，就是这位和尚的家眷。仁山、仁海叫他嫂子，明海叫她师娘。这两口子都很爱干净，整天的洗涮。傍晚的时候。坐在天井里乘凉。白天，闷在屋里不出来。

三师父是个很聪明精干的人。有时一笔账大师兄扒了半天算盘也算不清，他眼珠子转两转，早算得一清二楚。他打牌赢的时候多，二三十张牌落地，上下家手里有些什么牌，他就差不多都知道了。他打牌时，总有人爱在他后面看歪头胡。谁家约他打牌，就说"想送两个钱给你。"他不但经忏俱通（小庙的和尚能够拜忏的不多），而且身怀绝技，会"飞铙"。七月间有些地方做盂兰会，在旷地上放大焰口，几十个和尚，穿绣花袈裟，飞铙。飞铙就是把十多斤重的大铙钹飞起来。到了一定的时候，全部法器皆停，只几十副大铙紧张急促地敲起来。忽然起手，大铙向半空中飞去，一面飞，一面旋转。然后，又落下来，接住。接住不是平平常常地接住，有各种架势，"犀牛望月"、"苏秦背剑"……这哪是念经，这是耍杂技。也算是地藏王菩萨爱看这个，但真正因此快乐起来的是人，尤其是妇女和孩子。这是年轻漂亮的和尚出风头的机会。一场大焰口过后，也像一个好戏班子过后一样，会有一个两个大姑娘、小媳妇失踪，——跟和尚跑了。他还会放"花焰口"。有的人家，亲戚中多风流子弟，在不是很哀伤的佛事——如做冥寿时，就会提出放花焰口。所谓"花焰口"就是在正焰口之后，叫和尚唱小调，拉丝弦，吹管笛，敲鼓板，而且可以点唱。仁渡一个人可以唱一夜不重头。仁渡前几年一直在外面，近二年才常住在庵里。据说他有相好的，而且不止一个。他平常可是很规矩，看到姑娘媳妇总是老老实实的，连一句玩笑话都不说，一句小调山歌都不唱。有一回，在打谷场上乘凉的时候，一伙人把他围起来，非叫他唱两个不可。他却情不过，说："好，唱一个。不唱家乡的。家乡的你们都熟。唱个安徽的。"

姐和小郎打大麦，

一转子讲得听不得。

听不得就听不得，

打完了大麦打小麦。

唱完了，大家还嫌不够，他就又唱了一个：

姐儿生得漂漂的，

两个奶子翘翘的。

有心上去摸一把，

心里有点跳跳的。

…………

这个庵里无所谓清规，连这两个字也没人提起。

仁山吃水烟，连出门做法事也带着他的水烟袋。

他们经常打牌。这是个打牌的好地方。把大殿上吃饭的方桌往门口一搭，斜放着，就是牌桌。桌子一放好，仁山就从他的方丈里把筹码拿出来，哗啦一声倒在桌上。斗纸牌的时候多，搓麻将的时候少。牌客除了师兄弟三人，常来的是一个收鸭毛的，一个打兔子兼偷鸡的，都是正经人。收鸭毛的担一副竹筐，串乡串镇，拉长了沙哑的声音喊叫：

"鸭毛卖钱——！"

偷鸡的有一件家什——铜蜻蜓。看准了一只老母鸡，把铜蜻蜓一丢，鸡婆子上去就是一口。这一啄，铜蜻蜓的硬簧绷开，鸡嘴撑住了，叫不出来了。正在这鸡十分纳闷的时候,上去一把薅住。

明子曾经跟这位正经人要过铜蜻蜓看看。他拿到小英子家门前试了一试,果然!小英的娘知道了,骂明子:

"要死了!儿子!你怎么到我家来玩铜蜻蜓了!"

小英子跑过来:

"给我!给我!"

她也试了试,真灵,一个黑母鸡一下子就把嘴撑住,傻了眼了!

下雨阴天,这二位就光临荸荠庵,消磨一天。

有时没有外客,就把老师叔也拉出来,打牌的结局,大都是当家和尚气得鼓鼓的:"X妈妈的!又输了!下回不来了!"

他们吃肉不瞒人。年下也杀猪。杀猪就在大殿上。一切都和在家人一样,开水、木桶、尖刀。捆猪的时候,猪也是没命地叫。跟在家人不同的,是多一道仪式,要给即将升天的猪念一道"往生咒",并且总是老师叔念,神情很庄重:

"……一切胎生、卵生、息生,来从虚空来,还归虚空去。往生再世,皆当欢喜。南无阿弥陀佛!"

三师父仁渡一刀子下去,鲜红的猪血就带着很多沫子喷出来。

……

明子老往小英子家里跑。

小英子的家像一个小岛,三面都是河,西面有一条小路通到荸荠庵。独门独户,岛上只有这一家。岛上有六棵大桑树,夏天都结大桑椹,三棵结白的,三棵结紫的;一个菜园子,瓜豆蔬菜,四时不缺。院墙下半截是砖砌的,上半截是泥夯的。大门是桐油油过的,贴着一副万年红的春联:

  向阳门第春常在

  积善人家庆有余

门里是一个很宽的院子。院子里一边是牛屋、碓棚;一边是猪圈、鸡窠,还有个关鸭子的栅栏。露天地放着一具石磨。正北面是住房,也是砖基土筑,上面盖的一半是瓦,一半是草。房子翻修了才三年,木料还露着白茬。正中是堂屋,家神菩萨的画像上贴的金还没有发黑。两边是卧房。隔扇窗上各嵌了一块一尺见方的玻璃,明亮亮的,——这在乡下是不多见的。房檐下一边种着一棵石榴树,一边种着一棵栀子花,都齐房檐高了。夏天开了花,一红一白,好看得很。栀子花香得冲鼻子。顺风的时候,在荸荠庵都闻得见。

这家人口不多。他家当然是姓赵,一共四口人:赵大伯、赵大妈,两个女儿,大英子、小英子。老两口没有儿子。因为这些年人不得病,牛不生灾,也没有大旱大水闹蝗虫,日子过得很兴旺。他们家自己有田,本来够吃的了,又租种了庵上的十亩田。自己的田里,一亩种了荸荠,——这一半是小英子的主意,她爱吃荸荠,一亩种了茨菇。家里喂了一大群鸡鸭,单是鸡蛋鸭毛就够一年的油盐了。赵大伯是个能干人。他是一个"全把式",不但田里场上样样精通,还会罩鱼、洗磨、凿砻、修水库、修船、砌墙、烧砖、箍桶、劈篾、绞麻绳。他不咳嗽,不腰疼,结结实实,像一棵榆树。人很和气,一天不声不响。赵大伯是一棵摇钱树,赵大娘就是个聚宝盆。大娘精神得出奇。五十岁了,两个眼睛还是清亮亮的。不论什么时候,头都是梳得滑溜溜的,身上衣服都是格挣挣的。像老头子一样,她一天不闲着。煮猪食,喂猪,腌咸菜,她腌的咸萝卜干非常好吃,舂粉子,磨小豆腐,编蓑衣,织芦箔。她还会剪花样子。这里嫁闺女,陪嫁妆,磁坛子、锡罐子,都要用梅红纸剪出吉祥花样,贴在上面,讨个吉利,也才好看:"丹凤朝阳"呀、"白头到老"呀、"子孙万代"呀、"福寿绵长"呀。二三十里的人家都来请她:"大娘,好日子是十六,你哪天去呀?"——"十五,我一大清早就来!"

"一定呀!"——"一定!一定!"

两个女儿,长得跟她娘像一个模子里托出来的。眼睛长得尤其像,白眼珠鸭蛋青,黑眼珠棋子黑,定神时如清水,闪动时像星星。浑身上下,头是头,脚是脚。头发滑溜溜的,衣服格挣挣的。——这里的风俗,十五六岁的姑娘就都梳上头了。这两个丫头,这一头的好头发!通红的发根,雪白的簪子!娘女三个去赶集,一集的人都朝她们望。

姐妹俩长得很像,性格不同。大姑娘很文静,话很少,像父亲。小英子比她娘还会说,一天咭咭呱呱地不停。大姐说:

"你一天到晚咭咭呱呱——"

"像个喜鹊!"

"你自己说的!——吵得人心乱!"

"心乱?"

"心乱!"

"你心乱怪我呀!"

二姑娘话里有话。大英子已经有了人家。小人她偷偷地看过,人很敦厚,也不难看,家道也殷实,她满意。已经下过小定,日子还没有定下来。她这二年,很少出房门,整天赶她的嫁妆。大裁大剪,她都会。挑花绣花,不如娘。她可又嫌娘出的样子太老了。她到城里看过新娘子,说人家现在绣的都是活花活草。这可把娘难住了。最后是喜鹊忽然一拍屁股:"我给你保举一个人!"

这人是谁?是明子。明子念"上孟下孟"的时候,不知怎么得了半套《芥子园》,他喜欢得很。到了荸荠庵,他还常翻出来看,有时还把旧账簿子翻过来,照着描。小英子说:

"他会画!画得跟活的一样!"

小英子把明海请到家里来,给他磨墨铺纸,小和尚画了几张,大英子喜欢得了不得:

"就是这样!就是这样!这就可以乱孱!"——所谓"乱孱"是绣花的一种针法;绣了第一层,第二层的针脚插进第一层的针缝,这样颜色就可由深到淡,不露痕迹,不像娘那一代绣的花是平针,深浅之间,界限分明,一道一道的。小英子就像个书童,又像个参谋:

"画一朵石榴花!"

"画一朵栀子花!"

她把花掐来,明海就照着画。

到后来,凤仙花、石竹子、水蓼、淡竹叶、天竺果子、腊梅花,他都能画。大娘看着也喜欢,搂住明海的和尚头:

"你真聪明!你给我当一个干儿子吧!"

小英子捺住他的肩膀,说:

"快叫,快叫!"

小明子跪在地下磕了一个头,从此就叫小英子的娘做干娘。

大英子绣的三双鞋,三十里方圆都传遍了。很多姑娘都走路坐船来看。看完了,就说"啧啧啧,真好看!这哪是绣的,这是一朵鲜花!"她们就拿了纸来央大娘求了小和尚来画。有求画帐檐的,有求画门帘飘带的,有求画鞋头花的。每回明子来画花，小英子就给他做点好吃的，煮两个鸡蛋，蒸一碗芋头，煎几个藕团子。

因为照顾姐姐赶嫁妆，田里的零碎生活小英子就全包了。她的帮手，是明子。

这地方的忙活是栽秧、车高田水、薅头遍草，再就是割稻子、打场了。这几茬重活，自己一家是忙不过来的。这地方兴换工。排好了日期，几家顾一家，轮流转。不收工钱，但是吃好的。一天吃六顿，两头见肉，顿顿有酒。干活时，敲着锣鼓，唱着歌，热闹得很。其余的时候，各顾各，不显得紧张。

薅三遍草的时候，秧已经很高了，低下头看不见人。一听见非常脆亮的嗓子在一片浓绿里唱：栀子哎开花哎六瓣头哎……姐家哎门前哎一道桥哎……明海就知道小英子在哪里，三步两步就赶到，赶到就低头薅起草来。傍晚牵牛"打汪"，是明子的事——水牛怕蚊子。这里的习惯，牛卸了轭，饮了水，就牵到一口和好泥水的"汪"里，由它自己打滚扑腾，弄得全身都是泥浆，这样蚊子就咬不透了。低田上水，只要一挂十四轧的水车，两个人车半天就够了。明子和小英子就伏在车杠上，不紧不慢地踩着车轴上的拐子，轻轻地唱着明海向三师父学来的各处山歌。打场的时候，明子能替赵大伯一会，让他回家吃饭。——赵家自己没有场，每年都在荸荠庵外面的场上打谷子。他一扬鞭子，喊起了打场号子：

"格当嘚——"

这打场号子有音无字，可是九转十三弯，比什么山歌号子都好听。赵大娘在家，听见明子的号子，就侧起耳朵：

"这孩子这条嗓子！"

连大英子也停下针线：

"真好听！"

小英子非常骄傲地说：

"一十三省数第一！"

晚上，他们一起看场。——荸荠庵收来的租稻也晒在场上。他们并肩坐在一个石磙子上，听青蛙打鼓，听寒蛇唱歌，——这个地方以为蝼蛄叫是蚯蚓叫，而且叫蚯蚓叫"寒蛇"，听纺纱婆子不停地纺纱，"唦——"，看萤火虫飞来飞去，看天上的流星。

"呀！我忘了在裤带上打一个结！"小英子说。

这里的人相信，在流星掉下来的时候在裤带上打一个结，心里想什么好事，就能如愿。

……

"捵"荸荠，这是小英子最爱干的生活。秋天过去了，地净场光，荸荠的叶子枯了，——荸荠的笔直的小葱一样的圆叶子里是一格一格的，用手一捋，哔哔地响，小英子最爱捋着玩，——荸荠藏在烂泥里。赤了脚，在凉浸浸滑溜溜的泥里踩着，——哎，一个硬疙瘩！伸手下去，一个红紫红紫的荸荠。她自己爱干这生活，还拉了明子一起去。她老是故意用自己的光脚去踩明子的脚。

她挎着一篮子荸荠回去了，在柔软的田埂上留下一串脚印，明海看着她的脚印。傻了。五个小小的趾头，脚掌平平的，脚跟细细的，脚弓部缺了一块。明海身上有一种从来没有过的感觉，他觉得心里痒痒的。这一串美丽的脚印把小和尚的心搞乱了。

明子常搭赵家的船进城，给庵里买香烛，买油盐。闲时是赵大伯划船；忙时是小英子去，划船的是明子。

从庵赵庄到县城，当中要经过一片很大的芦花荡子。芦苇长得密密的，当中一条水路，四边不见人。划到这里，明子总是无端端地觉得心里很紧张，他就使劲地划桨。

小英子喊起来：

"明子！明子！你怎么啦？你发疯啦？为什么划得这么快？"

……

明海到善因寺去受戒。

"你真的要去烧戒疤呀？"

"真的。"

"好好的头皮上烧八个洞，那不疼死啦？"

"咬咬牙。舅舅说这是当和尚的一大关，总要过的。"

"不受戒不行吗？"

"不受戒的是野和尚。"

"受了戒有啥好处？"

"受了戒就可以到处云游、逢寺挂褡。"

"什么叫'挂褡'?"

"就是在庙里住。有斋就吃。"

"不把钱?"

"不把钱。有法事,还得先尽外来的师父。"

"怪不得都说'远来的和尚会念经'。就凭头上这几个戒疤?"

"还要有一份戒牒。"

"闹半天,受戒就是领一张和尚的合格文凭呀!"

"就是!"

"我划船送你去。"

"好。"

小英子早早就把船划到荸荠庵门前。不知是什么道理,她兴奋得很。她充满了好奇心,想去看看善因寺这座大庙,看看受戒是个啥样子。

善因寺是全县第一大庙,在东门外,面临一条水很深的护城河,三面都是大树,寺在树林子里,远处只能隐隐约约看到一点金碧辉煌的屋顶,不知道有多大。树上到处挂着"谨防恶犬"的牌子。这寺里的狗出名的厉害。平常不大有人进去。放戒期间,任人游看,恶狗都锁起来了。

好大一座庙!庙门的门坎比小英子的胲膝都高。迎门画着两块大牌,一边一块,一块写着斗大两个大字:"放戒",一块是:"禁止喧哗",这庙里果然是气象庄严,到了这里谁也不敢大声咳嗽。明海自去报名办事,小英子就到处看看。好家伙,这哼哈二将、四大天王,有三丈多高,都是簇新的,才装修了不久。天井有二亩地大,铺着青石,种着苍松翠柏。"大雄宝殿",这才真是个"大殿"!一进去,凉嗖嗖的。到处都是金光耀眼。释迦牟尼佛坐在一个莲花座上。单是莲座,就比小英子还高。抬起头来也看不全他的脸,只看到一个微微闭着的嘴唇和胖墩墩的下巴。两边的两根大红蜡烛,一搂多粗。佛像前的大供桌上供着鲜花、绒花、绢花,还有珊瑚树、玉如意、整棵的大象牙。香炉里烧着檀香。小英子出了庙,闻着自己的衣服都是香的。挂了好些幡。这些幡不知是什么缎子的,那么厚重,绣的花真细。这么大一口磬,里头能装五担水!这么大一个木鱼,有一头牛大,漆得通红的。她又去转了转罗汉堂,爬到千佛楼上看了看。真有一千个小佛!她还跟着一些人去看了看藏经楼。藏经楼没有什么看头,都是经书!妈吔!逛了这么一圈,腿都酸了。小英子想起还要给家里打油,替姐姐配丝线,给娘买鞋面布,给自己买两个坠围裙飘带的银蝴蝶,给爹买旱烟,就出庙了。

等把事情办齐,晌午了。她又到庙里看了看,和尚正在吃粥。好大一个"膳堂",坐得下八百个和尚。吃粥也有这样多讲究:正面法座上摆着两个锡胆瓶,里面插着红绒花,后面盘膝坐着一个穿了大红满金绣袈裟的和尚,手里拿了戒尺。这戒尺是要打人的。哪个和尚吃粥吃出了声音,他下来就是一戒尺。不过他并不真的打人,只是做个样子。真稀奇,那么多的和尚吃粥,竟然不出一点声音!她看见明子也坐在里面,想跟他打个招呼又不好打。想了想,管他禁止不禁止喧哗,就大声喊了一句:"我走啦!"她看见明子目不斜视的微微点了点头,就不管很多人都朝自己看,大摇大摆地走了。

第四天一大清早小英子就去看明子。她知道明子受戒是第三天半夜,——烧戒疤是不许人看的。她知道要请老剃头师傅剃头,要剃得横摸顺摸都摸不出头发茬子,要不然一烧,就会"走"了戒,烧成了一片。她知道是用枣泥子先点在头皮上,然后用香头子点着。她知道烧了戒疤就喝一碗蘑菇汤,让它"发",还不能躺下,要不停地走动,叫做"散戒"。这些都是明子告诉她的。明子是听舅舅说的。

她一看,和尚真在那里"散戒",在城墙根底下的荒地里。一个一个,穿了新海青,光光的头皮上都有八个黑点子。——这黑疤掉了,才会露出白白的、圆圆的"戒疤"。和尚都笑嘻嘻的,好像很高兴。她一眼就看见了明子。隔着一条护城河,就喊他:

"明子!"

"小英子!"

"你受了戒啦?"

"受了。"

"疼吗?"

"疼。"

"现在还疼吗?"

"现在疼过去了。"

"你哪天回去?"

"后天。"

"上午?下午?"

"下午。"

"我来接你!"

"好!"

……

小英子把明海接上船。

小英子这天穿了一件细白夏布上衣,下边是黑洋纱的裤子,赤脚穿了一双龙须草的细草鞋,头上一边插着一朵栀子花,一边插着一朵石榴花。她看见明子穿了新海青,里面露出短褂子的白领子,就说:"把你那外面的一件脱了,你不热呀!"

他们一人一把桨。小英子在中舱,明子扳艄,在船尾。

她一路问了明子很多话,好像一年没有看见了。

她问,烧戒疤的时候,有人哭吗?喊吗?

明子说,没有人哭,只是不住地念佛。有个山东和尚骂人:"俺日你奶奶!俺不烧了!"

她问善因寺的方丈石桥是相貌和声音都很出众吗?

"是的。"

"说他的方丈比小姐的绣房还讲究?"

"讲究。什么东西都是绣花的。"

"他屋里很香?"

"很香。他烧的是伽楠香,贵得很。"

"听说他会做诗,会画画,会写字?"

"会。庙里走廊两头的砖额上,都刻着他写的大字。"

"他是有个小老婆吗?"

"有一个。"

"才十九岁?"

"听说。"

"好看吗?"

"都说好看。"

"你没看见？"

"我怎么会看见？我关在庙里。"

明子告诉她，善因寺一个老和尚告诉他，寺里有意选他当沙弥尾，不过还没有定，要等主事的和尚商议。

"什么叫'沙弥尾'"？

"放一堂戒，要选出一个沙弥头，一个沙弥尾。沙弥头要老成，要会念很多经。沙弥尾要年轻，聪明，相貌好。"

"当了沙弥尾跟别的和尚有什么不同？"

"沙弥头，沙弥尾，将来都能当方丈。现在的方丈退居了，就当。石桥原来就是沙弥尾。"

"你当沙弥尾吗？"

"还不一定哪。"

"你当方丈，管善因寺？管这么大一个庙？！"

"还早哪！"

划了一气，小英子说："你不要当方丈！"

"好，不当。"

"你也不要当沙弥尾！"

"好，不当。"

又划了一气，看见那一片芦花荡子了。

小英子忽然把桨放下，走到船尾，趴在明子的耳朵旁边，小声地说：

"我给你当老婆，你要不要？"

明子眼睛鼓得大大的。

"你说话呀！"

明子说："嗯。"

"什么叫'嗯'呀！要不要，要不要？"

明子大声地说："要！"

"你喊什么！"

明子小小声说："要——！"

"快点划！"

英子跳到中舱，两只桨飞快地划起来，划进了芦花荡。

芦花才吐新穗。紫灰色的芦穗,发着银光,软软的,滑溜溜的,像一串丝线。有的地方结了蒲棒,通红的,像一枝一枝小蜡烛。青浮萍,紫浮萍。长脚蚊子,水蜘蛛。野菱角开着四瓣的小白花。惊起一只青桩(一种水鸟),擦着芦穗,噗噜噜噜飞远了。

……

(原载《北京文学》1980年第10期)

点评

汪曾祺短篇小说成就极高,被认为继承了沈从文婉约派式的创作风格。《受戒》讲述了一对小儿女的朦朦胧胧的情爱故事。而男主人公竟是一个刚刚受了戒的小和尚,突出了故事的奇特性和地域性。语言细腻,温婉,优美,而水上场景的描写,人物内心的刻画,浑然一体,共同渲染了一种亲近、美好的故事氛围,使得一切恍如在梦中,如诗如画。

铁凝(1957—   )

河北赵县人,当代女作家。著作有长篇小说《玫瑰门》《大浴女》《笨花》等,中、短篇小说《哦,香雪》《永远有多远》等,曾6次获"鲁迅文学奖"。

哦,香雪

如果不是有人发明了火车,如果不是有人把铁轨铺进深山,你怎么也不会发现台儿沟这小村。它和它的十几户乡亲,一心一意掩藏在大山那深深的褶皱里,从春到夏,从秋到冬,默默地接受着大山任意给予的温存和粗暴。

然而,两根纤细、闪亮的铁轨延伸过来了。它勇敢地盘旋在山腰,又悄悄地试探着前进,弯弯曲曲,曲曲弯弯,终于绕到台儿沟脚下,然后钻进幽暗的隧道,冲向又一道山梁,朝着神秘的远方奔去。

不久,这条线正式营运,人们挤在村口,看见那绿色的长龙一路呼啸,挟带着来自山外的陌生、新鲜的清风,擦着台儿沟贫弱的脊背匆匆而过。它走得那样急忙,连车轮辗轧钢轨时发出的声音好像都在说:不停不停,不停不停!是啊,它有什么理由在台儿沟站脚呢,台儿沟有人要出远门吗?山外有人来台儿沟探亲访友吗?还是这里有石油储存,有金矿埋藏?台儿沟,无论从哪方面讲,都不具备挽住火车在它身边留步的力量。

可是,记不清从什么时候起,列车时刻表上,还是多了"台儿沟"这一站。也许乘车的旅客提出过要求,他们中有哪位说话算数的人和台儿沟沾亲;也许是哪个快乐的男乘务员发现台儿沟有一群十七八岁的漂亮姑娘,每逢列车疾驶而过,她们就成帮搭伙地站在村口,翘起下巴,贪婪、专注地仰望着火车。有人朝车厢指点,不时能听见她们由于互相捶打而发出的一两声娇嗔的尖叫。也许什么都不为,就因为台儿沟太小了,小得叫人心疼,就是钢筋铁骨的巨龙在它面前也不能昂首阔步，也不能不停下来。总之，台儿沟上了列车时刻表，每晚七点钟，由首都方向开往山西的这列火车在这里停留一分钟。

这短暂的一分钟，搅乱了台儿沟以往的宁静。从前，台儿沟人历来是吃过晚饭就钻被窝，他们仿佛是在同一时刻听到了大山无声的命令。于是，台儿沟那一小片石头房子在同一时刻忽然完全静止了，静得那样深沉、真切，好像在默默地向大山诉说着自己的虔诚。如今，台儿沟的姑娘们刚把晚饭端上桌就慌了神，她们心不在焉地胡乱吃几口，扔下碗就开始梳妆打扮。她们洗净蒙受了一天的黄土、风尘，露出粗糙、红润的面色，把头发梳得乌亮，然后就比赛着穿出最好的衣裳。有人换上过年时才穿的新鞋，有人还悄悄往脸上涂点胭脂。尽管火车到站时已经天黑，她们还是按照自己的心思，刻意斟酌着服饰和容貌。然后，她们就朝村口，朝火车经过的地方跑去。香雪总是第一个出门，隔壁的凤娇第二个就跟了出来。

七点钟，火车喘息着向台儿沟滑过来，接着一阵空哐乱响，车身震颤一下，才停住不动了。姑娘们心跳着拥上前去，像看电影一样，挨着窗口观望。只有香雪躲在后边，双手紧紧捂着耳朵。看火车，她跑在最前边；火车来了，她却缩到最后去了。她有点害怕它那巨大的车头，车头那么雄壮地喷吐着白雾，仿佛一口气就能把台儿沟吸进肚里。它那撼天动地的轰鸣也叫她感到恐惧。在它跟前，她简直像一叶没根的小草。

"香雪，过来呀，看！"凤娇拉过香雪向一个妇女头上指，她指的是那个妇女头上别着的那一排金圈圈。

"怎么我看不见？"香雪微微眯着眼睛。

"就是靠里边那个，那个大圆脸，看，还有手表哪，比指甲盖还小哩！"凤娇又有了新发现。

香雪不言不语地点着头，她终于看见了妇女头上的金圈圈和她腕上比指甲盖还要小的手表。但她也很快就发现了别的。"皮书包！"她指着行李架上一只普通的棕色人造革学生书包。就是那种连小城市都随处可见的学生书包。

尽管姑娘们对香雪的发现总是不感兴趣，但她们还是围了上来。

"哟，我的妈呀，你踩着我脚啦！"凤娇一声尖叫，埋怨着挤上来的一个姑娘。她老是爱一惊一乍的。

"你咋呼什么呀，是想叫那个小白脸和你搭话了吧？"被埋怨的姑娘也不示弱。

"我撕了你的嘴!"凤娇骂着,眼睛却不由自主地朝第三节车厢的车门望去。

那个白白净净的年轻乘务员真下车来了。他身材高大,头发乌黑,说一口漂亮的北京话。也许因为这点,姑娘们私下里都叫他"北京话"。"北京话"双手抱住胳膊肘,和她们站得不远不近地说:"喂,我说小姑娘们,别扒窗户,危险!"

"哟,我们小,你就老了吗?"大胆的凤娇回敬了一句。

姑娘们一阵大笑,不知谁还把凤娇往前一搡,弄得她差点撞在他身上。这一来反倒更壮了凤娇的胆。"喂,你们老呆在车上不头晕?"她又问。

"房顶子上那个大刀片似的,那是干什么用的?"又一个姑娘问。她指的是车厢里的电扇。

"烧水在哪儿?"

"开到没路的地方怎么办?"

"你们城市里一天吃几顿饭?"香雪也紧跟在姑娘们后边小声问了一句。

"真没治!""北京话"陷在姑娘们的包围圈里,不知所措地嘟囔着。

快开车了,她们才让出一条路,放他走。他一边看表,一边朝车门跑去,跑到门口,又扭头对她们说:"下次吧,下次告诉你们!"他的两条长腿灵巧地向上一跨就上了车,接着一阵叽里咣啷,绿色的车门就在姑娘们面前沉重地合上了。列车一头扎进黑暗,把她们撇在冰冷的铁轨旁边。很久,她们还能感觉到它那越来越轻的震颤。

一切又恢复了寂静,静得叫人惆怅。姑娘们走回家去,路上总要为一点小事争论不休:

"谁知道别在头上的金圈圈是几个?"

"八个。"

"九个。"

"不是!"

"就是!"

"凤娇你说哪?"

"她呀,还在想'北京话'哪!"有人开起了凤娇的玩笑。

"去你的,谁说谁就想。"凤娇说着捏了一下香雪的手,意思是叫香雪帮腔。

香雪没说话,慌得脸都红了。她才十七岁,还没学会怎样在这种事上给人家帮腔。

"他的脸多白呀!"那个姑娘还在逗凤娇。

"白?还不是在那大绿屋里捂的。叫他到咱台儿沟住几天试试。"有人在黑影里说。

"可不,城里人就靠捂。要论白,叫他们和咱香雪比比。咱们香雪,天生一副好皮子,再照火车上那些闺女的样儿,把头发烫成弯绕绕,啧啧!'真没治'!凤娇姐,你说是不是?"

凤娇不接碴儿,松开了香雪的手。好像姑娘们真在贬低她的什么人一样,她心里真有点替他抱不平呢。不知怎么的,她认定他的脸绝不是捂白的,那是天生。

香雪又悄悄把手送到凤娇手心里,她示意凤娇握住她的手,仿佛请求凤娇的宽恕,仿佛是她使凤娇受了委屈。

"凤娇,你哑巴啦?"还是那个姑娘。

"谁哑巴啦!谁像你们,专看人家脸黑脸白。你们喜欢,你们可跟上人家走啊!"凤娇的嘴很硬。

"我们不配!"

"你担保人家没有相好的?"

……

不管在路上吵得怎样厉害,分手时大家还是十分友好的,因为一个叫人兴奋的念头又在她们心中升起:明天,火车还要经过,她们还会有一个美妙的一分钟。和它相比,闹点小别扭还算回事吗?

哦,五彩缤纷的一分钟,你饱含着台儿沟的姑娘们多少喜怒哀乐!

日久天长,这五彩缤纷的一分钟,竟变得更加五彩缤纷起来,就在这个一分钟里,她们开始挎上装满核桃、鸡蛋、大枣的长方形柳条篮子,站在车窗下,抓紧时间跟旅客和和气气地做买卖。她们踮着脚尖,双臂伸得直直的,把整筐的鸡蛋、红枣举上窗口,换回台儿沟少见的挂面、火柴,以及属于姑娘们自己的发卡、香皂。有时,有人还会冒着回家挨骂的风险,换回花色繁多的纱巾和能松能紧的尼龙袜。

凤娇好像是大家有意分配给那个"北京话"的,每次都是她提着篮子去找他。她和他做买卖故意磨磨蹭蹭,车快开时才把整篮的鸡蛋塞给他。要是他先把鸡蛋拿走,下次见面时再付钱,那就更够意思了。如果他给她捎回一捆挂面、两条纱巾,凤娇就一定抽出一斤挂面还给他。她觉得,只有这样才对得起和他的交往,她愿意这种交往和一般的做买卖有所区别。有时她也想起姑娘们的话:"你担保人家没有相好的?"其实,有没有相好的不关凤娇的事,她又没想过跟他走。可她愿意对他好,难道非得是相好的才能这么做吗?

香雪平时话不多,胆子又小,但做起买卖却是姑娘中最顺利的一个。旅客们爱买她的货,因为她是那么信任地瞧着你,那洁如水晶的眼睛告诉你,站在车窗下的这个女孩子还不知道什么叫受骗。她还不知道怎么讲价钱,只说:"你看着给吧。"你望着她那洁净得仿佛一分钟前才诞生的面孔,望着她那柔软得宛若红缎子似的嘴唇,心中会升起一种美好的感情。你不忍心跟这样的小姑娘耍滑头,在她面前,再爱计较的人也会变得慷慨大度。

有时她也抓空儿向他们打听外面的事,打听北京的大学要不要台儿沟人,打听什么叫"配乐诗朗诵"(那是她偶然在同桌的一本书上看到的)。有一回她向一位戴眼镜的中年妇女打听能自动开关的铅笔盒,还问到它的价钱。谁知没等人家回话,车已经开动了。她追着它跑了好远,当秋风和车轮的呼啸一同在她耳边鸣响时,她才停下脚步意识到了,自己的行为是多么可笑啊。

火车眨眼间就无影无踪了。姑娘们围住香雪,当她们知道她追火车的原因后,便觉得好笑起来。

"傻丫头!"

"值不当的!"

她们像长者那样拍着她的肩膀。

"就怪我磨蹭,问慢了。"香雪可不认为这是一件值不当的事,她只是埋怨自己没抓紧时间。

"咳,你问什么不行呀!"凤娇替香雪挎起篮子说。

"谁叫咱们香雪是学生呢。"也有人替香雪分辩。

也许就因为香雪是学生吧,是台儿沟惟一考上初中的人。

台儿沟没有学校,香雪每天上学要到十五里以外的公社。尽管不爱说话是她的天性,但和台儿沟的姐妹们总是有话可说的。公社中学可就没那么多姐妹了,虽然女同学不少,但她们的言谈举止,一个眼神,一声轻轻的笑,好像都是为了叫香雪意识到,她是小地方来的,穷地方来的。她们故意一遍又一遍地问她:"你们那儿一天吃几顿饭?"她不明白她们的用意,每次都认真地回答:"两顿。"然后又友好地瞧着她们反问道:"你们呢?"

"三顿!"她们每次都理直气壮地回答。之后,又对香雪在这方面的迟钝感到说不出的怜悯和气恼。

"你上学怎么不带铅笔盒呀?"她们又问。

"那不是吗。"香雪指指桌角。

其实,她们早知道桌角那只小木盒就是香雪的铅笔盒,但她们还是做出吃惊的样子。每到这时,香雪的同桌就把自己那只宽大的泡沫塑料铅笔盒摆弄得哒哒地响。这是一只可以自动合上的铅笔盒,很久以后,香雪才知道它所以能自动合上,是因为铅笔盒里包藏着一块不大不小的吸铁石。香雪的小木盒,尽管那是当木匠的父亲为她考上中学特意制作的,它在台儿沟还是独一无二的呢。可在这儿,和同桌的铅笔盒一比,为什么显得那样笨拙、陈旧?它在一阵哒哒声中有几分羞涩地畏缩在桌角上。

香雪的心再也不能平静了,她好像忽然明白了同学们对于她的再三盘问,明白了台儿沟是多么贫穷。她第一次意识到这是不光彩的,因为贫穷,同学们才敢一遍又一遍地盘问她。她盯住同桌那只铅笔盒,猜测它来自遥远的大城市,猜测它的价钱肯定非同寻常。三十个鸡蛋换得来吗?还是四十个、五十个?这时她的心又忽地一沉:怎么想起这些了?娘攒下鸡蛋,不是为了叫她乱打主意啊!可是,为什么那诱人的哒哒声老是在耳边响个没完?

深秋,山风渐渐凛冽了,天也黑得越来越早。但香雪和她的姐妹们对于七点钟的火车,是照等不误的。她们可以穿起花棉袄了,凤娇头上别起了淡粉色的有机玻璃发卡,有些姑娘的辫梢还缠上了夹丝橡皮筋。那是她们用鸡蛋、核桃从火车上换来的。她们仿照火车上那些城里姑娘的样子把自己武装起来,整齐地排列在铁路旁,像是等待欢迎远方的贵宾,又像是准备着接受检阅。

火车停了,发出一阵沉重的叹息,像是在抱怨台儿沟的寒冷。今天,它对台儿沟表现了少有的冷漠:车窗全部紧闭着,旅客在昏黄的灯光下喝茶、看报,没有人向窗外瞥一眼。那些眼熟的、常跑这条线的人们,似乎也忘记了台儿沟的姑娘。

凤娇照例跑到第三节车厢去找她的"北京话",香雪系紧头上的紫红色线围巾,把臂弯里的篮子换了换手,也顺着车身不停地跑着。她尽量高高地踮起脚尖,希望车厢里的人能看见她的脸。车上一直没有人发现她,她却在一张堆满食品的小桌上,发现了渴望已久的东西。它的出现,使她再也不想往前走了,她放下篮子,心跳着,双手紧紧扒住窗框,认清了那真是一只铅笔盒,一只装有吸铁石的自动铅笔盒。它和她离得那样近,如果不是隔着玻璃,她一伸手就可以摸到。

一位中年女乘务员走过来拉开了香雪。香雪挎起篮子站在远处继续观察。当她断定它属于靠窗那位女学生模样的姑娘时,就果断地跑过去敲起了玻璃。女学生转过脸来,看见香雪臂弯里的篮子,抱歉地冲她摆了摆手,并没有打开车窗的意思。不知怎么的她朝车门跑去,当她在门口站定时,还一把扒住了扶手。如果说跑的时候她还有点犹豫,那么从车厢里送出来的一阵阵温馨的、火车特有的气息却坚定了她的信心,她学着"北京话"的样子,轻巧地跃上了踏板。她打算以最快的速度跑进车厢,以最快的速度用鸡蛋换回铅笔盒。也许,她所以能够在几秒钟内就决定上车,正是因为她拥有那么多鸡蛋吧,那是四十个。

香雪终于站在火车上了。她挽紧篮子,小心地朝车厢迈出了第一步。这时,车身忽然悸动了一下,接着,车门被人关上了。当她意识到眼前发生了什么事时,列车已经缓缓地向台儿沟告别了。香雪扑在车门上,看见凤娇的脸在车下一晃。看来这不是梦,一切都是真的,她确实离开姐妹们,站在这既熟悉又陌生的火车上了。她拍打着玻璃,冲凤娇叫喊:"凤娇!我怎么办呀,我可怎么办呀!"

列车无情地载着香雪一路飞奔,台儿沟刹那间就被抛在后面了。下一站叫西山口,西山口离台儿沟三十里。

三十里,对于火车、汽车真的不算什么,西山口在旅客们闲聊之中就到了。这里上车的人不少,下车的只有一位旅客,那就是香雪。她胳膊上少了那只篮子,她把它塞到了那个女学生座位下面了。

在车上,当她红着脸告诉女学生,想用鸡蛋和她换铅笔盒时,女学生不知怎么的也红了脸。她一定要把铅笔盒送给香雪,还说她住在学校吃食堂,鸡蛋带回去也没法吃。她怕香雪不信,又指了指胸前的校徽,上面果真有"矿冶学院"几个字。香雪却觉着她在哄她,难道除了学校她就没家吗?香雪一面摆弄着铅笔盒,一面想着主意。台儿沟再穷,她也从没白拿过别人的东西。就在火车停顿前发出的几秒钟的震颤里,香雪还是猛然把篮子塞到女学生的座位下面,迅速离开了。

车上,旅客们曾劝她在西山口住一夜再回台儿沟。热情的"北京话"还告诉她,他爱人有个亲戚就住在站上。香雪并没有住,更不打算去找"北京话"的什么亲戚,他的话倒使她感到了委屈,她替凤娇委屈,替台儿沟委屈。她只是一心一意地想:赶快走回去,明天理直气壮地去上学,理直气壮地打开书包,把"它"摆在桌上。车上的人既不了解火车的呼啸曾经怎样叫她像只受惊的小鹿那样不知所措,更不了解山里的女孩子在大山和黑夜面前到底有多大本事。

列车很快就从西山口车站消失了,留给她的又是一片空旷。一阵寒风扑来,吸吮着她单薄的身体。她把滑到肩上的围巾紧裹在头上,缩起身子在铁轨上坐了下来。香雪感受过各种各样的害怕,小时候她怕头发,身上沾着一根头发择不下来,她会急得哭起来;长大了她怕晚上一个人到院子里去,怕毛毛虫,怕被人胳肢(凤娇最爱和她来这一手)。现在她害怕这陌生的西山口,害怕四周黑幽幽的大山,害怕叫人心跳的寂静,当风吹响近处的小树林时,她又害怕小树林发出的声音。三十里,一路走回去,该路过多少大大小小的林子啊!

一轮满月升起来了,照亮了寂静的山谷,灰白的小路,照亮了秋日的败草、粗糙的树干,还有一丛丛荆棘、怪石,还有漫山遍野那树的队伍,还有香雪手中那只闪闪发光的小盒子。

她这才想到把它举起来仔细端详。她想,为什么坐了一路火车,竟没有拿出来好好看看?现在,在皎洁的月光下,她才看清了它是淡绿色的,盒盖上有两朵洁白的马蹄莲。她小心地把它打开,又学着同桌的样子轻轻一拍盒盖,"哒"的一声,它便合得严严实实。她又打开盒盖,觉得应该立刻装点东西进去。她从兜里摸出一只盛擦脸油的小盒放进去,又合上了盖子。只有这时,她才觉得这铅笔盒真属于她了,真的。她又想到了明天,明天上学时,她多么盼望她们会再三盘问她啊!

她站了起来,忽然感到心里很满意,风也柔和了许多。她发现月亮是这样明净。群山被月光笼罩着，像母亲庄严、神圣的胸脯；那秋风吹干的一树树核桃叶，卷起来像一树树金铃铛，她第一次听清它们在夜晚，在风的怂恿下"豁啷啷"地唱歌。她不再害怕了，在枕木上跨着大步，一直朝前走去。大山原来是这样的！月亮原来是这样的！桃树原来是这样的！香雪走着，就像第一次认出养育她成人的山谷。台儿沟呢？不知怎么的，她加快了脚步。她急着见到它，就像从来没见过它那样觉得新奇。台儿沟一定会是"这样的"：那时台儿沟的姑娘不再央求别人，也用不着回答人家的再三盘问。火车上的漂亮小伙子都会求上门来，火车也会停得久一些，也许三分、四分，也许十分、八分。它会向台儿沟打开所有的门窗，要是再碰上今晚这种情况，谁都能从从容容地下车。

今晚台儿沟发生了什么事？对了，火车拉走了香雪。为什么现在她像闹着玩儿似的去回忆呢？四十个鸡蛋也没有了，娘会怎么说呢？爹不是盼望每天都有人家娶媳妇、聘闺女吗？那时他才有干不完的活儿，他才能光着红铜似的脊梁，不分昼夜地打出那些躺柜、碗橱、板箱，挣回香雪的学费。想到这儿，香雪站住了，月光好像也黯淡下来，脚下的枕木变成一片模糊。回去怎么说？她环视群山，群山沉默着；她又朝着近处的杨树林张望，杨树林窸窸窣窣地响着，并不真心告诉她应该怎么做。是哪儿来的流水声？她寻找着，发现离铁轨几米远的地方，有一道浅浅的小溪。她走下铁轨，在小溪旁边蹲了下来。她想起小时候有一回和凤娇在河边洗衣裳，碰见一个换芝麻糖的老头。凤娇劝香雪拿一件旧汗褂换几块糖吃，还教她对娘说，那件衣裳不小心叫河水给冲走了。香雪很想吃芝麻糖，可她到底没换。她还记得，那老头真心实意等了她半天呢。为什么她会想起这件小事？她现在也许应该骗娘吧，因为芝麻糖怎么也不能和铅笔盒的重要性相比。她要告诉娘，这是一个宝盒子，谁用上它，就能一切顺心如意，就能上大学、坐上火车到处跑，就能要什么有什么，就再也不会被人盘问她们每天吃几顿饭了。娘会相信的，因为香雪从来不骗人。

小溪的歌唱高昂起来了，它欢腾着向前奔跑，撞击着水中的石块，不时溅起一朵小小的浪花。香雪也要赶路了，她捧起溪水洗了把脸，又用沾着水的手抿光被风吹乱的头发。水很凉，但她觉得很精神。她别了小溪，又回到了长长的铁路上。

前边又是什么？是隧道，它愣在那里，就像大山的一只黑眼睛。香雪又站住了，但她没有返回去，她想到怀里的铅笔盒，想到同学们惊羡的目光，那些目光好像就在隧道里闪烁。她弯腰拔下一根枯草,将草茎插在小辫里。娘告诉她,这样可以"避邪"。然后她就朝隧道跑去。确切地说,是冲去。

香雪越走越热了,她解下围巾,把它搭在脖子上。她走出了多少里?不知道。尽管草丛里的"纺织娘"、"油葫芦"总在鸣叫着提醒她。台儿沟在哪儿?她向前望去,她看见迎面有一颗颗黑点在铁轨上蠕动。再近一些她才看清,那是人,是迎着她走过来的人群。第一个是凤娇,凤娇身后是台儿沟的姐妹们。

香雪想快点跑过去,但脚为什么变得异常沉重?她站在枕木上,回头望着笔直的铁轨,铁轨在月亮的照耀下泛着清淡的光,它冷静地记载着香雪的路程。她忽然觉得心头一紧,不知怎么的就哭了起来,那是欢乐的泪水、满足的泪水。面对严峻而又温厚的大山,她心中升起一种从未有过的骄傲。她用手背抹净眼泪,拿下插在辫子里的那根草茎,然后举起铅笔盒,迎着对面的人群跑去。

山谷里突然爆发了姑娘们欢乐的呐喊。她们叫着香雪的名字,声音是那样奔放、热烈;她们笑着,笑得是那样不加掩饰、无所顾忌。古老的群山终于被感动得颤栗了,它发出洪亮低沉的回音,和她们共同欢呼着。

哦,香雪!香雪!

1982年6月

点评

山中铁路小站,女孩香雪和她的伙伴们,通过铁路及火车认识和了解外面的世界,对其充满了向往与好奇。故事很简单,但是情感浓烈而真挚。一个女孩眼里的世界,那个世界吸引着她,引诱着她走上前去,她不慎错过了下车时间,于是火车把她载到了下一站,伙伴们迎着黑夜沿着铁轨去追寻她……这是一些最朴素的情感,最朴素的憧憬,犹如人类童年对于未知世界的情感一样,渴望了解,渴望接近,渴望融入,相互关爱。故事发生的环境氛围清新,优美,与人物的内心形成了烘托、映衬关系。那只小小的铅笔盒变成了山村姑娘香雪美好梦想的一个象征。

冯骥才（1942— ）

生于天津，祖籍浙江宁波慈溪县（今宁波市江北区慈城镇），当代作家、民间文艺家、画家。代表作有《高女人和她的矮丈夫》《神鞭》《三寸金莲》等。

高女人和她的矮丈夫

一

你家院里有棵小树，树干光溜溜，早瞧惯了，可是有一天它忽然变得七扭八弯，愈看愈别扭。但日子一久，你就看顺眼了，仿佛它本来就应该是这样子。如果某一天，它忽然重新变直，你又会觉得说不出多么不舒服。它单调、乏味、简易，像根棍子！其实，它不过恢复最初的模样，你何以又别扭起来？

这是习惯吗？嘿，你可别小看了"习惯"！世界万事万物中，它无所不在。别看它不是必须恪守的法定规条，惹上它照旧叫你麻烦和倒霉。不过，你也别埋怨给它死死捆着，有时你也会不知不觉地遵从它的规范。比如说：你敢在上级面前喧宾夺主地大声大气说话吗？你能在老者面前放肆地发表自己的主见吗？在合影时，你能叫名人站在一旁，你却大模大样站在中间放开笑颜？不能，当然不能，甭说这些，你娶老婆，敢娶一个比你年长 10 岁，比你块头大，或者比你高一头的吗？你先别拿空话呛火，眼前就有这么一对——

二

她比他高 17 厘米。

她身高一米七五，在女人们中间算作鹤立鸡群了；她丈夫只有一米五八，上大学时绰号"武大郎"。他和她的耳垂儿一般齐，看上去却好像差两头！

再说他俩的模样：这女人长得又干、又瘦、又扁，脸盘像没上漆的乒乓球拍儿。五官还算勉强看得过去，却又小又平，好似浅浮雕；胸脯毫不隆起，腰板细长僵直，臀部瘪下去，活像一块硬挺挺的搓板。她的丈夫却像一根短粗的橡皮滚儿：饱满，结实，发亮；身上的一切——小腿啦，脚背啦，嘴巴啦，鼻头啦，手指肚儿啦，好像都是些溜圆而有弹性的小肉球。他的皮肤柔细光滑，有如质地优良的薄皮子。过剩的油脂就在这皮肤下闪出光亮，充分的血液就从这皮肤里透出鲜美微红的血色。他的眼睛简直像一对电压充足的小灯泡。他妻子的眼睛可就像一对糊里糊涂的玻璃球儿了。两人在一起，没有谐调，只有对比，可是他俩还总在一起，形影不离。

有一次，他们邻居一家吃团圆饭时，这家的老爷子酒喝多了，乘兴把桌上的一个细长的空酒瓶和一罐矮墩墩的猪肉罐头摆在一起，问全家人："你们猜这像吗？"他不等别人猜破就公布谜底，"就是楼下那高女人和她的矮爷们儿！"

全家人轰然大笑，一直笑到饭后闲谈时。

他俩究竟是怎么凑成一对的？

这早就是团结大楼几十户住家所关注的问题了。自从他俩结婚时搬进这大楼，楼里的老住户无不抛以好奇莫解的目光。不过，有人爱把问号留在肚子里，有人忍不住要说出来罢了。多嘴多舌的人便议论纷纷。尤其是下雨天气，他俩出门，总是那高女人打伞。如果有什么东西掉在地上，矮男人去拾便是最方便了。大楼里一些闲得没事儿的婆娘们，就对着他俩这不相称的背影指指画画。难禁的笑声，憋在喉咙里咕咕作响，大人的无聊最能纵使孩子们的恶作剧。有些孩子一见到他俩就哄笑，叫喊着："扁担长，板凳宽……"他俩闻如未闻，对孩子们的哄闹从不发火，也不搭理。可能为此，也就与大楼里的人们一直保持着相当冷淡的关系。少数不爱管闲事的人，上下班碰到他们时，最多也只是点点头，打一下招呼而已。这便使真正对他俩感兴趣的人，很难再多知道一些什么。比如，他俩的关系如何？为什么结合在一起？谁将就谁？没有正式答案，只有靠瞎猜了。

这是座旧式的公寓大楼，房间的间量很大，向阳而明亮，走道又宽又黑。楼外是个很大的院子，院门口有间小门房。门房里也住了一户，户主是个裁缝。裁缝为人老实；裁缝的老婆却是个精力充裕、走家串户、专好说长道短的女人，最喜欢刺探别人家里的私事和隐秘。这大楼里家家的夫妻关系、姑嫂纠纷、做事勤懒、工资多少，她都一清二楚。凡她没弄清楚的事情，就要千方百计地打听到。这种求知欲能使愚顽成才。她这方面的本领更是超乎常人，甭说察言观色，能窥见人们藏在心里的念头，单靠嗅觉，就能知道谁家常吃肉，由此推算出这家的收入状况。不知为什么，60年代以来，处处居民住地，都有这样一类人被吸收为"街道积极分子"，使得他们的能力、兴趣和对别人的干涉欲望合法化并得到发挥。看来，造物者真的不会荒废每一个人才的。

尽管裁缝老婆能耐，她却无法获知这对天天从眼前走来走去的怪夫妻结合的缘由。这使她很苦恼。好像她的才干遇到了有力的挑战。但她凭着经验，苦苦琢磨，终于想出一条最能说服人的道理：夫妻俩中，必定一方有某种生理缺陷，否则谁也不会找一个比自己身高逆差一头的对象。她的根据很可靠：这对夫妻结婚三年还没有孩子呢！于是团结大楼的人都相信裁缝老婆这一聪明的判断。

事实向来不给任何人留情面，它打败了裁缝老婆！高女人怀孕了。人们的眼睛不断地瞥向高女人渐渐凸出来的肚子。这肚子由于离地较高而十分明显。不管人们惊奇也好，置疑也好，困惑也好，高女人的孩子呱呱坠地了。每逢大太阳或下雨天气，两口子出门，高女人抱着孩子，打伞的事就落到矮男人身上。人们看他迈着滚圆的小腿、半举着伞儿、紧紧跟在后面滑稽的样子，对他俩居然成为夫妻，居然这样影形不离，好奇心仍然不减当初。各种听起来有理的说法依旧都有，但从这对夫妻身上却得不到印证。这些说法就像没处着落的鸟儿，啪啪地满天飞。裁缝老婆说："这两人准有见不得人的事。要不他们怎么不肯接近别人？身上有脓早晚得冒出来，走着瞧吧！"果然一天晚上，裁缝老婆听见了高女人家里发出打碎东西的声音。她赶忙以收大院扫地费为借口，去敲高女人家的门。她料定长久潜藏在这对夫妻间的隐患终于爆发了，她要亲眼看见这对夫妻怎样反目，捕捉到最生动的细节。门开了，高女人笑吟吟迎上来，矮丈夫在屋里也是笑容满面，地上一只打得粉碎的碟子——裁缝老婆只看到这些。她匆匆收了扫地费出来后，半天也想不明白这夫妻之间到底发生了什么事。打碎碟子，没有吵架，反而像什么开心事一般快活。怪事！

后来，裁缝老婆做了团结大院的街道居民代表。她在协助户籍警察挨家查对户口时，终于找到了多年来经常叫她费心的问题答案——一个确凿可信、无法推翻的答案。原来这高女人和她的矮丈夫，都在化学工业研究所工作。矮男人是研究所总工程师，工资达一百八十元之多！高女人只是一名普普通通的化验员，收入不足六十元，而且出生在一个辛苦而赚钱又少的邮递员家庭。不然她怎么会嫁给一个比自己矮一头的男人？为了地位，为了钱，为了过好日子，对！她立即把这珍贵情况告诉给团结大楼里闲得难受的婆娘们。人们总是按照自己的思维方式去解释世界，尽力把一切事物都和自己的理解力拉平。于是，裁缝老婆的话被大家确信无疑。多年来留在人们心里的谜，一下子被打开了。大家恍然大悟：原来这矮男人是个先天不足的富翁，高女人是个见钱眼开、命好有福的穷娘儿们。当人们谈到这个模样像匹大洋马、却偏偏命好的高女人时，语调中往往带一股气。尤其是裁缝老婆。

三

人，命运的好坏不能看一时，可得走着瞧。

1966 年，团结大楼就像缩小了的世界，灾难降世，各有祸福，楼里的所有居民都到了"转运"时机。生活处处都是巨变和急变。矮男人是总工程师，迎头遭到横祸，家被抄，家具被搬一空，人挨过斗，关进牛栅。祸事并不因此了结，有人说他多年来，白天在研究所工作，晚上回家把研究成果偷偷写成书，打算逃出国，投奔一个有钱的远亲。把国家科技情报献给外国资本家——这个荒诞不经的说法居然有很多人信以为真。那时，世道狂乱，人人失去常态，宁肯无知，宁愿心狠，还有许多出奇的妄想，恨不得从身旁发现到希特勒。研究所的人们便死死缠住总工程师不放，吓他、揍他，施加各种压力，同时还逼迫高女人交出那部谁也没见过的书稿，但没效果。有人出主意，把他俩弄到团结大楼的院里开一次批斗大会；谁都怕在亲友熟人面前丢丑，这也是一种压力。当各种压力都使过而无效时，这种做法，不妨试试，说不定发生作用。

那天，团结大楼有史以来这样热闹。

下午研究所就来了一群人，在当院两棵树中间用粗麻绳扯了一道横标，写着有那矮子的姓名，上边打个叉；院内外贴满口气咄咄逼人的大小标语，并在院墙上用 18 张纸公布了这矮子的"罪状"。会议计划在晚饭后召开，研究所还派来一位电工，在当院拉了电线，装上四个五百烛光的大灯泡。此时的裁缝老婆已经由街道代表升任为治保主任,很有些权势,志得意满,人也胖多了。这天可把她忙得够呛,她带领楼里几个婆娘,忙里忙外,帮着刷标语,又给研究所的革命者们斟茶倒水,装灯用电还是从她家拉出来的呢!真像她家办喜事一样!

晚饭后,大院里的居民都给裁缝老婆召集到院里来了。四盏大灯亮起来,把大院照得像夜间球场一般雪亮。许许多多人影,好似放大了数十倍,投射在楼墙上。这人影都是肃杀不动的,连孩子们也不敢随便活动。裁缝老婆带着一些人,左臂上也套上红袖章,这袖章在当时是最威风的了。她们守在门口,不准外人进来。不一会儿,化工研究所一大群人,也戴袖章,押着高女人和她的矮丈夫,一路呼着口号,浩浩荡荡来了。矮男人胸前挂一块牌子,高女人没挂。他俩一直给押到台前,并排低头站好。裁缝老婆跑上来说:"这家伙太矮,后边的革命群众瞧不见。我给他想点办法!"说着,带着一股冲动劲儿扭着肩上的两块肉,从家里抱来一个肥皂箱子,倒扣过来,叫矮男人站上去。这样一来,他才与自己的老婆一般高,但此时此刻,很少有人对这对大难临头的夫妻不成比例的身高发生兴趣了。

大会依照流行的形式召开。宣布开会,呼口号,随后是进入了角色的批判者们慷慨激昂的发言,又是呼口号。压力施足,开始要从高女人嘴里逼供了。于是,人们围绕着那本"书稿",唇枪舌剑地向高女人发动进攻。你问,我问,他问;尖声叫,粗声吼,哑声喊;大声喝,厉声逼,紧声追……高女人却只是摇头。真诚恳切地摇头。但真诚最廉价;相信真诚就意味着否定这世界上的一切。

无论是脾气暴躁的汉子们跳上去,挥动拳头威胁她,还是一些颇具心计的人,想出几句巧妙而带圈套的话问她,都给她这恳切又断然的摇头拒绝了。这样下去,批判会就会没结果,没成绩,甚至无法收场。研究所的人有些为难,他们担心这个会开得虎头蛇尾;乘兴而来,败兴而归。

裁缝老婆站在一旁听了半天,愈听愈没劲。她大字不识,对什么"书稿"毫无兴趣,又觉得研究所这帮人说话不解气。她忽地跑到台前,抬起戴红袖章的左胳膊,指着高女人问:

"你说,你为什么要嫁给他?"

这句突如其来的问话使研究所的人一怔。不知道这位治保主任的问话与他们所关心的事有什么奇妙的联系。

高女人也怔住了。她也不知道裁缝老婆为什么提出这个问题。这问题不是这个世界所关心的。她抬起几个月来被折磨得如同一张皱巴巴枯叶的瘦脸,脸上满是诧异神情。

"好啊!你不敢回答。我替你说吧!你是不是图这家伙有钱,才嫁给他的?没钱,谁要这么个矮子!"裁缝老婆大声说。声调中有几分得意,似乎她才是最知道这高女人根底的。

高女人没有点头,也没摇头。她好像忽然明白了裁缝老婆的一切。眼里闪出一股傲岸、嘲讽、倔犟的光芒。

"好,好,你不服气!这家伙现在完蛋了,看你还靠得上不!你心里是怎么回事,我知道!"裁缝老婆一拍胸脯,手一挥,还有几个婆娘在旁边助威,她真是得意到极点。

研究所的人听得稀里糊涂。这种弄不明白的事,就索性糊涂下去更好。别看这些婆娘们离题千里地胡来,反而使会场一下子热闹起来。没有这种气氛,批判会怎好收场?于是研究所的人也不阻拦,任使婆娘们上阵发威。只听这些婆娘们叫着:

"他总共给你多少钱?他给你买过什么?说!"

"你一月二百块钱嫌不够,还想出国,美得你!"

"邓拓是不是你们的后台?"

"有一天你往北京打电话,给谁打的,是不是给'三家村'打的?"

会开得成功与否,全看气氛如何。研究所主持批判会的人,看准时机,趁会场热闹,带领人们高声呼喊了一连串口号,然后赶紧收场散会。跟着,研究所的人又在高女人家搜查一遍,撬开地板,掀掉墙皮,一无所获,最后押着矮男人走了,只留下高女人。

高女人一直待在屋里,入夜时竟然独自出去了。她没想到,住在大晓门房的裁缝家虽然闭了灯,裁缝老婆却一直守在窗口盯着她的动静。见她出去,就紧紧尾随在后边,出了院门,向西走过了两个路口,只见高女人穿过街,在一家门前停住,轻轻敲几下门板。裁缝老婆躲在街这面的电线杆后面,屏住气,瞪大眼,好像等着捕捉出洞的兔儿。她要捉人,自己反而比要捉的人更紧张。

咔嚓一声,那门开了。一位老婆婆送出个小孩。只听那老婆婆说:

"完事了?"

没听见高女人说什么。

又是老婆婆的声音:

"孩子吃饱了,已经睡了一觉。快回去吧!"

裁缝老婆忽然想起,这老婆婆家原是高女人的托儿户,满心的兴致陡然消失。这时高女人转过身,领着孩子往回走,一路无话,只有娘俩的脚步声。裁缝老婆躲在电线杆后面没敢动,待她们走出一段距离,才独自快快地回家了。

第二天一早,高女人领着孩子走出大楼时眼圈明显地发红,大院里没人敢和她说话,却都看见了她红肿的眼皮。特别是昨晚参加过批斗会的人们,心里微微有种异样的、亏心似的感觉,扭过脸,躲开她的目光。

四

矮男人自批判会那天被押走后,一直没放回来。此后据消息灵通的裁缝老婆说,矮男人又出了什么问题,进了监狱。高女人成了在押囚犯的老婆,落到了生活的最底层,自然不配住在团结大楼内那种宽敞的房间,被强迫和裁缝老婆家调换了住房。她搬到离楼十几米远孤零零的小屋去住,倒也不错,省得经常和楼里的住户打头碰面,互相不敢搭理,都挺尴尬。但整座楼的人们都能透过窗子,看见那孤单的小屋和她孤单单的身影。不知她把孩子送到哪里去了,只是偶尔才接回家住几天。她默默过着寂寞又沉重的日子,不过三十多岁,从容貌看上去很难说她还年轻。裁缝老婆下了断语:

"我看这娘儿们最多再等上一年。那矮子再不出来,她就得改嫁。要是我啊——现在就离婚改嫁,等那矮子干吗,就是放出来,人不是人,钱也都没了!"

过了一年,矮男人还是没放出来,高女人依旧不声不响地生活。上班下班,走进走出,生着炉子,就提一个挺大的黄色的破草篮去买菜。一年三百六十五天,天天如此……但有一天,矮男人重新出现了。这是秋后时节,他穿的单薄,剃了短平头,人大变了样子,浑身好似小了一圈儿,皮肤也褪去了光泽和血色。他回来径直奔楼里自家的门,却被新户主、老实巴交的裁缝送到门房前。高女人蹲在门口劈木柴,一听到他的招呼,刷地站起身,直怔怔看着他。两年未见的夫妻,都给对方的明显变化惊呆了。一个枯槁,一个憔悴;一个显得更高,一个显得更矮。两人互相看了一会儿，赶紧掉过头去。高女人扭身跑进屋去，半天没出来；而他蹲在地上拾起斧头劈木柴，直把两大筐木块都劈成细木条，仿佛他俩再面对片刻就要爆发出什么强烈而受不了的事情来。此后，他俩又是形影不离地一起上班，一起下班回家，一切如旧。大楼里的人们从他俩身上找不出任何异样，兴趣也就渐渐减少。无论有没有他俩，都与别人无关。

　　一天早上，高女人出了什么事。只见矮男人惊慌失措地从家里跑出去。不一会儿，来了一辆救护车，把高女人拉走了。一连好些天，那门房总是没人，夜间灯也关着。二十多天后，矮男人和一个陌生人抬一副担架回来，高女人躺在担架上，走进小门房。从此高女人便没有出屋。矮男人照例上班，傍晚回来总是急急忙忙生上炉子，就提着草篮去买菜。这草篮就是一两年前高女人天天使用的那个。如今提在他手里便显得太大，底儿快蹭地了。

　　转年天气回暖时，高女人出屋了。她久久没见阳光的脸，白得像刷一层粉那样难看，刚刚立起的身子左倒西歪。她右手拄一根竹棍，左胳膊弯在胸前，左腿僵直，迈步困难，一看即知，她的病是脑血栓。从这天起，矮男人每天清早和傍晚都搀扶着高女人在当院遛两圈。他俩走得艰难缓慢。矮男人两只手用力端着老婆打弯的胳膊。他太矮了，抬她的手臂时，必须向上耸起自己的双肩。他很吃力，但他却掬出笑容，为了给妻子以鼓励。高女人抬不起左脚，他就用一根麻绳，套在高女人的左脚上，绳子的另一端拿在手里。高女人每要抬起左脚，他就使劲向上一提绳子。这情景奇异、可怜，又颇为壮观，使团结大楼的人们看了，不由得受到感动。这些人再与他俩打头碰面时，情不自禁地向他俩主动而友善地点头了……

五

　　高女人没有更多的福气在矮小而挚爱她的丈夫身边久留。死神和生活一样无情。生活打垮了她，死神拖走了她。现在只留下矮男人了。

　　偏偏在高女人离去后，幸运才重新来吻矮男人的脑门。他被落实了政策，抄走的东西发还给他了，扣掉的工资补发给他了。只剩下被裁缝老婆占去的房子还没调换回来。团结大楼里又有人眼盯着他，等着瞧他生活中的新闻。据说研究所不少人都来帮助他续弦，他都谢绝了。裁缝老婆说：

"他想要什么样的,我知道。你们瞧我的!"

裁缝老婆度过了她的极盛时代,如今变得谦和多了。权力从身上摘去,笑容就得挂在脸上。她怀里揣一张漂亮又年轻的女人照片,去到门房找矮男人。照片上这女人是她的亲侄女。

她坐在矮男人家里,一边四下打量屋里的家具物件,一边向这矮小的阔佬提亲。她笑容满面,正说得来劲,忽然发现矮男人一声不吭,脸色铁青,在他背后挂着当年与高女人的结婚照片;裁缝老婆没敢掏出侄女的照片,就自动告退了。

几年过去,至今矮男人还是单身独居,只有周日,从外边把孩子接回来,与他为伴。大楼里的人们看着他矮墩墩而孤寂的身影,想到他十多年来一桩桩事,渐渐好像悟到他坚持这种独身生活的缘故……逢到下雨天气,矮男人打伞去上班时,可能由于习惯,仍旧半举着伞。这时,人们有种奇妙的感觉,觉得那伞下好像有长长一大块空间,空空的,世界上任什么东西也填补不上。

(原载《上海文学》1982年第5期)

点评

最大的反差也会产生最大的美感。高个子的女人、矮个子的丈夫,看似戏剧性的搭配,却是如此的和谐。尤其是在经历特殊岁月、残酷环境时,彼此之间在苦难面前犹能相互搀扶,相濡以沫,更是感人至深。而那些二人一路同行的画面,相互支撑的场景,特别是高女人死后矮丈夫依旧习惯性地半举着伞,伞下空出了一大块,这一切都像雕塑一般矗立。人物无需姓名,却成为了名副其实的无名"英雄",文学作品中无名的"名人"。

陈建功（1949— ）

生于广西北海市，当代作家。小说代表作有《辘轳把儿胡同九号》《鬈毛》《前科》《皇城根》等。

辘轳把儿胡同九号

"敢情！"——这又是北京的土话。说"敢"字的时候，您得拖长了声儿，拿出那么一股子撒漫劲儿。"情"字呢，得发"轻"的音儿，轻轻地急促地一收，味儿就出来啦。别人说了点子什么事儿，您赶紧接着话茬儿来一句："敢情！"这就等于说："没错儿！""那还用说吗？"甚至可以说有那么点儿"句句是真理"的意思。其实，此话在北京寻常得很，大街小巷，胡同里闾，不绝于耳，本来不值得在此絮叨。可是，在辘轳把儿胡同9号，这话可就不同寻常啦。这里有一位姓冯的寡妇老太太，也和别的老太太一样，喜欢接在别人的话茬儿后面说："敢情！"——您可别大意了。冯寡妇的"敢情"却不是随随便便说出来的。您要是不够那个"份儿"，不足以让她羡慕、崇拜，人家还是金口难开呢。您看她的大儿子大山，小四十的汉子了，新近还被选上了他们那个街道厂的厂长，几个月里扭亏为盈，论脑瓜子、嘴皮子、手膀子，哪点儿不够意思？在厂子里，那些一把子胡子，一脸子褶子的老头儿老太太们，哪个不是"厂长"长、"厂长"短地围着转，说点子什么事，还少了人们接着话茬儿道"敢情"了？可回家来，少挨他妈骂了吗？"成天屁股不沾家，就知道回来吃饭、睡觉，家是你旅店呀？点灯熬油，当个七品芝麻官的破厂长。美？美个屁！……什么？你是共产党？你是什么'共产党'哇，'劳动党'！你看人家西院儿，刘家，三天两头奔家拉板子，运砖头，那才叫'共产'！你是什么'共产党？劳动党'！成天价劳动、干活儿，卖死力气，不是'劳动党'是什么？！……"当然了，冯寡妇骂儿子，三分骂，七分夸，是骂给街坊邻居听的。也难怪，三十几岁上守寡,拉扯大一儿一女,容易吗?可您就听她这话音儿,是省油的灯吗?是见庙就磕头的主儿?告诉您吧,冯寡妇的"敢情"接到了谁的话茬儿后面,差不多就能暗示出此人在小院里举足轻重的地位。要说说这辘轳把儿胡同9号的事,能不给您打这儿说起吗?

  据我所知,北京有两条辘轳把儿胡同。一条在西城,一条在南城。我说的,是南城的。胡同不长,真的象过去井台儿上摇的辘轳把儿一样,中间有那么一个小弯儿。门牌儿数到"9",正是要拐弯儿的地方。9号的门脸儿也不漂亮,甭说石狮子,连块上马石也没有。院儿呢,倒是咱们京华宝地的"自豪"——地道的四合院儿。四合院儿您见过吗?据一位建筑学家考证:天坛,是拟天的;悉尼歌剧院,是拟海的;"科威特"之塔,是拟月的;芝加哥西尔斯大楼,是拟山的。四合院儿呢?据说从布局上模拟了人们牵儿携女的家庭序列。嘿,这解释多有人情味儿,叫我们这些"四合院儿"的草民们顿觉欣欣然。不过,说是"牵儿携女",不如说是"搂儿抱女"更合适,对吗?不信您留心一下看,现今,"四合"固然还有,"院儿"都在哪儿呢?哪个院里不挤满了自盖房、板棚子,几大家子人把个小院塞得满满当当。这不是"搂儿抱女"是什么?……唉,当然,也是无可奈何之事。我们中华儿女,愈衍愈众,牵儿携女是领不过来了。不密密层层地搂着,抱着,行吗?

  9号院儿里有5户人家,正是这个"搂儿抱女"的格局。我们所说的冯寡妇,和她的儿子、女儿住在西屋。

  这位要问了:9号院儿里真的有一位连冯寡妇都佩服得五体投地的人物,值得老太太追着话茬子道"敢情"?有哇!岂止是冯寡妇,整个小院儿,除了住南屋"刀背儿房"的张老师和冯寡妇的儿子大山,谁不以东屋住的韩德来为荣?有了韩德来,整个9号院儿在辘轳把儿胡同就牛起来了,腰杆子硬起来了。院儿里的人和外院儿人争论点子什么事儿,只消说:"老韩头儿说了,是这么回事儿!"肯定就可以得胜回朝了。

  韩德来现在是退休了。早几年在造纸厂当锅炉工。人哪,这一辈子,是福是灾。谁敢说呢?民国三十二年春荒,韩德来拄着打狗棍儿,在京西老家的村口上、大路上转悠。那日子口,赤地千里,树皮都吃光了,哪儿讨去?哪儿要去?遍地的野狗,吃人吃得毛光眼红,眼瞅着人要倒,就甩打着尾巴跟在你后边啦。韩德来连轰狗的棍棍儿都举不起来了呀!眼瞅着要倒路上喂狗那当儿,遇上了同村的李三叔，给他一块红薯，领他一条活路——教他几段"莲花落"、大鼓书，带着他出了口外。到那些没闹灾的穷乡僻里，唱一段，讨口吃。凭这一招儿，走南闯北，硬是活过来了。俗话说，大难不死，必有后福。这话多灵验！一九六九年，烧锅炉的韩德来竟然到工宣队去了。再往后呢，居然成了什么"代表"啦。进了中南海，据说，还在里面睡了一宿，又吃过了宴会。那是没错儿的，报纸上清清楚楚地印着大名哪。了得吗？9号院儿里的人们，不，整个辘轳把儿胡同的人们顿时刮目相看了。韩德来和毛主席握手回来那次，愣一天一宿没洗手啊，及至进了院门儿，扯开嗓门儿就喊："我跟毛主席握过手啦！"惹得院里院外，男男女女，老老少少跑出来和他握手——谁不巴望着沾点子仙气儿啊？就是打这一天开始，西屋的冯寡妇也跑过来，抓着韩德来的手一个劲儿抹擦，破了自己一贯的、以贞操为荣的唠叨："人哪，容易吗？现今，那么大的姑娘，挎着老爷们儿胳膊，大街上逛，现眼不现眼！谁像咱这号的，一辈子守着死鬼，老爷们儿的毫毛儿都不碰一下呀！容易吗？"

小院里的人们对国宴、对中南海是陌生的。冯寡妇还和院儿里的年轻人争辩过，愣说在中南海里扫厕所的，都起码得是处长一级的干部。国宴呢，红烧肉肯定是可以可劲儿招呼的。为此，还专门去找老韩头儿公断。结论是什么，且不必管它，反正老韩头儿既然有这般经历，足见此人不是凡人，更不是等闲之辈。从这天起，只要韩德来端着茶缸子，往门前的小板凳上一坐，冯寡妇肯定拿着手里的活计凑过去听他开聊，又肯定瞅准了话茬儿，时不时来一句"敢情！"

"您说，咱工人不到大学去整治整治，怎么了得！"老韩头儿又开始讲他的"进驻"了，"净是地主资本家的羔子！不学好，闹什么'非多非'俱乐部！先头，咱还寻思着，俱乐部嘛，顶多是拱个'猪'，敲敲'三家儿'呗。哪儿啊，坏透了。识文断字的，净看搞破鞋的书！有一本，叫……《雷雨》，写什么打雷下雨天儿，一家子搞破鞋！当哥哥的，还把妹妹给糟蹋了。这叫什么事儿！我把他们训一个溜够：你们这儿啊，破鞋满天飞！嘿，还不服气哪。您说，咱工人不去管管，了得？！"

"敢情！"冯寡妇那瘪下去的嘴巴撇了两下，对那些人的憎恶绝不亚于老韩头儿。

"他大妈，知道吗？苏修、美帝那儿，都闹上红卫兵啦！"韩德来的谈锋，又引向国际问题了,"家伙!您看看咱的文化大革命,这招儿多英明!等着吧,甭长了,赫鲁晓夫(他就知道赫鲁晓夫)、尼克松,也都得挂牌儿上台,撅着去了!……"

冯寡妇竟也跟着他,呵呵笑起来:"敢情!"

当然了,也有冯寡妇一下子噎在那儿,没法儿接茬儿附和的时候。

那是有那么一次,韩德来又去参加什么宴会回来。这次可能也喝多了点儿,一进院门儿,连屋都不入,叫老伴儿沏水来,坐在当院就开聊。

"他叔,这回又见了啥首长啦?有什么新鲜事儿吧?"冯寡妇攥着炒勺就过来了。

"那还用说吗?"韩德来瞟了她一眼,得意地晃着脑袋。"我,我看见咱林副统帅的……家里的了。"

"真的!您没跟她握个手,说个话?"

"还用说吗?"

"那长个啥样儿,您肯定看得清清儿的啦!"

"穿着军装哪。"韩德来呷了一口茶,抿起嘴儿,喝了口酒似的咂巴着。他瞥了冯寡妇一眼,悄不声儿地说:"等到后来,您猜怎么着?嘿,脱了军装了,穿着小白褂儿啦。家伙!那小胸脯子,挺儿挺儿的,嘻嘻……"

再往下,其言更不雅驯啦。为了不给诸位添恶心,此处不便复述了。

得,这一回,冯寡妇没按着惯例,来一句"敢情!"她瘪瘪嘴,眼皮耷拉着,扑扇了两下,蔫蔫儿的,一扭身儿,回屋去了。临到屋门,又想起了什么,回过身儿,到晾衣服的竹竿底下,把那上面晾晒的闺女的乳罩、裤衩卷巴卷巴,一古脑儿,收回去了。

尽管韩德来这酒后微醺时的闪失,使冯寡妇大大地倒了一回胃口,冯寡妇还是不会放弃自己给老韩头儿道"敢情"的权利的。这不,没多久,她好象早把这事忘了。林彪一完蛋,韩德来说:"我早看着他们不是好东西!男的,害人精!女的,狐狸精!好得了?"冯寡妇呢?——"敢情!"她还是瘪瘪嘴,好象和老韩头儿一样,自己也早有先见的慧眼。

就这么着,老韩头儿说,冯寡妇和,每天傍晚,茶余饭后,在小院儿仅剩的立锥之地,海聊一气,几乎成了他们两个,不,是全院老少必不可少的"第四顿饭"。冯寡妇就不必说了,只要能接茬儿说一句"敢情",顿时觉得浑身舒坦。哼,别人?别人还不够这个"份儿"呢。她自然是不会不来的。北屋住的旗人赫老太和她的丈夫赫老头儿,敢不来吗?老头儿伪满那阵儿干过"伪事儿",抄家那会儿,嗬,金银细软,办过展览呀。这就得啦,赫家就是这院儿混得最不济的人家儿了。隔三差五,老俩口儿还得去向"向阳院"的"院长"韩德来汇报一次思想,挨一顿训呢,有这么个"受教育"的机会,敢错过了?您瞧吧,哪天浑身嘟噜肉的赫老太和干柴棒儿似的赫老头儿不坐在旁边,乖乖儿地听着?!当然了,他们是绝没有冯寡妇那种接茬儿说"敢情"的资格和胆量的,只有不停地点头称是,老韩头儿骂娘骂祖宗,也得听着。南屋住的王双清夫妇,都是只有小学文化程度的工人,四十三、四岁,上有老,下有小。老的,是瘫在床上的老公公;小的,是上学的女儿。两夫妇都是一锥子扎不出血的性子,病病歪歪的身板儿,是掉片树叶儿怕砸脑瓜子的主儿,当然也是一定要恭候其侧的。甭管怎么说,挨着这么一位老韩头儿,长见识,是一回事儿,这风云变幻的,多少也能让心里早有个底呀。七灾八难的,能躲过多少!譬如清明节,天安门出事那次,还不多亏了老韩头儿的警告?"告诉你们,关好街门,甭瞎遛达去!天安门上兴许都架起机枪了!别瞎掺和,找死呀!"果不其然不是?胡同口宋家的老三,逮进去了不是?9号院儿呢,稳稳当当儿的,没老韩头儿,行?……王双清夫妇当然也是只要一瞅见韩德来往屋门口一坐,赶快凑过去,从头到尾,只字不漏。

要说在院儿里,恐怕也只有张春元对老韩头儿最不敬了。

张春元三十多岁,动乱中父母双亡,插队回来当了中学教师。现在呢,"宝眷"在外地,他只身一人住在王双清的隔壁——南边一间后盖的"刀背儿房"里,每逢韩德来坐在那儿聊天,张春元就架着胳膊,站边儿上看。有时候,那嘴角儿一挑,鼻子眼儿里都象是透着冷笑。这不故意扫人的兴吗?最使老韩头儿觉得丢脸的,是那次乘凉的时候,他向四周的人感叹"党的政策真是伟大"——这本是没错儿的,可您知道,老韩头儿的感叹由何而发呢?他说:"家伙!连吴法宪那号人都解放了呀,党还不够宽大吗?不够英明吗?为这事儿,我可一宿没睡着呀!……"韩德来的气儿也运足了,冯寡妇的"敢情"也说出来了,王双清夫妇连发"啧啧"的赞叹声,连赫老太和赫老头儿都受了感召,颇为激动地连声说:"是啊是啊……"没想到半路蹦出个程咬金——张春元又在旁边架着胳膊说话啦:"韩师傅,听谁说的?我怎么不知道?"韩德来说:"你不知道？你不知道的事儿多了！"张春元说："您总得有个凭据吧！"韩德来火了："凭据？人家都出来接见外宾了，还要什么凭据！看报纸去！屋里哪！"拿来报纸一看，大家伙儿忍不住全乐了：那是几年前——一九六九年的报纸！

张春元这一下子，不仅不会动摇人们对韩德来的崇拜，反倒使韩德来恨上他啦。甭管什么时候，只要看见张春元架着胳膊往人群边上一站，韩德来就开讲"进驻"，把"臭老九"连损带挖苦，骂得狗血喷头。这不明着骂张春元哪吗？一次两次，不知是给骂怕了，还是没闲心听老头儿扯淡了，反正张春元是不往这儿凑了。

"贼了？量你也不敢呲毛爹刺儿了！"韩德来越发得意了。他时而向全院儿大讲闻所未闻的新鲜事儿，这时候，往往探着身子，轻轻地，好象故意压低了声儿，来一句："家伙！"然后，抿口茶，连述带评，眉飞色舞。他时而又向全院儿发出有关政治气候变化的警告，这时候，他总是绷起脸，冲着赫家老两口儿说："告诉你们啊，可来'文儿'了。"而后，添枝加叶，把"文儿"上怎么说的，要搞什么运动了，风风雨雨描述一番，说得赫家老夫妇战战兢兢，如惊弓之鸟。韩德来在敬畏的目光中，在"敢情"的附和下越发自豪得要喘！眼看着四围听得愣神儿傻眼儿，要么说得赫老太、王双清慌里慌张他来汇报思想，探问虚实，这个，哆里哆嗦地走了，那个，象吃了一剂安神补心丸而去，他都觉得舒坦，得意，其乐无穷，这才真有点"工人阶级当家做主"的味儿啦！得闲儿了，往屋门口一坐，没有仨俩人儿凑在身边听着，他就憋气！一天不给小院儿的人"上一课"，他就喉咙眼儿痒痒！这不，前不久，他还给院儿里吃了一颗"定心丸"哪。那是不知哪位从什么地方听了个风儿，愣说国家经济有"赤字"了。当然了，谁也不知道"赤字"是什么，反正觉着不是什么吉利玩意儿，影影绰绰感到会和涨价儿有点儿什么关系，这就慌神儿啦。韩德来看着老太太们在那儿嘀咕，心里就有气，"哼"了一声，说："瞧你们这沉不住气的劲儿！什么赤字白字的，怵什么？告诉你们，咱中国，心里有底！要不，干吗老说形势大好？那是瞎说的？咱就光说那水吧，咱中国的水都卖钱！没听说吗，山东那地界，崂山，那水，值老鼻子钱啦！弄个瓶子咕咚咕咚一灌，往大鼻子那儿一搁：掏钱呗您哪！家伙！水呀，有个流完的时候吗？光这就够赚的啦。这不，有首长说啦，赶明儿，各家的玻璃瓶儿可留神着，别再糟践了。现今，水有的是，就是玻璃瓶儿赶不上趟儿啊。瓶儿再多点儿，那赚头儿，海了！四化？八化也化了……"这话说得冯寡妇连连说"敢情!"乐得拢不住嘴。四周的人自然也喜气盈盈,好象觉得心里踏实了好多,韩德来呢,说完了,在人们轻松的笑声中,耷拉着眼皮,细细地品茶——表面上不动声色,心里越发自得其乐了。

唉,话又得说回来了。好汉不提当年勇,这些,都已经是"陈年老帐"了。这次关于中国的水如何"值老鼻子钱"的神聊,兴许是韩德来最值得回味的一次"壮举"了,因为,自打这次以后,虽然也没断了人围着他,听他海阔天空,可他渐渐感到,人,是越来越少了,听他聊的人,也不那么起劲儿了。门庭冷落车马稀。想到这儿,真有点"走狗烹,良弓藏"的心酸劲儿!

就说北屋的赫老太一家吧,"破四旧"那阵儿抄走的金银细软全折了钱,领回来了。今儿买一台洗衣机,明儿买一台电视机,大摇大摆,抬进小院儿。这干吗哪?韩德来看着就有气:"显呗,示威呗!"

最使韩德来看不过的,是有那么一天,赫老大高声大嗓地向全院儿宣布:打闹红卫兵那阵儿起,十几年没吃着的"麻豆腐",居然被她买着了!

您知道,旗人老太太们,是最讲究面子的。有点子什么新鲜吃的,愿意街坊邻居尝一口,是个心意,也是个礼数。要说这麻豆腐,尤其难怪。赫老太和许许多多在旗的老太太一样,就希罕这玩意儿。炒麻豆腐,讲究用羊尾巴油,要放进地道的青豆,还要搁上两段炸得焦焦儿的干辣椒。尝尝那味儿,嘿,既麻,又酸,还辣,用旗人老祖宗发祥地的说法儿,叫"真赶劲!"其实,这玩意儿不值俩钱儿,在旧社会,是标准的"穷人美"。没想到,"革命"把这也"革"了,十几年没见着麻豆腐的影儿。这次还多亏了赫家的姑爷,听见老太太成天念叨,东跑西颠弄来了一小锅,孝敬丈母娘。居然还全全乎乎买齐了羊尾巴油、青豆、干辣椒,赫老太能不喜出望外吗?这可好,站在当院儿就冲冯寡妇喊开啦:"他大妈,我先寻思着,入棺材也吃不上一口麻豆腐啦,谁承想,又有了!有了麻豆腐,还愁没您爱吃的豆汁儿吗?还有天源家地道的酱菜,便宜坊的酱鸭儿,看来都有盼儿了!"这一吆喝不要紧,街坊四邻居然惊动,又接受了邀请。特别是那些老北京们,甚至外院儿的,七老八十都来啦。三舅妈,二姥姥,喊声不断。一瓣一溜坑的小脚也挪进来了。"来了您哪!""慢走,当心门坎儿,您哪!""得,您来了,吃多吃少,尝一口算是您给咱捧场!"……你一筷子我一勺,尝麻豆腐是一事儿,鉴赏品评赫老太的新添置,也是一项内容。其盛况绝不亚于老韩头儿吃国宴回来那场面。

其实，这有什么看不过的呢！赫家落实了政策，胆儿大了，钱也有了，何况咱们北京人的讲究：夏天，吃烧羊肉；冬天，吃涮羊肉；正月初二，吃春饼；腊月二十三，吃糖瓜儿……甭管怎样，决不能亏了口。人家赫老太干吗不能吃口好的，享享晚福呀！

可韩德来看着北屋赫家人来人往，就憋气，等到看到赫老太的儿子二臭，气儿更大啦！

就连二臭，一时节都成了辘轳把儿胡同的人物啦。买了一辆"铃木80"摩托车，招了全院儿人围着看。改天又玩了新花样，不知打哪儿买了一条说劳动布又不象劳动布的裤子，还有个洋名儿，愣说这叫"利瓦伊式501双X型牛仔裤"，刚下了水，流着汤儿就穿上了，还说就得这么穿着缩水，才能缩出线条儿……说完了，蹬响了摩托车，唱着"塞扣塞扣精工牌"，一溜烟儿冲出了胡同，让周围那些小年轻儿的看花了眼！

"哼，还得整治整治你们！收拾，早晚！"韩德来几乎要骂出来啦。

老韩头儿生气也不管用，他那两下子确实是不招人啦。连邻院儿的老头儿老太太们都吸引不了——人家一进院儿，就奔赫老太家，说说又有什么"老字号"重新开张了呀，看看那部"留下自己声儿的话匣子"呀。至于年轻人，有围着二臭唱"塞扣塞扣精工牌"的，也到冯寡妇家，听那当厂长的大山讲"商品信息反馈"的，还有的，就出这9号院儿啦，去待业知青售货点儿，琢磨"薄利多销"呀，上补习班玩命、准备高考啊……人嘛，思想各有高下，可甭管怎么说。老韩头儿那一套不灵了，冷清了。他自己也明白，有什么法子？赫老太太这号的，腰杆儿硬了，自己呢，还镇唬得住谁？啥"代表"也不是了，退休居家，大场面，也见不着了，陈谷子烂芝麻，总抖露也没劲啊。"文儿"呢，也见不着了。就算能见着，又会有什么新鲜？那会儿，今儿"清队"，明儿"抓'5·16'"。"咔嚓"，一下子铐走十几个，铐子亮锃锃，晃得见人影儿呀！能说得院儿里围听的老少爷们都白了脸儿。现今，还能说点什么？……唉，就连全院儿最窝囊的王双清夫妇，也抽冷子爆出件新鲜事儿，让整个辘轳把儿胡同激动了好一阵子呢，可老韩头儿呢，无人问津，酒冷茶凉！

这位要问了：那王双清也有什么邪的？

邪的没有，可有福啊。前不久，王双清的老父亲病故了，发送老人拉下点儿亏空，拿着旮旯里扔的一件瓷器去卖，心想，这会儿，这也不算"四旧"了，扔家里，不定哪天给摔了，不如看看能不能卖俩钱儿。往古董店那么一送，可了不得了，把收货的看傻啦，连问家里是不是还有一个，王双清想了想，说："是啊，还有一个啊！"收货的问："干吗不一块儿拿来？"王双清支支吾吾，没好意思开口——您猜怎么着？在家当便盆哪。回家赶紧给人刷出来了。这是什么？宫里的玩艺儿。道光年间景德镇专烧给皇上的贡品。清室的宝物册上写得明明白白哪，嗬，价值连城……这下可好，王双清家热闹啦，整个胡同的老太太都来串门儿，不嫌絮烦地打听那宝物到底值多少钱。出来呢，要么，上赶着回家把那些盛米的瓷缸、插花的瓷瓶儿全捣腾出来，拿包袱皮儿裹上，往天桥送；要么，一边走一边就骂上啦："败家兔崽子们，把我那对掸瓶儿也给我砸了。留到这会儿，够吃三辈子啦……"

人哪，要是本来有许多人成天围着他转，忽然那些人都没了，剩他光杆儿一个，清锅冷灶，他不定多烦、多闷哪，韩德来就烦了，闷了，冷清了，没事儿干了。吃了晚饭，沏上茶，坐在屋门口。街坊邻居过来了，有事儿没事儿地闲扯两句。他也知道，自己再多说，也都是没味儿的屁，人家呢，也不指望从你这儿听点儿什么，今非昔比呀，就连那个冯寡妇，也今儿上赫家，明儿上王家，这儿"敢情"一句，那儿附和一声儿，却很少来接韩德来的话茬儿说"敢情"了。韩德来闷闷地坐了一会儿，竟打着节拍，一个人唱起《四郎探母》那"西皮慢板"来：

　　杨延辉，坐宫院，自思自叹。

他晃起了脑袋，似乎和杨延辉的心气儿走一块儿去了：

　　想起了，当年事，好不惨然。

　　我好比，笼中鸟，有翅难展……

您听听，倒是打过莲花落，唱过大鼓书的，唱京戏也有那么点儿字正腔圆的味儿。

这天傍晚，韩德来又在这儿"坐宫院，自思自叹"的时候，张春元从边上走过。

"韩师傅，挺闲在啊。"

韩德来看见张春元，火儿就不打一处来。现如今，张春元也人五人六，充起大来啦。院里院外，那些有儿女要考学的人家，左一个"张老师"，右一个"张老师"，踩低了那间"刀背儿房"的门坎儿。这还不说，更使韩德来憋气的是，他隔三岔五就看见张春元接到邮局送来的大信封，上面印着这家编辑部，那家出版社的大红字。问他是什么，还爱搭不理，顶多支吾两句，扭脸儿就走，后来才听说，这小子还能写小说哪，怪不得，越发蹬鼻子上脸了⋯⋯听见张春元的话，韩德来认定这是往自己的脸上抹玻璃碴子哪。他瞟了张春元一眼，拉长了声儿，答了句"闲在"，又说："怎么，不闲在那阵儿，你看着有气。闲在了，也有气？"

张春元眼皮子一翻，舌头儿把腮帮子拱起一个包儿，又忍不住笑了："悠闲在了，我能不高兴？可您别老在这儿闷着呀。泡泡红茶菌，练练气功，延年益寿不好？要不，跟人家赫老头儿学学，遛遛鸟儿⋯⋯"

"得啦，"韩德来打断了张春元的话，气鼓鼓地说，"延年益寿干吗，依我看，按古法儿，六十岁不死，活埋！"他又"哼"了一声，往北屋那边瞥了一眼，"跟他学？遛鸟儿？咱干不了那个。咱是工人！成天价一手一个鸟笼儿，往前抢，往后甩，挨斗扫街时也没卖过这膀子力气呀。侍候着，一天喂它三毛钱肉，对他妈也没这么孝顺过⋯⋯"

"行，行！甭听我的。您就呆着，坐着，闷着，唱您的'西皮'。"张春元气儿了，"看您这坐着挺没意思，有心劝您散散心吧，您倒吃了枪药了！还把别人家给捎上了！您在这儿坐您的，也不碍我的事儿，不挡我的道儿。您唱吧，接着唱，唱您的'笼中鸟'⋯⋯"

韩德来眼瞅着张春元回了屋，心里不是滋味儿了。噢，你们还拿我怎么样了当个事儿，你们好开心哪！我怎么了？不愁吃，不愁穿，还轮不到你们乐呵哪！想着想着，他爽性站起来啦，冲着里屋的妻儿老小，扯开嗓门儿喊："我看电影去了啊！"然后，拖跶着鞋子，一晃一晃就出了院门。

其实，说是看电影，不过是一句气话。天都擦黑儿了，哪儿找电影票去？可是，韩德来出了辘轳把儿胡同，上了珠市口大街，一眼看见珠市口电影院的霓虹灯在灰蒙蒙的前方闪着呢。走近前，售票窗口前排了一长溜儿的人。在卖第二天早上美国电影《雨中曲》的票。"排！"韩德来和谁赌气似的，排上啦。

轮到韩德来买票时，他犹豫了：买几张呢？买一张，排这老半天的队，总有点不那么甘心。摸摸口袋，正好有一块二的零钱。"买它四张！"

唉，您说，这是一种什么心思呢？恐怕，排过长队的人，甭管买什么，都难免干这种莫名其妙的事。其实，他们也许根本不需要买这么多，那也愣买。

要不，总觉着亏啦。韩德来就是这样：第二天，来看电影的只有他一个。孩子们要上班儿，老伴儿呢，一听说不是《三笑》、《碧玉簪》，死活不来。现在，老韩头儿的口袋里揣着四张电影票，富余三张，他还得把它们退了。

离电影院还有半站地，三三两两的小青年们就捏着毛票儿，眼巴巴地站在路口问上了："同志，有富余票吗？""师傅，有票匀一张欸！"……韩德来从他们眼前走过，心里忽然间升起一种什么感觉呢。他知道自己有四张票，而他们，没有，一张也没有。自己富余的票放在兜儿里，他几乎舍不得轻易撒手了。他觉得，揣着富余票，听听那渴待的央求的声调，简直是一种享受！他板起脸儿，向好几个递过钱来的小伙子摇头："没有。""没有没有。"他把脖儿扬起来了，胸脯子挺得高高的，却又漫不经心地回答着询问。其中有一个小伙子，戴着蛤蟆镜，留着大鬓角，那扮相儿和赫家二臭一个模样儿，也想来老韩头儿这儿撞运气。老韩头儿理都没理他，心想："轮谁也轮不到你哇！"

终于，他走到电影院门口了，站上两层台阶儿，看着等退票的大军向东，向西，散兵线一样延伸。他掏出一颗烟，抽着，眯起眼睛，看着那些小伙子们围着退票的人抢啊，揪啊，往胡同里追啊，他乐了。把手伸进口袋里，捻了两下，偷偷摸出一张票来，捏在手心儿，走到一个捏着三毛钱，可怜巴巴地看着别人拼抢的年轻姑娘面前，悄没声儿地递过去。

"哎呀！——谢谢！太谢谢了！"姑娘被这意外的收获高兴得跳起来。

韩德来摆摆手，一副无所谓的神情。

"同志，还有吗？再退一张！""师傅，匀一张呗！"……"呼啦"一声，眼热的人们跌跌撞撞地冲过来，围住了老韩头儿，手里捏着毛票儿，一个劲儿往老韩头儿手里塞。叫同志的，叫师傅的，叫老大爷的，把他围个密不透风。

"干什么干什么！"老韩头儿板起脸了。他分开人群，往外挤着，拨拉开一只只递钱的手，"没有了，就一张！就这一张！没了！"

有的人扫兴地走开了，有的人还在央求通融。老韩头儿摇着脑袋，美不滋儿地微笑着。

就这样，他一张一张地把票退出去。每次，退完了，在人们的包围中，板起面孔说："没了没了。"心里呢，却享受着一种不可言状的快乐。嘿，简直有一种腾云驾雾之感。

等到他退完了第三张票，等退票的人已经一致认为他身上还有不少存货了。

于是穷追不舍起来。嘀，瞧吧，从电影院，追到胡同口，从胡同口，跟进公共厕所。拉着他的胳膊，拽着他的衣服。有的说自己如何结伴而来，就缺这一张票；有的说自己如何难得看上电影……各色人等，眼花缭乱。韩德来已经乐不可支啦。最后，他终于把留给自己的那张票也贡献出来，就是从身上再也掏不出票来了，他也仍然享受了很久被人们包围不散的快乐！

我实在没法儿跟您讲明白，这位老韩头儿此时此刻的快乐到底是什么呢。那个舒坦，那个美气，那个得意，全有啦。说他象酷暑伏天里吃了冰激凌、大雪糕一样痛快？这种比喻实在太拙劣了。在韩德来的生活里，恐怕只有过去在辘轳把儿胡同9号院儿里神聊，看着赫家老两口恐惧的目光，听着冯寡妇"敢情"的应和，只有在那个时候才享受过这种舒坦劲儿。他自己当然是不会产生如此的对比、联想的。他只觉得那么多人围着他，道他，求他，哄着他，尊崇他，他的骨头架子美得要酥，他的日子还是过得蛮自得，蛮快活，又不是坐在院儿里独饮独唱的那个韩德来啦！

于是，——这可不是我编派着来寒碜老头子——老头子养成个毛病啦，三天两头，在院儿里呆闷了，一颠一晃就上了街，路过珠市口影院，只要见人在那儿排队，就忍不住凑过去，买票，退票，其乐也陶陶。有时留一张，自己进去看一场（举着票，在许多人羡慕的目光中走进影院，也是一种乐趣咧），高兴了，干脆一张也不留，全方便了别人。而后，分开人群，回家。甚至还有几个傻小子一直追进辘轳把儿胡同里面，直到9号院的门口。连小院儿里的人都闹不清老韩头儿这是怎么了？没事儿就到外边逛一趟，回院儿，一关街门，转过脸儿来，嘿，十回有五回，容光焕发，又有当年吃完了国宴，微醉着回来那么股子劲头儿啦！……

说句难听的——抽口白面儿似的，舒坦一时呗！真回到院儿里，各家儿虽说礼数还挺周全，招呼，"请安"样样不少，可还能象珠市口影院等退票的一样，围着你转？求爷爷，告奶奶，三孙子似的？过去，院儿里倒是有这么个劲儿，现今，谁管谁？谁怵谁？那天早上，韩德来又从电影院回来，在胡同口碰见了赫老头儿——俩鸟笼子，一手一个，上面蒙着蓝色的笼子罩儿，正奔天坛那边走。韩德来迎过去了。刚才在电影院门口那股子劲头大概还没下去，连敲打赫老头儿的词儿都想好了——"老赫头儿，您挺舒坦啊，社会主义也允许您提笼架鸟啦，倒是也不比'满洲国'次吧？"您猜怎么着，他连话茬儿还没找着哪，就叫赫老头儿险些噎一溜毛跟头!韩德来一见老赫头儿,就说:"嗬,老赫头儿,遛鸟去?啥鸟儿,看看!"说着,伸手就要掀鸟笼的布罩儿。这就是找话茬儿哪。"别介。"没想到老赫头儿瘦得藤箩似的手一伸,把他给拦了:"要看,等咱回来,家儿看去!这地界,甭看。车喧马叫的,学脏了鸟儿的口……"说着,赫老头儿身子躬了躬,晃着鸟笼,走啦。韩德来气得伏天喝冰水似的,心里直发噎呀。甭说想好的几句话没地儿泄了,连刚才的一点儿高兴劲儿也给糟蹋了。他想,你他妈什么玩意儿!过去还不是天天到我屋里去,早请罪、晚认罪,贼得连放个屁都得躲进自家的被窝儿!如今也臭狂起来了!……他由赫老头儿又想到那个小院儿,又勾起"流水落花春去也"的悲酸。天还早,回去干吗?看着他们生气?他一拐弯儿,进了街边的小酒铺。

得,又添了个毛病:没事儿就往这个又小又黑的门脸儿里一钻,要上两毛钱开花蚕豆,二两"老白干",喝。其实,家里的床底下,没少撂着儿子、闺女孝敬的好酒。开始儿子给买的是"二锅头",还让他一把拎起来扔当院儿了:"我连他妈'茅台'都喝过了,还用这玩意儿来糊弄我?"打这儿,床底下放的起码是"大曲"、"二曲"啦。您说,回家去,酒也好,菜也香,喝得也清静,多好。他不。一回那个院儿,看见那几号人,他就堵得慌。还在那儿喝酒?再让他们看见,觉得你是在喝闷酒、喝冷酒,不得叫他们乐得汗毛眼儿都咧嘴儿了?……他不乐意。宁可就开花豆,喝"老白干"。

我们北京的这种小酒店,大概您没见过。三两张小八仙桌,十来把凳子。除了卖酒,兼售糖果烟茶。有的,是夫妻店;有的,由几个老头儿合营。店门口经常停着几辆平板三轮儿,车把上还搭着包袱皮儿呀,大棕绳儿呀,一眼便可知这是咱这号市井小民——扛大件的,糊顶棚的,"引车卖浆者流"光顾的地方。杯酒下肚,就想找人拉个话儿,从哑巴酒的滋味儿开始,继而到海内奇闻,家长里短。第二杯酒就能交上个"对着吹"的朋友。甲说了点子什么,乙说:"敢情!"乙说了点子什么,甲也说:"敢情!"渐渐说得甲、乙、丙、丁,各个脑门儿发亮,踌躇满志。韩德来自然也品到了其中滋味儿,能不流连忘返吗?况且,他如果不是每每来此,怎么能那么快就知道"又要开始批判"的消息呢!真的,这是跟他一块儿喝酒的一个老头儿说的,手里还拿着那张报纸。他只是知道批判的是那些"编小说的"。是谁,他没记住。批判什么,他也没打听。不过,他特别认真地要过了报纸,用手指头按着报上印的出报日期,年,月，日，一个数码一个数码地读过了。没错儿，是新近的报纸。真的，又要热闹啦！……他急急端起桌上的酒杯，三口两口打发了，起身就走。

　　大概那两口酒喝得太猛了，奔胡同里走，道儿上好象铺着一层棉花，脚板子总踩不到实处。开始，他只是盼着这事儿由自己第一个向全院儿宣布。哼，不吓他们一跳才怪！后来，他想到了张春元。不是听说他也在那儿编小说吗？不是大信封、小信封往家寄吗？不是牛气得连问个话儿也不搭理人吗？这回好啦，让你牛气吧，不定其中也捎上了你，挨批！……再后来，这几年积攒的委屈，象打翻了"五味罐"，一起在心里翻腾起来啦。哼，整治整治，早该了！不是说了，早晚！光是"编小说的"吗？你看看电影，男男女女抱着就啃，这叫什么事！光是电影吗？农民也不呆地里打粮食了，进城，跑小买卖，打家具，分田到户啦，这不胡闹吗？……还听说上海那地界，随便穿！大姑娘穿的那裙子，露裤衩子！象什么话！广州那地界呢，随便看！香港电视，拧开就瞅……行啦，别急，这回不定就得一块儿收拾了！……他又想到了赫家。干过的"伪事儿"就全抹了？没事儿了？整天臭显、示威，尾巴都撅起来了。连他儿子也不是好东西，弄点子西洋货，东洋货，带坏了全院儿的年轻人！这回可好，不定哪会儿就得来"文儿"，一块儿收拾！还有冯寡妇，也是个马屁精，好不了！王双清嘛，总算不赖，听说那件宝物捐给国家啦，奖给俩钱儿，有限。不过，也得教育教育。净领着闺女往张春元那儿凑，一门儿心思让孩子奔大学，至少也是糊涂蛋……

　　回到院儿里，冯寡妇正从赫老太屋里出来，看见韩德来，打了个招呼，到水管子前面洗她的菜。韩德来走到自己屋门前，扯过小凳儿坐下，咦咦呀呀地唱起一段喜洋洋的戏文儿。

　　"他大爷，今儿怎么这么高兴？"

　　"有热闹看了，还不高兴？"

　　"热闹？"冯寡妇瞟了他一眼，"啥热闹呀？"

　　韩德来咬着嘴唇，剔牙的火柴棍儿在他的鼻子底下一耸一耸，终于，他把火柴棍儿吐出来，说："没听说吗，又批判啦！又来事儿啦！能不热闹？"

　　"批判？批判谁呀？"冯寡妇赶忙迎过来。

　　"编小说的，挨批判啦！报上登的，没跑儿！"

　　"真的？您说的是张春元不是？他不是老趴在那儿写？"

"张春元？"韩德来板起了脸儿，眼睛里透着几分严重，几分威严，"有事儿没事儿的，得看他写的什么呗。哼，瞧他那个劲儿，好得了？！"

正说着，赫老太已经闻声凑过来了。韩德来看见了她，故意抬高了嗓门儿，说："光是那些'编小说的'有事儿？我看，'四人帮'那一套是臭狗屎，那就甭说了。现今有的人干的，也好不了！共产党能让他们这么胡来？资本主义那一套，资产阶级那一套，反攻倒算啦，崇洋媚外啦，甭急，一块堆儿收拾！"

这些日子，韩德来虽然几乎让人忘了，可要说起这种事儿来，余威还是有的。冯寡妇一听来头不善，忙扮出笑脸儿，说："敢情！"

冯寡妇不说"敢情"也罢，一说"敢情"，把韩德来的火儿勾起来啦。嗬，你转得倒快！刚才还屁颠儿屁颠儿的给人家舔呢，现今一抹脸儿，又回来了。没这么舒坦！

"敢情？"韩德来反问了一句，冷笑着，"这二年，该收拾的地界儿多啦。就说您那大山在厂子里，也悬。闹什么选厂长，选主任，共产党还当政不当政啦，容你们这么折腾？！什么'企业自主'？搂钱儿自主！闹不好，也得一锅烩！……"

这回，冯寡妇的笑脸儿是扮不出来了，"敢情"也说不出来了。

把话甩完了，韩德来将两位老太太撂一边，摆出不屑再与人言的神情，一扭身儿，回屋去了。

赫老太和冯寡妇被甩在韩德来的屋门前，两个人心里都挺不是滋味儿。

她们谁也没怀疑韩德来的话。听他那嗓门儿，看他那气派，又要来事儿是无疑的了。再听那话音儿，张春元挨批，也没跑儿。说实话，张春元倒霉，赫老太和冯寡妇一点儿也不心疼。乍一听，甚至还有点幸灾乐祸的劲儿。大杂院儿里的别扭真是多得很。你想啊，张春元成天价点灯熬油。趴桌上一写就是半宿，冯寡妇能不恨他吗？瞧瞧同院的人，哪个不是天擦黑儿就躺下了？他可好，拿着电不当钱。全院儿共着一个电表，电钱大家伙儿按灯头分摊。净给你张春元背拉着电钱，谁受得了？！新近呢，赫家安了分电表了，韩家、王家也都安了，全院儿就剩冯家和张家了。冯寡妇算计着，合算张春元的电钱，全匀到她身上啦。她不更火儿了？这位说了，冯寡妇也安个分电表不结了？按说是这么回事儿，可她惦记着让张春无先安。张春元安了，她就不用安啦，二十多块钱不就省啦。……这回行了，甭管你张春元安不安电表也不吃紧了，挨批了，你还写个屁！早早儿的，黑灯睡觉吧！……

赫老太跟张春元更不对路啦。张春元进进出出的，一门儿心思想事儿，连个招呼也不会打，讲究礼数的赫老太认定他傲气得不懂尊卑长幼。这还是次要的，张春元住着那间"刀背儿"房，房门儿还可可儿的和赫老太住的北房房门儿相对。这是最让赫老太心里不舒坦的了。哪有住"刀背儿"房的？倚着墙，房檐一面坡，连个房脊也没有。凡懂事儿的北京人，谁住这不吉利的房子？张春元之前，有个叫李老师的住这间房。那会儿赫老太就劝过他："快把房子改改吧，这房不吉利。"李老师不听。结果怎么样？"文化大革命"，斗死啦。不吉利，你不怕，也罢了，可你这"刀背儿"房和人家门对门儿呀。这下好，红卫兵抄了你李老师家，接着就抄到这边来了不是？……所以，这间南房成了赫老太的一块心病。李老师死了，张春元搬来了，老太太又去劝，谁想到他和李老师一样，不信！唉，要说赫老太最近的日子过得够甜甜美美的了，唯独这"刀背儿"房使她心里总在犯嘀咕。现在行了，你看看，灵验不灵验，你张春元悬了不是？还是"刀背儿"房的过！在劫难逃！活该！谁让你张春无不听老人言，吃亏这不就眼瞅着了吗？

其实，这些都不过是赫老太和冯寡妇一时斗气的想法。她们并没有高兴起来。渐渐的，心里就有点不踏实了。

特别是赫老太。那间"刀背儿"房的房门，毕竟还是和自己的房门儿正对着哪。张春元倒了霉，敢保不和当年一样，让祸害窜到北房来？及至见了韩德来，听他没点儿好声气儿的话语，赫老太心里更发毛了。资产阶级？反攻倒算？说谁？是说我们赫家吗？崇洋媚外？肯定是指二臭无疑了。想到这些，她恨张春元招灾惹祸，殃及邻里，更恨韩德来太恶，瞅别人过舒坦日子，就不想让人安生。

冯寡妇呢，早已蔫蔫地回了屋，一下午没言声儿。待到晚上，儿子回来了，她劈头盖脸就是一顿臭骂："你回来干什么？还不到厂子里挺尸去！拉扯你这么大，过过一天省心的日子吗？夏做单褂儿冬做袄，图什么？图什么？图你四十岁上了还给我惹事，让我不得闭眼啊！……"

儿子愣了："您这是怎么了？"

"怎么了？放着好好儿的工人不当，你争着当什么厂长！选举，选举，这回好了，又快撅着了……"

儿子笑着说:"哪能呢,上面说啦,不搞政治运动了。"

冯寡妇哪信这一套,还在那儿数落个没完。大山正为厂子里的什么事儿着急呢,听老太太一边净啰嗦点子没影儿的事,烦了:"别唠叨我!搞运动,你也跑不了!……成天价'共产党','劳动党'地骂,街坊四邻没长耳朵?我犯傻,你就不犯傻?……"

这真管用,冯寡妇不说话了,隔了好一会儿,她才起身收拾晚饭的碗筷,心里说:"真这么着,还不跟'四人帮'那会儿一个样儿了?起五更,睡半夜,卖力气的倒霉,奸懒馋滑的倒没错儿了?……连我这七老八十的老寡妇,说话也得战兢着,闹不好打个反革命不成?……"想着想着,对韩德来说的那一套,倒有些愤愤然了。对张春元呢,反添了几分同情。至于为他背拉着电钱的事儿,竟也一时忘到了脑后。

您说,该怎么说咱们这位赫老太和冯老太好呢?说冯寡妇自私?拖儿带女多少年,这会儿日子也不算宽裕,算计个电钱也算个过错吗?说赫老太迷信?谁让可巧儿住"刀背儿"房的李老师和张老师挨个儿倒霉,谁让赫老太也跟着"陪绑"过呢,人家能不寒心吗?……不过,两位老太太到底还是大大的好人——虽然开初对张春元的倒霉不免有些过微的好奇和幸灾乐祸的快感,可她们很快就明白,这可不是闹着玩的,真来个"文比革命"那样的"运动",整个9号院儿,不,整个辘轳把儿胡同,全城,全中国,鸡飞狗跳的日子又开始啦,那谁也甭美,谁也甭跑,连着自己,自己一家,挨着个儿倒霉!于是,这天夜里,躺在床上,她们在替自己家想了许多消灾免祸的主意的同时,甚至也替张老师谋划了一阵儿——虽说最后还是不得不认定,连自己,连张老师,真来事儿了,还是一点辙儿也没有。

得,就因为这么个心思,两位老太太可就惹出一件让人哭不得,笑不得的事儿来啦。

那是第二天的上午,院儿里人都上班去了。老韩头儿呢,也出去了——大概又到那个小酒馆儿想听点子什么去了。院儿里只剩下两位老太太。

十点多钟那会儿来了一位四十岁出头儿的陌生男人。这人说是来找张春元的,一问,是什么杂志编辑部的。这下可好,两位老太太可找着替张春元说说好话的人啦,又是让茶,又是敬烟。来人见张春元不在,又拗不过二位老人的盛情,就在当院儿的小板凳儿上坐下来,跟老太太们聊几句。

谁想到，这位客人的问话，更让老太太们心里打起鼓来啦。他从张春元的住房，问到他的家眷，又从他的年龄，问到他的政治面目。得，没跑儿！张春元是出事儿啦！两位老太太一边磕磕绊绊地回答着问话，一边偷偷使着眼色。终于，冯寡妇忍不住了，说："要说这张春元，可是满世界打着灯笼也难找的好人呀。可舞文弄墨的，谁还断了没个闪失呢，您的报社要是批判，甭点上名儿成不？给他留条活路……"

　　赫老太也赶紧接着话茬儿，说："他老婆孩子都在外地，千里迢迢呢，见报上点著名儿批判，不得以为又成'三家村'了？那不得吓得背过气去？……"

　　"怎么？他挨批了？在哪儿？"来人被老太太们的话弄疑惑了。

　　"在报纸上呀。说是他编的小说，出了事儿啦。您怎么能不知道？"

　　"是哪篇小说？哪家报纸？"

　　"唉呀，这您可算问着人了！这是东屋老韩头儿说的，那是没错儿啦。说是亲眼见的呢。"

　　"哦？"

　　"怎么，您不知道这事儿？那您……找他干啥？"

　　"我？哦，没事儿，没什么事儿……"

　　那人不再说什么了。冯寡妇和赫老太围着他，又说了一大堆好话，好象他能掌着张春元的身家性命一样。可那人好象也没听进去，没多一会儿，就起身告辞了。让他等会儿，说张春元一会儿就回来，也不等了；让他留点什么话，也不留了。这更让老太太们纳闷儿啦——这人是干什么来的呢？

　　中午，张春元回来了，两位老太太躲在赫家屋里，悄悄嘀咕了好一会儿，没敢过去把来人的事儿告诉他。直到晚上，掌灯了，从窗户里看见张春元又坐在桌前写上啦，老太太们忍不住了，一前一后，进了那间"刀背儿"房。

　　两位老太太突然来访，使张春元好不奇怪。她们坐在桌前，你言我语地相劝："张老师呀，您说何苦？每天一折腾就是半宿，闹这么个下场，还不长长记性儿，还写个什么劲儿！""自己豁出去了，也得想想家小吧。您家剩您一根苗儿，还不好生过日子呀！"……这更让张春元摸不着头脑了。及至闹清楚了老太太们的来意，他忍不住哈哈笑起来。

　　唉，说来也是一件伤心事儿，不过，和老太太们猜的是满拧！他张春元倒是在"编小说"哪,可算算也花了七、八年工夫了,一篇也没写成,没发表过呀,他挨的是哪门子批呀?!那些让韩德来看看有气,老太太们看着挺神秘的"大信封"、"小信封",都是编辑部退回来的稿子啊……

等到老太太们把今儿来人的事一说,张春元不笑了,有点儿急赤白脸地问:"真的?说了什么没有?是哪个编辑部的?那人姓什么?"

老太太们哪儿知道这些啊,只是把那人问了什么,自己说了什么,如此这般复述一遍,说得张春元要哭的心都有:"我的大妈大婶们,真谢谢您啦。您二位这一好心办好事可好,倒把我盼了多少年的好事儿给搅啦!……"

"真的?"老太太们愣了。

张春元说:"您不知道,我写的稿子每次退回来,人家连封信也不给咱写呀。这回可好,登门拜访了,兴许有篇稿子能发表啦。您二老一说我挨批了不要紧,不定又把人家吓回去了……"

这下子,赫老太太和冯寡妇倒傻眼啦。

再往后怎么样,不说,您也能估摸出个大概了。辘轳把儿胡同9号院儿里,让老韩头儿搅起的这么一场虚惊,总算过去了。到后来,听说连真的在报纸上被点著名儿批评了作品的那个"编小说"的,也没多大事儿,还是照样写他的小说,照样登出来。至于韩德来说的"早晚"要发生的"收拾",好象也没发生。人们心里那根绷得紧紧的弓弦,于是渐渐地松下来了——赫老太仍然是那么排场,仍然时时注视着各色各样的"老字号"重新开张,今儿派儿子去前门,买"王致和"的臭豆腐,明儿派闺女上八面槽,买"浦五坊"的东西。不过,她对张春元住的那间"刀背儿"房,也仍然耿耿于怀:"就是不吉利,那还有错儿吗?写了七、八年,连个字毛儿也没印出来呀,总算有那么一回,有点子希望了,还让我们好心好意地给插了一杠子,结果呢,倒砸了!不是'刀背儿'房的过是什么?!……拐带着我们家二小子考学也那么不顺当!"……冯寡妇呢,还是今儿赫家,明儿王家,说"敢情!""共产党"、"劳动党"之类的话也不避讳了。同时,也仍然还恨着张春元"点灯熬油",三天两头用话撺掇人家赶紧去买分电表。至于王双清夫妇,听见风声时,已经暗自庆幸"宝物"交公了,马上,有四天没让女儿过去跟张春元补课,现今呢,又把女儿送过去了。他们的女儿原名叫"王文革",也确实在"文革"中得益不少:女儿落生时,正赶上打派仗，不用上班，两口子在家待了七八年。没花雇保姆的钱，也没花上托儿所的钱。拿着国家工资，自己在家把孩子调理大了。这会儿，又赶上好时辰啦，孩子改名为"文阁"，盼着能上个重点中学，再上上大学，找个"铁饭碗"。您一定以为最丧气的是韩德来了。您错了，人家韩德来还是那句话："哼，收拾，早晚！"再说，韩德来也不是没有值得得意之处啊：赫家二臭那辆"铃木80"，不是推到甘石桥"摩托车自由市场"卖了吗？那条什么"利瓦伊"牛仔裤，不是也不敢穿着臭显啦？哼，不镇唬一下，行？有钱，他还敢买汽车开呢！不定还敢光着腚眼子上街呢！……当然了，韩德来是不知道，二臭卖摩托车，是因为公家卡得紧了，汽油不好偷啦。最近又听说要缴什么"养路费"，"保险金"，一个月得贴十来块钱养着这辆摩托车，谁受得了？得，趁摩托车还没臭街，打发了吧。牛仔裤呢，那是因为常常潮着就穿上了身儿，这会儿，水缩够了，身上的线条儿倒也绷出来了，遗憾的是，把二臭身上的"荨麻疹"也勾起来啦。没法子，收起来，先治皮肤病，治好了再穿吧。

真正让老韩头儿感到丧气的，是在半个月以后。那次他还是和以往一样，在院儿里呆得无聊，又上街逛去啦，路过珠市口影院，又看见卖电影票的。片名是《真是烦死人》。听名儿，有意思，广告上也写着"喜剧片"，逗乐子的，照老法子，买五张！家里人不去，还愁退不掉？不希罕得人疯抢才怪！谁想到，第二天，临开演，往影院门口一站，竟不见等退票的人影儿！他明白啦。上当！白赔了块把钱不说，央求人家买票，憋气呀，可不"真是质死人"啦。最可气的是，身后有几个小"痞子"也在那儿退票，听他们喊什么？"《卡桑德拉大桥》啊，倍儿黄！谁买？……"还真有人买他们的，韩德来凑过去一看，怒了：好啊，在这儿倒卖高价哪，一张一块钱！他拽住一个小伙儿的胳膊便骂："你这是干什么呢！啊？干什么哪？卖高价儿，投机倒把，走，派出所去！"小伙子把胳膊挣开，骂道："哥们儿，别急眼啊，哦，我抢了你的买卖了，是吧？甭给我来这套！你卖你的，我卖我的，有本事就卖，没本事就滚，还拿他妈派出所镇唬谁呀！"韩德来更怒啦。原来小伙儿把他也看成卖高价儿的啦。他说："别把我也搅和上。我有富余票，这卖原价儿。"小伙子说："老头儿，别装正经啦。当我没看见你？你隔三岔五就来！老来卖富余票？卖原价？你吃饱了撑的，疯魔呀！别给我来这套！派出所？行，要去，一块儿去，你逃得了？"就这么着,两个人在电影院门口拉拉扯扯,招来一大群看客。来了个警察。把他们一块儿带走了。

您想,到了派出所,韩德来能说得明白吗?

"你是也经常到那儿退票吗?"

"是。"

"卖多少钱一张?"

"按票上的原价儿啊。"

"你老这么买票、退票,图什么呢?"

"……"

没法儿说!

最后,派出所结不了案,派了个年轻轻儿的警察,到9号院儿里来了解韩德来其人来啦。

谁能那么缺德,往人家老韩头儿脑袋上泼粪呀?大家伙儿一致认定,老头儿是闷了,闲了,没事儿干,找点儿消遣去啦。二臭更"嘎",还翻着眼皮,把这和"学雷锋,办好事"挂上了。连张春元都说了老韩头儿的好话,这才把这事告个了结。那位年轻的警察把老韩头儿送回来了,临走,对他说:"闲着不闲着的,甭去那儿干这种事儿了。想看电影,自己买张票,进去看,甭找麻烦。您说您这么大岁数了,我们也相信您。可您要是让那些小流氓揍一拳,来一脚,这辈子不交代了?"

得,这警察这么一叮嘱不要紧,韩德来连那个乐呵的去处也没啦。

这两天,他又和以前一样,没出院儿,沏上茶,闷闷地坐在屋门前,冷不丁儿又唱起来了:

杨延辉,坐宫院,自思自叹。

想起了,当年事,好不惨然。

我好比,笼中鸟,有翅难展……

您只要躲在边儿上听过一次,就不能不佩服他,确实唱得好,字正腔圆。

一九八一年八月二十五日

点评

  北京胡同里的小人物,无奇不有。韩德来就是这样一个有趣的老头儿,有过"辉煌历史",喜欢热闹,喜欢被人追捧喝彩。等到有一天院子里的人们不再一如既往地围绕着他听他说话"教诲"为他喝彩的时候,他又去倒卖电影票,找的是寻回那种被人簇拥的感觉。时代变了,人心变了,韩德来就是一个被时代遗忘在角落里的又不甘寂寞的人。小说写活了一个既可悲又可笑的小市民。人物和叙事语言讲究北京口语化,赋予了作品京味特色。

彭见明（1953— ）

湖南平江人。主要著作有长篇小说《玩古》《天眼》等、小说散文集《野渡》《走进陌生的西藏》等。《那山那人那狗》曾分获全国优秀短篇小说奖。

那山 那人 那狗

父亲对儿子说："上路吧，到时候了。"

天还很暗，山峦、屋宇、河渠、田野，都还蒙在雾里。鸟雀没醒，鸡鸭没叫。早啊，还很早呢。可父亲对儿子说："到时候了。"

父亲审视着儿子阔大的脸庞，心里说："你不后悔吧？这不是三天两日，而是长年累月的早起哩！"

桌上摆着两个整整齐齐的邮包。邮包已经半旧。父亲在浆洗得干干净净之后，庄严地移交给儿子，并教他怎样分门别类装好邮件，教他如何包好邮布。山里雾大，邮件容易沾水。

父亲小心地拿过一条不长的、弯弯的扁担，熟练地系好邮包。于是，在父亲肩上度过了几十个春秋的扁担，带着父亲的体温，移到一个厚实的、富有弹性的肩膀上。这肩膀很有些力量，像父亲的当年。父亲满意这样的肩膀。

父亲觉得：自己的手有些发抖。特别是手脱离儿子肩膀的那一刻。眼睛有些模糊，屋里的摆设忽然间都模糊了，把儿子高大的身影也融到了墙那边。呵呵，心里梗得厉害。他赶紧催促儿子："上路吧，到时候了。"

父亲和儿子的手背，同时拂过一抹毛茸茸的东西——是狗，大黄狗。它早起来了，老人倒给它的饭已舔光。狗紧挨着老人，它对陌生的年轻汉子表示诧异：他怎么挑起主人的邮包？主人的脸色怎么那样难看？这究竟发生了什么？

不管怎样，是要出发了，像往常一样。远处，有等待，有期望。在脚下，有无尽伸延的路。那枯燥、遥远、铺满劳累、艰辛而又充满情谊的路啊……

吹熄灯，轻轻地带拢邮电所的绿色小门——轻轻的，莫要惊醒了大地的沉睡，莫要吵乱了乡邻们的好梦。黄狗在前面引路，父亲和儿子相跟着，上路了。出门就是登山路。古老的石级，一级一级朝雾里铺去，朝高处铺去，朝远处铺去……

在很漫长的日子里，只有他和狗，悄悄地划破清晨的宁静。现在，是两人——他和儿子。扁担和邮包已经换到另外一副肩膀上，这是现实，想不到"现实"的步子会来得这么快……

支局长有一回上山来，对他说："你老了。"

老了么？什么意思？他不理解。他和狗辞别支局长以后便进山了。

不久前，支局长通知他出山。在喝过支局长的香片茶以后，支局长按着他的肩膀，把他带大立柜上的穿衣镜跟前，说："你看看你的头发。"

他看见一脑壳半"霉"的头发。心里略顿，想：年岁不饶人哪，是老些了。

支局长捋起他的裤管，抚着膝盖上那红肿的地方，说："你看你这腿。"

不假，腿有点毛病。但这算什么呢？人到老年，谁也不能够保证自己没个三病两痛哩。

支局长涩涩地说："你退休吧！"

他急了："我还能……"

"莫废话了。你有病，组织上已经作了决定。"在找他谈话之前，支局长就暗地里让他儿子检查过身体，填过表，学习训练了半月余。

他没有让过多的伤感和执拗缠住自己，他清楚，他的"热"和"能"不太多了，象山尖上悬挂的落日，纵有无尽的眷恋，但是，那又能维持多久呢？他恨自己的脚，这该死的脚，那么沉重、麻木、还钻心般痛。唉，脚的事业，怎么可以没有硬朗的步伐呢？郎中说，搞蜈蚣配药吃或许有效——他吃了一百条蜈蚣，不见效。有人说：吃叫鸡公炒酒，吃狗肉也能治风湿病，都吃了，也不见好。这膝盖骨也真的不给面子，哎，什么地方都可以痛，就是这个地方痛不得，一片茅草阻河水，他干的可是走路的职业。

让儿子顶替，他能顶替吗？这活凭着年轻血旺、能走会跳就能干好吗？没那么容易喀。

于是，要带班，要领他走路，要教他尽职，还要告诉他许多许多。

于是，上路了。那新人迈开了庄严的第一步，那老人开始了告别过去的最后一趟行程。

还有狗。

晨雾在散，在飘，没有声响地奔跑着，朝一个方向劈头盖脸倒去。最后留下一条丝带、一帕纱巾、一缕轻烟。这时分，山的模样，屋、田畴、梯田的模样，才有眉有眼——天亮了，近处有啁啾的小鸟，远处和山垅里回荡着雄鸡悦耳的高唱。

父亲发现：从平川里来的年轻人满脸喜色，眼睛朝田野里乱转。是呵，对于他，山里的一切都是新奇的。

父亲想告诉儿子：要留神脚下，山中无平路，一不小心便会失脚，一失脚便会出大事，到处是悬崖峭壁、千丈深渊。但他没说，让他饱览一番美景吧。让他爱上山，他要与山过一辈子，要爱呢！

他告诉儿子：他跑的这趟邮路，有两百多里路。在中途要歇两个晚上，来去要三天。这第一天要走八十里上山路，翻过天车岭，便是望风坳；走过九斗垅，紧爬寒婆坳；下了猫公嘴，中午饭在薄荷冲；再过摇掌山，夜宿葛藤坪。这一天最累人，最辛苦，所以要早起。走得紧，才不至于摸黑投宿。

"不可以歇在其他地方？"儿子问。

"不能。每天有每天的活，第二天、第三天不好安排。"父亲说。

狗在前面慢慢走。它走的是老乡邮员曾经走的速度。以往跑邮，高大而健壮的黄狗颈上系着一根皮带，上岭的时分，主人一手抓着皮带的另一头，狗便用劲地帮主人一把。今天出发的时候，狗依惯例伏在老人脚旁，等待着系好皮带。老人却拍拍它的脑袋，酸楚地、动情地说："今天，不用了，走吧。"狗昂起头看定主人，它不相信。当看到邮包确实已经移到了另外一个肩膀上，才慢慢爬了起来。它跟随主人九年，以往出发，主人总和它喃喃地"聊"着。今天呢，没有！是因那年轻人的缘故吗？也许是。狗恶意地看了新来的陌生汉子一眼。

儿子嫌狗走得慢，便用膝盖在狗屁股上顶了一下。父亲说："不要贪快哩，路要匀着走。远着哩，暴食无好味，暴走无久力哩。"

狗越过陌生汉子的胯裆，看看老人的眼色。它没看出要加速的示意。它不理睬年轻人的焦虑，它依旧平衡着它的速度。

老人从狗的步子里，知道速度和往常一样。但是，他发觉自己的双腿已经不适应这种步子了，他不理解，两肩空空，净身走路竟会这样吃力。倘若没人来接班，倘若今天还是自己挑担送邮，倘若支局长不催着自己退休，那会是个什么样子呢？是不是因为有了依赖，放下了一身枷，病痛就抬头了，人就变娇了呢？是的，一定是。唉唉，人呵人，怎么会这般不耐用。

儿子从父亲的呼吸里听出了什么，他站住双脚，稳稳地用双手扶着扁担换换肩。他回过头，看到父亲那风干了的桔皮样的脸庞上浸出豆大的汗珠，儿子心里一疼，但他努力制止自己流露出不安，他晓得父亲好胜，他不希望他可怜他。

他对父亲说："爸，你累了。"

父亲用袖子揩去汗珠子，故作轻松地说："走热的。"

"爸，这一条现路，你也走得太熟了，你不用送我了，转身回去歇着吧。"

"没什么，只是年岁不饶人，比过去走得慢些。"

"你回去吧，放心，我晓得走的，俗话说，路在嘴巴上。"

父亲脸色一沉，快要生气了。

于是，这才继续着行程。

在半山腰上，他们看到太阳已经把山顶染成一片金色，而山脚却被云遮雾盖了，好像这山浮在水里，风吹雾动，这没有了根基的山也跟浮游。"难怪神仙要住在山上呢！"老人每每目睹这样的美景，便要想起传说中的神话。每逢此景，他的神情便特别专注，说不定，哪个山坳拐弯处会飘过来一朵五彩祥云，上面站着观音圣母或是托塔李天王呢。这空空山野、漫漫行程，是一个任那万千思绪神游的天地。这空幽而飘渺的云中岛屿，确实能勾起身临其境的人恍惚而神奇的联想。

呵呵，人哪，幻觉和想像的重要，不比吃饱肚子弱，老乡邮员靠着它，战胜了无数寂寞，驱散着万千疲劳。现在，他又回到了过去，他又陷入痴想，一个人兀自笑了，觉得身子腿脚轻松了许多，甚至，想吹几句口哨儿。

可是，老人那憨实的独生子却早已游离于那迷人的景色。

那脚步，沉重得多了。

"汪、汪、汪！"

狗站在金色的峰峦上，站在那块最高的岩石上，朝山那边高声叫着。那声音在山谷间碰撞，成了这天地间最动听、最富有生气的乐句。

想不到，这像父亲一样沉默的、温驯的狗，竟有这么响亮的嗓门。它双耳耸起、昂首翘尾，竟有这么威武、神气。父亲说：它在"告诉"山下塅里的人，说什么人来了，将有什么山外边的消息和信件带给他们。

对于盼望，无论是谁都会觉得，每一分都是漫长的。狗及时地在向山中人发布预告，在减短那漫长的等待中的时间。

在山顶、在金色的、温柔阳光里，父亲、儿子和狗打住了，这儿有一块歇脚的宽大的青石板。父亲指着山的那面，告诉儿子这叫什么地方、有多少个生产队、有多少个屋场、有多少户人家，需要分门别类发放怎样的报纸和书刊。这笔细细的流水帐，纹丝不乱地刻在他那有着花白头发保护层的大脑里。

在谈完业务以后，父亲特别叮嘱儿子："倘若桂花树屋的葛荣荣有信，那就要不惜脚力，弯三里路给送去，他和大队秘书关系不好，这个秘书经常不给他转信。"

"哪个桂花树屋？"

"你看。"父亲用手引领着儿子的眼睛，在山下的冲里、垅里、屋场间穿梭。

"木公坡的王五是个瞎子，他有个崽在外面工作，倘若来了汇票，你就代领了，要亲手交给王五。他那个在家的细崽不正路，以前曾被他瞒过一回汇款，记住了？"

"记住了。"

"螺形湾这两年养了兔，去送信时，要喊住狗，莫做野兽子咬，狗还没习惯……"

还有许多，站在山顶，俯瞰着纵横交错的山冲，塅落，父亲让儿子靠在他身边，详尽地讲解着他的业务、经验、自己曾经注意过的事情和有必要引起注意的事项……每说一宗，他要问儿子一句："记得不？"看儿子认真地点过头，他才接着说。他甚至背出了马上就要通过的几个大队的干部、党员、民办教师、重要人物、经常性服务对象的人名单。儿子是否都点过头？都记得牢？老人已不大追究了。他觉得：一些话，应该说，应该让儿子知道。他不是来接班的吗？父亲知道的，接班的怎么可以不知道呢？

儿子很像父亲，笑的模样、讲话的语气、利索干净的手势、有条有理的工作，都像。父亲高兴，乡亲们更高兴。于是，大队干部马上带头鼓掌欢迎这位新人。人们自然要问起老乡邮员的去路，他怕乡亲们承受不了这一突然变故，他没说退休的事，他撒谎说：他还是要来的，他会和儿子轮班跑这条邮路。说这话时，他觉得眼圈那儿一热，他赶紧掏出手帕擦擦鼻子借以掩饰。啊啊，这个谎，可是一个叫人心酸的谎啊。

邮包掏空了一些，但很快又塞满了。有要寄包裹的、要发信的、邮汇款的，都准备好放在学校民办教师那里。这是父亲的规矩，邮递员也是邮收员呢。七八十斤的邮包，挑回去，往往是有增无减。

其实，只隔三天没来，父亲就象隔了半年似的，没完没了地打听山里的情况：牛啦，猪啦，结嫁嫁女啦……鸡毛蒜皮，面面俱到。

容不得父亲再婆婆妈妈，年轻汉子和狗已经沿着乡间的傍溪小道，打前头上路了。

夜幕快拉紧的时分，黄狗"倏"地跑过山坳，"汪汪"地一阵吠，然后又兴奋地摇着尾巴跑转回来。儿子猜想：葛藤坪到了。

葛藤坪有一片高低不等的黑色和灰色的屋顶，门前有一条"哗哗"奔跑的小溪。小溪这边的菜土里，有人在暮色里挥舞锄头，弓着腰争抢这一天中快流走的光阴。

黄狗又跑到一个穿红花衣服的女子身边，不走了，高兴地在她身边转着。红花衣女子摸一摸狗的脑壳。伸起腰，拿眼睛在路上寻找老乡邮员，用生脆的嗓音高喊着他的名字，并放下手中活计，奔跑过来，当她去接担子时，发现挑担的却是一个年轻人，不禁怔住了。老人看到，在儿子那高大的身架面前，那张有模样样、健康红润的脸庞分明拂过一片胭云。

老人向那姑娘介绍说："这是我的儿子，是刚上任的乡邮员……"
说这些干什么呢？儿子狠狠地白了父亲一眼。

因这位新人的光临，便招惹了不少麻烦呢——进门洗脸水、放了姜末的细茶、一顿丰盛的晚餐、饭后送到身边的洗脚水、干干净净的铺盖、还有夜宵……

父亲发觉自己荒唐了，为什么要那么热情地向这个红花衣女子介绍儿子，并住到她家来呢？他有些慌乱。

他回想起自己年轻时节在平川里跑邮的时候，由于经常在一栋大屋里歇脚、吃中午饭，引起了一个年轻女子的注意。于是，那年轻女子竟限时限刻站到枫树底下等他。后来，又偷偷地送他。最后，偷偷地在那绿色的邮包里塞了一双布鞋和一双绣着并蒂莲的鞋垫……结果，这个女子后来成了儿子他娘。

他对不起儿子他娘，几十年来，他跑他的邮，女人在家里受了百般苦楚。人家的丈夫是棵大树，为女人避风挡雨。他只不过做了个名誉丈夫，更多的只是给女人带来想像，一个月回家一趟，也只是像住店的旅客一样，住上一、两个晚上……

父亲过去的经历会不会在儿子身上重演呢？说不准。你看那女子，那喜欢劲。老人后悔没想到这一层，为什么不住到别人家去？他真不愿儿子重演自己过去的一幕。

可是那姑娘哪儿不好呢？他还真说不出。老人看着她长大，他喜欢她，也喜欢她家姐妹。她父亲是个好匠人，母亲是个贤惠女子。以往，老人多是住在她家。那冬天的厚絮和热天的凉席都是他记忆中特别深刻的。在姑娘小的时候，他经常开她的玩笑："将来把你带到平川里去做我的儿媳妇，好不好？"姑娘推他，揉他，扯他的头发。只有一次，姑娘认真地问：你儿子长得体面吗？高大吗？性情象你吗？老人还记得，姑娘当时那神情特别有趣。于是，老人继续开玩笑，把自己那独生儿子夸成了天上的星宿。

俗话说：小孩子记得千年事。现在真正带着儿子来了，怎么就没想到过去的玩笑呢？莫要弄得戏语成真言哩。有一出戏叫做《十五贯》，就是戏语成真言。

他喜欢这个姑娘，这孩子比自己年轻时节碰上的儿子他娘漂亮多了，有文化，也出色多了。时髦呢，更不必说。那时节的姑娘懂什么？只晓得绣并蒂莲，连面都不敢出来和人相见，说句话把头埋到胸脯上。现在的时代女性，居然……你看，不顾儿子脸不脸红，眼睛死死地盯着年轻的乡邮员，嘴巴不停地问平川里的事：问拖拉机、问水轮泵、问渡船、问自行车……那么认真，那么专注。她手托着香腮，眼睛里荡漾着秋波。有半点害羞吗？没有！

看来，在这条路上跑邮的年轻人，最终将难逃脱那人儿的手腕。好不好呢？固然好。可是，一个女子嫁给乡邮员，是要吃很多苦的呀！咳咳，说转来，乡邮员总不能不结婚呢？管他去，儿孙自有儿孙福。

第二天，换了一身更合体的红花衣裳的姑娘坚持要送父子俩一程，年轻人好象还有话要说，父亲便退后一截独自走。

终于告别了。父亲便哼一段打口腔给儿子听："过了曲江是禾江，禾江下去是浊江；浊江、南江连昌江；背江、横江、矮子江，末末了是婆婆江。"

这是这一天的行程，是这一天的拦路虎。七十里弯弯路，不平坦也不陡险，就是难过那挡路的九条江。山里没有大河，"江"是尊称，其实只算得上是小溪流。春夏季节，水足溪满，一场暴雨，猛涨三尺，溪面丈余，浊浪翻滚，架不成桥，砌不成墩。冬秋之季呢，滩干水浅，河床干涸，遍布鹅卵石。不怕路远山险，不怕风霜雨雪，倒是怕这无足无头水，怕这变幻莫测的恶流。对于山里人，并不具有很大威胁，涨水便不过河或绕道而行。对于乡邮员呢？必须毫不犹豫地脱袜卷裤下河，严寒也罢，急流也罢，必须通过。有时，还要脱掉裤子过河，把邮包顶在头上送过去。说不定，老人的关节炎就是这样长年累月而积疾的。

支局长跟过一次班，体谅他，要给他请功，考虑着给他换换一个地段，让年轻人来。他不，他担心人家不熟悉这儿的水性。

在平川里，他家乡旁边有条大河，儿子从小在河里玩大，是水中好汉。可是，儿子不一定能过好小溪，不一定能在生满青苔的溜滑的石板上踩得稳脚跟。他要一一告诉儿子过溪的方法；告诉他每条小溪下水的合适方位；告诉他在某种情况下河水的大体深浅……肩膀上挑的是千斤重担，这不是儿戏啊！

儿子有一双粗实的有茧的脚，有着庄稼人稳重的步伐。他从容地涉过小溪，把担子放在溪那面干净的草地上，又涉过溪来背老人——他不让父亲脱鞋袜，该是父亲结束下冷水的时候了！

狗不肯先过河。它历来是伴着老乡邮员过河的。它用它的身子，在上游吃力地抵挡着水流，试图减缓急流对老人日渐消瘦的腿杆子的冲击。

老人听从了儿子，没脱鞋袜。狗在一旁感到惊讶。

狗看着陌生汉子那粗壮但冻得通红的双脚稳稳地踩在岸边的浅水里，然后弯下腰去，反过去朝老人伸出双手……

就这样，父亲弯着腿，双手搂着儿子的颈根，前胸、腹部紧贴着儿子温热的厚实的背。儿子那粗大而有劲的双手，则牢牢地托着老人的双膝。

狗看着这一幕很高兴，它兴奋地"嗷嗷"叫着，冲进溪流，将身子紧傍在儿子的脚上方，替他抵挡着急流。

父亲有一瞬间的眩晕，他怀疑这不是现实。当他睁开眼睛，看见溪面在缩，水推着狗的"哗哗"的声音在变小——这显然是过河了，快靠岸了。而脚呢？确实是温暖的，没有了半点多年来被冰冷的山中水浸泡过的那种疼痛的感觉。呵，竟然，对过去只留下了记忆，老人止不住滴下了一滴眼泪，眼泪就掉在儿子的颈根上，儿子一脖子，儿子扭扭脑壳，嘟哝了句什么。

……在父亲的记忆里，他也背过一次独生儿子。那一次，过年的时候，支局长命令他回家度三天假。嘿，可以和小儿子痛痛快快地玩三天哩。他女人生下二女一男，儿子出生他不在家，老婆反而托进山搞副业的地方人，给他带来了红蛋，祝贺他做了父亲，她竟把他当作外人了。

满周岁，特别隆重，他家四代都是独生男孩，一线单传，视男儿为宝贝，据说办了不少桌酒席，而他呢，带着狗，在深山里跋涉。回所后，留所的同事说：家里带来了红蛋，还有红烧肉和高粱酒。于是，和同事、狗，一道在山脚下、在邮电所绿色的门坎里，享用着儿子做生日的佳肴。

这回啊，可以认真地亲亲儿子了。他买了鞭炮，买了灯笼，在山里挖了一只竹蔸给儿子做了一把打火炮的枪。

没搭车，车要等。于是，和黄狗抄近路，爬山越岭往平川里老家里赶。

这年过年，他让儿子骑在他背上玩了一整天，儿子不想骑了想下来他也不让。他要弥补作为父亲的不足——他只背过儿子一次，作为父子情谊，能记起的，仅止于此啊。

现在，儿子背着他，背着他已经苍老的身躯。这背腰、已经负过生活重荷的背腰象一堵牢固的屏障、像山、像密密的林子，保护着他，有一种安全、温馨的感觉。父亲惊奇地发现：他已经理解到了"享受"的含义，他正在享受所有做父亲的得到的那种享受。

呵呵，几十年独身来往于山与路、河与田之间，和孤单、和寂寞、和艰辛、和劳累、和狗、和邮包相处了大半辈子，那其间的酸楚，现在被一种甜蜜的感觉给全部融化了。父亲的这滴老泪，是对过去万般辛苦的总结，还有对告别这熟悉的一切而难过。

上岸了，狗"汪汪"地朝老人喊，告诉他：别痴痴呆呆，该要做什么了。

是的，差点糊涂了。老人和狗急忙奔进河沿的树林子里。一会，狗奔跑着给年轻乡邮员衔来一把茅草，又闪电似的奔进林子。儿子刚找到父亲准备的火柴，点燃暖脚的茅草，狗又拖来一小把枯树枝。

篝火已燃起，父亲把火拨旺，好把儿子冻红的脚暖过来。狗在远处使劲抖着身子，把水珠子从毛里撒开去，然后躺在火边烤着。它温存地用舌子舔着年轻汉子的手背——它觉得他不陌生了，他是个好人，他驮着它的主人过了河，它感激他。

狗叫着，跑着，朝被墨绿色的大山挤压得十分可怜，而又被暮霭搅得七零八落的村庄跑去。远远的，又引来一群人。

父亲俩已经闻到了晚炊和铺盖底下稻草的气息……

和儿子跑完一趟邮后的第二天，太阳很好，父亲和儿子搬来椅子，坐在邮政所后院当阳的地方。狗躺在一旁，用脚爪和蝴蝶闹着玩。

父亲要对儿子说的，说了三天，似乎已经说完了。但还是说个没完，也许全是重复，父亲记不起了，儿子也不厌烦。

父亲说完了，儿子才开始说。

在山中，新上任，他没有资格多说。父亲现在要回平川里的老家去代替自己的位置。他出来工作了几十年，一切对于他都是陌生的，一切要重新做起，他是生手。应付那一揽事务，将是极不容易的呢。

"爸，回乡以后，头一要多去上屋场老更叔公那儿坐坐。困难时节，他照顾了我们家不少呢。借他家的油和粮食，计数不清了，后来他一概都不让还。"

"债是一定要还的。他是个好人，是得去感谢。"

"感谢倒不必，他是个爱面子的角色，平素说你架子大，在外面当干部，就不去他家坐了。"

"哪能呢？抽不出时间嘛！"

"是倒是，今后你得注意点。"儿子又说："爸，村长是个厉害角色，千万不能得罪，看不上眼听不顺耳的事情，就当是耳边风呵，莫要惹翻了人家父母官。他要给你好处，容易。要给我们小鞋穿，更容易。有时候，你得忍气吞声。"

"这人我听说过，不正路，莫非是只老虎？"

"爸，你管他什么虎。"

"你莫管，人家说老虎屁股摸不得，我看要摸的该摸。我是国家干部。"

儿子急了，说："你不知道，将来种子、化肥、农药、用电、灌溉……都有要求人家帮忙的时候，撕破了脸皮不好办。"

"嘿，我看没那么吓人，人不求人一般大。"

父亲性子倔，儿子不好多说，但露出了恳求的目光。

父亲理解少年老成的儿子，缓和地说："当然，我也不是个蛮人子，不会乱干一气的。"

儿子告诉父亲：一家四口人，包了三丘水田。田里工夫他来顶职前已经委托给了同辈好友。他要父亲答应：不理水田里的事，不下水——儿子担心父亲的腿病。

"爸，你保证不下水吗？"儿子问。

"就不下。"

儿子说："母亲曾经咯过一口血，冬天里气喘得厉害，她不吃药，也不肯请郎中看，你回家后，一定要带她到县里去检查一次，县里你有熟人。"

父亲点点头。

……

"这回乡下去，会有这么复杂啊。"父亲想。

父亲痛惜地望着早熟的儿子。十几岁时，他就无可推托地挑着家庭重担，默默地象牛一样的劳作，为在远山奔走的父亲解脱，为操劳过度的母亲分忧。他过早地放弃了学习，他没有得过独生子所能得到的骄惯。那厚实的然而仍是幼嫩的肩膀竟承受着这么沉重、这么复杂的担子。

这过早的重荷，完全是由于自己的缘故啊。他真想抱一抱儿子，亲一亲他。可是，他长大了。他想对儿子说几句感激的话，可是，说不出来。夸耀的句子，他一辈子没用过呢！父亲最后为儿子装好两只绿色的邮包。这邮包是他一生中装得最满意的。但装的时间太久，老人的手已十分不听使唤了。

父子俩睡在一张床上，三天来的疲劳加上傍着儿子强壮的身躯所散发的热量，老人应该是香甜地睡去的。但是没有。很久很久还光着眼睛。夜风轻轻地敲打着玻璃的声音，不知名的草虫"咝咝"的叫声，那么清晰、那么顽固地灌进他的耳朵……

狗准时来催他们起床，它用嘴巴在扯蚊帐，并"嗷嗷"地呼唤。父亲用力推醒酣睡的儿子。

默默地煮熟饭，和狗一道吃过。父亲把扁担放到儿子的肩膀上，吹熄灯，关拢门，相跟着，走向还眨着星星的旷野。

走下门坎的石级，父亲跟跄了一下，他不知道是怎么挪开步子的，又是怎样的跟跄一下，他只知道身往下一沉。他赶忙撑住儿子的肩膀，才没倒下去。

在一条哼唱着歌谣、不知疲倦地奔跑的小溪旁，在一座古老的不长的石拱桥的桥头，儿子挑着邮包，站住不动了。父亲如果不转回山坳那面的绿门绿墙的邮政所，他决计这样站下去，直到晨雾散去，直到朝阳升起，那怕耽误一截行程。就这样，让七八十斤重的担子压着肩膀，就这样站着。雾不大，加上溪水的反光，父亲分明地看见儿子脸上的固执。

于是，他决计不再送了。他对儿子说："你……小心，走吧。"

儿子默默地点点头。鼻子酸酸地"嗤"了一下，但他仍没有开步。

于是，父亲转过身去。

狗呢？站在桥的当中，"嗷嗷"地着急地叫着。父亲返身走上桥，蹲下身抱着狗的颈根，象哄小孩子一样地对它说："去吧，跟他去，他会待你好的。去吧，他需要你，要你做伴，要你做帮手；过河需要你；过丝茅源需要你带路，不然，他会迷路的；没有你，他斗不过拦路的蛇；还有，山里的人要听你的声音，他们也……舍不得你的。听见了吗？听清了？呵，呵……"

"汪汪汪。"狗着急地喊。说不愿意？还是要跟老人去？

"你去吧，去！"老人猛喊。

儿子在逗狗："嗬，嗬。"

父亲猛地扭转头，径直往回走了。狗略一踌躇，也跟了去。在老人身边"嗷嗷"叫着。

老人突然捡起一根竹棍，朝狗屁股上抽去。

"汪汪汪。"狗负着痛，朝桥那边跑去。

老人把竹棍丢进透明的跳跃的山溪水里，喉咙里猛地堵上一块东西。好一阵，他觉得一股热气直扑膝盖。睁开眼一看，是狗！狗在吻他的膝盖骨。

老人又俯下身，从口袋里掏出手帕，替狗擦去眼泪，轻轻地喃喃地说："去吧。"

于是，一支黄色的箭朝那绿色的梦里射去。

点评

山还是那些山，狗还是那条狗，人却由老人传到了儿子。整整两代人，面对相同的山岭,相同的邮路,乃至相同的生活。这是一种坚守,也是一种传承。既是职业的延续,也是精神和人生方式的延续。翻越大山的邮递员的生活很简单,很朴素,但是也充满了美感,因为他给山里人们带去的是外面世界的消息,是希望和未来。山里与山外,借助这个人、这条邮路,得以联系在了一起。因此,这个人的生存意义便显得非常的独特,而又无比的重要。每个人的存在也许都是如此的渺小,然而又为他人所需要。

林斤澜(1923—2009)

原名林庆澜。浙江温州人。当代著名短篇小说家。主要著作有小说集《林斤澜小说选》《矮凳桥风情》等。

溪 鳗
——矮凳桥的鱼非鱼小酒家

自从矮凳桥兴起了纽扣市场,专卖纽扣的商店和地摊,糙算也有了六百家。早年间,湖广客人走到县城,就是不远千里的稀客了。没有人会到矮凳桥来的,翻这个锯齿山做什么?本地土产最贵重的不过是春茶冬笋,坐在县城里收购就是了。现在,纽扣——祖公爷决料不着的东西——却把北至东三省、蒙古,南到香港的客人都招来了。接着,街上开张了三十多家饮食店,差不多五十步就有一家。这些饮食店门口,讲究点的有个玻璃阁子,差点的就是个摊子,把成腿的肉、成双的鸡鸭、花蚶港蟹、会蹦的虾、吱吱叫的鲜鱼……全摆到街面上来,做实物招牌,摊子里面一点,汤锅蒸锅热气蒸腾,炒锅的油烟弥漫。这三十多家饮食,把这六百家的纽扣,添上了开胃口吊舌头的色、香、味,把成条街都引诱到喝酒吃肉过年过节的景象里。

拿实物做广告,真正的招牌倒不重要了。有的只写上个地名:矮凳桥饭店。有的只取个吉利:隆盛酒楼。取得雅的,也只直白地叫做味雅餐馆。惟独东口溪边有一家门口,横挂匾额,上书"鱼非鱼小酒家",可算得特别。

这里只交代一下这个店名的由来,不免牵扯到一些旧人旧事,有些人事还扯不清,只好零零碎碎听凭读者自己处理也罢。

店主人是个女人家,有名有姓,街上却只叫她个外号:溪鳗。这里又要交代一下,鳗分三种:海鳗、河鳗、溪鳗。海鳗大的有人长,蓝灰色。河鳗粗的也有手腕粗,肉滚滚一身油,不但味道鲜美,还滋阴补阳。溪鳗不多,身体也细小,是溪里难得的鲜货。这三种鳗在生物学上有没有什么关系,不清楚。只是形状都仿佛蛇形,嘴巴又长又尖,密匝匝锋利的牙齿,看样子不是好玩的东西,却又好吃。这三种鳗在不同的水域里,又都有些兴风作浪的传说。乡镇上,把一个女人家叫做溪鳗,不免把人朝水妖那边靠拢了。

不过,这是男人的说法。女人不大一样。有的女人头疼脑热,不看医生,却到溪鳗那里喊喊喳喳,一会儿,手心里捏一个纸包赶紧回家去。有的饭前饭后,爱在溪鳗店门口站一站,听两句婆婆妈妈的新闻。袁相舟家的丫头她妈,就是一天去站两回三回的一个。

这天早晨,丫头她妈煮了粥就"站"去了。回来把锅里的剩粥全刮在碗里,把碗里的剩咸菜全刮在粥里,端起来呼噜喝一大口,说:"溪鳗叫你去写几个字呢。"

袁相舟穷苦潦倒的时候,在街上卖过春联,贴过"代书"的红纸,街坊邻居叫写几个字,何乐不为,答应一声就走了去。

这家饮食店刚刚大改大修,还没有全部完工。先前是开一扇门进去,现在整个打开。后边本来暗洞洞的只一扇窗户,窗外是溪滩,现在接出来半截,三面都是明晃晃的玻璃窗,真是豁然开朗。这接出来的部分,悬空在溪滩上边,用杉篙撑着,本地叫做吊脚楼的就是。

还没有收拾停当,还没有正式开张。袁相舟刚一进门,溪鳗就往里边让。袁相舟熟人熟路的,径直在吊脚楼中间靠窗坐下,三面临空,下边也不着地,不觉哈了一口气,好不爽快。这时正是暮春三月,溪水饱满坦荡,好像敞怀喂奶、奶水流淌的小母亲。水边滩上的石头,已经晒足了阳光,开始往外放热了;石头缝里的青草,绿得乌油油,箭一般射出来了;黄的紫的粉的花朵,已经把花瓣甩给流水,该结籽结果的要灌浆坐果了;就是说,夏天扑在春天身上。

一瓶烫热的花雕递到袁相舟手边,袁相舟这才发觉一盘切片鱼饼,一双筷子一个酒杯不知什么时候摆上桌子。心想先前也叫写过字,提起笔来就写三个大字:"鱼丸面",下边两行小字:"收粮票二角五,不收粮票三角"。随手写下,没有先喝酒的道理,今天是怎么了?拿眼睛看着溪鳗……

素日,袁相舟看溪鳗,是个正派女人,手脚也勤快,很会做吃的。怎么说很会做呢?不但喜欢做,还会把这份喜欢做了进去,叫人吃出喜欢来。她做的鱼丸鱼饼,又脆又有劲头,有鱼香又看不见鱼形。对这样的鱼丸鱼饼也还有不实之词，对这个做鱼丸鱼饼的女人家，有种种稀奇传说，还有这么个古怪外号，袁相舟都以为不公道。

追究原因，袁相舟觉着有两条：一是这个女人长了个鸭蛋脸，眼窝还里眍。本地的美人都是比月亮还圆，月亮看去是扁的，她们是圆鼓鼓的。再是本地美人用不到过三十岁，只要生了两个孩子就出老了。这个女人不知道生过孩子没有，传说不一，她的年纪也说不清。袁相舟上中学的时候，她就鲜黄鱼一样戳眼了。现在袁相舟鹤发童颜一个退休佬，她少说也应当有五十。今天格子布衫外边，一件墨绿的坎肩，贴身，干净，若从眼面前走过去，那袅袅的，论腰身，说做三十岁也可以吧。

溪鳗见袁相舟端着酒杯不喝，就说戏文上唱的，斗酒诗百篇，多喝几杯，给这间专卖鱼丸、鱼饼、鱼松、鱼面的鱼食店，起个好听的名号。溪鳗做鱼，本地有名气，不过几十年没有挂过招牌，大家只叫做溪鳗鱼丸、溪鳗鱼面……怎么临老倒要起名号了？袁相舟觉着意外，看看这吊脚楼里，明窗净几，也就一片的高兴，说：

"嘻，你看丫头她妈，只给我半句：叫你写几个字。连一句话也没有说全。"

溪鳗微微一笑，那牙齿密匝匝还是雪白的，说：

"老夫妻还是话少点的好，话多了就吵了。不是吵，哪有这么多话说呢。"

说着，眼睛朝屋角落一溜。屋角落里有个男人，坐在小板凳上，脚边一堆木头方子，他佝偻着身子，拿着尺子，摆弄着方子，哆哆嗦嗦画着线。要说是小孩子玩积木吧，这个男人的两鬓已经见白了，脑门已经拔顶了。袁相舟走进屋里来，没有和他打招呼，没有把他当回事。他也没有出声，也没有管别人的闲事。

锅里飘来微微的煳味儿，这种煳味儿有的人很喜欢。好比烟熏那样，有熏鸡、熏鱼、熏豆腐干，也有烀肉，烀肘子，这都是一种风味。溪鳗从锅里盛来一盘刚焙干的鱼松，微微的煳味儿上了桌子。袁相舟也不客气，喝一口酒，连吃几口热鱼松，鱼松热着吃，那煳味特别的香，进口的时候是脆的，最好不嚼，抿抿就化了。袁相舟吃出滋味来，笑道：

"你这里专门做鱼，你做出来的鱼，不论哪一样，又都看不见鱼。这是个少有的特点，给你这里起个招牌，要从这里落笔才好。"

溪鳗倒不理会，不动心思，只是劝酒：

"喝酒，喝酒，多喝两杯，酒后出真言，自会有好招牌。"

说着，在灶下添火，灶上添汤，来回走动，腰身灵活，如鱼游水中，从容自在。俗话说忙者不会，会者不忙，她是一个家务上的会人。

袁相舟端着杯子，转脸去看窗外，那汪汪溪水漾漾流过晒烫了的石头滩，好像抚摸亲人的热身子。到了吊脚楼下边，再过去一点，进了桥洞。在桥洞那里不老实起来，撒点娇，抱点怨，发点梦呓似的呜噜呜噜……

那一条桥，就是远近闻名的矮凳桥。这个乡镇也拿桥名做了名号。不过桥名的由来，一般人都说不知道。那是九条长石条，三条做一排，下边四个桥墩，搭成平平塌塌、平平板板的一条石头桥。没有栏杆，没有拱洞，更没有亭台碑碣。从上边看下来，倒像一条长条矮脚凳。

桥墩和桥面的石条缝里，长了绿茵茵的苔藓。溪水到了桥下边，也变了颜色，又像是绿，又像是蓝。本地人看来，闪闪着鬼气。本地有不少传说，把这条不起眼的桥，蒙上了神秘的烟雾。

不过，现在，广阔的溪滩，坦荡的溪水，正像壮健的夏天和温柔的春天刚刚拥抱，又马上要分离的时候，无处不蒸发着体温。像雾不是雾，像烟云，像光影，又都不是，只是一片的朦胧。

袁相舟没有想出好招牌来，却在酒意中，有一支歌涌上心头。二十多年前，袁相舟在县城里上学，迷上了音乐，是个随便拿起什么歌本，能够从头唱到尾的角色。

花非花，雾非雾

夜半来，天明去

来如春梦几多时

去似朝云无觅处

这歌词原是大诗人白居易的名作。白居易的诗，袁相舟本来只知道"江州司马青衫湿"，那一首《琵琶行》。因唱歌，才唱会了这一首。

见景生情，因情来歌，又因歌触动灵机，袁相舟想出了好招牌，拍案而起。

身后桌子上，不知什么时候铺上了纸张，打开了墨盒，横着大小儿支毛笔。这些笔墨都是袁相舟家的东西，也不知什么时候丫头她妈给拿过来了。袁相舟趁着酒兴，提笔蘸墨汁，写下六个大字："鱼非鱼小酒家"。

写罢叫溪鳗过来斟酌,溪鳗认得几个字,但她认字只做记账用,没有别的兴致。略看一眼,她扭身走到那男人面前,弯下腰来,先看看摆弄着的木头方子,对着歪歪扭扭画的线,笑起来说:

"画得好,真好。"

其实是和哄一年级小学生一样。说着平伸两只手在男人面前,含笑说了声:

"给。"

那男人伸手抓住她给的手腕子。溪鳗又说了声:

"起。"

男人慢慢被拉了起来,溪鳗推着男人的后背,走去看新写的招牌。

这个男人的眼睛仿佛不是睁着,是撑着的。他的脸仿佛一边长一边短,一边松动一边紧缩,一只手拳着,一半边身子僵硬。他直直地看了会儿,点着头:

"呜啊,呜啊,啊……"

溪鳗"翻译"着说:

"写得好,合适,就这样……"

一边让袁相舟还坐下来喝酒,又推着男人坐在袁相舟对面。袁相舟想着找几句话和男人说说呢,也不知道他喝不喝酒,给不给他拿个酒杯……还没有动身,溪鳗端过来两碗热腾腾的鱼面,热气里腾腾着鱼的鲜味、香味、海味、清味。不用动脑筋另外找话说了,眼前这鱼面的颜色、厚薄、口劲、汤料,就是说不尽的话题。

鱼面也没有一点鱼样子,看上去是扁面条,或是长条面片。鱼面两个字是说给外地人听的,为的好懂。世界上再没有别的地方,吃鱼有这种吃法。本地叫做敲鱼,把肉细肉厚——最要紧是新鲜——的黄鱼、鲈鱼、鳗鱼,去皮去骨,蘸点菱粉,用木槌敲成薄片,切成长条……

三十年前,这个男人是矮凳桥的第一任镇长。那时候凡是个头目人,都带枪。部长所长背个"木壳",镇长腰里别一支"左轮"。那"左轮"用大红绸子裹着塞在枪套里,红绸子的两吸角龇在枪套外边,真比鲜花还要打眼。记不清搞什么运动,在一个什么会上,镇长训话:

"……别当我们不掌握情况,溪鳗那里就是个白点。苍蝇见血一样嗡到那里去做什么?喝酒?赌钱?迷信?溪鳗是什么好人,来历不明。没爹没娘,是溪滩上抱来的,白生生,光条条,和条鳗鱼一样。身上连块布,连个记号也没有,白生生,光条条;什么好东西,来历不明……"

过不久,规定逢五逢十,溪鳗要到镇上汇报思想,交代情况。镇长忙得不亦乐乎,溪鳗要跟着他走到稻田中间,或是溪滩树林去谈话。

镇长当年才二十多岁,气色红润,脸上还没有肥肉,身上已经上膘。一天傍晚,从锯齿山口吃了酒回来,敞开衣服,拎着红绸枪套,燥燥热热地走到矮凳桥头,日落西山,夜色在溪滩上,像水墨在纸上洇了开来。镇长觉着凉爽,从桥头退下来,想走到水边洗一把脸,醒一醒酒。哟,水边新长出来一棵柳树?哟,是个人,是溪鳗。

"你在这里做什么?鬼鬼怪怪的。"

溪鳗往下游头水里一指,那里拦着网:

"人是要吃饭的。"

"也要吃酒。这两天什么鱼多?"

"白鳗。"

"为什么白鳗多?它过年还是过节?"

"白鳗肚子胀了,到下边去甩子。"

镇长把红脸一扭,"肚子胀了?"两眼不觉乜斜,"红鳗呢?"

溪鳗扭身走开,咬牙说道:

"疯狗拉痢,才是红的。"

夜色昏昏,水色沉沉,镇长的酒暗暗作怪,抢上两步,拦住溪鳗,喘着说道:

"我说有红鳗,就是有。不信你过来。"

溪鳗格格笑起来,说:

"慢着,等我拉网捉了鱼,到我家去,给你煮碗鱼汤醒醒酒。我做的鱼汤,清水见底,看得见鱼儿白生生、光条条……"

镇长扯开衣服,说:

"我下水帮你拉网。"

扭头只见溪鳗走上了桥头,镇长叫道:

"你往里走?你当我喝醉了?鱼网在下游头,水中央……"

溪鳗只管袅袅地往前走,镇长追了上去,说:

"我没有醉,骗不了我,随你鬼鬼怪怪……"

眨眼间，只见前边的溪鳗，仿佛一个白乎乎的影子。脚下绿茵茵的石头桥却晃起来，晃着晃着扭过长条石头来。这桥像条大鳗似的扭向下游头，扭到水中央，扭到网那里，忽然，一个光条条的像是人，又像是鳗，又好看，又好怕，晃晃地往网那里钻……

镇长张嘴没有叫出声来，拔腿逃命不成脚步。有人在路边看见，说镇长光条条，红通通——那是酒的不是了。

一时间，这成了茶余酒后的头条新闻。过不久，镇长倒了霉，调到一个水产公司当了个副职，这还藕断丝连地给溪鳗捎些做鱼松的小带鱼、做鱼丸的大鲈鱼来。

袁相舟到县城上学，在外边住了几年。影影绰绰听说溪鳗生过一个孩子，和谁生的？究竟有没有做下这种传宗接代的事？也无凭据。

倒是这乡镇改造过商贩，也不断割过"尾巴"，个体的饮食业好比风卷落叶了。可是风头稍过一过，溪鳗这里总还是支起个汤锅，关起门来卖点鱼丸，总还有人推门进来，拿纸包了，出去带门。

袁相舟看见过屋里暗洞洞的，汤锅的蒸气仿佛香烟缭绕，烟雾中一张溪鳗的鸭蛋脸，眍眼窝里半合着眼皮，用一个大拇指把揉透的鱼肉刮到汤锅里，嘴皮嚅嚅的不知道是数数，还是念咒。有的女人家拿纸包了回家，煮一碗热汤，放上胡椒米醋，又酸又辣端给病人吃。

袁相舟又喝了两杯花雕，看着对面当年的镇长，把一碗鱼面吃得汤水淋漓，不忍细看。转头去看窗外，蒸蒸腾腾，溪上滩上似有似无的烟雾，却在心头升起，叫人坐不住，不觉站起来，拿笔斟酌着又写下几句：

  鳗非鳗，鱼非鱼
  来非来，去非去
  今日春梦非春时
  但愿朝云长相处

溪鳗走过来看一眼，没有看清，也不想看清，就扭身拿块布给那男人擦脸上、手上、衣襟上的汤水，搀起男人，推着他到字纸面前。男人直着撑着的眼睛看了会儿：

"呜啊呜啊，呜呜呜啊……"

溪鳗淡淡笑着，像是跟自己说话：

"他说好,他喜欢,他要贴起来。贴在哪里?他说贴在里屋门口,说贴就要贴,改不了的急性子……"

男人伸手拿纸,拳着的左手帮着倒忙。溪鳗说:

"你贴你贴,我帮你拿着这一头。"

溪鳗伸开两只手,拿住了纸张的五分之四,剩下一条边让男人托着,嘴里说:

"我们抬着,你走前头,你看好地方,你来贴……"

溪鳗在里屋门口板壁上刷上糨子,嘴里说:

"我帮你贴上这个角,帮你贴贴下边。你退后一步看看,啊,不歪不斜,你贴端正了……"

却说当年的镇长祸不单行,随后又打个脚绊,从水产公司的副职上跌下来,放到渔业队里劳动。不多几年前,队里分鱼,倒霉镇长看见鱼里有条溪鳗,竟有两尺长,实在少见。就要了来盘在竹篮里,盖上条毛巾,到了黄昏,挎着篮子回家去。劳动地点离他家有七八里路,走着,天黑了。那天没有月亮,黑得和锅底一样。倒霉镇长把这走熟了的路不当回事,只管脚高脚低地乱走,只把盘着溪鳗的篮子抱在怀里。其实怀里还不如脚下,高高低低还好说,乱乱哄哄说不得……忽见前边一溜灯火,这里怎么有条街?灯火上上下下,这条街上有楼?走到什么地方来了?只见人影晃晃的,人声嗡嗡的,细一看,看不清一个人模样,细一听,也听不清一句人话……倒霉镇长吃惊不小,把篮子紧紧搂住,忽觉得毛巾下边盘着的溪鳗,扑通扑通地跳动。镇长的两只脚也不听指挥了,自己乱跑起来。又觉得脚底下忽然平整了,仿佛是石板,定睛看时,模模糊糊是一条石头桥,一片哗哗水声在一个墨黑墨黑的水洞里吗?不过,这是矮凳桥,烧成灰也认得的矮凳桥。怎么走到矮凳桥来了呢!倒霉镇长的家,原在相反的方向。镇长一哆嗦,先像是太阳穴一麻痹。麻痹电一样往下走,两手麻木了,篮子掉在地上,只见盘着的溪鳗,顶着毛巾直立起来,光条条,和人一样高。说时迟那时快,那麻痹也下到腿上了,倒霉镇长一摊泥一样瘫在桥头。

一时间,这又是茶余酒后的头条新闻。不过,有件事不是说说的。众人亲眼看见,溪鳗从卫生所把这个男人接到家里来,瘫在床上屎尿不能自理,吃饭要一口口地喂。现在这个样子算是养回来了,像个活人了。贴上了字纸,还会直直盯着,呜啊呜啊地念着,是认得字的。

呜啊，里屋门一开，跑出来一个七八岁的女孩子，直奔后窗，手脚忙不迭地爬上凳子，扑出身子看外边的溪滩，人都来不及看见她的面貌。溪鳗三脚两步，风快走到女孩子身后，说：

"怎么？怎么？"

女孩子好像是从梦中惊醒的，说：

"妈妈，鱼叫，鱼叫。妈妈，叫我，叫我。"

溪鳗搂住女孩子，那鸭蛋脸差点贴着孩子的短发，眍眼窝里垂下眼皮，嘴唇嚅嚅的，啊，袁相舟心里也一惊，真像是念咒了：

"呸，呸，鱼不叫你，鱼不叫你。呸，呸，鱼来贺喜，鱼来问好。女儿，女儿，你是溪滩上抱回来的，光条条抱回来，不过你命好，赶上了好日子，妈妈有钱也有权开店了。妈妈教你，都教你，做好人，开好店，呸，呸……"

袁相舟想溜掉，回头看见那男人，眼睛直瞪瞪地站在角落里，嘴角流下口水，整个人颤颤的，是从心里颤颤出来的。

袁相舟踅着脚往外走，却看见丫头她妈挑来一挑碧绿青菜，正要叫唤。袁相舟打个手势叫她不要声张，做贼一样踮着脚走了出来，走到街上，还只管轻手轻脚地朝家里走。

丫头她妈小声说道："莫非吃错了酒了。"

（原载《人民文学》1984年第10期）

点评

一个富于个性的女性，命运曲折，却不乏坚强柔韧。就像一条溪鳗一般，并不缺乏生存的智慧，也能带给人们不可多得的东西。她的存在，是板凳桥小镇的一景。作者对于小镇独特风情的描述，也令人印象深刻。而镇长同溪鳗的曲折的情感关系，构成了小说的一条主线。

史铁生(1951—2010)

作家、散文家。生于北京。自称职业是生病,业余在写作。代表作有《我与地坛》《务虚笔记》《病隙碎笔》等。

命若琴弦

莽莽苍苍的群山之中走着两个瞎子,一老一少,一前一后,两顶发了黑的草帽起伏颠动,匆匆忙忙,像是随着一条不安静的河水在漂流。无所谓从哪儿来,也无所谓到哪儿去,每人带一把三弦琴,说书为生。

方圆几百上千里的这片大山中,重恋叠嶂,沟壑纵横,人烟稀疏,走一天才能见一片开阔地,有几个村落。荒草丛中随时会飞起一对山鸡,跳出一只野兔、狐狸,或者其它小野兽。山谷中常有鹞鹰盘旋。

寂静的群山没有一点阴影,太阳正热得凶。

"把三弦子抓在手里——"老瞎子喊,在山间震起回声。

"抓在手里呢。"小瞎子回答。

"操心身上的汗把三弦子弄湿了。弄湿了晚上弹你的肋条?"

"抓在手里呢。"

老少二人都赤着上身,各自拎了一条木棍探路,缠在腰间的粗布小裤已经被汗水洇湿了一大片。蹚起来的黄土干得呛人。这正是说书的旺季。天长,村子里的人吃罢晚饭都不待在家里,有的人晚饭也不在家里吃,捧上碗到路边去,或者到场院里。老瞎子想赶着多说书,整个热季领着小瞎子一个村子一个村子紧走,一晚上一晚上紧说。老瞎子一天比一天紧张、激动,心里算定:弹断一千根琴弦的日子就在这个夏天了,说不定就在前面的野羊坳。

暴躁了一整天的太阳这会儿正平静下来,光线开始变得深沉。远远近近的蝉鸣也舒缓了许多。

"小子！你不能走快点吗？"老瞎子在前面喊，不回头也不放慢脚步。

小瞎子紧跑几步，吊在屁股上的一只大挎包丁嘟哐嘟地响，离老瞎子仍有几丈远。

"野鸽子都往窝里飞啦。"

"什么？"小瞎子又紧走几步。

"我说野鸽子都回窝了，你还不快走！"

"噢。"

"你又鼓捣我那电匣子呢。"

"嚑！——鬼动来。"

"那耳机子快让你鼓捣坏了。"

"鬼动来！"

老瞎子暗笑：你小子才活了几天？"蚂蚁打架我也听得着。"老瞎子说。

小瞎子不争辩了，悄悄把耳机子塞到挎包里去，跟在师父身后闷闷地走路。无尽无休的无聊的路。

走了一阵子，小瞎子听见有只獾在地里啃庄稼，就使劲学狗叫，那只獾连滚带爬地逃走了，他觉得有点开心，轻声哼了几句小调儿，哥哥呀妹妹的。师父不让他养狗，怕受村子里的狗欺负，也怕欺负了别人家的狗，误了生意。又走了一会儿，小瞎子又听见不远处有条蛇在游动，弯腰摸了块石头砍过去，"哗啦啦"一阵高粱叶子响。老瞎子有点可怜他了，停下来等。

"除了獾就是蛇。"小瞎子赶忙说，担心师父骂他。

"有了庄稼地了，不远了。"老瞎子把一个水壶递给徒弟。

"干咱们这营生的，一辈子就是走，"老瞎子又说，"累不？"

小瞎子不回答，知道师父最讨厌他说累。

"我师父才冤呢。就是你师爷，才冤呢，东奔西走一辈子，到了没弹够一千根琴弦。"

小瞎子听出师父这会儿心绪好，就问："什么是绿色的长乙（椅）？"

"什么？噢，八成是一把椅子吧。"

"曲折的油狼（游廊）呢？"

"油狼？什么油狼？"

"曲折的油狼。"

"不知道。"

"匣子里说的。"

"你就爱瞎听那些玩艺儿。听那些玩艺儿有什么用?天底下的好东西多啦,跟咱们有什么关系?"

"我就没听您说过,什么跟咱们'有'关系。"小瞎子把"有"字说得重。

"琴!三弦子!你爹让你跟了我来,是为让你弹好三弦子,学会说书。"

小瞎子故意把水喝得咕噜噜响。

再上路时小瞎子走在前头。

大山的阴影在沟谷里铺开来。地势也渐渐地平缓,开阔。

接近村子的时候,老瞎子喊住小瞎子,在背阴的山脚下找到一个小泉眼。细细的泉水从石缝里往外冒,淌下来,积成脸盆大的小洼,周围的野草长得茂盛,水流出去几十米便被干渴的土地吸干。

"过来洗洗吧,洗洗你那身臭汗味儿。"

小瞎子拨开野草在水洼边蹲下,心里还在猜想着"曲折的油狼"。

"把浑身都洗洗。你那样儿准像个小叫花子。"

"那您不就是个老叫花子了?"小瞎子把手按在水里,嘻嘻地笑。

老瞎子也笑,双手掬起水来往脸上泼,"可咱们不是叫花子,咱们有手艺。"

"这地方咱们好像来过。"小瞎子侧耳听着四周的动静。

"可你的心思总不在学艺上。你这小子心太野。老人的话你从来不着耳朵听。"

"咱们准是来过这儿。"

"别打岔!你那三弦子弹得还差着远呢。咱这命就在这几根琴弦上,我师父当年就这么跟我说。"

泉水清凉凉的。小瞎子又哥哥呀妹妹地哼起来。

老瞎子挺来气:"我说什么你听见了吗?"

"咱这命就在这几根琴弦上,您师父我师爷说的。我都听过八百遍了。您师父还给您留下一张药方,您得弹断一千根琴弦才能去抓那服药,吃了药您就能看见东西了。我听您说过一千遍了。"

"你不信?"

小瞎子不正面回答,说:"干吗非得弹断一千根琴弦才能去抓那服药呢?"

"那是药引子。机灵鬼儿,吃药得有药引子!"

"一千根断了的琴弦还不好弄?"小瞎子忍不住咻咻地笑。

"笑什么笑!你以为你懂得多少事?得真正是一根一根弹断了的才成。"

小瞎子不敢岐声了,听出师父又要动气。每回都是这样,师父容不得对这件事有怀疑。

老瞎子也没再做声,显得有些激动,双手搭在膝盖上,两颗骨头一样的眼珠对着苍天,像是一根一根地回忆着那些弹断的琴弦。盼了多少年了呀,老瞎子想,盼了五十年!五十年中翻了多少架山,走了多少里路哇。挨了多少回晒,挨了多少回冻,心里受了多少委屈呀。一晚上一晚上地弹,心里总记着,得真正是一根一根尽心尽力地弹断的才成。现在快盼到了,绝出不了这个夏天了。老瞎子知道自己又没什么能要命的病,活过这个夏天一点不成问题。"我比我师父可运气多了,"他说,"我师父到了没能睁开眼睛看一回。"

"咳!我知道这地方是哪儿了!"小瞎子忽然喊起来。

老瞎子这才动了动,抓起自己的琴来摇了摇,叠好的纸片碰在蛇皮上发出细微的响声,那张药方就在琴槽里。

"师父,这儿不是野羊岭吗?"小瞎子问。

老瞎子没搭理他,听出这小子又不安稳了。

"前头就是野羊坳,是不是,师父?"

"小子,过来给我擦擦背。"老瞎子说,把弓一样的脊背弯给他。

"是不是野羊坳,师父?"

"是!干什么?你别又闹猫似的。"

小瞎子的心扑通扑通跳,老老实实地给师父擦背。老瞎子觉出他擦得很有劲。

"野羊坳怎么了?你别又叫驴似的会闻味儿。"

小瞎子心虚,不吭声,不让自己显出兴奋。

"又想什么呢?别当我不知道你那点心思。"

"又怎么了,我?"

"怎么了你?上回你在这儿疯得不够?那妮子是什么好货!"老瞎子心想,也许不该再带他到野羊坳来。可是野羊坳是个大村子,年年在这儿生意都好,能说上半个多月。老瞎子恨不能立刻弹断最后几根琴弦。

小瞎子嘴上嘟嘟囔囔的，心却飘飘的，想着野羊坳里那个尖声细气的小妮子。

"听我一句话，不害你，"老瞎子说，"那号事靠不住。"

"什么事？"

"少跟我贫嘴。你明白我说的什么事。"

"我就没听您说过，什么事靠得住。"小瞎子又偷偷地笑。

老瞎子没理他，骨头一样的眼珠又对着苍天。那儿，太阳正变成一汪血。

两面脊背和山是一样的黄褐色。一座已经老了，嶙峋瘦骨像是山根下裸露的基石。另一座正年轻。老瞎子七十岁，小瞎才十七。

小瞎子十四岁上父亲把他送到老瞎子这儿来，为的是让他学说书，这辈子好有个本事，将来可以独自在世上活下去。

老瞎子说书已经说了五十多年。这一片偏僻荒凉的大山里的人们都知道他：头发一天天变白，背一天天变驼，年年月月背一把三弦琴满世界走，逢上有愿意出钱的地方就拨动琴弦唱一晚上，给寂寞的山村带来欢乐。开头常是这么几句："自从盘古分天地，三皇五帝到如今，有道君王安天下，无道君王害黎民。轻轻弹响三弦琴，慢慢稍停把歌论，歌有三千百本，不知哪本动人心。"于是听书的众人喊起来，老的要听董永卖身葬父，小的要听武二郎夜走蜈蚣岭，女人们想听秦香莲。这是老瞎子最知足的一刻，身上的疲劳和心里的孤寂全忘却，不慌不忙地喝几口水，待众人的吵嚷声鼎沸，便把琴弦一阵紧拨，唱道："今日不把别人唱，单表公子小罗成。"或者："茶也喝来烟也吸，唱一回哭倒长城的孟姜女。"满场立刻鸦雀无声，老瞎子也全心沉到自己所说的书中去。

他会的老书数不尽。他还有一个电匣子，据说是花了大价钱从一个山外人手里买来的，为的是学些新词儿，编些新曲儿。其实山里人倒不太在乎他说什么唱什么。人人都称赞他那三弦琴弹得讲究，轻轻曼曼的，飘飘洒洒的，疯癫狂放的，那里头有天上的日月，有地上的生灵。老瞎子的嗓子能学出世上所有的声音，男人、女人、刮风下雨、兽啼禽鸣。不知道他脑子里能呈现出什么景象，他一落生就瞎了眼睛，从没见过这个世界。

小瞎子可以算见过世界，但只有三年，那时还不懂事。他对说书和弹琴并无多少兴趣，父亲把他送来的时候费尽了唇舌，好说歹说连哄带骗，最后不如说是那个电匣子把他留住了。他抱着电匣子听得入神，甚至没发觉父亲什么时候离去。

这只神奇的匣子永远令他着迷,遥远的地方和稀奇古怪的事物使他幻想不绝,凭着三年朦胧的记忆,补充着万物的色彩和形象。譬如海,匣子里说蓝天就像大海,他记得蓝天,于是想象出海;匣子里说海是无边无际的水,他记得锅里的水,于是想象出满天摆开的水锅。再譬如漂亮的姑娘,匣子里说就像盛开的花朵,他实在不相信会是那样,母亲的灵柩被抬到远山上去的时候,路上正开遍着野花,他永远记得却永远不愿意去想。但他愿意想姑娘,越来越愿意想;尤其是野羊坳的那个尖声细气的小妮子,总让他心里荡起波澜。直到有一回匣子里唱道,"姑娘的眼睛就像太阳",这下他才找到了一个贴切的形象,想起母亲在红透的夕阳中向他走来的样子。其实人人都是根据自己的所知猜测着无穷的未知,以自己的感情勾画出世界。每个人的世界就都不同。

也总有一些东西小瞎子无从想象,譬如"曲折的油狼"。

这天晚上,小瞎子跟着师父在野羊坳说书,又听见那小妮子站在离他不远处尖声细气地说笑。书正说到紧要处——"罗成回马再交战,大胆苏烈又兴兵。苏烈大刀如流水,罗成长枪似腾云,好似海中龙吊宝,犹如深山虎争林。又战七日并七夜,罗成清茶无点唇……"老瞎子把琴弹得如雨骤风疾,字字句句唱得铿锵。小瞎子却心猿意马,手底下早乱了套数……

野羊岭上有一座小庙,离野羊坳村二里地,师徒二人就在这里住下。石头砌的院墙已经残断不全,几间小殿堂也歪斜欲倾百孔千疮,惟正中一间尚可遮蔽风雨,大约是因为这一间中毕竟还供奉着神灵。三尊泥像早脱尽了尘世的彩饰,还一身黄土本色返朴归真了,认不出是佛是道。院里院外、房顶墙头都长满荒藤野草,蓊蓊郁郁倒有生气。老瞎子每回到野羊坳说书都住这儿,不出房钱又不惹是非。小瞎子是第二次住在这儿。

散了书已经不早,老瞎子在正殿里安顿行李,小瞎子在侧殿的檐下生火烧水。去年砌下的灶火稍加修整就可以用。小瞎子撅着屁股吹火,柴草不干,呛得他满院里转着圈咳嗽。

老瞎子在正殿里数叨他:"我看你能干好什么。"

"柴湿嘛。"

"我没说这事。我说的是你的琴,今儿晚上的琴你弹成了什么。"

小瞎子不敢接这话茬儿,吸足了几口气又跪到灶火前去,鼓着腮帮子一通猛吹。"你要是不想干这行,就趁早给你爹捎信把你领回去。老这么闹猫闹狗的可不行,要闹回家闹去。"

小瞎子咳嗽着从灶火边跳开,几步蹿到院子另一头,呼哧呼哧大喘气,嘴里一边骂。

"说什么呢?"

"我骂这火。"

"有你那么吹火的?"

"那怎么吹?"

"怎么吹?哼,"老瞎子顿了顿,又说,"你就当这灶火是那妮子的脸!"

小瞎子又不敢搭腔了,跪到灶火前去再吹,心想:真的,不知道兰秀儿的脸什么样。——那个尖声细气的小妮子叫兰秀儿。

"那要是妮子的脸,我看你不用教也会吹。"老瞎子说。

小瞎子笑起来,越笑越咳嗽。

"笑什么笑!"

"您吹过妮子脸?"

老瞎子一时语塞。小瞎子笑得坐在地上。"日他妈!"老瞎子骂道,笑笑,然后变了脸色,再不言语。

灶膛里腾的一声,火旺起来。小瞎子再去添柴,一心想着兰秀儿。才散了书的那会儿,兰秀儿挤到他跟前来小声说:"哎,上回你答应我什么来?"师父就在旁边,他没敢吭声。人群挤来挤去,一会儿又把兰秀儿挤到他身边。"嗳,上回吃了人家的煮鸡蛋倒白吃了?"兰秀儿说,声音比上回大。这时候师父正忙着跟几个老汉拉话,他赶紧说:"嘘——'我记着呢。"兰秀儿又把声音压低:"你答应给我听电匣子你还没给我听。""嘘——,我记着呢。"幸亏那会儿人声嘈杂。

正殿里好半天没有动静。之后,琴声响了,老瞎子又上好了一根新弦。他本来应该高兴的,来野羊坳头一晚上就又弹断了一根琴弦。可是那琴声却低沉、零乱。

小瞎子渐渐听出琴声不对,在院里喊:"水开了,师父。"

没有回答。琴声一阵紧似一阵了。

小瞎子端了一盆热水进来,放在师父跟前,故意嘻嘻笑着说:"您今儿晚还想弹断一根是怎么着?"

老瞎子没听见,这会儿他自己的往事都在心中。琴声烦躁不安,像是年年旷野里的风雨,像是日夜山谷中的流溪,像是奔奔忙忙不知所归的脚步声。小瞎子有点害怕了:师父很久不这样了,师父一这样就要犯病,头疼、心口疼、浑身疼,会几个月爬不起来炕来。

"师父,您先洗脚吧。"

琴声不停。

"师父,您该洗脚了。"小瞎子的声音发抖。

琴声不停。

"师父!"

琴声戛然而止,老瞎子叹了口气。小瞎子松了口气。

老瞎子洗脚,小瞎子乖乖地坐在他身边。

"睡去吧,"老瞎子说,"今儿格够累的了。"

"您呢?"

"你先睡,我得好好泡泡脚。人上了岁数毛病多。"老瞎子故意说得轻松。

"我等您一块儿睡。"

山深夜静。有了一点风,墙头的草叶子响。夜猫子在远处哀哀地叫。听得见野羊坳里偶尔有几声狗吠,又引得孩子哭。月亮升起来,白光透过残损的窗棂进了殿堂,照见两个瞎子和三尊神像。

"等我干吗?时候不早了。"

"你甭担心我,我怎么也不怎么。"老瞎子又说。

"听见没有,小子?"

小瞎子到底年轻,已经睡着。老瞎子推推他让他躺好,他嘴里咕哝了几句倒头睡去。老瞎子给他盖被时,从那身日渐发育的筋肉上觉出,这孩子到了要想那些事的年龄,非得有一段苦日子过不可了。唉,这事谁也替不了谁。

老瞎子再把琴抱在怀里,摩挲着根根绷紧的琴弦,心里使劲念叨:又断了一根了,又断了一根了。再摇摇琴槽,有轻微的纸和蛇皮的磨擦声。惟独这事能为他排忧解烦。一辈子的愿望。

小瞎子做了一个好梦,醒来吓了一跳,鸡已经叫了。他一骨碌爬起来听听,师父正睡得香,心说还好。他摸到那个大挎包,悄悄地掏出电匣子,蹑手蹑脚出了门。

往野羊坳方向走了一会儿,他才觉出不对头,鸡叫声渐渐停歇,野羊坳里还是静静的没有人声。他愣了一会儿,鸡才叫头遍吗?灵机一动扭开电匣子。电匣子里也是静悄悄。现在是半夜。他半夜里听过匣子,什么都没有。这匣子对他来说还是个表,只要扭开一听,便知道是几点钟,什么时候有什么节目都是一定的。

小瞎子回到庙里,老瞎子正翻身。

"干吗哪?"

"撒尿去了。"小瞎子说。

一上午,师父逼着他练琴。直到响午饭后,小瞎子才瞅机会溜出庙来,溜进野羊坳。鸡也在树阴下打盹,猪也在墙根下说着梦话,太阳又热得凶,村子里很安静。

小瞎子踩着磨盘,扒着兰秀儿家的墙头轻声喊:"兰秀儿——,兰秀儿——"

屋里传出雷似的鼾声。

他犹豫了片刻,把声音稍稍抬高:"兰秀儿!——兰秀儿!"

狗叫起来。屋里的鼾声停了,一个闷声闷气的声音问:"谁呀?"

小瞎子不敢回答,把脑袋从墙头上缩下来。

屋里吧唧了一阵嘴,又响起鼾声。

他叹口气,从磨盘上下来,怏怏地往回走。忽听见身后嘎吱一声院门响,随即一阵细碎的脚步声向他跑来。

"猜是谁?"尖声细气。小瞎子的眼睛被一双柔软的小手捂上了。——这才多余呢。兰秀儿不到十五岁,认真说还是个孩子。

"兰秀儿!"

"电匣子拿来没?"

小瞎子掀开衣襟,匣子挂在腰上。"嘘——,别在这儿,找个没人的地方听去。"

"咋啦?"

"回头招好些人。"

"咋啦?"

"那么多人听,费电。"

两个人东拐西弯,来到山背后那眼小泉边。小瞎子忽然想起件事,问兰秀儿:"你见过曲折的油狼吗?"

"啥?"

"曲折的油狼。"

"曲折的油狼?"

"知道吗?"

"你知道?"

"当然。还有绿色的长椅。就是一把椅子。"

"椅子谁不知道。"

"那曲折的油狼呢?"

兰秀儿摇摇头,有点崇拜小瞎子了。小瞎子这才郑重其事地扭开电匣子,一支欢快的乐曲在山沟里飘荡。

这地方又凉快又没有人来打扰。

"这是《步步高》。"小瞎子说,跟着哼。

一会儿又换了支曲子,叫《旱天雷》,小瞎子还能跟着哼。兰秀儿觉得很惭愧。

"这曲子也叫'和尚思妻'。"

兰秀儿笑起来:"瞎骗人!"

"你不信?"

"不信。"

"爱信不信。这匣子里说的古怪事多啦。"小瞎子玩着凉凉的泉水,想了一会儿。

"你知道什么叫接吻吗?"

"你说什么叫?"

这回轮到小瞎子笑,光笑不答。兰秀儿明白准不是好话,红着脸不再问。

音乐播完了,一个女人说,"现在是讲卫生节目。"

"啥?"兰秀儿没听清。

"讲卫生。"

"是什么?"

"嗯——,你头发上有虱子吗?"

"去——,别动!"

小瞎子赶忙缩回手来,赶忙解释:"要有就是不讲卫生。"

"我才没有。"兰秀儿抓抓头,觉得有些刺痒,"噫——,瞧你自个儿吧!"兰秀儿一把扳过小瞎子的头,"看我捉几个大的。"这时候听见老瞎子在半山上喊:"小子,还不给我回来!该做饭了,吃罢饭还得去说书!"他已经站在那儿听了好一会儿了。

野羊坳里已经昏暗,羊叫、驴叫、狗叫、孩子们叫,处处起了炊烟。野羊岭上还有一线残阳,小庙正在那淡薄的光中,没有声响。

小瞎子又撅着屁股烧火。老瞎子坐在一旁淘米,凭着听觉他能把米中的沙子捡出来。

"今天的柴挺干。"小瞎子说。

"嗯。"

"还是焖饭?"

"嗯。"

小瞎子这会儿精神百倍,很想找些话说,但是知道师父的气还没消,心说还是少找骂。

两个人默默地干着自己的事,又默默地一块儿把饭做熟。岭上也没了阳光。

小瞎子盛了一碗小米饭,先给师父:"您吃吧。"声音怯怯的,无比驯顺。

老瞎子终于开了腔:"小子,你听我一句行不?"

"嗯。"小瞎子往嘴里扒拉饭,回答得含糊。

"你要是不愿意听,我就不说。"

"谁说不愿意听了?我说'嗯'!"

"我是过来人,总比你知道的多。"

小瞎子闷头扒拉饭。

"我经过那号事。"

"什么事?"

"又跟我贫嘴!"老瞎子把筷子往灶台上一摔。

"兰秀儿光是想听听电匣子。我们光是一块儿听电匣子来。"

"还有呢?"

"没有了。"

"没有了?"

"我还问她见没见过曲折的油狼。"

"我没问你这个!"

"后来,后来,"小瞎子不那么气壮了,"不知怎么一下就说起了虱子……"

"还有呢?"

"没了。真没了!"

两个人又默默地吃饭。老瞎子带了这徒弟好几年,知道这孩子不会撒谎,这孩子最让人放心的地方就是诚实、厚道。

"听我一句话,保准对你没坏处。以后离那妮子远点儿。"

"兰秀儿人不坏。"

"我知道她不坏,可你离她远点儿好。早年你师爷这么跟我说,我也不信……"

"师爷? 说兰秀儿?"

"什么兰秀儿,那会儿还没她呢。那会儿还没有你们呢……"老瞎子阴郁的脸又转向暮色浓重的天际,骨头一样白色的眼珠不住地转动,不知道在那儿他能"看"见什么。

许久,小瞎子说:"今儿晚上您多半又能弹断一根琴弦。"想让师父高兴些。

这天晚上师徒俩又在野羊坳说书。"上回唱到罗成死,三魂七魄赴幽冥,听歌君子莫嘈嚷,列位听我道下文。罗成阴魂出地府,一阵旋风就起身,旋风一阵来得快,长安不远面前存……"老瞎子的琴声也乱,小瞎子的琴声也乱。小瞎子回忆着那双柔软的小手捂在自己脸上的感觉,还有自己的头被兰秀儿扳过去时的滋味。老瞎子想起的事情更多……

夜里老瞎子翻来覆去睡不安稳,多少往事在他耳边喧嚣,在他心头动荡,身体里仿佛有什么东西要爆炸。坏了,要犯病,他想。头昏,胸口憋闷,浑身紧巴巴的难受。他坐起来,对自己叨咕:"可别犯病,一犯病今年就甭想弹够那些琴弦了。"他又摸到琴。要能丁丁当当随心所欲地疯弹一阵,心头的忧伤或许就能平息,耳边的往事或许就会消散。可是小瞎子正睡得香甜。

他只好再全力去想那张药方和琴弦:还剩下几根,还只剩最后几根了。那时就可以去抓药了,然后就能看见这个世界——他无数次爬过的山,无数次走过的路，无数次感到过她的温暖和炽热的太阳，无数次梦想着的蓝天、月亮和星星……还有呢？突然间心里一阵空，空得深重。就只为了这些？还有什么？他朦胧中所盼望的东西似乎比这要多得多……

夜风在山里游荡。

猫头鹰又在凄哀地叫。

不过现在他老了，无论如何没几年活头了，失去的已经永远失去了，他像是刚刚意识到这一点。七十年中所受的全部辛苦就为了最后能看一眼世界，还值得吗？他问自己。

小瞎子在梦里笑，在梦里说："那是一把椅子，兰秀儿……"

老瞎子静静地坐着。静静地坐着的还有那三尊分不清是佛是道的泥像。

鸡叫头遍的时候老瞎子决定，天一亮就带这孩子离开野羊坳。否则这孩子受不了，他自己也受不了。兰秀儿人不坏，可这事会怎么结局，老瞎子比谁都"看"得清楚。鸡叫二遍，老瞎子开始收拾行李。

可是一早起来小瞎子病了，肚子疼，随即又发烧。老瞎子只好把行期推迟。

一连好几天，老瞎子无论是烧火、淘米、捡柴，还是给小瞎子挖药、煎药，心里总在说："值得，当然值得。"要是不这么反反复复对自己说，身上的力气似乎就全要垮掉，"我非要最后看一眼不可。""要不怎么着？就这么死了去？""再说就只剩下最后几根了。"后面三句都是理由。老瞎子又冷静下来，天天晚上还到野羊坳去说书。

这一下小瞎子倒来了福气。每天晚上师父到岭下去了，兰秀儿就猫似的轻轻跳进庙里来听匣子。兰秀儿还带来熟的鸡蛋，条件是得让她亲手去扭那匣子的开关。"往哪边扭？""往右。""扭不动。""往右，笨货，不知道哪边是右哇？""咔哒"一下，无论是什么便响起来，无论是什么俩人都爱听。

又过了几天，老瞎子又弹断了三根琴弦。

这一晚，老瞎子在野羊坳里自弹自唱："不表罗成投胎事，又唱秦王李世民。秦王一听双泪流，可怜爱卿丧残身，你死一身不打紧，缺少扶朝上将军……"

野羊岭上的小庙里这时更热闹。电匣子的音量开得挺大，又是孩子哭，又是大人喊，轰隆隆地又响炮，嘀嘀哒哒地又吹号。月光照进正殿，小瞎子躺着啃鸡蛋，兰秀儿坐在他旁边。两个人都听得兴奋，时而大笑，时而稀里糊涂莫名其妙。

"这匣子你师父哪儿买来?"

"从一个山外头的人手里。"

"你们到山外头去过?"兰秀儿问。

"没。我早晚要去一回就是,坐坐火车。"

"火车?"

"火车你也不知道?笨货。"

"噢,知道知道,冒烟哩是不是?"

过了一会儿兰秀儿又说:"保不准我就得到山外头去。"语调有些栖惶。

"是吗?"小瞎子一挺坐起来,"那你到底瞧瞧曲折的油狼是什么。"

"你说是不是山外头的人都有电匣子?"

"谁知道。我说你听清楚没有?曲、折、的、油、狼,这东西就在山外头。"

"那我得跟他们要一个电匣子。"兰秀儿自言自语地想心事。"要一个?"小瞎子笑了两声,然后屏住气,然后大笑,"你干吗不要俩?你可真本事大。你知道这匣子几千块钱一个?把你卖了吧,怕也换不来。"

兰秀儿心里正委屈,一把揪住小瞎子的耳朵使劲拧,骂道:

"好你死瞎子!"

两个人在堂殿里扭打起来。三尊泥像袖手旁观帮不上忙。两个年轻的正在发育的身体碰撞在一起,纠缠在一起,一个把一个压在身下,一会儿又颠倒过来,骂声变成笑声。匣子在一边唱。

打了好一阵子,两个人都累得住了手,心评枰跳,面对面躺着喘气,不言声儿,谁却也不愿意再拉开距离。

兰秀儿呼出的气吹在小瞎子脸上,小瞎子感到了诱惑,并且想起那天吹火时师父说的话,就往兰秀儿脸上吹气。兰秀儿并不躲。

"嘿",小瞎子小声说,"你知道接吻是什么了吗?"

"是什么?"兰秀儿的声音也小。

小瞎子对着兰秀儿的耳朵告诉她。兰秀儿不说话。老瞎子回来之前,他们试着亲了嘴儿,滋味真不坏……

就是这天晚上,老瞎子弹断了最后两根琴弦。两根弦一齐断了。他没料到。

他几乎是连跑带爬地上了野羊岭，回到小庙里。小瞎子吓了一跳："怎么了，师父？"

老瞎子喘吁吁地坐在那儿，说不出话。

小瞎子有些犯嘀咕：莫非是他和兰秀儿干的事让师父知道了？

老瞎子这才相信：一切都是值得的。一辈子的辛苦都是值得的。能看一回，好好看一回，怎么都是值得的。

"小子，明天我就去抓药。"

"明天？"

"明天。"

"又断了一根了？"

"两根。两根都断了。"

老瞎子把那两根弦卸下来，放在手里揉搓了一会儿，然后把它们并到另外的九百九十八根中去，绑成一捆。

"明天就走？"

"天一亮就动身。"

小瞎子心里一阵发凉。老瞎子开始剥琴槽上的蛇皮。

"可我的病还没好利索。"小瞎子小声叨咕。

"噢，我想过了，你就先留在这儿，我用不了十天就回来。"

小瞎子喜出望外。

"你一个人行不？"

"行！"小瞎子紧忙说。

老瞎子早忘了兰秀儿的事，"吃的、喝的、烧的全有。你要是病好利索了，也该学着自个儿去说回书。行吗？"

"行。"小瞎子觉得有点对不住师父。

蛇皮剥开了，老瞎子从琴槽中取出一张叠得方方正正的纸条。他想起这药方放进琴槽时，自己才二十岁，便觉得浑身上下都好像冷。

小瞎子也把那药方放在手里摸了一会儿，也有了几分肃穆。"你师爷一辈子才冤呢。"

"他弹断了多少根？"

"他本来能弹够一千根，可他记成了八百。要不然他能弹断一千根。"

天不亮老瞎子就上路了。他说最多十天就回来，谁也没想到他竟去了那么久。

老瞎子回到野羊坳时已经是冬天。

漫天大雪，灰暗的天空连接着白色的群山。没有声息，处处也没有生气，空旷而沉寂。所以老瞎子那顶发了黑的草帽就尤其蹒动得显著。他蹒蹒跚跚地爬上野羊岭。庙院中衰草瑟瑟，蹿出一只狐狸，仓皇逃远。

村里人告诉他，小瞎子已经走了些日子。

"我告诉他我回来。"

"不知道他干吗就走了。"

"他没说去哪儿？留下什么话没？"

"他说让您甭找他。"

"什么时候走的？"

人们想了好久，都说是在兰秀儿嫁到山外去的那天。

老瞎子心里便一切全都明白。

众人劝老瞎子留下来，这么冰天雪地的上哪去？不如在野羊坳说一冬书。老瞎子指指他的琴，人们见琴柄上空荡荡已经没了琴弦。老瞎子面容也憔悴，呼吸也孱弱，嗓音也沙哑了，完全变了个人。他说得去找他的徒弟。

若不是还想着他的徒弟，老瞎子就回不到野羊坳——那张他保存了五十年的药方，原来是一张无字的白纸。他不信，请了多少个识字而又诚实的人帮他看，人人都说那果真就是一张无字的白纸。老瞎子在药铺前的台阶上坐了一会儿，他以为是一会儿，其实已经几天几夜，骨头一样的眼珠在询问苍天，脸色也变成骨头一样地苍白。有人以为他是疯了，安慰他，劝他。老瞎子苦笑：七十岁了再疯还有什么意思？他只是再不想动弹，吸引着他活下去、走下去、唱下去的东西骤然间消失干净。就像一根不能拉紧的琴弦，再难弹出赏心悦耳的曲子。老瞎子的心弦断了，准确地说，是有一端空无所系了。一根琴弦需要两个点才能拉紧。心弦也要两个点——一头是追求，一头是目的——你才能在中间这紧绷绷的过程上弹响心曲。现在发现那目的原来是空的。老瞎子在一个小客店里住了很久，觉得身体里的一切都在熄灭。他整天躺在炕上，不弹也不唱，一天天迅速地衰老。直到花光了身上所有的钱，直到忽然想起了他的徒弟，他知道自己的死期将至，可那孩子在等他回去。

茫茫雪野，皑皑群山，天地之间蹒动着一个黑点。走近时，老瞎子的身影弯得如一座桥。他去找他的徒弟。他知道那孩子目前的心情、处境。

他想自己先得振作起来,但是不行,前面明明没有了目标。

他一路走,便怀恋起过去的日子,才知道以往那些奔奔忙忙兴致勃勃的翻山、赶路、弹琴,乃至心焦、忧虑都是多么欢乐!那时有个东西把心弦扯紧,虽然那东西原是虚设。老瞎子想起他师父临终时的情景。他师父把那张自己没用上的药方封进他的琴槽。"您别死,再活几年,您就能睁眼看一回了。"说这话时他还是个孩子。他师父久久不言语,最后说:"记住,人的命就像这琴弦,拉紧了才能弹好,弹好了就够了。"……不错,那意思就是说:目的本来没有。不错,他的一辈子都被那虚设的目的拉紧,于是生活中丁丁当当才有了生气。重要的是从那绷紧的过程中得到欢乐,老瞎子知道怎么对自己的徒弟说了。可是他又想:能把一切都告诉小瞎子吗?老瞎子又试着振作起来,可还是不行,总摆脱不掉那张无字的白纸……

在深山里,老瞎子找到了小瞎子。

小瞎子正跌倒在雪地里,一动不动,想那么等死。老瞎子懂得那绝不是装出来的悲哀。老瞎子把他拖进一个山洞,他已无力反抗。

老瞎子捡了些柴,打起一堆火。

小瞎子渐渐有了哭声。老瞎子放了心,任他尽情尽意地哭。只要还能哭就还有救,只要还能哭就有哭够的时候。

小瞎子哭了几天几夜,老瞎子就那么一声不吭地守候着。火光和哭声惊动了野兔子、山鸡、野羊、狐狸和鹞鹰……

终于小瞎子说话了:"干吗咱们是瞎子!"

"就因为咱们是瞎子。"老瞎子回答。

终于小瞎子又说:"我想睁开眼看看,师父,我想睁开眼看看!哪怕就看一回。"

"你真那么想吗?"

"真想,真想——"

老瞎子把篝火拨得更旺些。

雪停了。铅灰色的天空中,太阳像一面闪光的小镜子。鹞鹰在平稳地滑翔。

"那就弹你的琴弦,"老瞎子说,"一根一根尽力地弹吧。"

"师父,您的药抓来了?"小瞎子如梦方醒。

"记住,得真正是弹断的才成。"

"您已经看见了吗?师父,您现在看得见了?"

小瞎子挣扎着起来,伸手去摸师父的眼窝。老瞎子把他的手抓住。

"记住,得弹断一千二百根。"

"一千二?"

"把你的琴给我,我把这药方给你封在琴槽里。"老瞎子现在才弄懂了他师父当年对他说的话——咱的命就在这琴弦上。

目的虽是虚设的,可非得有不行,不然琴弦怎么拉紧?拉不紧就弹不响。

"怎么是一千二,师父?"

"是一千二。我没弹够,我记成了一千。"老瞎子想:这孩子再怎么弹吧,还能弹断一千二百根?永远扯紧欢跳的琴弦,不必去看那张无字的白纸……

这地方偏僻荒凉,群山不断。荒草丛中随时会飞起一对山鸡,跳出一只野兔、狐狸,或者其它小野兽。山谷中鹞鹰在盘旋。

现在让我们回到开始:

莽莽苍苍的群山之中走着两个瞎子,一老一少,一前一后,两顶发了黑的草帽起伏蹿动,匆匆忙忙,像是随着一条不安静的河水在漂流。无所谓从哪儿来、到哪儿去,也无所谓谁是谁……

1985 年 4 月 20 日

(原载《现代人》1985 年第 2 期)

点评

每个人的生存,以及对于生存的坚持都需要有一个理想、信念和梦想的支撑。师傅弹断了八百根弦,结果他所期冀的打开药方重获光明的目的仍旧没有实现。老瞎子也走上了师傅的道路,琴弦一根根地被弹断了,实现梦想的时间一点点地逼近了。然而,最终梦想却是一个虚无的存在。弹琴与明目,就像人生的过程与目的。要紧的是把琴弦绷紧,弹出琴声。活着的意义就在于活着本身。那个超越生存的信条只是一根支持人前行的拄杖。人最重要的应该存在于对过程的热爱和坚守,而未必一定要苦苦追索所谓的归宿或结局。这篇小说富于形而上的哲理意味,体现了作者对于人生存在的深切思考。

扎西达娃（1959— ）

四川甘孜州巴塘县人。作家，主要作品有《西藏，系在皮绳扣上的魂》《骚动的香巴拉》等。

系在皮绳扣上的魂

现在很少能听见那首唱得很迟钝、淳朴的秘鲁民歌《山鹰》。我在自己的录音带里保存了下来，每次播放出来，我眼前便看见高原的山谷、乱石缝里窜出的羊群、山脚下被分割成小块的田地、稀疏的庄稼、溪水边的水磨房、石头砌成的低矮的农舍、负重的山民、系在牛颈上的铜铃、寂寞的小旋风、耀眼的阳光。

这些景致并非在秘鲁安第斯山脉下的中部高原，而是在西藏南部的帕布乃冈山区。我记不清是梦中见过还是亲身去过。记不清了。我去过的地方太多。

直到后来某一天我真正来到帕布乃冈山区，才知道存留在我记忆中的帕布乃冈只是一幅康斯太勃笔下的十九世纪优美的田园风景画。

虽然还是宁静的山区，但这里的人们正悄悄享受着现代化的生活。这里有座小型民航站，每星期有五班直升飞机定期开往城里。附近有一座太阳能发电站。在哲鲁村口自动加油站旁的一家小餐厅里，与我同桌的是一位喋喋不休的大胡子，他是城里一家名气很大的"喜马拉雅运输公司"的董事长，在全西藏第一个拥有德国进口的大型集装箱车队。我去访问当地一家地毯厂时，里面的设计人员正使用电脑程序设计图案。地面卫星接收站播放着五个频道，每天向观众提供三十八小时的电视节目。

不管现代的物质文明怎样迫使人们从传统的观念意识中解放出来，帕布乃冈山区的人们，自身总还残留着某种古老的表达方式：获得农业博士学位的村长与我交谈时，嘴里不时抽着冷气，用舌头弹出"罗罗"的谦卑的应声。人们有事相求时,照样竖起拇指摇晃着,一连吐出七八个"咕叽咕叽"的哀求。一些老人们对待远方的城里人,仍旧脱下帽子捧在怀中站到一旁表示真诚的敬意。虽然多年前国家早已统一了计量法,这里的人们表示长度时还是伸直一条胳膊,另一只手掌横砍在胳膊的手腕、小臂、肘部直到肩膀上。

桑杰达普活佛快要死了,他是扎妥寺的第二十三位转世活佛。高龄九十八岁。在他之后,将不再会有转世继位。我想为此写篇专题报道。我和他以前有过交道。全世界最深奥和玄秘之一的西藏喇嘛教(包括各教派)在没有了转世继位制度从而不再有大大小小的宗教领袖以后,也许便走向了它的末日。形式在一定程度上也支配着意识,我说。

扎妥·桑杰达普活佛摇摇头,表示否认我的观点。他的瞳孔正慢慢扩散。

"香巴拉,"他蠕动嘴唇,"战争已经开始。"

根据古老的经书记载,北方有个"人间净土"的理想国香巴拉。据说天上瑜伽密教起源于此,第一个国王索查德那普在这里受过释迦的教诲,后来弘传密教《时轮金刚法》。上面记载说,在某一天,香巴拉这个雪山环抱的国家将要发生一场大战。"你率领十二天师,在天兵神将中,你永不回头,骑马驰骋。你把长矛掷向哈鲁太蒙的前胸,掷向那反对香巴拉的群魔之首,魔鬼也随之全部除净。"这是《香巴拉誓言》中对最后一位国王神武轮王赛美的描写。扎妥·桑杰达普有一次跟我说起过这场战争。他说经过数百年的恶战,妖魔被消灭后,甘丹寺里的宗喀巴墓会自动打开,再次传布释迦的教义进行一千年。随后,就发生风灾、火灾,最后洪水淹没整个世界。在世界末日到达时,总有一些幸存的人被神祇救出天官。于是当世界再次成时,宗教又随之兴起。

扎妥·桑杰达普躺在床上,他进入幻觉状态,跟眼前看不见的什么人在说话:"当你翻过喀隆雪山,站在莲花生大师的掌纹中间,不要追求,不要寻我。在祈祷中领悟,在领悟中获得幻像。在纵横交错的掌纹里,只有一条是通往人间净土的生存之路。"

我恍惚看见莲花生离开人世时,天上飞来了一辆战车,他在两位仙女的陪伴下登上战车,向遥远的南方凌空驶去。

"两个康巴地区的年轻人,他们去找通往香巴拉的路了。"活佛说。

我疲惫地看着他。

"你要说的是——在一九八四年,这里来了两个康巴人,一男一女?"

我问。

他点点头。

"男的在这里受了伤？"我又问。

"你也知道这件事。"活佛说。

扎妥·桑杰达普活佛闭上眼，断断续续回忆起当年那两个年轻人来到帕布乃冈山区的事，他讲起那两个人告诉他一路上的经历。我听出扎妥活佛在背诵我虚构的一篇小说。这篇小说我给谁都没有看过，写完锁进了箱里。他几乎是在逐字逐句地背诵，地点是一路上直到帕布乃冈一个叫甲的村庄。时间是一九八四年。人物一男一女。这篇小说没给别人看的原因就是到最后我也不知道主人公要去什么地方。经活佛点明我现在才清楚。惟一不同的一点是结尾时主人公是坐在酒店里有一位老人指路。我没写老人指的是什么路，当时连我自己也不知道。而扎妥活佛说是在他的房子里给那俩人指的路，但这里还有一个巧合，即老人与活佛都谈起过关于莲花生的掌纹。

最后，其他人进屋来围在活佛身边，活佛眼睛半睁，渐渐进入了失去知觉和思想的状态。

有人开始准备后事了。扎妥活佛将被火葬，我知道有人想拾到活佛的舍利作为永久的收藏和纪念。

与扎妥·桑杰达普诀别后，在回家的路上，我边走边考虑着有关文学创作的动机问题……

回到家，我打开贴有"可爱的弃儿"题词的箱子盖。里面整齐地排列着上百只牛皮纸袋，我所有不被发表或我不愿发表的作品都存在这儿。我取出一个编码是840720的纸袋，里面是一个短篇小说，记录着两个康巴人来到帕布乃冈的经过，还没有题目。下面是这篇小说的原文：

嫔赶着她的二十几只羊下山的时候，站在半山腰。她看见山脚底下那一条宽阔蜿蜒、砾石累累的枯干的河床有个蚂蚁般的小黑点在缓缓移动。她辨认出那是一个男人，正朝她家的方向走来，嫔挥挥羊鞭，匆匆把羊往山下赶。

她粗略算了算，那人得走到天黑时才能到这儿。周围荒野只有这隆起的小山岗上有几间鹅卵石垒起的矮房，房后是羊圈，一共两户人家：嫔和她的爸爸，还有一个五十多岁的哑女人。爸爸是个说《格萨尔》的艺人，常常被几十里远的外村人请去说唱，有时还被请到更远的镇里。短则几天，长则数月。来人骑马，还牵匹空马来到小山岗，把身背长柄六弦琴的爸爸请上马。随后马蹄伴着铜铃声有节奏地久久敲响着荒野里的寂静。嫔站在岗上，一手抚摩坐立在她裙边的大黑狗，一直望到两匹马拐过前面的山弯。

嫔从小就在马蹄和铜铃单调的节奏声中长大，每当放羊坐在石头上，在孤独中冥思时，那声音就变成一支从遥远的山谷中飘过的无字的歌，歌中蕴含着荒野中不息的生命和寂寞中透出的一丝苍凉的渴望。

哑女人整天织氆氇，每天早晨站在小山岗上，向空中撒出一把豌豆糌粑，呼喊着观音菩萨。然后手摇一柄浸满油污的经轮筒，朝东方喃喃祈祷。偶尔在半夜时分，爸爸爬起身去女人房里，天蒙蒙亮时头顶蒙着长长的袍子又钻进自己的羊皮垫里，早晨嫔起来挤完奶打好茶，喝糌粑糊。然后背上装了一天口粮的小羊皮口袋，背一只小黑锅，去房后拉开羊圈栅栏，软鞭一挥，赶着羊群上山。生活就是这样。

嫔把食物和热茶准备好，趴在毯子上等待来客。室外的狗叫了，她冲出门，月亮刚刚升起。她拉住狗链，不见四周有人，一会儿，从她前面的坡下冒出个脑袋。

"来吧，不要紧，我抓住狗的。"嫔说。

来人是一位顶天立地的汉子。

"辛苦，大哥。"嫔说。她把汉子领进了房里，他礼帽下的额边垂着一绺鲜红的丝穗。爸爸不在家，去说《格萨尔》了。隔壁传来哑女人织氆氇时木槌砸下的梆梆声。这位疲惫的汉子吃过饭道完谢后便倒在嫔的爸爸床上睡了。

嫔在门外站了一会儿，天空繁星点点，周围沉寂得没有一点大自然的声音，眼前空旷的峡谷地带在月光下泛着青白色。大黑狗被铁链拴着在原地转圈，嫔过去蹲下身搂着它的脖子。想起自己在这寂寞简朴的小山岗上度过的童年和少年时代，想起每次来接爸爸上马的都是些沉闷不语的人，想到屋里那位从远方来明天又要去远方的酣睡的旅人。她哭了，跪在地上捧着脸，默默祈求爸爸的宽恕，然后将眼泪在黑狗的皮毛上蹭擦干，起身回屋。

黑暗中，她像发疟疾似地浑身打颤，一声不响地钻进了汉子的羊毛毯里。

当东方的启明星刚刚升起，在摇曳的酥油灯下，嫔把自己的薄毯裹成一个卷，在一只布袋里塞了些牛肉干、揉糌粑的皮口袋、粗盐和一块酥油，又背上天天放羊时在山上熬茶用的小黑锅,一个姑娘该带的都在她背上了。她最后巡视一眼昏暗的小屋。

"好了。"她说。

汉子吸完最后一撮鼻烟,拍拍巴掌上的烟末,起身。摸她头顶。搂住她肩膀,俩人低头钻出小屋,向黑魆魆的西方走去。嫁全身负重,身上的东西一路上丁当作响。她根本不想去打听汉子会把她带向何处,她只知道她永远要离开这片毫无生气的土地了。汉子手中只提着一串檀香木佛珠,他昂首阔步,似乎对前方漫漫的旅途充满了信心。

"你腰上挂条皮绳干什么?像只没人牵的小狗。"塔贝问。

"用它来计算天数,你没见上面打了五个结么!"嫁告诉他,"我离开家有五天了。"

"五天算什么,我生来没有家。"

她跟着塔贝徒步行走,一路上,有时在村庄的麦场上过夜,有时住羊圈里,有时卧在寺庙废墟的墙角下,有时住山洞,运气好时,能在农人外屋借宿,或是在牧人的帐篷里。

每进一个寺庙,他俩便逐一在每个菩萨像的座台前伸出额头触碰几下,膜拜顶礼。在寺庙外,道路旁,江河边,山口上,只要看见玛尼堆,都少不了拾几块小白石放在上面。一路上还有些磕等身长头的佛教徒,他们一步一磕,系着厚帆布围裙,胸部和膝部磨穿了,又补了几层厚补钉。他们脸上突出的地方全是灰,额头上磕了一个鸡蛋大的肉瘤,血和土粘在一起。手掌上钉铁皮的木板护套在他们身体俯卧的两边地上印出两道深深的擦痕。塔贝和嫁没有磕长头,他俩是走路,于是超过了他们。

西藏高原群山绵延,**重重叠叠**,一路上人烟稀少。走上几天看不到一个人影,更没有村庄。山谷里刮来呼呼的凉风。对着蓝色的天空仰望片刻,就会感到身体在飘忽上升,要离开脚下的大地。烈日烤炙,大地灼烫。在白昼下沉睡的高原山脉,永恒与无极般宁静。塔贝的身体矫健灵活,上山时脚尖踩着一块块滑动的石头步步上蹿,他径直攀上一块圆石,回头看见嫁被甩下好长一截,便坐下来等她。他们在赶路时总是默默无言,嫁有时在难以忍受的沉默中突然爆发出她的歌声,像山谷里的一只母兽在仰天吼叫。塔贝并不转过头看她一眼只顾行路。嫁过一会儿不唱了,周围又是死一般沉寂。嫁低头跟在他身后,只有坐下来小憩时才说说话。

"不流血了吧？"

"它现在一点也不疼。"

"我看看。"

"你去给我捉几只蜘蛛来，我捏碎了涂在上面就会好得快。"

"这儿没有蜘蛛。"

"去找找，石头缝里，你扒开石块会有的。"

婛在四周扒开一块块半掩在土中的石块，认真地寻找蜘蛛。一会儿她就捉了五六只，握在掌中，走过来扳开塔贝的手掌放在上面，他一只只捏碎后涂在小腿的伤口上。

"那条狗好凶，我跑跑跑跑，背上的锅老碰我的后脑勺，碰得我眼睛都花了。"

"当初我该拔出刀宰了它。"

"那女人给我们这个。"她模仿着做了个最污辱人的下流动作，"真吓人。"

塔贝又抓起一把土撒在伤口上，让太阳晒着。

"她钱放在哪儿的？"

"在酒店的屋柜子里，有这么厚一叠。"他亮亮巴掌，"我只拿了十几张。"

"你用它想买什么呢？"

"我要买什么？前面山下有个次古寺，我给菩萨送去。我还要留一点。"

"好的。你现在好点了吗？不疼了吧？"

"不疼了。我说，我口干得要冒烟。"

"你没见我把锅已经架上了吗？我就去捡点干刺枝。"

塔贝懒洋洋躺在石头上，将宽礼帽拉在眼睛上挡住阳光，嘴里嚼着干草，婛趴在三颗白石垒成的灶前，脸贴着地，鼓起腮帮吹火熬茶。火苗膨地燃烧起来。她跳起身，揉揉被烟熏得灼辣的眼，拉下前额的头发看看，已经被火舌燎焦了。

远处高山顶上有两个黑影，大约是牧羊人，一高一矮，像是盘踞在山顶岩石上的黑鹰。他们一动也不动。

婛也看见了他们，挥起右手在空中划圈向他们招呼，上面的人晃动起来，也划起圈向她致意。距离太远，扯破嗓子喊互相也听不见。

"我还以为这里只有我们两个人。"婠对塔贝说。

"我在等你的茶。"他闭上眼。

婠忽然想起了什么,她从怀里掏出一本书,很得意地向塔贝展示自己的猎物,那是昨晚上在村里投宿时从一个往她耳里灌满了甜言蜜语、行为并不太规矩的小伙子屁股兜里偷来的。塔贝接过一看,他不认识这种文字和一些机械图,封面印的是一辆拖拉机。

"这玩意儿没一点用处。"他扔给婠。

婠很沮丧,下一次烧茶时她一页页撕下来用作引火的燃料了。

走到黄昏,站在山弯远远看见前面一个被绿树环抱的村庄时,婠的精神重新振奋起来,又唱起歌了,她抡起挂棍在地边的马兰草堆里乱舞,又端起棍子小心翼翼地戳戳塔贝的胳肢窝和腰下想逗他发痒,塔贝不耐烦地抓住棍梢往外一甩,拽得她趔趄几下跌倒在地。

进了村,塔贝自己一个人去喝酒或者干别的什么去了。他俩约好在村里小学校边一幢刚刚盖好还没有安装门窗的空房子里住宿。村里的广场晚上演电影,有人在木杆上挂银幕。婠在一片林子里抬柴火时被一群小孩围住,孩子们趴在墙头朝她扔石头。有一颗打在她肩上,她没有回头,直到一个戴黄帽子的年轻人把孩子们轰走。

"他们扔了八颗石头,有一颗打中你了。"黄帽子笑眯眯地说,他把手中握着的一只电子计算机摊在她跟前,显示屏显出一个阿拉伯数字"8","你从哪儿来?"

婠看着他。

"你记不记得你走了多少天?"

"我不记得。"她撩起皮绳说,"我数数看。你帮我数数。"

"这一个结算一天吗?"他跪在她跟前。"有意思……九十二天。"

"真的!"

"你没数过吗?"

婠摇摇头。

"九十二天,一天按二十公里计算,"他戳戳计算机上的数字键码,"一千八百四十公里。"

婠没有数字概念。

"我是这儿的会计。"小伙子说,"我遇到什么问题,都用它来帮我解答。"

"这是什么?"婼问。

"是电子计算机,好玩极了。它知道你今年多大。"他按出一个数字给婼看。

"多大?"

"十九岁。"

"我今年十九岁吗?"

"那你说。"

"我不知道。"

"我们藏族以前从不计算自己的年龄。但它却知道。看,上面写的是十九吧。"

"不像。"

"是吗?我看看。哦,刚开始看有些不习惯,它的数字有点怪。"

"它能知道我名字吗?"

"当然。"

"叫什么。"

他一连按出八位数,把显示屏显得满满的。

"怎么样?它知道吧。"

"叫什么?"

"你连自己的名字还看不出来?笨蛋。"

"怎么看?"

"你这样看。"他竖着给她看。

"这是叫婼吗?"

"当然叫婼,洽霞布久曲呵婼。"

"嘿!"她兴奋地叫道。

"嘿什么,人家外国人早用了。我在想一个问题,以前我们没日没夜地干活,用经济学的解释是输出的劳动力应该和创造的价值成正比。"他信口开河起来,把工分值、劳动值以及商品值和年月日加减乘除乱说一通。又显出数字,"你看看,计算出来倒成了负数。结果到年终我们还要吃返销粮,向国家伸手要粮,这是违反经济规律的……你瞪我干什么?想吃掉我?"

"如果你没晚饭吃,就在这儿吃好了,我拾了柴就烧菜。"

"他妈的。你是从中世纪走来的吗?或者你是……是叫什么外星人。"

"我从很远的地方来,走了……"她又撩起皮绳,"刚才你数了多少?"

"我想想,八十五天。"

"走了八十五天。不对,你刚才说九十二天,你骗我。"嫏格格笑起来。

"啊啧啧!菩萨哟,我快醉了。"他闭眼喃喃道。

"你在这儿吃吗?我还有点肉干。"

"姑娘,我带你去一个地方好吧?有快活的年轻人,有音乐、啤酒,还有迪斯科。把你手上那些烂树枝扔掉吧!"

塔贝从黑压压一片看电影的人群中挤出来。他没被酒灌醉,倒被那银幕上五光十色、晃来晃去、时大时小的景物和人物弄得昏头涨脑、疲惫不堪,只好拖着脚步回到那幢空房里。小黑锅架在石头上,石头是冰凉的。嫏的东西都放在角落边。他端起锅喝了几口凉水,便背靠墙壁对着天空冥思苦想。越往后走,所投宿的村庄越来越失去了大自然夜晚的恬静,越来越嘈杂、喧嚣。机器声,歌声,叫喊声。他要走的决不是一条通往更嘈杂和各种音响混合声的大都市,他要走的是……

嫏撞撞跌跌回来,她靠着没有门框的土坯墙。隔着一段距离塔贝就闻到她身上发出的酒气,比他喷出的酒气要香一些。

"真好玩,他们真快活。"嫏似哭似笑地说,"他们像神仙一样快活。大哥,我们后……大后天再走。"

"不行。"他从不在一个村里住两个晚上。

"我累了,我很疲倦。"嫏晃着沉甸甸的脑袋。

"你才不懂什么叫累,瞧你那粗腿,比牦牛还健壮。你生来就不懂什么叫累。"

"不,我说的不是身体。"她戳戳自己的心窝。

"你醉了,睡觉。"他扳住嫏的肩头将她按倒在满是灰土的地上。最后替她在皮绳上系了个结。

嫏越来越疲倦了,每次在途中小憩时,她躺下就不想继续往前走。

"起来,别像贪睡的野狗一样赖着。"塔贝说。

"大哥,我不想走了。"她躺在阳光下,眯起眼望着他。

"你说什么？"

"你一人走吧，我不愿再天天跟着你走啊走啊走。连你都不知道该去什么地方，所以永远在流浪。

"女人，你什么都不懂。"但是他也不知道该往哪个方向走。

"是，我不懂。"她闭上眼，蜷缩成一团。

"滚起来，"他在婼屁股上踹了两脚，高高扬起巴掌，做出砍来的样子。"要不，我揍你。"

"你是个魔鬼！"婼哼哼唧唧爬起身。塔贝先走了，她拄着棍子跟在后面。

婼在一个她认为适当的机会里逃跑了。他俩睡在山洞里，半夜时她爬起身，没忘记背上她的小黑锅，借着星光和月光朝山下往回跑。她觉得自己像出笼的小鸟一样自由。到第二天中午，在一边是深谷的岩边休息时，从对面山脊出现了一个黑点，就像那天她放羊回家时所看见的一样。塔贝截住了她，走来。她气得发抖，抡起小黑锅向他头上死命砸去，那其大无比的力量足以使一头野公牛的脑浆飞迸出来。塔贝惊骇机智地闪过，抬手一拨，黑锅从她手中飞脱，丁丁当当滚下深谷里。他俩互相看看，听见那声音响了好一阵，最后婼只得呜呜咽咽攀下深谷，几个时辰后才把锅拣上来。锅身碰满了大大小小的凹坑。

"你赔我的锅。"婼说。

"我看看，"他接过来。俩人仔细检查了一阵，"只有一条小缝，我能补好。"

塔贝走了，婼垂头丧气地跟着。

"哎——"她用大得出奇的声音唱起一首歌，把整个山谷震得嗡嗡响。大概有那么一天，塔贝对婼也厌倦了，他想：只因我前世积了福德和智慧资粮，弃恶从善，才没有投到地狱，生在邪门外道，成为饿鬼痴呆，而生于中土，善得人身。然而在走向解脱苦难终结的道路上，女人和钱财都是身外之物，是道路中的绊脚石。

不久，他俩来到名叫"甲"的村庄。这个时候，婼的腰间那根皮绳已系了一串密密麻麻的结。没想到甲村的人们会敲锣打鼓站在村口迎接他俩。民兵组成仪仗队背着半自动步枪站在两旁，为了保险起见，枪口都塞了红布卷。两头由四个村民装扮的牦牛在夹道中跳着舞。村长和几个姑娘捧着哈达和壶嘴上沾着酥油花的银壶在最前面迎接。原来这里一直大旱。前不久有人打了卦，今天黄昏时会有两个从东边来的人进村，他们将带来一场琼浆般吉祥的雨水，使久旱的庄稼得到好收成。他俩果然出现了，人们认为这是一个好兆头。欢天喜地将塔贝和嫄扶上挂满哈达的铁牛拖拉机簇拥着进了村。男女老少都穿着新衣，家家户户的屋顶都换了新的五色经幡布。有人从嫄的音容、谈吐和体态上看出了她有转世下凡的白度母的特征，于是塔贝被撇在了一边。但是塔贝知道嫄决不是白度母的化身。因为在嫄睡熟的时候，他发现她的睡相丑陋不堪，脸上皮肉松弛，半张的嘴角流出一股股口涎。

他一人闷闷不乐地去酒店喝酒，他想惹点事，最好有人讨厌他，跟他过不去，他就有事干了。打上一场，那人敢跟他拼刀子更好。

酒店只有一个老头在喝酒，苍蝇在他头顶飞来飞去。塔贝进去后，带着挑衅的神气坐在他对面。一个包花头巾的农家姑娘取一只玻璃杯放在他桌前，斟满酒。

"这酒像马尿。"他喝了一口大声说。

没有人回答。

"你说像不像？"他问老头。

"要说马尿，我年轻时喝过。那真正是用嘴对着公马底下那玩意儿喝的。"

塔贝得意地笑起来。

"为了把我的牛羊从阿米丽尔大盗手中夺回来，我从格则一直追到塔克拉玛干沙漠。"

"阿米丽尔是谁？"

"嘿，那是几十年前从新疆那边来的一支强盗的女首领，是哈萨克人，在阿里和藏北一带赫赫有名。一个万户数不清的牛羊群在一夜之间就从草原上带走，第二天从帐篷出来一看，白茫茫一片，留下的只有数不清的蹄印，连噶厦政府派出的藏兵也制不了她。"

"后来？"

"刚才你说马尿。是哪，我背着叉子枪，骑马追我的牛羊，在那大沙漠里，就是那几口马尿救了我的命。"

"再后来？"

"再后来，女首领要留我，留我给她当……"

"丈夫？"

"羊倌。我是万户的儿子啊！她娘的长得真漂亮，她简直是太阳，谁都不敢对直看她一眼，我逃了回来。你说说，我除了地狱和天堂，还有什么地方没去过？"

"我要去的地方你就没去过。"塔贝说。

"你准备去哪儿？"老头问。

"我，不知道。"塔贝第一次对前方的目标感到迷惘，他不知道该继续朝前面什么地方去。老头明白他的心思。

老头指着他身后的一座山说："谁也没有往那边去过。我们甲村以前是驿站，通四面八方，可就是没人往那边去。1964年的时候，"他回忆起来，"这里开始办人民公社，大家都讲走共产主义道路，那时没有几个人讲得清楚共产主义是什么，反正它是一座天堂。在哪儿，不知道。问卫藏的来人，说：没有。问阿里的来人，说，没有。康藏的人也说没看见。那只有喀隆雪山没人去过。村里就有几个人变卖了家产，背着糌粑口袋，他们说去共产主义，翻越喀隆雪山，从此没有回来，后来，村里人没一个再去那边，哪怕日子过得再苦。"

塔贝用牙咬住玻璃杯口，翻起眼看他。

"但是我知道有关喀隆雪山下的一点秘密。"老头眨眨眼。

"说吧。"

"你准备去那边吗？"

"也许。"

"爬到山顶，你会听见一种奇怪的哭声，像一个被遗弃的私生子的哭声，不要紧，那是从一个石缝里吹来的风声。爬完七天，到山顶时刚好天亮，不要急着下山。太阳下，雪的反光会刺瞎你的眼，等天黑后再下山。"

"这不是秘密。"塔贝说。

"对，这不是秘密。我要说的是，下山走两天，能看见山脚下时，那底下有数不清的深深浅浅的沟壑。它们向四面八方伸展，弯弯曲曲。你走进沟底就算是进了迷宫。对，这也不是什么秘密，别打断我的话，你知道山脚为什么有比别的山脚多得多的沟壑吗，那是莲花生大师右手的掌纹。当年他与一个叫喜巴美如的妖魔在那里混战一百零八天不分胜负，大师施出种种法力未能降伏喜巴美如。当妖魔变成一只小小的虱子想使对手看不见时，莲花生举起了神奇的右手，口中高声念诵着咒经，一巴掌盖向大地，把喜巴美如镇到地狱中，从此在那里留下了自己的掌纹。凡人只要走到那里面就会迷失方向。据说在这数不清的沟壑中只有一条能走出去，剩下的全是死路。那条生路没有任何标记。"

塔贝神情严肃地看着老头。

"这是一个传说，我也不知道走出去以后前面是个什么世界。"老头摇摇头，咕噜道。

塔贝准备去那边了。老头后来向他提出要求，请他将婗留下。他家有个儿子，最近刚买了一台拖拉机。现在家家都想买拖拉机。大清早，隆隆的机器声掩盖了千百年雄鸡的打鸣声。道路上的马车和毛驴被挤到了边上，人们喝着从雪山流下的纯洁透明的溪水时，也嗅到一股淡淡的柴油气味。老头自己经营着一座电机磨房，老伴耕种着十几亩田地。前不久，老头还去大城市出席了一个"治穷致富先进代表大会"，领到奖状和奖品，报纸上也登过他的四寸大照片。他们世世代代没像现在这么富裕过，也世世代代没像现在这么忙碌过。需要一个操持家务的媳妇。说话的时候，他儿子进来了，掏出一叠花花绿绿的钞票，想在外乡人面前炫耀。儿子戴着电子表，腰间挂着小巧的放声机，头上戴着耳机，他随着别人听不见的音乐节奏扭着舞步，真是把城里公子哥儿的派头学到家了。塔贝对此无动于衷，只是门外停着的那辆没熄火的手扶拖拉机的突突声牵动了一下他的心弦。他起身走向拖拉机，摸摸扶手。

"好的，婗留给你了。"塔贝说。

小伙子大概刚从婗那里得到了一点什么，笑眼朦胧。

"我能坐坐你这玩意儿吗？"塔贝问。

"当然，半个小时保你会开。"小伙子上前教他操作常识，教他怎样控制油门，教他怎样换档、离合器怎样配合。怎样起步和刹车。

塔贝慢慢开动了拖拉机，行驶在黄昏的乡村土道上。婗在一旁看着他。她要留下来了。她愉快地流着眼泪。这时后面开来一辆速度很快的带拖斗的铁牛拖拉机，塔贝不知道怎么办。旁边是条浅沟，小伙子在后面高声喊他开进沟里。塔贝从驾驶座跳到了路中间，手扶拖拉机自己慢慢溜进了沟里。他被来不及刹车的"铁牛"后面的拖斗撞倒在地。大家全围上前。塔贝爬起身，拍拍土。他的腰部被撞了，他说没什么，一点事也没有。大家松了口气。

塔贝要走了。他第一次摆弄机器就被它咬了一口。他抱住婗，跟她行了个碰头礼，往喀隆雪山那边去了。到夜晚时，果然下了场雨。村里人高高兴兴唱起歌。塔贝离开甲村，一人进了山。在半路上，他吐了一口血，他的内脏受了伤。

　　小说到此结束。
　　我决定回到帕布乃冈，翻过喀隆雪山，去莲花生的掌纹地寻找我的主人公。
　　从甲村翻过喀隆雪山到掌纹地的路途比我预料的要遥远得多。雇的一匹骡子在途中累倒了。它卧在地上，口中流着白沫，用临死前那样一种眼光看着我。我只得卸下它驮的包囊背在自己身上，在它嘴边放了几块捏碎的压缩面包。一翻过喀隆雪山，首先听见海啸般轰轰的巨响，山下的雪堆像云朵般上下翻卷，脚下的雪粒像急流的河水。但是我的整个身体一点没感到风的吹动，空气就像无风的冬夜一样寒冷而静谧。我戴着防护镜，所以用不着等到天黑才下山。整个山面是被厚雪覆盖的一片平滑的大斜坡，看上去没什么凸凹障碍，我背着囊包走Z形缓慢下山。沉重的囊包从背上慢慢坠到腰间，就在我收腹挺胸耸肩想把囊包提起来时，由于猛烈的失重，脚下站立不稳，一个跟头朝前跌倒。我知道已经无法再站起来，身体正快速往下滑动，于是手脚抱成一团，接着天旋地转向山下滚去。
　　万幸的是，还没掉进雪窝里去。等我醒来，已躺在平整松软的雪地上，我已到了山脚，向上望去，在雪坡中一道深深的条痕通到高处雪雾飘渺的空间。
　　在山顶时我看了一次表，时间是九点四十六分，此刻再次看表时，指针却指向八点零三分。走下雪线便进入草苔地带，再往下是草地，高寒灌木丛，小树林，接着是一片大森林。穿出森林，树木植物又渐渐稀少，呈现出光秃秃的荒凉的山石、空坝。整个途中，我不时地看表，把心里估计的时间和表上的时间不断加以对照，计算一番后得出了结论：翻过喀隆雪山以后，时间开始出现倒流现象，右手腕上这块精工牌全自动太阳能电子表从月份数字到星期日历全向后翻，指针向逆方向运转，速度快于平常的五倍。
　　越往前走，映入视觉中的自然景象也越来越产生了形的异变：一株株长着卵形叶子、枝干黄白的菩提树，根部像生长在输送带上一样整整齐齐从我眼前缓缓移过。旁边有座古代寺庙的废墟。在一片广阔的大坝上走来一只长着天梯般长脚的大象。它使我想起了萨尔瓦多·达利的《圣安东尼的诱惑》，我小心翼翼避开这一切，加快脚步，并不回头再望一眼。一直走到蒸腾着热气的温泉边才歇息一会儿。我实在太累了，但不敢睡，我知道一旦合上眼皮，将永远长眠不醒了。透过温泉的热气,前面有些不知哪个时代遗弃在这里的金马鞍、弓箭铁矛、盔甲、转经筒和法号,还有破布条的黄旗,这里很像是一个古战场。如果我不那么累的话,我会走过去仔细看看,也许能考证出《格萨尔》史诗中所描写的某一战场是在这里。现在我只能坐在一旁远远地观看。这些金属被温泉长时间的高温熔化了,软绵绵摊在那里,失去了视觉上的硬度感,有的已无法辨认出它本身的形状,变成稀释的物质四处流溢,颇有规律地排列组合成像玛雅文字一样难解的符号。起先我怀疑眼前这一切物象是由于患上了孤独症而错误地感知外界客体产生形的变异,但马上又排斥了这个想法,因为我大脑的思维是有逻辑性的,记忆力和分析能力都良好。太阳自始至终由东向西,宇宙不管怎样还是在按照自身的规律存在和运动。虽然白昼和黑夜交替出现,但由于手表上的指针继续向反时针方向作快速运行,日历和星期月份牌不断向后翻,这使我心理上产生一种体内生物钟的紊乱,甚至身体出现失重现象。

等我从一个黎明醒来,发现自己睡在一块高大无比的红色巨石下面。我是在一个呈放射型向前延伸的数不清沟壑的汇聚点上。一定是这又凉又潮的寒意把我冻醒了,加上从四处沟底吹来的风更冷得我牙齿打颤。我急忙攀上眼前一面乱石突出的沟壑,探头一看,前面是一望无际的地平线,我已经到了掌纹地。数不清的黑沟像魔爪一样四处伸展,沟壑像是千旱千百年所形成的无法弥合的龟裂地缝,有的沟深不见底。竟然找不到一棵树,一根草。一片蛮荒。它使我想起一部描写核战争电影的最后一个广角镜头:在世界末日的焦土上,一东一西两个男女主人公慢慢抬起头,费力地向对方爬去,最后这两个世界上惟一的幸存者终于爬到一起,拥抱。苦难的阳光。定格。他们将成为又一对亚当和夏娃。

扎妥·桑杰达普的躯体早已被火葬。大概有人在烫手的灰烬中拣到了几块珍宝般的舍利。我的主人公却没有在眼前出现。

"塔——贝!你——在——哪——儿?"我放开声音喊叫,我觉得他走不出这块地方。声音传得很远,却没有一点回音。

不一会儿,我便看见了奇迹:一二公里外的前面出现了一个黑点。我沿着垄沟朝前飞跑,一面喊着我的主人公的名字。等我看清时,惊讶得站住了:是嫦!这是我万万没预料到的。

"塔贝要死了。"她哭哭啼啼走过来说。

"他在哪儿?"

婛把我带到她身边的沟底下。塔贝躺在地上,他脸色苍白,憔悴,沉重地呼吸着。沟边长着苔藓的石缝里滴着水,在地上积成个小水洼,婛不停地用腰带蘸一点水,滴在他半张的嘴里。

"先知,我在等待,在领悟,神会启示我的。"塔贝睁眼看着我说。

"他腰上的伤很严重,需要不停地喝水。"婛在我耳边低语。

"你为什么没留在甲村?"我问。

"我为什么要留在甲村呢?"她反问。"我根本没这样想过。他从来没答应我留在什么地方。他把我的心摘去系在自己腰上,离开他我准活不了。"

"不见得。"我说。

"他一直想知道那是什么。"婛指着我身后,我回过头,从沟底往回望去,这是一条笔直的深沟,一直可见到头,前面那座红色巨石正是我昨晚过夜的地方。现在才看清,红色的心脏上刻着一个雪白的"弓"。站在红石下仰起头是无法看见的。"弓"通常是喇嘛念"唵吗呢叭咪哞"六字真言一百遍时要喊出的一个音节。它刻在红石上。据我所知,要么,就是此地是神灵鬼怪出没的地方,要么,这里曾埋葬过一位伟人的英灵,在从江孜到帕里的一个名叫曲米新古河边的一块岩石上也刻着这样一个"弓"。那是为纪念一九〇四年为抵抗英国人的侵略在那里献身的藏军首领二代本拉丁而刻的。但这一切我觉得没有对塔贝再解释的必要。

此时此刻,我才发现一个为时过晚的真理,我那些"可爱的弃儿"们原来都是被赋予了生命和意志的。我让塔贝和婛从编有号码的牛皮纸袋里走出来,显然是犯了一个不可弥补的错误。为什么我至今还没塑造出一个"新人"的形象来?这更是一个错误。对人物的塑造完成后,他们的一举一动即成客观事实,如果有人责问我在今天这个伟大的时代为什么还允许他们的存在,我将作何回答呢?

怀着最后的一丝侥幸心理,我俯在塔贝耳边,轻声细语地用各种他似乎能理解的道理说服他,使他相信他要寻找的地方是不存在的,就像托马斯·莫尔创造的《乌托邦》,就那么一回事。

晚了,在他生命的最后一刻要让他放弃多少年形成的信仰是不可能了。他翻了个身,将脑袋贴在地面。

"塔贝,"我说,"你会好起来的,你等我一会儿,我的东西全放在那边,里面还有些急救药……"

"嘘!"塔贝制止住我,耳朵贴紧冰凉潮湿的地面,"你听!听!"

好半天,我只听见自己心律跳动中出现的一点微弱的杂音。

"扶我上去!我要到上面去!"塔贝坐起身,挥舞着手喊道。

我只得扶起他。嫄先爬到沟上面,我在下面托住塔贝,他身体居然很沉。我扛着他,一只手小心护着他腰,另一只手扭住锋利突出的岩石块,一点点把他往上托。两只脚踩在外凸的石块上。攀石的那只手被划了一下,先是麻木,接着灼痛,热呼呼的血流了出来,顺着胳膊流到衣袖里。嫄趴在上面,伸下两只手夹住了塔贝的胳肢窝。一个在上面拽,一个在下面托,费好大的劲才把他抬上沟来。太阳正要从地平线上升起,东边辉映着一派耀眼的光芒。他贪婪地吸了一口早晨的空气,眼睛警觉地四处搜寻,想要发现什么。

"它说的是什么,先知?我听不懂,快告诉我,你一定听懂了,求求你。"他转过身匍匐在我脚下。

他耳朵里接收的信号比我早几分钟,随后我和嫄都听见了一种从天上传来的非常真实的声音。我们注意聆听。

"是寺庙屋顶的铜铃声。"嫄喊道。

"是教堂的钟声。"我纠正道。

"山崩了,好吓人。"嫄说。

"不,这是气势庞大的鼓号乐和千万人的合唱。"我再次纠正道。嫄困惑地看我一眼。

"神开始说话了。"塔贝严肃地说。

这次我没敢纠正。是一个男人用英语从扩音器里传来的声音。我怎么也不能告诉他,这是在美国洛杉矶举行的第二十三届奥林匹克运动会的开幕式,电视和广播正通过太空向地球上的每一个角落报送着这一盛会的实况。我终于获得了时间感。手表上的指针和日历全停止了,整个显出的数字告诉我:现在是公元一千九百八十四年七月,北京时间二十九日上午七时三十分。

"这不是神的启示,是人向世界挑战的钟声、号声,还有合唱声,我的孩子。"我只能对他这样讲。

不知他听见没有,或者他什么都明白了。他好像很冷似地蜷缩起身子,闭上眼,跟睡着了一样。

我放下塔贝,跪在他身边,为他整理着破烂的衣衫,将他的身体摆成一个弓形,由于我右手上的血沾在了他衣衫上,这使我感到很内疚。是我害了他,也许,这以前我曾不止一次地将我其他的主人公引向死亡的路。是该好好内省一番了。

"现在,只剩下我一个人了。"婕可怜巴巴地说。

"你不会死。婕,你已经经历了苦难的历程,我会慢慢地把你塑造成一个新人的。"我仰面望着她说,我从她纯真的精神中看见了她的希望。

她腰间的皮绳在我鼻子前晃荡。我抓住皮绳,想知道她离家的日子,便顺着顶端第一个结认真地往下数:"五……八……二十五……五十七……九十六……"

数到最后一个结是一百零八个,正好与塔贝手腕上盒珠的颗数相吻合。这时候,太阳以它气度雍容的仪态冉冉升起,把天空和大地辉映得黄金一般灿烂。

我代替了塔贝,婕跟在我后面,我们一起往回走。时间又从头算起。

(原载《西藏文学》1985年第1期,《民族文学》
1985年第9期转载并作了少许改动)

点评

"我"笔下的两个藏族男女从纸袋子里走出来,去全世界寻找。然而,前方在哪里,终点在哪里,他们却一无所知。他们只是一路行走,一直向前,遇到了各种的村子和各样的人物,彼此却越来越血肉相连密不可分。他们似乎是生活在最原始社会里的亚当和夏娃,蒙昧,原始,未改初衷,现代文明围绕在他们身边,距离他们却十分遥远。而在第一次驾驭文明的代表性事物拖拉机时,塔贝便遭受了严重的内伤,最终倒在了翻越喀隆雪山的路途上。"我"走进了小说,代替了塔贝,继续带领婕上路。塔贝在弥留之际听到的天上的福音却是洛杉矶奥运会开幕的声音。蛮荒原始与现代文明始终绞缠在一起,既相互冲突排斥,又彼此交融。就像小说中人物的生存状态一样,保持着原始的活力和动力,然而目的地和归宿却在虚无缥缈间。

谌容（1936— ）

当代女作家。原名德容。湖北汉口人，祖籍四川巫山县。代表作有《减去十岁》《人到中年》《懒得离婚》等。

减去十岁

一个小道消息，像一股春风在办公楼里吹拂开来：

"听说上边要发一个文件，把大家的年龄都减去十岁！"

"想的美！"听的人表示怀疑。

"信不信由你！"说的人愤愤然拿出根据，"中国年龄研究家经过两年的调查研究，又开了三个月专业会议，起草了一个文件，已经送上去了，马上就要批下来。"

怀疑者半信半疑了：

"真有这样的事！？那可就是特大新闻啦！"

说的人理由充足：

"年龄研究会一致认为：'文革'十年，耽误了大家十年的宝贵岁月。这十年生命中的负数，应该减去……"

言之有理！半信半疑的人信了：

"减去十岁，那我就不是六十一，而是五十一了，太好了！""我也不是五十八，而是四十八了，哈哈！"

"特大喜讯，太好了！"

"英明，伟大！"

和煦的春风，变成了旋风，顿时把所有的人都卷进去了："听说了吗？减去十岁！"

"千真万确，减去十岁！"

"减去十岁!"

人们奔走相告。

离下班还有一小时,整幢楼的人都跑光了。

六十四岁的季文耀回到家,一进门就冲厨房大喊:"明华,你快来!"

"怎么啦?"听见丈夫的声音,方明华忙跑了出来,手上还拿着择了半截的菠菜。

季文耀站立在屋子当中,双手叉腰,满面春风。听见妻子的脚步声,他腾地扭过头来,两眼放出炯炯的光芒,斩钉截铁地说:

"这间屋子该布置布置了,明天,去订一套罗马尼亚家具!"方明华惊疑地走上前去,压低了声音问道:

"老季,你疯了。就那么几千块存款,全折腾了,赶明儿……""瞎,你知道什么!"老季脸红脖子粗地叫道,"我们要重新生活!"

儿子、女儿不约而同从各自的房间跑了出来,爸爸高声的宣言他们都听见了:这怎么回事,老头子又发什么神经?

"去,去,没你们的事!"老季把探头探脑的儿子、女儿轰走了。

然后,他关上门,一反常态,跳上两步,抱住了老伴胖乎乎的肩膀。这几十年不曾有过的亲昵之举,比宣布买罗马尼亚家具更令老伴惊悸。她心想:这人准是出了毛病!这些日子为年龄过线、必须退下来的事,搞得他愁眉苦脸的。别说大白天没有这种表示热乎的举动,就是夜晚在床上也是自顾自唉声叹气,好像身边没这个人似的。今天这是怎么啦,六十岁的人了,学起电视剧里的镜头来,羞得她满面通红。

老季呢,他可啥也没觉得,一双眼睛像着了火,一个劲儿地在燃烧。他把木呆呆的老伴半搂半抱地拖到藤椅边,双手按她坐了下去,脸挨着她的耳朵,喜声喜气地小声说:

"告诉你一个绝密消息,马上就要发一个文件,我们的年龄都要减去十岁!"

"减——十——岁!"方明华手里的菠菜掉了地,两个大眼珠几乎瞪了出来,"我的妈!真的呀?"

"就是真的呀!马上就要发文件了……"

"哎呀！我的妈呀！亲娘呀！"方明华"噌"地站起，自己也不知怎么回事，双手抱住老伴瘦骨嶙峋的肩膀，就在那长长的颊上亲了一个短促的吻。这一着把她自己也吓着了，简直回归到三十年前了。老季略一愣神，拉起妻子的双手，两人连连在房中央转了三圈儿。

"哎哟，头昏，头昏！"直到方明华挣脱手，直拍厚厚的胸脯，才停止了这可能持续下去的快乐的旋转。

"怎么样？小华，你说我们该不该买它一套罗马尼亚家具？"老季理直气壮地望着显得年轻了的老伴。

"该！"她那一双大眼睛里闪烁着熠熠的光辉。

"我们该不该重新开始生活？"

"该，该！"她颤悠悠地应声，眼角渗出了泪珠儿。

老季一屁股坐在了小沙发上，闭了一会儿眼，脑子里五光十色的想法如潮水般涌来。忽地，他睁开眼，毅然决然地说：

"当然，个人的生活安排还是小事，主要是又有十年工作的机会。这回要好好干它一场了。机关里松松垮垮，要狠狠抓一下。后勤工作也要抓，办公室主任的人选本来就不合适。那个司机班，简直是老爷班，要整顿……"

他挥舞着胳膊，狭长的眼里放着不可遏制的兴奋的光芒：

"班子问题需要重新考虑。现在是不得已，矮子里拔将军。张明明这个人，书呆子一个，根本没有领导经验。十年，给我十年，我要好好弄一个班子，年轻化就要彻底年轻化，从现在的大学生里挑。二十三四岁，手把手地教它十年，到时候……"

小华对班子的重新配备兴趣不大，她憧憬着未来的美好生活。

"沙发，我想，也换换。"

"换嘛，换成套的，时髦的。"

"床，也要换一个软的。"她脸红了。

"完全正确！睡了一辈子木板床，也该换个软的开开洋荤了。"

"钱……"

"钱算什么！"季文耀高瞻远瞩，豪情满怀，"主要是多了十年时间哟，唉，这是花多少钱也买不来的呀！"

两人正说得情投意合、神采飞扬之际，女儿忽然推开了一条门缝，问道：

"妈，晚上吃什么呀？"

"啊，你随便做吧！"方明华心不在焉，早已把吃饭的事忘了个精光。

"不！"老季手一挥，宣布道，"今天出去吃烤鸭，爸爸请客。你和你哥哥先去占座，我和你妈随后就到。"

"啊！"女儿张开了小嘴，见父母喜气洋洋的样子，也就没多问，忙去叫哥哥。

兄妹俩忙着去烤鸭店，一路议论。哥哥说，可能是爸爸破格留任。妹妹猜，可能是爸爸提了级，拿到一笔什么钱。当然，他们谁也不可能猜到，减去十岁是比任何级别、官职都可贵千倍、万倍的啊！

家里老俩口的谈兴正浓。

"小华，你也该修饰修饰。减去十岁，你才四十八嘛。"

"我？四十八？"方明华做梦似的喃喃着，一种久已消失了的青春的活力，在她肥胖松弛的躯体里跳动，使她简直昏昏地不知所措了。

"明天去买件春秋大衣，米色的。"老季用批判的眼光打量着老伴紧绷在身上的灰制服，果断地、近乎抗议地说，"为什么我们就不能时髦时髦？看着吧，吃完饭我就去买件意大利式夹克衫，就像那个张明明穿的一样。他今年也四十九了嘛，他能穿，我就不能穿！"

"对！"方明华拢了拢满头失去光泽、干枯蓬散的花白头发说，"把头发也染染，花点钱去一趟高级美容店。哼，这些年轻人说我们保守，退回十年，我比他们还会生活呢……"

老季一跃站了起来，高声应道：

"对，要会生活。我们要去旅游。庐山、黄山、九寨沟，都要去，不会游泳也去望望大海。五十来岁，正当年，唉，我们哪，以前真不会生活。"

方明华顾不上感叹，自个儿盘算着说："这么说来，我减十岁，才四十九，还可以工作六年，我也得回机关去好好干。"

"你……"季文耀显得迟疑。

"六年，六年，我还可以工作六年。"方明华还在兴奋中。

"你嘛，你就不要工作了。"季文耀终于说道，"你的身体不好……，'

"我身体很好。"这一刻，方明华跃跃欲试，确实觉得自己身体很好。

"你又去上班，家里这一大堆事交给谁？"

"请个保姆嘛。"

"啊唷,现在这安徽帮,工作极端不负责任,把这个家交给她们怎么放心!"

方明华也有点犹豫了。

"再说,已经退下来就不要再给组织上增加麻烦了嘛,咹?如果退下来的老同志都要回去,那,那,那不就乱了吗?"季文耀想着不由得打了个寒噤。

"不行,我还有六年时间,我还能干。"方明华坚持说,"你要是不让我回局里,我可以调换工作。找个什么公司去当个党委书记,或者副书记,怎么样?"

"这个……现在这些公司五花八门,太杂。"

"杂,才要加强领导嘛,做思想政治工作,还得靠我们这些老家伙。"

"那好吧。"

老季的点头,就好像是组织部长同意了似的,方明华快乐地叫了起来。

"那可太好了!这个研究会真是知人心啊!减去十岁,从头开始,连做梦都没有想到啊!"

"想到了,我想到了,连做梦都想到了!"季文耀又振奋起来,慷慨激昂地叫道,"'文化大革命'夺去了我十年青春。十年,十年哪,能干多少事情?白白地浪费了,只留下一头白发,一身疾病。这个损失,谁来补偿?这个苦果,凭什么要我来吞咽?还我青春,还我十年,这个研究会干得好,早就该这么干了。"

方明华怕勾起丈夫对往日痛苦的回忆,忙笑着把话扯开:

"好了,走,吃烤鸭去!"

四十九岁的张明明心里不是滋味。是喜?是忧?是甜?是苦?连他自己也说不清楚。好像什么滋味都有,什么滋味都不是。

减去十岁,他高兴。作为一名搞科研的专业干部。他知道时间的珍贵。特别是对他这样一个年近半百的中年知识分子,能追回十年光阴,真是天赐良机。看看国外的资料:二十多岁取得科研成果,在国际会议上一纸论文倾倒全球,三十多岁在某个领域里遥遥领先,被公认是国际权威人士,这样的先例比比皆是。再看看自己,大学里的学习尖子,导师眼里的俊才,基础不比别人差。只可惜生不逢时，被打发去修理地球。待重新捡起泛黄的技术资料，早已觉得眼也生、脑也空、手也抖了，现在，突然补回十年时间，一切都可以重新开始了。倘若更加勤奋些，科研条件更好些，少为扯皮、跑腿耽误工夫，那么，他可以把十年时间变成二十年，可以在攀登世界科学技术高峰的征途上大显身手。

他高兴，同其他人一样高兴，甚至比其他人更高兴。

可是，他的同事拍拍他的肩膀说：

"老张，你高兴什么？"

"怎么啦？"他不知道，为什么他不该高兴。

"减去十岁，季文耀今年五十四，他不会退了，你的局长也吹了。"

是啊，是啊，减去十岁，季文耀不会退，他也不愿意退，正好留在局长的位子上。自己呢？当然就当不上局长，还是个工程师，还搞自己的科研项目，还钻在实验室和图书馆里……可是，前天部里刚把自己找去，说是老季过线了，这回要退下来，局里的工作决定让我……这，这还算不算数呢？

他确实不想当官。在他的履历表上，最高的职务是小组长，最高的政治阅历是召集过小组会。他从来没有想到自己的名字会同任何官衔连在一起，更不用说同"局长"这么高的官衔连在一起。他从小就是个"书呆子"。"文化大革命"中是个"走白专道路的修正主义苗子"。粉碎"四人帮"以后，更是一头扎进实验室，整天不跟人说一句话。

可是，七搞八搞，不知怎么搞的，选拔第三梯队的时候，把他选上了。几次调整班子搞民意测验，他都名列前茅，就像他上学读书时总考前三名一样。这一次，部里找去谈话，似乎已经铁板钉钉了。就这样，他心里还是不明白：自己曾经在什么场合、在什么事情上，表现出了领导才能，以至得到上级的垂青和群众的拥戴？想来想去，他觉得十分惭愧。他从没有行政工作的才能，更何况领导才能？

他的妻子薛敏如是个貌不惊人、才不出众的贤妻良母。对丈夫的事情，乃至丈夫机关里的是非纷争，都能洞若观火。薛敏如说：

"正因为你缺乏领导才能，所以才把你选到领导岗位上。"

张明明始而愕然：这是什么怪话？继而一想：似乎也有点道理。或许正因为自己缺乏领导才能，没有主见，不参与高位的逐鹿，也容易使各方面放心，结果就得到了这样的机遇。

当然,"反对派"也是有的。据说有一次局党组开会,为了张明明的"问题"争了一下午。争的什么,他不清楚。自己有什么"问题",他也不清楚。只觉得从此之后他就变成了一个"有争议的人"。而这个"争议",只有到他出任局长那一天才算统一了,他的"问题"才算澄清了。

就在这种不断的民意测验和不断的争议中,张明明渐渐地习惯了自己的角色,习惯了被人们看做是即将"高升"的人,也习惯了被人们认为是"有争议的人"。甚至有时还朦朦胧胧地觉得,或许自己真的是可以当好这个局长的,尽管自己从来没有当过。

"当就当吧,"敏如说,"反正也不是你自己争的。当上局长,起码上下班不用挤公共汽车了。"

可是,现在又当不成了。遗憾吗?有一点,也不全是。还是那句话:不知什么滋味。

带着这种茫然之感,张明明回到家里。

"回来了?正好,菜刚炒好。"薛敏如转身走进厨房,端出一荤一素一碗榨菜鸡蛋汤,荤的不腻,素的碧绿,十分诱人。

妻子是治家能手,温柔体贴,心灵手巧。三年困难时期,东邻西舍,不是肝炎,就是浮肿。薛敏如粗粮细做,肉骨头熬汤,西瓜皮做菜,保得了一家安康。如今农贸市场开放,鱼肉提价,谁家不说"吃不起"。敏如自有一套"花钱不多,吃得不错"的采购方法和烹调绝技。看到这可口的饭菜,张明明洗了手,坐到桌边,立刻拿起筷子来。

"芹菜很嫩。"张明明说,"价钱不贵吧?报上说,多吃芹菜降血压。"

薛敏如笑而不答。

"榨菜也是好东西,汤里搁上一点,鲜极了。"

薛敏如仍是笑而不答。

"笋干菜烧肉……"张明明还在赞美这顿家常晚饭,好像他是一名美食家。

薛敏如笑了笑,打断他的话问道:

"你今天是怎么啦?出了什么事?"

"没有啊,什么事也没有哇!"张明明做出很吃惊的样子,"我正在说你的菜做得好……"

"你天天吃,从来不说好坏,今天是怎么啦?"薛敏如还是笑着。

张明明有点招架不住了：

"从来不说，所以今天要说……"

"得了吧，你心里有事瞒着我。"聪明的妻子一语道破。

张明明叹了口气，把筷子放下了：

"不是有事瞒你，是我自己也说不清楚，不知怎么告诉你才好。"

薛敏如得意地笑了，别瞧丈夫是个搞科研的专业干部，他的专业知识高深莫测，但在察言观色这一行中，在心理分析这一门里，他永远是自己手下的败将。

"不要紧，你说说看。"薛敏如像一个耐心的老师鼓励学生似的。

"今天有一个消息：马上要公布一个文件，人人减去十岁。"

"不可能。"

"真的。"

"真的？"

"真的。"

薛敏如想了想，水汪汪的大眼睛望着他，笑道：

"你的局长当不上了。"

"当不上了。"

"心里不好受？"

"不是不好受。我也说不清楚，反正不是滋味。"

张明明拿起筷子，扒拉着碗里的米粒儿，又说：

"本来，我就不是当官的料，我也不想当这个官。可是，这几年叫他们闹腾的，好像这个局长的位置就该我来坐了。可，现在忽然又变了，心里总有那么点……"

他找不到恰当的词儿。

薛敏如干干脆脆地说：

"不当就不当。不当才好呢。你以为局长是好当的？"

张明明抬起头来望着妻子。她决断之果敢，语气之坚决，使他吃惊。前些日子，当他告诉她，自己马上要当局长时，她也曾高兴过一阵，而且是由衷地高兴。她说过："你看你，也没争，也没抢，局长的桂冠就加在你头上了。"现在，桂冠落地，她一不心疼，二不气恼，好像从来没有这回事。

"局长,局长,一局之长,事无巨细,都找到你头上来,你受得了吗?"她又说,"分房子,评职称,发奖金,人事纠纷,财务账目,子女就业,孩子入托……都要你管,你管得了吗?"

是啊,谁管得了这么多!

"你还是搞你的专业吧!补给你十年时间,你在专业上的成就就大不一样了……"

是啊,是啊,那真大不一样了。

张明明觉得气顺了,心里平静了。一种轻柔、温馨、美好的感情油然而生。

这一晚上床睡觉时,他觉得会睡得很好。可是,半夜时他还是醒了,心里仍然有一点遗憾,有一种失落的感觉。

三十九岁的郑镇海骑车一口气冲出大楼回到家,把那件旧灰褂子一脱摔在了椅子上。他觉得浑身有使不完的劲儿。这一减十岁,似乎有许多重要的事情需要立即动手去干。

"喂!"他喊了一声,屋子里竟没人答应。十岁的儿子照例在胡同里疯玩儿,老婆呢,也没像平日那么应一声,她哪儿去啦?串门去啦儿?哼!这还像个家吗?

自己制作的小沙发比例不对头。人坐上去脊背够不着椅背,扶手低,坐垫高,胳膊搁上去别说不舒服,还怪累得慌。都是她看人家有了沙发眼馋,没钱买死活要自个儿做。小家子气!其实,家家都摆这么一套沙发,像干部服似的,别提多闷气了。小市民!

是啊,当时怎么就找了她!瞧她那一家人吧,除了吃喝穿戴、工资外快,不谈别的,庸俗透顶。家教最重要。她简直跟她妈一个模子刻的,说起话来粗声粗气,生一个孩子就胖得像个桶,要长相没长相,要身材没身材,要性格没性格。唉,当初怎么就找了她!

嘻!都是那会儿瞎着急,眼瞅着已近而立之年,还是光棍一条,饥不择食。这回,这回减去十岁,才二十九!那可得认真考虑考虑这问题。昨天就为买了条好烟,她又喊又跳的,还威胁日子没法过了,要离婚。离婚?!离就离!二十九的男青年,找对象最合适的年龄,还怕找不着个水葱儿似的大姑娘,二十二三刚毕业的学生,文文雅雅的,又现代派。大学生配大学生,她才是一个中专的半瓶子!真是悔不该当初!

是要重新安排一下生活。不能这么窝窝囊囊地将就下去了。这人,她上哪儿去了呢?

这人,下了班,冲出大楼,就直奔了妇女服装商店。

减去十岁,振奋得月娟心花怒放,想入非非。一个差一岁就四十的女人,忽然折回去成了二十九岁的年轻女郎,这对她,真是喜从天降,是用世上一切值钱的东西都无法衡量的宝物啊!二十九多光明!她低头一看自己那一身毫无色彩、毫无魅力、死气沉沉的服装,禁不住一阵彻骨的伤心愤恨。她一口气跑进商店,噔、噔、噔直奔时装展销专柜,两眼扫描器似的在悬挂着的一件件耀眼的连衣裙上扫过。突然,一件大红镶白纱皱边的连衣裙击中了她。她请女售货员拿来试一试。青春年少的女售货员上下打量了她一眼,脸上没有一丝柔和的情状,整个儿脸像冰冷的石头雕出来的。这冰冷的后边就是无言的轻蔑。

怎么?难道我不配穿这个?月娟心里憋着一股气,就像她近几年去买衣服时常有的心情一样:好不容易相中了一件,镇海总规劝她:"你穿这样的不合适,显得太年轻了。"太年轻了有什么不好?像个老太婆才好!常常是衣服没买成,生一肚子气,回家还得斗一宿嘴。遇上他这号的保守派算是倒一辈子霉!

别跟这售货员一般见识,买东西,我给钱,你拿货,管你屁事!小妞儿懂什么,她知道就要发文件了吗?二十九的人怎么不能穿这个?中国人就是保守,人家国外的老太太越老越俏,八十岁还穿红着绿的呢。衣服穿我自己身上,碍你的事啦?你死眉瞪眼,我也得买!

给了钱,月娟当时就进试衣室穿上了。她照了照那个窄条的镜子,发胖的身子紧箍在大红的连衣裙里,火红的一片,显得面积大了些,但非常热烈够劲儿。唉,没有办法,慢慢减肥吧。年龄可以减去十岁,上级一个文件就解决了。体重减去十斤,那可得自己下苦功夫。动物脂肪早已戒绝,淀粉食品也降到最低限度,连水果都不敢多吃,还怎么减肥呢?

她呼哧呼哧地回到家,推开门,像一团火似的蹿进屋,吓得郑镇海倏地从沙发上跳起来:

"你这是怎么啦?"

"什么怎么啦?"

"哪儿,哪儿去弄了这么身衣服?"

"买的。怎么样?"月娟拎起连衣裙的下摆,做了一个时装模特儿的转身动作，脸上露出不可抑制的媚笑。

郑镇海兜头一盆冰水泼来：

"别以为红的绿的就好看，分穿在什么人身上。"

"穿在我身上怎么啦？"

"穿这个，这，合适吗？是穿这种裙子的年纪吗？你想想自己多大岁数了？"

"我想了，想好了才买的。二十九！二十九正是打扮的年纪"

"二十九？"郑镇海一时又蒙了。

"不错，二十九。减去十岁，二十九，还差一个月呢。我偏要穿红，我偏要穿绿！"月娟手舞足蹈，俨然像一名流行歌星，在舞台上扭扭捏捏半痴半傻地跑来跑去。

她，她，她这么大岁数，这么粗的腰，她，她减去十岁就这样儿，叫人目不忍睹。郑镇海闭了闭眼，猛地睁开，瞪着她说：

"上级发文件减去十岁，是方了更好地调动干部的青春活力，更好地干'四化'，不是为了穿衣打扮！"

"穿衣打扮碍着'四化'啦？"月娟跳了起来，"哪份文件说不准穿衣打扮了？你说！"

"我是说，打扮也得看看自己的实际情况，自己的身材……"

"我身材怎么了？"一语戳到痛处，月娟不依不饶了，"实话告诉你。你嫌我胖，我还嫌你瘦呢，瞧你瘦得小鸡子似的，头上的皱纹像电车道，走三步路就喘。咳，当初我图什么，不就图个知识分子吗！跟着你，啥政策也落实不到头上，就担了个知识分子的虚名儿。要穿没穿的，要住没住的。怎么着？如今我二十九，早着呢，到大街上随便找个个体户，管他卖糖葫芦卖花生米，哪个不比你强？"

"你，你有本事找去！"

"简单得很，今儿离了明儿我就找人登记去！"

"离，离就离！"

这句话可捅了大娄子。平常日子，"离婚"二字，是月娟的专用名词，三天两头挂在嘴上，郑镇海从不敢借用。今天这死鬼吃了豹子胆，居然敢提离婚，这还了得？

全是这破研究会闹腾的！月娟气鼓鼓地一头朝郑镇海撞去，嘴里骂道：

"减了十岁，你骨头就轻了，就你那样儿想离婚，门儿也没有。"

"减了十岁，你以为世界就属于你了，妄想！"

"小林，明天文化宫有舞会，这儿有你一张票。"工会的李大冲林素芬招手。林素芬理也没理，三步并作两步，冲出了机关大楼。

减去十岁，林素芬才十九。摘去了"大女"的帽子。一个含放的少女，还用得着工会操心？还用得着婚姻介绍所的帮还用得着到组织的舞会上去找伴？统统一边去吧！

二十九岁的老姑娘，走到哪儿，哪儿都投来叫人难以忍受的光：怜悯、讥讽、戒备、怀疑……怜她茕茕孑立，形影相吊；眼界过高，自误终身；戒她神经过敏，触景伤情；疑她歇斯底里，性格变态。一天中午，她在开水炉前冲了一碗方便面，还卧了两个鸡子儿，就听得背后有人说话：

"还挺会自我保养！"

"心理变态。"

她的眼泪直往心里流。难道，二十九岁的姑娘中午不去食堂，自己卧两个鸡蛋就是心理变态？这是哪本心理学上的论点？就连挚友的关怀，也三句话离不开"找个对象一块儿过吧"。好像二十九岁还没嫁人就犯了弥天大罪，就成了众矢之的，就该让人家当成谈话资料。茶余饭后，颠来倒去，在众人的舌头上滚滚去，使灵魂不得安宁。人生在世，难道除了快嫁人，快找男人一块儿过，就再也没有更重要、更迫切的事情了？可悲，可恨，可恼，可笑。

这一下，解放了。姑娘今年十九，你们统统闭上嘴吧！仰头望着晴朗的蓝天，那朵朵白云仿佛变成了条条的小手绢，顷刻间堵上了一切好事者的嘴。多痛快呀！小林昂首挺胸，目不斜视，步履轻快，一阵风似的扑向存车棚，推着她那辆"飞鸽"，自己也像只自由的鸽子似的飞出了大门。

下班时间，行人如潮。国营商店、大集体、个体户小铺，一家挨着一家。流行歌曲，此起彼伏。"我爱你……""你不爱我……""我的生活不能没有你……""你心中根本没有我……"什么词儿？统统见鬼去吧！

爱情，不再是急待脱手的陈货。十九岁，有的是时间，有的是机会。当务之急是学习，充实自己，提高自己。有了真才实学，能够有益于社会，能够造福于人民，才会得到社会的尊重，才活得充实，过得有意义。到那时，爱情自己来到身边,她当然不会拒绝。但那该是一种悄悄的爱、朦胧的爱、深沉的爱。

考大学,一定要考上大学。十九岁,正是上大学的年纪,再也不能荒废了。电大夜大,弄得好,可是混张文凭。可毕竟不是正规大学,哪能赶上北大清华?这一辈子,毁就毁在学业荒废上。严格说来,只是初小程度,小学四年级就赶上了那场"革命",在胡同里跳了几年猴皮筋就高小毕业了。上了中学,坐在教室里如坐飞机,老师教的十之八九不明白,晕晕乎乎,糊里糊涂照样毕了业。插队落户,劳动锻炼,学的一点点知识也还给老师了。"革命"完毕,回城待业,没着没落。好不容易进了局里的劳动服务公司,还是个大集体。这本账如此算来,好像生活中剩下的,就只有一件事了——找个对象成家,生孩子,洗尿片,油盐酱醋,买粮食,换煤气,吵架斗嘴,了此一生。

一生就这么交代了?林素芬不甘心,不服气。来到这世界,总得干一点什么,留下一点什么。然而,初小的程度,不种粮食不挖煤,工人农民算不上,知识分子没知识,在人群中如孤魂野鬼。

从A、B、C学起。她几乎把业余时间全用在五花八门的补习班里,把工资的一大半用在交学费买教材了。语文、数学、英语、绘画,样样补,样样学。补来补去,这样的补太慢了,太吃力了。她想速成。年龄威胁着她。再不速成,就算是千里马,牵到伯乐跟前也老了,还能被相中?

她专修英语,想来一个突破。《九百句》、《新概念》,还有广播教材、电视课程、补习学校,齐头并进。过了一个月,她才发现这个突破口前拥挤着多少个爆破手啊!都是她这样的大男大女,都想抄近路登龙门。而这并不是一条捷径。就算英文学得不错,中国文化水平太低,能派什么用场?英译中,中译英?外语学院毕业成材的多的是!人家不指望在你待业青年里发现苗子!

她又转向"文学创作函授大学"。在文学之路,写点小说,写点诗歌,把我们一代青年的苦闷彷徨、向往追求,倾泻纸上。让广大读者,让21世纪青年,知道在这世界上,在历史的一瞬间,曾经有过被历史愚弄的不公平的一代。他们是无辜的,他们失去了本该属于他们的一切,得到的却是不应由他们承受的沉重的负担。他们将背负着这沉重的包裹,走向人生的尽头。

然而,文学道路,谈何容易?看那些同龄人的作品,不能入目,自己拿起笔来,又不知从何下手。稿纸撕去几大本,家里人惶恐不安,以为着了魔。看来,并不是人人都能当作家的。

或许，还是去学会计？现在，会计人才奇缺……

三心二意，举棋不定。彷徨，苦闷，自己不认识自己，不知道想干什么，不知道该干什么。有人说："别瞎想了，到了这个年纪，混吧。"有人说："结了婚，就踏实了。"

而这，都是她最不愿意的……

现在，地覆天翻，花香鸟语，世界突然之间变得无限美好，减去十岁，我才十九。什么彷徨，什么苦闷，什么伤心失意，见鬼去吧！生活没有抛弃我，世界重新属于我。我将珍惜未来的每一寸光阴，决不虚度。我将确定生活的每一个坐标，决不转向。我要读书，我要上学，要有真才实学。这是第一站的目标。

对，从今天开始，从现在开始，向着这目标前进。

她骑上车，满脸微笑，直奔新华书店教科书门市部。

次日清晨，机关里热气腾腾。楼上楼下，楼里楼外，熙熙攘攘，欢声笑语，不绝于耳。患心脏病的人说上楼就上楼，噌噌地一口气上了五楼，气不喘，心不跳，面不变色，跟没病的人一样。六十多岁的人，平日言慢语迟、声低气衰的老同志，嗓门一下子变高了，说出话来当当的，走廊这头就听得见他在那头嚷嚷。各个办公室的门都大开着，人们赶集似的串来串去，亲切地倾吐着自己的激动、快慰、理想和无穷无尽的计划。

忽然有人倡议：

"走，上街，游行，庆祝又一次解放！"

一呼百应，人们立即行动起来。有制横幅标语的，有做红绿小旗的。文体委员从库房里抬出了圆桌面大的大鼓，抱出了扭秧歌的红绸子。一霎时，队伍在大楼前集合了。横幅标语上红底黄字："欢庆青春归来"。各式小旗上倾吐了人们的肺腑之言："拥护年龄研究会的英明决策"、"焕发青春，献身四化"、"青春万岁"！

激动人敲起来了。季文耀觉得浑身的血都在沸腾。他高高站在台阶上，正想说几句助威的话，亲自领导这次的盛大游行，忽然看见了几十名已经办了离职手续的老同志冲了进来，直奔他跟前问道：

"减去十岁，为什么不通知我们？"

"你们……已经离了……"季文耀说。

"不行!那不行!"老人们齐声嚷起来。

季文耀双手高举,在台阶上大喊道:

"同志们,不要嚷,不……"

人们哪里肯听,人声如一股不可阻挡的洪流,响彻云霄:

"减去十岁,机会均等,人人有份,干吗把我们撇下不管?"

"我们要按文件办事了,不能随心所欲。"季文耀的声音提到高八度。

"文件在哪儿,为什么不传达?"

"拿文件给我们看!"

"为什么不给看文件?"

季文耀扭头问办公室主任:

"文件呢?"

办公室主任愣头瞌脑地回答:

"我不知道哇!"

正僵持中,一批新招进来的十八九岁的青工嚷起来:"减去十岁,我们不干。"

"十八年饭白吃了,有了工作,又把我们打发回去上小学三年级,没门儿!"

机关幼儿园的娃娃们,也像一群小鸭子似的扑到季文耀跟前,抱着腿,拽着手叽叽喳喳叫道:"减十岁,我们回哪儿呀?""我妈好不容易生下我,还开了肚子呢!"

季文耀应接不暇,又大叫办公室主任:"文件,文件,快把文件找来。"

办公室主任手足无措,季文耀训斥道:"还不快到机要室去找!"

办公室主任赶忙跑到机要室,翻遍了文件夹,没有。

热心人马上提供线索:

"会不会存进档案室了?"

"会不会哪个处借去了?"

"糟糕!要是扔到废纸篓就完了!"

在一片纷乱中,季文耀反而冷静下来,马上布置任务:

"找,发动群众,大家动手一齐找,要细细地找,不要放过任何一个角落。"

"队伍要解散吗?"办公室主任请示。

"为什么要解散?先找文件!"

(原载《人民文学》1986年第2期)

点评

这是个荒诞的喜剧。文革耽误了十年的大好青春,倘若能够将这十年光阴补回来,让人们重返青年、重返过去年富力强的年华,那么,一切的一切都将重新开始,崭新的生活都将重新布置。作品以戏剧化的手法,批判了"文革"带给人们生命与精神双重的戕害。

莫言（1955— ）

生于山东高密，原名管谟业。著有《红高粱》《丰乳肥臀》《生死疲劳》《酒国》《檀香刑》《蛙》等，曾获诺贝尔文学奖、茅盾文学奖等。

白狗秋千架

高密东北乡原产白色温驯的大狗，绵延数代之后，很难再见一匹纯种。现在，那儿家家养的多是一些杂狗，偶有一只白色的，也总是在身体的某一部位生出杂毛，显出混血的痕迹来。但只要这杂毛的面积在整个狗体的面积中占的比例不大，又不是在特别显眼的部位，大家也就习惯地以"白狗"称之，并不去循名求实，过分地挑毛病。有一匹全身皆白、只黑了两只前爪的白狗，垂头丧气地从故乡小河上那座颓败的石桥上走过来时，我正在桥头下的石阶上捧着清清的河水洗脸。农历七月末，低洼的高密东北乡燠热难挨，我从县城通往乡镇的公共汽车里钻出来，汗水已浸透衣服，脖子和脸上落满了黄黄的尘土。洗完脖子和脸，又很想脱得一丝不挂跳进河里去，但看到与石桥连接的褐色田间路上，远远地有人在走动，也就罢了这念头，站起来，用未婚妻赠送的系列手绢中的一条揩着脸和颈。时间已过午，太阳略偏西，一阵阵东南风吹过来。冰爽温和的东南风让人极舒服，让高粱梢头轻轻摇摆，飕飕作响，让一条越走越大的白狗毛儿耸起，尾巴轻摇。它近了，我看到了它的两个黑爪子。

那条黑爪子白狗走到桥头，停住脚，回头望望土路，又抬起下巴望望我，用那两只浑浊的狗眼。狗眼里的神色遥远荒凉，含一种模糊的暗示，这遥远荒凉的暗示唤起内心深处一种迷蒙的感受。

求学离开家乡后，父母亲也搬迁到外省我哥哥处居住，故乡无亲人，我也就不再回来，一晃就是十年，距离不短也不长。暑假前，父亲到我任教的学院来看我，说起故乡事，不由感慨系之。他希望我能回去看看，我说工作忙，脱不开身，父亲不以为然地摇摇头。父亲走了，我心里总觉不安。终于下了决心，割断丝丝缕缕，回来了。

　　白狗又回头望褐色的土路，又仰望看我，狗眼依然浑浊。我看着它那两个黑爪子，惊讶地要回忆点什么时，它却缩进鲜红的舌头，对着我叫了两声。接着，它蹲在桥头的石桩上，跷起一条后腿，习惯性地撒尿。完事后，竟也沿着我下桥头的路，慢慢地挪下来，站在我身边，尾巴耷拉进腿间，伸出舌头，一下一下地舔着水。

　　它似乎在等人，显出一副喝水并非因为口渴的消闲样子。河水中映出狗脸上那种漠然的表情，水底的游鱼不断从狗脸上穿过。狗和鱼都不怕我，我确凿地嗅到狗腥气和鱼腥气，甚至产生一脚踢它进水中抓鱼的恶劣想法。又想还是"狗道"些吧，而这时，狗卷起尾巴，抬起脸，冷冷地瞅我一眼，一步步走上桥头去。我看到它把颈上的毛耸了耸，激动不安地向来路跑去。土路两边是大片的穗子灰绿的高粱。飘着纯白云朵的小小蓝天，罩着板块相连的原野。我走上桥头，拎起旅行袋，想急急过桥去，这儿离我的村庄还有 12 里路吧，来前没给村里的人们打招呼，早早赶进去，也好让人家方便食宿。正想着，就看到白狗小跑步开路，从路边的高粱地里，领出一个背着大捆高粱叶子的人来。

　　我在农村滚了近二十年，自然晓得这高粱叶子是牛马的上等饲料，也知道褪掉晒米时高粱的老叶子，不大影响高粱的产量。远远地看着一大捆高粱叶子蹒跚地移过来，心里为之沉重。我很清楚暑天里钻进密不透风的高粱地里打叶子的滋味，汗水遍身胸口发闷是不必说了，最苦的还是叶子上的细毛与你汗淋淋的皮肤接触。我为自己轻松地叹了一口气。渐渐地看清了驮着高粱叶子弯曲着走过来的人。蓝褂子，黑裤子，乌脚杆子黄胶鞋，要不是垂着的发，我是不大可能看出她是个女人的，尽管她一出现就离我很近。她的头与地面平行着，脖子探出很长。是为了减轻肩头的痛苦吧？她用一只手按着搭在肩头的背棍的下头，另一只手从颈后绕过去，把着背棍的上头。阳光照着她的颈子上和头皮上亮晶晶的汗水。高粱叶子葱绿、新鲜。她一步步挪着，终于上了桥。桥的宽度跟她背上的草捆差不多，我退到白狗适才停下记号的桥头石旁站定，看着它和她过桥。

　　我恍然觉得白狗和她之间有一条看不见的线，白狗紧一步慢一步地颠着，这条线也松松紧紧地牵着。走到我面前时，它又瞥着我，用那双遥远的狗眼，狗眼里那种模糊的暗示在一瞬间变得异常清晰，它那两只黑爪子一下子撕破了我心头的迷雾，让我马上想到她，她的低垂的头从我身边滑过去，短促的喘息声和扑鼻的汗酸永留在我的感觉里。猛地把背上沉重的高粱叶子摔掉，她把身体缓缓舒展开。那一大捆叶子在她身后，差不多齐着她的胸乳。我看到叶子捆与她身体接触的地方，明显地凹进去，特别着力的部位，是湿漉漉揉烂了的叶子。我知道，她身体上揉烂了高粱叶子的那些部位，现在一定非常舒服；站在漾着清凉水气的桥头上，让田野里的风吹拂着，她一定体会到了轻松和满足。轻松、满足，是构成幸福的要素，对此，在逝去的岁月里，我是有体会的。

她挺直腰板后，暂时地像失去了知觉。脸上的灰垢显出了汗水的道道。生动的嘴巴张着，吐出一口口长长的气。鼻梁挺秀如一管葱。脸色黝黑。牙齿洁白。

故乡出漂亮女人，历代都有选进宫廷的。现在也有几个在京城里演电影的，这几个人我见过，也就是那么个样，比她强不了许多。如果她不是破了相，没准儿早成了大演员。十几年前，她婷婷如一枝花，双目皎皎如星。

"暖。"我喊了一声。

她用左眼盯着我看，眼白上布满血丝，看起来很恶。

"暖，小姑。"我注解性地又喊了一声。

我今年29，她小我两岁，分别十年，变化很大，要不是秋千架上的失误给她留下的残疾，我不会敢认她。白狗也专注地打量着我，算一算，它竟有12岁，应该是匹老狗了。我没想到它居然还活着，看起来还蛮健康。那年端午节，它只有篮球般大，父亲从县城里我舅爷家把它抱来。12年前，纯种白狗已近绝迹，连这种有小缺陷，大致还可以称为白狗的也很难求了。舅爷是以养狗谋利的人，父亲把它抱回来，不会不依仗着老外甥对舅舅放无赖的招数。在杂种花狗充斥乡村的时候，父亲抱回来它，引起众人的称羡，也有出30块钱高价来买的，当然被婉言回绝了。即便是那时的农村，在我们高密东北乡那种荒僻地方，还是有不少乐趣，养狗当如是解。只要不逢大天灾，一般都能足食，所以狗类得以繁衍。

我19岁，暖17岁那一年，白狗四个月的时候，一队队解放军，一辆辆军车，从北边过来，络绎不绝过石桥。我们中学在桥头旁边扎起席棚给解放军烧茶水，学生宣传队在席棚边上敲锣打鼓，唱歌跳舞。桥很窄，第一辆大卡车悬着半边轮子，小心翼翼开过去了。第二辆的后轮压断了一块桥石，翻到了河里，车上载的锅碗瓢盆砸碎了不少，满河里漂着油花子。一群战士跳下河，把司机从驾驶楼里拖出来，水淋淋地抬到岸上。几个穿白大褂的军人围上去。一个戴白手套的人，手举着耳机子，大声地喊叫。我和暖是宣传队的骨干，忘了歌唱鼓噪，直着眼看热闹。后来，过来几个很大的首长，跟我们学校里的贫下中农代表郭麻子大爷握手，跟我们校革委会刘主任握手，戴好手套，又对着我们挥挥手，然后，一溜儿站在那儿，看着队伍继续过河。郭麻子大爷让我吹笛，刘主任让暖唱歌。暖问："唱什么？"刘主任说："唱《看到你们格外亲》。"于是，就吹就唱。战士们一行行踏着桥过河，汽车一辆辆涉水过河。（小河里的水呀清悠悠，庄稼盖满了沟）车头激起雪白的浪花，车后留下黄色的浊流。（解放军进山来，帮助咱们闹秋收）大卡车过完后，两辆小吉普车也呆头呆脑下了河。一辆飞速过河，溅起五六米高的雪浪花；一辆一头钻进水里，嗡嗡怪叫着被淹死了，从河水中冒出一股青烟。（拉起了家常话，多少往事涌上心头）"糟糕！"一个首长说。另一个首长说："他妈的笨蛋！让王猴子派人把车抬上去。"（吃的是一锅饭，点的是一灯油）很快的就有几十个解放军在河水中推那辆熄了气的吉普车，解放军都是穿着军装下了河，河水仅仅没膝，但他们都湿到胸口，湿后变深了颜色的军衣紧贴在身上，显出了肥的瘦的腿和臀。（你们是俺们的亲骨肉，你们是俺们的贴心人）那几个穿白大褂的人把那个水淋淋的司机抬上一辆涂着红十字的汽车。（党的恩情说不尽，见到你们总觉得格外亲）首长们转过身来，看样子准备过桥去，我提着笛子，暖张着口，怔怔地看着首长。一个戴着黑边眼镜的首长对着我们点点头，说："唱得不错，吹得也不错。"郭麻子大爷说："首长们辛苦了。孩子们胡吹瞎咧咧，别见笑。"他摸出一包烟，拆开，很恭敬地敬过去，首长们客气地谢绝了。一辆轱辘很多的车停在河对岸，几个战士跳上去，扔下几盘粗大的钢丝绳和一些白色的木棒。戴黑边眼镜的首长对身边一个年轻英俊的军官说："蔡队长，你们宣传队送一些乐器呀之类的给他们。"

　　队伍过了河，分散到各村去。师部住在我们村。那些日子就像过年一样，全村人都激动。从我家厢房里扯出了几十根电话线，伸展到四面八方去。英俊的蔡队长带着一群吹拉弹唱的文艺兵住在暖家。我天天去玩，和蔡队长混得很熟。蔡队长让暖唱歌给他听。他是个高大的青年，头发蓬松着，眉毛高挑着。暖唱歌时，他低着头拼命抽烟，我看到他的耳朵轻轻地抖动着。他说暖条件不错,很不错,可惜缺乏名师指导。他说我也很有发展前途。他很喜欢我家那只黑爪子小白狗,父亲知道后,马上要送给他,他没要。队伍要开拔那天,我爹和暖的爹一块来了,央求蔡队长把我和暖带走。蔡队长说,回去跟首长汇报一下,年底征兵时就把我们征去。临别时,蔡队长送我一本《笛子演奏法》,送暖一本《怎样演唱革命歌曲》。

"小姑,"我发窘地说,"你不认识我了吗?"

我们村是杂姓庄子,张王李杜,四面八方凑起来的,各种辈分的排列,有点乱七八糟。姑姑嫁给侄子,侄子拐跑婶婶的事时有发生,只要年龄相仿,也就没人嗤笑。我称暖为小姑是从小惯成的叫法,并无一点血缘骨肉的情分在内。十几年前,当把"暖"与"小姑"含混着乱叫一通时,是别有一番滋味在心头的。这一别十年,都老大不小,虽还是那样叫着,但已经无滋味了。

"小姑,难道你真的不认识我了吗?"说完这句话,我马上谴责了自己的迟钝。她的脸上,早已是凄凉的景色了。汗水依然浸洇着,将一绺干枯的头发粘到腮边。黝黑的脸上透出灰白来。左眼里有明亮的水光闪烁。右边没有眼,没有泪,深深凹进去的眼眶里,栽着一排乱纷纷的黑睫毛。我的心拳拳着,实在不忍看那凹陷,便故意把目光散了,瞄着她委婉的眉毛和在半天阳光下因汗湿而闪亮的头发。她左腮上的肌肉联动着眼眶的睫毛和眶上的眉毛,微微地抽搐着,造成了一种凄凉古怪的表情。别人看见她不会动心,我看见她无法不动心……

十几年前的那个晚上,我跑到你家对你说:"小姑,打秋千的人都散了,走,我们去打个痛快。"你说:"我打盹呢。"我说:"别拿一把啦!寒食节过了八天啦,队里明天就要拆秋千架用木头。今早晨把势与队长嘟哝,嫌把大车绳当秋千绳用,都快磨断了。"你打了一个呵欠,说:"那就去吧。"白狗长成一个半大狗了,细筋细骨,比小时候难看。它跟在我们身后,月亮照着它的毛,它的毛闪烁银光,秋千架竖在场院边上,两根立木,一根横木,两个铁吊环,两根粗绳,一个木踏板。秋千架,默立在月光下,阴森森,像个鬼门关。架后不远是场院沟,沟里生着绵亘不断的刺槐树丛,尖尖又坚硬的刺针上,挑着青灰色的月亮。

"我坐着,你荡我。"你说。

"我把你荡到天上去。"

"带上白狗。"

"你别想花花点子了。"

你把白狗叫过来,你说:"白狗,让你也恣悠恣悠。"

你一只手扶住绳子,一只手揽住白狗,它委屈地嘤嘤着。我站在踏板上,用双腿夹住你和狗,一下一下用力,秋千渐渐有了惯性。我们渐渐升高,月光动荡如水,耳边习习生风,我有点儿头晕。你格格地笑着,白狗呜呜地叫着,终于悠平了横梁。我眼前交替出现田野和河流,房屋和坟丘,凉风拂面来,凉风拂面去。我低头看着你的眼睛,问:"小姑,好不好?"

你说:"好,上了天啦。"

绳子断了。我落在秋千架下,你和白狗飞到刺槐丛中去,一根槐针扎进了你的右眼。白狗从树丛中钻出来,在秋千架下醉酒般地转着圈,秋千把它晃晕了……

"这些年……过得还不错吧?"我嗫嚅着。

我看到她耸起的双肩塌了下来,脸上紧张的肌肉也一下子松弛了。也许是因为生理补偿或是因为努力劳作而变得极大的左眼里,突然射出了冷冰冰的光线,刺得我浑身不自在。

"怎么会错呢?有饭吃,有衣穿,有男人,有孩子,除了缺一只眼,什么都不缺,这不就是'不错'吗?"她很泼地说着。

我一时语塞了,想了半天,竟说:"我留在母校任教了,据说,就要提我为讲师了……我很想家,不但想家乡的人,还想家乡的小河、石桥、田野、田野里的红高粱、清闲的空气、婉转的鸟啼……趁着放暑假,我就回来啦。"

"有什么好想的,这破地方。想这破桥?高粱地里像他妈×的蒸笼一样,快把人蒸熟了。"她说着,沿着漫坡走下桥,站着把那件泛着白碱花的男式蓝制服裤子脱下来,扔在身边石头上,弯下腰去洗脸洗脖子。她上身只穿一件肥大的圆领汗衫,衫上已烂出密密麻麻的小洞。它曾经是白色的,现在是灰色的。汗衫扎进裤腰里,一根打着卷的白绷带束着她的裤子,她再也不看我,撩着水洗脸洗胳膊。最后,她旁若无人地把汗衫下摆从裤腰里拽出来,撩起来,掬水洗胸膛。汗衫很快就湿了,紧贴在肥大下垂的乳房上。看着那两个物件,我很淡地想,这个那个的,也不过是那么回事。正像乡下孩子们唱:没结婚是金奶子,结了婚是银奶子,生了孩子是狗奶子。我于是问:

"几个孩子了?"

"三个。"她拢拢头发,扯着汗衫抖了抖,又重新塞进裤腰里去。

"不是说只准生一胎吗?"

"我也没生二胎。"见我不解,她又冷冷地解释,"一胎生了三个,吐噜吐噜,像下狗一样。"

我缺乏诚实地笑着。她拎起蓝上衣,在膝盖上抽打几下穿到身上去,从下往上扣着纽扣。趴在草捆旁边的白狗也站起来,抖擞着毛,伸着懒腰。

我说:"你可真能干。"

"不能干有什么法子?该遭多少罪都是一定的,想躲也躲不开。"

"男孩儿女孩儿都有吧?"

"全是公的。"

"你可真是好福气,多子多福。"

"豆腐!"

"这还是那条狗吧?"

"活不了几天啦。"

"一晃儿就是十几年。"

"再一晃儿就该死啦。"

"可不,"我渐渐有些烦恼起来,对坐在草捆旁边的白狗说,"这条老狗,还挺能活!"

"噢,兴你们活就不兴我们活?吃米的要活,吃糠的也要活;高级的要活,低级的也要活。"

"你怎么成了这样?"我说,"谁是高级?谁是低级?"

"你不就挺高级的吗?大学讲师!"

我面红耳热,讷讷无言,一时觉得难以忍受这窝囊气,搜寻着刻薄词儿想反讥,又一想,罢了。我提起旅行袋,干瘪地笑着,说:"我可能住到我八叔家,你有空儿就来吧。"

"我嫁到了王家丘子,你知道吗?"

"你不说我不知道。"

"知道不知道的,没有大景色了。"她平平地说,"要是不嫌你小姑人模狗样的,就抽空儿来耍吧,进村打听'个眼暖'家,没有不知道的。"

"小姑,真想不到成了这样……"

"这就是命,人的命,天管定,胡思乱想不中用。"她款款地从桥下上来,站在草捆前说,"行行好吧,帮我把草掀到肩上。"

我心里立刻热得不行,勇敢地说:"我帮你背回去吧!"

"不敢用!"说着,她在草捆前跪下,把背棍放在肩头,说,"起吧。"

我转到她背后,抓住捆绳,用力上提,借着这股劲儿,她站了起来。

她的身体又弯曲起来,为了背着舒适一点儿,她用力地颠了几下背上的草捆,高粱叶子沙沙啦啦地响着。从很低的地方传上来她瓮声瓮气的话:

"来耍吧。"

白狗对我吠叫几声,跑到前边去了。我久久地立在桥头上,看着这一大捆高粱叶子在缓慢地往北移动,一直到白狗变成了白点儿,人和草捆变成了比白点儿大的黑点儿,我才转身往南走。

从桥头到王家丘子 7 里路。

从桥头到我们村 12 里路。

从我们村到王家丘子 19 里路,八叔让我骑车去。我说算了吧,十几里路走着去就行。八叔说:现在富了,自行车家家有,不是前几年啦,全村只有一辆半辆车子,要借也不容易,稀罕物儿谁不愿借呢。我说我知道富了,看到了自行车满街筒子乱蹿,但我不想骑车,当了几年知识分子,当出几套痔疮,还是走路好。八叔说:念书可见也不是件太好的事,七病八灾不说,人还疯疯癫癫的。你说你去她家干什么子,瞎的瞎,哑的哑,也不怕村里人笑话你。鱼找鱼,虾找虾,不要低了自己的身份啊!我说八叔我不和您争执,我扔了二十数三十的人啦,心里有数。八叔悻悻地忙自己的事去了,不来管我。

我很希望能在桥头上再碰到她和白狗,如果再有那么一大捆高粱叶子,我豁出命去也要帮她背回家;白狗和她,都会成为可能的向导,把我引导到她家里去。城里都到了人人关注时装、个个追赶时髦的时代了;故乡的人,却对我的牛仔裤投过鄙夷的目光,弄得我很狼狈。于是解释:处理货,3 块 6 毛钱一条——其实我花了 25 块钱。既然便宜,村里的人们也就原谅了我。王家丘子的村民们是不知道我的裤子便宜的,碰不到她和狗,只好进村再问路,难免招人注意。如此想着,就更加希望碰到她,或者白狗。但毕竟落了空。一过石桥,看到太阳很红地从高粱棵里冒出来,河里躺着一根粗大的红光柱,鲜艳地染遍了河水。太阳红得有些古怪,周围似乎还环绕着一些黑气,大概是要落雨了吧。

我撑着折叠伞,在一阵倾斜的疏雨中进了村。一个仄楞着肩膀的老女人正在横穿街道,风翻动着长大的衣襟,风使她摇摇摆摆。我收起伞,提着,迎上去问路。"大娘,暖家在哪儿住?"她斜斜地站定,困惑地转动着昏暗的眼。风通过花白的头发,翻动的衣襟,柔软的树木,表现出自己来;雨点大如铜钱,疏可跑马,间或有一滴打到她的脸上。"暖家在哪住?"我又问。"哪个暖家?"她问。我只好说"个眼暖"家。老女人阴沉地瞥我一眼,抬起胳膊,指着街道旁边一排蓝瓦房。

站在甬道上我大声喊:"暖姑在家吗?"

最先应了我的喊叫的,是那条黑爪子老白狗。它不像那些围着你腾跃咆哮、仗着人势在窝里横咬不死你也要吓死你的恶狗,它安安稳稳地趴在檐下铺了干草的狗窝里,眯缝着狗眼,象征性地叫着,充分显示出良种白狗温良宽厚的品质来。

我又喊,暖在屋里很脆地答应了一声,出来迎接我的却是一个满腮黄胡子两只黄眼珠的剽悍男子。他用土黄色的眼珠子恶狠狠地打量着我,在我那条牛仔裤上停住目光,嘴巴歪歪地撇起,脸上显出疯狂的表情。他向前跨一步——我慌忙退一步——,翘起右手的小拇指头,在我眼前急遽地晃动着,口里发出一大串断断续续的音节。我虽然从八叔的口里知道了暖姑的丈夫是个哑巴,但见了真人狂状,心里仍然立刻沉甸甸的。独嫁哑巴,弯刀对着瓢切菜,按说也并不委屈着哪一个,可我心是仍然立刻就沉甸甸的。

暖姑,那时我们想得美。蔡队长走了,把很大的希望留给我们。他走那天,你直视着他,流出的泪水都是给他的。蔡队长脸色灰白,从衣袋里摸出一把牛角小梳子递给你。我也哭了,我说:"蔡队长,我们等你来招我们。"蔡队长说:"等着吧。"等到高粱通红了的深秋,听说县城里有招兵的解放军,咱俩兴奋得觉都睡不稳了。学校里有老师进县城办事,我们托他去人武部打听一下,看看蔡队长来没来。老师去了。老师回来了。老师对我们说:今年来招兵的解放军一律黄褂蓝裤,空军地勤兵,不是蔡队长那部分。我失望了,你充满信心地对我说:"蔡队长不会骗我们!"我说:"人家早就把这码事忘了。"你爹也说:"给你们个棒槌,你们就当了针。他是拿你们当小孩哄怂着玩哩,好人不当兵,好铁不打钉,混混毕了业,回家来拉弯弯铁,别净想俏事儿。"你说:"他可没把我当小孩子。他决不能把我当小孩子。"说着，你的脸上浮起浓艳的红色。你爹说："能得你。"我惊诧地看着你变色的脸，看着你脸上那种隐隐约约的特异表情，语无伦次地说："也许，他今年不来后年来，后年不来大后年来。"蔡队长可真是个仪表堂堂的美男子啊！他四肢修长，面部线条冷峭，胡茬子总刮得青白。后来，你坦率地对我说，他在临走前一个晚上，抱着你的头，轻轻地亲了一下。你说他亲完后呻吟着说："小妹妹，你真纯洁……"为此我心中有过无名的恼怒。你说："当了兵，我就嫁给他。"我说："别做美梦了！倒贴上200斤猪肉，蔡队长也不会要你。""他不要我，我再嫁给你。""我不要！"我大声叫着。你白我一眼，说："烧得你不轻！"现在回想起来，你那时就很有点儿样子了。你那花蕾般的胸脯，经常让我心跳。

　　哑巴显然瞧不起我，他用翘起的小拇指表示着对我的轻蔑和憎恶。我堆起满脸笑，想争取他的友谊，他却把双手的指头交叉在一起，弄出很怪的形状，举到我的面前。我从少年时代的恶作剧中积累起来的知识里，找到了这种手势的低级下流的答案，心里顿时产生了手捧癞蛤蟆的感觉。我甚至都想抽身逃走了，却见三个同样相貌、同样装束的光头小男孩从屋里滚出来，站在门口用同样的土黄色小眼珠瞅着我，头一律往右倾，像三只羽毛未丰、性情暴躁的小公鸡。孩子的脸显得很老相，额上都有抬头纹，下腭骨阔大结实，全都微微地颤抖着。我急忙掏出糖来，对他们说："请吃糖。"哑巴立即对他们挥挥手，嘴里蹦出几个简单的音节。男孩们眼巴巴地瞅着我手中花花绿绿的糖块，不敢动一动。我想走过去，哑巴挡在我面前，蛮横地挥舞着胳膊，口里发着令人发怵的怪叫。

　　暖把双手交叠在腹部，步履略有些踉跄地走出屋来。我很快明白了她迟迟不出屋的原因，干净的阴丹士林蓝布褂子，褶儿很挺的灰的确良裤子，显然都是刚换的。士林蓝布和用士林蓝布缝成的李铁梅式褂子久不见了，乍一见心中便有一种怀旧的情绪怏怏而生。穿这种褂子的胸部丰硕的少妇别有风韵。暖是脖子挺拔的女人，脸型也很清雅。她右眼眶里装进了假眼，面部恢复了平衡。我的心为她良苦的心感到忧伤，我用低调观察着人生，心弦纤细如丝，明察秋毫，并自然地颤栗。不能细看那眼睛，它没有生命，它浑浊地闪着磁光。她发现了我在注视她，便低了头，绕过哑巴走到我面前，摘下我肩上的挎包，说："进屋去吧。"

哑巴猛地把她拽开，怒气冲冲的样子，眼睛里像要出电。他指指我的裤子，又翘起小拇指，晃动着，嘴里嗷嗷叫着，五官都在动作，忽而挤成一撮，忽而大开大裂，脸上表情生动可怖。最后，他把一口唾沫啐在地上，用骨节很大的脚踩了踩。哑巴对我的憎恶看来是与牛仔裤有直接关系的，我后悔穿这条裤子回故乡，我决心回村就找八叔要一条肥腰裤子换上。

"小姑，你看，大哥不认识我。"我尴尬地说。

她推了哑巴一把，指指我，翘翘大拇指，又指指我们村庄的方向，指指我的手，指指我口袋里的钢笔和我胸前的校徽，比划出写字的动作，又比划出一本方方正正的书，又伸出大拇指，指指天空。她脸上的表情丰富多彩。哑巴稍一愣，马上消失了全身的锋芒，目光温顺得像个大孩子。他犬吠般地笑着，张着大嘴，露出一口黄色的板牙。他用手掌拍拍我的心窝，然后，跺脚，吼叫，脸憋得通红。我完全理解了他的意思，感动得不行。我为自己赢得了哑兄弟的信任感到浑身的轻松。那三个男孩子躲躲闪闪地凑上来，目不转睛地看着我手中的糖。

我说："来呀！"

男孩们抬起眼看着他们的父亲。哑巴嘿嘿一笑，孩子们就敏捷地蹿上来，把我手中的糖抢走了。为争夺掉在地上的一块糖，三颗光脑袋挤在一起攒动着。哑巴看着他们笑。暖发出一声轻轻的叹息，她说：

"你什么都看到了，笑话死俺吧。"

"小姑……我怎么敢……他们都很可爱……"

哑巴敏感地看着我，笑笑，转过身去，用大脚板儿几下子就把厮缠在一起的三个男孩儿踢开。男孩儿们咻咻地喘着气，汹汹地对视着。我摸出所有的糖，均匀地分成三份，递给他们，哑巴嗷嗷地叫着，对着男孩儿打手势。男孩儿都把手藏到背后去，一步步往后退。哑巴更响地嗷了一阵，男孩儿便抽搐着脸，每人拿出一块糖，放在父亲关节粗大的手里，然后呼号一声，消逝得无影无踪。哑巴把三块糖托着，笨拙地看了一会，就转眼对着我，嘴里啊啊手比划着。我不懂，求援地看着暖。暖说："他说他早就知道你的大名，你从北京带来的高级糖，他要吃块尝尝。"我做了一个往嘴里扔食物的姿势。他笑了，仔细地剥开糖纸，把糖扔进口里去，嚼着，歪着头，仿佛在聆听什么。他又一次伸出大拇指，我这次完全明白他是在夸奖糖的高级了。很快地他又吃了第二块糖。我对暖说，下次回来，一定带些真正的高级糖给大哥吃。暖说："你还能再来吗？"我说一定来。

哑巴吃完第二块糖，略一想，把手中那块糖递到暖的面前。暖闭眼，"嗷——"哑巴吼了一声。我心里抖着，见他又把手往暖眼前伸，暖闭眼，摇了摇头。"嗷——嗷——"哑巴愤怒地吼叫着，左手揪住暖的头发，往后扯着，使她的脸仰起来，右手把那块糖送到自己嘴边，用牙齿撕掉糖纸，两个手指捏着那块沾着他粘粘口涎的糖，硬塞进她的嘴里去。她的嘴不算小，但被他那两根小黄瓜一样的手指比得很小。他乌黑的粗手指使她的双唇显得玲珑娇嫩。在他的大手下，那张脸变得单薄脆弱。

她含着那块糖，不吐也不嚼，脸上表情平淡如死水。哑巴为了自己的胜利，对着我得意地笑。

她含混地说："进屋吧，我们多傻，就这么在风里站着。"我目光巡睃着院子，她说："你看什么？那是头大草驴，又踢又咬，生人不敢近身，在他手里老老实实的。春上他又去买那头牛，才下了犊一个月。"

她家院子里有个大敞棚，敞棚里养着驴和牛。牛极瘦，腿下有一头肥滚滚的牛犊在吃奶，它蹬着后腿，摇着尾巴，不时用头撞击母牛的乳房，母牛痛苦地弓起背，眼睛里闪着幽幽的蓝光。

哑巴是海量，一瓶浓烈的"诸城白干"，他喝了十分之九，我喝了十分之一。他面不改色，我头晕乎乎。他又开了一瓶酒，为我斟满杯，双手举杯过头敬我。我生怕伤了这个朋友的心，便抱着电灯泡捣蒜的决心，接过酒来干了。怕他再敬，便装出不能支持的样子，歪在被子上。他兴奋得脸通红，对着暖比划，暖和他对着比划一阵，轻声对我说："你别和他比，你十个也醉不过他一个。你千万不要喝醉。"他用力盯了我一眼。我翘起大拇指，指指他，翘起小拇指，指指自己。于是撤去酒，端上饺子来。我说："小姑，一起吃吧。"暖征得哑巴同意，三个男孩儿便爬上炕，挤在一簇，狼吞虎咽。暖站在炕下，端饭倒水伺候我们，让她吃，她说肚子难受，不想吃。

饭后，风停云散，狠毒的日头灼灼地在正南挂着。暖从柜子里拿出一块黄布，指指三个孩子，对哑巴比划着东北方向。哑巴点点头。暖对我说："你歇一会儿吧，我到乡镇去给孩子们裁几件衣服。不要等我，过了晌你就走。"她狠狠地看我一眼，夹起包袱，一溜风走出院子，白狗伸着舌头跟在她身后。

哑巴与我对面坐着,只要一碰上我的目光,他就咧开嘴笑。三个小男孩儿闹了一阵,侧歪在炕上睡了,他们几乎是同时入睡。太阳一出来,立刻便感到热,蝉在外面树上聒噪着。哑巴脱掉褂子,裸出上身发达的肌肉,闻着他身上挥发出来的野兽般的气息,我害怕,我无聊。哑巴紧密地眨巴着眼,双手搓着胸膛,搓下一条条鼠屎般的灰泥。他还不时地伸出蜥蜴般灵活的舌头舔着厚厚的嘴唇。我感到恶心、燥热,心里想起桥下粼粼的绿水。阳光透过窗户,晒我穿牛仔裤的腿。我抬腕看表。"噢噢噢!"哑巴喊着,跳下炕,从抽屉里摸出一块电子手表给我看。我看着他脸上祈望的神情,便不诚实地用小拇指点点我腕上的表,用大拇指点点他的电子表。他果然非常地高兴起来,把电子手表套在右手腕子上,我指指他的左手腕子,他迷惘地摇摇头。我笑了一下。

"好热的天。今年庄稼长得挺好。秋天收晚田。你养的那头驴很有气度。三中全会后,农民生活大大提高了。大哥富起来了,该去买台电视机。'诸城老白干'到底是老牌子,劲儿冲。"

"噢噢,噢噢。"他脸上充满幸福感,用并拢的手摸摸头皮,比比脖子。我惊愕地想,他要砍掉谁的脑袋吗?他见我不解,很着急,手哆嗦着,"噢噢噢,噢噢噢!"他用手指着自己的右眼,又摸头皮,手顺着头皮往下滑,到脖颈处,停住。我明白了。他要说暖什么事给我知道。我点点头。他摸摸自己两个黑乎乎的乳头,指指孩子,又摸摸肚子。我似懂非懂,摇摇头。他焦急地蹲起来,调动起几乎全部的形体向我传达信息,我用力地点着头,我想应该学学哑语。最后,我满脸挂汗向他告辞,这没有什么难理解的,他脸上显出孩子般的真情来,拍拍我的心,又拍拍自己的心。我干脆大声说:"大哥,我们是好兄弟!"他三巴掌打起三个男孩儿来,让他们带着眵目糊给我送行。在门口,我从挎包里摸出那把自动折叠伞送他,并教他使用方法。他如获至宝,举着伞,弹开,收拢,收拢,弹开,翻来复去地弄。三个男孩儿仰脸看着忽开忽合的伞,腭骨又索索地抖起来。我戳了他一下,指指南去的路。"噢噢。"他叫着,摆摆手,飞步跑回家去。他拿出一把拃多长的刀子,拔出牛角刀鞘,举到我的面前。刀刃上寒光闪闪,看得出来是件利物。他踮起脚,拽下门口杨树上一根拇指粗细的树枝来,用刀去削,树枝一节节落在地上。

他把刀子塞到我的挎包里。

走着路,我想,他虽然哑,但仍不失为一条有性格的男子汉,暖姑嫁给他,想必也不会有太多的苦吃，不能说话，日久天长习惯之后，凭借手势和眼神，也可以拆除生理缺陷造成的交流障碍。我种种软弱的想法，也许是犯着杞人忧天的毛病了。走到桥头间，已不去想她那儿的事，只想跳进河里洗个澡。路上清静无人。上午下那点儿雨，早就蒸发掉了，地上是一层灰黄的尘土。路两边窸窣着油亮的高粱叶子，蝗虫在蓬草间飞动，闪烁着粉红的内翅，翅膀剪动空气，发出"喀达喀达"的响声。桥下水声泼刺，白狗蹲在桥头。

白狗见到我便鸣叫起来，龇着一嘴雪白的狗牙。我预感到事情的微妙。白狗站起来，向高粱地里走，一边走，一边频频回头鸣叫，好像是召唤着我。脑子里浮现出侦探小说里的一些情节，横着心跟狗走，并把手伸进挎包里，紧紧地握着哑巴送我的利刃。分开茂密的高粱钻进去，看到她坐在那儿，小包袱放在身边。她压倒了一边高粱，辟出了一块高间，四周的高粱壁立着，如同屏风。看我进来，她从包袱里抽出黄布，展开在压倒的高粱上。一大片斑驳的暗影在她脸上晃动着。白狗趴到一边去，把头伏在平伸的前爪上，"哈达哈达"地喘气。

我浑身发紧发冷，牙齿打战，下腭僵硬，嘴巴笨拙："你……不是去乡镇了吗？怎么跑到这里来……"

"我信了命。"一道明亮的眼泪在她的腮上汩汩地流着，她说，"我对白狗说，'狗呀，狗，你要是懂我的心，就去桥头上给我领来他，他要是能来就是我们的缘分未断'，它把你给我领来啦。"

"你快回家去吧。"我从挎包里摸出刀，说，"他把刀都给了我。"

"你一走就是十年，寻思着这辈子见不着你了。你还没结婚？还没结婚……你也看到他啦，就那样，要亲能把你亲死，要揍能把你揍死……我随便和哪个男人说句话，就招他怀疑，也恨不得用绳拴起我来。闷得我整天和白狗说话，狗呀，自从我瞎了眼，你就跟着我，你比我老得快。嫁给他第二年，怀了孕，肚子像吹气球一样胀起来，临分娩时，路都走不动了，站着望不到自己的脚尖。一胎生了三个儿子，四斤多重一个，瘦得像一堆猫。要哭一齐哭，要吃一齐吃，只有两个奶子，轮着班吃，吃不到就哭。那二年，我差点瘫了。孩子落了草，就一直悬着心，老天，别让他们像他爹，让他们一个个开口说话……他们七八个月时，我心就凉了。那情景不对呀，一个个又呆又聋，哭起来像撑饼柱子不会拐弯。我祷告着，天啊，天！别让俺一窝都哑了呀，哪怕有一个响巴，和我作伴说话……到底还是全哑巴了……"

我深深地垂下头,嗫嚅着:"姑……小姑……都怨我,那年,要不是我拉你去打秋千……"

"没有你的事,想来想去还是怨自己。那年,我对你说,蔡队长亲过我的头……要是我胆儿大,硬去队伍上找他,他就会收留我,他是真心实意地喜欢我。后来就在秋千架上出了事。你上学后给我写信,我故意不回信。我想,我已经破了相,配不上你了,只叫一人寒,不叫二人单,想想我真傻。你说实话,要是我当时提出要嫁给你,你会要我吗?"

我看着她狂放的脸,感动地说:"一定会要的,一定会。"

"好你……你也该明白……怕你厌恶,我装上了假眼。我正在期上……我要个会说话的孩子……你答应了就是救了我了,你不答应就是害死我了。有一千条理由,有一万个借口,你都不要对我说。"

……

1985年4月

点评

少小无猜的一对小儿女,本来可以从青梅竹马走向婚姻走向爱情。然而命运却如此地捉弄人:少男考上大学走了;少女因为荡秋千弄瞎了一只眼,无奈嫁给了一个哑巴,接连生下的都是哑巴。等到他回乡省亲,她诚恳地邀请他去家里玩,一心想着的是同他生一个会说话的娃娃。这是一个卑屈的人,命运改变了她的一生,使她对生活失去了梦想和憧憬,更没有了"高攀"的指望。读罢小说,只令人空叹能奈命运何?!有时是极其偶然的一件小事,但却足以改变或决定一个人的一生。

池莉(1957—)

当代女作家,湖北仙桃人。著有小说《来来往往》《烦恼人生》《太阳出世》、作品合集《汉口情景》等,曾获全国优秀中篇小说奖、鲁迅文学奖等。

热也好冷也好活着就好

这天,大约是下午四点钟光景。有个赤膊男子骑辆破自行车,"嗤"地刹在小初开堂门前的流水沟里,不下车,脚尖蹭地上,将汗湿透的一张钱揉成一坨,两手指一弹,准确地弹到小初开堂的柜台上。

"喂。猫子。给支体温表。"

猫子愉快地应声"呃",去拿体温表。

收费的汉珍找了零钱,说,"谁呀?"

猫子说:"不晓得谁。"

汉珍说:"不晓得他叫你猫子?"

猫子说:"江汉路一条街人人都晓得我叫猫子。"

汉珍说:"哟,像蛮大名气一样。"

猫子说:"我实事求是。"

汉珍张了张嘴,没想出什么恰当的话来,也就闭了口,将摇头的电扇定向自己的脸,眼光从吹得东倒西歪的睫毛丛中模糊地投向街上。

猫子走到流水沟边递体温表给顾客,顷刻间两人都晒得汗滚油流。突然,他们被吓了一大跳,接着他们哈哈大笑,都说:"这个婊子养的!"

猫子又取出一支体温表给了顾客。汉珍说:"出么事了?"

猫子只顾津津有味地笑,扔过又一支体温表的钱。

汉珍说:"出么事了?"

猫子说:"你猜猜?"

汉珍说:"这么热的天让我猜?你这个人!"

猫子说:"猜猜有趣些。你死也猜不着。"

汉珍:"我真是要劝燕华别嫁你。个巴妈一点都不男子汉。"

猫子说:"么事男子汉?浅薄!告诉你吧,砰——体温表爆了,水银标出去了!"

汉珍猛地睁大眼睛,说:"我不信!"

"不信?这样——砰。"猫子做动作。动作很传神。汉珍说:"世界真奇妙。"

猫子白汉珍一眼,摹仿"正大综艺"节目主持人姜昆的普通话:"世界真奇妙。"

他们捂着肚皮笑了。这天余下的钟点过得很快。他们没打瞌睡,谈论了许多奇奇怪怪的话题,好有意思。

下班了猫子本来是准备回自己家的,现在他改变决定还是回燕华家。今天体温表都爆了,多热的天,他要帮帮燕华。既然他们是在谈朋友,他就要表现体贴一点儿。

出了小初开堂,顺着大街走三分钟,燕华家就到了。旧社会过来的老房子,门面小,里头博大精深,地道战一样复杂,不知住了多少家。进门就是陡峭狭窄的木质楼梯,燕华家住二楼,住二楼其中的两间房。燕华一间,她父亲一间,都有十五个平方米,这种住房条件在武汉市的江汉路一带那是好得没说的了。所以燕华就更有俏皮的资本啦。猫子认为:燕华不俏皮谁俏皮?要长相有长相,要房子有房子,要技术有技术,要钱是个独生女。燕华不俏皮谁俏皮?人嘛,不过,话该这么说,燕华只管俏她的,猫子有猫子的把握。

住一楼的王老太在楼梯口坐只小板凳剥毛豆。王老太像钟点,每天下午六点钟准坐这儿择菜。

猫子说:"太。热啊。"

王老太说:"热啊猫子。"

猫子给王老太一盒仁丹,说:"太。热不过了就吃点仁丹。"

王老太说:"咳呀吃么仁丹,这大把年纪了活着害人,只惟愿一口气上不来去了才好。"猫子说:"看太说到哪里去了。"

王老太倒出几粒银光闪烁的仁丹丸子含在舌头上,含糊地说:"猫子啊,燕华今天轮早班了,你小点心。"

用不着王老太提醒,猫子心中有数。燕华是公共汽车司机,一周一轮班,早班凌晨四点发车,最是睡不好觉的班次。燕华一轮到上早班就寻着猫子发火。所以猫子今天本来是要回自己家的。

燕华在厨房里洗菜,穿了件相当于男式背心的女背心,下面是花布裤头,整个背部包括裤头的腰全汗湿得贴在身上。厨房几家共用,几家的女人都在忙碌饭菜,自然都汗湿得不比燕华少。猫子想这里好比游泳池了。猫子说:"热啊嫂子们。"

女人们说:"猫子好甜的嘴。"

猫子说:"燕华。"

燕华哗啦啦洗菜,不理他。

猫子说:"燕华我来洗吧。"

燕华继续洗菜不理人。

猫子朝女人们做了个求助的手势,女人们就说:"燕华死丫头,有福不会享。"

猫子说:"就是。"

燕华竖起一根手指,将脸面上的汗珠刮得飞溅,说:"去去。说不来呢做么事又来了?说你妈病了呢你妈这么快就好了?"

猫子说:"你不晓得今天出了什么事呢,我特意来告诉你的。"

燕华横了他一眼。

女人们都问:"么事呀么事呀?"

猫子说:"我卖一支体温表,拿到街上给顾客。只晒了一会太阳,砰——水银标出来了,体温表爆了。"

女人们说:"啧啧啧啧,你看这武汉婊子养的热!多少度哇!"

燕华说:"吹!"

猫子说:"我吹吗?我是吹的人吗?"

燕华说:"你以为你不吹?十男九吹。"

猫子说:"那让嫂子们说句公道话。"

女人们说:"猫子真不是吹的人。燕华别冤枉他了。"

燕华说:"你们干什么干什么?八国联军打中国呀。"说完忍不住笑,扭身跑了。

猫子脱了 T 恤衫，赤膊上阵洗菜。接着切菜。接着炒菜。叮叮当当，做得大汗淋漓，热火朝天。

女人们说："猫子啊，一个怕老婆的毛坯子。"

猫子说："怕就怕。怕老婆有么事丑的。当代大趋势。其实呢，是心疼她，上早班多辛苦。"

女人们说："猫子真是个好男将哦，又体贴人又勤快，又不赌不嫖。"

猫子说："你们又不接客，么样晓得我不嫖啊？"

一个女人跑上来拧了猫子的嘴。其他几个咬牙切齿笑，说："这个小狗日的！"

猫子大笑。

菜饭刚做好。燕华的父亲回来了。老师傅白发白眉，寿星老头模样。老通城餐馆退休的豆皮师傅，没休一天又被高薪返聘回去了，据说他是当年给毛泽东主席做豆皮的厨师之一。这一带街坊邻居无不因此典故而敬慕他。

一厨房的人都一叠声打招呼。

"许师傅您家回来了。"

许师傅说："回了回了。今天好热啊。"人都应："热啊热啊。"

许师傅说："猫子你热死了，快到房里吹吹电扇。"

猫子说："无所谓，吹也是热风。"

燕华冲了凉水澡出来。黑色背心白色短裤裙，乳房大腿都坦率地鼓着，英姿飒爽。猫子冲她打了个响指。她扭了扭腰要走。

许师傅说："燕华！帮猫子摆饭菜。"太阳这时正在一点一点沉进大街西头的楼房后边，余辉依然红亮地灼人眼睛。洒水车响着洒水音乐过来过去，马路上腾腾起了一片白雾，紧接着干了。黄昏还没来呢，白天的风就息了。这个死武汉的夏天！燕华拧了两桶水，一遍又一遍洒在自家门口的马路上，终于将马路洒出了湿湿的黑颜色。待她直起腰的时候，许多人家已经搬出竹床了。

燕华叫："猫子。"

猫子在楼上回答："来了。"

过了一会儿猫子还没下楼。

燕华不满意了。高叫："猫子——"

猫子搬了张竹床下来了。

燕华说:"老不下来老不下来,地方都给人家占了。"

猫子说:"哎你小点声好不好?你这人啦,谁家的竹床自有谁家的老地方。大家都要睡,挤紧点就挤紧点呗。"

燕华声音低了下来,却没服气,说:"就你懂事,就你会做人,就你讨街坊喜欢,德性!"

猫子说:"我实事求是嘛。"

猫子和燕华一边嘀咕着一边干活。他们摆好了一张竹床两只躺椅,鸿运扇搁竹床一头,电视机搁竹床另一头。几个晒得黑鱼一样的半大男孩窜来窜去碰得电线荡来荡去,燕华就说:"咄,咄。"赶小动物似的。猫子觉得怪有趣,说:"这些儿子们。"

许师傅摇把折扇下楼来了。他已经冲了个澡,腰间穿条老蓝的棉绸大裤衩,坐进躺椅里,望着燕华和猫子,一种十分受用的样子。

竹床中央摆的是四菜一汤。别以为家常小菜上不了谱,这可是最当令的武汉市人最爱的菜了:一是鲜红的辣椒凉拌雪白的藕片,二是细细的瘦肉丝炒翠绿的苦瓜,三是筷子长的鲨鲦鱼煎得两面金黄又烹了葱姜酱醋,四是卤出了花骨朵朵的猪耳朵薄薄切了一小碟子。汤呢,清淡,丝爪蛋花汤。汤上飘一层小磨麻香油。

燕华给父亲倒了一杯酒,给猫子也倒了一杯酒。"黄鹤楼"的酒香和着菜香就笼罩了一大片马路。隔壁左右的邻居说:"许师傅,好菜呀。"

许师傅用筷子直点自家的菜,说:"来来喝一口。"

邻居说:"您家莫客气。"

许师傅说:"那就有偏了。"

燕华冷笑着自言自语:"恶心。"

猫子说:"咳,老人嘛。"

马路对面也是成片的竹床。有人扯着嗓子叫道:"许师傅,好福气呀。"许师傅说:"福气好福气好。"

燕华开了电视,正好雄壮的国歌升起。大街两旁的竹床上都开饭了。举目四顾,全是吃东西的嘴脸。许师傅喝得很香。猫子也香。一条湿毛巾搭在肩上,吃得勇猛,一会儿就得擦去滚滚的汗。燕华盛了一小碗绿豆稀饭,有一口没一口地喝，筷子在菜盘子里拨来拨去，百无聊赖。

猫子说："燕华，我的菜是不是做得呱呱叫？"

燕华说："你自我感觉良好。"

猫子说："嗐，许伯伯？"

许师傅说："是呱呱叫。猫子不简单呐。"

燕华说："我吃不香。这么热的天还吃得下东西？"

猫子说："这是没睡好的原因，上早班太辛苦了。所以我不回家，来给你做菜。"

许师傅听完就嗬嗬地乐。燕华说："他油嘴滑舌。先头说是因为出了体温表的事。"

猫子猛拍大腿。他怎么居然还没告诉未来老丈人今天的大新闻呢！他说："许伯伯，今天出了件稀奇事。一支体温表在街上砰地爆了，水银柱标出玻璃管了！"

许师傅歪着头想像了好半天，惊叹道："真是世界之大无奇不有哇！猫子，体温表最高多少度？"

猫子说："摄氏42度。"

许师傅说："这个婊子养的！好热啊！"

燕华放下碗，说："热死了。不吃了。"

猫子说："热是热，吃归吃呀。"

燕华说："像个苕。"

猫子说："不吃晚上又饿。"

燕华说："像个苕。人是活的砂，就叫饿死了？满街的宵夜不晓得吃。"猫子说："好吧好吧，十二点钟去吃宵夜。"

燕华说："你美哩，谁要你陪，我早和人家约好了。"

猫子说："谁？和谁？"

燕华说："你是太平洋的警察？——管得真宽。"

许师傅说："猫子别理她！燕华像放多了胡椒粉，口口呛人。还是个姑娘伢吵。"

燕华说："姑娘伢么样？姑娘伢么样？"

许师傅说："姑娘伢要文静本分温顺。"

燕华说:"怕又是旧社会了吧?"

猫子说:"许伯伯您家莫和她怄气。"

许师傅说:"都不理她。"

一老一少两个男人就去看电视。燕华从鼻子里哼哼两声,转过身望街去坐;眼睛怔怔变幻着各种情绪。一般姑娘家只是背了人才有这种神态的。所以贴街行走的外地人冷不丁瞧见了燕华便吓了一跳。

街上行人稀了一些,却也稀不到哪儿去。武汉市城区每平方公里平均将近四千人,江汉路又是城区最繁华的商业区,行人又能稀到哪儿去?照旧是车水马龙。不过日暮黄昏了,竹床全出来了,车马就被挤到马路中间去了。本市人不觉得有什么异常,与公共汽车,自行车等等一块儿走在大街中间。外地人就惊讶得不得了。他们侧身慢慢地走,长长一条街,一条街的胳膊大腿,男女区别不大,明晃晃全是肉。武汉市这风景呵!

电视播映国际新闻了。

猫子大声宣布:"嗨,国际啦国际啦。"

在伊拉克侵占科威特之后,猫子主动负起了提醒街坊看国际新闻的责任。几家的男人端着饭碗跑了过来。

伊拉克吞并了科威特又想搞沙特阿拉伯。

猫子说:"个婊子养的伊拉克,吃饱了撑的。"

男人们都感慨:"这个婊子养的!"

有人说:"这婊子破坏我们亚运会。等开完了亚运再打不迟嘛。"

许师傅说:"毛主席说过,侵略者绝无好下场。你们信不信?"

猫子说:"我信。有钱的国家都出动了,收拾它是迟早的事。"

男人们说:"那难说。阿盟其实不喜欢美国佬。咱们出兵算了,赚点外汇,减少点人口,又主持了正义,刀切豆腐两面光。不知江书记想到了这点没有?"

许师傅说:"你怎么这思想呢?现在的年轻人?"

大家说:"许师傅啊,我们哪有什么思想,比不得您家,毛泽东思想武装的。"许师傅知道这是玩笑话,和气地笑了。

臭了一顿伊拉克,接着又臭武汉的持续高温。再接下来是广告,又臭广告。臭广告时人就渐渐散了。

猫子一放下碗,许师傅就说:"燕华,收碗。"

燕华说:"我要等汉珍。"

猫子说:"哦,汉珍。你们好紧的口,都不告诉我。"

燕华说:"你是个么事大人物,要告诉你?"

许师傅说:"收碗,燕华!"

猫子说:"我来收碗。"

许师傅说:"不行猫子。街坊邻居都看着,我家这点家教还是有的。燕华收碗。"

燕华不情不愿起身收拾碗筷,猫子给她打下手。

王老太和女人们看着燕华猫子上了楼,就对许师傅说:"您家做得对,燕华脾气是娇躁了一些。猫子是个几好的伢,换个人燕华要吃亏的。"

许师傅说:"是的杪,像猫子这忠厚的男伢现在哪里去找?现在的女伢们时兴找洋毛子,洋毛子会给他丈人炒苦瓜吃么?燕华要是不跟猫子,我捶断她的腿。"

燕华满以为猫子会主动洗碗的,谁知他放下饭锅就走。燕华说:"猫子啊。"

猫子说:"干什么呀?"

燕华说:"好好!我算看透你了!"

猫子说:"今儿都没给个好脸色嘛。"

燕华说:"么样脸色是好?"说着就露出了笑。

猫子说:"这就对了。谈朋友嘛要有具体行动。"

猫子一把拉过燕华拥进怀里。燕华说:"太热了。"胳膊却不由自主搂住了猫子的腰。两人扭扭拌拌进了房间。房间完全是个蒸笼,墙壁,地板,家具,摸哪儿都是烫的。等他们出房间时都有点儿中暑了。

汉珍是晚上八点半来的。燕华又换了一件新潮太阳裙和她走了。她们嘻嘻哈哈对猫子说:"拜拜。"

这个时候,住人的房子空了。男女老少全睡在马路两旁。竹床密密麻麻连成一片,站在大街上一望无际。各式各样的娱乐班子很快组合起来。

许师傅本来是要摸两把麻将的。新近相识的王厨师来了。王厨师是武汉人,在远洋轮上工作了三十年,最近退休回了老家。着了迷寻着许师傅讲究武汉小吃。他们还有一个忠实的听众王老太。王老太在许师傅谈论的武汉小吃中度过了大半生。

一个嫂子约猫子打麻将。

许师傅说:"猫子去玩吧。"

猫子说:"我不玩麻将。"

嫂子说:"玩么事呢?总要玩点么事啊。"

猫子说:"我和他们去聊天。"

嫂子说:"天有么事聊头?二百五!没听人说的么:十一亿人民八亿赌,还有两亿在跳舞,剩下的都是二百五。"

猫子说:"二百五就二百五。现在的人不怕戴帽子。"

嫂子膝下的小男孩爬竹床一下子摔跤了,哇地大哭。她丈夫远远叫道:"你这个婊子养的聋了!伢跌了!"

嫂子拧起小男孩,说:"你这个婊子养的么样搞的哟!"

猫子说:"个巴妈苕货,他是婊子养的你是么事?"

嫂子笑着拍猫子一巴掌,说:"哪个骂人了不成?不过说了句口头语。个巴妈装得像不是武汉人一样。"

猫子抱起小男孩,送到他家竹床上。这家男人递了猫子一支烟。

猫子说:"王师傅我说个新闻吓你一跳。"

男人说:"个巴妈。"

猫子说:"今天,就是今天,下午四点,我们店一支体温表在太阳下呆了两分钟,水银就冲破了玻璃管。"

男人扬起眉毛,半天才说:"真的?"

猫子很高兴,吐出一串烟圈。

男人说:"你说吓人不吓人,多热!还要不要人活嘛!"

猫子豪迈地笑,说:"个婊子养的,我们不活了!"

前边有人叫了:"猫子,过来坐。"

猫子前边去了。一大群人在说话看电视。猫子将电视机揿灭了,有声有色讲了今天体温表的事。人们听了十分激动。有人建议给武汉晚报写篇通讯。有人建议给市长专线打电话:多热的天,你还让我们全天上班吗?由此受到启发,有人提出政府在搞鬼,不让电台如实报天气预报,以免人心浮动。立即有人出来反驳,说测气象不是测的大马路,科学有科学的讲究,搞科学的人不会撒谎。猫子参加了争论,与他争论的小伙子说体温表事件很有可能不是气温的问题而是体温表质量问题。猫子极为气愤,因为体温表是他进的货,全是一等品。

许师傅这时也成了谈话的中心人物。围绕着他的除了王老太全是剃着青皮光头的老头子。

许师傅显然有几分得意忘形,他说毛主席吃完豆皮,到厨房来和厨师一一握手,最后拍着他的肩说:你的豆皮味道好极了!

老人们乐得跟小孩一样。许师傅自嘲说:"啊,是有点像雀巢咖啡的广告。"

王老太说:"再讲讲朝鲜国吃四季美的故事。"

许师傅就又讲金日成某年某月某日到武汉访问了四季美的小笼汤包。吃完就走了,去北京了。十多天后金日成启程回国,上车前突然对送行的中央首长说:"我还有一个小问题始终没想通。"中央首长请他讲,金日成说:"那武汉市四季美的汤包,汤是么样进包子的?"

老人们更乐得不知怎么才好,捧着茶杯咕咕喝茶,过那痛快的瘾。

王厨师说:"个杂种,我漂洋过海不晓得跑了多少国家和城市,个杂种,他们的油条都是软皮隆的,只有我们武汉的油条是酥酥的。"

许师傅说:"咳,提不得喽。说那上海吧,十里洋场,过早吃泡饭;头天的剩饭用开水一泡,就根咸菜,还是上海!北京首都哩,过早就是火烧面条,面条火烧。广州深圳,开放城市,老鼠蛇虫,什么恶心人他们吃什么。哪个城市比得上武汉?光是过早,来,我们只数有点名堂的——"

王老太扳起指头就数开了:老通城的豆皮,一品香的一品大包,蔡林记的热干面,谈炎记的水饺,田恒启的糊汤米粉,厚生里的什锦豆腐脑,老谦记的牛肉枯炒豆丝,民生食堂的小小汤圆,五芳斋的麻蓉汤圆,同兴里的油条,顺香居的重油烧梅,民众甜食的汆汁酒,福庆和的牛肉米粉。王老太的牙齿不关缝,气一急潜出了一挂口水。她难为情地用手遮住了嘴巴,说:"丢丑了丢丑了,老不死的涎都馋出来了。"

老人们鼓掌。

王厨师说:"不愧老汉口!会吃!我这个人喜欢满街瞎吃。过个早,面窝,糍粑,欢喜坨酥饺,核糍,糯米鸡,一样吃一个,好吃啊!"

许师傅说:"那不是吹的,全世界全国谁也比不过武汉的过早。"

老人们自豪极了,说:"就是就是。"

夜就这样渐渐深了。

公共汽车不再像白天那样呼呼猛开。它嗤嗤喘着气，载着半车乘客，过去了好久才过来。推麻将的声音变得清晰起来。竹床上睡的人因为热得睡不着不住地翻来覆去。女人家耳朵上，颈脖上和手腕手指上的金首饰在路灯的照射下一闪一闪地发亮。竹床的竹子在汗水的浸润下使人不易觉察地慢慢变红着……

燕华正在回家的路上。

燕华和汉珍又约了两个高中女同学。四个姑娘穿得时髦之极。摩丝定型发胶将刘海高高耸在前额，脸上是浓妆艳抹。她们的步态是时装模特儿的猫步，走在大街上十分引人注目，没玩什么她们就开心极了。

她们没去跳舞也没看电影。就是逛大街。从江汉路逛到六渡桥，又从六渡桥逛回江汉路。吃冰淇淋，吃什锦豆腐脑，你出钱请一次，她出钱请一次。

汉珍说了今天体温表的新闻。

燕华说了今天她车上售票员小乜和乘客相骂的事。说是两个北方男人坐过了站，小乜要罚款。北方人不肯掏钱，还诉了一通委屈。小乜就说："赖儿叽叽的，亏了裆里还长了一坨肉。"

北方人看着小乜是个年轻姑娘，不敢相信自己的耳朵，大声问：嘛？小乜也大声告诉他们：鸡巴。不懂吗？

北方人面红耳赤，赶快掏出了钱。

四个姑娘笑得一塌糊涂。燕华顶快活，说："个婊子养的，家里一个老头子，一个男朋友，想讲给人听又讲不出口，憋死我了。"

汉珍说："那你就结婚当嫂子嘛。我看猫子已经等不得了。"

另外两个女同学说："燕华只怕都是嫂子喽，猫子那老实？"

燕华扑过去撕女同学的嘴，闹得一团锦簇在霓虹灯下乱滚。

她们又议论了影星歌星，议论了黄金首饰的价格与款式，议论了各自的男朋友，议论了被歹徒杀害的"娟兰"和"两兰"，为这四个女性叹息了一番。

汉珍说："要是你们遇上了歹徒怎么办？"

燕华说："老子不怕！凭什么事让他搞钱？我们公司赚几个钱容易？全是老子们没日没夜开车赚的。邪不压正，你越怕越出鬼。"

姑娘们说："是这个话，怕他也一样杀你。"

走着说着，实在走不动了，她们才分了手。

燕华买了宵夜拎回家来。

许师傅在躺椅上闭目养神。

燕华说:"爸爸吃点汰汁酒吧。猫子呢?"

许师傅说:"前边玩。"

燕华踮脚往前望,望见一片又一片竹床,没见猫子。

猫子这时其实在燕华的视线内,但他躺在四的竹床上。四的竹床都与众不同,脚矮,所以被遮挡住了。

四是个有点年纪的单身汉。街坊传说他是个作家,他本人则不置可否。四是他的小名。许多人讨厌他酸文假醋,猫子却有点喜欢他。因为和四说话可以胡说八道。

猫子说:"四,我给你提供一点写作素材好不好?"

四说:"好哇。"

猫子说:"我们店一支体温表今天爆炸了。你看邪乎不邪乎?"

四说:"哦。"

猫子说:"怎么样?想抒情吧?"

四说:"他妈的。"

猫子说:"他妈的四,你发表作品用什么名字?"

四唱起来:"不要问我从哪里来,我的故乡在远方,为什么流浪,流浪远方,流浪。"

猫子说:"你真过瘾,四。"

四将大背头往天一甩,高深莫测仰望星空,说:"你就叫猫子吗?"猫子说:"我有学名,郑志恒。"

四说:"不,你的名字叫人!"

猫子说:"当然。"

然后,四给猫子聊他的一个构思,四说准把猫子聊得痛哭流涕。四讲到一半的时候,猫子睡着了。四就放低了声音,坚持讲完。

燕华洗了个澡,穿着汗衫短裤,沿着街低低叫唤:"猫子。猫子。"

四听见了却没回答。他想的是:让男人们自由一些吧。

凌晨一点钟了,燕华回到自家竹床上想睡上一会儿。王老太在她耳朵边说:"伢,猫子是个好男将啊。"

燕华说:"晓得。"

王老太又说:"男怕干错行,女怕找错郎啊!"

燕华说:"晓得晓得。"

王老太深深叹了一口气,不出声了。

燕华迷迷糊糊睡了一觉,一身汗,热醒了。三点半,该去上班了。

燕华的第一趟车四点钟准时发出。售票员依然是小乜。车过江汉路时,她们发现了猫子。猫子睡在四的竹床上,毫不客气摊成个大字。燕华最恨四,说:"这个混账东西,哪儿不好睡。"

小乜说:"猫子搭帐篷了。"

燕华说:"呸,流氓。"

小乜说:"个巴妈,他在大街上'搭帐篷',我把眼睛剜瞎它?"

燕华说:"个婊子养的!"

小乜说:"结婚吧。莫丢人了。"

小乜纵情大笑。

燕华说:"小点声伙计,武汉市就现在能睡一会。"

小乜掩住口,吃吃笑个不住。

燕华驾驶着两节车厢的公共汽车,轻轻在竹床的走廊里穿行,她尽量不踩油门,让车像人一样悄悄走路。

(原载《小说林》1991年第1-2期)

点评

酷热天里的武汉,水银都从温度计里迸出来了。无论男女老少,几乎人人随口骂娘,满嘴脏话粗话。然而,所有的人依旧都有滋有味地生活着,享受着人间的烟火,谈情说爱,打牌聊天。竹床摆满了街道,图的是半夜一时的清凉。男女朋友连个私密的空间都没有。无论冷热好孬,人都要好好地生存和生活。这篇小说教人从市井寻常中体味人性的点滴温度,被认为是新写实小说的一篇代表作。

刘震云(1958—)

生于河南新乡延津县,作家。代表作有《一地鸡毛》《温故一九四二》《故乡天下黄花》《手机》《一句顶一万句》等。曾获第八届茅盾文学奖。

一地鸡毛

一

小林家一斤豆腐变馊了。

一斤豆腐有五块,二两一块,这是公家副食店卖的。个体户的豆腐一斤一块,水份大,发稀,锅里炒不成团。小林每天清早六点起床,到公家副食店门口排队买豆腐。排队也不一定每天都能买到豆腐,要么排队的人多,排到,豆腐已经卖完了;要么还没排到,已经七点了,小林得离开豆腐队去赶单位的班车。最近单位办公室新到一个处长老关,新官上任三把火,对迟到早退抓得挺紧。最使人感到丧气的是,队眼看排到了,上班的时间也到了。离开豆腐队,小林就要对长长的豆腐队咒骂一声:

"妈了个X,天底下穷人多了真不是好事!"

但今天小林把豆腐买到了。不过他今天排队排到七点十五,把单位的班车给误了。不过今天误了也就误了,办公室处长老关今天到部里开会,副处长老何到外地出差去了,办公室管考勤的临时变成了一个新来的大学生,这就不怕了,于是放心排队买豆腐。豆腐拿回家,因急着赶公共汽车上班,忘记把豆腐放到了冰箱里,晚上回来,豆腐仍在门厅塑料兜里蹲着,大热的天,哪有不馊的道理?

豆腐变馊了,老婆又先于他下班回家,这就使问题复杂化了。老婆一开始是责备看孩子的保姆,怪她不打开塑料袋,把豆腐放到冰箱里。谁知保姆一点不买账。保姆因嫌小林家工资低,家里饭菜差,早就闹着罢工,要换人家,还是小林和小林老婆好哄歹哄,才把人家留下;现在保姆看着馊豆腐,一点不心疼,还一古脑把责任都推给了小林,说小林早上上班走时,根本没有交代要放豆腐。小林下班回来,老婆就把怒气对准了小林,说你不买豆腐也就罢了,买回来怎么还让它在塑料袋里变馊?你这存的是什么心?小林今天在单位很不愉快,他以为今天买豆腐晚点上班没什么,谁知新来的大学生很认真,看他八点没到,就自作主张给他划了一个"迟到"。虽然小林气鼓鼓上去自己又改成"准时",但一天心里很不愉快,还不知明天大学生会不会汇报他。现在下班回家,见豆腐馊了,他也很丧气,一方面怪保姆太斤斤计较,走时没给你交代,就不能往冰箱里放一放了?放一块豆腐能把你累死?一方面怪老婆小题大作,一斤豆腐,馊了也就馊了,谁也不是故意的,何必说个没完,大家一天上班都很累,接着还要做饭弄孩子,这不是有意制造疲劳空气?于是说:

"算了算了,怪我不对,一斤豆腐,大不了今天晚上不吃,以后买东西注意放就是了!"

如果话到此为止,事情也就过去了,可惜小林憋不住气,又补了一句:

"一斤豆腐就上纲上线个没完了,一斤豆腐才值几个钱?上次你丢手打碎了一个暖水壶,七八块钱,谁又责备你了?"

老婆一听暖水壶,马上又来了火,说:

"动不动你提暖水壶,上次暖水壶怪我吗?本来那暖水壶就没放好,谁碰到都会碎!咱们别说暖水壶,说花瓶吧!上个月花瓶是怎么回事?花瓶可是好端端地在大立柜边上放着,你抹灰尘给抹碎了,你倒有资格说我了!"

接着就戗到了小林跟前,眼里噙着泪,胸部一挺一挺的,脸变得没有血色。根据小林的经验,老婆的脸一无血色,就证明她今天在单位也很不顺。老婆所在的单位,和小林的单位差不多,让人愉快的时候不多。可你在单位不愉快,把这不愉快带回来发泄就道德了?小林就又气鼓鼓地想跟她理论花瓶。照此理论下去,一定又会盘盘碟碟牵扯个没完,陷入恶性循环,最后老婆会把那包馊豆腐摔到小林头上。保姆看到小林和小林老婆吵架,已经习惯了,就像没看见一样,在旁边若无其事地剪指甲。这更激起了两个人的愤怒。小林已做好破碗破摔的准备,幸好这时有人敲门。大家便都不吱声了。老婆赶紧去抹脸上的眼泪,小林也压抑住自己的怒气。保姆把门打开,原来是查水表的老头来了。

查水表的老头是个瘸子,每月来查一次水表。老头子腿瘸,爬楼很不方便,到每一个人家都累得满头大汗,先喘一阵气,再查水表。但老头积极性很高,有时不该查水表也来,说来看看水表是否运转正常。但今天是该查水表的日子,小林和小林老婆都暂时收住气,让保姆领他去查水表。老头查完水表,并没有走的意思,而是自作主张在小林家床上坐下了。老头一坐下,小林心里就发凉,因为老头一在谁家坐下,就要高谈阔论一番,说说他年轻时候的事。他说他年轻时曾给某位死去的大领导喂过马。小林初次听他讲,还有些兴趣,问了他一些细节,看他一副瘸样,年轻时竟还和大领导接触过?但后来听得多了,心里就不耐烦,你年轻时喂过马,现在不照样是个查水表的?大领导已经死了,还说他干什么?但因为他是查水表的,你还不能得罪他。他一不高兴,就敢给你整个门洞停水。老头子手里就提着管水闸的扳手。看着他手里的扳手,你就得听他讲喂马。不过今天小林实在不欢迎他讲马,人家家里正闹着气,你也不看一看家庭气氛,就擅自坐下,于是就板着脸没过去,没像过去一样跟他打招呼。

但查水表的老头不管这个,自己从口袋已经掏出了烟。划火点着烟,屋里就飘起了老头鼻腔的味道。小林知道老头接着就要讲马,但小林猜错了,这次老头没有讲马,而是一脸严肃地说,他要谈些正事。他说,据群众反映,这个门洞有人偷水,晚上不把水管笼头关死,故意让水往下滴,下边放个水桶接着;滴水水表不转,桶里的水不成偷的了?这样下去是不行的,大家都偷水,自来水厂如何受得了?

听了老头的话,小林与小林老婆脸上都一赤一白的。说来惭愧,因为上个礼拜小林家就偷过几次水,是小林老婆在单位闲聊中听到的办法,回来指使保姆试验。后来小林看不上,觉得这事太委琐,一吨水才几分钱,何必干这个?一夜水管嘀嘀嗒嗒个没完,大家也难心安理得睡觉。于是在第三天就停止了。但这事老头子怎么会知道?是谁汇报的?小林和小林老婆都不约而同想到了对门。对门住着一对胖子,女主人自称长得像印度人,眉心常点着一个红豆。他们家也有一个孩子,大小与小林家孩子差不多,两家孩子常在一起玩,也常打架;为了孩子,小林老婆与印度女人有些面和心不和。两家主人不和,两家保姆却很要好,虽然不是一个省来的,却常在一起共同商讨对付主人的办法。准是两家保姆乱串,印度女人得知小林家滴过两回水,就汇报了老头子,现在有了老头子一番话。但这种事如何上得了台面，如何说得出口？说出口以后在人前怎么站？小林赶紧到老头子跟前，正色声明，这门洞有没有人偷水他不知道，但他家是决不干这种事。他家虽然穷，但穷有穷的骨气！小林老婆也上去说，谁反映的这事，就证明谁偷水，不然他怎么会知道偷水的方法，这不是贼喊捉贼是什么？老头子听了他们的话，弹了一下烟灰：

"行了，这事就到这里为止了。以前大家偷没有偷，就既往不咎了，以后注意不偷就行了！"

说完，站起来，作出宽怀大量的样子，一瘸一瘸走了，留下小林和小林老婆在那里发尴。

由于有偷水这件事的介入，使豆腐发馊事件变得不那么重要了。小林心里还责备老婆，一个大学生，什么时候学得这么市民气，偷了两桶水，值不了几分钱，丢人现眼让人数落了一顿。小林老婆也自感惭愧，就不好意思再追究馊豆腐一事，只是瞪了小林一眼，自己就下厨房做饭去了。因为这件事的介入，使本来要爆发战争的家庭平静下来，小林又有些感激老头子。

晚饭一个炒豆角，一个炒豆芽，一碟子小泥肠，一碗昨天剩下的杂烩菜。小泥肠主要是让孩子吃的，其他三个菜是让小林、小林老婆和保姆吃的。但保姆不吃剩菜，说她一吃剩菜就闹肚子。为此小林老婆还和保姆吵过一架，说你倒成贵族了，我还吃剩菜，你倒闹肚子，过去你在农村吃什么来着？保姆便又哭又闹，闹罢工，要换人家。最后还是小林从中斡旋，才又把她留下。把人留下人家就有了资本，从此更不吃剩菜。小林老婆也没办法，吃饭时只好和小林先吃剩菜，剩菜吃完再吃新的。吃饭时孩子很闹，抓东抓西的，看样子有些想流鼻涕，小林老婆怀疑她是否感冒。好歹把饭吃完，已经快八点半了。按照惯例，这时保姆洗碗，小林给孩子洗澡，老婆应该上床睡觉。因老婆上班比小林远，清早上班要早起，早点上床睡觉理所当然。但今天老婆没有早睡，脚也没洗，坐在床前想心思。老婆一想心事，小林心里就有些发毛，不知老婆心思想过以后，会不会又提出什么新的话题。不过今天老婆不错，心思想过以后，没有说什么，草草洗完脚就上床睡觉了。老婆睡觉有这点好处，平时嘴唠叨，一上床就不唠叨了，三分钟就能入睡，响起轻微的鼾声，比孩子入睡还快。前几年刚结婚，小林对这点很不满意，哪能上床就入睡？问：

"你怎么躺倒就着，长此以往，可让人受不了！"

老婆不好意思地解释：

"累了一天，跟猪似的，哪有不躺倒就着的道理！"

后来有了孩子，生活越来越复杂，几次折腾搬家，上班下班，弄吃喝拉撒，弄大人小孩，大家都很疲劳，老婆也变得爱唠叨了，这时小林倒觉得老婆上床就入睡是个优点，大家闹矛盾有个盼头，只要头一挨枕头，战争就停止了。所以小林觉得世界上没有绝对的优点缺点，优点缺点是可以转化的。

老婆入睡，孩子入睡，保姆入睡，三个人都响起鼾声，小林检查了一下屋里的灯火水电，也上床睡觉。过去临睡觉之前，小林有看书看报的习惯，动不动还爬起来记笔记。现在一天家务处理完，两个眼皮早在打架，于是这一切过程都省略了。能早睡就早睡，第二天清早还要起床排队买豆腐。想起买豆腐，小林突然又想起今天那一斤变馊的豆腐，现在仍在门厅里扔着，没有处理。这是导火索。明天清早老婆起来再看到它，说不定又会节外生枝，于是又从床上爬起来，到门厅打开灯，去处理那包馊豆腐。

二

小林的老婆叫小李，没结婚之前，是一个静静的、眉清目秀的姑娘。别看个头小，小显得小巧玲珑，眼小显得聚光，让人见了从心里怜爱。那时她言语不多。打扮不时髦，却很干净。头发长长的。通过同学介绍，小林与她恋爱。她见人有些腼腆。与她在一起，让人感到轻松、安静，甚至还有一点淡淡的诗意。那时连小林都开始注意言语、注意身体卫生了。哪里想到几年之后，这位安静的富有诗意的姑娘，会变成一个爱唠叨、不梳头、还学会夜里滴水偷水的家庭妇女呢？两人都是大学生，谁也不是没有事业心，大家都奋斗过，发愤过，挑灯夜读过，有过一番宏伟的理想，单位的处长局长，社会上的大大小小机关，都不在眼里，哪里会想到几年之后，他们也跟大家一样，很快淹没到黑压压的千篇一律千人一面的人群之中呢？你也无非是买豆腐、上班下班、吃饭睡觉洗衣服，对付保姆弄孩子，到了晚上你一页书也不想翻，什么宏图大志，什么事业理想，狗屁，那是年轻时候的事，大家都这么混，不也活了一辈子？有宏图大志怎么了？有事业理想怎么了？"古今将相在何方，荒冢一堆草没了！"一辈子下来谁不知道谁！有时小林想想又感到心满意足，虽然在单位经过几番折腾，但折腾之后就是成熟，现在不就对各种事情应付自如了？只要有耐心，能等，不急躁，不反常，别人能得到的东西，你最终也能得到。譬如房子，几年下来，通过与人合居，搬到牛街贫民窟；贫民窟要拆迁，搬到周转房；几经折腾，现在不也终于混上了一个一居室的单元？别人家一开始有冰箱彩电，小林家没有，让小林感到惭愧，后来省着攒着，现在不也买了？当然现在还没组合家俱和音响，但物质追求哪里有个完。一切不要着急，耐心就能等到共产主义。倒是使人不耐心的，是些馊豆腐之类的日常生活琐事。过去总说，老婆孩子热炕头，是农民意识，但你不弄老婆孩子弄什么？你把老婆孩子热炕头弄好是容易的？老婆变了样，孩子不懂事，工作量经常持久，谁能保证炕头天天是热的？过去老说单位如何复杂不好弄，老婆孩子炕头就是好弄的？过去你有过宏伟理想，可以原谅，但那是幼稚不成熟，不懂得事物的发展规律。千里之行，始于足下，小林，一切还是从馊豆腐开始吧。第二天早上六点，小林照例爬起来，到公家副食店前排队买豆腐。这时老婆已经睡醒，大睁着两眼在看天花板。老婆入睡快，醒来脑子清醒的也快，不像小林，睡觉起来头半天是木的，得半个小时才能缓过劲儿来，老婆只要五分钟就可以清醒，续上入睡前的思路。这是优点，也是缺点，如果两个人正闹矛盾，老婆早晨醒来，又会迅速续上昨天的事情，继续补课。看今天老婆发呆的样子，又回到了昨天入睡前坐在床沿上想心思的模样，小林心里就有些打鼓，不知老婆又要搞什么名堂。但老婆见他起床，并没有搭理他。小林就有些放心，赶忙刷牙洗脸，拿上塑料袋悄悄出门。但等小林刚要去拉门，老婆在床上发了言：

"我说你，今天的豆腐就别买了！"

原来老婆并没有放过他，仍要续昨天的豆腐事件。小林心里就"嘟嘟"地冒火，一斤馊豆腐，已经扔了，又过了一夜，还真纠缠个没完？于是说：

"馊了一斤豆腐，还至于今后不买了？今天买回放到冰箱里不就结了！你还要纠缠多少年！"

老婆向他摆摆手：

"我不是跟你说豆腐，今天我想了一夜，我再也不能在这个单位呆了，我一定得调，你得跟我来商量商量这事！你不能对我的事漠不关心！"

原来并不是豆腐事件，小林有些放心。但老婆说的是调工作，调工作也是个让人窝心烦躁的事，比馊豆腐事件还复杂。本来老婆的工作单位不错，大学毕业坐办公室，每天也就是搞搞文件，写写工作总结，余下的时间是喝茶看报纸。但老婆性格很直，像小林初到单位一样，各方面关系一开始没处理好，留下后遗症。后来觉悟了，改正了，但以前总留下伤疤，免不了有磕磕碰碰的时候。单位不愉快，回来就向小林唠叨，说要换个单位。小林就拿自己现身说教，说只要将幼稚不懂事的毛病改掉，时间长了自然会适应，换什么单位，天下单位都一样。再说换个单位是容易的？我们都无权无势，两眼一抹黑，哪个单位会要你？老婆就说小林没本领，看着老婆在水深火热之中，一点帮不上忙。小林说，外边帮不上忙，内里不也帮了？不也向你解释了？解释不也是帮忙？就把老婆劝下了。老婆唠叨一顿，怨气出了，第二天就不说了，仍照常上班。如果这样下去，老婆慢慢也会适应，没有单位非换不可的烦恼。但小林家搬了几次家，搬来搬去，住的离小林老婆单位越来越远。当初搬家时，因房子越搬越好，老婆很高兴，说咱们终于在北京也有个房子了，把主要精力花在布置房子上，怎么装窗帘，怎么布局，怎么摆冰箱和电视，还差什么东西，苦恼主要在这个方面。等家伙收拾得差不多了，老婆就又不满意了，怪这个地方离她单位太远。因她的单位在这条线上没有班车，她得挤公共汽车上班，往返一趟，得三四个小时。清早六点起床，晚上八点回来，顶着星星出去，戴着月亮回来，天天如此，车又挤，老婆就受不了，觉得是非换单位不可了。小林看着老婆每天下班疲惫不堪的样子，也觉得这和在单位不愉快不同，在单位不愉快可以忍耐、改正，离单位太远无法人为缩短距离，是得换个离家近一点的单位。真要决定换单位，两人才感到面前的困难像山一样，因为换不换单位，并不是小林和小林老婆能决定的。瞎猫撞老鼠，小林和小林老婆找了几个单位，人家都是一口回绝，连个商量的余地都不留，弄得小林和小林老婆挺丧气。小林说：

"算了算了，别跑了，再跑也是瞎跑，你凑合着吧，北京还有比你上班更远的呢！别光想路程，想想纺织女工，人家上一天班，站着干一天活，你上班是喝茶看报纸，还不知足吗？"

小林老婆发了火：

"你没有本事，就让我凑合。你当然能凑合了，天天有班车坐，我挤四个小时车的滋味你哪里有体验？我非换单位不可，要不换单位，我明天就不上班，你挣钱养活我们娘俩！"

第二天就真不去上班。把小林急坏了。急了一次真管用，小林开动脑筋，真想出一个办法,前三门有一个单位,听有人说,那单位管人事的头头,和小林单位的副局长老张是老同学。小林帮老张搬过家,十分卖力,老张对小林看法不错。老张自与女老乔犯过作风问题以后,夹着尾巴做人,对下边同志特别关心,肯帮助人,只要有事去求他,他都认真帮忙。小林觉得这事如去找老张,老张不至于一口回绝。通过老张介绍,说不定前三门那个单位倒有些希望。前三门那个单位虽离小林家也很远,如坐公共汽车,也得两个小时,但前三门那里和小林家连地铁,地铁跑得快。四十分钟就够了,况且地铁不像公共汽车那么挤,有时上车还有座位。小林将这想法向小林老婆说了,老婆也很高兴,同意去那个单位,让小林去找老张。小林找到老张,将老婆的困难摆出来,又提出前三门那个单位,说听说老领导在那里有熟人,想请老领导帮帮忙。老张果然痛快,说:

"可以,可以,单位那么远,是应该换一换!"

又说:

"前三门那个单位,我也不熟,但管人事的同志,是我的同学,我给他写一封信,你找他,看他能不能给办!"

小林又大着胆子说:

"最好老领导再给他打一个电话!"

老张摸着胖脑袋"哈哈"笑了,照小林头上打了一巴掌:

"现在的年轻人,比我们那时精明多了!好,好,我给你打一个电话!"

老张又打了一个电话,又给小林写了一封信。小林捧到这封信,如同捧到圣旨一样高兴。小林老婆看到信,也很高兴。小林拿着这信到前三门的单位去,居然管用。管人事的头头接见了他,看了那封信说:

"老张是我的老同学,当年在大学,我们两个都爱搞田径!"

小林斜欠着身子坐在头头办公桌前,忙接上去说:

"现在老张也爱锻炼!"

头头看他一眼,突然又问起老张前一段出事的事,让小林讲一讲细节。小林感到有些为难,讲不好,不讲也不好,于是只拣些重要的讲了讲,说老张也只是和女老乔在办公室里坐了一坐,并没有真正在一起,其他一切都是谣传。那头头听后"哈哈"笑了,说:

"这个老张,还是那么可爱!"

最后才谈起小林老婆调动的事。那头头情绪正好,说:

"行,行,老张托的事,就是我的事,我看看下边哪个单位缺人!"

这不等于答应了?小林回来向老婆一汇报,老婆马上抱着他在脸上乱亲。两人度过了一个愉快的夜晚。如果就这样等着,小林老婆一定能调成,能每天坐着地铁到前三门那个单位上班。但这时小林和小林老婆聪明反被聪明误,自己把事情办坏了。本来人家管人事的头头正在努力,小林和小林老婆仍不放心,小林老婆打听出一个熟人的丈夫,也在前三门那个单位工作,而且是一个处长,就同小林商量,单是一个管人事的头头是否太单薄,是否也找找这个处长?当时小林也没考虑,觉得多一个人就多一份力量,找一找总没什么坏处。于是就又找了这个处长。谁知道这一找不要紧,让人家管人事的头头知道了,管人事的头头马上停止了努力。小林再去找他,他比以前冷淡了,说:

"你不是也找某某了,让他给办办看吧!"

小林这才着了急,知道自己犯了路线性错误。找人办事,如同在单位混事,只能投靠一个主子,人家才死力给你办;我的人多了,大家都不会出力;何况你找多了,证明你认识的人多,显得你很高明,既然你高明能再找人,何必再找我?这时除了不帮忙不说,这容易产生抵触心理,说不定背后再给你帮点倒忙,看你不依靠我依靠别人这事能办成!小林和小林老婆认识到这个道理,明白过来,事情已经晚了。两个人一开始是互相埋怨,埋怨以后,又共同想补救的办法。但这时能想出什么补救办法?小林只好再找老张,让他给同学再打电话。但老张又不是你的亲兄弟,人家是单位的副局长,老找人家也不好。于是小林老婆调工作的事,就这样不上不下地放着。时间一长,小林事情一忙就暂时把这件事给忘记了。但小林老婆忘不了,时常一个人坐在那里想心思。昨天发生了馊豆腐事件,馊豆腐事件过去以后,她没洗脚坐在床边想的,就是这件事,今天早早起来,她将这话题又重新向小林提出。小林一开始以为老婆又让他找老张,但再找老张小林已很怵头,于是说:

"事情已经让咱们办坏了,光让我找老张有什么用?"

小林老婆说:

"这次不让你找老张,还让你找前三门单位那个管人事的头头。"

再找管人事的头头,比让他找老张还怵头,小林说:

"因为找你那个熟人的丈夫,人家态度都冷淡了,如何有脸面再找人家?再找作用也不大!"

小林老婆说:

"为什么作用不大,这事我想了,你也别光怪我那个熟人的丈夫,这不是问题的关键,关键还是功夫下得不够。现在社会上办事,光动嘴皮子如何行?我考虑,咱得给他上个供。现在苍蝇没有不见血的,你不出血,他能给你来真的,还是得出血!"

小林说:"只和人家见过几次面,熟都不熟,连人家家在哪里住都不知道,这供如何上?"

小林老婆发了火:

"看你说话的口气,就是对我的事情漠不关心!上次你要入党,给女老乔送了什么?那时咱们那么困难,孩子吃奶都没有钱,我不照样让你送了?轮到我的事,你怎么就这么推三挡四的,你这存的是什么心!"

说着说着脸就白了。小林见她越说越多真生气了,忙说:

"好,好,咱送,咱送,看送了能起什么作用?"

话说到这里就算完了。白天两人照常上班。等晚上回来,两人匆匆吃完饭,交代保姆看好孩子,就一起到前三门单位管人事的头头家里去上供。但真到上供,供上些什么,两人都犯了难。两人来到商店,逛了半个小时,拿不定主意。礼太小了送不出去,礼太大了又心疼钱。最后小林老婆相中了一个工艺品,一个玻璃匣子里镶嵌了几个花鸟和小鱼,美观大方,四十多元,可以买。但两人商量半天,觉得这个礼品也不合适,管人事的头头能会喜欢花鸟吗?别以为是随便十几块钱买的贱价货搪塞他,那样作用更不好。最后又转,转到食品冷饮柜,小林突然眼睛一亮,说:

"有了!"

小林老婆问:

"什么有了?"

小林便向老婆指了指一箱一箱的"可口可乐",上边挂着一块牌子:"大减价,一块九一听",而可口可乐的正常价格,却是三块五。"可口可乐"拿得出手,一听一块九,一箱二十四听,也就四十多块,看着体积大,又是名牌饮料,拿出来实用大方,管人事的头头肯定喜欢。只是不知它为何减价。小林老婆说:

"别是过期了吧,那样就不好了!"

问了售货员，也不过期，实在是奇怪，好像是单为今天他们送礼准备的。小林说：

"看这样子，今天顺利，这事肯定能成！"

老婆兴致也高了，马上掏钱买了一箱，由小林扛着，两人挤上公共汽车去送礼。兴高采烈到了管人事头头家的楼下，已是晚上八点半，时间也合适。但等两人进楼道刚要上楼，从楼上走下来一个人，正是前三门单位管人事的头头。小林忙向他打招呼，倒让正下楼的头头吃了一惊，等看清是小林，因在家门口，倒比在办公室客气，忙止住脚步笑着说：

"你们来了？"

小林说：

"王叔叔，这是我爱人，为她工作的事，老张让我们再来找您一次！"

头头说：

"我知道了，那个工作的事，我这里没有问题，关键是下边接收单位不好办，你们如能找到哪个处室可以接收，让他们再来找我不就行了？今天晚上我出去还有点事，车子在下边等着，恕不能接待你们了！"

小林和小林老婆心里都凉了半截。这不等于回绝了？等头头走到了楼外，小林才意识到自己肩上还扛着一箱"可口可乐"，忙向楼外喊：

"王叔叔，我还给您带了一箱饮料！"

头头在楼外笑着答：

"我这里还不缺几筒饮料？扛回去自己喝吧！"

接着，车子发动开走了。把小林和小林老婆尴到了楼道里。尴了半天，两人才缓过劲来。小林将箱子摔到楼梯上：

"X他妈的，送礼人家都不要！"

又埋怨老婆：

"我说不要送吧，你非要送，看这礼送的，丢人不丢人！"

小林老婆也说：

"这个人怎么这么恶劣，这个人怎么这么小心眼！"

两人便重新扛着饮料回家。因为礼没有送出去，回家以后两人又为买礼心疼了半天，四十多块钱买一箱"可口可乐"放到家里，这不是吃饱了撑的？一箱"可口可乐"怎么处理？退回商店，入口的东西人家一律不退，自己喝了吧，哪能关起门没事喝"可口可乐"？过了两天，还是老婆聪明，把"可口可乐"打开，时常拿出一筒让孩子到院子里去喝。过去从来没买过饮料，也没买过带鱼，孩子穿得破烂，在院子里穷出了名。一次倒是买了一次带鱼，是贱价处理的，有些发臭，臭味跑到了楼道里，让对门印度女人到处宣扬，现在让小女儿拿着"可口可乐"到处喝，也起一个正面宣传的作用，也算这箱"可口可乐"买的没有白费。只是工作的事仍没有着落，仍是小林和小林老婆继续窝心的问题。

三

家里来了客人。小林晚上下班回来。一进楼道，就知道家里来了客人。因为他家的门大开着，里边传出外地老家人的咳嗽声。等小林回到家，果然，里间床上正坐着两个皮肤晒得焦黑、头上暴着青筋的老家人，脚边放着几个七十年代的帆布提包，提包上还印着毛主席语录。两个人正在不住地抽烟、咳嗽，毫不犹豫地将烟灰和痰弹吐了一地。小林的小女儿也被烟呛得不住地咳嗽，在烟雾里乱跑。小林本来今天心情不错，办公室新到处长老关，别看平时一脸严肃，原来对人却没坏心眼，季度评奖，给小林评了个头奖，多发给他五十块钱。虽然五十块钱不算什么，但多五十总比少五十强，拿回来总能买老婆个高兴。谁知兴冲冲回家，老婆还没下班，家里却来了两个老家人。小林像被兜头浇了一桶凉水，一天的好兴致，立即跑得无影无踪。本来老家来人应该高兴，多年不见的乡亲，见了叙叙旧也没什么不可，但老家经常来人，就高兴叙旧不起来，反过来倒成了一种负担。家里来人不得招待？招待一次就得几十块钱。经常来人。家庭就受不了。老家来人和别的同学朋友来还不一样，别看老家来的人焦黑、头上暴着青筋，是农村人，但农村比城里人礼还多，同学朋友招待不好人家可以原谅，这些农村人招待不好他反倒不高兴，回到老家说你。他们认为你在北京，来到北京理应你招待，全不知小林在北京也是社会的最低层，也整天清早排队买豆腐，只是客人来了，才多加两个菜。有时小林看老家人那故作傲慢的样子，不禁又好气又好笑，你们在家才吃什么！老家人来，如果单是吃一顿饭，还好应付，往往吃过饭，他们还要交代许多事让小林办。搞物资、搞化肥、买汽车、打官司，走时还让小林给买火车票。小林哪里有那么强的办事能力！自己老婆的工作都办不了，送礼人家都不收，还能给别人打官司办汽车？买火车票小林照样得去北京站排队。一开始小林爱面子，总觉得如说自己什么都不能办，也让家乡人看不起，就答应试一试，但往往试一试也是白试，虽然有些同学分到了不同的单位，但都是刚到单位不久，还没到掌权的地步，哪里办得成？免不了回头还是尴尬。后来渐渐学聪明了，学会了说"不，这事我办不了"！当然说这话人家会看不起，但看不起是早晚的事。早看不起倒可以省下麻烦。但老家仍是源源不断来人，来了起码吃你一顿饭。问题的复杂性还在于，小林老婆是城市人，城市到底比农村关系简单，来的人很少。人家家老不来人；自己家老来人，来了就要吃饭，农村人又不讲究，到处弹烟灰吐痰，也让小林不好意思。按说小林老婆在这方面还算开通，一开始来人不说什么，后来多了，成了常事，成了日常工作，人家就受不了，来了客人就脸色不好，也不去买菜，也不去下厨房。小林虽然怪老婆不给自己面子，但人家生气得也有道理，两人如倒个个儿，小林也会不高兴。于是除了责备妻子，也怪自己老家不争气，捎带自己让人看不起。老家如同一个大尾巴，时不时要掀开让人看看羞处，让人不忘记你仍是一个农村人。对门印度女人就说过，看他们家那土样，一家子农村人。弄得小林老婆很不高兴。所以小林时常提心吊胆，一到下班，就担心今天老家是否来人了？有时在家里坐，一听院子里有人说外地口音，他就心惊胆战，忙跑到阳台上看，看这外地口音是否进了自己的门洞，如不是进这门洞，才松一口气。虽然小林不盼望自己老家来人，却盼望老婆那边来人。那边如也来人，小林故意热情些，也可抵消一些自己这边来人，让老婆心理平衡一些。但人家来人少，让小林时刻亏着心。老家的父母也不懂小林心情，觉得自己儿子在北京，是个可炫耀的事情，时常说："我儿子在北京，你们找他去！"人家来了，小林就不能不热情。不热情怠慢人家，人家就不高兴，回去说你忘本。但忘本也就忘本，这个本有什么可留恋的！小林也给自己父母写信，说我这里也很忙，经济很难，以后不要图你们面子好看，故意往这里介绍人。信写好以后，小林还故意让老婆看了看，老婆没领他这个情，照地下吐了一口唾沫：

"早知你家是这样，当初我就不会嫁给你！"

小林马上火了，指着老婆说：

"当初我也把家庭情况向你说了，你说不在乎，照你这么说，好像我欺骗你！"但斗气归斗气，家里还是照常来人。因人照常来，久而久之小林老婆也习惯了。习惯了就自然了。无非是脸色不高兴。这就使小林很满意。小林也自觉，客人来了，吃饭只加两个大路菜，无非是一条鱼，或是一只鸡，没有酒水。老家人不满意，只好让他们不满意，总比让老婆不满意要好。

但今天来的两个客人，使小林觉得只加两个菜绝对说不过去。这两个人一个老头子，一个年轻人，一开始小林没有认出来，上去问他们是哪个村的，听那老头子一说话，小林认出来了，是自己小学时的老师。这老师姓杜，小林上小学时，跟他学了五年，杜老师既教数学，又教语文。一年冬天小林捣蛋，上自习跑出去玩冰，冰炸了，小林掉到了冰窟窿里。被救上来，老师也没吵他，还忙将湿衣裳给他脱下来，将自己的大棉袄给他披上。这样的老师，十几年没见，现在到了自己门上，如何使小林不激动？小林上去握住他的手：

"老师！"

老师见他激动了，也激动起来，拉住小林说：

"小林！街上遇到你，肯定我认不出来！"

又忙把年轻人向他介绍，说是自己的儿子。

大家激动过，小林问老师来北京的意思。老师把意思一说，小林又有些胆战心惊，原来老师得了肺气肿，到底发展没发展成肺癌，老家医院水平低，诊断不出来，这时老师想起他培养的学生，还就属小林混得高，混到了北京，于是带儿子来投奔他，想让他找个医院给确诊确诊。如果是癌征，最好能住院治疗；如果不是癌症是肺气肿，也望能做一下手术。小林一边说：

"咱慢慢商量，咱慢慢商量！"

一边转动脑筋。可北京哪里有他熟悉的医院？这时门开了，小林老婆下班回来。小林一看表，已是晚上七点半。小林见了老婆又是一番胆战心惊，一边看老婆的脸色，一边向老婆介绍，这是自己的老师和儿子，这是自己的爱人。老婆见又来了一屋人，屋里烟气冲天，痰迹遍地，当然不会有好脸色，只是点点头，就进了厨房。一会儿，厨房就传来吵声，老婆在责备保姆，都七点半了，怎么还没给孩子弄饭？小林知道那责备声是冲着自己，也怪自己大意只顾跟老师聊天，忘了交代保姆先给孩子弄饭。何况来了两个客人，加上小林、小林老婆、保姆、孩子，一下成了六口人，这饭还没准备呢。于是就让老师先坐着，自己去厨房给老婆解释。解释之前，他先掏出今天单位发的五十块钱，作为进见礼；然后又解释说，实在没办法，这是自己小学时的老师，不同别人，好歹给弄顿饭，招待过去就完。谁知老婆一把将五张人民币打飞了，说：

"去你妈的，谁没有老师！我孩子还没吃饭，哪里管得上老师了！"

小林拉她：

"你小声点，让人听见！"

小林老婆更大声说：

"听见怎么了，三天两头来人，我这里不是旅馆！再这样下去，我实在受不了了！"

就坐在厨房的水池上落泪。

小林怒火一股股往头上冲。但现在生气也不是办法，客人还在里间坐着，只好先退出来，又去陪老师。但看老师的样子，已经听见了他们的争吵。老师到底有文化，不比别的老家人，招待不好故意傲慢，马上大声说：

"小林你不必忙，俺已经在外面吃过饭了。俺住在劲松地下旅馆，也就是来看看你，给你带了点老家土产，喝了这杯水，俺就该走了，晚了怕坐不上车！"

接着拉开了帆布提包，让儿子把两桶香油送到了厨房。

小林感到心中更加不忍。他知道老师肯定没有吃饭，只是怕他为难，故意说这话给他老婆听。也许是两桶香油起了作用，也许是老婆觉悟过来，饭到底还是做了，做的还不错，四个菜，把孩子吃的虾仁都炒了一盘。好歹吃完饭，小林将老师和他儿子送出门。路上老师一个劲儿地说：

"我一来，给你添了麻烦。本来我不想来，可你师母老劝我来看看你，就来了！"

小林看着老师的满头白发，蹒跚的步子，脸上皱褶里都是土，自己也没有让他在家洗洗脸，心里不禁一阵辛酸，说：

"老师身体有病，该来北京看看。我先给你们找个便宜旅馆住下，明天我就去给老师找医院！"

老头子忙用手止住小林：

"你忙你的，我还有办法！"

接着摘着下帽子；从里边拿出一张纸条：

"来时怕找不到你，我找了县教育局李科长。李科长有一同学，在某大机关当司长，看，都给我写了信！我投奔他，他那么大的干部，肯定有办法！"

老师话说到这里，小林就不再坚持。因让他找医院，他也肯定找不出什么好医院,是瞎耽误老师的时间,还不如让人家去找司长。于是就只好将老师和他儿子送到公共汽车上,和他们再见。看着公共汽车开远,老师还在车上微笑着向他招手,车猛地一停一开,老头子身子前后乱晃,仍不忘向他挥手,小林的泪刷刷地涌了出来。自己小时上学,老师不就是这么笑?等公共汽车开得看不见了,小林一个人往回走,这时感到身上沉重极了,像有座山在身上背着,走不了几步,随时都有被压垮的危险。

　　第二天上班,小林在办公室看报纸,看到一篇悼念文章,悼念一位已经死去好多年的大领导,说大领导生前如何尊师爱教,曾把他过去少年时代仅存的两个老师接到北京,住在最好的地方,逛了整个北京。小林本来对这位死去的大领导印象不错,现在也禁不住骂道:

　　"谁不想尊师重教?我也想让老师住最好的地方,逛整个北京,可得有这条件!"

　　就把这张报纸扔到了废纸篓里。

四

　　孩子病了。流鼻涕,咳嗽。老婆说:

　　"你老师有肺气肿,上次他来咱们家一次,是不是把孩子给传染上了?"

　　孩子有病,小林也很着急。孩子一病,和不病时大不一样,小林和小林老婆,起码得一个人请假在家照顾。这时单靠保姆是不行的。但老婆胡乱联系,又责备他的老师,使小林心里很愤怒。上次老师走后,小林两天没理老婆,怪她破坏他的情感,当着老师的面让他下不来台。人家吃了你一顿饭,却给你提来两桶香油,两桶香油有十斤,现在北京自由市场一斤香油卖八块,十斤就是八十多块,你一顿饭值八十吗?两天来吃着老师的香油,老婆也面有愧色,也觉自己做的太过分。但现在孩子病了,她有气无处撒,又想反攻倒算,拿小林的老师做码子,小林就有些不客气,说:

　　"孩子有病,还是先检查。如检查出不是肺气肿传染,你提前这么责备人家,不就不道德了吗?"

　　于是两人都请假,带孩子去医院检查。但检查是好检查的?说来说去还是一个字:钱。现在给孩子看一次病,出手就要二三十;不该化验的化验,不该开的药乱开。小林觉得,别人不诚实可以,连医生都这么不诚实了,这还叫人怎么活?一次孩子拉稀,看下来硬是要了七十五。小林老婆又好气又好笑,抖着双手向小林说:

"一泡屎值七十五?"

每次给孩子看完病,小林和小林老婆都觉得是来上当。但孩子一病,这个当你还非上不可。你别无选择。譬如现在,路上孩子又有些发烧,温度还挺高,这时两人都忘记了相互指责,忘记了是去上当,精力都集中到孩子身上,于是加快步伐挤车去医院。到医院一检查,原来也无非是感冒。但拿着药单子到药房窗口一划价,四十五块五毛八。小林老婆抖着单子说:

"看,又宰人了吧!你说,这药还拿不拿?"

小林没"说",也没理她。刚才小林有些着急,小孩发烧那么高,不知出了什么问题,不知是不是老师给传染了。现在诊断出是感冒,小林就放了心。放心之后,小林又开始愤怒,刚才你断定是我的老师传染,现在经过医院诊断,不成感冒了?小林本想跟她先理论理论这事,再说宰人不宰人的事,但看到药房前边排队的人很多,来往的人也很多,这个场合理论不对,就没有理她,只是没好气地向老婆说:

"怕宰你就别来呀,人家谁请你非拿药不可了?"

老婆马上抱起孩子:

"照这么说,我就真不拿药了!"

抱起孩子就走。看着老婆赌气不拿药,小林倒着了急。他知道老婆的脾气,赌上气九牛拉不回来。赌气不拿药,回家孩子怎么办?忙又撵出去,拦住老婆:"哎,哎,这事你还能真赌气呀,把药单子给我!"

谁知老婆这次不是赌气,她看着小林说:

"这药不拿了,不就是感冒吗?上次我感冒从单位拿的药还没吃完,让她吃点不就行了?大不了就是'先锋'、'冲剂'、退烧片之类,再花钱不也是这个!"

小林说:

"那是大人药,大人小孩不一样!"

小林老婆说:

"怎么不一样,少吃一点就是了。这事你别管,不花四十五块,我也能让孩子三天好了。药吃完我再到单位要!"

小林觉得老婆说的也有道理。他用手摸了摸孩子的头,不知是孩子刚刚睡醒的缘故,还是嗅到了医院的味道,烧突然又退了下去。眼睛也有神了,指着医院对面的"哈蜜瓜"要吃。看情况有些缓解,小林觉得老婆的办法也可试一试。于是就跟老婆一块出医院,给孩子买了一块"哈蜜瓜"。吃了一块"哈蜜瓜",孩子更加活泼,连咳嗽一时也不咳了,跳到地上拉着小林的手玩。小林高兴,老婆也高兴。大家一高兴,心胸也就开阔了,小林也不再追究老婆说过老师传染不传染的话了,那都是着急时没有办法乱发的火,不足为凭。既然不追究了,孩子的病也确诊了,老婆想出办法,看病又省下四十五块钱;这不等于白白收入?大家心情更开朗。小林对老婆也关心了。路过小吃街,小林对老婆说:

"你不是爱吃炒肝,吃一碗吧!"

小林老婆咂巴咂巴嘴说:

"一块五一碗,也就吃着玩,多不划算!"

小林马上掏出一块五,递给摊主:

"来一碗炒肝!"

炒肝端上来,小林老婆不好意思地看了小林一眼,就坐下吃起来。看她吃的爱惜样子,这炒肝她是真爱吃。她捡了两节肠给孩子吃,孩子嚼不动又吐出来,她忙又扔到自己嘴里吃了。她一定让小林尝尝汤儿。小林害怕肠,以为肠汤一定不好喝,但禁不住老婆一次一次劝,老婆的声音并且变得很温柔,眼神很多情,像回到了当初没结婚正谈恋爱的时候,小林只好尝了一口。汤里有香菜,热腾腾的,汤的味道果然不错。老婆问他味道怎么样,他说味道不错,老婆又多情地看了他一眼。想不到一碗炒肝,使两人重温了过去的温暖。这种情绪一直持续到晚上。因孩子病得不重,回家后老婆让她吃了药,她就自己玩去了。晚上也不咳了,睡得很死。等外间保姆传来鼾声,小林和小林老婆都很有激情。事情像新婚时一样好。事情过去以后,两人又相互抚摸着谈起了天,重新总结今天孩子病的原因。小林老婆主动承认错误,说今天一时性急,错怪了小林的老师。小林说既然不怪老师,就怪我们夜里没看好,让孩子蹬了被子。老婆说也不怪夜里没看好,就怪一个人。小林心里一"咯噔",问是谁,老婆用手指了指外间门厅。这是指保姆。接着老婆说了保姆一大堆不是,说保姆斤斤计较,干活不主动,交代的任务故意磨蹭,爱在保姆间乱串,爱泄露家中的机密;对孩子也不是真心实意,两人上班不在家,她让孩子一个人玩水,自己睡觉或看电视,孩子还有个不感冒的?等今年九月份,一定送孩子入托,把她辞出去。她一个人工资四十元,吃喝费用得六十元,还用小林老婆的卫生巾、化妆品,再加上水果杂用,一月一百多,占一个人的工资,家里哪会不穷?等孩子入托,辞了保姆,一个月省下这么多钱,家里生活肯定能改善,前途还是光明的。小林也受了鼓舞,加上他平时对保姆印象也不好,也跟着老婆说了一阵子话。说完感到气都出了,心里很畅快。两人又亲了一下,才分开身子睡觉。老婆一转身三分钟睡着了,小林没睡着,想了想刚才的一番议论,又感到有些羞愧。两人温暖一天,最后把罪过归到保姆身上,未免有些小气。人家一个十几岁的小姑娘,出门几千里在外,整天看你脸色说话,就是容易的?小林感到自己也变得跟个娘们差不多了,不由感叹一声。但接着疲倦也上来了,两个眼皮一合,也就睡着了,不再想那么多。

但等第二天早晨,小林又感到昨天对保姆的指责没有错。清早老婆上班,小林照常出去排豆腐。排完豆腐,小林本来应该去上班,但今天下着小雨,来排豆腐的人少,豆腐买得顺利,看看表,还有富裕时间,因惦着孩子感冒,就又回家看了一趟。回家后,发现保姆床也没叠,孩子的饭也没做,药也没喂,给了孩子洗脸水让她玩,她呢,正在给自己鼓捣吃的。清早起来小林和小林老婆都吃的剩饭,把昨天的剩饭泡了泡,就着咸菜吃下了肚。保姆不吃剩饭,你再熬点新粥也就罢了,谁知她正在用给女儿做饭的小锅下挂面,进房一股香气,她加了香菜,加了豆腐干,还卧里一个鸡蛋。保姆见他突然回来,也有些吃惊,忙用筷子将鸡蛋往面条底下捺。但不管怎么捺,还是让小林发现了。小林怒火一股股往脑门冲,这不是故意败坏人吗?起床孩子不弄,自己倒先偷着做好的吃。大家都不容易,我们背后议论你,把一切罪过归到你身上固然不对,但你也忒不自觉,忒不值得尊重和体谅。但小林没有再指责保姆。按说现在抓住了罪证,当面指责一顿十分痛快,但保姆是这种样子,你指责她一顿,岂敢保证你走了以后,她会不把气撒到孩子身上?于是只是把孩子正在玩的保姆的洗脸水,气鼓鼓地夺过来倾到了马桶里。孩子一玩水,又开始流鼻涕;水被夺走,便坐在地上拧着屁股哭。小林没理,摔上门就上班去了。边匆忙下楼边心里骂:

"妈的,九月份一定让你滚蛋!"

晚上下班回家,孩子的感冒似乎又加重了,鼻子囊囊的,一个劲咳嗽;摸摸头,烧也有点升上来。小林知道,这和保姆一天捣蛋肯定有关系。但他又不敢把清早保姆捣蛋的事告诉老婆,那样肯定会引起另一场轩然大波。不过不知老婆今天怎么了,一脸喜色,对孩子病情加重也不在意,喜孜孜地自己坐在床前想心事。老婆一有这种脸色,肯定有好事。来厨房看看,果然,老婆买回来一节香肠。买了香肠不说,还买回来一瓶"燕京"啤酒。这肯定是给小林买的。过去单身汉时,小林最爱喝啤酒。自结婚以后,这种爱好渐渐就根除了。一瓶一块多,喝它干嘛。就是不说钱,平时谁有喝啤酒的心思!小林摸不透老婆今天的心思,忙进里间问:

"喂,你今天怎么了?"

老婆"吃吃"地笑。

小林感到有些奇怪:

"你笑什么?说出来我听听!"

老婆说:

"小林,我告诉你,我的工作问题解决了!"

小林吃了一惊:"什么?解决了?你去前三门单位了?管人事的头头答应了?"

老婆摇摇头。

小林问:

"找到新的单位了?"

老婆摇摇头。

小林禁不住泄气:

"那解决什么?"

老婆说:

"这工作我不调了!"

小林说:

"怎么不调了,你对单位又有感情了?你不怕挤公共汽车了?"

小林老婆说:

"感情谈不上,但以后不挤公共汽车了。我们单位的头头说,从九月份开始,往咱们这条线发一趟班车!你想,有了班车,我就不用挤公共汽车,四十分钟也到了。自己单位的班车,上车还有座位,这不比挤地铁去前三门单位还好？小林，我想通了，只要九月份通班车，我工作就不调了。这单位固然不好，人事关系复杂，但前三门那个单位就不复杂了？看那管人事头头的嘴脸！我信了你的话，天下老鸦一般黑。只要有班车，我就不调了，睁只眼闭只眼混算了。这不是工作问题解决了！"

小林听了老婆一番话，也很高兴。家中的一件大事，过去天天苦恼，时常为此闹矛盾，现在终于有了着落。虽然工作问题的解决实际上是以不解决为解决，但不管怎样，解决了老婆就安心了，就没有烦恼了，就不会情绪激动了，家里就不会再为此闹矛盾了。说来问题解决也简单，靠小林和小林老婆自己去求人，去送东西到处碰壁，最终解决无非是单位发了一趟班车。但不管怎么解决，小林也马上和老婆一样高兴起来，说：

"好，好，这不以后不存在这问题了？你就不再跟我闹了？"

老婆说：

"是不存在呀！"

又娇嗔道：

"谁跟你闹了？你没有本事解决，还怪我跟你闹！最后不还是靠我自己解决！就等九月份了！"

小林说：

"是呀，是呀，是靠你自己解决，就等九月份！"

大家情绪很好。孩子的病也压过去了。吃饭时大家喝了啤酒。晚上孩子保姆入睡，两人又欢乐了一次。欢乐时两人又很有激情。欢乐之后，两人都很不好意思。昨天欢乐，今天又欢乐，很长时间没这么勤了。接着两人又抚摸着谈心，说九月份。九月份真是个好日子，老婆工作问题解决，孩子入托辞退保姆，家可节省一大笔开支。两人又展望起未来，憧憬九月份的幸福日子，讨论节省下的开支如何应用。后来老婆又说，现在孩子还小，要不再让孩子在家呆一年，再用一年保姆，等明年再送孩子入托。小林想起早晨保姆的事，马上恶狠狠地说："不，就今年，不为孩子，也为保姆，马上让她滚蛋！"

老婆与保姆矛盾很深，听小林这么说，也很高兴，又亲了他一下，翻过身就睡着了。

五

　　九月份了。九月份有两件事，一，老婆通班车了；二，孩子入托辞退保姆。老婆通班车这一条比较顺，到了九月一号，老婆单位果然在这条线通了班车。老婆马上显得轻松许多。早上不用再顶星星。过去都是早六点起床，晚一点儿就要迟到；现在七点起就可以了，可以多睡一个小时。七点起床梳洗完毕，吃点饭，七点二十轻轻松松出门，到门口上班车；上了班车还有座位，一直开到单位院内；一点不累。晚上回来也很早，过去要戴月亮，七点多才能到家，现在不用戴了；单位五点下班，她五点四十就到了家，还可以休息一会儿再做饭。老婆很高兴。不过她这高兴与刚听到通班车时的高兴不同，她现在的高兴有些打折扣。本来听说这条线通班车，老婆以为是单位头头对大家的关心，后来打听清楚，原来单位头头并不是考虑大家，而是单位头头的一个小姨子最近搬家搬到了这一块地方，单位头头的老婆跟单位头头闹，单位头头才让往这里加一线班车。老婆听到这个消息，马上有些沮丧，感到这班车通得有些贬值。自己高兴的有些盲目。回来与小林唠叨，小林听到心里也挺别扭，感到似乎是受了污辱。但这污辱比起前三门单位管人事的头头拒不收礼的污辱算什么，于是向老婆解释，管他娘嫁给谁，管是因为什么通的班车，咱只要跟着能坐就行了。老婆说：

　　"原来以为坐班车是公平合理，单位头头的关心，谁知是沾了人家小姨子的光，以后每天坐车，不都得想起小姨子！"

　　小林说：

　　"那有什么办法。现在看没有人家小姨子，你还坐不上班车！"

　　小林老婆说：

　　"我坐车心里总感到有些别扭，感到自己是二等公民！"

　　小林说：

　　"你还像大学刚毕业那么天真，什么二等三等，有个班车给你坐就不错。我只问你，就算沾了人家小姨子的光，总比挤公共汽车强吧！"

　　小林老婆说：

　　"那倒是！"

小林又说：

"再说，沾她光的又不是你自己，我只问你，是不是每天一班车人？"

老婆说：

"可不是一班车人，大家都不争气！"

小林说：

"人家不争气，这时你倒长了志气。你长志气，你以后再去坐公共汽车，没人拉你非坐班车！你调工作不也照样求人巴结人？给人送东西，还让人晾到了楼道里！"

老婆这时"噗哧"笑了：

"我也就是说说，你倒说个没完了。不过你说得对，到了这时候，还说什么志气不志气，谁有志气，有志气顶他妈屁用，管他妈嫁给谁，咱只管每天有班车坐就是了！"

小林拍巴掌：

"这不结了！"

所以老婆每天显得很愉快。但小孩入托一事，碰到了困难。小林单位没有幼儿园，老婆单位有幼儿园，但离家太远，每天跟着老婆来回坐车也不合适，这就只能在家门口附近找幼儿园。门口倒是有几个幼儿园，有外单位办的，有区里办的，有街道办的，有居委会办的，有个体老太太办的。这里边最好的是外单位办的，里边有幼师毕业的阿姨。可以教孩子些东西；区以下就比较差些，只会让孩子排队拉圈在街头走；最差的是居委会或个体办的，无非是几个老太太合伙领着孩子玩，赚个零用钱花花。因孩子教育牵扯到下一代，老婆对这事看得比她调工作还重。就撺掇小林去争取外单位办的幼儿园，次之只能是区里办的，街道以下不予考虑。小林一开始有些轻敌，以为不就是给孩子找个幼儿园吗？临时呆两年，很快就出去了，估计困难不会太大，但他接受以前一开始说话腔太满，后来被老婆找后账的教训，说：

"我找人家说说看吧，我也不是什么领导人，谁知人家会不会买我的账，你也不能限制得太死！"

对门印度女人家也有一个孩子，大小跟小林家孩子差不多，也该入托，小林老婆听说，他家的孩子就找到了幼儿园，就是外单位办的那个。小林老婆说话有了根据，对小林说：

"怎么不限制死，就得限制死，就是外单位那个，她家的孩子上那个，咱孩子就得上那个，区里办的你也不用考虑了！"

任务就这样给小林布置下了。等小林去落实时，小林才感到给孩子找个幼儿园，原来比给老婆调工作困难还大。小林首先摸了一下情况，外单位这个幼儿园办的果真不错，年年在市里得先进。一些区一级的领导，自己区里办的有幼儿园，却把孙子送到这个幼儿园。但人家名额限制得也很死，没有过硬的关系，想进去比登天还难。进幼儿园的表格，都在园长手里，连副园长都没权力收孩子。而要这个园长发表格，必须有这个单位局长以上的批条。小林绞尽脑汁想人，把京城里的同学想遍，没想出与这个单位有关系的人。也是急病乱投医，小林想不出同学，却突然想起门口一个修自行车的的老头。小林常在老头那里修车，"大爷"、"大爷"地叫，两人混得很熟。平时带钱没带钱，都可以修了车子推上先走。一次在闲谈中，听老头说他女儿在附近的幼儿园当阿姨，不知是不是外单位这个？想到这个碴，小林兴奋起来，立即骑上车去找修车老头。如果他女儿是在外单位这个，虽然只是一个阿姨，说话不一定顶用，但起码打开一个突破口，可以让她牵内线提供关系。找到修车老头，老头很热情，也很豪爽，听完小林的诉说，马上代他女儿答应下来，说只要小林的孩子想入他女儿的托，他只要说一句话，没有个进不去的。只是他女儿的幼儿园，不是外单位那个，而是本地居委办的。小林听后十分丧气。回来将情况向老婆作了汇报，老婆先是责备他无能，想不出关系，后又说：

"咱们给园长备份厚礼送去，花个七十八十的，看能不能打动她！对门那个印度孩子怎么能进去？也没见她丈夫有什么特别的本事，肯定也是送了礼！"

小林摆摆手说：

"连认识都不认识，两眼一抹黑，这礼怎么送得出去？上次给前三门单位管人事的头头送礼，没放着样子！"

老婆火了：

"关系你没关系，礼又送不出去，你说怎么办？"

小林说：

"干脆入修车老头女儿那个幼儿园算了！一个三岁的孩子，什么教育不教育，韶山冲一个穷沟沟，不也出了毛主席！还是看孩子自己！"

老婆马上愤怒，说小林不能这样对孩子不负责任；跟修车的女儿在一起，长大不修车才怪;到目前为止,你连外单位幼儿园的园长见都没见一面,怎么就斩定人家不收你的孩子?有了老婆这番话,小林就决定斗胆直接去见一下幼儿园园长。不通过任何人介绍,去时也不带礼,直接把困难向人家说一下,看能否引起人家的同情。路上小林安慰自己,中国的事情复杂,别看素不相识、别看不送礼,说不定事情倒能办成;有时认识、有关系,倒容易关系复杂,相互嫉妒,事情倒不大好办。不认识怎么了?不认识说不定倒能引起同情。世上就没好人了?说不定这里就能碰上一个。但等小林在幼儿园见到园长,才知道自己的想法幼稚天真。幼儿园园长是个五十多岁的老太太,人倒挺和蔼,看了小林的工作证,听了小林的诉说,答复很干脆,说她这个幼儿园不招收外单位的孩子;本单位孩子都收不了,招外单位的大家会没有意见?不过情况也有例外,现在幼儿园想搞一项基建,一直没有指标,看小林在国家机关工作,如能帮他们搞到一个基建指标,就可以收下小林的孩子。小林一听就泄了气,自己连自己都顾不住,哪能帮人家搞什么基建指标,如有本事搞到基建指标,孩子哪个幼儿园不能进,何必非进你这个幼儿园?他垂头丧气回到家,准备向老婆汇报,谁知家里又起了轩然大大波,正在闹另一种矛盾。原来保姆已经闻知他们在给孩子找幼儿园;给孩子找到幼儿园,不马上要辞退他?她不能束手待毙,也怪小林、小林老婆不事先跟她打招呼,于是就先发制人,主动提出要马上辞退工作。小林老婆觉得保姆很没道理,我自己的孩子,找不找幼儿园还用跟你商量?现在幼儿园还没找到,你就辞工作,不是故意给人出难题?两人就吵起来。到了这时候,小林老婆不想再给保姆说好话,说,要辞马上辞,立即就走。保姆也不服软,马上就去收拾东西。小林回到家,保姆已将东西收拾好,正要出门。小林幼儿园联系得不顺利,觉得保姆现在走措手不及,忙上前去劝,但被老婆拦住:

"不用劝她,让她走,看她走了,天能塌下来不成!"

小林也无奈。可到保姆真要走,孩子不干了。孩子跟她混熟了,见她要走,便哭着在地上打滚;保姆对孩子也有了感情,忙上前又去抱起孩子。最后,保姆终于放下嗷嗷哭的孩子,跑着下楼走了。保姆一走,小林老婆又哭了,觉得保姆在这干了两年多,把孩子看大,现在就这么走了也很不好,赶忙让小林到阳台上去,给保姆再扔下一个月的工资。

保姆走后,家里乱了套。幼儿园没找着,两人就得轮流请假在家看孩子。

这时老婆又开始恶狠狠地责骂保姆，怪她给出了这么个难题，又责怪小林无能，连个幼儿园都找不到。小林说：

"人家要基建指标，别说我，换我们的处长也不一定能搞到！"

又说：

"依我说，咱也别故意把事情搞复杂，承认咱没本事，进不了那个幼儿园，干脆，进修车老头女儿的幼儿园算了！这个幼儿园不也孩子满满当当的！"

事到如今，小林老婆的思想也有些活动。整天这么请假也不是个事。第二天又与小林到修车老头女儿的幼儿园看了看，印象还不错。当然比外单位那个幼儿园差远了，但里面还干净，几个房间里圈着几十个孩子，一个屋子角上还放着一架钢琴。幼儿园离马路也远。小林见老婆不说话，知道她基本答应了，心里一块石头才算落了地。

回来，开始给孩子做入托的准备。收拾衣服、枕头、吃饭的碗和勺子、喝水的杯子、揩鼻涕的手绢。像送儿出征一样。小林老婆又落了泪：

"爹娘没本事，送你到居委会幼儿园，你以后就好自为之吧！"

但等孩子体检完身体，第二天要去居委会幼儿园时，事情又发生了转机，外单位那个幼儿园，又接受小林的孩子。当然，这并不是小林的功劳，而是对门那个印度女人的丈夫意外给帮了忙。这天晚上有人敲门，小林打开门，是印度女人的丈夫。印度女人的丈夫具体是干什么的，小林和小林老婆都不清楚，反正整天穿得笔挺，打着领带，骑摩托上班。由于人家家里富，家里摆设好，自家比较穷，家里摆设差，小林和小林老婆都有些自卑，与他们家来往不多。只是小林老婆与印度女人有些接触，还面和心不和。现在印度女人的丈夫突然出现，小林和小林老婆都提高了警惕：他来干什么？谁知人家挺大方，坐在床沿上说：

"听说你们家孩子入托遇到了困难？"

小林马上感到有些脸红。人家问题解决了，自己没有解决，这不显得自己无能？就有些吱唔。印度女人丈夫说：

"我来跟你们商量个事，如果你们想上外单位那个幼儿园，我这里还有一个名额。原来搞了两个名额我孩子一个，我姐姐孩子一个，后来我姐姐孩子不去了，如果你们不嫌这个托儿所差，这个名额可以让给你们，大家对门住着！"

小林和小林老婆都感到一阵惊喜。看印度女人丈夫的神情，也没有恶意。

小林老婆马上局兴地答：

"那太好了，那太谢谢你了！那幼儿园我们努力半天，都没有进去，正准备去居委会的呢！"

这时小林脸上却有些挂不住。自己无能，回过头还得靠人家帮助解决，不太让人看不起？所以倒没像老婆那样喜形于色。印度女人的丈夫又体谅地说：

"本来我也没什么办法，只是我单位一个同事的爸爸，正好是那个单位的局长，通过求他，才搞到了名额。现在这个社会，还不是这么回事！"

这倒叫小林心里有些安。别看印度女人爱搅是非，印度女人的丈夫却是个男子汉。小林忙拿出烟，让他一支。烟不是什么好烟，也就是"长乐"，放了好多天，有些干燥了，但人家也没嫌弃，很大方地点着，与小林一人一支，抽了起来。

孩子顺利地入了托。小林和小林老婆都松了一口气。从此小林家和印度女人家的家庭关系也融洽许多。两家孩子一同上幼儿园。但等上了几天，小林老婆的脸又沉了下来。小林问她怎么回事，她说：

"咱们上当了！咱们不该让孩子上外单位幼儿园！"

小林问：

"怎么上当？怎么不该去？"

小林老婆说：

"表面看，印度女人家帮了咱的忙，通过观察，我发现这里头不对，他们并不要帮咱们，他们是为了他们自己。原来他们孩子哭闹，去幼儿园不顺利，这才拉上咱们孩子给他陪读！两个孩子以前在一块玩，现在一块上幼儿园，当然好上了。我也打听了，那个印度丈夫根本没有姐姐！咱们自己没本事，孩子也跟着受欺负！我坐班车是沾了人家小姨子的光，没想到孩子进幼儿园，也是为了给人家陪读。"

接着开始小声哭起来。听了老婆的话，小林也感到后背冷飕飕的。妈的，原来印度家庭没安好心。可这事又摆不上桌面，不好找人理论。但小林心里像吃了马粪一样感到龌龊。事情龌龊在于，老婆哭后，小林安慰一番，第二天孩子照样得去给人家当"陪读"；在好的幼儿园当陪读，也比在差的幼儿园胡混强啊！就像蹭人家小姨子的班车，也比挤公共汽车强一样。当天夜里，老婆孩子入睡，小林第一次流下了泪，还在漆黑的夜里扇了自己一耳光：

"你怎么这么没本事,你怎么这么不会混!"

但他扇的声音不大,怕把老婆弄醒。

六

今年大白菜丰收。

小林站在市民排起的长队里,嘴里哈着寒气,开始购买冬贮大白菜。大家一人手里捏着一个纸片。天冷了,有人头上已经扣上了棉帽子。大家排队时间一长,相互混熟了,前边一个中年人让给小林一支烟,两人燃着,说些闲话。一到购买冬贮大白菜,小林的心情是既焦急又矛盾。看着别人用自行车、三轮车、大筐往家里弄大白菜,留下一地菜帮子,他很焦急;生怕大白菜一下卖完,他拉了空,冬天里没有菜吃。等到挤到人群里去买,他心里又觉得是上当。年年买大白菜,年年上当。买上几十颗便宜菜,不够伺候它的,天天得摆、晾、翻,天天夜里得收到一起码着。这样晾好,白菜已经脱了好几层皮。一开始是舍不得吃,宁肯再到外面买;等到舍得吃,白菜已经开始发干、萎缩,一个个变成了小棍棍,一层层揭下去,就剩下一个小白菜心,弄不好还冻了,煮出一股子酸味。每到第二年春天,面对着剩下的几根小棍棍,小林和小林老婆都发誓,等秋天再不买大白菜。可一到秋天,看着一堆堆白菜那么便宜,政府在里边有补贴,别人家一车一车推,自己不买又感到吃亏。这种矛盾焦急心理,小林感到是一种折磨,其心理损耗远远超过了白菜的价值。所以今年一到秋天小林便下定决心:坚决不买大白菜。与老婆商量,老婆也同意,说把冬贮菜的亏烂刨下去,也不见得便宜到哪里去。于是他们今年真没有买大白菜。但这样仅坚持了三天,小林又扣上棉帽子排到了买冬贮菜的行列。这并不是小林的意志不坚强,而是今年北京大白菜过剩,单位号召大家买"爱国菜",谁买了"爱国菜"可以到单位报销。这样,不买白不买,小林和小林老婆马上又改变了最初的决定,决定马上去买"爱国菜",而且单位能报销多少,就买多少。小林单位可报销三百斤,小林老婆单位可以报销二百斤,两人决定买五百斤,这比往年自己决定买大白菜的量还多。小林专门借了办公室副处长老何家的三轮车。小林说:

"原来说不买大白菜了,谁知单位又要报销,逼着你非再麻烦一次!"

由于这麻烦是报销引起的而不是自己决定的,所以小林一边排队买菜,一边又感到委屈,叹了一口气,用脚踢了踢"爱国菜",漫不经心地看前边称菜。但小林很快又克服了漫不经心。因为大家买菜都不花钱,竞争还挺激烈,生怕排到自己"爱国菜"脱销,眼珠子瞪得都挺大。小林也不由紧张起来,将棉帽子的帽翅卷了起来,露出耳朵。

五百斤大白菜买回家,家里便充满了大白菜的气味。小林心情不好。但由于这大白菜不花钱,老婆的积极性倒挺高,在那里晾晒。不过结果小林仍然知道,无非变成七八十个小棍棍。看着它堆积那么高,一个冬天要吃掉它,也叫人倒胃口。不过老婆心情开朗,小林也跟着心情好起来,家里气氛倒是比以前轻松。大白菜拉回家来的第二天,小林老家又来了人,一队来了六个,小林心里一阵紧张,小林老婆的脸也变了颜色。不过这六个客人并没有吃饭,坐了一会就走了,说是去东北出差。小林才放下心来。小林老婆脸上的颜色也转了过来,送客人时显得很热情,弄得大家都很满意。

这天,小林下班早,到菜市场去转。先买了一堆柿子椒,又用粮票换了二斤鸡蛋(保姆走后,粮食宽裕了许多,可以腾出些粮票换鸡蛋),正准备回家,突然看到市场上新添了一个卖安徽板鸭的个体食品车,许多人站队在那里买。小林过去看了看,鸭子太贵,四块多一斤;但鸭杂便宜,才三块钱一斤。小林女儿爱吃动物杂碎,小林就也排到队伍中,准备买半斤鸭杂。摊主有两个人,一个操安徽口音的在剁鸭子,另一个老板模样的人在收钱。可等排到小林,小林要把钱交给老板时,老板看他一眼,两人眼睛一对,禁不住都叫道:

"小林!"

"小李白!"

两人都丢下鸭杂和钱,笑着搂抱到一起。这个"小李白"是小林的大学同学,当年在学校时,两人关系很好,都喜欢写诗,一块加入了学校的文学社。那时大家都讲奋斗,一股子开天辟地的劲头。"小李白"很有才,又勤奋,平均一天写三首诗,诗在一些报刊还发表过,豪放洒脱,上下几千年,秦皇汉武,唐宗宋祖,都不在话下,人称"小李白"。惹得许多女同学追他。毕业以后,大家烟消云散。"小李白"也分到一个国家机关。后来听说他坐不了办公室,自己辞职跑到一个公司去了,现在怎么又卖起了板鸭?"小李白"见到了小林,生意也不做了,一切交给跺鸭子的安徽人,拉小林到旁边树下聊天。两人抽着烟,小林问：

"你不是在公司吗？怎么又卖起了板鸭？"

"妈了个X，公司倒闭了，就当上了个体户，卖起了板鸭！不过卖板鸭也不错，跟自己开公司差不多，一天也弄个百儿八十的！"

小林吓一跳，又问：

"你还写诗吗？"

"小李白"朝地上啐了一口浓痰：

"狗屁！那是年轻时不懂事！诗是什么，诗是搔首弄姿混扯蛋！如果现在还写诗，不得饿死！混呗，你结婚了吗？"

小林说：

"孩子都三岁了！"

"小李白"拍了一下巴掌：

"看，还说写诗，写姥姥！我可算看透了，不要异想天开，不要总想着出人头地，就在人堆里混，什么都不想，最舒服，你说呢？"

小林深有同感，于是点点头。又问：

"你有孩子了吗？"

"小李白"伸出三个手指头。小林吃了一惊：

"你敢不计划生育？"

"小李白"一笑：

"结了三个，离了三个，现在又结了一个。结一个下一个果，离婚人家不要孩子，我可不就落了三个！不卖鸭子成吗？家里五六张嘴等着吃食哩！"

小林也一笑，觉得"小李白"到底是"小李白"，诗虽然不写了，但那股洒脱劲还没褪下。两人又谈了半天，天快黑了"小李白"突然想起什么，照小林肩上拍了一掌：

"有了！"

小林吓了一跳：

"什么有了？"

"小李白"说：

"我得出去十来天，去外地弄鸭子，这里没人收账，我正愁找不到人，你以后每天下班，来替我收收账算了！"

小林忙摆手：

"别，别，我还得上班。再说，我也不会卖鸭子！"

"小李白"说：

"我知道你是爱那个面子！你还天真幼稚，现在普天下谁还要面子？要面子一股子穷酸，不要面子享荣华富贵。就你小林清高？看你的穿戴神情，也是改不掉的穷酸受罪模样。你下班来替我收账，帮我十天，我每天给你二十块钱！"

然后，不由分说，将一个大鸭子塞到小林手里，把小林推走了。

小林边摇头笑边提着鸭子回到家，老婆正不高兴他这么晚才回来，孩子也没准时接；又看他手里提着鸭子，以为是花钱买的，叫道：

"你成贵族了，吃这么大的鸭子！"

小林将鸭子扔到饭桌上，瞪了老婆一眼：

"人家送的！"

小林老婆吃了一惊：

"你当官了？也有人给你送东西！"

小林便将菜市场的巧遇原原本本给老婆说了。最后把"小李白"让他看鸭子收账的事也说了。没想到老婆一听这事倒高兴，同意他去卖鸭子，说：

"一天两小时，也不耽误上班，两个小时给你二十块钱，比给资本家端盘子挣得还多，怎么不可以！从明天起孩子我来接，你去卖鸭子吧，这事你能干得下来！"

小林倒在床上，手扣住后脑勺说：

"干是干得下来，只是面子上挂不住，卖鸭子！"

小林老婆说：

"管他呢！讲面子不是穷了这么多年？你又不是找老婆，我不怕你丢面子，你还怕什么！"

于是，从第二天起，小林每天下午下班，就坐在板鸭车后边卖鸭子收款。一开始还真有些不好意思，穿上白围裙，就不敢抬眼睛。不敢看买鸭子的是谁，生怕碰到熟人。回家一身鸭子味，赶紧洗澡。可干了两天，每天能捏两张人民币，眼睛、脸就敢抬了，碰到熟人也不怕了。回来澡也不洗了。习惯了就自然了。小林感到就好像当娼妓，头一次接客总是害怕、害臊，时间一长，态度就大方了，接谁都一样。这时小林觉得长期这样卖鸭子也不错，每月可多得六百元的收入，一年下来不就富了？可惜"小李白"只出去十天，十天回来，小林就干不成了。如果自己早一点见到"小李白"就好了。

鸭子卖到第九天，这天小林正坐在车后卖鸭子，又碰到一个熟人。本来现在小林已经不怕熟人了，但这个熟人不同别的熟人，小林还是有些害怕，他是小林办公室的处长老关。老关家住在别处，本来不逛这个菜市场，怎么他今天逛到这里来了？当老关看到板鸭车后坐的是自己的部下，吃惊得眼睛瞪得溜圆。小林也感到不好意思。小林第二天上班，就准备老关找他谈话。果然，老关找他单独"通气"。不过这时小林一点不怕老关，大家都在社会上混，又不是在单位卖鸭子，下班挣个零花钱有什么不可以？有钱到底过得愉快，九天挣了一百八，给老婆添了一件风衣，给女儿买了一个五斤重的大哈蜜瓜，大家都喜笑颜开。这与挨领导两句批评相比，面子和批评实在算不了什么。当然小林在单位混了这么多年，已不像刚来单位时那么天真，尽说大实话；在单位就要真真假假，真亦假来假亦真，说假话者升官发财，说真话倒霉受罚。于是在老关要求他解释昨天的事时，小林故作天真地一笑，说卖板鸭的是他的同学，他觉得好玩，就穿上同学的围裙坐那里试了一试，喊了两嗓子，纯粹是闹着玩，正好被领导碰上，他并没有真卖鸭子，给单位丢名誉。老关听到情况是这样，就松了一口气，说：

"我说呢，堂堂一个国家干部，你也不至于卖鸭子！既然是闹着玩，这事就算了，以后别这么闹就是了！"

小林忙答应一声，两人便分了手。等老关走远，小林朝地上啐了一口唾沫，怎么不至于卖鸭子，老子就是卖了九天鸭子！可惜今天是最后一天了。如果能长期这样，我这个鸭子还真要长期卖下去。

可惜，这天下午，"小李白"准时从外地回来了，小林就告别了板鸭车。临别时"小李白"把最后二十块钱交给小林，交代他以后想吃鸭子就来拿；以后他到外地弄鸭子，还请他来看摊。小林这时一点也没不好意思，声音很大地答应：

"以后你需要我帮忙，你尽管言声。"

七

  孩子上幼儿园已经三个月了。小林或小林老婆每天接送。平心而论,孩子上幼儿园以后,家务比以前多了,家里没有保姆,涮碗、擦地、洗衣洗单子,都要自己动手;孩子每天清早送、晚上接,都要准时,不像过去家里有保姆担着,回去的早晚没关系。家务虽然重了,但因为家里没有保姆,孩子一天不在家,让人心理上轻松许多;孩子接回来,关起门也是自己一家人,没有外人。保姆一走,每月省下一百多元钱,扣除孩子的入托费,还剩五六十,经济上也显得宽裕了,老婆也舍得吃了,时不时买根香肠,有时还买只烧鸡。两人在一起讨论起来,都说没有保姆的好处多,接着说了用保姆的一连串毛病。但现在人家已经走了,两人还边啃烧鸡边声讨人家,未免显得有些小气。不说她也罢。以后两人说保姆少了。

  孩子入托好是好,但小林和小林老婆一直有一个心理问题,还没有解决。因为孩子入托是沾了印度家庭的光,是为了给人家孩子当陪读。清早一送孩子,晚上一接孩子,就想起这档子事,让人心理上不愉快。接送过程中,常碰到印度女人或她的丈夫,招呼还是要打,但打过招呼就有一种羞愧和不自然。不过孩子不懂事,有时从幼儿园出来,还和印度女人的孩子拉着手,玩得很愉快。但什么事情都有一个过程,时间一长,小林和小林老婆就把这事看得轻了。有时又一想什么陪读不陪读,只要能进幼儿园,只要孩子愉快就行了。就好像帮人家卖鸭子,面子是不好看,领导也批评,但二百块钱总是到手了。只是有时见了印度家的人依然愤怒,愤怒起来心里要骂一句:

  "帮我联系幼儿园,我也不承你的情!"

  孩子在幼儿园也有一个习惯过程。开始几天,孩子哭着不去,送时哭,接时也哭。这是年幼不懂事,大人只要坚持下来,孩子也没办法。坚持一段孩子就习惯了。等孩子熟悉了新环境,老师、别的孩子,她都认识了,于是也就不哭了。小林有时觉得那么小的孩子,在无奈中也会渐渐适应环境,想起来有些心酸。可老放在身边怎么成,她就不长大了吗?长大混世界,不更得适应?于是也就不把这辛酸放到心上。这时有了世界杯足球赛,小林前几年爱足球,看得脸红心跳,觉得过瘾,世界性的明星,都能说出口。那时觉得人生的一大目的就是看足球,世界杯四年一次,人生才有几个四年?但后来参加工作、结婚以后,足球就渐渐不看了。看它有什么用?人家踢得再好,也不解决小林身边任何问题。小林的问题是房子、孩子、蜂窝煤和保姆、老家来人。所以对热闹的世界充耳不闻。现在孩子入了幼儿园,小林心理轻松一些,看到今天晚上要决赛,也禁不住心里痒痒起来;由于转播是半夜,他想跟老婆通融通融,半夜起来看一次转播。于是下班接孩子回来,猛干家务。老婆看他有些反常,问他有什么事,他就腆着脸把这事说了,并说今天晚上上场的有马拉多纳。谁知老婆仍是那么不通情达理,她的思路仍没有转过弯来,竟将围裙摔到桌子上:

"家里蜂窝煤都没有了,你还要半夜起来看足球,还是累得轻!你要能让马拉多纳给咱家拉蜂窝煤,我就让你半夜起来看他!"

小林一阵扫兴,连忙摆手:

"算了,算了,你别说了,我不看了,明天我去拉蜂窝煤不就行了!"

于是也不再干家务,坐在床前犯傻,像老婆有时在单位不顺心回到家坐床边犯傻的样子。这天夜里,小林一夜没睡着。老婆半夜醒来,见小林仍睁着眼在那里犯傻,倒有些害怕说:

"你要真想看,你看吧!明天不误拉蜂窝煤就行了!"

这时小林一点兴致都没有了,一点不承老婆的情,厌恶地说:

"我说看了?不看足球,还不让我想事情了!"

第二天早起,小林就请了一上午假,去拉蜂窝煤。拉完蜂窝煤下午到单位,新来的大学生便来征求他对昨晚足球的意见。小林恶狠狠地说:

"一个鸡巴足球,有什么看的!我从来不看足球!"

接着就自己去翻报纸。倒把大学生吓了一跳。晚上下班回来,老婆见他仍在闹情绪,蜂窝煤也拉来了,倒觉得有点对不住他,自己忙里忙外弄孩子,还看着他的脸色说话。这倒叫小林有些过意不去,心里的恶气才稍稍出了一些。

这天晚上,小林和小林老婆正准备吃饭,查水表的瘸腿老头来了。本来今天不该查水表,但查水表的老头来了,就不敢不让他查。小林和小林老婆停止弄饭,让他查。这次老头除了拿着关水门的扳手,身上还背着一个大背包,背包似乎还很重,累得老头一脸的汗。小林看着大背包,心里吓了一跳,不知老头又要搞什么名堂。果然,老头查完水表,又理所当然地坐到了小林家的床上。小林站在他跟前,不知他想说年轻时喂马,还是继续说上次偷水的事。但老头

这两件事都没有说,而是突然笑嘻嘻的,对小林说:

"小林,我得求你一件事!"

小林吃了一惊,说:

"大爷,您说哪儿去了,都是我有事求您,您哪里会有事求我?"

老头说:

"这次真有事求你。你不是在某部某局某处工作吗?"

小林点点头。

老头说:

"某省某地区某县的一件批文,是不是压在你们处里?"

小林想了想,想起似乎是有这么一个文,压在处里,似乎是压在女小彭手上;女小彭这些天忙着去日坛公园学气功,就把这事给压下了。于是说:

"好像是有这件事!"

老头拍着巴掌说:

"这就对了!某省某县是我的老家呀!老家为这件事着急得不得了,县长书记都来了,找到我,让我想办法!"

小林吃一惊,县长书记进京,竟要求到一个查水表的老头身上?但又想起他年轻时曾给大领导喂过马,于是就想通了。

老头继续说:

"我能想什么办法?我让他们打听一下批文压在哪个部哪个局哪个处,他们打听出来,我一听真是凑巧,这个处正好是你在的处,我忽然想咱们俩认识,于是今天就求到你头上了!这事情好办吗?"

小林在机关呆了五六年,机关那一套还不熟悉?这事情说好办就好办,明天他给女小彭说一句话,女小彭抹口红的工夫,这批件就从她手里出去了;说不好办也不好办,如果陌生人公事公办去找女小彭,如果女小彭正在做气功你打扰了她,或者因为别的事她正心情不好,这批件就难说了;她会给你找出批件的好多毛病,找出国家的种种规定,不能审批的原因,最后还弄得你心服口服,以为是批件本身有毛病而不是别的什么原因。瘸老头说的这批件,就看小林帮忙不帮忙,如果帮忙,明天就可以批;如果不帮忙,这批件就仍然得压一些日子。但瘸老头不是一般的老头,管着给他们查水表,这个忙看样子得帮。但小林已不是过去的小林,小林成熟了。如果放在过去,只要能帮忙,他会立即满口答应,但那是幼稚;能帮忙先说不能帮忙,好办先说不好办,这才是成熟。不帮忙不好办最后帮忙办成了,人家才感激你。一开始就满口答应,如果中间出了岔子没办成,本来答应人家,最后,不办成,后倒落人家埋怨。所以小林将手搭在后脑勺上,将身子仰到被子垛上说:

"这事情不好办哪!批文是有这么一个批文,但我听说里边有好多毛病呢,不是说批就能批的!"

瘸老头虽然以前给大领导喂过马,但毕竟是多年以前的事了,现在沦落成一个查水表的,不懂其中奥妙,已经多年矣,所以赶忙迎着小林笑:

"是呀是呀,我也给老家县长书记说,北京中央不比地方,各项规定严着哩,不过小林你还是得帮帮忙!"

小林老婆这时也听出了什么意思,凑过来说:

"大爷,他就会偷水,哪里会帮您这大忙!"

瘸老头一脸尴尬,说:

"那是误会,那是误会,怪我乱听反映,一吨水才几分钱,谁会偷水!"

接着又忙把他的背包拉开,掏出一个大纸匣子,说:

"这是老家人的一点心意,你们收下吧!"

然后不再多留,对小林眨眨眼,瘸着腿走了。老头一走,小林老婆说:

"看来以后生活会有转变!"

小林问:

"怎么有转变?"

小林老婆指着纸盒子说:

"看,都有人开始送礼了!"

接着将纸盒子打开,掏出礼物一看,两人大吃一惊,原来是一个小型的微波炉,在市场上要七八百元一台。小林说:

"这多不合适,如果是一个布娃娃,可以收下,七八百元的东西;如何敢收,明天给他送回去!"

老婆也觉得是。晚上吃饭,两人都心事重重的。到了晚上,老婆突然问他:

"我只问你,那个批文好办吗?"

小林说:

"批文倒好办,我明天给女小彭说一下马上就可以批!"

小林老婆拍了一下巴掌：

"那这微波炉我收下了！"

小林担心地说：

"这不合适吧？帮批个文，收个微波炉，这不太假公济私了？再说，也给瘸老头留下话柄呀！"

小林老婆说：

"给他把事情办了，还有什么话柄？什么假公济私，人家几千几万地倒腾，不照样做着大官！一个微波炉算什么！"

小林想想也是，就不再说什么。小林老婆马上将微波炉电源插上，拣了几块白薯放到里边试烤。几分钟之后，满屋的白薯香。打开炉子，白薯焦黄滚烫，小林老婆、小林、孩子三人，一人捧一块"稀溜稀溜"吃。小林老婆高兴地说，微波炉用处多，除了烤白薯，还可以烤蛋糕，烤馍片，烤鸡烤鸭。小林吃着白薯也很高兴，这时也得到一个启示，看来改变生活也不是没有可能，只要加入其中就行了。这天晚上，他与老婆又亲热了一回。由于有微波炉的刺激，老婆又很有激情。昨天发生的足球事件，这时也显得无足轻重了。

第二天上班，小林找到女小彭。果然，谈笑之间，两人就把那个批件给处理了。微波炉用了两个星期，孩子突然出了毛病。本来去幼儿园她已经习惯了，接送都不哭了，有时还一蹦一跳地进幼儿园。但这两天突然反常，每天早上都哭，哭着不去幼儿园，或说肚子疼，或说要拉屎；真给她便盆，什么也拉不出来。喝斥她一顿，强着送去，路上倒不哭了，但怔怔的，犯愣，像傻了一样。小林和小林老婆都有些害怕；断定她在幼儿园出了毛病，要么是小朋友欺负了她，使她见了这个小朋友就害怕；要么问题出在阿姨身上，阿姨不喜欢她，罚她站了墙根或是让她当众出丑，伤了她的自尊心，使她害怕再见阿姨。小林和小林老婆便问孩子因为什么，孩子倒哭着说：

"我没有什么呀，我没有什么呀！"

于是小林老婆只好接孩子时在其他家长中进行调查。调查的结果，原来毛病出在小林和小林老婆身上。他们大意了，大意之中过了元旦；元旦之前，别的家长都向阿姨们送东西，或多或少，意思意思，唯独小林家没有意思，于是迹象就出现在孩子身上。老婆埋怨小林：

"你也真是，孩子进了幼儿园，你连个元旦都记不住！幼儿园阿姨背地里不知嘲笑咱多少回了,肯定说咱们扣门、寒酸!"

小林也说:

"大意了大意了,过去送礼被人家推出去,就害怕送礼,谁知该送礼的时候,又把这事给忘了!"

于是就跟老婆商量补救措施,看补送一些什么合适。真要说送什么,两人又犯了愁。送个贺年卡、挂历、显得太小气,何况新年已过去了;送毯子、衣服又太大,害怕人家不收。小林说:

"要不问问孩子?"

小林老婆说:

"问她干什么,她懂个屁!"

小林还是将孩子叫过来,问孩子知不知道其他孩子给老师送了什么,没想到孩子竟然知道,答:

"炭火!"

小林倒吃一惊:

"炭火?为什么送炭火?给老师送炭火干什么?"

于是让老婆第二天再调查。果然,孩子说对了,有许多家长在元旦给老师送了"炭火"。因为现在冬天了,冬天北京时兴吃涮羊肉,大家便给老师送"炭火"。小林说:

"这还不好办?别人送炭火,咱也送炭火!"

但等真要去买炭火,炭火在北京已经脱销了。小林感到发愁,与老婆商量送点别的算了,何况别人家已经送了炭火,咱再送也是多余,不如送点别的。但孩子记住了"炭火",每天清早爬起来第一句话便是:

"爸爸,你给老师买炭火了吗?"

看着一个三岁孩子这么顽固地要送"炭火",小林又好气又好笑,拍了一下床说:

"不就是一个炭火吗,我全城跑遍,也一定要买到它!"

果然,最后在郊区一个旮旯小店里买到了炭火。不过是高价的。高价能买到也不错。小林让老婆把炭火送到幼儿园。第二天,女儿就恢复了常态,高兴去幼儿园。女儿一高兴,全家情绪又都好起来。这天晚上吃饭,老婆用微波炉烤了半只鸡,又让小林喝了一瓶啤酒。啤酒喝下去,小林头有些发晕,满身变大。这时小林对老婆说,其实世界上事情也很简单,只要弄明白一个道理,按道理办事,生活就像流水,一天天过下去,也蛮舒服。舒服世界,环球同此凉热。老婆见他喝多了,瞪了他一眼,一把将啤酒瓶夺了过来。啤酒虽然夺了过去,但小林脑袋已经发懵,这天夜里睡得很死。半夜做了一个梦,梦见自己睡觉,上边盖着一堆鸡毛,下边铺着许多人掉下的皮屑,柔软舒服,度年如日。又梦见黑压压无边无际的人群向前拥动,又变成一队队祈雨的蚂蚁。一觉醒来,已是天亮,小林摇头回忆梦境,梦境已是一片模糊。这时老婆醒来,见他在那里发傻,便催他去买豆腐。这时小林头脑清醒过来,不再管梦,赶忙爬起来去排队买豆腐。买完豆腐上班,在办公室收到一封信,是上次来北京看病的小学老师他儿子写的,说自上次父亲在北京看了病,回来停了三个月,现已去世了;临去世前,曾嘱咐他给小林写封信,说上次到北京受到小林的招待,让代他表示感谢。小林读了这封信,难受一天。现在老师已埋入黄土,上次老师来看病,也没能给他找个医院。到家里也没让他洗个脸。小时候自己掉到冰窟窿里,老师把棉袄都给他穿。但伤心一天,等一坐上班车,想着家里的大白菜堆到一起有些发热,等他回去拆堆散热,就把老师的事给放到一边了。死的已经死了,再想也没有用,活着的还是先考虑大白菜为好。小林又想,如果收拾完大白菜,老婆能用微波炉再给他烤点鸡,让他喝瓶啤酒,他就没有什么不满足的了。

(选自《小说家》1991 年第 1 期。)

点评

  生活就是一堆琐碎的小事,就是一地鸡毛,家长里短,油盐酱醋茶,吃喝拉撒睡。小林和他的妻子小李原先都是有抱负的大学生,然而在琐碎复杂的现实生活面前,两个人也慢慢地混同混迹于小市民中间,为馊了的豆腐吵架,为大白菜操心,为工作调动烦恼,为保姆偷懒、小孩入托发愁……生活就是由无尽的烦恼忧愁和生气不满、吵架斗气组成的。事事都不尽顺心,处处都难以令人满意,这就是真实的生活,这才是生存的真相。这篇小说被视为 1980 年代末至 90 年代初兴盛一时的新写实小说的代表性作品,也是刘震云的代表作之一。

刘庆邦（1951— ）

生于河南沈丘农村。著有长篇小说《断层》《远方诗意》《平原上的歌谣》等，中短篇小说集、散文集《走窑汉》《梅妞放羊》《遍地白花》等。短篇小说《鞋》获第二届鲁迅文学奖。

鞋

有个姑娘叫守明，十八岁那年就订了亲。姑娘家一订亲，就算有了未婚夫，找到了婆家。未婚夫这个说法守明还不习惯，她觉得有些陌生，有些重大，让人害羞，还让人害怕。她在心里把未婚夫称作那个人，或遵从当地的传统叫法，把未婚夫称为哪哪庄的。那个人的庄子离他们的庄子不远，从那个人的庄子出来，跨过一座高桥，往南一拐，再走过一座平桥，就到了她们庄。两个村庄同属一个大队，大队部设在她们庄。

那个人家里托媒人把订亲的彩礼送来了，是几块做衣服的布料，有灯草绒、春风呢、蓝卡其、月白府绸，还有一块石榴红的大方巾。那时他们那里还很穷，不兴买成衣，这几样东西就是最好的。听说媒人来过彩礼，守明吓得赶紧躲进里间屋去了，手捂胸口，大气都不敢出。母亲替女儿把东西收下了。母亲倒不客气。

媒人一走，母亲就把那包用红方巾包着的东西原封不动地端给了女儿，母亲眼睛弯弯的，饱含着掩饰不住的笑意，说："给，你婆家给你的东西。"

对于婆家这两个字眼儿，守明听来也很生分，特别是经母亲那么一说，她觉得有些把她推出去不管的味道，她撒娇中带点抗议地叫了一长声妈，说："谁要他的东西，我不要！"

母亲说："不要好呀，你不要我要，我留着给你妹妹做嫁妆。"

守明的妹妹也在家，她上来就叫出了那个人的名字，说她才不要那个人的破东西呢,她要把那个人的东西退回去,就说姐嫌礼轻,要送就重重地来。

"再胡说我撕你的嘴!"守明这才把东西从母亲手里接过来了。她有些生妹妹的气。生气不是因为妹妹说的礼轻礼重的话,而是妹妹叫了那个人的名字。那名字在她心里藏着,她小心翼翼,自己从来舍不得叫。妹妹不知从哪里听说的,没大没小,无尊无重,张口就叫出来了。仿佛那个名字已与她的心有了某种连结,妹妹猛丁一叫,带动得她的心疼了一下。她想训妹妹一顿,让妹妹记住那个名字不是哪个小丫头片子都能随便叫的。想到妹妹是个心直口快的,说话从来没遮拦,说不定又会说出什么造次话来,就忍住了。

守明正把东西往自己的木箱里放,妹妹跟过来了,要看看包里都是什么好东西。

姐姐对她当然没有好气,她说:"哪有好东西,都是破东西。"

妹妹嘻皮笑脸,说刚才是跟姐姐说着玩呢。向姐姐伸出了手。

守明像是捍卫什么似的,坚决不让妹妹看,连碰都不让妹妹碰,她把包袱放进箱子,啪嗒就锁上了。

妹妹被闪了手,觉得面子也闪了,脸上有些下不来,她翻下脸子,把姐姐一指说:"你走吧,我看你的心早就不在这个家了!"

"我走不走你说了不算,你走我还不走呢。"

"谁要走谁不是人!"

母亲过来把姐妹俩劝开了。母亲说:"当闺女的哪个不是嘴硬,到时候就由心不由嘴了。"

家里只有守明一个人时,守明才关了门,把彩礼包儿拿出来了。她一块一块地把布页子揭开,轻轻抚抚摸摸,放在鼻子上闻闻,然后提住布块两角围在身上比划,看看哪块布适合做裤子,哪块布做上衣才漂亮。她把那块石榴红的方巾也顶在头上了,对着镜子左照右照。她的脸早变得红通通的,很像刚下花轿的新娘子。想到新娘子,她把眉头一皱,小嘴儿一咕嘟,做出一副不甚情愿的样子。觉得这样子不太好看,她就展开眉梢儿,耸起小鼻子,轻轻微笑了。她对自己说:"你不用笑,你快成人家的人了。"说了这句,不知为何,她叹了一口气,鼻子也酸酸的。

有来无往不成礼,按当地的规矩,守明该给那个人做一双鞋了。这对守明来说可是一件了不得的大事,平生第一次为那个将要与她过一辈子的男人做鞋,这似乎是一个仪式，也是一个关口，人家男方不光通过你献上的鞋来检验你女红的优劣，还要从鞋上揣测你的态度，看看你对人家有多深的情义。画人难画手，穿戴上鞋最难做。从纳底，做帮儿，到缝合，需要几个节儿，哪个环节就不对了，错了针线，鞋就立不起来，拿不出手。给未婚夫的第一双鞋，必须由未婚妻亲手来做，任何人不得代替，一针一线都不能动。让别人代做是犯忌的，它暗示着对男人的不贞，对今后日子的预兆是不吉祥的。为这第一双鞋，难坏当地多少女儿家啊！有那手拙的闺女，把鞋拆了哭，哭了拆，鞋没做成，流下的眼泪差不多能装一鞋壳儿。做鞋守明是不怕的，她给自己做过鞋，也给父亲和小弟做过鞋，相信自己能给那个人把第一双鞋做合脚。在给父亲和小弟做鞋时，她就提前想到了今天这一关，暗暗上了几分练习的心，如今关口就在眼前，她的心如箭在弦，当然要全神贯注。

　　守明开始做鞋的筹备工作了。她到集上买来了乌黑的鞋面布和雪白的鞋底布，一切全要新的，连袼褙和垫底的碎布都是新的，一点旧的都不许混进来。她的表情突然变得严肃起来，让母亲觉得有些可笑，但母亲不敢笑，母亲怕笑羞了女儿。母亲悄悄地帮女儿做一些女儿想不到、或想到了不好开口的事情，比如，女儿把做鞋的一应材料都准备齐了，才想起来还没有那个人的鞋样子。不论扎花子，描云子，还是做鞋，样子是必需的，没样子就不得分寸，不知大小，便无从下手。女儿正犯愁，母亲打开一个夹鞋样的书本，把那副样子送到了女儿面前。原来，母亲事先已托了媒人，从那男孩子姐姐手里把男孩子的鞋样子讨过来了。女儿不大相信这是真的，但从母亲那肯定的目光里，她感到不用再问，只把鞋样子接过来就是了。她心里涌出一股说不出的感动，遂低下头，不敢再看母亲。

　　拿到了鞋样子，等于知道了那个人的脚大小。她把鞋底的样子放在床上，张开指头拃了拃，心中不免吃惊，天哪，那个人人不算大，脚怎么这样大。俗话说脚大走四方，要是他四处乱走，剩下她一个人可怎么办。她想有了，应该在鞋上做些文章，把鞋做得比原鞋样儿稍小些，给他一双小鞋穿，让他的脚疼，走不成四方。想到这里，她仿佛已看见那个人穿上了她做的新鞋，那个人由于用力提鞋，脸都憋得红了。

　　她问："穿上合适吗？"
　　那个人吭吭吃吃，说合适是合适，就是有点紧，有点夹脚。

她做得不动声色，说："那是的，新鞋都紧都夹脚，穿的次数多了就合适了。"

那个人把新鞋穿了一遭，回来说脚疼。她准备的还有话，

说："你疼我也疼。"

那个人问她哪里疼。

她说："我心疼。"

那个人就笑了，说："那我给你揉揉吧！"

她有些护痒似的，赶紧把胸口抱住了。她抱得动作大了些，把自己从幻想中抱了回来。她意识到自己走神走远了，走到了让人脸热心跳的地步，神都回来一会儿了，摸摸脸，脸还火辣辣的。

瞎想归瞎想，在动剪子剪袼褙时，她还是照原样儿一丝不差地剪下来了。男人靠一双脚立地，脚是受不得委屈的。

做鞋的功夫在纳鞋底上，那真称得上千针万线，千花万朵。在选择鞋底针脚的花型时，她费了一番心思：是梅花型好？枣花型好？还是对针子好呢？她听说了，在此之前，那个人穿的鞋都是他姐姐给做，她姐姐的心灵手巧全大队有名，对别人的针线活儿一般看不上眼。待嫁的闺女不怕笨，就怕婆家有个巧手姐。这个巧手姐给她摊上了。不用说，等鞋做成，必定是巧手姐先来个百般验看。她说什么也不能让婆家姐姐挑出毛病来。守明最后选中了枣花型。她家院子里就有一棵枣树，四月春深，满树的枣花开得正喷，她抬眼就看见了，现成又对景。枣花单看有些细碎，不起眼，满树看去，才觉繁花如雪。枣花开时也不争不抢，不独领枝头。枝头冒出新叶时，花在悄悄孕米。等树上的新叶浓密如盖，花儿才细纷纷地开了。人们通常不大注意枣花，是因远远看去显叶不显花，显绿不显白。白也是绿中白。可识花莫若蜂，看看花串中间那嗡嗡不绝的蜜蜂就知道了，枣花的美，何其单纯，朴素。枣花的香，才是真正的醇厚绵长啊。守明把第一朵枣花"搬"到鞋底上了。她来到枣树下，把鞋底的花儿和树上的花儿对照了一下，接着鞋底上就开了第二朵，第三朵……

那时生产队里天天有活儿。守明把鞋底带到地里，趁工间休息时纳上几针。她怕地里的土会沾到白鞋底上，用拆口罩的细纱布把鞋底包一层，再用手绢包一层，包得很精致，像是什么心爱的宝贝。她想到姐妹们和嫂子们会拿做鞋的事打趣她，不知处于何种心理需求，她还是忐忑忑忑地把"宝贝"带到地里去

了。那天的活儿是给棉花打疯杈子，刚打一会儿，她的手就被棉花的嫩枝嫩叶染绿了，像扑克牌上大鬼小鬼的手。这样的手是万万不敢碰上白鞋底的，若碰上了，鞋底不变成鬼脸才怪。工间休息时，她来到附近河边，团一块黄泥作皂，把手洗了一遍又一遍。这还不算，拿起鞋底时，她先把手可能握到的部分用纱布缠上，捏针线的那只手也用手绢缠上，直到确信自己的手不会把鞋底弄脏，才开始纳了一针。

守明是躲到一旁纳的，一个嫂子还是看到了。底是千层底，鞋底是白细布，特别是守明那份痴痴迷迷的精心劲儿，一看就不同寻常。嫂子问她给谁做的鞋。

守明低着眉，说："不知道！"

她一说"不知道"，大家都知道了，一齐围拢来，拿这个将要作新娘子的小姑娘开玩笑。有的说，看着跟笏板一样，怎么像个男人鞋呢！有的问，给你女婿做的吧？有人知道那个人的名字，干脆把名字指出来了。

守明还说"不知道"。

她的脸红了，耳朵红了，仿佛连流苏样的剪发也红了。剪发遮不住她满面的娇羞，却烤得她脑门上出了一层细汗。她虽然长得结结实实，饱饱满满，身体各处都像一个大姑娘了，可她毕竟才十八岁，这样的玩笑她还没经过，还不会应付。她想恼，恼不成。想笑，又怕把心底的幸福泄露出去，反招人家笑话。还有她的眼睛，眼睛水汪汪、亮闪闪的，蕴满无边的温存，闪射着青春少女激情的火花，一切都遮掩不住，这可怎么办呢？后来她双臂一抱，把脸埋在臂弯里了，鞋底也紧紧地抱在怀里。这样，谁也看不见她的眼睛和她的"宝贝"了。

姐妹们和嫂子说："哟，守明害羞了，害羞了！"

她们的玩笑还没有完，一个嫂子惊讶地哟了一声，说："说曹操，曹操就到，守明快看，路上过来的那个人是谁？"说着对众人挤眼，让众人配合她。

众人说，不巧不成双，真是的呢！

守明的脑子这会儿已不会拐弯儿，她心中轰地热了一下，心想，路上过来的那个人一定是她的那个人，那个人在大队宣传队演过节目，和大队会计又是同学，来大队部走走是可能的。她仿佛觉得那个人已经到了她眼前，她心头大跳，紧张得很。别人越是劝她，拉她，让她快看，再不看那人就走过去了，她越是把脸埋得低。她心里一百个想看，却一眼也不敢看，仿佛不看是真人真事，一看反而会变成假人假事似的。

守明的一位堂姐大概也受过类似的蒙蔽，有些看不过，帮守明说了一句话，让守明别上她们的当。又说，我守明妹子心实，你们逗她干什么。

守明这才敢抬起头来，往地头的大路上迅速瞥了一眼，路上走过来的人倒是有一个，那是一个戴烂草帽、光脊梁、像吓唬老鸹的谷草人一样的老爷爷，哪里是她日思夜想的那个人。心说不看，管不住自己，还是想看，一看果然失望。守明觉得受了欺负，跃起来去和那位始作俑的坏嫂子算账。那位嫂子早有防备，说着"好好，我投降"，像兔子一样逃窜了。

又开始给棉花打杈子时，守明的心里像是生了杈子，时不时往河那岸望一眼。河那边就是那个庄子的地，地尽头那绿苍苍的一片，就是那个庄子，她的那个人就住在那个庄子里。也许过个一年半载，她就过桥去了，在那边的地里干活，在那个不知多深多浅的庄子里住，那时候，她就不是姑娘家了。至于是什么，她还不敢往深里去想。只想一点点开头，她就愁得不行，心里就软得不行。棉花地里陡然飞起一只鸟，她打着眼罩子，目光不舍地把鸟追着，眼看着那只鸟飞过河面河堤，落到那边的麦子地里去了。麦子已经泛黄，热熏熏的南风吹过，无边的麦浪连天波涌。守明漫无目的地望着，不知不觉眼里汪满了泪水。

第一次看见那个人是在全大队的社员大会上，那个人在黑压压的会场中念一篇大批判的稿子，她不记得稿子里说的是什么，旁边的人打听那个人是哪庄的，叫什么名字，她却记住了。那个人头发毛毛的，唇上光光的，不像个成年人，像个刚毕业的中学生。她当时想，这个男孩子，年纪不大，胆子可够大的，敢在这么多人面前念那么长一大篇话，要是她，几个人抬她，她也不敢站起来。就算能站起来，她也张不开嘴。再次看见那个人是大队宣传队在她们村演节目的时候，那个人出的节目是二胡独奏，拉的是一支诉苦的曲子，叫天上布满星，月牙儿亮晶晶……那个人拉时低着头，塌蒙着眼皮，精神头儿一点也不高，想不到他拉出的曲子那样好听，让人禁不住地眼睛发潮，鼻子发酸。以后宣传队到别的村演出，到公社去演，她跟别的姐妹搭成帮，都追着去看了。看到那个人不光会拉二胡，吹笛子，还会演小歌剧和活报剧。演戏时脸上是化了妆的，穿的衣服也是戏中人的衣服，这让守明觉得那个人有点好看。要是舞台上有好几个人在演，守明不看别人，专挑那个人看。她心里觉得和那个人已经有点熟了，她光看人家，不知人家看不看她。她担心那个人看她时她没有注意到，就不错眼珠地看着那个人的一举一动。她这个年龄正是心里乱想的年龄，难免七想八想，想着想着，就把自己和那个人联系到一块儿去了。她不知道那个人有没有对象，要是没对象的话，不知那个人喜欢什么样的……她突然感到很自卑，有一次戏没看完就退场了。在回家的路上她骂了自己，骂完了她又有点可怜自己，长一声短一声地叹气。

有一天，家里来个媒人给守明介绍对象，守明正要表示心烦，表示一辈子也不嫁人，一听介绍的不是别人，正是让她做梦的那个人，她一时浑身冰凉，小脸发白，显得有些傻，不知如何表态。媒人一走，她心说，我的亲娘哎，这难道是真的吗！泪珠子一串一串往下掉。母亲以为她对这门亲事不乐意，对她说，心里不愿意就说不愿意，别委屈自己。守明说："妈，我是舍不得离开您！"

守明相信慢工出巧匠的话，她纳鞋底纳得不快。她像是有意拉长做鞋的过程，每一针都慎重斟酌，每一线都一丝不苟。回到家，她把鞋底放在枕头边，或压在枕头底下，每天睡觉前都纳上几针，看上几遍。拿起鞋底，她想入非非，老是产生错觉，觉得捧着的不是鞋，而是那个人的脚，她把"脚"摸来摸去，揉来揉去，还把"脚"贴在脸上，心里赞叹：这"脚"是我的，这"脚"真不错啊！既然得了那个人的"脚"，就等于得到了那个人的整个身体。有天晚上，她把"那个人的脚"搂到怀里去了，搂得紧贴自己的胸口。不料针还在鞋底上别着，针鼻儿把她的胸口高处扎了一下，几乎扎破了，她说："哟，你的趾甲盖这么长也不剪剪，扎得人怪痒痒的，来，我给你剪剪吧！"她把针鼻儿顺倒，把"脚"重新搂在怀里，说："好了，剪完了，睡吧！"她眯缝着眼，怎么也睡不着，心跳，眼皮也弹弹地跳。点上灯，拿起小镜子照照脸，她吓了一跳，脸红得像发高烧。她对自己说："守明，好好等着，不许这样，这样不好，让人家笑话！"她自我惩罚似地把自己的脸拍打了一下。

媒人递来消息，说那个人要外出当工人。守明一听有些犯愣，这真应了那句脚大走四方的话。看来手上的鞋得抓紧做，做成了好赶在那个人外出前送给他。那个人此一去不知何时才能回还，她一定得送给那个人一点东西，让那个人念着她，记住她。她没有别的可送，只有这一双鞋。这双鞋代表她，也代表她的心。她有点担心，那个人到了外边会不会变心呢？

这时妹妹插了一手。趁守明眼错不见，拿起鞋底纳了几针。她一眼就发现了，一发现就恼了，她质问妹妹："谁让你动我的东西，你的手怎么这么贱！"

她把鞋底往床上一扔,说她不要了,要妹妹赔她。

妹妹没见过姐姐这么凶,她吓得不敢承认,说她没动鞋底子,连摸也没摸。

"还敢嘴硬,看看那上面你的脏爪子印!"她过去一把捉住妹妹的手,捉得狠狠的,拉妹妹去看。

妹妹坠着身子使劲往后挣,嚷着坚持说没动,求救似地喊妈,声音里带了哭腔。

母亲过来,问她们姐妹俩又怎么了。

守明说妹妹把她的鞋底弄脏了。

母亲把鞋底看了看,这不是干干净净的嘛!

守明说:"就脏了,就脏了,反正我不要了,她得赔我,不赔我就不算完!"她觉得母亲在偏袒妹妹,把妹妹的手冲母亲一扔,扔开了。

母亲说:"不算完怎么了,你还能把她吃了。你是姐姐,得有个当姐姐的样子。"母亲又吵妹妹:"愣在那里干什么,还不下地给我薅草去!"

妹妹如得了赦令,赶紧走了。

守明把母亲偏袒妹妹的事指出来了,说:"我看你就是偏向她!"她隐约觉出,母亲开始把她当成人家的人了,这使她伤感顿生。

母亲说:"你们姐妹都是我亲生亲养,我对哪个都不偏不向。我看你这闺女越大越不懂事,不像是个有婆家的人。要是到了婆家,还是这个脾气,说话不照前顾后,张嘴就来,人家怎么容你,你的日子怎么过?"

母亲的话使守明的想法得到印证,母亲果然把她当成人家的人了,她说:"我就是不懂事……我哪儿也不去,死也要死在家里!……"说着一头扑在床上就哭起来了。哭着还想到了那个人,那个人要远走,也不来告诉她一声,不知为什么!这使她伤心伤得更远。

母亲坐在床边劝她,说鞋底别说没脏,脏了也不怕,到时用漂白粉擦一遍,再趁邻家在大缸里用硫磺薰粉条时薰一遍,鞋底保证雪白雪白的,比戏台上粉底朝靴的漆白底都白。

守明把母亲的话听到了,也记住了,但她的伤感并不能有所减轻。

在一个落雨的日子,守明把鞋做好了,做得底是底帮是帮的,很有鞋样儿。她把鞋拿在手上近看,靠在窗台上远观,心里还算满意。

鞋做成后,守明不大放得住。那双鞋像是她心中的一团火,她一天不把

"火"送出去,心里就火烧火燎的。还好,那个人外出的日期定下来了,托媒人传话,向她约会,她正好可以亲手把鞋交给那个人。

约会的地点是那座高桥,时间是吃过晚饭之后。当晚守明没有吃饭,她心跳得吃不下。等别人吃过晚饭,天已经黑透了。那天晚上月亮很细,像一支透明的鸽子毛。星星倒很密,越看越密。守明心想,一万颗星星也顶不上一颗月亮,要这么多星星有什么用。地里的庄稼都长出来了,到处像黑树林,有些吓人。母亲要送她到桥头去。她不让。

守明把一切都想好了,她要让那个人把鞋穿上试一试,那个人若说正好,她就不许他脱下来,让她穿这双鞋上路——人是你的,鞋就是你的,还脱下来干什么!临出门,她又改变了主意,觉得只让那个人把鞋穿上试试新就行了,还得让他脱下来,脱下来带走,保存好,等他回来完婚那一天才能穿。她要告诉他,在举行婚礼那一天,她若是看不见他穿上她亲手做的这双鞋,她就会生气,吹灭灯以后也不理他。当然了,就这个事情守明会征求他的意见,他要是点头同意了,守明就等于得到一个比穿鞋不穿鞋意义深远得多的重大许诺,她就可以放心地等待他了。

守明的设想未能实现,她两次让那个人把鞋试一试,那个人都没试。第一次,她把鞋递给那个人时,让那个人穿上试试。那个人对她表示完全信任似地,只是笑了笑,说声谢谢,就把鞋竖着插进上衣口袋里去了。二人依着桥上的石栏说了一会儿话,守明抓了一个空子,再次提出让那个人把鞋试一试。那个人把他的信任说出来了,说不用试,肯定正好。

"你又没试,怎么知道正好呢?"

那个人固执得真够可以,说不用试,他也知道正好。直到那个人说再见,鞋也没试一下。那个人说再见时,猛地向守明伸出了手,意思要把手握一握。

这是守明没有料到的。他们虽然见过几次面,说过几次话,但从来没有碰过手。和男人家碰手,这对守明来说可是一件了不得的大事,她心头撞了几下,犹豫了一会儿,还是低着头把手交出去了。那个人的手温热有力,握得她的手忽地出了一层汗,接着她身上也出汗了。她抬头看了看,在夜色中,见那个人正眼睛很亮地看着她。她又把头低下去了。那个人大概怕她害臊,就把她的手松开了。

守明下了桥往回走时,见夹道的高庄稼中间拦着一个黑人影,她大吃一惊,正要折回身去追那个人，扑进那个人怀里，让她的那个人救她，人影说话了，原来是她母亲。

怎么会是母亲呢！在回家的路上，守明一直没跟母亲说话。

后记：我在农村老家时，人家给我介绍了一个对象。那个姑娘很精心地给我做了一双鞋。参加工作后，我把那双鞋带进了城里，先是舍不得穿，想留作美好的纪念。后来买了运动鞋、皮鞋之后，觉得那双鞋已经过时了，穿不出去了。第一次回家探亲，我把那双鞋退给了那位姑娘。那姑娘接过鞋后，眼里一直泪汪汪。后来我想到，我一定伤害了那位农村姑娘的心，我辜负了她，一辈子都对不起她。

点评

村里的姑娘不善于表达，纳一双鞋只为了表达她的情意。然而，接受鞋的男子却未必能读懂她的心意和情意。作者多少年后回想往事，那些密密缝织的情意，却在不经意间被辜负了。这是一种惋惜，一种遗憾，也是一种想念和珍惜。然而，岁月已逝青春不居，时间淘洗下只有这份珍贵的情感，这是足以令人铭记终生的真正的爱情。因此，本文可谓是一篇具有温婉格调的爱情小说。

石舒清（1969— ）

原名田裕民，回族，生于宁夏海原县。出版小说集《伏天》《苦土》《开花的院子》《暗处的力量》等，《清水里的刀子》获第二届鲁迅文学奖。

清水里的刀子

和自己在同一面炕上滚了几十年的女人终于赶在主麻前头埋掉了。坟院里只不过添了一个新的坟包而已。这样一种朴素的结局，细想起来，真是惊心动魄。马子善老人是最后一个走出坟院的，在走出坟院门的那一刹那，老人突然觉得自己的鼻腔陡然地一酸，似乎听到一个苍老而又稳妥的声音附在自己的耳畔轻轻说，好啊，老东西，你命大，让你又逃脱了，那么就再转悠上几天，再转悠上几天就回来，这里才是你的家。细想想，你在外面转的时间也不短了，长得很了啊。马子善老人诚恳地点着头，是啊是啊，实在是在外面混得太久了，把那样一个鲜活的婴儿，把那样一个强壮的青年混成了目前这副样子，这使他觉得尴尬而辛酸。马子善老人记得，他是孩子的时候，村子小得像一个羊圈，坟院远没有现在大，但那时候的坟院也显得空空的。到如今村子已经很大了，坟院几经突破，成了眼下几乎和村子一样大的规模，而且里面密密麻麻地排列着坟堆，似乎几个村子的人都死光了都埋在这里了，但实际上随着死人越来越多，活人也越来越多。马子善老人就在死人和活人都增多的过程里一天天一天天活到了七十多岁，衰老成了如今这副样子。马子善老人有时在水面上看一看自己苍老的影子觉得不可理解，他真讲不清是什么将自己变化得如此苍老。坟头一多，连坟院里也似乎热闹了，这使马子善老人有些淡淡的失意，他喜欢空旷寂寥的坟院，喜欢坟头很少，大家相互珍惜着经历永恒的时间；坟头一多，使人觉得到这里以后还会像外面那样勾心斗角，争争吵吵。但毕竟坟院比尘世要宁静得多，毕竟人们都在黄土里埋得很深，连串个邻近的门都是不可能的了。

送葬的人都走净了，院门外的浮土上印着很多的脚印，大家来时的脚印和去时的脚印重叠了，这样就使得许多脚印都失去了方向。人们走得多么快，只留了一些模模糊糊的脚印，但终有一天人们要把自己留在这里的。谁都不免把自己留在这里的。日光倾泻在坟院里，使坟院像一个庞大的废墟。看这天空多么像一个大大的钟面啊，日头不过一根针，在这巨大的钟面上无休止地划来划去。马子善老人瞅了瞅日头，日头自然也是看着他的。马子善老人突然感激自己鼻腔的那一酸楚了，不然自己会很忽略地走出坟院的，正是那一酸楚使自己留在了这样一个重要的位置上。坟院门上，这就是生死之门，人应该在这里多站站的。马子善老人觉得自己是那样渴望在这里多站一会儿，躲在坟院深处是不好的，毕竟自己还活着嘛，可是盲目地到尘世上去就更不好。去干什么呢？似乎就没有什么可干的了。现在最好就是在这样的位置上多站一会儿，多想一会儿。想法很多的，想法会使人有一种觉悟的幸福。这么大的天空只有日头独自走长路实在是太孤单了，马子善老人看看日头觉得日头很孤单。孤单着也好，有时候奇怪地觉得孤单着也是一种福分。马子善老人回头看了看坟院，只这么一会儿，老婆坟头的土已没有刚才那样新鲜了，他想起自己将老婆用一匹小青驴从南山里驮来给自己当媳妇的事，老婆头上戴着红纱，两只鞋面上绣满花的脚在铜镫里摆着，随着铜镫一荡一荡，一荡一荡，让人的心生出化雪的感觉。那时候想不到那样年轻好看的媳妇最终会归宿于这样一个坟包。马子善老人轻轻叹一口气，应该在这里多走走的，应该在这里多看看才是，这里才是家。那个用血肉温暖了一辈子几辈子的家如今不是自己的了，那是儿子孙子他们的家了。但儿子孙子们不久也会到这里来的，那么那个家究竟是谁的家呢？马子善老人想，该找李乡老讲讲了，该跟他给自己要一块地皮了，得好好找一块长眠之地，不然，草率地一死，让人埋到一个窄狭处，可就坏了。马子善老人突然非常地渴盼能知道自己什么时候死，他站在坟院门口喃喃自问，主啊，我究竟在几时呢？你能悄悄地告知我吗？四周一片寂静，坟院里的风微凉地掠过他的脸面，有些竟吹入他耳朵的深处。他想自己若是知道自己归真的一刻，那么提前一天，他就会将自己洗得干干净净，穿一身洁洁爽爽的衣裳，然后去跟一些有必要告别的人告别，然后自己步入坟院里来，找到自己的长眠之地，含着清泪，诵着《古兰经》，听任自己的生命像和风那样一丝丝吹尽。想到必死无疑的自己连自己什么时候死都不知道，想到自己会在毫无准备的情况下死掉，他突然觉得一种异常的伤感与恐惧。他想起一句人们常说的话来，尤其那些善说大话的人也这样说，那些人，在他们说了一世界大话之后，突然会说，我除了不知道我几时死，再啥我不知道呢？听听，再善于讲大话的人，他也不知道他几时死。

　　回到家里，耶尔古拜还拿着他母亲的照片抽抽噎噎地哭着。他想劝劝儿子，又没劝，劝也是白劝。他想，儿子若到了自己这个年龄，就不会因亡人而哭了。自己若在儿子那个年龄，大概也还是要哭的。这都是很自然的事。儿子见他回来了，就眼泪巴嚓地过来问他，如何搭救亡人。这里都是这样信仰的，亡人一入土，冥冥处就开始拷问他（她）的罪过了，亡人都有着一个罪人的身份。因而活着的亲属就得施行一些搭救亡人的仪式。有钱人家，搭救的排场是很大的，但人还是贫寒之家居多。那么宰一只鸡，烙两个油馕，也还是不比有钱人家差的。阿訇们说，有时候举念一枚枣，比举念一峰骆驼都贵重。但实际上人们还是看重骆驼，觉得骆驼贵重。人们也毕竟都是很世俗的，毕竟觉得宰一峰骆驼的搭救效力要远远强过宰一只鸡。儿子眼泪巴嚓地来问他如何搭救时他说，量力而行吧，七七的日子上点一根香，烙两个油馕就成了。儿子说，别的都可以将就，四十不能将就啊，四十日那天来的人多，不要说宰一只鸡，宰一只羊都不行，人笑话呢。他说，宰羊不行你还要宰啥。这样说时他突然想到家里那头老牛，他的心猛地一紧，什么都说不出来了。儿子又落下眼泪来，说，大，我妈苦了一辈子，活的时节没活上个好，殁了，咱们要把亡人当个事呢。他什么都没有说，他担心什么一般闭着眼睛，似乎老牛就在他闭着的眼睛里了，悠闲地摇着干燥的尾巴。静了片刻，儿子说，大，我想，咱们那个牛，也老了，再买个嘛咱们也没钱，你看……他就觉得自己的心上被一只漆黑的拳头捣了一下。他凉凉地看了儿子一眼，说，把它宰了，地拿啥犁？儿子声音很低地说，它还能犁几年呢？是啊，老黄牛确乎是老了，经它拉朽的犁都有好几套了，还指望它能犁多少地？而且它活着也不过是个犁地而已。它最终就能免去一刀之劫吗？宰就宰了吧，他听到自己心里凉凉地说。但儿子似乎听到了，他看见儿子点了点头。他心里有什么东西在具有力度地纠缠着，又像是空空如也。

　　耶尔古拜牵着老黄牛走到西边的墙角下，清晨的阳光照亮了墙壁和牛的一部分，使牛身有着两样颜色。在光里的那一部分黄着，显得干燥，处在阴影中的部分却是紫色，显得厚重。牛那么温驯，耶尔古拜用一根指头粗的草绳就牵走了它。它不缓不急地走着，像是驮着什么极重的担子，又像悟了什么一样显得旷达而随意，它和耶尔古拜之间的草绳软软地垂着，其实不是耶尔古拜在牵它，而只是它跟着耶尔古拜走着罢了。它走到墙根下，就像一座山那样稳稳地站住了。阳光落在它那阔大的脸上，它微眯着眼，不疾不缓，悠闲而舒适地反刍着，显得自在而受用。耶尔古拜端了一大盆清水来，他这些日子每天都要把牛洗一次，这样老牛像是穿了新衣裳，显得稍稍地年轻与精神了一些。耶尔古拜用一把大刷子蘸了清水洗着牛身，洗得很是详尽，他还把洗衣粉洒在牛身上，他把牛脖里的褶皱用手指舒展开来洗着，把它的尾巴搭在自己的肩上，洗着它的臀部，他把牛蹄子都洗到了，他把女儿缺了齿的梳子拿来，将牛尾浸湿，然后像好看的女子梳理自己的长发那样梳着长长的牛尾。牛微闭着眼睛，忘我地享受着对它无微不至的洗浴，似乎这个被洗着的身体不是它的一样。耶尔古拜把牛洗净，用一领干净的毛巾擦干它，然后站在远处欣赏它。他很满意地点着自己的头。洗完牛，他就抱来新铲的鲜草给它吃，看着肥嫩的苦苦菜叶被牛大口大口香甜地吃着，看着牛瘪瘪的肚子有些夸张地鼓起来，耶尔古拜真是有着一种难以言述的喜悦。他对母亲的强烈的情感与念想都寄托在这牛上了。他觉得自己不是在侍候一头牛，而是虔敬地侍奉着自己敬重的一位老人。自从举念在母亲的四十祀日要用这头牛时，他就觉得这头牛已超越了其他一切牛，这头被举念了的牛已有了一种独特的品质与意义。它将携带使命去拯救苦海中因自己的罪行而受难的亡灵。耶尔古拜有时用心地洗着这牛，莫名其妙地有着一种感动，有几次更是匪夷所思，他突然想对着这牛，泪雨婆娑地喊一声娘，这愿望竟是那样强烈，使他几乎不能抑制。他觉得自己这么多年竟是把牛看轻了，牛有着博大而宽容的心灵，他觉得牛实在是一种了不起的生命。宰一只鸡怎么能跟宰一头牛相提并论？他真心地觉得，宰一头品质卓越的牛实在是能免却一份很大的灾难。他一点也不怀疑这头牛对他母亲的巨大作用。他觉得在举念之后，它就不是在人间的生命了，它一定会归宿到一个令人向往的地方。一只鸡可以生活在群星后面的天庭里吗？不能的，但一头牛却能。牛可以凭着它不改的忠厚和善良堂而皇之地走进一切巨大的宫殿之门。因此耶尔古拜像干着一件神圣的事业那样侍候着这老牛，使它一天一天地健壮起来，一天一天地年轻起来。耶尔古拜看着，心里有着难以言述的感动与狂喜。当牛大口大口地吃着鲜嫩的草时，马子善老人偶尔也会走过来，蹲在一旁看牛吃草，他脸上的表情没有耶尔古拜那样鲜明。他对耶尔古拜说，瞅它这吃，就像它还能活一千年。然后不待儿子说什么,拿起一大朵肥嫩的苦苦菜,将一片菜叶脆脆地折裂,立即溢出稠稠的奶汁来,马子善老人皱皱眉,说,唔,这么多的奶。

就这样,四十的日子一天一天像一大团阴影那样悄然地逼近了。

四十日的前三天,晨光给高高的树梢上淡淡地涂了一抹金色。无数的麻雀在巨大的树冠里异常激越地吵着,让人的心里荡开着一粼一粼很温馨的银波。马子善老人正在离树冠较近的高房子里精心地粘《古兰经》,经典历时久了,纸质已经泛黄,而且轻若鸿毛,但上面的字迹却似愈加清晰。突然耶尔古拜跑上来有些焦灼地说,老牛吃也不吃了,喝也不喝了,昨夜里放在槽里的清水与鲜草原模原样地放着。马子善的心强烈地一动,他把没有粘好的经典摊开在桌面上有阳光的地方晒着,自己匆匆随儿子来到了牛棚。牛棚盖在大门的外面,平时看不出,这一刻才发现这牛棚有着一些缝隙,一些金叶子似的阳光从那些缝隙里照进来,很短,往往在空间就莫名地消失了。牛棚里很干净,有着一种促人感动的牛粪气息。牛宁静端庄地站在那里,像一个穿越了时空明澈了一切的老人。它依然在不缓不疾,津津有味地反刍着,它平静淡泊的目光像是看见了什么,又像是什么也无意看。它的肚子明显有些瘪。槽里有一盆清水,清得像能生出莲花来,显然,这水没有动过,盆旁边是草,显然也没有动过。一夜之间,那么鲜嫩的草有些蔫了。大,你看,这水,它一口都没喝,还有草,都没吃。儿子有些焦灼地说。牛像是没有看到他们父子俩,它投入而又忘我地反刍着自己的东西。儿子突然问他说,大,是不是……他知道儿子要说什么,他的鼻腔深处强烈地一酸,喉头处像是梗了一个什么硬物,他觉得自己的泪水带着一股温热迅疾地流下来了,他连忙转过头,有些踉跄地疾疾地走了出去。日头升高了一些,光星像凌乱的雪花那样扑面而来,他低下头像在风里面似的走着,上了高房子,麻雀吵得愈加热烈。他坐在炕边上,两手蒙住脸,感觉泪水在指缝里流出来了。他说不清自己为什么要流泪,更说不清自己为什么竟有那么多的泪,似乎还有要哭出声来的欲望。终于呜呜咽咽地哭出声来了,心像一个大海那样激情难抑,心里满满的都是感动。耶尔古拜诧异地出现在门口,阳光使他的正面显得很暗。见父亲那样,他显得有些无措,很快又走下去了。麻雀们不知受到了怎样的打击,轰一声响,骂咧咧地飞了,余下几只在树里,有些胆怯和猜测地鸣着。马子善老人不能自抑地哭了一会儿,感到自己像激流那样平缓了下来,心境渐渐宽阔,但那种感动还是满满的在心里。他有着大病初愈那样伤感而美好的心境。他觉得有些罪过,把这么了不起的一个生命竟轻忽了,竟像畜牲那样役使了它几十年。想起那时候他打在它背上的鞭子,他觉得愧疚而难过,如果谁用鞭子打他相同的数量以示惩罚,他一定会很乐意很感激的。还想起一件事来,那就是牛一边拉着犁走一边扬起尾巴拉粪,当时觉得没什么,渐渐就觉得这真是过于残忍了,我们人连一个拉粪的机会都不给它,在它拉粪的时候我们还不放过它,还在役使它——哪里知道它竟是这样的一个生命!马子善老人又想起槽里的那盆净无纤尘的清水,那水在他眼前晃悠着,似乎要把他的眼睛和心灵淘洗个清清净净。那是一盆怎样的水啊,在那样清澈的水里,果真有一把银光幽幽的刀子吗?记得老人们都讲过的,说牛这样的生命是大牲,如果举念端正,把牛能用到好路上,那么,这头牛在献出自己的生命之前,会在饮它的清水里看到与自己有关的那把刀子,自此就不吃不喝了。显然,这头不吃不喝的老牛是看到自己的那把刀子了,就在它面前的那盆清水里看见了。马子善老人真切地觉得一种难言的强烈的震动,他那么不能自禁地要为此流一些眼泪。

　　过了一天,过了两天,牛还是不吃,盆里的水有些浑了,草也蔫得像野风吹过一样,牛肚子触目惊心地瘪下去了。两个后胯那里有着两个深坑,里面可以卧两只母鸡。但牛依旧静静地立着,双眼微闭,依旧在轻轻地反刍着。没有什么可以质疑的了。这了不起的生命,它竟然这样韬光养晦,竟为人所役使地度过了自己艰辛的一生。马子善老人心里有了一种驱之不散的肃穆。只要他一闭眼,在他内部的视野里,就有一盆清得让人像涟漪那样微微颤栗的水,在这水里,慢慢就会映出一把世所罕见的刀子,在清水的深处像一种暗藏的秘密那样不断地向你闪悠着银光。马子善老人感恩地点着自己的头,泪水在他的脸上流着,他喃喃说,你比我强,你知道你的死,可是我不知道。他记得老人们讲过,像牛这样的大牲,看到清水里的刀子后,就不再吃喝,为的是让自己有一个清洁的内里,然后清清洁洁地归去。原来是这样的一种生命!这两天里,飞散的麻雀又聚在树梢上了,马子善老人把翻阅破了的经典精心粘好,放在桌面上,大大的玻璃窗上,阳光照进来,像金子那样的阳光落在桌面上,落在摊开的古老的经典上。

　　马子善老人坐在高房子外面,纷乱的麻雀声像阳光下的雨泡儿那样明明灭灭个无休无止。他浴在阳光里,想起他年轻的时候,老牛也还不老,也还年轻,和他一般有着暴烈的脾气，不时就将自己那样一个健壮而沉重的身子腾起在半空，在半空里有力而又极度紧张地扭曲一下，它后面还是拖着犁的啊，就将地犁得乱七八糟，马子善老人欣慰地想着这些，喃喃说，原谅我吧，咱们都有过年轻的时候嘛。然而最令他伤痛不已的是，牛知道它的死，他贵而为人，却不能知道。

　　明日就是四十祀日了。这些日子阳光总是出奇的好。人总觉得自己是置身在一个阳光的世界里。耶尔古拜拿了一把刀子来给他磨。刀子足有一尺多长，长久地不用，上面已生了红锈。但刀子是可以磨得锋利的。他借了村里最好的磨石来，灌了一铜汤瓶清水，把清水倒在磨石上，磨石上就像显出了一篇碑文。他想他一定要把刀子磨好，红锈在清水里像血丝那样迟疑地流动着，他想他一定要把刀子磨出银子那样的光来。他突然想牛在清水里看到的刀子，是自己磨的这一把吗？一定是的，还能是哪一把呢？因此一定要把手里这把刀子磨得和清水里那把一模一样，不然就对不起那不凡的生命啊。他一边用力地磨着刀子，一边看见自己的眼里有亮亮的东西掉下来，溅到青青的磨石上和耀眼的刀刃上，儿子走过来对他讲什么，他不抬头，儿子就走了。

　　那天夜里星星密缀了天空，使整个天空显得沉甸甸的。没有风，偶或撞到极细微的一丝，倒给人一种担心与警觉。夜深的时候，马子善老人顶着满天星光悄然钻到牛棚里去，直到寺里喊邦克时才钻出来，他的脸有些苍白。那时候星星已落掉不少，像被摘去果子的枝头那样，天空显得比深夜时轻渺了许多。耶尔占拜已经起来扫院子了。马子善老人对他说，家里的事你看着弄吧，我去县上买些调和什么的。耶尔古拜说，大，你今儿不能走啊。老人不答他的话，拿出一条很白很厚的毛巾来，说，宰的时候用这个把眼睛蒙上。耶尔古拜说，大，今儿你不能走啊。但马子善老人走了。一直到了日落，他才回来，他的脸总之是有些苍白，他先到牛棚里去转了一圈，然后他像是下了一个决心，他走进街门里去了，但是他很快站住了，他看见一个硕大的牛头在院子里放着，牛头正向着他，他不知道牛的后半个身子哪里去了。他觉得这牛是在一个难以言述的地方藏着，而只是将头探了出来，一脸的平静与宽容，眼睛像波澜不兴的湖水那样睁着，嘴唇若不是耷拉在地上，一定还是要静静地反刍的。他有些惊愕，他从来没有见过这么一张颜面如生的死者的脸。

（原载《人民文学》1998 年 6 期）

点评

　　动物的感情,往往在人的意识之外。动了情感的牛,面临生死关头的牛,足以感人泪下。这哪里是一头牲口,分明就是一条鲜活的通人性的生命,分明就是一个鲜活的人,鲜活的存在,一个家里的亲人一般。小说充满了一种肃穆而庄严的宗教感、仪式感,而人与动物的那种深厚情感尤其动人。

毕飞宇（1964— ）

江苏兴化人。作家、南京大学教授、江苏省作家协会副主席。代表作有中篇小说《青衣》《玉米》、长篇小说《平原》《推拿》等。曾获茅盾文学奖、鲁迅文学奖等。

哺乳期的女人

断桥镇只有两条路，一条是三米多宽的石巷，一条是四米多宽的夹河。三排民居就是沿着石巷和夹河次第铺排开来的，都是统一的二层阁楼，楼与楼之间几乎没有间隙，这样的关系使断桥镇的邻居只有"对门"和"隔壁"这两种局面，当然，阁楼所连成的三条线并不是笔直的，它的蜿蜒程度等同于夹河的弯曲程度。断桥镇的石巷很安静，从头到尾洋溢着石头的光芒，又干净又安详。夹河里也是水面如镜，那些石桥的拱形倒影就静卧在水里头，千百年了，身姿都龙钟了，有小舢板过来它们就颤悠悠地让开去，小舢板一过去它们便驼了背脊再回到原来的地方去。不过夹河到了断桥镇的最东头就不是夹河了，它汇进了一条相当阔大的水面，这条水面对断桥镇的年轻人来说意义重大，断桥镇所有的年轻人都是在这条水面上开始他们的人生航程的。他们不喜欢断桥镇上石头与水的反光，一到岁数便向着远方世界蜂拥而去。断桥镇的年轻人沿着水路消逝得无影无踪，都来不及在水面上留下背影。好在水面一直都是一副不记事的样子。

旺旺家和惠嫂家对门。中间隔了一道石巷，惠嫂家傍山，是一座二三十米高的土丘；旺旺家依水，就是那条夹河。旺旺是一个七岁的男孩，其实并不叫旺旺。但是旺旺的手上整天都要提一袋旺旺饼干或旺旺雪饼，大家就喊他旺旺，旺旺的爷爷也这么叫，又顺口又喜气。旺旺一生下来就跟了爷爷了。他的爸爸和妈妈在一条拖挂船上跑运输,挣了不少钱,已经把旺旺的户口买到县城里去了。旺旺的妈妈说,他们挣的钱才够旺旺读大学,等到旺旺买房、成亲的钱都挣回来,他们就回老家,开一个酱油铺子。他们这刻儿正四处漂泊,家乡早就不是断桥镇了,而是水,或者说是水路。断桥镇在他们的记忆中越来越概念了,只是一行字,只是汇款单上遥远的收款地址。汇款单成了鳏父的儿女,汇款单也就成了独子旺旺的父母。

旺旺没事的时候坐在自家的石门槛上看行人。手里提着一袋旺旺饼干或旺旺雪饼。旺旺的父亲在汇款单左侧的纸片上关照的,"每天一袋旺旺"。旺旺吃腻了饼干,但是爷爷不许他空着手坐在门槛上。旺旺无聊,坐久了就会把手伸到裤裆里,掏鸡鸡玩。一手提了袋子,一手捏住饼干,就好了。旺旺坐在门槛上刚好替惠嫂看杂货铺。惠嫂家的底楼其实就是一片铺子。有人来了旺旺便尖叫。旺旺一叫惠嫂就从后头笑嘻嘻地走了出来。

惠嫂原来也在外头,1996年的开春才回到断桥镇。惠嫂回家是生孩子的,生了一个男孩,还在吃奶。旺旺没有吃过母奶。爷爷说,旺旺的妈天生就没有乳汁。旺旺衔他妈妈的奶头只有一次,吮不出内容,妈妈就叫疼,旺旺生下来不久便让妈妈送到奶奶这边来了,那时候奶奶还没有埋到后山去。同时送来的还有一只不锈钢碗和不锈钢调羹。奶奶把乳糕、牛奶、亨氏营养奶糊、鸡蛋黄、豆粉盛在锃亮的不锈钢碗里,再用锃亮的不锈钢调羹一点一点送到旺旺的嘴巴里。吃完了旺旺便笑,奶奶便用不锈钢调羹击打不锈钢空碗,发出悦耳冰凉的工业品声响。奶奶说:"这是什么?这是你妈的奶子。"旺旺长得结结实实的,用奶奶的话说,比拱奶头拱出来的奶丸子还要硬铮。不过旺旺的爷爷倒是常说,现在的女人不行的,没水分,肚子让国家计划了,奶子总不该跟着瞎计划的。这时候奶奶总是对旺旺说,你老子吃我吃到五岁呢。吃到五岁呢,既像为自己骄傲又像替儿子高兴。

不过惠嫂是例外。惠嫂的脸、眼、唇、手臂和小腿都给人圆嘟嘟的印象。矮墩墩胖乎乎的,又浑厚又溜圆。惠嫂面如满月,健康,亲切,见了人就笑,笑起来脸很光润,两只细小的酒窝便会在下唇的两侧窝出来,有一种产后的充盈与产后的幸福,通身笼罩了乳汁芬芳,浓郁绵软,鼻头猛吸一下便又似有若无。惠嫂的乳房硕健巨大,在衬衣的背后分外醒目,而乳汁也就源远流长了,给人以取之不尽、用之不竭的印象。惠嫂给孩子喂奶格外动人,她总是坐到铺子的外侧来,惠嫂不解扣子,直接把衬衣撩上去,把儿子的头搁到肘弯里,尔后将身子靠过去。等儿子衔住了才把上身直起来。惠嫂喂奶总是把脖子倾得很长,抚弄儿子的小指甲或小耳垂,弄住了便不放了。有人来买东西,惠嫂就说:"自己拿。"要找钱,惠嫂也说:"自己拿。"旺旺一直留意惠嫂喂奶的美好静态,惠嫂的乳房因乳水的肿胀洋溢出过分的母性,天蓝色的血管隐藏在表层下面。旺旺坚信惠嫂的奶水就是天蓝色的,温暖却清凉。惠嫂儿子吃奶时总要有一只手扶住妈妈的乳房,那只手又干净又娇嫩,抚在乳房的外侧,在阳光下面不像是被照耀,而是乳房和手自己就会放射出阳光来,有一种半透明的晶莹效果,近乎圣洁,近乎妖娆。惠嫂喂奶从来不避讳什么,事实上,断桥镇除了老人孩子只剩下几个中年妇女了。惠嫂的无遮无拦给旺旺带来了企盼与忧伤。旺旺被奶香缠绕住了,忧伤如奶香一样无力,奶香一样不绝如缕。

  惠嫂做梦也没有想到旺旺会做出这种事来。惠嫂坐在石门槛上给孩子喂奶,旺旺坐在对面隔着一条青石巷呢。惠嫂的儿子只吃了一只奶子就饱了,惠嫂把另一只送过去,她的儿子竟让开了,嘴里吐出奶的泡沫。但是惠嫂的这只乳房胀得厉害,便决定挤掉一些,惠嫂侧身站到墙边,双手握住了自己的奶子,用力一挤,奶水就喷涌出来了,一条线,带着一道弧线。旺旺一直注视着惠嫂的举动。旺旺看见那条雪白的乳汁喷在墙上,被墙的青砖汲干净了。旺旺闻到了那股奶香,在青石巷十分温暖十分慈祥地四处弥漫。旺旺悄悄走到对面去,躲在墙的拐角。惠嫂挤完了又把儿子抱到腿上来,孩子在哼叽,惠嫂又把衬衣撩上去。但孩子不肯吃,只是拍着妈妈的乳房自己和自己玩,嘴里说一些单调的听不懂的声音。惠嫂一点都没有留神旺旺已经过来了。旺旺拨开婴孩的手,埋下脑袋对准惠嫂的乳房就是一口。咬住了,不放。惠嫂的一声尖叫在中午的青石巷里又突兀又悠长,把半个断桥镇都吵醒了。要不是这一声尖叫旺旺肯定还是不肯松口的。旺旺没有跑,他半张着嘴巴,表情又愣又傻。旺旺看见惠嫂的右乳上印上了一对半圆形的牙印与血痕,惠嫂回过神来,还没有来得及安抚惊啼的孩子,左邻右舍就来人了。惠嫂又疼又羞,责怪旺旺说:"旺旺,你要死了。"

  旺旺的举动在当天下午便传遍了断桥镇。这个没有报纸的小镇到处在口播这条当日新闻。人们的话题自然集中在性上头,只是没有挑明了说。人们说:

"要死了,小东西才七岁就这样了。"人们说:"断桥镇的大人也没有这么流氓过。"当然,人们的心情并不沉重,是愉快的、新奇的。人们都知道惠嫂的奶子让旺旺咬了,有人就拿惠嫂开心,在她的背后高声叫喊电视上的那句广告词,说:"惠嫂,大家都'旺'一下。"这话很逗人,大伙都笑,惠嫂也笑。但是惠嫂的婆婆显得不开心,拉着一张脸走出来说:"水开了。"

旺旺爷知道下午的事是在晚饭之后。尽管家里只有爷孙两个,爷爷每天还要做三顿饭,每顿饭都要亲手给旺旺喂下去。那只不锈钢碗和不锈钢调羹和昔日一样锃亮,看不出磨损与锈蚀。爷爷上了岁数,牙掉了,那根老舌头也就没人管了,越发无法无天,唠叨起来没完。往旺旺的嘴里喂一口就要唠叨一句:"张开嘴吃,闭上嘴嚼,吃完了上床睡大觉。""一口蛋,一口肉,长大了挣钱不发愁。"诸如此类,都是他自编的顺口溜。但是旺旺今天不肯吃。调羹从右边喂过来他让到左边去,从左边来了又让到右边去。爷爷说:"蛋也不吃,肉也不咬,将来怎么挣钞票?"旺旺的眼睛一直盯住惠嫂家那边。惠嫂家的铺子里有许多食品。爷爷问:"想要什么?"旺旺不开口。爷爷说:"克力架?"爷爷说:"德芙巧克力?"爷爷说:"亲亲八宝粥?"旺旺不开口,亲亲八宝粥旁边是澳洲的全脂粉,爷爷说:"想吃奶?"旺旺回过头,泪汪汪地正视爷爷。爷爷知道孙子想吃奶,到对门去买了一袋,用水冲了,端到旺旺的面前来。说:"旺旺吃奶了。"旺旺咬住不锈钢调羹,吐在了地上,顺手便把那只不锈钢碗也打翻了。不锈钢在石头地面活蹦乱跳,发出冰凉的金属声响。爷爷向旺旺的腮边伸出巴掌,大声说:"捡起来!"旺旺不动,像一块咸鱼,翻着一双白眼。爷爷把巴掌举高了,说:"捡不捡?"又高了,说:"捡不捡?"爷爷的巴掌举得越高,离旺旺也就越远。爷爷放下巴掌,说:"小祖宗,捡呀!"

是爷爷自己把不锈钢餐具捡起来了。爷爷说:"你怎么能扔这个?你就是这个喂大的,这可是你的奶水,你还扔不扔?啊?扔不扔?——还有七个月就过年了,你看我不告诉你爸妈!"

按照生活常规,晚饭过后,旺旺爷到南门屋檐下的石码头上洗碗。隔壁的刘三爷在洗衣裳。刘三爷一见到旺旺爷便笑,笑得很鬼。刘三爷说:"旺爷,你家旺旺吃人家惠嫂豆腐,你教的吧?"旺旺爷听不明白,但从刘三爷的皱纹里看到了七拐八弯的东西。刘三爷瞟他一眼,小声说:"你孙子下午把惠嫂的奶子啃了,出血啦!"

旺旺爷明白过来脑子里就轰隆一声响。可了不得了。这还了得？旺旺爷转过身就操起扫帚，倒过来握在手上，揪起旺旺冲着屁股就是三四下，小东西没有哭，泪水汪了一眼，掉下来一颗，又汪开来，又掉。他的泪无声无息，有一种出格的疼痛和出格的悲伤。这种哭法让人心软，叫大人再也下不了手。旺旺爷丢了扫帚，厉声诘问说："谁教你的？是哪一个畜牲教你的？"旺旺不语。旺旺低下头泪珠又一大颗一大颗往下丢。旺旺爷长叹一口气，说："反正还有七个月就过年了。"

旺旺的爸爸和妈妈每年只回断桥镇一次。一次六天，也就是大年三十到正月初五。旺旺的妈妈每次见旺旺之前都预备了好多激情，一见到旺旺又是抱又是亲。旺旺总有些生分，好多举动一下子不太做得出。这样一来旺旺被妈妈搂着就有些受罪的样子，被妈妈摆弄过来又摆弄过去。有些疼。有些别扭。有些需要拒绝和挣扎的地方。后来爸爸妈妈就会取出许多好玩的好吃的，都是与电视广告几乎同步的好东西，花花绿绿一大堆，旺旺这时候就会幸福，愣头愣脑地把肚子吃坏掉。旺旺总是在初三或者初四开始熟悉和喜欢他的爸爸和妈妈，喜欢他们的声音、气味。一喜欢便想把自己全部依赖过去，但每一次他刚刚依赖过去他们就突然消失了。旺旺总是扑空，总是落不到实处。这种坏感觉旺旺还没有学会用一句完整的话把它们说出来。旺旺就不说。初五的清早他们肯定要走的。旺旺在初四的晚上往往睡得很迟，到了初五的早上就醒不来了，爸爸的大拖挂就泊在镇东的阔大水面上。他们放下一条小舢板沿着夹河一直划到自家的屋檐底下。走的时候当然也是这样，从窗棂上解开绳子，沿夹河划到东头，然后，拖挂的粗重汽笛吼叫两声，他们的拖挂就远去了。他们走远了太阳就会升起来。旺旺起来的时候天上只有太阳，地上只有水。旺旺的瞳孔里头只剩下一颗冬天的太阳，一汪冬天的水。太阳离开水面的时候总是拽着的，扯拉着的，有了痛楚和流血的症状。然后太阳就升高了，苍茫的水面成了金子与银子铺成的路。

由于旺旺的意外袭击，惠嫂的喂奶自然变得小心些了。惠嫂总是躲在柜台的后面，再解开上衣上的第二个纽扣。但是接下来的两天惠嫂没有看见旺旺。原来天天在眼皮底下，不太留意，现在看不见，反倒格外惹眼了。惠嫂中午见到旺旺爷，顺嘴说："旺爷，怎么没见旺旺了？"旺旺的爷爷这几天一直羞于碰上惠嫂，就像刘三爷说的那样，要是惠嫂也以为旺旺那样是爷爷教的，那可要羞死一张老脸了。旺旺的爷还是让惠嫂堵住了,一双老眼也不敢看她。旺旺爷顺着嘴说:"在医院里头打吊针呢。"惠嫂说:"怎么了?好好的怎么去打吊针了?"旺旺爷说:"发高烧,退不下去。"惠嫂说:"你吓唬孩子了吧?"旺旺爷十分愧疚地说:"不打不骂不成人。"惠嫂把孩子换到另一只手上去,有些责怪,说:"旺爷你说什么嘛?七岁的孩子,又能做错什么?"旺旺爷说:"不打不骂不成人。"惠嫂说:"没有伤着我的,就破了一点皮,都好了。"这么一说旺旺爷又低下头去了,红着脸说:"我从来都没有和他说过那些,从来没有。都是现在的电视教坏了。"惠嫂有些不高兴,甚至有些难受,说话的口气也重了:"旺爷你都说了什么嘛?"

旺旺出院后人瘦下去一圈。眼睛大了,眼皮也双了。嘎样子少了一些,都有点文静了。惠嫂说:"旺旺都病得好看了。"旺旺回家后再也不坐石门槛了,惠嫂猜得出是旺爷定下的新规矩,然而惠嫂知道旺旺躲在门缝的背后看自己喂奶,他的黑眼睛总是在某一个圆洞或木板的缝隙里忧伤地闪烁。旺爷不让旺旺和惠嫂有任何靠近,这让惠嫂有一种说不出的难受。旺旺因此而越发鬼祟,越发像幽灵一样无声游荡了。惠嫂有一回抱着孩子给旺爷送几块水果糖过来,惠嫂替他的儿子奶声奶气地说:"旺旺哥呢?我们请旺旺哥吃糖糖。"旺旺一见到惠嫂便藏到楼梯的背后去了。爷爷把惠嫂拦住说:"不能这样没规矩。"惠嫂被拦在门外,脸上有些挂不住,都忘了学儿子说话了,说:"就几块糖嘛。"旺爷虎了脸说:"不能这样没规矩。"惠嫂临走前回头看一眼旺旺,旺旺的眼神让所有当妈妈的女人看了都心酸,惠嫂说:"旺旺,过来。"爷爷说:"旺旺!"惠嫂说:"旺爷你这是干什么嘛!"

但旺旺在偷看,这个无声的秘密只有旺旺和惠嫂两个人明白。这样下去旺旺会疯掉的,要不就是惠嫂疯掉。许多中午的阳光下面狭长的石巷两边悄然存放着这样的秘密。瘦长的阳光带横在青石路面上,这边是阴凉,那边也是阴凉。阳光显得有些过分了,把傍山依水的断桥镇十分锐利地劈成了两半,一边依山,一边傍水。一边忧伤,另一边还是忧伤。

旺爷在午睡的时候也会打呼噜的。旺爷刚打上呼噜旺旺就逃到楼下来了。趴在木板上打量对面,旺旺就是在这天让惠嫂抓住的。惠嫂抓住他的腕弯,旺旺的脸给吓得脱去了颜色。惠嫂悄声说:"别怕,跟我过来。"旺旺被惠嫂拖到杂货铺的后院。后院外面就是山坡,金色的阳光正照在坡面上,坡面是大片大片的绿,又茂盛又肥沃,油油的全是太阳的绿色反光。旺旺喘着粗气,有些怕,被那阵奶香裹住了。惠嫂蹲下身子,撩起上衣,巨大浑圆的乳房明白无误地呈现在旺旺的面前。旺旺被那股气味弄得心碎,那是气味的母亲,气味的至高无上。惠嫂摸着旺旺的头,轻声说:"吃吧,吃。"旺旺不敢动。那只让他牵魂的母亲和他近在咫尺,就在鼻尖底下,伸手可及。旺旺抬起头来,一抬头就汪了满眼泪,脸上又羞愧又惶恐。惠嫂说:"吃吧。——别咬,衔住了,慢慢吸。"旺旺把头靠过来,两只小手慢慢抬起来了,抱向了惠嫂的右乳。但旺旺的双手在最后的关头却停住了。旺旺万分委屈地说:"我不。"

惠嫂说:"傻孩子,弟弟吃不完的。"

旺旺流出泪,他的泪在阳光底下发出六角形的光芒,有一种烁人的模样。旺旺盯住惠嫂的乳房拖着哭腔说:"我不。不是我妈妈!"旺旺丢下这句没头没脑的话回头就跑掉。惠嫂拽下上衣,跟出去,大声喊道:"旺旺,旺旺……"旺旺逃回家,反闩上门。整个过程在幽静的正午显得惊天动地。惠嫂的声音几乎也成了哭腔。她的手拍在门上,失声喊道:"旺旺!"

旺旺的家里没有声音。过了一刻旺爷的鼾声就中止了。响起了急促的下楼声。再过了一会儿,屋里发出了另一种声音,是一把尺子抽在肉上的闷响,惠嫂站在原处,伤心地喊:"旺爷,旺爷!"

又围过来许多人。人们看见惠嫂拍门的样子就知道旺旺这小东西又"出事"了。有人沉重地说:"这小东西,好不了啦。"

惠嫂回过头来。她的泪水泛起了一脸青光,像母兽。有些惊人。惠嫂凶悍异常地吼道:"你们走!走——!你们知道什么?"

(原载《作家》1996年第8期)

点评

哺乳期的女人,富于母性和母爱情怀。对于一个远离父母、缺乏母爱而又充满好奇的男孩旺旺,惠嫂先是错怪,后又主动要让孩子接近和亲近。小说故事性并不很强,却处处散发着一种母性的、人性的光辉。而正是这种源自一位母亲本能的情感,极其动人,也极其真实。

迟子建（1964— ）

黑龙江人，当代女作家，现任黑龙江作协主席。主要作品有《雾月牛栏》《白银那》《世界上所有的夜晚》《伪满洲国》《额尔古纳河右岸》等，曾获鲁迅文学奖、茅盾文学奖等大奖。

一坛猪油

一九五六年吧，我三十来岁，已经是三个孩子的妈妈了。上头的两个是儿子，一个九岁，一个六岁。老小是个丫头，三岁，还得抱在怀里。

那年初夏的一个日子，我在河源老家正喂猪呢，乡邮递员送来一封信，是俺男人老潘写来的，说是组织上给了笔安家费，林业工人可以带家属了。他让我把家里的东西处理一下，带着孩子投奔他去。

老潘打小没爹没娘，他有个弟弟，也在河源。那时家里没值钱的东西，我把被褥、枕头、窗帘、桌椅、锅铲、水瓢、油灯通通给了他。猪被我贱卖了，做路费；房子呢，歪歪斜斜的两间泥屋，很难出手。我正急着，村头的霍大眼找上门来了。霍大眼是个屠夫，家里富裕，他跟我说，他想要这房子做屠宰场，问我用一坛猪油换房子行不。见我犹豫，他就说老潘待的大兴安岭他听人说过，一年有多半年是冬天。除了盐水煮黄豆就没别的吃的，难见荤腥。他这一说，我活心了，跟着他去看那坛猪油。

那是个雪青色的坛子，上着釉，亮闪闪的。先不说里面盛的东西，单说外表，我一眼就喜欢上了。我见过的坛子，不是紫檀色的就是姜黄色的，乌秃秃的，敦实耐用，但不受看。这只坛子呢，天生就带着股勾魂儿的劲儿，不仅颜色和光泽漂亮，身形也是美的。它有一尺来高，两拃来宽，肚子微微凸着，像是女人怀孕四五个月的样子。它的勒口是明黄色的，就像戴着个金项圈，喜气洋洋的。我还没看坛子里的猪油，就对霍大眼说，我乐意用它换房子。

我掀开坛子的盖儿，闻到了一股浓浓的油香，只有新炼出的猪油才会有这么冲的香气啊。再看那油，它竟然灌满了坛子，不像我想的，只有多半坛。那一坛猪油少说也有二十斤啊。猪油雪白雪白的，细腻极了，但我还是怕霍大眼把好油注在上面，下面凝结的却是油渣。我找来一截高粱秆，想探个虚实。我把高粱秆插进猪油的时候，霍大眼在一旁叹着气。我插得很慢，高粱秆进入得很顺畅，一直到底，些微阻碍都没有，说明这油是没杂质的。我抽出高粱秆来的时候，霍大眼说，这坛猪油是新炼的，用了两头猪上好的板油，他嘱咐我不能把猪油送给别人吃，谁想舀个一勺两勺也不行，一定要自己留着，因为这坛猪油他是专为我准备的。他说我若给了不相识的人吃，等于糟践了他的心意。我答应着，搬起这坛猪油出了院子。

我领着仨孩子上路了。那时老大能帮着干活儿了，我就让他背着四只碗、一把筷子、五斤小米和一个铝皮闷罐。老二呢，我也没让他闲着，他提着两罐咸菜和一摞玉米饼子。我编了一个很大的柳条篓，把我和孩子的衣服放在下面，然后让老三坐在上面，这样我等于背了衣服又背了孩子。我怀中抱着的，就是那个猪油坛子。

那是七月，正是雨季。临出发时，老潘的弟弟送了我一把油纸伞。我把它插在柳条篓里。老三在篓子里待得没意思时，就把它当甘蔗，啃个不停。

我们先是坐了两个钟头的马车，从河源到了林光火车站。在那儿等了三个钟头，天傍黑时，才上了开往嫩江的火车。那时往北边去的都是烧煤的小火车，它就像一头刚从泥里打完滚儿的毛驴，灰秃秃的。小火车都是两人座的，车上的人不多。别的旅客看我拖儿带女的，这个帮我卸背篓，那个帮我把孩子手中的东西接过来。还没等我们安顿好呢，火车就像打了个摆子似的，咣当咣当地开了。它这一打摆子不要紧，把站在过道上的老二给晃倒了，他的头磕在坐席角上，立时就青了，疼得哇哇大哭。我一想直后怕，万一老二磕的是眼睛，瞎了眼，我哪还有脸去见老潘哪。

我把猪油坛子放在了茶桌下面。一到火车要靠近站台时，就赶紧猫腰护着，怕它像老二一样被晃倒了。

带着仨孩子出门真不容易啊。一会儿这个说饿了，一会儿那个说要拉屎撒尿，一会儿另一个又说冷了。我是一会儿找吃的，一会儿领着他们上厕所，一会儿又翻衣服。天黑以后，车厢里的灯就暗了，小东西们折腾累了，老大斜倚着车窗,老二躺在坐席上,老三在我怀中,都睡了。我不敢睡,怕迷糊过去后,丢了东西和孩子。熬了一宿,天亮时,我们到了嫩江。

按照老潘信上说的,我找到了长途客运站。往黑河去的大客车三天一趟,票贵不说,我们来得不凑巧,刚走了一辆,等下趟要两天呢。我怕住店费钱,就买了便宜的大板汽车票,当天下午就上路了。

什么叫大板汽车呢?就是敞篷汽车,车厢体的四周是八十公分左右高的木板,看上去像是猪圈的围栏。车上坐了三十来人,都是去黑河的。车上铺着干草,人都坐在草上。车头是好位置,稳,行路时不觉得特别颠,人家见我带着仨孩子,就让我坐在车头。我怕猪油坛子被颠碎,就把它夹在腿间。我用胳膊抱着孩子,用腿勾着坛子,引起了别人的笑声。有一个男人小声跟他身边的女人嘀咕:这女人一定是想男人了,把坛子都夹在裤裆里了。我白了他们一眼,他们就赶紧夸那只坛子好看。

坐敞篷车最怕的不是毒日头,而是雨。一下雨,大家就得把一块大苫布打开,撑在头顶,聚堆儿避雨。雷阵雨不要紧,哗啦哗啦下个十分八分也就住了,要是赶上大雨,就遭殃了。路会翻浆,不能前行,就得停靠在中途的客栈。

我们离开嫩江时天还好好的,走了两个来钟头后,天就阴了。路面坑坑洼洼的,司机开得又猛,颠得我骨头都疼了,好多人都嚷着肠子要被蹾折了。乌云越积越厚,接着空中电闪雷鸣的,没等我们把苫布扯开,雨点就噼里啪啦落下来了。我在车头,又要撑苫布又要顾孩子的,早把猪油坛子丢在一边了。那时只嫌自己长的手少,要是多出一双手来多好啊。雨越下越大,车越开越慢,苫布哗哗响着,感觉不是雨珠打在上面,而是一条河从天上流下来了。苫布下的人挤靠在一起,才叫热闹呢。这个女人嫌她背后的男人顶着了她的屁股,那个女人又嫌挨着她的老头儿口臭,抱怨声没消停过。不光是女人多嘴多舌,家禽也这样。有个人带着一笼鸡,还有个人用麻袋装着两只猪羔。鸡在窄小的笼子中缩着脖子咯咯叫,猪把麻袋拱得团团转。老大看着猪羔把麻袋快拱到猪油坛子旁边了,就伸脚蹾了一下。猪羔的主人生气了,他骂老大:它是猪,不懂事,你也是猪啊?老大小小年纪,但嘴巴厉害,顶起人来头头是道。他说:它不是人,不懂事;你是人,怎么也不懂事?苫布下的人都被老大的话给逗笑了。

傍晚的时候,汽车终于在老鸹岭客栈停了下来。尽管挡着苫布,但雨实在太大了,我蹲在苫布边上,衣服的后背都被雨淅湿了。我抱着坛子走进客栈时,店主一眼就相中它了。他问我,这是从哪儿弄来的古董啊?我说这不过是只猪油坛子。他嘴里啧啧叫着,在坛子上摸了一把又一把。他老婆看了生气了,说,你看它细发,摸个没完了?店主说,坛子又不是女人的屁股,有什么不能摸的?店主问我,它值多少钱,连油带坛子卖给我行吗?我说自己用两间泥屋换来了这坛猪油,我喜欢,不卖。店主冲我翻眼白,他老婆却给了我一个媚眼。

　　我们在老鸹岭等天放晴,一停就是三天。那时的客栈都是光板铺,上下两层,每层铺能躺二十几人。一般是男人住上铺,女人和孩子住下铺。人多,被子不够使,就两个人用一条。为了省点儿钱,我和孩子不吃客栈的饭,吃自己带来的玉米饼子和咸菜。下雨天凉,我怕孩子们受寒会闹病,就借用他们的灶房,用带来的闷罐和小米熬粥。我一进灶房,店主就和我纠缠,要买那只猪油坛子,说是多给我钱,不让他老婆知道。我讨厌和老婆隔心的男人,就说你就是给我座金山,也不换这个坛子!店主生了气了,他要收我煮粥的柴火费。我说你觉得那点儿钱拿在手上不烫手,就收吧!他冲我大叫:你这种死心眼儿的女人拿在手上才烫手呢!

　　在客栈里,人睡在铺上,东西什么的都得堆在地上。当然,能放在睡人的屋子的东西都是死物。活物呢,像旅客带来的猪羔和鸡,都放在马房里。但凡开客栈的,没有不养马的。小孩子们喜欢在马房玩儿。离开老鸹岭的前一天,我去马房找老二和老小,在那儿给马喂食的店主指着他的几匹马说,说吧,你相中哪个,我让你牵走!我问,你怎么非要这个坛子不可呀?店主说,好物件和好女人一样,看了让人忘不了!咱没福分娶好女人,身边有个好坛子,也算心里有个惦记的!谁想这话被他老婆听到了呢。马房的地上铺着干草,所以谁也没听见她进来了。这女人真是刚烈啊,她一句话没说,一头朝拴马的柱子撞去,当时就昏了,额角裂了道口子,鲜血一股一股地流出来,把玩捉老鼠游戏的孩子们都吓坏了。

　　这天晚上,雨停了,月亮出来了。第二天早晨,鸡还没叫,司机就吆喝我们上路了。当我抱着猪油坛子上汽车时,看见店主的老婆站在车旁。她受伤的额头上贴着一块药布,脸是灰的。她见了我叫了一声妹子,扑通一声给我跪下了,让我留下那个坛子!她说这一夜想明白了,要是一个男人身边活物死物都不让他喜欢,这男人就等于活在阴天里,她不想看她男人以后天天阴沉着脸。说完,她哭了。我正不知该怎么办才好时,司机把店主找来了。店主听说他老婆下跪是为了给他要坛子时，受感动了。他把老婆拉起来，说，下了三天雨，地上潮气大，你有关节炎，要是跪犯了病，自己遭罪不是？你要是想跪，晚上就跪我的肚子上，那儿热乎。他那话，把围观的人都逗笑了。店主对我说，好看的东西都是惹祸精，咱不要那个玩意儿了，你快抱着走吧。他嘴上这么说，可他看坛子的眼神还是留恋的。

我们离开老鸹岭客栈时，太阳冒红了，店主搀着他老婆回屋了。我的眼睛湿了，觉得这个坛子没白用房子来换，真是宝物啊。大家看着他们夫妻和睦了，都跟着高兴。男人打口哨，女人哼着歌。鸟儿也跟着凑热闹，空中传来阵阵欢快的叫声。有人说，现在客栈没旅客了，店主一定是一进屋就脱了裤子，让他老婆上来跪肚皮啦！大家哈哈笑。我家老二问，肚皮那么软，能跪住人吗？一个黄胡子男人说，男人身上有根绳，用它拴女人，一拴一个灵，跪得住，跪得住！大家笑得更厉害了。老二凡事爱刨根问底，他问，那根绳在哪儿？快告诉我呀。

我们笑了一路。傍响午时，车停在潮安河，我们到一家小店简单吃了点儿东西，接着赶路。太阳落时，到了黑河。

黑河是我今生到过的最大的城市啦，黑龙江就打城边流过。城里有高楼，有光溜溜的马路，有吉普车。街上骑自行车的人多，让我觉得这个地方挺富裕的。一些女人穿着裙子，露着腿，看得出这个地方挺开放的。客运站就在码头边，车还没停下来，我就望见了码头上的客船和货船。

往上游漠河去的船每星期有两趟，一趟大船，一趟小船。那儿的人管大船叫大龙客，小船叫小龙客。我们到的当天上午，小龙客刚走，大龙客要两天后才开。我乐意在黑河耽搁两天，想着这次到了老潘那里，一头扎进大山里，指不定哪年哪月再出来呢，我得给脑子里攒点儿好风景，空落时好有个念想啊。买了船票后，我就领着孩子逛商店，买了二十尺蓝色斜纹布、五尺平纹花布，想着过年时给孩子们做新衣。黑河的对岸就是苏联，有家商店有苏联围巾卖，我看着花色和质地都好，又不贵，给自己买了一块。除了这些，我还买了几条肥皂和几包婚烛，把手里的钱基本花光了。上船时，兜里只剩六块钱啦。不过那时的钱真顶用呀，我们娘儿几个在船上吃一顿饭，一块钱就够了。

大龙客比小龙客慢，又是逆水走，该是一天到的路，走了两天。坐船比坐敞篷汽车要舒服多了，稳当，又风凉。白天时，我领着孩子站在船尾看山水，看江鸥，也看船上的厨子捕鱼。那时的鱼真旺呀，撒下一片网，隔半个钟头起网，起码能弄到一脸盆鱼。孩子们玩儿得高兴，到了下船时，个个都舍不得。

我们下船的地方叫开库康，有人把它念白了，就成了开裤裆。老潘所在的小岔河经营所，离开库康还有五十多里呢。一下船，就有一个瘦高个儿的小伙子走上来问我，是潘大嫂吧？我说是啊。他说，我叫崔大林，潘所长让我来接你，我等了一个星期了。我对他说，这一路出来不顺当，在老鸹岭遇雨耽搁了三天，在黑河等大龙客又耽搁了两天。小伙子说，我还想呢，要是这趟船再等不来你们，我就回林场。崔大林接过我怀中的猪油坛子，说，潘大嫂，你可真能耐，领着仨孩子，又倒火车又换船的，还捧着个坛子！

这崔大林给我的第一印象是机灵，会说话。他说他是林场的通讯员。

我跟在崔大林身后去客店的时候，心里想，老潘当了所长了，看来在这里干得不错呀。可他在信上一个字也没透露过。他这个人就是这样，好事坏事都不爱跟女人说。

大龙客在开库康停了二十分钟，接着走了，它还有三站到终点呢。我们在开库康住了一宿，第二天一大早，就上路了。

崔大林准备了一副担子，挑着两个箩筐。他让老二坐在前筐，说是男孩子皮实，不怕日头。老小坐在后筐，说是有他的身影做着阴凉，老小在后筐就不会觉得太晒。他还把我们带来的东西分装在两个箩筐里。他挑着担子在前，我和老大跟在后面。我把猪油坛子放在背篓里，背在肩上，比抱在怀中要得劲儿多了。

要是轻手利脚地走五十里路，也得多半天，何况我们挑担背篓的，走的又是林间小路呢。崔大林虽然有力气，但他每挑个半小时左右，也要停下来喘口气。歇着时，老大爱问，还有多远？崔大林总是说，快了，翻过前面那座山就是。那时山上的树真多啊，水桶那么粗的落叶松和碗口粗的白桦树随处可见。林子中的鸟儿也多，啾啾地叫得怪好听。渴了，我们就喝山泉水，饿了，就吃上一把从开库康客店买的炒米。林子里的野花也多，老小坐在后筐里，时不时伸出手揪上一朵，不管是红百合、白芍药还是紫菊花，只管往嘴里填。我怕有些不认识的花会药着她，只让她吃百合花。大概她嘴里有了花香的缘故吧，蝴蝶和蜜蜂爱往她嘴丫飞，她哇哇叫着，挥着小手赶它们。要说林中什么东西最厌烦人？那就是蚊子、瞎蠓和小咬。它们都是爱喝人血的家伙。我们走着路的，它们难下口,坐在箩筐里的老二和老小可就遭殃了,到了中午,我发现老二的左眼皮让瞎蠓给咬肿了,他看上去一只眼大,一只眼小。老小呢,她的脖子和胳膊让蚊子叮了好多处,起了一片红点儿。我心疼坏了,心里忍不住埋怨老潘,他也不想着我领着仨孩子一路有多辛苦,只打发一个人来,真心狠啊。想着到了那里后,一定不和他睡一个被窝,晾着他。

我们拖拖拉拉走到下午,忽然听见密林深处传来一阵马蹄声。崔大林放下担子对我说,这一定是打猎的鄂伦春人。果然,一忽的工夫,就见一匹棕红色的马从林子中蹿出,马上是一个挎着猎枪穿着布袍子的鄂伦春人。他见了我们,跳下马,问崔大林我们要去哪里。崔大林说去小岔河经营所。鄂伦春人说他可以用马送我们过去。我让崔大林卸了担子,把箩筐吊在马上,但崔大林说他不累,非让我和老大骑马。老大胆子小,不肯骑。我也没骑过马,但看着马还算温顺,再说我累得不行了,看见马跟见了救星似的,就背着猪油坛子壮着胆上马了。刚上去时晃悠了几下,走了一会儿,就习惯了。开始时鄂伦春人帮我牵着马,后来他看我骑得稳,就去抢崔大林的担子,说是换换肩,让他歇一歇。鄂伦春人的心眼儿真是好使啊。

山中的路坑坑洼洼的,走这样的路,再有经验的马,也有失蹄的时候。在马上自在了一个多钟头后,我们经过一片裸露着青石的柳树丛。没想到马被一块石头绊了一下,它一侧歪,我从马上掉了下来。我倒是没怎么伤着,就是胳膊肘和膝盖破了点儿皮,可是那个猪油坛子可怜见的,摔碎了。一想到坛子抱了一路,快到地方却出了事了,我哭了。心疼白花花的猪油,更心疼那个漂亮的坛子,早知如此,还不如把它留在老鸹岭客栈呢。崔大林见我哭,就安慰我,说是把坛子的碎瓷拨拉开,猪油还是能吃的。他把能盛油的东西都拿来了,闷罐,碗,一把一把地往里划拉猪油。这些器物满了后,我把老潘弟弟送的油纸伞打开,把余下的猪油收进伞里。好端端的猪油沾上了草,一些蚂蚁在里面钻来钻去,我那心啊,别提有多难过了!但我凡事能看得开,想着这个坛子太美了,所以命薄,碎就碎吧。

我说什么也不敢骑马了。鄂伦春人觉得过意不去,他对老大说,他可以抱着他一同骑在马上,老大吓得连连说,我走得动。鄂伦春人要把坐着老二和老小的箩筐吊在马上时,他们也都哇哇叫,不愿意。他们一定是怕像我一样被颠下来。结果这匹马最后驮着的只是散装在背篓中的猪油。怕它们互相磕碰着,鄂伦春人捋了几把青草,把它们掖在闷罐、碗和半开的油纸伞之间。每走半个小时,他就去换崔大林,帮他挑会儿担子。

就这样,我们走走停停,把太阳走落了,把月亮走升起来了,把野兔走回窝了,把眼睛锃亮的猫头鹰走出来了。晚上八点多钟,到了小岔河经营所。那时箩筐里的老二和老小已经睡过去了。老潘见了我,还有心思开玩笑,说是有两个牛郎帮我挑担子,福气不小啊。

那时经营所的房子只有七八栋,有三十来个工人,其中七八个是带家属的,比我早到不了多少日子。我们住的房子是板夹泥的,很旧,老潘说那还是伪满金矿局留下的呢。我说,那我得留神点儿,说不定哪天挖地,挖出块狗头金呢!

鄂伦春人把我们送到后,骑着马走了。我嫌老潘没留他过夜。老潘说,他们睡不惯屋子,喜欢住在林子里,你留他,他也不会答应的。

我折腾得骨头都快散架了,安顿好孩子后,我烫了个脚,上了炕。快两年没见老潘,我有一肚子的委屈。猪油坛子碎了时,想着晚上给他点儿颜色看,可一见着人,就刚强不起来了,看他哪里都亲,最后还不是睡在一起了。

只一两天的时间,小岔河的孩子们就熟悉起来了。老潘说年底时还要上一批工人,到时组织上会派来一个教师,那时老大就有学上了。不然他这种年龄不上学,在大山里就耽搁了。

我把猪油从闷罐、碗和伞中用勺子刮到一个脸盆里,用它做菜。那时小岔河开垦出的土地不多,再加上菜好不全,男人们只种了豆角和土豆。我们这些留在家里的女人就找了一个在山中游猎的鄂伦春人,让他教我们认野菜。采了水芹菜、山葱、老桑芹后,我们就掉着样地给男人们做菜,把他们吃得天天叫好,上山伐木时更有力气了。野菜用猪油烹调最对路了,野菜吃油啊。有时吃着吃着,会在菜里发现蚂蚁,那是猪油洒了时,蚂蚁趁乱溜进去的。它们贪了口福不假,小命却是搭上了。老潘夹着蚂蚁时,也不挑出,说是蚂蚁浸了一身的油,扔了可惜,连同它一起吃了。到了小岔河没两个月,我怀上了。兴许是吃猪油的缘故,这胎儿特别显怀,秋天蘑菇下来的时候,谁都看出我有了。男人们就拿老潘开玩笑,说,潘大嫂才来两个来月,你的种子就发芽了,本事大啊。老潘笑着说,都是猪油里的蚂蚁搞的,那东西长力气啊!

大兴安岭一到十月就进入冬天了。那时的雪真大啊,一场连着一场。天是白的,地是白的,树和人被这一上一下两片白给衬的,都成了黑的了。男人们采伐,女人也不能闲着,除了带孩子做饭,还得上山拉烧柴。碰到樟子松身上有明子疙瘩的,我们就锯下来,把它劈成片,用来引火。我们还把明子疙瘩放到大铁锅里,填上水,熬油。熬出的油像琥珀似的,可以用来点灯。这样的灯油散发的烟有股浓浓的松香气,好闻极了。我就是在熬松油的时候要临产的。那是一九五七年的四月,要是在南方,麦苗都青了,可小岔河还在下大雪,黑龙江也封冻着呢。当地虽然有个卫生所,但唯一的医生只能治个头痛脑热、处置点儿小的外伤什么的。碰到大毛病,就傻眼了,到时就得套上爬犁,用担架把重病号送到开库康。

那时的女人最怕生孩子难产了。在那种地方,人说扔就扔了。按理说我生过仨孩子了,不该怕,可是胎儿太大了,疼得我满炕打滚,就是生不下来。幸亏那是傍黑的时候,男人们从山里回来了。卫生所的医生看我那样子,害怕了,她让老潘赶快想办法送我出山。如果去开库康,快马也得三个钟头,何况我上不了马。这时崔大林说,要不就送江对岸吧,苏联那里的医院好。

那个年月,住在黑龙江界河沿岸的村落,比如洛古河、马伦、鸥浦,如果碰到了来不及去大医院救治的重病人,便就近送到苏联去了,比如加林达、乌苏蒙。虽说过界是不允许的,苏联那边有岗哨,但他们看见抬来的是病人的话,就会让我们入境。老潘是个党员,又是经营所的领导,按理说不管我和孩子是死是活,该把我往开库康送,免生麻烦。但老潘就是老潘,他一点儿也没犹豫,立马吩咐人套马爬犁,准备担架,领上崔大林,把我用两床棉被包裹上,去了苏联。那个小村当地人叫它"列巴村",列巴就是"面包"的意思。苏联人喜欢吃列巴,夏季时能从江边闻到对岸烤面包的香味。那时黑龙江还封冻着,省却了渡船的麻烦。我们一越边界,苏联岗哨的两个士兵就端着枪跑来了,没谁会说俄语,老潘指着马爬犁上的我,拍了一下我的大肚子,然后摇摇头,苏联士兵便明白这是遇到难产的病人了,点了点头。其中的一个带路把我们送到了医院。那家医院虽小,但设施全。接诊的是个年岁很大的男医生,胡子都白了。他看了看我的情况后,先是给我打了一针,然后给我做了剖腹手术,取出了个哇哇哭叫的胖男娃。他快十斤重了,怪不得我生不下来呢。老潘一看母子平安,一个劲儿地给那个医生作揖。由于出来匆忙,我们什么礼物也没有带,老潘有块手表,他从腕上撸下来,送给医生,人家笑笑把表又套回他手腕上了。老潘满身翻,翻出半包烟和两块钱。钱是人民币,给他也不能使,老潘就把烟递给医生。医生指了指我,摆摆手,示意在病人面前不能抽烟。由于开了刀,当天不能返回,我们在那儿住了两天。苏联医生招待我们吃喝,还帮我们喂马。医院的女护士给我带来了鸡蛋和面包,还送给孩子一套棉衣裳,蓝地红花,怪好看的。临走的时候,我很舍不得,我亲了女护士,也亲了给我做手术的男医生。岗哨的士兵拿出一页我们谁都看不懂的纸,让老潘在上面签了字,按了手印。

回到小岔河林场后,老潘就去了开库康,辞他的所长去了。他说自己无组织无纪律,为了让老婆平安生产,越了边界,不配做所长了。但组织上只给他一个口头警告,没处分他。他从开库康欢天喜地地回来了,买了二斤喜糖,给小岔河的每户人家都分发了几颗。这孩子是在苏联生的,我们给他起的大名是"苏生",小名呢,就叫蚂蚁。老潘说不是因为猪油中的蚂蚁滋养,他的精血不会那么旺,致使我怀的胎儿壮得生不下来。

苏生是几个孩子中长得最漂亮的了。宽额和浓眉随老潘,高鼻梁和上翘的唇角随我。眼睛呢,既不随我,也不随老潘,不大不小,黑亮极了,老潘说随蚂蚁,他非说蚂蚁的眼睛亮。小岔河的人都喜欢他,说他生就一副富贵相。人们很少叫他的大名,都爱叫他的小名。

蚂蚁四岁时,崔大林结婚了。小岔河来了个皮肤白净的女教师,叫程英,扬州人。也许是江南的水土好吧,她长得才俊呢,杨柳细腰,俏眉俏眼的,两条大辫子乌黑油亮,在肩后一荡一荡的,荡得男人们心都慌了。有三个人追求她,一个是开库康小学的老师,一个是小岔河林场的技术员,还有就是崔大林了。最后她还是嫁给了崔大林,人家说程英是看上了崔大林家祖传的一只镶着绿宝石的金戒指。

在当地,结婚前夜有"压床"的习俗。所谓"压床",就是找一个童子,陪新郎倌睡上一夜。据说这样婚床才是干净的。崔大林和程英都喜欢蚂蚁,就让他去压床。一般四岁的孩子,离不开父母的怀儿,可我们跟蚂蚁说,让他跟崔叔叔睡一夜的时候,他高高兴兴地答应了。崔大林抱他走的时候,蚂蚁还问,我是睡崔叔叔呢,还是睡程阿姨?把我和老潘笑得哇,说,你要是睡了程阿姨,崔叔叔就该打你的屁股了!

蚂蚁没压好床,崔大林说,这孩子突然肚子疼,哼唧了一宿。到了天明,这才消停。老潘去接蚂蚁的时候,他的肚子已经好了,他还拿着赏给他的两块压床钱,跟老潘说他能给家里挣钱花了。

崔大林的婚礼才热闹呢,小岔河林场的人都到场了。那是一个夏天的礼拜天,我们在屋外搭起帐篷,支上锅灶,女人们七碟八碗地做菜,男人们喝酒,孩子们哑着喜糖做游戏,一直闹腾到晚上。年轻的小伙子又去闹洞房,把新郎新娘折腾到了天明。

我们在婚礼上见到了新娘子手上戴的戒指。金戒指上果然镶着颗菱形的绿宝石,那宝石看一眼就让人忘不了,是那种没有一点儿杂质的透亮的绿,醉人的绿!我们这些女人拉着程英的手,个个看得"啧啧"叫,羡慕得不得了。有人说它值一栋好房子,有人说它值一车皮红松,有人说它值五匹好马,还有人说它值一千丈布。只要是我们能想得到的好东西,都被打上比方了。从那以后,我们见到的程英就是手指上戴着绿宝石戒指的样子。她握着粉笔在黑板上写字的时候,学生们都说那字被映得一闪一闪的。冬天时,她戒指上的那点儿绿看了让人动心,好像她的指尖上藏着春天。

孩子们在小岔河一天天长大了,林场的人也越来越多了。小岔河学校又增加了一名男教师,是个单身,人家都说崔大林很不高兴他和程英一起工作。

说来也怪,程英结婚好几年了,一直没有怀上孩子。她的身体看上去挺好,不像是不能生养的,有人就嘀咕崔大林有毛病。有一年春节,他俩回程英的娘家探亲,回来时带来了大包小包的中药。从那以后,崔大林家就老是飘出汤药味。我们猜那是治疗不孕症的药。至于是谁吃,我们猜不出来,也不便问。

山中的日子说慢很慢,说快也很快。好像是一忽的工夫,我的鬓角就白了,老潘的力气也不如从前了。尽管生了蚂蚁后我又怀上了两回,但没一个能站住脚。头一个三个月时就流产了,第二个倒是生下来了,是个女孩,才四斤多,我没奶水,只得喂她羊奶。她弱得三天两头就病,三岁时,一场高烧要了她的命。从那后,我就跟老潘说,咱也是奔五十的人了,有四个孩子了,再不要了。老潘说,不生也够本了,咱最后那一笔多带劲儿啊!那一笔当然指的是他心爱的蚂蚁。

"文革"前,老大参加工作了,在小岔河林场当木材检尺员。老二喜欢上学,我们就让他在开库康上中学。老姑娘在小岔河上小学,她一拿课本就迷糊,脑瓜不灵便,程英说别的孩子记一个生字三五分钟就够了,她呢,一天也学不会一个字,都五年级了,没有一篇课文能读连贯。不过她手工活儿巧,会钩窗帘、织毛衣,还能裁剪衣裳,我想女孩子会这些就不愁嫁人了。最让人省心的是蚂蚁,他功课好,又勤快,还仁义。学校冬天得生炉子,他那个教室的炉子,都是他烧的。每天天还没亮,他就去烧炉子了。等到上课时,教室就暖和了。

"文革"开始了,中苏关系也紧张了。因为我在苏联的列巴村生的蚂蚁,旧账新算,非说老潘是苏修特务,说老潘当年签的字是卖国的证明。他的经营所所长给撤了,人被揪斗到开库康,在船站打杂。崔大林也跟着倒霉了,被发配到开库康粮库看场。后来是老潘把责任都揽到自己身上,说是当年是他主张送老婆去苏联的,而且字也是他签的,跟崔大林没丝毫关系,让他还是留在小岔河,说是崔大林在开库康,跟老婆分居,耽误下种。人家都知道崔大林没有孩子的事情,就把他放回小岔河了。不过他不能坐办公室了,跟工人一样上山伐木了。

可是崔大林回到小岔河没多久,程英就死了。

要了程英命的,是那只绿宝石金戒指。

自打程英结婚后,那戒指就没离过手。她教书时戴着,挑水时戴着,到江边洗衣服时还戴着。也许是一直没有孩子的缘故,程英后来脸色不如从前了,人也瘦了。有一天,程英去江边洗衣服,回来后发现戒指丢了。人一瘦,手指自然也跟着瘦了,再加上肥皂沫的使坏,戒指一定是秃噜到江中了。小岔河的人都帮着程英去找戒指,人们在程英洗衣服的那一段江面撒开了人,浅水处用笊篱捞,深水处由水性好的潜进去搜寻,折腾了两天,也没找着。

程英没了戒指后,整个人就跟丢了魂似的,看人时眼神发飘,你在路上碰见她,跟她打招呼,她就像没听见似的。她给学生上课,也是讲着讲着就卡了壳。她原来是个利索人,衣服从没褶子,裤线总是压得笔直的,辫子编得很匀称。可从戒指丢了后,她等于失去了护身符,衣衫不整,头发蓬乱,牙齿缝塞着菜叶也不知剔出来。从她的表现看,人们暗地都说,当年她嫁给崔大林,确实图的是财,而不是人。

有天晚上,程英没有回来。崔大林把小岔河找遍了,也不见人。四天后,在黑龙江下游一个叫"烂鱼坑"的地方发现了她。尸首荡在岸边的柳树丛里,已经腐烂了。人们都说,程英要么是去江中找戒指时让急流卷走了,要么就是自杀。没了心爱的东西,她就活不起了。

我想起蚂蚁当年去崔大林那儿压床时害肚子疼的事情，看来童子是有灵光的，他们的婚床没给那对新人带来好运。

崔大林从此后腰就弯了，整天耷拉着脑袋，跟谁也不说话了。不到四十岁的人，看上去像个小老头儿了。他家从那以后再也没有汤药味飘出来了。

崔大林没了老婆，再加上他因为老潘受了牵连，我很过意不去。蚂蚁在家时，我常打发他去帮崔大林干点儿活儿，劈个柴啦、扫个院啦、挑个水啦。有时候做了好吃的，就送给他一碗。小岔河的人也可怜他，常有人往他家送菜和干粮。

蚂蚁那时已经大了，他知道爸爸因为他而遭殃了，很不开心。他开始逃学，也不给学校生炉子了。有的时候，他一个人扛着红缨枪，步行几十里，去开库康看他爸爸。说是谁若敢在他爸身上动武，他就用刺刀挑了他！他十四岁时就有一米七了，体重一百多斤，胡子也长了出来，像个大小伙子了。开库康的人没有不知道蚂蚁的，他去到哪里，总是雄赳赳的模样。就连批斗老潘的人都说，你这辈子值了，有这么个好儿子！

蚂蚁不上学后，冬天就上山伐木；夏天呢，他跟着人去黑龙江上放排，把木材从水上由小岔河运送到黑河的码头。每放一次排，总要十天八天的时间。放排是个危险的活儿，蚂蚁一跟着上排，我就睡不着觉，想着黑龙江上有许多急流险滩，万一出了事，可怎么好？所以蚂蚁放排时，我总要请把头喝一次酒，托付他照应好蚂蚁。木排上的把头又称"看水的"，掌管棹，棹相当于船桨，起舵的作用。放排是否平安，取决于掌棹人的手艺。看水的把头都喜欢蚂蚁，说是他一上了排，一路风平浪静。他是福星。一般的木排有一百多米长，三十多米宽，排上能装二百多立方米的木材。一个排上放排的人总要有七八人，排上有锅灶和窝棚，可以在上面做饭和睡觉。把头说，蚂蚁最喜欢站在排上往江里撒尿，说是畅快。赶上月亮好的夜晚，他们在排上喝酒，蚂蚁就说快板书。他说书的内容是自编的，全是英雄美人的故事，放排的人都爱听。

一九七四年吧，蚂蚁虚岁十八了。好多人都给他介绍对象，可蚂蚁说大丈夫四海为家，娶了女人累赘。这年夏天，他又去放排了。这次放排改变了蚂蚁的命运。

从小岔河往黑河去的水路上，要经过一个叫金山的地方。金山的对岸，是苏联的一个小镇。一般来说，放排是昼行夜宿的，就是说每天晚上要找一个地方"停排",第二天早晨再"开排"。金山那段水路石砬子多,赶上那天风大,看水的把头在停排时掌握不住棹了,木排打着旋儿,顺着风势,一直往苏联那边漂,一忽的工夫,就撞到人家的岸上了。那时苏联在黑龙江上增加了防御,常有被我们称为"江兔子"的巡逻艇在江上窜来窜去。木排一靠那岸,江兔子就追过来了,苏联士兵端着枪下来,哇啦哇啦地冲放排的人叫嚷。语言不通,把头就指着天,意思是说老天爷把我们吹来的,我们并没想越界。蚂蚁鼓着腮帮子,呜呜呜地学大风叫,把苏联士兵都逗笑了。那时正是傍晚,小镇的人家都在忙活晚饭,烤列巴的香味飘了过来。把头说,岸边有几个织鱼网的姑娘,其中一个姑娘穿着蓝色布拉吉,金黄色的头发,梳着一条独辫,水汪汪的大眼睛,白净的皮肤,鹅蛋形脸,嘴唇像是刚吃完红豆,又丰满又鲜艳。她不看别人,专盯着蚂蚁。把头知道苏联人喜欢喝酒,就把木排上的几瓶烧酒拿来,送给他们。他们呢,吩咐岸边的姑娘进镇子拿来了酸黄瓜和列巴。苏联士兵和放排的人围坐在岸边,一起吃喝。那个姑娘呢,就站在蚂蚁身后,一会儿帮他掰面包,一会儿帮他添酒。蚂蚁也喜欢她,看她一眼脸就红一阵。吃喝完了,天黑了,风住了,月亮升起来了,把头预备把木排摆回金山岸边了。那个姑娘看蚂蚁上了排,眼泪汪汪地从兜里掏出一个小木勺,送给他。木勺的把儿是金色的,勺面呢,是金色的地儿,上面描画着两片红叶,六颗红豆。蚂蚁接了木勺后,把它插在心窝那儿。

这次放排回来后,蚂蚁就不是从前的蚂蚁了。他常常一个人拿着木勺,坐在院子里发呆。他每天要去一次江边,名义是捕鱼呀、洗澡呀、刷鞋呀,其实大家都明白他是为了看看对岸。

有一天,蚂蚁用网挂上来一条足有十多斤重的红肚皮的细鳞鱼。那鱼被提回家时,还摇头摆尾着。我想做个酱汁鱼,装上一罐,去开库康看看老潘。刮完鱼鳞,用刀剖膛时,我发现这鱼的鱼肚异常的大。大鱼的鱼肚是不可多得的美味,我划开鱼肚,一缕绿光射了出来,那里面竟然包裹着一只戒指!取出后一看,竟然是程英丢失的那一只,我简直不能相信自己的眼睛!我怕是自己眼花了,喊来蚂蚁,他看了一眼就说,是程老师戴的戒指啊!我们把它放在水盆中,用肥皂洗了又洗,将附着在上面的鱼油和江草洗掉,它鲜亮得就像一个要出嫁的姑娘,看一眼就让人怦怦心跳。我想这条鱼要是早打上来就好了,那样程英就不会死了。这也说明,戒指确实是在她洗衣裳时滑落到江水中的。我和蚂蚁赶紧用块手绢包了戒指去崔大林家，想把它还了。谁知崔大林见了戒指后看了一眼就哭了，说，这是命啊，命啊，我不能要这戒指了。我以为他想起程英伤心，就说，你现在看着难受，就把它锁在柜子里。你下半辈子又不能一个人这么过下去，碰到合适的还得找一个，晚上吹灯后好有个说话的人。崔大林抓着我的手，哭得像个泪人，说，潘大嫂，这戒指应该是你的，我说什么也不能要。它要是再回到我家，我非死不可！我说，这东西这么金贵，不是我的，我不能要。崔大林竟然给我跪下了，求我救救他，留下戒指。我见他那样，就说，那就给蚂蚁吧，鱼是他打上来的，等于他捡着的，这戒指留着他将来娶媳妇用。蚂蚁将崔大林从地上拉起来，干脆地说，我喜欢它，我要！就把戒指取过来，揣在兜里了。

那时我并不知道崔大林心中的秘密，只当他没了旧人，怕见旧物了。

我把那条细鳞鱼用油煎透，放了一碗黄酱，慢火煨了三个钟头，鱼骨都酥了，盛了满满一罐，搭了一辆拖拉机，去开库康了。那时从小岔河到开库康已经修了简易公路，走起来方便多了，两个钟头就到了。船站的人对老潘很好，并不让他干重活儿，我去了，还让他休息一天，陪我逛逛供销社。我跟老潘说了戒指藏在鱼肚中的事情，老潘说，听上去像是神话，只有蚂蚁才能把吞了绿宝石戒指的鱼打上来啊！

我怎么能够想到，等我从开库康返回小岔河时，蚂蚁走了。他留下了三封信，一封是给开库康的组织的，说是他爸爸因为他生在苏联而成了苏修特务，现在他离开中国了，跟家里永久断了联系，应该把他爸爸放回小岔河了。一封是给他哥哥姐姐的，说是他不孝，请他们好好待父母，为我们养老送终。还有一封是写给我和老潘的，说是他此去，永不回来了，请我们不要难过，要保重身体。在我们那封信的下面，他还画了一个磕头的男孩，说是每年除夕，只要他活着，不管在哪里，他都会冲着小岔河的方向，给我们磕头拜年的。

蚂蚁带走了那只戒指和那把描画着红豆的木勺。我明白，他这是游到对岸去了。老潘是条硬汉，我从没见过他掉泪，但蚂蚁的走，让他痛不欲生，以后只要谁一提起这个话题，他就掉泪。我也是心如刀绞，但为了老潘，只得挺住，我劝他，在哪里生的孩子，最后还得把他还到哪里，这是命啊。

我们没敢把信的内容透露出去，只是说蚂蚁失踪了，不知去哪里了。不然，老潘等于有了一个叛国投敌的儿子，罪更大了。那些日子我们整天提心吊胆的，怕蚂蚁突然被遣返回来。没有遣返的消息时，我们又担心他偷渡时淹死了，所以一听说黑龙江的哪个江段发现了尸首时，我们就打哆嗦，直到确认那人不是蚂蚁时，才会舒口气。到了冬天封江时，我们的心渐渐安定下来，想着蚂蚁一定是平安过去了，跟心爱的姑娘在一起了。

"文革"结束了，老潘回到小岔河。那时经营所已经扩展成林场，上头派来了一个场长，让老潘做副场长，他谢绝了。他说自己快六十的人了，又得了风湿病，没能力做事情了。我明白，蚂蚁的离去，等于把他油灯中的灯芯抽去了，他的心里没有多少亮儿了。

一九八九年，老潘死了。他活了七十岁，也算喜丧了。离世前，他对我说，真是博你当年来小岔河时带来的猪油啊。我知道他是想蚂蚁了，就拿来蚂蚁留给我们的那封信。他眼睛盯着那个磕头的男孩，笑了笑，撒手去了。

在老潘的葬礼上，崔大林把折磨了他半生的秘密告诉我。他说那个戒指确实是我的，当年他从开库康接我来小岔河的路上，猪油坛子碎了，他在帮我往碗里划拉猪油时，发现了一只绿宝石戒指。他一时贪财，把它窃为己有。开始时他不敢把它拿出来，以为那是我藏到里面的，后来套问过我几次，知道那坛猪油是用房子换来的，戒指的事我一无所知，他就敢拿出来了。程英能跟他，确实是因为这只戒指。他其实心里清楚，程英更喜欢那个追求她的技术员。婚后，他一看到这只戒指，腿就发软，做不成男人该做的事。他央求过程英，不让她戴那玩意儿，可她不答应，他们为此没少吵嘴。我问崔大林，你为什么要等到老潘死了才告诉我？他说，老潘是条汉子，他要是知道了，他看我的眼神就能把我给杀了啊。

我这才明白，当年霍大眼为什么嘱咐我不要让别人吃那坛猪油，看来他要送我那只戒指，他暗中是喜欢我的。老潘的弟弟刚好从河源老家赶来奔丧，我就向他打听霍大眼的情况。他说，霍大眼得了脑溢血，死了六七年了！他活着时，一见老潘的弟弟，就向他打听，你哥哥嫂子来信了吗，他们在那里过得好吗？老潘的弟弟说，有一回他告诉霍大眼，说我生了一个儿子，叫蚂蚁，霍大眼说了句，比叫臭虫好啊，气呼呼地走了。霍大眼的老婆是个泼妇，两口子别扭了一生。霍大眼病危时，他老婆正在鞋店试一双黑皮鞋。别人唤她快回家，她不急不慌地对店主说，给我换双红鞋吧，他死了，我得避邪，省得老王八蛋的鬼魂回来缠我。

咳,可惜我知道这戒指的来历晚了一步。要是老潘在,我可以跟他显摆显摆:瞧瞧啊,也有别的男人喜欢我啊。不过以老潘的脾性,他听了后肯定会哈哈大笑着说,一个眼睛长得跟牛眼似的屠夫喜欢你,有什么臭美的?

老潘死后的第二年,崔大林也死了。我仍然活着,儿孙满堂。我这一生,最忘不了的,就是从河源来小岔河那一路的风雨。我的命运,与那坛猪油是分不开的。夏日的傍晚,我常常会走到黑龙江畔,看看界江。在两岸间扇着翅膀飞来飞去的鸟儿,叫声是那么的好听。有一种鸟会发出"苏生——苏生——"的叫声,那时我便会抬起头来。我眼花了,看不清鸟儿的影子,但鸟儿身后的天空,我还看得挺分明呢。

(原载《西部华语文学》2008年第5期)

点评

在困难时期,一坛猪油代表的含义太多太多。它代表着妻子对丈夫坚贞不渝的爱,代表了苦难岁月中相互的守望和关爱。然而,在一坛猪油的内里,竟还深深隐藏着屠夫对于这位女子不曾披露和表白的爱。这也是一种令人肃然起敬的真挚的爱情。爱一个人,未必要得到她,拥有她,有时在守望与期待中为对方祝福,似乎也可以是真爱的表达。而那些依靠财富或权势强求得来的爱,并非真正的爱情。作品悬念四伏,叙述生动,故事感染力强。

次仁罗布（1965— ）

现为西藏作家协会副主席、《西藏文学》执行主编。《放生羊》获得第五届鲁迅文学奖。

放生羊

你形销骨立，眼眶深陷，衣裳褴褛，苍老的让我咋舌。

湖蓝色的发穗在你额际盘绕，枯枝似的右手伸过来，粗糙的指肚滑过我褶皱的脸颊，一阵刺热从我脸际滚过。我微张着嘴，心里极度地难过。"你怎么成了这副样子？"我忧伤地问。你黑洞般的眼眶里，涌出几滴血泪，颤颤地回答，"我在地狱里，受着无尽的折磨。"你把藏装的袖子脱掉，撩起衬衣的一角。啊，佛祖呀，是谁把你的两个奶子剜掉了，血肉模糊的伤口上蛆虫在蠕动，鲜红的血珠滚落下来，腐臭味钻进我鼻孔。我的心抽紧，悲伤地落下泪水。"你在人世间，帮我多祈祷，救赎我造下的罪孽，尽早让我投胎转世吧。"你说。我握住你冰冷的手，哽咽着放在我的胸口，想让起伏跳动的心焐热这双手。"我得走了，鸡马上要叫。"你的脸上布满惊恐地说。"这是城里，现在不养鸡了，你听不到鸡叫声。"我刚说，你的手从我的手心里消融，整个人像一缕烟雾消散。

"桑姆——"我大声地喊你。

这声叫喊，把我从睡梦中惊醒，全身已是汗涔涔。睁眼，浓重的黑色裹着我，什么都看不清，心脏击鼓般敲打。我坐起来，啪地打开电灯。藏柜、电视、暖水瓶、木碗等在灯光下有了生命，它们精神爽朗地注视着我。你却不见了，留给我的是噩梦。不，是托梦，是你托给我的梦。刚才的一幕，就像真实发生的事情，让我惴惴不安。一急，我的胃部疼痛难忍，用手压住喘粗气。不久，疼痛慢慢消失，我又被那个梦缠绕。

你去世已经十二年了，这十二年里你一直没有投胎，这，我真的不曾想象过。你离开尘世后,我依旧每天都去转经,依旧逢到吉日要去拜佛,依旧向僧人和乞丐布施,难道说我做的还不够吗?让你一直受苦,我的心里很难受。今早我到大昭寺为你去烧斯乙,再去四方各小庙添供灯,帮你祈求尽早投胎转世。我已经没有了睡意,拉开窗帘向外张望,外面一片漆黑。窗玻璃上映显一张瘦削褶皱的面庞,衰老而丑陋,这就是此时的我了。我离死亡是这么的近,每晚躺下,我都不知道翌日还能不能活着醒来。孑然一身,我没有任何的牵挂和顾虑,只等待着哪天突然死去。我抬头看墙上的挂钟,才早晨五点,离天亮还有两个多小时。我起床,把手洗净,从自来水管里接了第一道水,在佛龛前添供水,点香,合掌祈求三宝发慈悲之心,引领你早点转世。

  我把供灯、哈达、白酒等装进布兜包里出门。在路灯的照耀下我去转林廓,一路上有许多上了年纪的信徒拨动念珠,口诵经文,步履轻捷地从我身边走过。白日的喧嚣此刻消停了,除了偶尔有几辆车飞速奔驶外,只有喃喃的祈祷声在飘荡。唉,这时候人与神是最接近的,人心也会变得纯净澄澈,一切祷词涌自内心底。你看,前面一位白发苍苍的老妇人,一步一叩首地磕等身长头;再看那位摇动巨大玛呢的老头,身后有只小哈巴狗欢快地追随,一路洒下叮玲玲的铃声。这些景象让我的心情平静下来,看到了希望的亮光。桑姆,你听着,我会一路上祈求莲花生大师,让他指引你走向转世之路。"退松桑皆古如仁不其,欧珠衮达帝娃亲卜霞,巴皆衮嘶堆兑扎不最,索娃帝所尽给露度岁……嗡拜载古如拜麦索底哄……"

  你看,天空已经开始泛白,布达拉宫已经矗立在我的眼前了。山脚的孜廓路上,转经的人如织,祈祷声和桑烟徐徐飘升到空际。墙脚边竖立的一溜金色玛呢桶,被人们转动的呼呼响。走累的我,坐在龙王潭里的一个石板凳上,望着人们匆忙的身影,虔诚的表情。坐在这里,我想到了你,想到活着该是何等的幸事,使我有机会为自己为你救赎罪孽。即使死亡突然降临,我也不会惧怕,在有限的生命里,我已经锻炼好了面对死亡时的心智。死亡并不能令我悲伤、恐惧,那只是一个生命流程的结束,它不是终点,魂灵还要不断地轮回投生,直至二障清净、智慧圆满。我的思绪又活跃了起来。一只水鸥的啼声,打断了我的思绪。

  布达拉宫已经被初升的朝霞涂满,时候已经不早了,我得赶到大昭寺去拜佛、烧斯乙。

  大昭寺大殿里,僧人用竹笔醮着金粉,把你的名字写在了一张细长的红纸上,再拿到释迦牟尼佛祖前的金灯上焚烧。那升腾的烟雾里,我幻到了你憔悴、扭曲的面孔。我的胸口猛地发硬,梗得有些喘不过气来。"斯乙已经烧好了,你在佛祖面前虔诚地祈祷吧!"僧人说。我捂着胸口,把供灯递到僧人手里,爬上白铁皮包裹的阶梯,将哈达献给佛祖,脑袋抵在佛祖的右腿上为你祈求。

我又去了四方的各个寺庙,给护法神们敬献了白酒和纸币。等我全部拜完时,时间已经临近中午。这才发现我又渴又饿,走进了一家甜茶馆。这里有很多来旅游的外地人,他们穿那种宽松的、带有很多包的衣服。其中,有个来旅游的女孩子,坐到我的身旁,央求我跟她合影。我笑着答应了。等我吃完面喝完茶时,那些来旅游的人还很开心地交谈着,我悄然离开了。

出了甜茶馆,我走进一个幽深的小巷里,与一名甘肃男人相遇。他留着山羊胡,戴顶白色圆帽,手里牵四头绵羊。我想到他是个肉贩子。当甘肃人从我身边擦过时,有一头绵羊却驻足不前,脸朝向我咩咩地叫唤,声音里充满哀戚。我再看绵羊的这张脸,一种亲切感流遍周身,仿佛我与它熟识久已。甘肃人用劲地往前拽,这头绵羊被含泪拖走。一种莫名的冲动涌来,我下意识地喊了声,"喂——"甘肃人惊惧地回头望着我。"这些绵羊是要宰的吗?"我凑上前问。"这有问题吗?"甘肃人机警地反问道。我把念珠挂到脖子上,蹲下身抚摸这头刚刚还咩咩叫的绵羊。它全身战栗,眼睛里密布哀伤和惊惧,羊粪蛋不能自禁地排泄出来。我被绵羊的恐惧所打动,一腔怜悯蓬勃欲出。为了救赎桑姆的罪孽,我要买回即将要被宰杀的这头绵羊。"多少钱?"我问。"什么?"甘肃人被我问的有点糊涂。"这头绵羊多少钱?"我再次问。"不卖。""我一定要买。我要把它放生。"我说。甘肃人先是惊讶地望着我,之后陷入沉思中。灿烂的阳光盛开在他的脸上,脸蛋红扑扑的。他说,"我尊重你的意愿,也不要赚钱,就给个三百三十。"他能改变想法,着实让我高兴,我立刻掏出衣兜里的钱交给了他。甘肃人把钱揣进衣兜里,牵绳递到我手里。他牵着其它绵羊走了。

"你这头绵羊跟我有缘,我把你放生,是因为你上上辈子积下的德今生的回报。"我自然地把绵羊称为了你。你没有理会我的话,冲着其它绵羊的背影又叫唤起来。甘肃人头都没有回,他和其它绵羊消失在小巷的尽头。我为那些即将被剥夺去的生命惋惜,取下脖子上的念珠,为那三只绵羊祈祷。我和你的身上涂抹着金灿的阳光,这阳光却无法驱散我们心头的隐忧。"我的钱只够救你,想想我们还要过日子呢。"我说。你抬起了头,我看到一汪清澈的泪水溢满你眼眶。我再次蹲下来,抚摸你毛茸茸的身子,上面还粘着杂草碎石。真是奇怪,我的脑子里把桑姆和你混合成了一体,从你的身上闻到了桑姆的气息,是那种汗臭和发香混杂的气味。这种久违的气息,刺激着我的感官,让我对你滋生出百般的爱怜来。我把脸埋进你的毛丛里,掉下了喜悦的泪水。幽深的小巷里,我和你相拥着,我为冥冥之中的这种注定而喜泣。

我带你回到了四合院,邻居们惊奇地望着我,小孩们兴奋地跑来围观。"爷爷,这是你的绵羊吗?""是我的。""它吃什么呢?""草和蔬菜。""……"

这下午,我为了你把窗户底下清扫了一遍,把很多拣来舍不得丢掉的垃圾全给扔了。你一直用疑惑的目光注视我,粉色的鼻翼不时嚅动。我对你说,"你的窝被我腾了出来,今后你就要在此度过余生。"你听过我的话,眼睛依旧盯着我。我想你没有听懂我的话。

时针在奔跑,它把太阳送到了西边的山后。我先要给你去买些吃的。从八廓街通往清真寺的小巷里,晚上有很多摆摊卖菜的四川人,我从一个菜摊上买了十斤白菜,再要了一些丢掉的烂菜叶子,回到家切碎喂给你。你显得很优雅,低垂着头,一小口一小口地咀嚼,不时用你那晶亮的眼睛对视我一下。你的眼神变得柔和了些,但不时还有犹豫和惊恐闪现。我心满意足地冲着你呵呵笑。我喜欢你一身的白毛和敏感的双眼。你这头绵羊,为了你我把今天下午的那顿酒都忘了去喝。唉,一下午转眼就消失了,要是以往时间漫长的让我不知所措。

这一晚,我睡得很不踏实,心里老是惦记着你,醒来过三次,每次都要开门去看你。每次你都睡得很沉,在地上佝偻着身子,小脑袋缩在胸前,一副惹人爱怜的模样。桑姆的睡觉姿势也跟你差不多,你俩是何等的相象啊!我蹲在你的身旁,久久注视着你,心里充满温馨。

醒来,四合院里已经有人走动,还听到去上学的小孩叫闹声。

我睡过头了,急忙起来。

我解开套绳,牵你去转林廓时,你咩咩地叫喊,四蹄结结实实地抵在石板上,身子向后缩。来到院子中央打水的邻居见这般情景,过来帮我推你。你拗不过我们,只能顺从地跟在我的身后。我们俩穿过小巷走到了拉萨河边,碧蓝的江水一路陪伴我们,习风飘摇我沧桑的白发。翻越觉布日山时,你又跟我拗起来,死活不上陡峭的山坡。几个转经人从后面推你,我从前面拽。这样僵持一阵后,我的全身出汗湿透,你快把我的体力全耗掉了。疲惫的我愤怒地吼,

"你再这样,我就把你送回甘肃人那里。"你的眼睛里拂过一丝惊惧,脑袋低沉下去,再也不看我一眼。"别急,你第一次带它来转经,可能有点害怕。""让它休息一下,我们帮你。""它怕了,看,身子都在抖。"七八个人围拢过来,站在爬山的狭窄小道上议论开了。风马旗在徐风中轻轻飘扬,发出微微的声响;刻玛呢石的人,盘腿坐在路边,在岩石板上叮叮咣咣地雕刻六字真言。有个老太婆从自己的包里,抓点揉好的糌粑坨,送到了你的嘴边。你湿漉的鼻翅儿嚅动,伸出舌头舔舐糌粑。"可怜的绵羊,你是被放生的,谁都不会伤害你,用不着害怕。"老太婆说着抚摩你的头。老太婆的手,轻轻地敲击你的背部,你顺从地向山坡上走去。我匆忙牵着绳走在前面。人们的念经声嗡嗡地在背后响起。

没有一会儿,我们来到仓琼甜茶馆,我把你拴在门口,让服务员给你一些菜叶吃。她们从厨房拿些菜叶子去喂你。一名服务员跑进来问我,"准备放生吗?""是放生羊。"我回答。"那你该给它穿耳,或身上涂颜料。"服务员又说。"这些我知道。只是它刚买回来,再说我也不会穿耳。""明天你带它过来,我帮你穿耳。"一位喝茶的老头插话说。他穿氆氇藏装,白色的胡须只抵胸前。"那太好了。谢谢您。"我向他表示感激。他说给绵羊穿耳,是他的一个绝活,绵羊不会感到一点疼痛。他的自信,使我踏实了很多。"把你的包给我,我给你装点菜叶子。"服务员拿走了我的背包。

我背上满满当当的布兜包,领你从小昭寺门口过。街道两旁的店子开门营业了,嘈杂的音乐直冲天际,不时还能听到减价处理的叫喊声。我突然想带你去小昭寺,让你拜拜觉沃米居多吉(释迦牟尼佛),争取来世有个好的去处。我们穿越桑烟的缭绕,进了小昭寺大门,你用奇异的目光审视。有位僧人挡住了我们,不让你进寺庙里,说你会弄脏佛堂的。我向他恳求,说你是昨天刚买来的,是要放生的。他最终允许你进去。我提醒你,好好拜佛,用心祈求。你顺从地跟随我,你的目光落在慈祥的神佛和面目狰狞的护法神上,一种胆怯的虔诚表现出来,身子微弓,步伐轻柔。我从你的眼神里,发现你是一头很有灵性的绵羊,相信你跟着我会积很多的功德,这些以小积多的功德,最终会给你好的报应。

我俩坐在小昭寺院子里,晒着暖暖的阳光休息。空气里弥漫桑烟和酥油的气味,不时传来缓慢的鼓声,它们让我们的心远离浮躁,变得安静。我对你说,"你们羊都是好样的,知道嘛,松赞干布建设大昭寺时,是山羊背土填湖,立下了头等功劳。现在大昭寺里还供奉着一头山羊。"你听完我的话,把下巴抵在我的大腿上。我用手指挠你下巴,你欢喜地眯上了眼睛。我知道你的身子很脏,羊毛都有些发黑,我们回到家我给你洗澡。

你在自来水管底乖巧地站着,银亮的水从你的背脊上迸碎,化成珠珠水滴,落进下水管道里。我赤脚给你打肥皂,十个指头穿行在茸茸的卷毛里,从项颈一直游弋到肚皮底,你的舒服劲我的指头感受着。水管再次拧开,银亮的水顺羊毛落下时变得很浑浊。我再次打肥皂,再次冲洗,你呀白得如同天空落下的雪,让我的眼睛生疼。唉,十几年前,桑姆还健在的时候,我都是这样帮桑姆洗头,桑姆白净的脖子也在阳光下这般地刺眼。那种甜蜜的时日,在我的记忆里已经空白了很长很长。此刻,我又仿佛寻找到了那种甜蜜。我们坐在自家的窗户下,我用梳子给你梳理羊毛。你把身子贴近我,用脑袋摩挲我的胸口。你那弯曲的羊角,抵得我瘦弱的胸口发痛,我只得赶紧制止。我回屋取来酥油,把它涂抹在你的羊角上,上面的纹路愈发地清晰。你的到来,使我有忙不完的活要干,使我有了寄托和牵挂,使桑姆的点点滴滴又鲜活在我的记忆力。我再不能像从前一样,每天下午到酒馆里喝得酩酊大醉,我要想着你,想到要给你喂草呢。

我口渴难忍,提着塑料桶去买青稞酒。回到家,我坐在一张矮小的木凳上,身披一身的夕阳,一边看你一边喝酒。你站在面前,用桑姆惯用的那种羞怯、温情的眼神凝望着我。这种眼神,剥去了岁月在我心头堆砌的沧桑,心开始变得温柔起来。还有这酒,怎么落到肚子里,变成香甜的了。以往喝酒,怎么没有尝出香甜的余味呢。这是不是心境的变迁引来的,我真说不准。我一口一口地喝,这种香甜从舌苔上慢慢扩散向脑际,整个人被这种香甜沉溺。

这一夜我睡得很死,没有一个梦景出现。

你的两只耳朵被钢针粘着清油穿了孔,系上了红色的布条,这样你就显得引人注目。

桑姆,为了让你尽早投胎转世,我天天带着放生羊去转经。这头绵羊现在被我视如你了。

桑姆,你现在再没有出现在我的梦里,我不知道你现在的境况,有可能的话你再给我托一次梦吧。

现在,人们每天都能看到我和洁白的绵羊,顺着林廓路去转经。你耳朵上的红色布条，脊背中央点缀的红色颜料，向人们昭示着今生你要平安地度过此生，直到生老病死。

  我带着你已经转了近一个月的林廓，你也熟悉了转经路上的一切。从今天开始我不再拴你了，我们相跟着去转经。我背上布兜包，里面装着我的茶碗和油炸果子，手里拨动念珠。我走走停停，看你是不是紧跟在我的身后。需要横穿马路时，我牵着你过，免得被车子把你给撞了。路上我遇到熟人，跟他们唠叨时，你驻足站在我的身旁。认识的人都说，"年扎啦，你做了一件了不起的善事，你会有好报的。""这头绵羊懂人性啊！""年扎啦，给它脖子上拴个铃铛，那样你就用不着老回头。""遇到你，是这头绵羊的福分。"这些话让我听了心里乐滋滋的，你的到来我一直认定是前世注定的一个缘，要不桑姆刚托梦，你和我就不期而遇了，哪有这么巧合的事情。我进仓琼茶馆，你从门帘缝里挤进来，钻到桌子下面。"你待在外面，不能进来。"我对你喊。你蜷缩在桌子底，毫不理会我的叫喊。茶客们看着我，会心地微笑。"就让它躺在那里，它又不站位置。"服务员说。我没有再赶你，我从布兜包里掏出茶杯，搁在桌子上，再伸手取出油炸果子，掰碎了喂你。你用舌头把油炸果子卷进嘴里，用牙齿嚓嚓地嚼碎。我把甜茶喝了个饱，你却静静地躺着，脑袋随着进进出出的人摆动。"南边的三怙主殿正在维修，听说缺人手，要是谁能去帮忙，那功德无量。"有个中年人跟旁边的茶客说。这句话让我很振奋，我想这是一个多好的机会，我要去义务劳动。我把杯子里的那点剩茶倒掉，用毛巾把杯子擦干净，装进了布兜包里。我一起身，你机敏地从地上爬起来，一同出茶馆门，走到喧嚣的大街上。你已经不再注意周围的热闹了，一门心思地跟在我的身边。我们穿过热闹的小巷，回到了四合院里。

  我把你拴在窗户底下，从麻袋里拿些干草，搁在掉了瓷的脸盆里；再用另一个盆，从自来水管里给你接上清水。你望着这两个盆，没有表现出饥渴的样子，只是清澈的眼睛里露出疲态来。你把四蹄关节一弯，卧躺在地上，耳朵轻轻地甩动。我知道你已经很累了，该让你休息一下。我进屋脱了鞋，把湿透的鞋垫放在窗台上，让阳光晒干，自己盘腿坐在床上。我在思想，为了桑姆该给三怙主殿捐多少钱，怎样才能让他们把我留在工地上。藏族人都知道，米拉日巴为了救赎自己的杀生罪孽，拜玛尔巴为师，用艰辛的劳动洗涤恶业，即使背部生疮化脓，手足割破，咬着牙坚持，他最后得道了。为了桑姆有个好的去处，我捐五百元钱,再劳动一个月,为桑姆减轻一些恶业。这样想着,不知不觉中黑色的幕布把整个院子给罩住了。明天还要早起,现在我该入睡了。

一阵踢门声,把我惊醒。我匆忙坐起来,往门口喊,"是谁?"门不敲了,外面很安静。我猜不明白谁会这么早来敲门,难道是邻居生病了?"喂,是谁?"我喊着把灯给打开了。嗵嗵地又再敲,而且敲的声音比先前更重更急促了。裤子套在腿上,我急忙去开门。掀开门帘,借着灯光看,一个人都没有。稍一低头,看见你依在黑色的门套上,抬起脑袋咩咩地叫唤。紧张一下从我的头脑里消失,原来是你在敲门,催促我赶紧起床去转经。我嘴里骂你几句,心里却是很高兴。我给佛龛添了供水,烧了香。之后给你喂了些干草,然后我们一路去转经。路灯下的水泥板人行道,把你的蹄音振出来,嗒嗒的足音伴随我的诵经声,一切显得是如此的和谐。当我们走到功德林时,天空落下了毛毛细雨,我们俩加快脚步,去找避雨的地方。雨下大了,噼噼啪啪地砸下来,人行道和马路上开始积水。我的鞋里灌进了水,你的身子被水浇透。前面有人喊,"过来,避雨。"我和你向一家餐馆的大门斗拱底跑去。这里已经聚了七八个人,绝大部分是来转经的。你可能太冷了,身子直往里面拱。站在最里面躲雨的小伙子,踢了你一脚。你什么反应都没有。旁边的一位老太婆忍不住,开始骂这个小伙子。"没有看到这是头放生羊吗?你还要踢它,畜生都不如。"小伙子刚要发作,其他的转经人都一同训斥他。他看清了自己的处境,跑进大雨里,继续赶路。"这些年轻人,没有一点怜悯之心,活着跟牲畜一样。""可能喝了一晚上的酒,现在才回去呢。刚才我还闻到他一身的酒气。""一代不如一代。"我们呆在斗拱底,听他们发出的感慨,希望这雨尽早停下来。半个多小时后,雨变小了,我们又继续去转经。

我们湿漉漉地来到了南边的三怙主殿,找到了管事的僧人。我把钱捐给他,希望他留我们两个在这里当小工。他很爽快地答应了我们的请求,说,"除午饭殿里供应外,还要供应两次茶。"听到这个消息,我很高兴,这一天我忙着装土、和泥。你却被我拴在了三怙主殿阶梯旁。回家我给你用布缝了个褡裢,翌日你背着褡裢运土运沙,来回往返不停,用自己的汗水建设殿堂。僧人们都说,"这头绵羊,活生生地给我们演绎建造大昭寺时的一幕。"

我俩在三怙主殿义务劳动了二十三天,后头的活路我俩一点都帮不上忙,那是画师们的事情,他们要在墙上画壁画。结束工作后的第四天,三怙主殿的管事派了一名僧人,他推一辆手推车,送来了六袋鲜草和舍利药丸。我遵从他的指示,把药丸浸泡在水里。每次逢到吉日,我们两个喝上几口。偶尔,我用这圣水帮你清洗眼睛。

每天早晨你都要敲门弄醒我,然后你走在前头,我紧随其后。我路遇熟人,你会只顾往前走,到时候选个舒适的地方,站在那里等待我。到了茶馆,你会钻到我常坐的那个桌子底下,喝茶的人一见你,赶忙端着杯子,坐到别的位置上去,把地方腾给我们。人们都认识你了。

初夜我梦见了桑姆。你走在一条云遮雾绕的山间小道上,表情恬淡、安详,走起路来从容稳健。后来你变得有些模糊,仿佛又幻成了另外一个人。我笑了,在梦境里我露出了白白的牙齿。这种喜悦使我睡醒过来。我端坐在床上,解析这个梦。我想你可能离开了地狱的煎熬,这从你的安详表情可以得到证明,梦境的后头你变得模糊起来,只能说明你已经转世投胎了。这么想着我很兴奋,于是睡意全无了。到了下半夜,我的胃部一阵疼痛,额头上沁出了颗颗汗珠。我想,这样疼得话,今天可能转不了经。那你怎么办?又想,这胃病,顶多会疼个把小时,之后会没有事的。我起床吃了几粒治胃的藏药,又躺进被窝里。当你蹭门时,那酸溜溜的疼痛依然驻留在我胃上,它不会让我走动。你蹭门的力度加强了,我只能硬撑着走到门口,把门打开,给你解了套绳。"我病了,你自己去转,转完赶紧回来。"我对你说。你仰头凝视我,等待我一同出门。我只得牵你到大门口,而后推你往前走。你回头怔怔地望着我。我向你挥挥手,示意向前走。你明白了我的意思,扭头向小巷的尽头走去,留下一阵清脆的蹄音,消失在小巷的尽头。

我躺在被窝里等着疼痛消失。

太阳光照到了窗台上,我躺在被窝里开始担心起你来。这种焦虑,让我心急如焚,忘却了疼痛。我穿上衣服,出门寻找你。这疼痛让我头上冒汗,脚挪不动,只能坐在大门口,背靠门框上。疼痛减弱了些,我的眼光瞟向巷子尽头时,你一身的白烙在我的眼睛里。你从巷子的尽头不急不慢地走来,偶尔驻足向四周观察一番。你自己都能去转经了,我喜极而泣。我坚持站立起来,等待你靠近。我把你拴在窗户下,拿些干草喂你。唉,又一阵钻心的疼痛袭上来,我只能蹲下身,用手顶住发疼处。"年扎大爷,你怎么啦?""到医院去看病!""你的脸色怪吓人的,我们送你去医院。""⋯⋯"邻居们围过来,坚持要送我到医院去。我犟不过他们,只能到医院去检查。医生要我住院,说病得不轻。我却坚持不住院,说给我打个镇痛的针就行。邻居们也坚持要我住院,说,"三顿饭,我们轮流给你送。"我很感激,但我不能住院。医生把几个邻居叫到了外面,进来时各个脸色凝滞而呆板。我从他们的脸上窥视到我的病情,已经到了无法救治的地步。"医生,我孤寡一人,你就把病情告诉我吧!"我向医生央求。"您太累了,需要呆在医院康复。"医生说。"您就实话告诉我吧,我刚才从邻居们的眼神里知道我的病情很严重。""别乱想了,病不重,你在医院里先住上。"邻居们好言相劝。"医生,您把病情单给我看看,即使是最坏的结果,我也能平静地接受。"医生的眼光落到了邻居们的脸上,邻居们低下头,谁都不吭一声。"我无儿无女,只能自己拿主意,你就给我看吧。"医生很无奈地把病情单递给了我。胃癌。这两个字跳入了我的眼睛里,心抖颤了一下。我想到时日不多了,要是我死了,你——放生羊该怎么办?这种牵挂让我的心情变得复杂起来,开始有些动摇了。我发现,面对死亡,我做不到无牵无挂。我盯着医生,问,"我还能支持多久?"医生回答,"不好说。配合治疗的话,比不治疗活得要久一些。"我不能住院,一旦住院,每天往我体内要灌输很多药水,那样我有限的时间全部耗掉在医院里了。再不可能天天去转经,去拜佛,那样我的身体没有垮掉之前,心灵会先枯竭死掉。"医生,今天给我打个镇痛的药。回去,我把家里的事情处理一下,明天过来住院。"我为了逃脱,开始跟医生撒谎。医生可能看出了我的伎俩,劝我道,"别拿自己的命来开玩笑。"我说了很多保证的话,才得以离开医院。

　　绵羊见邻居们扶着我回来,急忙从地上爬起来,向我靠过来。这不争气的眼泪,顿时哗哗流下来,把我的老脸溅湿了。桑姆也是这样被我们从医院里抱回来的,最后那口气是在自家的房子里断的。我这样流泪不好,邻居们会以为我贪生怕死呢。他们把你推在一边,将我护送到房间里。我看到了你潮湿的眼睛,低垂下去的脑袋。邻居们围着我,劝我第二天去住院。有些还跑回家,给我送来了鸡蛋、酥油、牛肉。他们还向我承诺,一定看好带好喂好放生羊。这句话贴我的心,使缠绕我的担心减轻了不少。邻居们怕我累着,陆续回了各自的家。

　　我把窗帘拉上,打开电灯。胃还是有一点轻微的灼痛感。我把你领到屋子里,自己坐在了木床上。你卧躺在我的脚旁,抬头凝望。我身子前倾,给你挠痒。你惬意地眯上了眼睛。"我不知道自己什么时候会突然死去,活着的日子里，我会带你做很多的善事，这样你可以消除恶业，来世有个好的去处。即使我死了，你也会被院子里的人代养，直到老死。今生，我们俩把前世的缘续了下来，来世或几世之后还会接着续下去。"我动情地给你说。你仿佛听懂了我的话，站起来把两只前蹄搭在我的腿上，眼眶里闪耀泪花。我抱住你的脖子，尽情地哭泣。你湿润的呼吸在我的耳边流动，犹如桑姆的气息，它让我的情绪平稳下来。"我在祈求众生远离灾荒、战乱，远离病痛折磨的同时，也会给你祈求来世生在富贵人家，来世遇上慈祥父母，来世再与佛法相遇……"我跟你说了很多的话，好象自己真的明天就要死去一样。外面传来几声狗吠，这才知道时间已经很晚了，我和你该休息了。我把你牵回到院子里，让你早点睡觉。

　　我没有去住院，一种紧迫感促使我从这一天开始，带你去各大寺庙拜佛，逢到吉日到菜市场去买几十斤活鱼，由你驮着，到很远的河边去放生。那些被放生的鱼，从塑料口袋里欢快地游出，摆动尾巴钻进河边的水草里，寻不见踪影。几百条生命被我俩从死亡的边缘拯救，让它们摆脱了恐惧和绝望，在蓝盈盈的河水里重新开始生活。我和你望着清澈的河水，那里有蓝天、白云的倒影。清风拂过来，水面荡起波纹，蓝天白云开始飘摇；柳树树枝舞动起来，发出沙沙的声响；河堤旁绿草萋萋，几只蝴蝶蹁跹起舞。我和你神清气爽，心里充满慈悲、爱怜。我盘腿坐在河边，打开那桶青稞酒，慢慢地啜饮。手里的念珠飞快地转动，念珠磕碰的轻微声响，让我的心灵宁静。你悠闲地低头啃草，偶尔竖立耳朵，警觉地注视呼啸奔驰的汽车。太阳落山之前，我和你慢腾腾地回家去。

　　这年的夏末，策墨林寺里活佛在讲法。我带你去听法时，寺院院子里黑压压地坐满了人，我和你紧靠着坐在角落里。活佛讲法时，你竖着耳朵安安静静地卧躺在地上，眼睛时不时地瞟向法座上的活佛。呆累了，你走向人群后面，转悠一圈，用不了多长时间，又回到我的身旁。看到你的这种表现，人们除了惊讶，还对你产生了怜惜之情。以后的每一天里，许多来听法的人会给你带些鲜草、蔬菜来，他们把这些堆放在你的面前，抚摸着你的背，说，"跟佛有缘，一定会有善的结果。"寺院的僧人们对你格外地开恩，允许你进入庙堂拜佛、转经，还给你赏了挂在耳朵上的红布条。

　　我和你每天都忙个不停，时间转眼到了中秋。这当中，我的胃虽有疼痛，但没有先前那般了。桑姆再也没有托梦给我，但愿你已投胎成人。我对桑姆的牵挂稍稍一松懈，发现对放生羊的牵挂与日俱增，担心自己死掉后没有人照顾你，怕你受到虐待，怕你被人逐出院子。这种烦恼一直萦绕在我的头脑里，促使我努力多活几年。每天我都要祈祷三宝，让我在尘世多呆些时日。趁着中秋时节，我想带你去林廓路上磕一圈长头。我跟你说这件事时，你的眼睛里充满了渴望。我给你重新缝了个褡裢，给我做了个帆布围裙，这样我们算准备停当了。

　　天，还没有发亮，黑色却一点一点地褪去，渐渐变成浅灰色。我一步一磕，行进速度非常缓慢。你慢腾腾地走在我的身边，不时用眼睛瞟我。你背上的褡裢左侧装着一小袋糌粑和一瓶茶，右边装了一把白菜和一塑料罐水。当阳光照耀时，我和你已经磕到了朵森格路南端。一辆辆大巴车开过来，停在路边，车上下来国内外来的游客。他们一见到我们俩，围拢过来，照相机噼噼啪啪地照个没完。我匍匐在地上又起来，走两步，接着跪拜在地上。你驮着东西，跟在我的身边。有些游客给我们施舍钱币，我把钱收了，合掌说，"谢谢！"这些钱哪天我们捐给寺庙吧。我们磕着头把他们甩在了身后。我只祈求三宝保佑我多活些时日，让我能够陪伴你久长一些。

　　午饭，我们坐在马路边吃的。我盘腿坐在人行道上，从褡裢里给你拿出白菜，掰碎了放在你的嘴上。你太饿了，几口就把它吃完了。我干脆把整坨白菜丢在你的面前，自己开始倒茶糅糌粑。路过的行人不免回头看我们，之后匆忙离开。我再给你喂了几坨糌粑，把水倒进塑料袋里，让你喝了个饱。我们俩在树阴底躺下休息。马路上飞驶的汽车和流动的人群，不能让我们完完全全地放松休息，嘈杂声使人的心悬吊。我们又开始磕起了长头，毒辣的阳光让我汗流浃背，滚烫的水泥板烫得我胸口发热。可这一切算得了什么，我要坚持一路磕下去。

　　翌日，我们又从昨天停顿的地方开始磕长头。发现，身边有几十个磕长头的人，从穿着来看，他们一定来自遥远的藏东。在嚓啦嚓啦的匍匐声中，我们一路前行，穿越了黎明。朝阳出来，金光哗啦啦地撒落下来，前面的道路刹时一片金灿灿。你白色的身子移动在这片金光中，显得愈加的纯净和光洁，似一朵盛开的白莲，一尘不染。

点评

  一个老人，一只羊。羊陪伴着老人，就像家里的一名成员，相依为命。那种依恋和亲近的感情十分动人。作品富于浓郁的西藏地域特色和宗教色彩，蕴含着关于生存与信仰本质的探究。作者的叙事很有耐心，有条不紊，与作品内在的精神气质完全吻合，使作品呈现出一种从容不迫、淡定自若、庄严敬肃的特征。

李浩（1971— ）

河北沧州人。1989年开始发表作品。2005年加入中国作家协会。著有长篇小说《如归旅店》《镜子里的父亲》等。短篇小说《将军的部队》获第四届鲁迅文学奖。

将军的部队

我老了，现在已经足够老了，白内障正在逐渐地蒙住我的眼睛，我眼前的这些桌子，房子，树木，都在变成一团团的灰色的雾。眼前的这些，它们已在我的眼睛里逐渐地退了出去，我对它们的认识都必须依靠触摸来完成——有时我看见一只只蝴蝶在我的面前晃动，飞舞，它就在我的眼前，可我伸出手去，它们却分别变成了另外的事物：它们是悬挂着的灯，一团棉花，一面小镜子，或者是垂在风里的树枝。

因为白内障的缘故，我把自己的生活处理得混乱不堪。几乎所有的物品都不在它应该的位置，水杯和暖水瓶在我的床上，拐杖则在床的右侧竖着，而饭勺，它应当在我的床对面的茶几上……我依靠自己在得了白内障后手的习惯来安排它们，所以我房间里的排布肯定有些……有许多本来应该放在屋里的东西，因为我的手不习惯，它们就挪到了屋外。就是这样，我的屋子里还不时会丁丁当当，我老了，自己刚刚放下的东西马上就可能遗忘。我说我的生活处理得混乱不堪还有其他的意思，现在就不提它了。好在，这种混乱随着我走出屋去而有所改变，我离开了它们，我就不再去想它们了，我觉得自己还有许多的事情可想。我坐在屋檐下。别看我的眼睛已被白内障笼罩了，但我对热的感觉却变得特别敏感，我能感觉热从早晨是如何一点点地升到中午的，它们增加了多大的厚度和宽度。

我坐着的姿势有点像眺望。

我坐着的姿势有点像眺望，是的，我是在眺望，别看我看不清眼前的东西了，可旧日的那些人和事却越来越清晰，我能看清三十年前某个人脸上的每一条皱纹，我能看清四十年前我曾用过的那张桌子上被蜡烛烧焦的黑黑的痕迹。我坐在蜡烛的旁边打瞌睡蜡烛慢慢地烧到了尽头可我一无所知。我甚至没有闻到桌子烧着后焦煳的气味。

我坐在屋檐下。我坐在屋檐下，低着头，低上一会儿，然后就向一个很远的远处眺望。当然，白内障已不可能让我望见远处的什么了，我做这样的姿势却从来都显得非常认真。我的这个动作是模仿一个人的，一个去世多年的将军的，这种模仿根本是无意的，直到三个月前我才突然地发觉，我的这个动作和将军是那么地相像。

我越来越多地想到他了。

想到他，我感觉脚下的土地，悄悄晃动一下，然后空气穿过了我，我不见了，我回到了将军的身边，我重新成为了干休所里那个二十一岁的勤务员。

想到他，我的患有白内障的双眼就不自觉地灌满了泪水。我已经足够老了，我知道我的时间已经不多了，我能听到死神在我身边有些笨拙和粗重地喘息。我没什么可惧怕的，更多地我把他当做自己的亲人，一个伴儿，有些话，想起了什么人，什么事，就跟他说说。想起将军来的时候，我就跟他谈我们的将军，谈将军的部队。别看他是死神他也不可能比我知道的更多。

将军的部队装在两大巨大的木箱里。向昔日进行眺望的时候，我再次看见了那两个木箱上面已经斑驳的绿漆，生锈的锁，生锈的气味和木质的淡淡的霉味。

对住在干休所里，已经离休的将军来说，每日把箱子从房间里搬出来，打开，然后把刻着名字的一块块木牌从箱子里拿出来，傍晚时再把这些木牌一块块放进去，就是生活的核心，全部的核心。直到他去世，这项工作从未有过间断。

那些原本白色的，现在已成为暗灰色的木牌就是将军的部队。直到现在，我仍然无法说清这些木牌的来历。我跟身边的伴儿说的时候，他只给了我粗重的喘息，并未做任何的回答。我跟他说，我猜测这些木牌上的名字也许是当年跟随将军南征北战的那些阵亡将士们的名字吧，我的猜测是有道理的，可后来，我在整理这些木牌的时候,却发现,上面有的写着"白马"、"黑花马"、"手枪",而有一些木牌是无字的,很不规则地画了一些"○"。也许,将军根本不知道那些阵亡战士的名字。

我用这种眺望的姿势,望见在槐树底下的将军打开了箱子上的锁。他非常缓慢地把其中的一块木牌拿出来,看上一会儿,摸了摸,然后放在自己的脚下。一块块木牌排了出去。它们排出了槐树的树荫,排到了阳光的下面,几乎排满了整个院子。那些木牌大约有上千个吧,很多的,把它们全部摆开可得花些时间。将军把两个木箱的木牌全部摆完之后,就站起身来,晃晃自己的脖子,胳膊,腰和腿,然后走到这支部队的前面。

阳光和树叶的阴影使将军的脸有些斑驳,有些沧桑。站在这支部队的前面,将军一块块一排排地看过去,然后把目光伸向远处——我仍然坚持我当年的那种印象,将军只有站在这支部队前面的时候才像一个将军,其他的时候,他只能算是一个老人,有些和善,有些孤独的老人。将军从他的部队的前面走过去他就又变成一个老人了,将军变成一个老人首先开始的是他的腰。他的腰略略地弯下去,然后坐在屋檐下的一把椅子上,向远处眺望。他可以把这种眺望的姿势保持整整一个上午或一个下午,我不知道他在想什么。现在我也老了,我也学会了这种眺望的姿势,可我依然猜不透将军会用一天天的时间来想些什么。可能是因为白内障的缘故,我眺望的时间总不能那么长久,而我有时可以什么都不想,只是坐着,呆着,用模糊的眼睛去看。我想将军肯定和我不一样,他经历了那么多的战争,那么多的生生死死,他肯定是有所想的。

我老了。尽管我不明白将军在向远处望时想的是什么,但我明白了将军的那些自言自语。他根本不是自言自语,绝对不是!他是在跟身边的伴儿说话,跟自己想到的那个人,或者那些人说话,跟过去说话。就像我有时和将军说会儿话,和我死去的老伴,和死神说话。当年和将军我可不是这样说的,尽管他对我非常和蔼,可我总是有些拘束,和他说话的时候用了很多的精心。现在,我觉得他就像一个多年的朋友似的,我和他都是一样老的老人了。

帮将军把两个木箱搬出来,我就退到某一处的阴影里,余下的是将军自己的事了。将军摆弄他的那些木牌的时候,我就开始胡思乱想。这种胡思乱想能让时间加快一些。在没有胡思乱想时,我就用根竹棍逗逗路过的虫子和蚂蚁,或者看一只蝉怎样通过它的声音使自己从稠密的树叶中显现出来。将军的那种自言自语一片一片地传入我耳朵，其中，因为胡思乱想或别的什么，不知自己丢掉了其中的多少片。我耳朵所听到的那一片一片的自言自语，它们都是散开的，也没有任何的联系。

将军说，你去吧。

将军说，我记得你，当然。我记得你的手被冻成了紫色。是左手吧？

将军说，你这小鬼，可得听话呀。

将军说，我不是叫你下来吗？

将军说，马也该喂了。

将军说，……

在我回忆的时候，在我采用眺望的姿势向过去眺望的时候，我没能记住将军说这些话时的表情，但记下了他的声音。他的声音会很突然地响起来，然后又同样突然地消失。我常在他的声音里会不自觉地颤一下，突然地放下我的胡思乱想和手中的竹棍，我不明白这是因为什么。

有两次将军指着木牌上的名字问我，赵你知道么？王呢？你清楚刘×的情况？……我只得老实地回答，我不知道，将军。

哟。将军有些恍然和茫然的样子。那两次问话之后我都能明显地觉察出将军的衰老。看我这记性。将军一边望着他所说过的名字一边摇头：人真是老了。我怎么想也记不起他们来。可我总觉得还挺熟的。真是老了。

他用手使劲地按着眼角上的两道皱纹。

有时将军也和我聊一些和他这支部队相关的陈年旧事，他选取的不是战争而是一些非常微小的细节。譬如某某爱吹笛子，吹得很好，有点行云流水的意思，只要不打仗了停下来休整的时候他就吹。后来在一次战斗中他的右手被炸掉了，笛子也丢了，某某很长时间都不吃不喝，闷闷不乐。他被送往后方医院。两个月后将军又偶然地见到了某某，他正在吹笛。因为没有右手的帮助，他的笛子吹得很不成调。他对将军说笛子就是原来的笛子，他用了三天才把它找回来。譬如一个战士特别能睡，打完一场战斗，将军一发出休息的命令，即使他站着也会马上鼾声如雷。他脚还特别臭。将军说我原本想让他当我的警卫员来着，可我受不了他的臭脚。说到这里时将军的声音很细，并且有种笑意。他笑得有些诡秘，他笑起来的样子让他年轻了很多。当时我是想对将军这么说的，我有点冲动——可最终我却没有把它说出来。现在想起来我是应该说的,我在向旧日的时光眺望中望到这一细节的时候,我就跟他说了。将军愣了愣,然后粗犷地笑起来:你这小鬼。我不是小鬼了,我已经老了。

将军还跟我说过斗蛐蛐、抓毒蛇、吃草根一类的小事,说过某某和某某的一点琐事,他很少跟我谈什么战争。我不知道他为什么不谈。要知道将军一生戎马经历了无数次大大小小的战争,要知道将军在这无数次的战争中很少失败,要知道他现在指挥的这支木牌上的部队,很可能是在战争中牺牲的将士啊。

在将军去世之后我收集了不少和将军有关的资料,只要是哪本书上提到将军的名字,我就毫不犹豫地把它买下来。原本我还想把将军的两个木箱也留下来的,后来我想将军比我更需要这支部队。那些木牌,燃烧的木牌,在将军的墓前变成了一缕缕的烟。它们升腾的样子就像一支远征的部队,我甚至听见了人喊马嘶,听见脚踩在泥泞中的声音,子弹穿过身体的声音。将军会把他的部队带向哪里呢?他重新见到自己的这支部队时,端出的会是怎样的一副表情?

……

我悄悄地留下了两块木牌,那是两块没有写字的木牌,上面画的是"○"。原来我留下的木牌是三块,那一块木牌上写的是"白马"。对我这样一个从农村里出来的孩子来说,白马让我感到亲切。不过后来我把白马给将军送了过去,我看见那匹白马从浓烟中站起来,回头望了一眼,似乎还有一声嘶鸣,然后甩下一路嗒嗒的马蹄声绝尘而去。白马是属于将军的。

在我的眼睛还没有被白内障蒙住之前,我时常会翻翻我所留存的资料,找出那两块木牌。那些书上或详尽或简略地描述了将军一生的戎马,在那些书上,列出的是战争的残酷,将军作战的英勇和谋略,以及在艰苦生活中将军所表现的种种美德。书上没有将军和我所讲的那些人和事。说实话,读书上面的将军时我总是无法和我所接触的将军联系在一起,我总觉得,他们不是一个人,至少不完全是。我所知道的将军是一个离休的老人,有些古怪,但几乎完全没有什么英勇和谋略。这也许是时间所消磨掉的吧。时间要想改变什么东西是非常轻易的,就像我从二十一岁走向了现在的衰老。

如果下雨,下雪,外面的天气过热或者过于寒冷,将军就会叫我在他的书房里把木箱打开,他把那些木牌一块块拿出来,从某个墙角排到书桌上,然后又排到椅子上，再放在地上。两箱子的木牌摆完，将军就把自己摆出了书房，那些密密麻麻的木牌在房间里那么排着，它们带有一种让人不敢呼吸的肃穆。将军在摆完后站起身来，晃晃自己的脖子、胳膊、腰和腿，走到这支部队的前面看上一会儿，随后就是叫我搬来椅子，坐下来，把目光伸向窗外。他所看的绝对不是窗外的树枝，雨打在树枝上的颤动或者树枝上沉沉的雾。不是。现在我也老了，我也有了这种眺望的习惯，我已经明白将军是在眺望过去的岁月。就像我现在，透过我的白内障，清晰地看见将军在那把红褐色的椅子上侧坐着，他的眼睛紧紧地盯着窗棂。只是窗棂。空气中有股潮潮的气味。有一些灰白色的光。昏暗如同一层层潮水，漫过了将军和他的椅子，向着书房的方向漫去。书房的门敞开着，里面的光线昏暗，那些或高或低的木牌在昏暗中静静地呆着，一言不发。

对于将军那些木牌名字的来历，我曾经做过调查，当然这种调查是随意性的，我只是偶然地向有关的人提及，他们对我的问题都只能是摇头。似乎没人曾向将军提供过什么阵亡将士的名单，至少将军离休后没有。

那么木牌上的名字是如何得来的呢？它们是在什么时间成为了木牌，装满了整整的两个木箱？……

倒是干休所的王参谋向我提供了一个细节。他说他见过一次将军发火，那时我还没有来到干休所。他看见将军紧紧抓住一块木牌，对着它大声说，你就是再活一次，我还得毙了你！当时王参谋吓得大气都不敢出。将军把那块木牌扔出了很远，木牌滑过地板时发出了一阵很脆的声响。过了很久，将军突然对王参谋说，你把木牌给我捡回来。将军接过了木牌，用手擦了擦上面的尘土，然后小心地把它放回了那些木牌之间。王参谋说他记不太清了，他记得好像他把木牌递到将军手上时，将军的眼红红的。

对于将军的晚年，对于他每日里摆放他的这支"部队"，在我收集的资料中，没有得到记载。曾有一个宣传干事向我了解过将军的晚年，我向他叙述了将军在晚年的种种显得怪异的举动，尤其向他讲了将军每日如何摆放他的部队。——他是不是怀念自己的戎马生涯？是不是想继续战斗，消灭敌人？

我用很长的时间来思考如何回答。不，好像都不是，将军在晚年基本上没想到战争，他好像只是，只是……怎么说呢？他好像就是把木牌摆出来，想一想过去的事，就这样。就是这样。

那个干事对我的回答很感失望。我该怎样来写这件事？你想想还有没有别的？

人一老了就爱回忆过去的事，就爱胡思乱想。其实我年轻的时候就爱胡思乱想，老了，没什么事了，就更爱胡思乱想了。我坐在屋檐下，低着头低上一会儿就抬起头来，向一个很远的远处进行眺望。当然，白内障已经不可能让我望见远处的什么了，可我把这个姿势却做得异常认真。我越来越多地想到将军，我觉得他的某些部分正在我身体内的某些部分里得到复活。有时候，一个生命是会成为另一个生命的，可我毕竟老了。

我在自己的晚年想通了将军当年的很多事，但也有不少，我可能一生都不会理解的，直到我死去。我想到了死。我不知道我的死亡会在一个什么样的时间，会死在一个什么样的环境中，但我对死亡多少是有点期盼的。我时常想我的死亡肯定会是一个窗外下着小雨的早晨，就像将军死时的那样。我越来越像他了。

经过近两天的昏迷，将军在那个窗外下着小雨的早晨醒来了。他对医院里的一切都好像有些陌生，甚至是恐惧，他紧紧地抓住了我的手。他的手在颤。他的手很烫。——你是叫某某吧？我不知道他叫出的是不是他的那支"部队"中的一个名字。我犹豫了一下，我说不是。那么你是某某？我再次对将军说，不是，我是您的勤务员，我叫某某。

他放开了我的手。他的脸侧向了一边。他手上的力气一点点地消失了。

——你帮我……把箱子……箱子……拿来。

在将军的面前我打开了他的那两个箱子，在他昏迷的时候我早已把箱子给拉到医院里来了，我知道将军少不了它。我把那些木牌依次摆开。将军欠了欠身子，他望着那些原本白色，现在已变成暗灰色的木牌，突然淡淡地笑了：

哈，看你这小鬼，真是，真是……

将军的手伸得相当缓慢。他的手指向了排在地上、茶几上的木牌，但我未能看清他手指确切的指向。现在我想，在一个人最后的时间里，他指向了谁，他想到的是谁都不算重要了。

将军带着那种淡淡的笑意，走了。

屋檐下静静地坐着，我听见蜜蜂采蜜时的嗡嗡声，我听见又一树槐花劈开花蕾长出小花来时的声音。我听见阳光的热从树上落下时的声音，我还听见了许多我没有听过的声音。可能我听过，只是我忽略了它们，我记不起是什么东西可以发出这样的声音了。不一会儿，我就不再想它们了。我越过了它们，向一个远处眺望。

我的手指，抚摸着我一直收藏的那两块木牌。在我混乱的生活里它的位置却是一直都没变过。而现在，我抚摸着它们，感觉上它们变小了，但比以前更重了。

点评

一个昔日的将军，他在对往日的追思和怀念中继续指挥着他的部队。即便在垂垂老矣之际，即便在头脑不那么清楚的条件下，他依旧在梦里、在潜意识中指挥着他的部队。战斗，勇敢地战斗是他的符号和标记。将军，什么时候都是将军。精神不倒，骨气健硕，风范长在。这是对往昔峥嵘岁月的追忆，也是对一种精神的抚摸。

徐则臣(1978—)

生于江苏东海。毕业于北京大学中文系。代表作品有《耶路撒冷》《午夜之门》《夜火车》《水边书》《天上人间》等。《如果大雪封门》获得第六届鲁迅文学奖。

如果大雪封门

宝来被打成傻子回了花街,北京的冬天就来了。冷风扒住门框往屋里吹,门后挡风的塑料布裂开细长的口子,像只冻僵的口哨,屁大的风都能把它吹响。行健缩在被窝里说,让它响,我就不信首都的冬天能他妈的冻死人。我就把图钉和马夹袋放下,爬上床。风进屋里吹小口哨,风在屋外吹大口哨,我在被窝里闭上眼,看见黑色的西北风如同洪水卷过屋顶,宝来的小木凳被风拉倒,从屋顶的这头拖到那头,就算在大风里,我也能听见木凳拖地的声音,像一个胖子穿着四十一码的硬跟皮鞋从屋顶上走过。宝来被送回花街那天,我把那双万里牌皮鞋递给他爸,他爸拎着鞋对着行李袋比划一下,准确地扔进门旁的垃圾桶里:都破成了这样。那只小木凳也是宝来的,他走后就一直留在屋顶上,被风从那头刮到这头,再刮回去。

第二天一早,我爬上屋顶想把凳子拿下来。一夜北风掘地三尺,屋顶上比水洗得还干净。经年的尘土和杂物都不见了,沥青浇过的地面露出来。凳子卡在屋顶东南角,我费力地拽出来,吹掉上面看不见的尘灰坐上去。天也被吹干净了,像安静的湖面。我的脑袋突然开始疼,果然,一群鸽子从南边兜着圈子飞过来,鸽哨声如同十一面铜锣在远处敲响。我在屋顶上喊:

"它们来了!"

他们俩一边伸着棉袄袖子一边往屋顶上爬,嘴里各叼一只弹弓。他们觉得大冬天最快活的莫过于抱着炉子煲鸡吃,比鸡味道更好的是鸽子。"大补,"米笤说,"滋阴壮阳,要怀孕的娘们儿只要吃够九十九只鸽子,一准生儿子。"男人吃够了九十九只,就是钻进女人堆里,出来也还是一条好汉。不知道他从哪里搞来的理论。不到一个月,他们俩已经打下五只鸽子。

我不讨厌鸽子,讨厌的是鸽哨。那种陈旧的变成昏黄色的明晃晃的声音,一圈一圈地绕着我脑袋转,越转越快,越转越紧,像紧箍咒直往我脑仁里扎。神经衰弱也像紧箍咒,转着圈子勒紧我的头。它们有相似的频率和振幅,听见鸽哨我立马感到神经衰弱加重了,头疼得想撞墙。如果我是一只鸽子,不幸跟它们一起转圈飞,我肯定要疯掉。

"你当不成鸽子。"行健说,"你就管掐指一算,看它们什么时候飞过来。我和米箩负责把它们弄下来。"

那不是算,是感觉。像书上讲的蝙蝠接收的超声波一样,鸽哨大老远就能跟我的神经衰弱合上拍。那天早上鸽子们的头脑肯定也坏了,围着我们屋顶翻来覆去地转圈飞。飞又不靠近飞,绕大圈子,都在弹弓射程之外,让行健和米箩气得跳脚。他们光着脚只穿条秋裤,嘴唇冻得乌青。他们把所有石子都打光了,骂骂咧咧下了屋顶,钻回进热被窝。我在屋顶上来回跑,骂那些混蛋鸽子。没用,人家根本不听你的,该怎么绕圈子还怎么绕。以我丰富的神经衰弱经验,这时候能止住头疼的最好办法,除了吃药就是跑步。我决定跑步。难得北京的空气如此之好,不跑浪费了。

到了地上,发现和鸽子们的关系发生了变化。它们其实并非绕着我们的屋顶转圈,而是围着附近的几条巷子飞。狗日的,我要把你们彻底赶走。这个场景一定相当怪诞:一个人在北京西郊的巷子里奔跑,嘴里冒着白气,头顶上是鸽群;他边跑边对着天空大喊大叫。我跑了至少一刻钟,一只鸽子也没能赶走。它们起起落落,依然在那个巨大的圆形轨道上。它们并非不怕我,我在地上张牙舞爪地比画,它们就飞得更快更高。所以,这个场景也可以被看成是一群鸽子被我追着跑。然后我身后出现了一个晨跑者。

那个白净瘦小的年轻人像个初中生,起码比我要小。他低着头跟在我身后,头发支棱着,简直就是图画里的雷震子的弟弟。此人和我同一步调,我快他快,我慢他也慢,我们之间保持着一个恒定不变的距离,八米左右。他的路线和我也高度一致。在第三个人看来,我们俩是在一块追鸽子。如果在跑道上,即使身后有三五十人跟着你也不会在意,但在这冷飕飕的巷子里,就这么一个人跟在你屁股后头,你也会觉得不爽,比三五十人捆在一起还让你不爽。那感觉很怪异,如同你在被追赶、被模仿、被威胁,甚至被取笑,你有一种莫名其妙的不洁感。反正我不喜欢,但他呼哧呼哧的喘气声让我觉得,这家伙也不容易,不跟他一般见识了。如果我猜得不错,他那小身板也就够跑两千米,多五十米都得倒下。他要执意像个影子粘在我身后,我完全可以拖垮他。但我停了下来。跑一阵子脑袋就舒服了。过一阵子脑袋又不舒服了。所以我自己也摸不透什么时候就会突然撒腿就跑。

第二天,我从屋顶上下来。那群鸽子从南边飞过来了,我得提前把它们赶走。行健和米箩嫌冷,不愿意从热被窝里出来。我迎着它们跑,一路嗷嗷地叫。它们掉头往回飞,然后我觉得大脑皮层上出现了另一个人的脚步声。如果你得过神经衰弱,你一定明白我的意思:我们的神经如此脆弱,头疼的时候任何一点小动静都像发生在我们的脑门上。我扭回头又看见昨天的那个初中生。他穿着滑雪衫,头发变得像张雨生那样柔软,在风里颠动飘拂。我把鸽子赶到七条巷子以南,停下来,看着他从我身边跑过。他跟着鸽群一路往南跑。

行健和米箩又打下两只鸽子。它们像失事的三叉戟一头栽下来,在冰凉的水泥路面上撞歪了嘴。煮熟的鸽子味道的确很好,在大冬天玻璃一样清冽的空气里,香味也可以飘到五十米开外;我从吃到的细细的鸽子脖还有喝到的鸽子汤里得出结论,胜过鸡汤起码两倍。天冷了,鸽子身上聚满了脂肪和肉。

如果我是鸽子,牺牲了那么多同胞以后,我绝对不会再往那个屋顶附近凑;可是鸽子不是我,每天总要飞过来那么一两回。我把赶鸽子当成了锻炼,跑啊跑,正好治神经衰弱。反正我白天没事。第三次见到那个初中生,他不是跟在我后头,而是堵在我眼前;我拐进驴肉火烧店的那条巷子,一个小个子攥着拳头,最大限度地贴到我跟前。

"你看见我的鸽子了吗?"他说南方咬着舌头的普通话。看得出来,他很想把自己弄得凶狠一点儿。

"你的鸽子?"我明白了。我往天上指,那群鸽子快把我吵死了。

"我的鸽子又少了两只!"

"要是我的头疼好不了,我把它们追到越南去!"

"我的鸽子又少了两只。"

"所以你就跟着我？"

"我见过你。"他看着我，突然有些难为情，"在花川广场门口，我看见那胖子被人打了。"

他说的胖子是宝来。宝来为了一个不认识的女孩，在酒吧门口被几个混混打坏了脑袋，成了傻子，被他爸带回了老家。他说的花川广场是个酒吧，这辈子我也不打算再进去。

"我帮不了你们，"他又说，"自行车腿坏了，车笼子里装满鸽子。我只能帮你们喊人。我对过路的人喊，打架了，要出人命啦，快来救人啊。"

我一点儿想不起听过这样咬着舌头的普通话。不过我记得当时好像是闻到过一股热烘烘的鸡屎味，原来是鸽子。他这小身板的确帮不了我们。

"你养鸽子？"

"我放鸽子。"他说，"你要没看见——那我先走了。"

走了好，要不我还真不知道怎么跟他说少了的七只鸽子。七只，我想象我们三个人又吃又喝打着饱嗝，的确不是个小数目。

接下来的几天，在屋顶上看见鸽群飞来，我不再叫醒行健和米箩；我追着鸽群跑步时，身后也不再有人尾随。我知道我辜负了他的信任，我不知道他是不是也明白这一点。因为不安，反倒不那么反感鸽哨的声音了。走在大街上，对所有长羽毛的、能飞的东西都敏感起来，电线上挂了个塑料袋我也会盯着看上半天。

有天中午我去洪三万那里拿墨水，经过中关村大街，看见一群鸽子在当代商城门前的人行道上蹦来蹦去，那鸽子看着眼熟。已经天寒地冻，年轻的父母带着孩子还在和鸽子玩，还有一对对情侣，露着通红的腮帮子跟鸽子合影。这个我懂，你买一袋鸽粮喂它们，你就可以和每一只鸽子照一张相。我在欢快的人和鸽子群里看见一个人冰锅冷灶地坐着，缩着脑袋，脖子几乎完全顿进了大衣领子里。这个冬天的确很冷，阳光像害了病一样虚弱。他的头发柔顺，他的个头小，脸白净，鼻尖上挂着一滴清水鼻涕。我走到他面前，说：

"一袋鸽粮。"

"是你呀！"他站起来，大衣扣子挂掉了四袋鸽粮。

很小的透明塑料袋，装着八十到一百粒左右的麦粒，一块五一袋。我帮他捡起来。旁边是他的自行车和两个鸽子笼，落满鸽子粪的飞鸽牌旧自行车靠花墙倚着,果然没腿。他放的是广场鸽。我给每一只鸽子免费喂了两粒粮食。他把马扎让给我,自己铺了张报纸坐在钢筋焊成的鸽子笼上。

"鸽子越来越少了。"他说,又把脖子往大衣里顿了顿。

"你冷?"

"鸽子也冷。"

这个叫林慧聪的南方人,竟然比我还大两岁,家快远到了中国的最南端。去年结束高考,作文写走了题,连专科也没考上。当然在他们那里,能考上专科已经很好了。考的是材料加半命题作文。材料是,一人一年栽三棵树,一座山需要十万棵树,一个春天至少需要十三亿棵树,云云。挺诗意。题目是《如果……》。他不管三七二十一,上来就写《如果大雪封门》。说实话,他们那里的阅卷老师很多人一辈子都没看见过雪长什么样,更想象不出什么是大雪封门。他洋洋洒洒地将种树和大雪写到了一起,不知道从哪里找来的逻辑。在阅卷老师看来,走题走大了。一百五十分的卷子,他对半都没考到。

父亲问他:"怎么说?"

他说:"我去北京。"

在中国,你如果问别人想去哪里,半数以上会告诉你,北京。林慧聪也想去,他去北京不是想看天安门,而是想看到了冬天下大雪是什么样子。他想去北京也是因为他叔叔在北京。很多年前林家老二用刀捅了人,以为出了人命,吓得当夜扒火车来了北京。他是个养殖员,因为跟别人斗鸡斗红了眼,顺手把刀子拔出来了。来了就没回去,偶尔寄点钱回去,让家里人都以为他发大了。林慧聪他爹自豪地说,那好,投奔你二叔,你也能过上北京的好日子。他就买了张火车站票到了北京,下车脱掉鞋,看见脚肿得像两条难看的大面包。

二叔没有想象中那样西装革履地来接他,穿得甚至比老家人还随意,衣服上有星星点点可疑的灰白点子。林慧聪出溜两下鼻子,问:"还是鸡屎?"

"不,鸽屎!"二叔吐口唾沫到手指上,细心地擦掉老头衫上的一粒鸽子屎,"这玩意儿干净!"

林家老二在北京干过不少杂活,发现还是老本行最可靠,由养鸡变成了养鸽子的。不知道他走了什么狗屎运,弄到了放广场鸽的差事。他负责养鸽子,定时定点往北京的各个公共场所和景点送,供市民和游客赏玩。这事看上去不起眼,其实挺有赚头,公益事业,上面要给他钱的。此外你可以创收,一袋鸽粮一块五,卖多少都是你的。鸽子太多他忙不过来,侄儿来了正好,他给他两笼,别的不管,他只拿鸽粮的提成,一袋他拿五毛,剩下都归慧聪。吃喝拉撒衣食住行慧聪自己管。

"管得了么?"我问他。我知道在北京自己管自己的人绝大部分都管不好。

"凑合。"他说,"就是有点儿冷。"

冬天的太阳下得快,光线一软人就开始往家跑。的确是冷,人越来越少,显得鸽子就越来越多。慧聪决定收摊,对着鸽子吹了一曲别扭的口哨,鸽子踱着方步往笼子前靠,它们的脖子也缩起来。

慧聪住七条巷子以南。那房子说凑合是抬举它了,暖气不行。也是平房,房东是个抠门的老太太,自己房间里生了个煤球炉,一天到晚抱着炉子过日子。她暖和了就不管房客,想起来才往暖气炉子加块煤,想不起来拉倒。慧聪经常半夜迷迷糊糊摸到暖气片,冰得人突然就清醒了。他提过意见,老太太说,知足吧你,鸽子的房租我一分没要你!慧聪说,鸽子不住屋里啊。院子也是我家的,老太太说,要按人头算,每个月你都欠我上万块钱。慧聪立马不敢吭声了。这一群鸽子,每只鸽子每晚咕哝两声,一夜下来,也像一群人说了通宵的悄悄话,吵也吵死了。老太太不找茬算不错了。

"我就是怕冷。"慧聪为自己是个怕冷的南方人难为情,"我就盼着能下一场大雪。"

大雪总会下的。天气预报说了,最近一股西伯利亚寒流将要进京。不过天气预报也不一定准,大部分时候你也搞不清他们究竟在说哪个地方。但我还是坚定地告诉他,大雪总要下的。不下雪的冬天叫什么冬天。

完全是出于同情,回到住处我和行健、米筐说起慧聪,问他们,是不是可以让他和我们一起住。我们屋里的暖气好,房东是个修自行车的,好几口烧酒,我们就隔三差五送瓶"小二"给他,弄得他把我们当成亲戚,暖气烧得不遗余力。有时候我们懒得出去吃饭,他还会把自己的煤球炉借给我们,七只鸽子都是在他的炉子上煮熟的。

"好是好,"米筐说,"他要知道我们吃了他七只鸽子怎么办?"

"管他!"行健说,"让他来,房租交上来咱们买酒喝。还有,总得给两只鸽子啥的做见面礼吧?"

我屁颠屁颠到七条巷子以南。慧聪很想和我们一起住,但他无论如何舍不得鸽子,他情愿送我们一只老母鸡。我告诉他,我们三个都是打小广告的。小广告你知道吗?就是在纸上、墙上、马路牙子上和电线杆子上印上一个电话,如果你需要假毕业证、驾驶证、记者证、停车证、身份证、结婚证、护照以及这世上可能存在的所有证件,拨打这个电话,洪三万可以满足你的一切要求。电话号码是洪三万的。洪三万是我姑父,办假证的,我把他的电话号码刻在一块山芋上或者萝卜上,一手拿着山芋或者萝卜,一手拿着浸了墨水的海绵,印一下墨水往纸上、墙上、马路牙子上和电线杆上盖一个戳。有事找洪三万去。宝来被打坏头脑之前,和我一样都是给我姑父打广告的。行健和米箩也干这个,老板是陈兴多。

"我知道你们干这个,昼伏夜出。"慧聪不觉得这职业有什么不妥,"我还知道你们经常爬到屋顶上打牌。"

没错,我们晚上出去打广告,因为安全;白天睡大觉,无聊得只好打牌。我帮着慧聪把被褥往我们屋里搬,他睡宝来那张床。随行李他还带来一只褪了毛的鸡。那天中午,行健和米箩围着炉子,看着滚沸的鸡汤吞咽口水,我和慧聪在门外重新给鸽子们搭窝。很简单,一排铺了枯草和棉花的木盒子,门打开,它们进去,关上,它们老老实实地睡觉。鸽子们像我们一样住集体宿舍,三四只鸽子一间屋。我们找了一些石棉瓦、硬纸箱和布头把鸽子房包挡起来,防风又保暖。要是四面透风,鸽子房等于冰箱。

那只鸡是我们的牙祭,配上我在杂货店买的两瓶二锅头,汤汤水水下去后我有点晕,行健和米箩有点燥,慧聪有点热。我想睡觉,行健和米箩想找女人,慧聪要到屋顶上吹一吹。他很多次看过我们在屋顶上打牌。

风把屋顶上的天吹得很大,烧暖气的几根烟囱在远处冒烟,被风扯开来像几把巨大的扫帚。行健和米箩对屋顶上挥挥手,诡异地出了门。他们俩肯定会把省下的那点钱用在某个肥白的身子上。

"我一直想到你们的屋顶上,"慧聪踩着宝来的凳子让自己站得更高,悠远地四处张望,"你们扔掉一张牌,抬个头就能看见北京。"

我跟他说,其实这地方没什么好看的,除了高楼就是大厦,跟咱们屁关系没有。我还跟他说,穿行在远处那些楼群丛林里时,我感觉像走在老家的运河里,一个猛子扎下去,不露头,踩着水晕晕乎乎往前走。

"我想看见大雪把整座城市覆盖住。你能想象那会有多壮观吗?"说话时慧聪辅以宏伟的手势,基本上能够观古今于须臾、抚四海于一瞬了。

他又回到他的"大雪封门"了。让我动用一下想象力,如果大雪包裹了北京,此刻站在屋顶上我能看见什么呢?那将是白茫茫一片大地真干净,将是银装素裹无始无终,将是均贫富等贵贱,将是高楼不再高、平房不再低,高和低只表示雪堆积得厚薄不同而已——北京就会像我读过的童话里的世界,清洁、安宁、饱满、祥和,每一个穿着鼓鼓囊囊的棉衣走出来的人都是对方的亲戚。

"下了大雪你想干什么?"他问。

不知道。我见过雪,也见过大雪,在过去很多个大雪天里我都无所事事,不知道自己想干什么。

"我要踩着厚厚的大雪,咯吱咯吱把北京城走遍。"

几只鸽子从院子里起飞,跟着哗啦啦一片都飞起来。超声波一般的声音又来了。"能把鸽哨摘了么?"我抱着脑袋问。

"这就摘。"慧聪准备从屋顶上下去,"戴鸽哨是为了防止小鸽子出门找不到家。"

训练鸽子习惯新家,花了慧聪好几天时间。他就用他不成调的口哨把一切顺利搞定了。没了鸽哨我还是很喜欢鸽子的,每天看它们起起落落觉得挺喜庆,好像身边多了一群朋友。但是鸽子隔三差五在少。我弄不清原因,附近没有鸽群,不存在被拐跑的可能。我也没看见行健和米箩明目张胆地射杀过,他们的弹弓放在哪我很清楚。不过这事也说不好。我和他们俩替不同的老板干活,时间总会岔开,背后他们干了什么我没法知道;而且,上次他们俩诡秘地出门找了一趟女人之后,就结成了更加牢靠的联盟,说话时习惯了你唱我和。慧聪说他懂,一起扛过枪的,一起同过窗的,还有一起嫖过娼的,会成铁哥们儿。好吧,那他们搞到鸽子到哪里煮了吃呢?

慧聪不主张瞎猜,一间屋里住的,乱猜疑伤和气。行健和米箩也一本正经地跟我保证,除了那七只,他们绝对没有对第八只下过手。

我和慧聪又追着鸽子跑。锻炼身体又保护小动物,完全是两个环保实践者。我们俩把北京西郊的大街小巷都跑遍了,鸽子还在少,雪还没有下。白天他去各个广场和景点放鸽子,晚上我去马路边和小区里打小广告,出门之前和回来之后都要清点一遍鸽子。数目对上了,很高兴,仿佛逃过了劫难;少了一只,我们就闷不吭声,如同给那只失踪的鸽子致哀。致过哀,慧聪会冷不丁冒出一句:

"都怪鸽子营养价值高。我刚接手叔叔就说,总有人惦记鸽子。"

可是我们没办法,被惦记上了就防不胜防。你不能晚上抱着鸽子睡。

西伯利亚寒流来的那天晚上,风刮到了七级。我和行健、米箩都没法出门干活,决定在屋里摆一桌小酒乐呵一下。石头剪刀布,买酒的买酒,买菜的买菜,买驴肉火烧的买驴肉火烧;我们在炉子上炖了一大锅牛肉白菜,四个人围炉一直喝到凌晨一点。我们根据风吹门后的哨响来判断外面的寒冷程度。门外的北京一夜风声雷动,夹杂着无数东西碰撞的声音。我们喝多了,觉得世界真乱。

第二天一早慧聪先起,出了屋很快进来,拎着四只鸽子到我们床前,苦着一张小脸都快哭了。四只鸽子,硬邦邦地死在它们的小房间前。不知道它们是怎么出来的,也不知道它们出来以后木盒子的门是如何关上的。喝酒之前我们仔细地检查了每一个鸽子房,确信即使把这些鸽子房原封不动地端到西伯利亚,鸽子也会暖和和地活下来的。但现在它们的确冻死了,死前啄过很多次木板小门,临死时把嘴插进了翅膀的羽毛里。

"你听见他们起夜没?"我问慧聪。

"我喝多了。睡得跟死了一样。"

我也是。我担保行健和米箩也睡死了,他们俩的酒量在那儿。那只能说这四只鸽子命短。扔了可惜,米箩建议卖给我们煮了吃。我赶紧摆手,那几只鸽子我都认识,如果它们有名字,我一定能随口叫出来,哪吃得下。慧聪更吃不下,他把鸽子递给行健和米箩,说随你们,别让我看见。然后走到院子里,蹲在鸽子房前,伸头看看,再抬头望望天。

拖拖拉拉吃完了早饭,已经十点半,慧聪驮着他的两笼鸽子去西直门。行健对米箩斜了一下眼,两人把死鸽子装进塑料袋,拎着出了门。我远远地跟上去。我知道西郊很大,我自以为跑过了很多街巷,但跟着他们俩,我才知道我所知道的西郊只是西郊极小的一部分。北京有多大,北京的西郊就有多大。

拐了很多弯,在一条陌生的巷子里,行健敲响了一扇临街的小门。这是破旧的四合院正门边上的一个小门,一个年轻的女人侧着半个身子探出门来,头发蓬乱,垂下来的鬈发遮住了半张白脸。她那件太阳红的贴身毛衣把两个乳房鼓鼓囊囊地举在胸前。她接过塑料袋放到地上,左胳膊揽着行健,右胳膊揽着米箩,把他们摁到自己的胸前,摁完了,拍拍他们的脸,冷得搓了两下胳膊,关上了门。我躲到公共厕所的墙后面,等行健和米箩走过去才出来。他们俩在争论,然后相互对击了一下掌。

我对他们俩送鸽子的地方的印象是,墙高,门窄小,墙后的平房露出一部分房顶,黑色的瓦楞里两丛枯草抱着身子在风里摇摆。听不见自然界之外的任何声音。就这些。

谁也不知道鸽子是怎么少的。早上出门前过数,晚上睡觉前也过数,在两次过数之间,鸽子一只接一只地失踪了。我挑不出行健和米箩什么毛病,鸽子的失踪看上去与他们没有丝毫关系,他们甚至把弹弓摆在谁都看得见的地方。宝来在的时候他们就不爱带我们俩玩,现在基本上也这样,他们俩一起出门,一起谈理想、发财、女人等宏大的话题。我在屋顶上偶尔会看见他们俩从一条巷子拐到另外一条巷子,曲曲折折地走到很远的地方。当然,他们是否敲响那扇小门,我看不见。看不见的事不能乱猜。

鸽子的失踪慧聪无计可施。"要是能揣进口袋里就好了,"他坐在屋顶上跟我说,"走到哪我都知道它们在。"不怕贼偷就怕贼惦记,越来越少是必然的,这让他满怀焦虑。他二叔已经知道了这情况,拉下一张公事公办的脸,警告他就算把鸽子交回去,也得有个差不多的数。什么叫个差不多的数呢?就眼下的鸽子数量,慧聪觉得已经相当接近那个危险而又精确的概数了。"我的要求不高,"慧聪说,"能让我来得及看见一场大雪就行。"当时我们头顶上天是蓝的,云是白的,西伯利亚的寒流把所有脏东西都带走了,新的污染还没来得及重新布满天空。

天气预报为什么就不能说说大雪的事呢。一次说不准,多说几次总可以吧。

可是鸽子继续丢,大雪迟迟不来。这在北京的历史上比较稀罕,至今一场像样的雪都没下。慧聪为了保护鸽子几近寝食难安,白天鸽子放出去,常邀我一起跟着跑,一直跟到它们飞回来。夜间他通常醒两次,凌晨一点半一次,五点一次,到院子看鸽子们是否安全。就算这样,鸽子还是在丢。与危险的数目如此接近,行健和米箩都看不下去了,夜里起来撒尿也会帮他留一下心。他们劝慧聪想开点儿,不就几只鸽子嘛,让你二叔收回去吧,没路走跟我们混,哪里黄土不埋人。只要在北京,机会迟早会撞到你怀里。

慧聪说:"你们不是我,我也不是你们;我从南方以南来。"

终于,一月将尽的某个上午,我跑完步刚进屋,行健戴着收音机的耳塞对我大声说:"告诉那个林慧聪,要来大雪,傍晚就到。"

"真的假的,气象台这么说的?"

"国家气象台、北京气象台还有一堆气象专家,都这么说。"

我出门立马觉得天阴下来,铅灰色的云在发酵。看什么都觉得是大雪的前兆。我在当代商城门前找到慧聪时,他二叔也在。林家老二挺着啤酒肚,大衣的领子上围着一圈动物的毛。"不能干就回家!"林家老二两手插在大衣兜里,说话像个乡镇干部,"首都跟咱老家不一样,这里讲究适者生存、优胜劣汰。"慧聪低着脑袋,因为早上起来没来得及梳理头发,又像雷震子一样一丛丛站着。他都快哭了。

"专家说了,有大雪。"我凑到他跟前,"绝对可靠。两袋鸽粮。"

慧聪看看天,对他二叔说:"再给我两天。就两天。"

回去的路上我买了二锅头和鸭脖子。一定要坐着看雪如何从北京的天空上落下来。我们喝到十二点,慧聪跑出去五趟,一粒雪星子都没看见。夜空看上去极度的忧伤和沉郁,然后我们就睡了。醒来已经上午十点,什么东西抓门的声音把我们惊醒。我推了一下门,没推动,再推,还不行,猛用了一下劲儿,天地全白,门前的积雪到了膝盖。我对他们三个喊:

"快,快,大雪封门!"

慧聪穿着裤衩从被窝里跳出来,赤脚踏入积雪。他用变了调的方言嗷嗷乱叫。鸽子在院子里和屋顶上翻飞。这样的天,麻雀和鸽子都该待在窝里哪也不去的。这群鸽子不,一刻也不闲着,能落的地方都落,能挠的地方都挠,就是它们把我们的房门抓得嗤嗤啦啦直响。

两只鸽子歪着脑袋靠在窝边,大雪盖住了木盒子。它们俩死了,不像冻死,也不像饿死,更不像窒息死。行健说,这两只鸽子归他,晚上的酒菜也归他。我们要庆祝一下北京三十年来最大的一场雪。收音机里就这么说的,这一夜飘飘洒洒、纷纷扬扬,落下了三十年来最大的一场雪。

简单地垫了肚子,我和慧聪爬到屋顶上。大雪之后的北京和我想象的有不小的差距,因为雪没法将所有东西都盖住。高楼上的玻璃依然闪着含混的光。但慧聪对此十分满意,他觉得积雪覆盖的北京更加庄严,有一种黑白分明的肃穆,这让他想起黑色的石头和海边连绵的雪浪花。他团起一颗雪球一点点咬,一边吃一边说:

"这就是雪。这就是雪。"

行健和米箩从院子里出来,在积雪中曲折地往远处走。鸽子在我们头顶上转着圈子飞,我替慧聪数过了,现在还勉强可以交给他叔叔,再少就说不过去了。我们俩在屋顶上走来走去,脚下的新雪蓬松温暖。我告诉慧聪,宝来一直说要在屋顶上打牌打到雪落满一地。他没等到下雪,不知道他以后是否还有机会打牌。

我也搞不清在屋顶上待了多久,反正肚子饿得咕噜咕噜叫。那会儿行健和米箩刚走进院子。我们从屋顶上下来,看见行健拎着那个装着死鸽子的塑料袋。

"妈的她回老家了。"他说,脚对着墙根一阵猛踹,塑料袋哗啦啦直响,"他妈的回老家等死了!"

米箩从他手里接过塑料袋,摸出根烟点上,说:"我找个地方把鸽子埋了。"

点评

一个卑微的人,一个草根一族,在这座浩大的城市里他只有一份卑微的职业,一个卑微的地位。他的愿望也很简单,也并不远大,只是想看一场大雪。然而,就连这样简单而美好的愿望,他也没能等到实现的时刻。作品具有深切的人文关怀,是为弱小者代言的。作者让我们了解到,在与我们共同生活的城市里,共同生存的世界上,还有这样一种卑微的生活,卑微的愿望。然而,这样卑微的人,他同样拥有梦想,拥有尊严,他的处境和"遭遇"能够引起我们强烈的情感共鸣。

曹文轩(1954—)

生于江苏省盐城市农村。现任北京作家协会副主席、北京大学教授。主要小说有《红瓦》《细米》《天瓢》《草房子》《青铜葵花》《山羊不吃天堂草》《根鸟》《大王书》《丁丁当当系列》等。

小尾巴

一

珍珍是个奇怪的女孩。

珍珍早在妈妈肚子里蜷成一团的时候,就已是一个奇怪的女孩了:出生的日子都过去一个多月了,她还赖在妈妈的肚子里,说什么都不肯出来。又等了一个半月,直等到全家人的心揪得发紧,她才"哇"地一声,滑到了这个世界。

奶奶对妈妈说:"你等着吧,这个丫头,十有八九是个黏人的丫头。"

被奶奶言中了,珍珍从出生的那一天开始,就像一张膏药黏上了妈妈。无论是白天还是黑夜,一分钟都不能离开妈妈的怀抱,一旦离开,就哭得翻江倒海、天昏地暗。那哭声,世上罕见,着实让人受不了、挺不住——是往死里哭呀!就见她两眼紧闭,双腿乱蹬,"哇哇"大哭,有时哭声被噎住,那一口气好似一块石头从高山顶上滚向深不见底的深渊,直沉下去、直沉下去……最后声音竟归于一片死寂,让人觉得从此不能回转了,可就在人几乎要陷入绝望时,那哭声终于又回来了,先是小声,好似在遥远的地方,然后一路向高,最后大悲大哀波澜壮阔。

在高潮处这样地哭了一阵,那哭声再度被噎住,直吓得奶奶一个劲地颠动她,不住地拍她的后背,嘴中连连呼唤:"宝宝!宝宝!……"

最后,大人几乎要累垮了,她也没有力气再哭了,或是在奶奶怀里,或是在摇晃着的摇篮里,抽抽噎噎地睡着了。以为她是睡着了,但,过不一会儿又再度哭泣起来,仿佛哭泣是她一辈子要做的事情,她必须得去完成。

妈妈不在时,珍珍的哭泣总是将全家人搞得提心吊胆、心烦意乱。奶奶急了,会在她的小屁股上轻轻地拍打几下:"哭!哭!哭不死呢!"

等妈妈终于回来了,还要有一次小小的高潮:她一个劲地钻在妈妈的怀里,不是抽泣,就是大哭,想想哭哭。妈妈紧紧抱住她,轻轻地抖动着,用手拍打着她的后背:"妈妈不是回来了吗?妈妈不是回来了吗?妈妈回来了呀!"妈妈把乳头塞到她嘴里,她一边抽泣着,一边吮吸着。可是刚吮吸了几口,把奶头吐了出来,又很委屈地哭起来,好像在向妈妈诉说:"你怎么能丢下我呢?"

珍珍会走路了。

但珍珍不像其他会走路的孩子,一旦会走路了,就觉得了不起,就兴奋得到处跑,让大人在后面不住地追撵,而总是抱着妈妈的腿,要么就牵着妈妈的衣角。即使被什么情景吸引住了,也是走几步就回头看一眼妈妈,生怕自己走远了就看不见妈妈,生怕妈妈在她走开时趁机走掉。

再大一些时,珍珍虽然不再总抱住妈妈的腿、牵着妈妈的衣角,但却总是跟在妈妈的身后,形影不离。妈妈去茅房,她跟着去茅房;妈妈去河边洗菜,她跟着去河边;妈妈下地干活,她跟着到地里;……妈妈一走动,她就跟着走动。无论妈妈怎么哄她,吓唬她,甚至要揍她的屁股,都无法阻止珍珍的跟路。

珍珍是妈妈的小尾巴——甩也甩不掉的小尾巴。

二

田家湾是个穷地方。

当年,妈妈要嫁到田家湾时,外公外婆很不乐意。但妈妈坚持要嫁到田家湾。外公外婆拗不过妈妈,只好随妈妈,但外婆却把话说在了前头:"吃苦、受罪,日后可怪不得别人。"

田家湾虽然穷,但确是个漂亮的地方。到处是水,到处是树木,有船,有桥,有鱼鹰,天空的鸟都比别的地方多,比别的地方美丽,叫的也好听。

妈妈在田家湾过得很开心。

回外公外婆家时,外公外婆总会在与妈妈说到田家湾的情景时,禁不住叹一门气。外婆还会说到妈妈出嫁前同村的那些"如今日子都过得很好"的姐妹们:"前些天,玲子从苏州回来了,是和她男人开车回来的。玲子有福气,嫁了一个好地方,嫁了一个好男人。""秀秀去南方了,听说是在一个鞋厂里做工,她男人做茶叶生意,很有本事,在那边买了大房子,说要接她娘老子过去住呢。""还有芳芹……"

每逢这时,妈妈总是笑笑,起身道:"天不早了,我该回田家湾了。"

路上,妈妈总是想着这些姐妹们的昨天与今天,想着想着,妈妈感到有片浓厚的云,从心里沉沉地飘过。当她终于走回田家湾,看到田家湾的河流、树木时,心头才是清爽爽的淡蓝天空。

爸爸去遥远的南方打工去了。

妈妈在家种庄稼。妈妈对爸爸说,她要种出这世界上最好的庄稼。

可是,妈妈现在却被珍珍死死地缠住了。珍珍是缠在妈妈身上的藤蔓。妈妈走到哪,珍珍就跟到哪,轰不走,撵不走,哄不走,打不走。妈妈总不能很快地下地干活——珍珍在她身后跟着呢!妈妈快走,她就快走;妈妈慢走,她就慢走;妈妈停住脚步,她也停住脚步;妈妈回过头来撵她回家,她就赶紧掉头往回跑,可等到妈妈再往前走时,她又掉转头跟上了。

妈妈当然可以猛跑,那样,她是可以把小尾巴甩掉的,可是她又担心珍珍被甩掉后掉到河里。这地方到处是河,横七竖八的河,大大小小的河。还有,珍珍见不到她了,就会哭,哭得背过气去。

妈妈伤透了脑筋。

奶奶,还有姑姑们,本来都可以帮助妈妈带珍珍,可珍珍只愿意跟着妈妈一个人,妈妈才是她要缠的树。妈妈若是在家中,珍珍能看到妈妈的身影,倒还可以再跟着奶奶和姑姑们,可是,妈妈只要一出门,就谁也留不住她了,仿佛妈妈这一出门就永远也回不来了似的。

那就带上吧,带上就是麻烦,她一会儿说饿了,一会儿说渴了,一会儿说身上痒痒,一会儿说要屙巴巴,一会儿又耷拉下脑袋要睡觉了,弄得妈妈总不能聚精会神地干活,动不动就要停下手中的活来对付她。

有只蜻蜓飞来,落在来了草叶上。

"妈妈,"珍珍跑到妈妈身边,"那边,有只蜻蜓。"

"知道了。"妈妈正在埋头锄草。

"我要。"珍珍指了指那边。

"自己捉。"

"我捉不住。"

"那就拉倒。"

珍珍掉头向那边看了看，又看了看妈妈，见妈妈只顾埋头干活，根本不理她，只好自己走向那边。

一只很漂亮的蜻蜓，深红色的，像玻璃做的，正安静地停在草叶上。

珍珍蹑手蹑脚地走上前去，同时伸出手，大拇指和食指捏成像要一口啄下去的鸡嘴巴。

距离蜻蜓还只有一根筷子长的距离了，珍珍的心"扑通扑通"地跳，跳得能让她听得清清楚楚。她慢慢地掉头看了一眼妈妈：妈妈头也不抬地在干活。她又把头慢慢转回来，面对着蜻蜓。

"鸡嘴巴"一寸一寸地伸向蜻蜓。

眼见着就要捏住蜻蜓尾巴了，它却轻盈地飞了起来。

珍珍仰望着它。

它在空中像一片柳叶飞舞着，忽高忽低，忽近忽远，却总在珍珍的眼前。

不一会儿，它又落在了草叶上，并且就是刚才它落下的那片草叶。

珍珍又掉头去看妈妈：妈妈根本不抬头。

只有这样，妈妈才能种出这世界上最好的庄稼。

珍珍再一次将手指捏成鸡嘴状，开始了新一轮捕捉。

蜻蜓还是在"鸡嘴巴"离它的尾巴只剩一根筷子长的距离时飞上了天。

接下来，这样的情况重复了四五次。蜻蜓很淘气，一直没有飞远。珍珍看到，飞在天上的蜻蜓好像有两次歪了一下脑袋在看她。那样子仿佛在对珍珍说："小姑娘，你是捉不到我的。"

当蜻蜓再一次落在草叶上时，珍珍没有再去捉，而是跑到了妈妈的身边。她揪住妈妈的衣服："妈妈，给我捉蜻蜓。"妈妈不理她，她就不停地说——说的时候，不时地向蜻蜓歇脚的那边看一眼。

"你烦死人了！"妈妈生气地扔下锄头，拉着她的手，"在哪儿？"

"那！"

珍珍指引着妈妈向蜻蜓走去。

可是，这一回，蜻蜓却早早起飞了，并且头也不回地飞过庄稼地，飞过芦苇丛，往大河那边飞去了。

珍珍还死死地抓住妈妈的手。她想，蜻蜓还会回来的。

妈妈惦记着那一地的活呢，扒开她的小手，转身干活去了。

珍珍连忙追了上去："我要蜻蜓嘛！我要蜻蜓嘛！……"

妈妈理也不理。

珍珍停住了：她看到池塘里有一只深绿色的青蛙蹲在一小片淡绿色的荷叶上。那情景很生动，这才暂且放过妈妈。

田野上的珍珍，就这样纠缠着妈妈，打扰着妈妈，让一心一意想干活，想种出这世界上最好的庄稼的妈妈分心，分神，分力。妈妈很烦恼，妈妈很无奈。妈妈心里说："我怎么生了这么一个怪孩子呢？"

最让妈妈烦恼的是：珍珍在田野上，玩着玩着就睡着了。妈妈不得不停下手里的活来照料她。若是太阳光强烈，天热，妈妈得抱着她找块阴凉的地方让她躺下。若是风大，天凉，妈妈就得找块可以避风的地方让她躺下，还要将自己身上的外衣脱下，给她做褥子，做被子。珍珍一旦睡着，就像死过去一样，软手软脚，怎么折腾她，也不能使她醒来。妈妈说，这时把她扔到大河里，她也不会醒来。那么，妈妈就趁珍珍熟睡时专心致志地干活吧，可是妈妈的心里总是担心着：她会不会着凉呀？会不会有蛇钻到她的衣服里呀？会不会被蚂蚁咬呀？……珍珍香喷喷地睡着，但妈妈却始终心神不宁。

若只是这样，也就罢了，可她总是因为睡着了给妈妈带来更大麻烦、更大烦恼：

她坐在田埂上看水渠里几条小鱼在游，看着看着，瞌睡虫侵袭她来了，她身子开始摇晃、摇晃……忽然，一头栽倒在水渠里。随着"扑通"一声水响，传来珍珍惊恐的哭声。妈妈一惊，扔下工具就往水渠跑。妈妈把珍珍从水渠里捞了上来，然后紧紧地抱在怀里，不住地说着："珍珍别怕呀！珍珍别怕呀！……"妈妈撩起清水给珍珍洗去脸上、手上的烂泥后，只好暂且丢下地里的活，抱着她往家走：全身衣服都湿了，得赶紧换下。

路上，妈妈不时地回头看一眼庄稼地：一地的活呢！

妈妈不禁狠狠地抱紧珍珍：我的小祖宗啊！

有一回，珍珍因睡在大树下着了凉，发了两天高烧，害得妈妈不得不整日整夜地守着她,而那时,平整好的水田,正等着妈妈插秧呢!

妈妈日夜惦记着的就是这世界上最好的庄稼。妈妈用手指戳着珍珍的鼻子:"妈妈真的不想要你了!"

可,珍珍死死地揪住了妈妈的衣角……

三

地里的活不忙时,比如麦子、稻子成熟之前,比如万物沉睡的冬季,妈妈还会到离家不远的地方去打工。妈妈对爸爸说,多少年后,她想在田家湾盖一座最好的房子,她想时不时地将外公外婆接过来住些日子。

但珍珍怎么可能让妈妈痛痛快快地出去打工呢?下地干活带上也就带上了,外出打工时总不能还也带上吧?

眼见着珍珍一天一天地长大,却不见她有能离开妈妈的意思,丝毫也没有。

村里的孩子们,总是不肯受父母的管束,四处游荡,看到珍珍却总是跟在妈妈身后,就会停止玩耍,有节奏地叫喊着:

珍珍是条跟路狗,

妈妈走,她也走,

妈妈回头,她回头,

嗷!嗷!

狗狗狗,狗狗狗,

刮个鼻子,羞羞羞,

羞!羞!

羞羞羞!

珍珍扯了扯妈妈的衣角。

妈妈扭头看着她。

珍珍指了指又蹦又跳的孩子们:"妈妈,他们羞我!"

妈妈说:"知道羞呀?知道羞就别跟着我呀!"

珍珍松开了妈妈的衣角,站在那里,一副困惑的样子。

妈妈往前走去了。

珍珍扭头一看妈妈已经走出去很远,立即追赶了上去。

妈妈只能长长地叹息一声。

现在,妈妈有了一个很好的打工机会。距离田家湾七八里地的油麻地中学要利用暑期学生不在校的时间,翻修四十间校舍,工程队需要几十个杂工,而揽下杂活的是田家湾的乔三。妈妈肯吃苦,干活不惜力,田家湾尽人皆知。妈妈对乔三一说,乔三立即答应。只一件事让乔三有点担心:"你走得开吗?你们家珍珍怎么办?"妈妈想了想说:"会有办法的。"乔三说:"那好吧。能挣不少钱呢!"

出发的头天晚上,妈妈和奶奶小声商量怎样才能躲过珍珍的眼睛,悄悄离开田家湾。奶奶说:"躲好躲,躲过了,她会嚎呀!"

妈妈说:"嚎就嚎吧,嚎也嚎不死!"

奶奶摇了摇头:"我就怕她嚎呢!她嚎得你心发慌。那可怜劲儿,让人吃不消。"

"狠狠心。"

"我就怕狠不下心。"

"这份活是份好活。"妈妈说,"我舍不得丢了。"

奶奶说:"那你就去吧,我哄她。她也该离得开你了,总不能到该找婆家了,还傍着你吧?"

妈妈笑了起来:"世上少有。"

妈妈在珍珍面前装成若无其事的样子。可是她发现珍珍的眼睛深处闪动着疑惑。妈妈已试验过许多次了:只要她一有出门的心思,珍珍马上就会感觉到,结果是,几乎没有一次能够顺利摆脱掉她的。

上床睡觉之前,珍珍一直紧紧地跟在妈妈的身后,仿佛妈妈马上就要出门似的。

上床睡下之后,珍珍一直搂着妈妈的脖子,迟迟没有入睡。夜里,还惊醒了几回。醒来时,更紧地搂着妈妈的脖子,要过很长时间,双手才慢慢地松开。

天刚亮,妈妈开始小心翼翼地将压在珍珍脖子底下的胳膊抽出,小心翼翼地下了床。妈妈要趁珍珍还在熟睡的时候上路,去油麻地。

奶奶起得更早。今天,她要和妈妈密切配合,保证妈妈能够顺利上路。奶奶已做好一切准备,最糟糕的情形也都想到了。

妈妈很快完成了上路之前的一切事情，蹑手蹑脚地走到卧室门口，探头往床上看了看，见珍珍一动不动地睡着，对奶奶一笑，蹑手蹑脚地离开了。

妈妈立即上路。她回头看了一眼，见路上空无一人，心情从未有过的轻松——在此之前，她只要走在路上，后面必定有个小尾巴跟着。

可是，刚走了一里地，她就听到了珍珍的哭喊声，回头一看，只见珍珍只穿一件小裤衩，光着身子向她跑了过来。

妈妈决心不理珍珍，大步流星地往前走，但坚持没有多久，还是禁不住掉转身去，朝珍珍大步走来。

这回，妈妈真的生气了，很生气。

珍珍一见妈妈向她走来，扭头就往回跑。

妈妈不但没有站住，还向珍珍大步追来。

妈妈与珍珍之间的距离在不住地缩短。

珍珍听见了妈妈"吃通吃通"的脚步声，撒丫子往回跑着。

妈妈还是没有罢休。妈妈有着强烈的想狠狠揍一顿珍珍的欲望。

眼见着妈妈马上就要一把抓住珍珍，珍珍被一块凸起的土块绊了一下，摔倒了，未等妈妈反应过来，她就骨碌骨碌地滚到了河里。

妈妈大吃一惊，刚要准备下河去捞珍珍，只见珍珍已经从水里冒出，并双手死死抓住了一丛芦苇。妈妈熟知这里的河滩并不陡峭，较为平缓，断定她能自个儿爬上岸来，狠了狠心，丢下她，掉转头走她的路去了。

爬上岸的珍珍，并未因妈妈如此决绝的态度从而放弃跟路，依然不屈不挠地向妈妈追去。

妈妈坚持着，绝不回头看她。

走了一阵，路过一片林子，妈妈禁不住从一棵大树的背后回头去看了一眼：珍珍像一只水淋淋、亮闪闪的兔子。

那一刻，妈妈的心软了。

奶奶抓着珍珍的衣服追赶了过来。

妈妈朝珍珍走来。

珍珍没有掉头逃跑，而是站在那儿，望着走过来的妈妈哭泣着。

奶奶已经跑到了珍珍身边，一边给她换去湿漉漉的小裤衩，一边心疼地说："你这个死丫头呀！"她看了一眼妈妈，"我就去喂猪食这一会儿工夫，她下床跑了出来。也不知道,她怎么能跑这么快!也怪了,她怎么就知道你往北走呢?怎么就不往南追你呢?"

妈妈给珍珍撩了撩沾在额头上的头发,对她说:"跟奶奶回去吧。"

珍珍摇了摇头。

奶奶拉了拉珍珍。

珍珍扭动着身子。

妈妈估计到今天难以让珍珍妥协,叹息了一声,对奶奶说:"要么,我今天还是带上她吧。"

奶奶对珍珍说:"妈妈要干活,你不能碍手碍脚的。"

珍珍乖巧地点了点头。

奶奶轻轻拍了拍珍珍的后脑勺:"我这辈子,就没有见过这种孩子!"

珍珍高高兴兴地跟在妈妈身后,一口气走了八里地,没吭一声。

"谁让你跟着的呢!"妈妈在心里说。

一天下来,快收工时,工程队的头问:"那个小女孩是谁家的?"

妈妈说:"是我的孩子。"

工程队的头说:"这工地上,是不能有孩子的。"

"我们家珍珍很听话的。"

"听话也不行,不耽误活是不可能的。"他对筋疲力尽的妈妈说,"今天,你陪她上了三趟厕所;她在那边树下睡着了,你至少跑过去看了她两回。还不包括你给她喝水、挠痒痒、脱衣服。我大概没有说错吧?还有,你看看,这工地上有推土机、搅拌机,到处都是危险,绝不是孩子能来的地方。"工程队的头看了一眼珍珍,"这小丫头,长得倒是很体面。"

第二天,妈妈没有再到油麻地中学的工地上打工。再说,路也稍微远了点儿……

四

秋天,稻子成熟了,铺天盖地的金黄,天空很干净,阳光也是金色的,天上地上,金色与金色辉映,整个世界都金光闪闪的。

珍珍家的庄稼是不是这个世界上最好的,难说,但一定是田家湾长得最好的，沉甸甸的稻穗，狗尾巴一般藏在稻叶里，一副不显山露水的样子。走过珍珍家稻田的人，看到这片稻子，都会禁不住停下脚步观看一番，然后在嘴里或是在心里说一句："这稻子长得——好！"

在远方打工的爸爸，每个月都会将一笔钱寄回家中。

在妈妈的心中，早有了一座房子——田家湾最漂亮的房子。

妈妈虽然黑了，瘦了，但妈妈总是唱着歌，声音不大，仿佛只是唱给小尾巴听的。

小尾巴听不懂，常问："妈妈，你唱的是什么呀？"

妈妈忙，没空搭理她，只是敷衍她一句："你长大了，就懂了。"

开镰收割，稻子捆成捆运回打谷场，脱粒，晒干，拿出一部分运到粮食加工厂去，将稻子变成银光闪闪的大米。

第一袋大米，送给了外婆家。

新米，很香。一碗新米粥，在村东头端着，香味能飘到村西头。

外婆很高兴，端着新米粥，在村里到处走。人们嗅着鼻子，最后把目光落在外婆手中的碗上。外婆笑了："新米粥，是闺女家长的稻子，第一袋新米先送给我们老两口。听闺女说，她家今年的收成好得很。"外婆的眼睛眯成缝，脸上放着光。

妈妈留下足够的稻子之后，决定把剩余的稻子统统卖给粮食收购站。

粮食收购站在油麻地。

这一回，妈妈顺利地摆脱了珍珍。这一天，妈妈起得更早——天还黑着，妈妈就悄悄起床了。妈妈走的是水路。她撑了一只船，装了自家的稻子，从河上往油麻地去了。

卖粮食很麻烦，船上船下，跑来跑去的。遇到人多，要排队，还不知排到啥时候。说什么，也不能带上珍珍。

真的被妈妈估计到了：粮食收购站的码头上，停了无数只大大小小卖粮的船，上百号人在排队。看着长不见尾的队伍，妈妈想掉转头回去，可是转念一想，今天好不容易甩掉了珍珍，就坚持了下去。

卖完粮食拿到钱，已是下午四点多钟。

数了又数，满脸的喜悦。她决定到镇上商店给珍珍和奶奶买件衣服。就在她准备往镇上商店走时，姑姑匆匆赶来了，一脸惊慌，满额头汗珠滴答滴答往下流，上气不接下气地问妈妈："珍……珍珍……来……来了吗？"

妈妈一惊："没有呀！"

姑姑说："她……她人不知跑……跑到哪儿去了？"

"啥时候的事？"

"吃……吃完中午饭，她一上午，都……都在哭，一直哭……哭到中午，才总算不……不哭。奶奶以为，她……她总算过……过去了，就……就没有紧……紧看着她。一转眼的工夫，她……她人就不见了……"

"找了吗？"

"到处都找了。连她外婆那边都……都去过了……"姑姑快要哭起来了。

妈妈急了，竟毫无道理、没头没脑地在粮站周围找了起来。

早懵了头的姑姑就跟着她。

妈妈又要往镇上跑，姑姑脑袋稍微清醒了一些："嫂，看样子，她没有跑到油麻地。"

"没有准。"妈妈说，"我不管去哪儿，她好像都能知道。"

在油麻地镇上，妈妈和姑姑逢人就问："见过一个小姑娘吗？六岁，大眼睛，双眼皮，长睫毛，缺了一颗牙……"她们还比画着珍珍的身高，脸形。

被问的人都摇摇头。

眼见着太阳一点一点地落下去，姑姑说："我们还是赶紧回田家湾吧。说不定，那边已经找到她了呢？"

妈妈和姑姑轮流撑船，以最快的速度回到了田家湾。

船还没有靠岸，就有许多人站在了岸上。见船上只有妈妈和姑姑两人，一个个神情沉重起来。

"找到珍珍了吗？"妈妈的声音有点儿颤抖。

岸上的人都摇摇头。

船一靠岸，妈妈就跳上了岸，发疯似的往家跑。一路上，她不住地呼唤着："珍珍！珍珍！……"

奶奶因为奔跑，加上极度的恐慌，已经瘫坐在院门口的地上。

很多人宽慰奶奶和妈妈，说不要着急，总能找到的。但人们在说这些宽慰的话时，显得很没有底气。他们已经四面八方地找过了，把估计珍珍可能会去的地方都找过了。这一带，到处是河流，每年都会有不少的孩子落水身亡。谈论孩子落水而亡的事,几乎成了家常便饭。珍珍不会游泳。人们的眼前是总是平静而诡谲无情的河流。如果珍珍是往粮站方向去的,那么——有人在心里计算了一下,一共要走十一座大大小小的桥,其中还有一座独木桥,万一,掉下桥去呢?

天说晚就晚了。天一晚,人们的心情更加沉重、愁惨起来。

出去寻找的队伍一拨一拨地回来了,没有一拨带回好消息。

妈妈一直在哭泣,到了这会儿,声音已经嘶哑,渐渐变弱。好几个妇女一直抓住她的胳膊,尽说些安慰的话。

"也许,她走远了点,被别人家暂且收留了。"

这句话,也许是对妈妈最好的安慰了。

夜渐渐深了,人们一一散去,珍珍家就剩下了珍珍一家人和一些亲戚。所有的人都没有吃饭,甚至没有喝一口水,天又凉了起来,一个个都累了,蜷着身子,东倒西歪、很不踏实地睡着了。

到了后半夜,歪倒在椅子上的妈妈忽地醒来了。她愣了一会儿,走出了家门,不一会儿就消失在了茫茫的黑夜里。

她沿着去往油麻地的路,深一脚浅一脚地走着,一边走,一边小声地呼唤着:"珍珍!珍珍!……"

其实,这条路,已经至少有三拨人找过了。

不知为什么,妈妈还是在心里认定:珍珍是往油麻镇上去了,也许走在半路上迷了路。

离油麻地镇三里路,有一大片黑苍苍的芦苇,去油麻地镇的路,正是从这片芦苇中间穿过的。

一牙清瘦的月亮挂在西边的天空,清凉的夜风吹得芦苇"沙沙"作响。妈妈有点儿害怕,但妈妈没有犹豫,还是继续往前走着,呼唤着。

走到一半路时,妈妈隐隐约约地听到芦苇丛深处好像有个小孩在哭。声音很细弱,好像是一种在梦里发出的哭声。妈妈的左手,一下子捂在了心脏"嘭嘭"乱跳的胸前。她侧身静静地听着——

哭声却没有了。

妈妈朝着哭声传来的地方,提高声音叫着:"珍——珍——!"

歇在芦苇丛里的小鸟,受了这声音的惊吓,扑棱棱地飞上了夜空。

"妈妈……"

声音很小,但很清晰。

"珍珍!珍珍!……"妈妈用了很长的时间,才止住了身体的颤抖,然后一头扑进芦苇丛,发疯似的向那个声音冲去,芦苇"哗啦哗啦"地响着。

"妈妈……"

是珍珍的哭声,真真切切。

"珍珍!……"妈妈的声音十分嘶哑,但却很大。

当妈妈在朦胧的月光下见到泪光闪闪的珍珍时,"扑通"在珍珍面前跪下了,双手将珍珍紧紧地搂抱在怀里。

抱着珍珍往田家湾走时,妈妈问:"你怎么走到芦苇丛里去了呀?"

珍珍已说不清楚了。当时,她看到有一条斜路闪进了芦苇丛,犹豫了一会儿,便走到了这条斜路上,越走越深。她害怕了,想往回走,可是再一看,那条路不知在什么时候消失了。她在芦苇丛里迷路了。不知是从什么时候开始的,她又走到了离主路不远的地方,而就在这时,她听到了妈妈的呼唤声。

一路上,妈妈抱着显得有点儿呆头呆脑的珍珍,哭哭笑笑,不时地用被泪水打湿的面颊用力地去贴珍珍凉凉的脸庞……

五

经过这件事,珍珍忽然有了自己的世界。

妈妈再出门时,她就不再不屈不挠地跟在妈妈身后了。看到妈妈上路,她会依然用眼睛盯着。妈妈走了,她会显出犹豫不决的样子。一旦跟了上去,只要奶奶在后面喊一声:"珍珍!"她就会慢慢停住脚步。奶奶说:"珍珍回来吧!妈妈要做事情呢!回来吧!回来跟奶奶待一块儿。"珍珍看着妈妈——妈妈回头了,向她做出一个让她回去的动作或表情,珍珍就会走几步看一眼妈妈地走向奶奶。

妈妈渐渐走远,直至消失。

珍珍不一会儿就将妈妈忘了——不是完全地忘了,会玩着玩着,突然想起妈妈,于是朝妈妈走去的路上张望一会儿。但过不多久,她又会投入她的玩耍。

她竟然开始喜欢独自一人往田野上跑。

田家湾的田野有树，有花，有草，还有很多种昆虫和小动物。所有这一切，珍珍好像都很喜欢。珍珍也不管它们喜欢不喜欢听她说话、能不能听得懂她的话，总是不住地跟它们说话，一说就是很久。见一只青蛙，她会说；见一株向日葵，她会说……究竟说了些什么，大人听不懂，大人们也没有心思要去搞懂。

大人们在地里干活，她就在田野上独自玩耍，十分专注，并总是兴致勃勃，有时还会在开满野花的草地上又蹦又跳。

她能远远地离开妈妈的视线。

看着在远处疯跑、旁若无人的珍珍，妈妈会深深地叹一口气："孩子说大就大了。"

四月，玲玲从苏州城里回来了，而在南方打工的秀秀也恰巧回来了。两个人碰了面，一说话，就产生了一个共同的愿望：将从小一起玩到大，而如今都嫁了人的好姐妹们都叫回来，大伙儿聚一回吧！

除了玲子和秀秀生活在远处，其他的五六个好姐妹，家都不远，或者县城，或者油麻地镇上。

妈妈得到玲子和秀秀托人捎来的信时，正在庄稼地里施肥，心里好大的喜悦。

妈妈立即想象着见面的情景，想着想着，心里有点儿发虚了。她看了一眼庄稼地：她家的麦子长势旺盛，明显地要高出周围人家的麦子两寸。

妈妈叹息了一声："也不能把这片麦地带给人家看。怎么带呀？这是一块地。"妈妈觉得自己能产生这个念头很好笑，于是，就独自笑了起来。

"再说，人家也不一定稀罕看呢！"妈妈在田埂上坐下了，心里很泄气。

妈妈踌躇着，都有点儿不想去了。

远处，珍珍正沿着水渠追一条不住地往前游动的小蛇。一边追，一边不时地发出惊恐的叫声。

妈妈看着她，看着看着，笑着站了起来：我带珍珍回去！

妈妈生了一个漂亮的女儿，这谁都知道。在妈妈眼里，珍珍是这个世界上最漂亮的女孩：白嫩白嫩的脸，乌黑乌黑的头发，又大又亮的眼睛，笑起来却又眯成一道黑线，鼻梁高高的，小嘴四周整天荡漾着甜杏一般的笑容。无论是笑，是哭，还是说话，硬是让人疼爱。

有时,妈妈抱着珍珍,会做出要在珍珍脸上狠狠咬上一口的样子,弄得珍珍"咯咯咯"地笑。

妈妈不干活了,对珍珍喊道:"珍珍,再玩一会儿就回家了!"

珍珍答应了一声。

妈妈去了油麻地镇,给珍珍买了新衣、新裤、新鞋、新袜,还买了一个漂亮的发卡。

妈妈要把珍珍打扮成一朵花,一朵鲜艳的花。

珍珍本来就是一朵花。

妈妈将新衣、新裤、新鞋、新袜给珍珍都穿上,再将发卡往她那头乌黑的头发上一别,整个世界变得亮亮堂堂。

"妈妈,要过年了吗?"珍珍问。

"胡说呢,离过年还远呢。"

珍珍不懂了:"那干嘛穿新衣呢?"

妈妈说:"后天早上,妈妈要带你去外婆家。"

珍珍还是不太懂:去外婆家,为什么要穿新衣、新裤、新鞋、新袜呢?

妈妈怕珍珍把衣服弄脏,赶紧给她脱了下来,叠好,放在衣柜里。

可是,等到要去外婆家时,珍珍却说,她不想跟妈妈去外婆家了。问她为什么,她说:"昨天,我跟一只野兔说好了的,今天要给它送菜去。"她指了指地上的一只用柳条编成的篮子:那里面是十几棵青菜。

一旁的奶奶听明白了:"这死丫头,一大早就拿了篮子到菜园里去拔菜,原来是送给兔子吃的。"

妈妈说:"从外婆家回来再送吧?"

珍珍摇了摇头,向妈妈描述着这只兔子:"是只老兔子,都跑不动了……我昨天跟它说好了今天给它送菜的。"

奶奶说:"尽胡说呢!兔子哪会跟你说好了?早不知道跑哪儿去了!"

珍珍急得满脸通红:"就是说好了的!"

这几天,她总能和一只灰黄色的、衰老得不成样子的老野兔见面。那野兔一点儿也不害怕她,只要她出现在田野上,就会不知道从什么地方钻出来,吃力地蹦跳着来到她脚下。

妈妈只好说:"那你现在就去吧,妈妈在家等你。"

珍珍同意了。

妈妈在家等着，左等右等，眼见着要到中午了，也不见珍珍回来，只好拿了新衣、新裤、新鞋、新袜、发卡，到田野上呼唤珍珍。

珍珍从草丛里站了起来。

妈妈说："珍珍，我们该走了！"

可珍珍向妈妈坚决地摇了摇手。

妈妈只好走向珍珍。

珍珍一脸的担忧：不知为什么，直到现在，那只野兔也没出现。

妈妈对珍珍说："你把青菜放在田埂上就行了。说不定，过一会儿，它就来吃了。"

珍珍摇了摇头："我们说好了的。"

珍珍一直在想着昨天那个情景：当时，她正和那只野兔在谈话，一只个头特别大的黄鼠狼从一座土坟那边出现了，野兔一见，立即钻进了草丛里。

这一情景总在珍珍眼前晃动。

无论妈妈怎么劝说她，她就是不肯离开这儿。

妈妈生气了。

生气了也没有用。珍珍十分执拗地坚持着。闹到最后，妈妈愤怒地在珍珍的屁股上打了一巴掌。

珍珍哭了起来："我跟它说好了送青菜的……"

奶奶赶来了，劝走了妈妈："由她去吧。"

妈妈说："以为多大个事呢！就为了一只兔子！"妈妈看了看天上的太阳，把珍珍的新衣、新裤、新鞋、新袜、发卡统统交给奶奶，情绪一下子变得十分低沉，"我该走了。"

四月，温暖的阳光照着到处绿油油的大地，妈妈一个人，只带着她的影子走向外婆家，觉得天很大，地很大，河很大，树很大，心空空的，一路上只有寂寞跟着……

（原载《人民文学》2014 年第 6 期）

点评

　　小说刻画了一个稚朴可爱的小孩形象，表现儿女的不断成长带给了父母无限的烦恼、欢欣、遗憾和失落。细节和情节看似寻常，却能牵人情怀。"小尾巴"这一儿童形象的塑造，颇具典型性和象征性意义，令人过目难忘。

陈映真（1937— ）

台湾作家，原名陈永善，笔名许南村，生于台湾竹南。代表作有《山路》《铃铛花》《夜行货车》《将军族》《我的弟弟康雄》《忠孝公园》等。

将军族

在十二月里，这真是个好天气。特别在出殡的日子，太阳那么绚烂地普照着，使丧家的人们也蒙上了一层隐秘的喜气了。有一支中音的萨士风在轻轻地吹奏着很东洋风的《荒城之月》。它听来感伤，但也和这天气一样，有一种浪漫的愉悦之感。他为高个子修好了伸缩管，瘪起嘴将喇叭朝着地下试吹了三个音，于是抬起来对着大街很富于温情地和着《荒城之月》。然后他忽然地停住了，他只吹了三个音。他睁大了本来细眯着的眼，便这样地在伸缩的方向看见了伊。

高个子伸着手，将伸缩管喇叭接了去。高个子说：

"行了，行了。谢谢，谢谢。"

这样地说着，高个子若有所思地将喇叭夹在腋下，一手掏出一支皱得像蚯蚓一般的烟伸到他的眼前，差一点碰到了他的鼻子。他后退了一步，猛力地摇着头，瘪着嘴做出一个笑容。不过这样的笑容，和他要预备吹奏时的表情，是颇难于区别的。高个子便咬那烟，用手扶直了它，划了一支洋火烧红了一端，喔叽哔叽地抽了起来。他坐在一条长木凳上，心在很异样地悸动着。没有看见伊，已经有五年了吧。但他却能一眼便认出伊来。伊站在阳光里，将身子的重量放在左腿上，让臀部向左边画着十分优美的曼陀玲琴的弧。还是那样的站法啊。然而如今伊变得很婷婷了。很多年前，伊也曾这样地站在他的面前。那时他们都在康乐队里，几乎每天都在大卡车的颠簸中到处表演。

"三角脸，唱个歌好吗！"伊说。声音沙哑，仿佛鸭子。

他猛然地回过头来,看见伊便是那样地站着,抱着一只吉他琴。伊那时又瘦又小,在月光中,尤其地显得好笑。

"很夜了,唱什么歌!"

然而伊只顾站着,那样地站着。他拍了拍沙滩,伊便很和顺地坐在他的旁边。月亮在海水中碎成许多闪闪的鱼鳞。

"那么说故事吧。"

"啰嗦!"

"说一个就好。"伊说着,脱掉拖鞋,裸着的脚丫子便像蟋蟀似的钉进沙里去。

"十五六岁了,听什么故事!"

"说一个你们家里的故事。你们大陆上的故事。"

伊仰着头,月光很柔和地敷在伊的干枯的小脸上,使伊的发育得很不好的身体看来又笨又拙。他摸了摸他的已经开始有些儿发秃的头。他编扯过许多马贼、内战、死刑的故事,不过那并不是用来迷住像伊这样的貌寝女子的啊。他看着那些梳着长长的头发的女队员们张着小嘴,听得入神,真是赏心乐事。然而,除了听故事,伊们总是跟年轻的乐师泡着。这使他寂寞得很。乐师们常常这样地说:

"我们的三角脸,才真是柳下惠哩!"

而他便总是笑笑,红着那张确乎有些三角形的脸。

他接过吉他琴,撩拨了一组和弦。琴声在夜空中琤瑽着。渔火在极远的地方又明又灭。他正苦于怀乡,说什么"家里的"故事呢?

"讲一个故事。讲一个猴子的故事。"他说,太息着。

他于是想起了一个故事。那是写在一本日本的小画册上的故事。在沦陷给日本的东北,他的姊姊曾说给他听过。他只看着五彩的小插画,一个猴子被卖给马戏团,备尝辛酸,历经苦楚。有一个月圆的夜,猴子想起了森林里的老家,想起了爸爸、妈妈、哥哥、姊姊……

伊坐在那里,抱着腿,很安静地哭着,他慌了起来,啜嚅地说:

"开玩笑,怎么的了!"

伊站了起来。瘦棱棱的,仿佛一具着衣的骷髅。伊站了一会儿,逐渐地把重心放在左腿上,就是那样。

就是那样的。然而,于今伊却穿着一套稍嫌小了一些的制服。蓝的底子,到处镶滚着金黄的花纹。十二月的阳光浴着伊,使那触目得很的蓝色,看来柔和了些。伊的戴着太阳眼镜的脸,比起往时要丰腴了许多。伊正专心地注视着在天空中画着椭圆的鸽子们。一支红旗在向它们招摇。他原可以走进阳光里,叫伊:

"小瘦丫头儿!"

而伊也会用伊的有沙哑的嗓门叫起来的吧。但他只是坐在那儿,望着伊。伊再也不是个"小瘦丫头儿"了。他觉得自己果然已在苍老着,像旧了的鼓、缀缀补补的铜号那样,又丑陋,又凄凉。在康乐队里的那么些年,他才逐渐接近四十。然而一年一年地过着,倒也尚不识老去的滋味,不知道那些女孩儿们和乐师们,都早已把他当做叔伯之辈了。然而他还只是笑笑。不是不服老,却是因着心身两面,一直都是放浪如素的缘故。他真正的开始觉得老,还正是那个晚上呢。

记得很清楚:那时对着那样地站着的并且那样轻轻地淌泪的伊,始而惶惑,继而怜惜,终而油然地生了一种老迈的心情。想起来,他是从未有过这样的感觉的。从那个霎时起,他的心才改变成为一个有了年纪的人的心了。这样的心情,便立刻使他稳重自在。他接着说:

"开玩笑,这是怎么的了,小瘦丫头儿!"

伊没有回答。伊努力地压抑着,也终于没有了哭声。月亮真是美丽,那样静悄悄地照明着长长的沙滩、碉堡和几栋营房,叫人实在弄不明白:何以造物要将这么美好的时刻,秘密地在阒无一人的夜更里展露呢?他捡起吉他琴,任意地拨了几个和弦。他小心地、讨好地、轻轻地唱着:

——王老七,养小鸡,

叽咯叽咯叽……

伊便不止地笑了起来。伊转过身来,用一只无肉的腿,向他轻轻地踢起一片细沙。伊忽然地又一个转身,擤了很多的鼻涕。他的心因着伊的活泼,像午后的花朵儿那样粲然地盛开起来。他唱着：王老七……

伊揩好了鼻涕，盘腿坐在他的面前。伊说：

"有烟吗？"

他赶快搜了搜口袋，递过一支雪白的纸烟，为伊点上火。打火机发着殷红的火光，照着伊的鼻端。头一次他发现伊有一只很好的鼻子，瘦削、结实，且因留着一些鼻水，仿佛有些凉意。伊深深地吸了一口，低下头，用夹住烟的右手支着颐，左手在沙地上歪歪斜斜地画着许多小圆圈。伊说：

"三角脸，我讲个事情你听。"

说着，白白的烟从伊的低着的头，袅袅地飘了上来。他说：

"好呀，好呀。"

"哭一哭，好多了。"

"我讲的是猴子，又不是你。"

"差不多——"

"哦，你是猴子啦，小瘦丫头儿！"

"差不多。月亮也差不多。"

"嗯。"

"唉，唉！这月亮。我一吃饱饭就不对。原来月亮大了，我又想家了。"

"像我吧，连家都没有呢。"

"有家。有家是有家啦，有什么用呢？"

伊说着，以臀部为袖，转了一个半圆。伊对着那黄得发红的大月亮慢慢地抽着纸烟。烟烧得哔哔作响。伊掠了掠头发，忽然说：

"三角脸。"

"啊。"他说，"很夜了，少胡思乱想。我何尝不想家呢？"他于是站了起来。他用衣袖擦了擦吉他琴上的夜露，一根根放松了琴弦。伊依旧坐着，很小心地抽着一截烟屁股，然后一弹，一条火红的细弧在沙地上碎成万点星火。

"我想家，也恨家里。"伊说，"你会这样吗？——你不会。"

"小瘦丫头儿，"他说，将琴的胴体抬在肩上，仿佛扛着一支枪。他说："小瘦丫头，过去的事，想它做什么？我要像你：想，想！那我一天也不要活了！"

伊霍然站立起来，拍着身上的沙粒。伊张着嘴巴打起哈欠来。眨了眨眼，伊看着他，低声地说：

"三角脸,你事情见得多。"伊停了一下,说,"可是你是断断不知道:一个人被卖出去,是什么滋味。"

"我知道。"他猛然说,睁大了眼睛。伊看着他微秃的、果然有些儿三角形的脸,不禁笑了起来。

"就好像我们乡下的猪、牛那样地被卖掉了。两万五,卖给他两年。"伊说。

伊将手插进口袋里,耸起板板的小肩膀,背向着他,又逐渐地把重心移到左腿上。伊的右腿便在那里轻轻地踢着沙子,仿佛一只小马儿。

"带走的那一天,我一滴眼泪也没有。我娘躲在房里哭,哭得好响,故意让我听到。我就是一滴眼泪也没有。哼!"

"小瘦丫头儿!"他低声说。

伊转身望着他,看见他的脸很忧戚地歪扭着,伊便笑了起来:

"三角脸,你知道!你知道个屁呢!"

说着,伊又弓着身子,擤了一把鼻涕。伊说:

"夜了。睡觉了。"

他们于是向招待所走去。月光照着很滑稽的人影,也照着两行孤独的脚印。伊将手伸进他的臂弯里,瞌睡地张大了嘴打着哈欠。他的臂弯感觉到伊的很瘦小的胸。但他的心却充满另外一种温暖。临分手的时候,他说:

"要是那时我走了之后,老婆有了女儿,大约也就是你这个年纪吧。"

伊扮了一个鬼脸,蹒跚地走向女队员的房间去。月在东方斜着,分外地圆了。

锣鼓队开始作业了。密密的脆皮鼓伴着撼人的铜锣,逐渐使这静谧的午后骚扰了起来。他拉低了帽子,站立起来。他看见伊的左手一晃,在右腋里夹住一根银光闪烁的指挥棒。指挥棒的小铜球也随着那样一晃,有如马嘶一般地轻响起来。伊还是个指挥的呢!

许多也是穿着蓝制服的少女乐手们都集合拢了。伊们开始吹奏着把节拍拉慢了一倍的《马撒,永眠黄泉下》的曲子。曲子在震耳欲聋的锣鼓声的夹缝里,悠然地飞扬着。混合着时歇时起的孝子贤孙们的哭声,和这么绚然的阳光交织起来,便构成了人生、人死的喜剧了。他们的乐队也合拢了。于是像凑热闹似的，也随而吹奏起来。高个子很神气地伸缩着他的管乐器，很富于情感地吹着《游子吟》。也是将节拍拉长了一倍，仿佛什么曲子都能当安魂曲似的——只要拉慢节拍子，全行的。他把小喇叭凑在嘴上，然而他并不在真吹。他只是做着样子罢了。他看着伊颇为神气地指挥着，金黄的流苏随着棒子风舞着。不一会儿他便发觉了伊的指挥和乐声相差约有半拍。他这才记得伊是个轻度的音盲。

是的，伊是个音盲。所以伊在康乐队里，并不曾是个歌手。可是伊能跳很好的舞，而且也是个很好的女小丑，用一个红漆的破乒乓球，盖住伊唯一美丽的地方——鼻子，瘦板板地站在台上，于是台下卷起一片笑声。伊于是又眨了眨木然的眼，台下便又是一阵笑谑。伊在台上固然不唱歌，在台下也难得开口唱唱的。然而一旦不幸伊一下高兴起来，便要咿咿呀呀地唱上好几小时，把一支好好的歌，唱得支离破碎，喑哑不成曲调。

有一个早晨，伊忽然轻轻地唱起一支歌来，继而一支接着一支，唱得十分起劲。他在隔壁的房间修着乐器，无可奈何地听着那么折磨人的歌声。伊唱着：

——这绿岛像一只船，
在月夜里飘呀飘……

唱过一遍，停了一会儿，便又从头唱起。一次比一次温柔，充满情感。忽然间，伊说：

"三角脸！"
他没有回答。伊轻轻地敲了敲三夹板的墙壁，说：
"喂，三角脸！"
"哎！"
"我家离绿岛很近。"
"神经病。"
"我家在台东。"
"……"
"他X的，好几年没回去了！"
"什么？"
"我好几年没回去了！"

"你还说一句什么?"

伊停了一会儿,忽然哧哧地笑了起来。伊轻轻地叹了一口气,说:

"三角脸。"

"啰嗦!"

"有没有香烟?"

他站起来,从夹克口袋摸了一根纸烟,抛过三夹板给伊。他听见划火柴的声音。一缕青烟从伊的房间飘越过来,从他的小窗子飞逸而去。

"买了我的人把我带到花莲。"伊说,吐着嘴唇上的烟丝。伊接着说:"我说我卖笑不卖身。他说不行,我便逃了。"

他停住手里的工作,躺在床上。天花板因漏雨而有些发霉了。他轻声说:

"原来你还是个逃犯哩!"

"怎么样?"伊大叫着说,"怎么样?报警去吗?啊?"

他笑了起来。

"早上收到家里的信,"伊说,"说为了我的逃走,家里要卖掉那么几小块田赔偿。"

"啊,啊啊。"

"活该,"伊说,"活该,活该!"

他们于是都沉默起来。他坐起身子来,搓着手上的铜锈。刚修好的小喇叭躺在桌子上,在窗口的光线里静悄悄地闪耀着白色的光。不知道怎样地,他觉得沉重起来。隔了一会儿,伊低声说:

"三角脸。"

他咽了一口气,忙说:

"哎。"

"三角脸,过两天我回家去。"

他细眯着眼望着窗外,忽然睁开眼睛,站立起来,嗫嚅地说:

"小瘦丫头儿!"

他听见伊有些自暴自弃地呻吟了一声,似乎在伸懒腰的样子。伊说:

"田不卖,已经活不好了;田卖了,更活不好了。卖不到我,妹妹就完了。"

他走到桌旁,拿起小喇叭,用衣角擦拭着它。铜管子逐渐发亮了,生着红

的、紫的圈圈。他想了想,木然地说:

"小瘦丫头儿。"

"嗯。"

"小瘦丫头儿,听我说:如果有人借钱给你还债,行吗?"

伊沉吟了一会儿,忽然笑了起来。

"谁借钱给我?"伊说,"两万五咧!谁借给我?你吗?"

他等待伊笑完了,说:

"行吗?"

"行,行。"伊说,敲着三夹板的壁,"行呀!你借给我,我就做你的老婆。"

他的脸红了起来,仿佛伊就在他的面前那样。伊笑得喘不过气来,捺着肚子,扶着床板。伊说:

"别不好意思,三角脸。我知道你在壁板上挖了个小洞,看我睡觉。"

伊于是又暴笑起来。他在隔房里低下头,耳朵涨成猪肝那样的赭色。他无声地说:

"小瘦丫头儿……你不懂得我。"

那一晚,他始终不能成眠。第二天的深夜,他潜入伊的房间,在伊的枕头边留下三万元的存折,悄悄地离队出走了。一路上,他明明知道绝不是心疼着那些退伍金的,却不知道为什么不住地流着眼泪。

几支曲子吹过去了。现在伊又站到阳光里。伊轻轻地脱下制帽,从袖卷中拉出手绢揩着脸,然后扶了扶太阳镜。有些许傲然地环视着几个围观的人。高个子挨近他,用痒痒的声音说:

"看看那指挥的,很挺的一个女的呀!"

说着,便歪着嘴,挖着鼻子。他没有做声,而终于很轻地笑了笑。但即使是这样轻的笑脸,也皱起满脸的波纹来。伊留着一头乌油油的头发,高高地梳着一个小髻。脸上多长了肉,把伊的本来便很好的鼻子衬托得尤其地精神了。他想着:一个生长,一个枯萎,才不过是五年先后的事!

空气逐渐有些温热起来。鸽子们停在相对峙的三个屋顶上,凭那个养鸽的怎么样摇撼着红旗,都不起飞了。它们只是斜着头,愣愣地看着旗子,又拍了拍翅膀,而依旧只是依偎着停在那里。纸银的灰在离地不高的地方打着卷,飞扬着。他站在那儿，忽然看见伊面向着他。从那张戴着太阳镜的脸，他很难确定伊是否看见了他。他有些青苍起来，手也有些抖索了。他看着伊也木然地站在那里，张着嘴。然后他看见伊向这边走来他低下头，紧紧地抱着喇叭。

他感觉到一个蓝色的影子挨近他，迟疑了一会儿，便同他并立着靠在墙上。他的眼睛有些发热了，然而他只是低弯着头。

"请问——"伊说。

"……"

"是你吗？"伊说，"是你吗？三角脸，是……"伊哽咽起来，"是你，是你。"

他听着伊哽咽的声音，便忽然沉着起来，就像海滩上的那夜一般。他低声说：

"小瘦丫头儿，你这小瘦丫头儿！"

他抬起头来，看见伊用绢子捂着鼻子、嘴。他看见伊那样地抑住自己，便知道伊果然地成长了。伊望着他，笑着没有看见这样的笑，怕也有十数年来。那年打完仗回家，他的母亲便曾类似这样地笑过。忽然一阵振翼之声响起，鸽子们又飞翔起来了，划着圈子。他们都望着那些鸽子，沉默起来，过了一会儿，他说：

"一直在看着你当指挥，神气得很呢！"

伊笑了笑，他看着伊的脸，太阳镜下面沾着一小滴泪珠儿，很精细地闪耀着。他笑着说：

"还是那样好哭吗？"

"好多了。"伊说着，低下了头。

他们又沉默了一会儿，都望着越划越远的鸽子们的圈圈儿。他夹着喇叭，说：

"我们走，谈谈话。"

他们并肩走过愕然着的高个子。他说：

"我去了马上来。"

"啊啊。"高个子说。

伊走得很婷婷然，然而他却有些佝偻了，他们走完一条走廊，走过一家小戏院，一排宿舍，又过了一座小石桥。一片田野迎着他们，很多的麻雀聚栖在高压线上。离开了充满香火和纸银的气味,他们觉得空气是格外地清新舒爽了。不同的作物将田野涂成不同深浅的绿色的小方块。他们站住了好一会儿,都沉默着。一种从不曾有过的幸福的感觉涨满了他的胸膈。伊忽然地把手伸到他的臂弯里,他们便慢慢地走上一条小坡堤。伊低声地说:

"三角脸。"

"嗯。"

"你老了。"

他摸了摸秃了大半的、尖尖的头,抓着,便笑了起来。他说:

"老了,老了。"

"才不过四五年。"

"才不过四五年。可是一个日出,一个日落呀!"

"三角脸——"

"在康乐队里的时候,日子还蛮好呢,"他紧紧地夹着伊的手,另一只手一晃一晃地玩着小喇叭。他接着说,"走了以后,在外头混,我才真正懂得一个卖给人的人的滋味。"

他们忽然噤着。他为自己的失言恼怒地瘪着松弛的脸。然而伊依然抱着他的头。伊低下头,看着两只踱着的脚。过了一会儿,伊说:

"三角脸——"

他垂头丧气,沉默不语。

"三角脸,给我一根烟。"伊说。

他为伊点上烟,双双坐了下来。伊吸了一阵,说:

"我终于真找到你了。"

他坐在那儿,搓着双手,想着些什么。他抬起头来,看看伊,轻轻地说:

"找我。找我做什么!"他激动起来了,"还我钱是不是?……我可曾说错了话吗?"

伊从太阳镜里望着他苦恼的脸,忽地将自己的制帽盖在他的秃头上。伊端详了一番,便自得其乐地笑了起来。

"不要弄成那样的脸吧!否则你这样子倒真像个将军呢!"伊说着,扶了扶眼镜。

"我不该说那句话。我老了,我该死。"

"瞎说。我找你，要来赔罪的。"伊又说。

"那天我看到你的银行存折，哭了一整天。他们说我吃了你的亏，你跑掉了。"伊笑了起来，他也笑了。

"我真没料到你是真好的人。"伊说，"那时你老了，找不上别人。我又小又丑，好欺负。三角脸。你不要生气，我当时老防着你呢！"

他的脸很吃力地红了起来。他不是对伊没有过欲情的。他和别的队员一样，一向是个狂嫖滥赌的独身汉。对于这样的人，欲情与美貌之间，并没有必然的关系的。伊接着说：

"我拿了你的钱回家，不料并不能息事。他们又带我到花莲。他们带我去见一个大胖子，大胖子用很尖很细的嗓子问我话。我一听他的口音同你一样，就很高兴。我对他说：'我卖笑，不卖身。'

"大胖子哧哧地笑了。不久他们弄瞎了我的左眼。"

他抢去伊的太阳镜，看见伊的左眼睑收缩地闭着。伊伸手要回眼镜，四平八稳地又戴了上去。伊说：

"然而我一点也没有怨恨。我早已决定这一生不论怎样也要活下来再见你一面。还钱是其次，我要告诉你我终于领会了。

"我挣够给他们的数目，又积了三万元。两个月前才加入乐社里，不料就在这儿找到你了。"

"小瘦丫头儿！"他说。

"我说过我要做你老婆，"伊说，笑了一阵，"可惜我的身子已经不干净，不行了。"

"下一辈子吧！"他说，"我这副皮囊比你的还要恶臭不堪的。"

远远地响起了一片喧天的乐声。他看了看表，正是丧家出殡的时候。伊说：

"正对，下一辈子吧。那时我们都像婴儿那么干净。"

他们于是站了起来，沿着坡堤向深处走去。过不一会儿，他吹起《王者进行曲》，吹得兴起，便在堤上踏着正步，左右摇晃。伊大声地笑着，取回制帽戴上，挥舞着银色的指挥棒，走在他的前面，也走着正步。年轻的农夫和村童们在田野向他们招手，向他们欢呼着，两只三只的狗，也在四处吠了起来。太阳斜了的时候，他们的欢乐影子在长长的坡堤的那边消失了。

第二天早晨，人们在蔗田里发现一对尸首。男女都穿着乐队的制服，双手都交握于胸前。指挥棒和小喇叭很整齐地放置在脚前，闪闪发光，他们看来安详、滑稽，却另有一种滑稽中的威严。

一个骑着单车的高大的农夫，于围睹的人群里看过了死尸后，在路上对另一个挑着水肥的矮小的农夫说：

"两个人躺得直挺挺的，规规矩矩，就像两位大将军呢！"

于是高大的和矮小的农夫都笑起来了。

点评

一对年龄悬殊的男女，原本是父女一般的关系。小女孩对三角脸的老男人的情感有一个明显的变化过程：从防范戒备到甘愿嫁给他；从被卖掉自我救赎到四处寻找真爱的人。然而，命运却总是捉弄人。得到他借钱相助的伊，替家人还清债后仍旧又被卖给了大胖子，从此身子不再干净，感觉自己已经不配再给他做老婆。岁月让人苍老，生活让三角脸变得更老，让小女孩失去了一颗明眸，但是岁月积淀下来的情感却愈加醇厚真挚。最终，两人双双自杀，自杀时却依旧保持着如同将军一般的尊严。这是社会和时代造成的爱情悲剧。两人超越年龄界限的真爱最终在残酷的生活的摧残下化为了烟云。

附录

中国短篇小说百年经典存目

鲁　迅	孔乙己　/　祥林嫂　/　伤逝　/　铸剑
郁达夫	迟桂花　/　沉沦
许地山	缀网劳蛛
柔　石	为奴隶的母亲
茅　盾	春蚕
沈从文	萧萧
艾　芜	山峡中
张天翼	包氏父子
赵树理	"锻炼锻炼"
萧也牧	我们夫妇之间
高　缨	达吉和她的父亲
王　蒙	组织部来了个年轻人　/　春之声
陆文夫	围墙
张　洁	爱，是不能忘记的
汪曾祺	大淖记事　/　异秉
徐　星	无主题变奏
刘索拉	你别无选择
残　雪	山上的小屋
李　锐	合坟
马　原	冈底斯的诱惑
余　华	十八岁出门远行
白先勇	永远的尹雪艳　/　游园惊梦
朱西宁	铁浆
陈若曦	尹县长
西　西	像我这样一个女子